LE LOUP MONGOL

Journaliste, chroniqueur hippique pour *Libération* depuis 1982, Frédéric Dion, alias Homeric, est également écrivain. On citera parmi ses publications les plus récentes : *Ourasi le roi fainéant* (1989), *Œdipe de cheval* (nouvelles, 1992, Prix littéraire 30 millions d'amis), *L'Aventure de Mazeppa* (1993), *Le Loup mongol* (1998, Prix Médicis).

HOMERIC

Le Loup mongol

ROMAN

GRASSET

A Marvin, Rousslan et Lila,
leurs mamans,
leur tante Anne,
leur Mina.

(...) vrai cheval, vraie terre et vrai ciel et rêve malgré tout.

CORMAC MCCARTHY *(De si jolis chevaux)*.

Penser à ces étendues où des ciels entiers pouvaient se défaire en averse sans que personne, jamais, en fût informé, me donnait comme un creux dont je me serais bien passé, déjà tout vidé que j'étais.

NICOLAS BOUVIER *(Le Poisson-Scorpion)*.

GÉNÉALOGIE DES KHANS MONGOLS

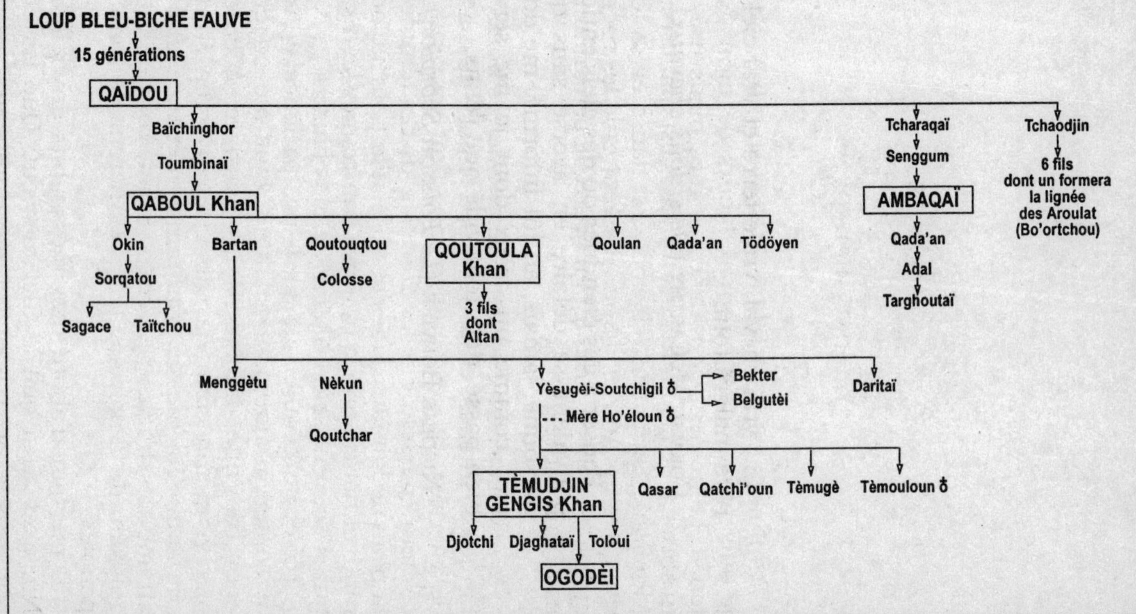

Le loup mongol

Mon nom est Bo'ortchou. Mes os sont très vieux, je suis parvenu aux ultimes lueurs de mon existence. Lentement, je tourne sur mes pieds usés et m'abreuve de ce qui depuis toujours est ma terre, la Mongolie. Un océan d'herbes qui danse et se tord sous le vent. Autour de moi, ce vent gifle les roches et plie les arbres. Tout est en ordre. Je peux maintenant m'étendre.

Mes yeux s'embuent de la beauté de ces horizons familiers, intenses et farouches, à l'image de ma vie de guerrier. Ils se mouillent aussi au souvenir de ces jours passés où je les ai foulés, de ces femmes à la peau de lait, aux joues de rose, à la poitrine odorante et fleurie que je pressais contre mes lèvres, et qui si souvent se dérobèrent à mes baisers.

Toi qui m'écoutes, ne perds pas patience. Je vais te conter, maintenant qu'il me faut me coucher pour l'éternité, mon existence barbare. Accroche bien haut ton cœur, je vais t'emporter en croupe sur ce que fut ma vie, tout entière dévouée au plus affamé des hommes, Gengis Khan, roi des Mongols, élu de *Tengri* sur terre, empereur de tous les peuples.

Il me faut d'abord ôter mes habits de vieillard. Nu, c'est ainsi que le Ciel me veut. Que les charognards se nourrissent de mes lambeaux, les dispersent aux quatre vents, qu'importe ; mon sang va se figer à jamais et mes os imprégner la terre puis se fondre dans l'humus. Les pluies et le froid vont mordre mon corps, les éclairs brûler ma chair et le soleil coller mes paupières, mais je suis un Mongol, frère du tout-puissant Gengis, et je sais de mes yeux qu'ils fixeront l'azur tout au long de mon récit sanglant et bienheureux.

Me voilà maintenant allongé sur le sol parsemé d'aiguilles rousses, entouré de roches lisses, ocre ou grises, à l'ombre d'un pin rouge dont les branches tanguent au-dessus du vide. Ma sépulture est une terrasse étroite au beau milieu des monts bleus du pays mongol. Comme une jolie blessure sur le dos crénelé d'un monstre assoupi. Plus bas, sur les flancs de mon repaire hérissé de falaises en blocs, me parviennent les mugissements des mélèzes géants, multitude pétrifiée debout, noircis de haut en bas. Depuis la mort de Gengis Khan, Tengri foudroie un par un ces mélèzes, flamboie en ce lieu sacré où le chef des Mongols aimait nous réunir avant une campagne, moi et ses féroces guerriers.

Voilà, je suis bien. Mes sanglots sont taris.

La fraîcheur du sol pénètre mon dos et les rafales fouettent mes côtes. Mon corps est glacé, mais il bouillonne de mille chevauchées, prêt à revivre dans le souvenir. Je puis maintenant te narrer mon aventure aux côtés de Gengis Khan.

J'avais seize ans, un corps parfait, et une formidable envie de détruire...

PREMIÈRE PARTIE

CHAPITRE PREMIER

Le ciel étirait son grand feutre gris sur la steppe. Pas la moindre couture bleue. Accroupi au milieu du troupeau, je caressais les mamelles de la jument noire. Le lait cognait fort sous la peau; palpitait sous mes doigts; courait dans mes veines. Ainsi, il m'abreuvait, et par mon corps, dur et tendu comme le roseau gorgé d'eau et de lumière, s'épandait dans l'immense tapis d'herbes.

Soudain, le pis lourd et tiède se souleva; le flux chavirant s'interrompit, mon plaisir aussi.

Crinière nouée au vent, son visage fixait la crête nue de deux énormes mamelons. Son intérêt pour cette poitrine de terre rousse était si intense que j'aurais pu la soulever d'un doigt sans qu'elle sourcille.

A quelques pas, mon cheval de tête, bel alezan doré, se campa dans une attitude frémissante. Bientôt, tout le troupeau fut aux aguets. Vers le campement, les chiens se levèrent en s'interrogeant mutuellement, truffe en l'air. Ma pensée alla aux tribus ennemies. Il y avait plusieurs lunes qu'elles ne s'étaient pas manifestées sur nos territoires; elles n'en restaient pas moins un danger permanent pour mon père et ses troupeaux.

Le vent cessa, emportant l'ivresse des parfums de la steppe.

C'est alors que je l'aperçus sur son cheval. Il était

seul, immobile, et pourtant, pareille à l'ombre de l'aigle sur l'agneau né du matin, sa silhouette haute et lointaine découpée dans le ciel nous écrasait. Il était le vent.

Depuis quand m'observait-il ?

Il dévala la pente ventre à terre, droit sur moi, pour s'arrêter à quelques pas, provoquant la débandade de nos juments. Seul mon alezan, après s'être cabré de joie, se rapprocha.

La monture de l'étranger, un hongre à l'œil torve, couleur d'herbe roussie, remuait la tête ; son mors cliquetait nerveusement dans la bouche entrouverte et mousseuse. Depuis son poitrail, la sueur se déversait jusqu'à ses boulets. Le carquois empli de flèches, la ceinture garnie d'un couteau et d'un cimeterre, le cavalier avait de la taille et de l'allure. Il demanda :

— As-tu vu quatre hommes poussant huit chevaux ?

Je les avais effectivement aperçus au petit matin et remarqué leurs jarrets fourbus. Il est indigne d'exténuer ainsi son troupeau. Il faut soit fuir un grand danger, soit poursuivre un ennemi. Je m'étais fait cette réflexion avant de conclure qu'il s'agissait de voleurs de chevaux.

— Ces chevaux sont les tiens ? Je t'aiderai à les reprendre. Privé de ses chevaux, un homme n'est rien !

Il détourna son regard de la trace des fuyards pour le plonger dans le mien.

— Dis-moi par où ils s'enfuyaient, cela suffira.

Je lui indiquai la colline qui avait la forme d'un bélier vu de profil, puis lui proposai une monture afin de reposer la sienne.

Un instant surpris, il me dévisagea ; ses yeux sombres et fous s'adoucirent.

Mon alezan doré était harnaché. A ses flancs, j'avais un arc et trois flèches, une gourde de lait, et dans ma poche de poitrine un bon morceau de fromage séché.

— Laisse-moi t'accompagner. Je suis Bo'ort-chou, celui qui connaît le chemin.

— Sauras-tu suivre le leur sans détour?

— Aussi sûrement que je peux t'indiquer l'endroit où la lune se lèvera.

— Es-tu prêt?

— Je suis mongol! m'offusquai-je.

— Alors allons-y, éclaireur.

En un tour de main j'attrapai le cheval frais dont il avait besoin et nous le harnachâmes. L'instant d'après nous galopions vers la nuit, lui dans mes pas, appliqué à ne laisser de notre passage dans la prairie qu'un seul sillon.

*

Nous chevauchâmes jusqu'au petit matin et le jour encore. Il ne disait rien, mais parfois, je sentais qu'il m'épiait, notamment lorsque j'observais un crottin pour évaluer la distance nous séparant de ceux que nous poursuivions.

Nous avancions avec le vent de face et les entendîmes bien avant de les apercevoir; des bribes de conversation, des exclamations ou des rires qui nous parvenaient détachés, par à-coups, comme des bulles de salive qui ricochaient dans l'air.

Au crépuscule, nous étions sur eux. Après avoir entravé nos chevaux et vérifié les liens qui maintenaient leur tête au sol pour les empêcher de hennir, nous rampâmes jusqu'au campement.

Les voleurs avaient posé pied à terre dans la boucle d'une rivière, un terre-plein aux herbes aplaties par d'anciennes crues et parsemé de bosquets de saules. Deux d'entre eux entravaient les chevaux tandis que l'autre paire ramassait des *argols* pour le feu.

En attendant la nuit, nous partageâmes le morceau de fromage et l'outre de lait caillé que j'avais emportés.

Son corps, long, leste, impassible et silencieux,

dégageait une grande assurance. Dans ses yeux crépitait un feu étrange.

Je ne savais toujours pas son nom et sursautai lorsqu'il le dit :

— Tèmudjin !

Ma surprise était double. Non seulement il avait devancé ma question, mais surtout, ce nom me fit l'effet d'une ruade en plein front. Tèmudjin : celui qui travaille le fer. Je ne connaissais qu'un forgeron dans tout le pays, et ce forgeron-là était fils de Yèsugèi, chef des Bordjigin, de la lignée des anciens khans, celle du grand Qaboul Khan.

— Que dis-tu ?

— Ne voulais-tu pas connaître mon nom ?

— Si... mais... es-tu le fils aîné du valeureux Yèsugèi ?

Il cligna des paupières.

Je savais qui il était. Comment aurais-je pu l'ignorer ? les gardiens de troupeaux relataient sans cesse ses exploits. A la mort de son père, les alliés de celui-ci, la puissante tribu des Souverains, l'avaient rejeté, volé, chassé de ses territoires, lui et les siens. Tèmudjin avait survécu aux hivers en creusant le ventre de la terre, se nourrissant de racines, de bulbes et diverses charognes soutirées à moins malin. Le chef des Souverains, Targhoutaï, qui espérait succéder aux khans, en prit ombrage et déclara qu'on lui amène la tête de Tèmudjin, prétendant légitime. Chaque fois le fils de Yèsugèi lui échappa. Le soir sous les tentes, les hommes racontaient ses prouesses, et bientôt, des chants composés à sa gloire s'élevèrent du pays des monts bleus, coururent par les rivières pour se répandre jusqu'aux plus lointaines steppes.

Nous avions le même nombre de printemps, seize, mais, étaient-ce les périls affrontés, il paraissait bien plus mûr que je ne l'étais. Tout son être vibrait d'une énergie intense. Il était comme un rocher tombé du ciel, bloc dense et vigoureux, brûlant, impavide. Le moindre de ses gestes avait cependant la souplesse et l'aisance des grands félins. Jamais je n'avais ressenti une telle impression de force et de maîtrise, et quand il se redressa en me demandant de rester en arrière, je protestai :

— Depuis que nous chevauchons, il n'y a pas eu un seul arbrisseau, la moindre pierre pour nous séparer. Vois ! Nos pas n'ont laissé qu'une seule trace.

— Ce sont des Souverains, dit-il en désignant les voleurs. Évite de les avoir sur le dos, car comme les mouches sur les vieux chevaux, ils te persécuteront sans relâche.

— Ils ont volé un frère. Ils pourraient te tuer. Je ne suis pas venu pour rester à l'écart. Accepte mon amitié.

Il ajustait son carquois, s'interrompit, me sonda en un clin d'œil et fit signe de le suivre ; un immense pan de ciel bleu venait de déchirer la nuit...

*

Le Souverain endormi eut tout d'abord une mimique agacée. Puis il fronça les paupières. Quand il les ouvrit, j'abattis la pierre que je venais de soustraire à la rivière sur son front, et recommençai aussitôt. Son crâne émit un craquement ; le sang s'échappait par l'arête de son nez pilé et noya les orbites. L'un de ses compagnons donna l'alerte et ils furent tous les trois debout. Tapi dans l'obscurité, Tèmudjin en faucha deux, l'un et l'autre d'une flèche dans le dos, tandis que le dernier homme s'enfuyait. Bien vite, nous fûmes sur lui. A portée de nos lames, il haletait, geignait sous l'effort et la peur. Il faillit s'étaler et se rétablit en faisant de grands moulinets avec les bras.

— Souverain ! criai-je, ton foie pue !

Il trébucha de nouveau et, s'arc-boutant d'un coup, déséquilibra Tèmudjin qui roula par-dessus lui. Plus chanceux, j'agrippai la houppette à son front, la tirai en lui renversant le crâne en arrière, et l'égorgeai. Tout excité, je finis de lui découper la tête et ris en voyant son visage sous la lune. Ses yeux boursouflés exprimaient stupeur et bêtise.

— Ton foie pue et tes nattes sont poisseuses, dis-je avant de balancer mon trophée au loin.

*

Au petit matin, alors que nous cheminions sans hâte avec le troupeau retrouvé, mon compagnon me dit :

— Partageons-les. Choisis ceux qui te plaisent.

— Ce n'est pas un butin, mais tes chevaux.

— Les aurais-je récupérés sans ton aide ?

— Je le crois. Et sache que mon père s'appelle Naqou le Riche. Tous ses biens me reviendront car je suis son seul fils. Garde tes chevaux.

Il hocha la tête et resta silencieux jusqu'à notre arrivée dans le camp paternel.

Mon père me tança pour avoir disparu sans prévenir avant de me serrer sur son cœur tout en remerciant Tengri d'avoir veillé sur son unique enfant. Les chiens vinrent pour me saluer, mais croisant le regard du visiteur, ils retournèrent derrière les tentes, tête basse et queue entre les jambes, mal à l'aise, comme si nous les avions punis.

Mon père aussi parut décontenancé par les yeux de mon compagnon. S'il s'efforça de ne pas le montrer, je remarquai son embarras et lui dis qui il était.

— Le fils aîné du vaillant Yèsugèi ? Celui qui par ses ruses ridiculise les Souverains de Targhoutaï ?

Tèmudjin inclina le front. L'instant d'après il prenait place sous la *yourte,* à la droite de mon père qui fit tuer un mouton sur-le-champ. Grâce à cet hôte de marque, ma soudaine escapade était justifiée.

Nous avons bu, partagé les abats fumants, piqué nos couteaux brillants dans le foie et le cœur, mordu l'estomac tout ruisselant de sang; graissé nos manches jusqu'aux coudes; à lui la queue, à moi les joues; vidé des seaux entiers d'*aïrak* et de bouillon gras; gavé nos ventres jusqu'aux oreilles. Une fois les os nettoyés et polis par nos crocs, mon père, n'y tenant plus, interrogea notre invité :

— Tes chevaux n'ont-ils pas, eux aussi, besoin de se refaire une panse?

— Oui, leurs flancs sont creusés mais ils sont toute ma richesse. Et sans l'aide de ton fils, je n'aurais certainement jamais revu leurs côtes saillantes. Tu peux être fier de lui, Naqou, car il s'est levé droit devant moi et dans ses yeux j'ai vu son cœur pur.

— Arrête tes louanges, Bo'ortchou risquerait de voir son reflet dans ceux du soleil. Raconte-moi plutôt votre chevauchée, car vous me semblez comme deux jeunes loups qui viennent d'obtenir leur première proie.

— La comparaison est juste. Tels deux loups chassés de leur meute, nous nous sommes accordés pour vaincre ceux qui m'avaient volé.

Tèmudjin narra notre aventure pour la plus grande joie de mon père. Jamais je ne l'avais vu manifester autant d'intérêt pour quelqu'un, si jeune de surcroît. Il le pressait de questions tandis que le foyer éclairait nos visages, et qu'au-dessus de nous, par le trou à fumée, les étoiles scintillaient. C'était une de ces nuits calmes où la yourte familiale paraît seule sur la terre, où chaque son, la plus petite lueur, l'instant même qui s'égrène lentement, se savoure comme le premier lait de l'année. Et ce soir-là, les confidences de Tèmudjin participèrent grandement à ce sentiment d'être privilégiés. Il commença à dérouler ainsi le fil de son histoire :

— Comme tu le sais, respectable Naqou, mon père Yèsugèi était du clan princier des Bordjigin. En digne petit-fils du grand Qaboul, Yèsugèi était un guerrier exceptionnel qui a combattu les Tatar sans répit. La tribu des Bordjigin en avait fait son chef comme tant d'autres clans mongols venus dresser leurs yourtes à l'abri de sa bannière. Quand à leur tour les Souverains se rallièrent, mon père pouvait réunir dix mille hommes. Ses troupeaux étaient gras, ses femmes rondes et souriantes, et ses esclaves nombreux.

Il avait cependant un défaut : l'insouciance. Il ne craignait personne et allait souvent seul par-delà nos territoires. Il y a sept printemps de cela, j'en avais neuf, nous sommes partis tous les deux en pays onggirat, là d'où venait ma mère, à la recherche de ma future épouse.

Après trois jours de marche, nous fîmes halte au campement de Dèi le sage, chef des Onggirat. Quand il sut la raison de notre voyage, Dèi s'exclama : « Figure-toi Yèsugèi, qu'un gerfaut d'une pure blancheur est venu visiter mon sommeil. Il volait, tenant à la fois dans ses serres, et le soleil et la lune. Il s'est posé sur ma main et j'ai pu contempler à loisir les deux astres scintillants. Peut-on rêver meilleur présage ? Tu ne peux ignorer, toi qui par le passé as ravi l'une de nos filles, qu'elles font plus de ravages dans le cœur des hommes que le lait de jument fermenté. » Le vieux chef faisait allusion à ma mère. Yèsugèi l'avait enlevée à un rival. « Aux descendants des khans, seigneurs des pays mongols, nous réservons les plus belles, les faisons monter sur une charrette attelée à un chameau noir. Yèsugèi, ton fils a du feu dans les yeux. Avant de repartir vers d'autres campements à la recherche d'une bru, laisse-moi te montrer ma fille. » Et le vieux Dèi appela : « Börtè ! Börtè ! », jusqu'à ce qu'une gamine soulève la porte de feutre. Elle se tenait droite, les mâchoires serrées et le sourcil belliqueux... C'était ma femme !

Tèmudjin interrompit son récit. Il semblait contrarié et nous respectâmes le long silence qui suivit jusqu'à ce que mon père lui demande :

— Cette Börtè doit être belle ?

— Oui, Naqou, elle l'était. Malgré la poussière

collée à son visage, la pureté de ses traits apparaissait telle la pleine lune au milieu des ténèbres. Le plus frappant était ses yeux. Mille aiguillons de lumière, un mélange d'or et d'émeraude. On dit de l'eau et du feu qu'ils ne peuvent s'enlacer, mais dans ses yeux, il en était ainsi. Mais pour être franc, je n'ai pas éprouvé grand-chose lors de cette rencontre. Comme je te l'ai dit, j'avais neuf printemps... elle quatre de plus. Mes sentiments étaient ceux d'un enfant. Mon père était convaincu qu'elle serait une bonne épouse. Il lui trouvait du sang et de l'éclat. Le vieux Dèi lui avait dit : « Si on donne ses enfants sans protester, on est méprisé. Cependant, le bonheur d'une fille n'est pas de vieillir à la porte mais d'être offerte à un homme. La mienne ira à ton fils, mais en échange, laisse ici mon futur gendre jusqu'à ce qu'il soit en âge de l'épouser. » Après une lune passée au campement de Dèi, j'ai enfin vu les yeux de Börtè comme je viens de les décrire. Maintenant, bienveillant Naqou, si mes confidences t'amusent, sache que mon corps est en mesure de la prendre et d'en apprécier les parfums. Il me faudrait aller chercher cette femme.

— Ton désir a germé, Yèsugèi fut donc bien inspiré.

— Oui et non, répliqua Tèmudjin. Dès le lendemain, après m'avoir recommandé de servir mon tuteur en tout et prévenu celui-ci de tenir ses chiens, prétextant qu'ils m'effrayaient, il repartait vers ses campements. Je me souviens de l'avoir entendu chanter alors qu'il s'éloignait. Il chantait son cheval, disant de ses yeux qu'il y avait le monde tel que Tengri l'avait créé avant la venue des hommes. Des yeux brûlants où la tiédeur n'avait pas sa place, plus limpides que le vol des cygnes et plus précieux que sa propre vie. Je ne le revis plus.

Il se tut.

Comme tous les Mongols, nous savions la disparition de Yèsugèi. On racontait qu'il avait festoyé avec des Tatar qui, ayant reconnu le chef des Bordjigin, l'auraient empoisonné.

— N'écoutez pas la rumeur qui fait des Tatar les assassins de mon père. Ces chiens se réjouissent déjà assez de sa mort. Certes, mon père aimait manger, boire et trousser les filles, mais jamais il n'aurait partagé ces plaisirs avec nos ennemis.

— On dit qu'il est parvenu à rejoindre son camp.

— C'est exact, Naqou. Il souffrait, vomissait un jus noir et tremblait tant qu'il ne pouvait parler. Il avait pourtant un secret qu'il voulait me confier, à moi seul, son aîné. On vint me chercher chez Dèi. Je suis malheureusement arrivé trop tard, mais reste persuadé que s'il a festoyé avec des Tatar, il devait y avoir une de ses connaissances, un de nos alliés.

— Laquelle de nos tribus avait intérêt à empoisonner ce grand chef?

— Les Souverains, Naqou. Un de leurs clans, celui du chef Targhoutaï, est de sang princier. En dehors des Bordjigin, héritiers traditionnels des grands khans, la seule tribu mongole à pouvoir se vanter d'avoir eu un khan parmi ses membres est celle des Souverains. Targhoutaï est un orgueilleux, âpre et cupide. Il a toujours rêvé de la gloire de son ancêtre Ambaqaï, mais n'a ni la carrure ni la droiture pour prétendre au titre suprême.

De tous les guerriers louangés par les conteurs, Ambaqaï était mon préféré. Cousin de Qaboul Khan, celui-ci l'avait choisi pour lui succéder, estimant de ses propres fils qu'ils étaient trop jeunes pour cela. A la mort d'Ambaqaï, le khanat était revenu logiquement à la lignée bordjigin, Qoutoula, quatrième fils de Qaboul, en assurant la charge. Yèsugèi était le neveu de Qoutoula, et selon notre hôte, il avait l'envergure pour devenir khan.

— A chaque exploit de mon père, les espoirs de Targhoutaï s'amenuisaient d'autant. Et s'il s'est rapproché de lui et des campements toujours plus nombreux autour de sa bannière, ce n'était que pour mieux lui subtiliser ses acquis le moment venu. Voilà la vérité, Naqou, car aujourd'hui je suis seul. Je dois au prince Targhoutaï, l'imposteur, d'avoir été coupé de ma tribu, abandonné puis persécuté. Je le maudis. Ses pensées empestent plus que la fiente de vautour. Si un jour Tengri arme mon poing, j'écraserai son foie sous mes bottes !

Il me regarda, mais ses yeux étaient bien trop sombres pour voir dans les miens à quel point je désirais la réalisation de son vœu.

*

Tèmudjin resta dormir. La boisson nous avait légèrement enfiévrés. Titubant sous un ciel moucheté nous avons pissé et vomi avant de nous affaler sur les couches de ma yourte.

Dans mon sommeil, mon esprit s'échappa et m'entraîna loin d'ici, dans un lieu inconnu, vaste et sans relief. Il n'y avait pas la moindre pierre, pas même un caillou ni le plus petit brin d'herbe. Le sol, à l'infini, n'était que cendres. Je vis une silhouette, unique source de lumière, galoper vers elle. Comment pouvais-je galoper sur cette terre ? Aucun cheval n'y aurait survécu. La silhouette était celle de Tèmudjin. Il souriait. A ses pieds, étendu, membres liés, un homme. Je ne l'avais jamais vu et pourtant je sus qu'il était Targhoutaï. Des larmes coulaient de ses yeux, dessinaient de longs sillons ternes sur son visage et s'enfonçaient doucement en se tortillant dans la cendre. Tèmudjin, le regard rond, fixe et dément, ne me quittait pas des yeux. Je pris mon couteau, ouvris le ventre de Targhoutaï, enfonçai ma main sous ses côtes jusqu'à son cœur, l'arrachai, et, alors que je le brandissais, Tèmudjin mordit dedans. J'en fis autant. Nos bouches se le disputèrent, et là où les gouttes de sang frappaient la terre, l'herbe jaillissait, transformant le cloaque en pâturage. Surgissant de nulle part, des chevaux accoururent. Ils étaient des milliers, formaient des bouquets tout perlés de soleil et se dispersèrent en s'ébrouant joyeusement. Voyant tout cela, nous déchiquetâmes le cœur. Ventre ouvert, le moribond vivait encore. Il me supplia de lui rendre son cœur et je lui répondis qu'il ne servait à rien de refermer l'enclos une fois que les moutons s'étaient enfuis. C'est alors que mon esprit réintégra mon corps endormi.

Il dut s'y précipiter car je me réveillai, nauséeux. Au loin, les aboiements des chiens s'échelonnaient dans la nuit. Contrairement à leurs habitudes, les nôtres n'y répondaient pas. Une lueur vacillait sur la claie. Ce pouvait être le reflet d'une braise, mais me rappelant qu'il n'y avait pas de feu dans la yourte, je me retournai. Un regard luisait dans l'obscurité, la transperçait, tel celui d'un loup à l'affût.

— Tu ne dors pas ?

— Si, à la manière des chevaux, par petites étapes.

— Ah ! Dis-moi ?

— Quoi ?

— Dèi musela-t-il ses chiens comme le lui recommanda ton père ?

— Oui.

— Et s'il ne l'avait pas fait ?

— J'aurais crevé leur panse.

— Tu les crains tant que ça ?

— Non ! Ils me répugnent !

— Que leur reproches-tu ?

— Ce sont des pleutres. Ils mendient notre regard et nos restes. Ils agitent leurs hanches comme des femmes et braillent sans raison. Ils se chauffent au soleil, et la nuit venue, alors que nous cherchons le repos, ils hurlent et nous signalent à coup sûr à l'ennemi.

— Ne crois-tu pas qu'ils aboient pour nous protéger des esprits qui virevoltent dans les ténèbres ?

— Non, ce sont des fanfarons. Ils détalent comme des lapins face au danger, la queue entre les pattes. Je n'en connais pas un capable d'aller en silence éventrer son ennemi, comme le ferait un loup.

— Lors des grandes chasses, ils savent pourtant rabattre le gibier et l'égorger.

— Certains, oui. Mais la plupart sont sournois. Que leur pitance vienne à manquer, ils dévoreraient leurs chiots. Je les méprise.

A cet instant, j'entendis mon chien se lever — il s'allongeait toujours à l'extérieur de la yourte —, et s'éloigner à petits pas, nuque effacée et gémissements en bord de truffe.

*

Quand il repartit le lendemain matin, l'herbe était trempée de rosée. Les provisions qu'il emportait, un agneau et trois outres de lait de jument, ballottaient aux flancs de sa monture. Ensemble, nous avions réuni ses huit hongres, il ne lui restait plus qu'à les pousser devant lui. Pourtant, il semblait retarder le moment de tourner bride, un peu embarrassé, ne sachant comment nous remercier.

— Maintenant que je connais cette vallée aux troupeaux heureux, les hivers seront moins longs.

Mon père lui dit qu'il serait toujours le bienvenu, ajoutant :

— Bo'ortchou et toi vous vous êtes reconnus. Ne l'oubliez jamais. A l'avenir, prenez garde à ne pas vous blesser l'un l'autre.

Il croisa mon regard. Y lut-il l'ennui que j'éprouvais par son départ ?

— Dans deux lunes, au jour de la marmotte dorée, j'irai en pays onggirat vérifier si ma promise m'attend toujours. Voudras-tu m'accompagner ?

Devant mon sourire, il assura qu'il viendrait me chercher, puis porta son cheval en avant et lança :

— Les filles onggirat sont belles et nombreuses. Qui sait si l'une d'elles ne te décochera pas une œillade pourpre ?

CHAPITRE 2

Mon cheval ralentit le pas et détourna la tête. Cinq paires d'yeux noirs nous observaient par-dessus les hautes herbes jaunies. Cinq chevreuils en vadrouille. Ils ne clignaient pas d'un cil, mais je devinais les battements de leur cœur. Ils s'étaient montrés hardis en se risquant à découvert. Ils me reniflèrent et s'élancèrent dans la pente.

Mon rêve de la nuit précédente se vérifiait. La fille de l'Esprit de la forêt avait visité mon sommeil, un bon présage car promesse de gibiers pour le lendemain. Cette envoûteuse s'était donc faufilée entre mes paupières et courait nue sous les feuillages, se confondait dans les ombrages, sautillait d'arbre en arbre, s'évaporant dans les trouées de lumière pour réapparaître ailleurs, toujours plus lascive. Vers son corps lisse perlé de sueur, ses hanches ou ses fesses, qu'un bourgeon, une feuille, une fougère dissimulait toujours en leur cœur, encore et encore je m'étais précipité. Elle m'avait échappé à chaque fois, je m'en souvenais, et pourtant, ma sève, nourriture de la garce, avait été crachée; cela je l'avais réalisé dès mon réveil.

Elle comblait bon nombre de mes nuits, mais le jour n'apaisait pas mon désir de la posséder. Tengri m'en garde. Succomber à sa beauté est mortel. Seuls les chamans sont encouragés à contenter son appétit de chair. Qu'ils manquent à leur devoir et le courroux de la fille de l'Esprit de la forêt ferait disparaître tout le gibier. Or, je n'étais pas chaman et n'avais jamais voulu le devenir au grand dam de mon clan, les Aroulat. Ils avaient détecté très tôt chez moi les signes qui ne trompent pas. Plus tard, mon refus sema le trouble et la colère parmi nos tentes, et lorsque ma mère, Tana, mourut en accouchant de son deuxième fils, un mort-né, tous me désignèrent comme responsable de ces malheurs. Mon père se brouilla avec eux et les quitta. Mais depuis, notre isolement ne m'épargnait pas des assauts de la fille de l'Esprit de la forêt. Mieux, ils redoublaient.

J'étais non loin des forêts du Lac Bleu, l'un des plus beaux joyaux de son royaume.

Parvenu sur l'étroit plateau, j'approchai le rivage, désaltérai mon cheval, le contournai trois fois en priant les loups d'entraver les animaux néfastes, et le laissai là avant de m'enfoncer dans la forêt.

Mon père n'aimait pas me savoir traquer seul. Méfie-toi, me disait-il, sans ton cheval, face à l'ours, tu seras comme un oiseau privé d'ailes. Il avait certes raison, mais tout comme j'espérais secrètement goûter aux délices de la fille de l'Esprit de la forêt, un corps à corps avec le seigneur des cavernes m'excitait presque autant.

J'avançai contre le vent, attentif. Le soleil colorait d'or les arbres, leurs cimes se balançant doucement dans le bleu du ciel. Bientôt, les hauts sommets se vêtiraient de rose et de mauve. Un jeune cerf de quatre cors bondit devant moi. Il s'enfuit et disparut aussitôt, happé dans le guillochis de troncs inclinés. Je me dirigeai dans cette direction et découvris les traces fraîches d'un loup adulte. D'autres empreintes s'incrustaient dans la patte la plus large. Elles allaient vers les marais et délimitaient un changement de terrain, une trouée de bouleaux parmi les mélèzes. La fuite du cerf indiquait sûrement que les loups gagnaient le marigot. Je choisis une flèche, m'abritai derrière la souche d'un pin pourri, et attendis longtemps dans le silence, jusqu'à ce que les brumes froides s'emparent de la forêt. Allais-je revenir bredouille? J'étais sur le point de le penser quand je l'aperçus, énorme.

Il descendait la sente en jetant de brefs regards alentour, le museau bas, ses yeux jaunes découpant les ténèbres. Ses épaules roulaient de chaque côté de son garrot. La meute le suivait, silencieuse, les pattes de chacun des loups se posant dans les empreintes précédentes, laissant ainsi l'illusion du passage d'un seul animal. Chef rusé et meute soumise.

Tirer ma flèche me garantissait d'être taillé en pièces un peu plus tard. Je les regardais disparaître parmi les ombres et m'apprêtais à me relever quand un autre loup, aussi puissant que le premier, déboucha du sentier blafard. Il marchait différemment, le regard haut, et semblait inventorier son domaine, recenser tous les changements. Je me tassai. Il bifurqua bientôt entre les troncs, puis reparut face à moi, sur un tertre de mousse et de pierres qu'entouraient trois bouleaux. La truffe portée à l'ouest, il s'allongea, humant le cul de la meute. Ses crocs luisaient dans sa gueule entrouverte. Profil offert, j'avais son cœur pour cible. Il me fallait agir sans tarder car la brise ayant cessé, il sentirait ma présence. Je me levai doucement, tendis mon arc et inspirai profondément pour caler ma flèche. J'allais la lâcher lorsqu'il planta ses yeux dans les miens. Deux lames incandescentes. Sur le dessus du museau et toute sa longueur, il portait une vieille cicatrice blanche. L'imminence de mon geste n'entamait pas sa confiance. Cela me mit mal à l'aise. Il me captivait, et dans l'éclat fixe et serein de son regard je vis d'abord les yeux de Tèmudjin, puis les traits de son visage se superposer à ceux du loup. Le chien lape bruyamment, m'avait dit mon ami, aboie sous la peur, gémit sous les coups. Le loup, lui, aspire l'eau en silence, hurle ses amours sous la lune et affronte la mort sans une plainte. Jamais il ne se laissera passer un lien autour du cou et préférerait mourir plutôt que négocier sa liberté.

Le visage de Tèmudjin s'effaça ; apparut le corps d'une femme, onctueuse et sauvage, une peau de lune, le sourcil tel l'arc à double courbure, noir et net comme le fourreau qui scindait le haut de ses cuisses, et sur lesquelles ses longs cheveux faisaient des méandres.

Était-ce la fille de l'Esprit de la forêt ? L'une de ses sœurs peut-être, car je ne la reconnaissais pas.

Je baissai mon arme et bientôt la silhouette reprit la forme du grand carnivore qui se confondait dans la nuit.

Je suis un Mongol du clan des Aroulat. Les anciens disent qu'il est bon une fois dans sa vie de tuer un loup. Comme paralysé par la vision du tout premier de nos ancêtres, je n'avais pu lâcher mon trait, et repensant aux récits qui chantent la naissance des tribus mongoles, je m'en félicitai.

Venu du Ciel, il y eut Loup Bleu. Sortie des ondes, il y eut Biche Fauve.

C'est aux sources du fleuve Onon, dans les forêts du Mont Céleste, qu'ils ont engendré les hommes. Copulant tels des démons, courant à travers la steppe, ils ont déposé leur semence dans les sous-bois, le lit des rivières, les herbes folles, sur les ronces et les fruits, laissant les oiseaux s'en abreuver, la disperser aux quatre vents.

Aux sources des trois rivières, le loup et la biche se sont aimés jour et nuit. Loup Bleu a sûrement hésité à dévorer sa maîtresse, mais devant sa robe fauve et ses yeux comme deux grands lacs, son amour l'emportait. C'est peut-être cette alliance invraisemblable qui fait qu'aujourd'hui nous, leurs fils, ne cessons de nous chamailler, de nous voler nos femmes et nos chevaux, quand nous ne nous entre-tuons pas. Cependant, il n'y a aucun doute, aux sources des trois rivières, Loup Bleu et Biche Fauve ont créé les Mongols bleus. Il suffit de soulever le feutre des yourtes qui, sur les steppes et parmi les clairières, font de petites lunes et des farandoles de fumée. A l'intérieur, on y voit les mêmes visages tannés, aux yeux farouches qui jamais ne se détournent. Ils mangent, ils boivent et font des fils comme des affamés. Tels des loups ils chassent et tuent. Protégés par Tengri, ils n'ont peur de rien, ni de la faim, ni du froid, et l'ennemi, la mort ne peuvent les atteindre.

Mon loup du Lac Bleu n'avait pas redouté ma flèche, il ne m'avait pas non plus égorgé. Il savait mon sang comme le sien.

Plongé et engourdi dans les ténèbres, il me sembla entendre le retour de la meute. Un instant, j'entendis du côté du rocher une sorte de chuchotement, comme un conciliabule à voix basse. Puis, le bruissement d'aiguilles sur le sol, et de nouveau le silence, parfois troué par l'appel lointain d'un coucou. Ils avaient regagné leur tanière.

Je me levai et me dirigeai vers la roche d'où m'avait observé le loup. Alors que je l'escaladais à tâtons quelque chose d'humide toucha ma joue. Mon sang se figea. Il était là, tout contre moi, l'haleine de sa gueule sur ma nuque. Je fermai les yeux.

Quand je les rouvris, je ne saurais dire au bout de combien de temps, j'étais seul dans la nuit, en nage et poisseux.

Je retrouvai mon cheval fort agité, et pour qu'il chasse de ses naseaux l'odeur de fauve sur mes habits, je chantai à son oreille :

Tu broutes sous les étoiles
Mon cheval, tu m'attends,
Et quand tu me vois,
Tu hennis, me salues,
Sans lien, ni toit,
Libre et fier,
C'est avec moi que tu es bien...

Au-dessus des montagnes du Lac Bleu, la lune rousse s'élevait avec ses lueurs de velours. Un hurlement de loup déchira la nuit.

CHAPITRE 3

Nos dents cisaillaient la viande, raclaient les os. Dans la yourte de Tèmudjin, de la graisse jusqu'aux oreilles, nous fêtions nos retrouvailles.

Comme promis deux lunes auparavant, il était venu me chercher. En gage d'amitié, et afin que son mariage se concrétise, mon père lui avait donné vingt moutons dont un bélier blanc. Avec cette escorte bêlante et butée, il nous fallut trois jours pour atteindre son campement.

Mais maintenant que nous étions réunis autour de son feu, rien ne manquait à notre joyeuse curée. Il y avait là assis en tailleur à ma droite son demi-frère, Belgutèi, puis ses frères, Qasar, Qatchi'oun et Tèmugè, âgés de quinze, quatorze, douze et dix printemps.

Dans la partie qui leur est réservée, les femmes s'activaient silencieusement au-dessus de la marmite et des plateaux tout en me jetant des coups d'œil curieux. Elles étaient quatre dont une enfant, Tèmouloun, huit printemps, unique sœur de Tèmudjin. Les trois autres étaient Ho'éloun, leur mère, Soutchigil, celle de Belgutèi, plus une vieille servante au visage desséché et à la démarche heurtée.

Celles qui avaient été les épouses de Yèsugèi affichaient une beauté différente. Le teint mat, Ho'éloun avait des traits affirmés, un nez aquilin, une bouche ferme aux lèvres épaisses. Le visage de Soutchigil était plus doux, presque effacé. La première se tenait droite sous la yourte, ce qui accentuait son port altier, tandis que la seconde avait les épaules légèrement voûtées, des gestes hésitants et des poignets d'une finesse extrême. Elle semblait fragile, impalpable, telle une flaque d'eau dans le sable, et ses grands yeux constamment à l'affût exprimaient la crainte. Rien de cela dans le regard de feu d'Ho'éloun, que chacun ici par déférence appelait Mère Ho'éloun, car elle avait été la favorite de Yèsugèi. Pas le moindre doute : l'une lait, l'autre flamme.

Tapi au creux d'un vallon pierreux, le camp de Tèmudjin avait un aspect pitoyable. Les trois yourtes usées aux feutres noircis révélaient les épreuves endurées par cette famille jadis prestigieuse, aujourd'hui bannie de ses territoires. Les fils étaient cependant robustes, et tous dévoraient avec ce tintamarre de bouches qui sied aux princes.

Le mouton avait été retiré de leur maigre troupeau. L'attention me flattait, et pour y faire honneur, je vidais et déposais mon écuelle avec empressement. Soutchigil la garnissait de nouveau lorsque les langues des femmes se délièrent. Le front des fils se plissa au-dessus de leur assiettée. Soutchigil tenait une écuelle, fumante de délicieux quartiers de viande, et face à elle Mère Ho'éloun crépitait, lui reprochant, me semblait-il, de servir à Belgutèi une portion supérieure à celle de l'invité, à qui revenaient les morceaux de choix. Elle lui empoigna le bras; le contenu de l'écuelle se renversa. En un éclair, Mère Ho'éloun saisit la fautive à la gorge et l'éjecta dehors en la traitant de vile chienne.

Elles chutèrent au pied du modeste monticule d'argols. Je vis Mère Ho'éloun prendre un humérus qui, faute de chiens, avait eu le temps de blanchir. La première debout, elle assena de sérieux coups sur le crâne de la malheureuse qui hurlait et cherchait à s'en protéger. Sous la yourte, les fils ne bougeaient pas. Seul Belgutèi adressait un regard désemparé à Tèmudjin dont le visage imperturbable semblait dire : « Ma mère frappe la tienne. Et alors, n'est-elle pas la douairière? » Mère Ho'éloun lâcha enfin son arme et revint sous la tente où elle me servit une autre écuelle comme s'il ne s'était rien passé.

Tèmudjin sortit précipitamment. Belgutèi lui emboîta le pas et se dirigea vers sa mère qui le repoussa d'un geste excédé. Il détacha alors son cheval, monta dessus et nous l'entendîmes galoper au nord de la yourte. Tèmudjin fit comme lui mais s'éloigna dans la direction opposée.

L'ambiance si joyeuse du repas n'était plus.

Pourtant, les trois plus jeunes frères de Tèmudjin m'invitèrent à le poursuivre. A l'évidence, l'incident ne valait pas qu'on s'y attarde. Sur le tas d'argols, deux corbeaux, lourds et empotés, se disputaient une touffe de cheveux ensanglantés.

*

Une fois repus, Qasar, Qatchi'oun et Tèmugè proposèrent de me montrer les alentours, une chevauchée vers le ciel, sur les hauts sommets qui protégeaient leur camp. Courbés sur l'encolure de nos montures, nous gravîmes les pentes jusqu'à la ligne de crête où, confia Qasar, ils avaient l'habitude, chacun leur tour, de surveiller les environs. On y dominait une vallée en demi-lune, si vaste, qu'il fallait près d'une matinée de trot pour la franchir et atteindre le collier montagneux face à nous. Deux lacs, tels deux boucliers tendus de soie bleue, ainsi qu'un ruisseau serpentin, paraient ce tapis d'herbes. Au loin sur la droite, une steppe aride et sans relief s'évaporait dans la brume de chaleur.

Le jeune Tèmugè pointa l'index dans cette direction.

— Là-bas, c'est la rivière Kèrulèn ! Tu la vois ?

Il suffisait de la suivre pour arriver sur les terres des Onggirat. Je devinais sa veine sombre en bordure de steppe. Comme effrayée par le désert qui vibrait jusqu'ici, elle se blottissait, langoureuse et frileuse, au premier repli du terrain ; contournait, telle la couleuvre une pierre trop ronde, les collines en forme de pyramide, ultimes sentinelles des escarpements montagneux.

Qasar confirma les qualités stratégiques de leur campement. Selon lui, l'ennemi ne pouvait venir que par cette vallée, soit par le sud en traversant la Kèrulèn, soit par l'est, où, dans le rempart tout crénelé de roches effilées et de surplombs neigeux qui nous faisait face, il désigna une passe. Il restait encore une possibilité au nord, là où la chaîne de montagnes enfermait la vallée. Mais dans ce cas, l'ennemi était contraint de longer trois jours durant l'interminable falaise sur laquelle nous nous trouvions.

— Tu vois, nous avons tout le temps pour lever la place et nous perdre dans le dédale trompeur des montagnes. Nous les appelons les Montagnes Rouges.

— Mais elles sont bleues!

— A l'aube, elles s'empourprent comme le visage des filles que l'on surprend accroupies.

Nous prîmes le chemin du retour avec le soleil couchant. Il colorait d'ambre le bon visage de mes guides. Au contraire des enjoués Qasar et Tèmugè, Qatchi'oun n'avait pas desserré les mâchoires.

A l'instant d'entraver leurs chevaux, tandis que je libérais le mien, Tèmudjin me conseilla d'en faire autant. Je ne l'avais pas vu car le camp était maintenant dissimulé par les ombres obliques, et la silhouette de l'aîné se confondait dans celle d'un rocher.

— A la vue de mes hongres malingres, il pourrait lui prendre l'envie de retourner vers les gras troupeaux de ton père.

Je lui dis que pour rien au monde mon cheval ne m'infligerait cette vexation et précisai qu'il m'était attaché comme l'herbe l'est au sol.

Il approuva, donna l'ordre à Qatchi'oun d'aller se poster au-dessus des Sept Collines, puis me confia que, depuis la mort de son père, ses femmes se comportaient comme des laies stériles :

— Un rien les irrite. Il est temps de retourner chez le vieux Dèi chercher ma promise. Sa venue, si son père me l'accorde car rien n'est moins sûr, adoucira les tensions qui règnent ici. Es-tu toujours de ce voyage au retour incertain?

Concernant ses doutes à propos de Dèi le sage, je les comprenais. Le chef onggirat pouvait répudier ce gendre. Ne l'avait-il pas connu en tant qu'héritier de haut lignage ? Il le retrouverait après sept saisons d'absence, orphelin, déshérité, sans troupeaux ni alliés. Lui ayant donné sa fille, où serait son bénéfice ? Les motifs, tout comme les propositions d'alliance avec quelques seigneurs de contrées voisines, ne lui manqueraient pas pour se rétracter. Mais s'il était un homme d'honneur, il ne renierait pas sa parole.

Je lui dis que mon amitié ne faillirait pas dans les épreuves.

— Bien, alors nous partirons cette nuit avant la rosée.

CHAPITRE 4

La grande vallée fut traversée dans la nuit. En tête, Tèmudjin. Je le suivais pas à pas ; Belgutèi dans mon dos et, fermant la marche, Qatchi'oun. Contournant les éboulis, nous serpentions sur les contreforts lorsque à l'occident les Montagnes Rouges rosirent et, brusquement, s'enflammèrent telle une étoffe pourpre dépliée dans le vent. Puis, leurs glacis veinés par l'écoulement des eaux se teintèrent d'or, et cet or combla à la vitesse d'un cheval au galop tout l'espace de pénombre sous lequel la vallée était assoupie.

Mes trois compagnons restaient silencieux. Tèmudjin m'avait seulement dit que notre ascension nous faisait gagner une demi-journée de marche. Nous devions retrouver la Kèrulèn en aval.

Nous chevauchâmes ainsi la majeure partie du jour, nos montures accablées de chaleur, peinant à relier les hauts plateaux cernés d'arêtes et de cimes entre lesquelles brillaient combes suspendues et calottes neigeuses.

Le crépuscule tombait lorsque nous fîmes halte, assurés qu'aucune fumée ne montait au ciel. L'herbe était bonne, la Kèrulèn en vue et le paysage apaisant. Sur la berge opposée, un cône montagneux se dressait, contemplait sa solitude dans les boucles de la rivière.

Tandis que ses frères entravaient les chevaux, Tèmudjin m'accompagna jusqu'à la rive ourlée de tamaris et de galets à demi enfouis dans le sable. Une multitude d'oiseaux se chamaillaient dans les ramilles. Un couple de canards roux frappa l'onde de ses ailes et, s'envolant devant nous, cancana, mécontent. Nous aurions pu les abattre d'un seul trait, mais nous décidâmes de remplir d'abord les outres, ensuite de nous dissimuler parmi les arbrisseaux et d'attendre leur retour. Le temps de suivre le vol d'une cigogne qui, sur l'autre rive, effleurait lentement la pointe des herbes, nos deux canards revenaient dans une boucle suspicieuse. Nos deux flèches les transpercèrent. Chacun le sien alors que nous ne nous étions pas concertés. La vie était belle, et la nuit, qui allumait ses lumignons un par un, promettait de l'être tout autant.

*

Le grésillement d'une mouche dissipa mon sommeil. Elle faisait sécher la rosée sur ses ailes aux premiers rayons du soleil. Je voulus me rendormir, mais les cris inquisiteurs d'un oiseau à huppette quelque part au-dessus de moi achevèrent mon espoir. J'ouvris un œil, puis l'autre. Au loin, un mirage flottait sur la steppe. Au milieu de ce brasier solaire qui brouille la vue et parfois, à trop vouloir sonder ses lueurs, l'esprit, j'entraperçus une myriade de traits rapides, saccadés, qui paraissaient ne faire qu'un. L'élan s'arrêta soudain, teintant de lueurs rousses l'effet mirage. Je me redressai. Il s'agissait d'un énorme troupeau d'antilopes à croupe blanche. Des saïgas. Leurs robes fauves se confondaient dans les herbes jaunes. Elles sautillaient, légères et anxieuses, vers les hauteurs. J'en dénombrai d'abord des centaines. Mais plus la tête du troupeau gagnait du terrain, plus il en arrivait, par milliers, surprises dans la lumière rasante. Jamais je n'en avais vu autant. Parfois, elles se campaient sur leurs frêles membres en montrant leur cul à face de lune.

Quel dommage que Qasar ne soit pas des nôtres, pensai-je. Des cinq frères, m'avait dit Tèmudjin, il était le plus habile à décocher ses flèches. Nous aurions pu couper leur fuite, les forcer vers un terrain propice, les courser et les tirer...

— Nous chasserons à notre retour.

Il se tenait debout près de moi, observant leur avancée.

— Les flèches de Qasar vont nous manquer, pas vrai ?

— En toutes circonstances, Qasar me manque, répondit-il en s'accroupissant. Son coup d'œil et sa vitesse sont prodigieux. Vois-tu, il a deux printemps de moins que nous, mais il nous surpasse en force et en habileté. Il est capable de séparer deux étalons en train de s'entre-tuer, d'en soulever un d'une main et d'assommer le second de l'autre. Quand je m'entraîne à la lutte avec lui, je sens qu'il pourrait me briser le dos. Heureusement, il se maîtrise avec une grande finesse, et cet art au service de sa force, c'est encore à l'arc qu'il est le plus éclatant. Ses tirs sont si précis que ses carquois sont toujours fournis. Il sera un guerrier d'élite... il l'est déjà.

— Pourquoi as-tu laissé en arrière ce frère si valeureux ?

— Il faut un homme fort pour protéger le camp. J'ai confiance en lui, même si parfois je redoute son côté impulsif. Il tient de notre père. Son cœur est spontané comme celui d'un enfant.

Ayant dit cela, il se releva et ajusta un coup de

pied dans les reins de Qatchi'oun endormi. Après avoir mené les chevaux à la rivière, Belgutèi était de retour.

— Lui, ajouta Tèmudjin en désignant son demi-frère, n'est pas bavard. Ses discours vont aux chevaux. Il sait les soigner, c'est son don. Quant à Qatchi'oun, il ne parle pas. C'est à croire que Mère Ho'éloun lui a fait le trou du cul à la place de la bouche. On ne sait jamais ce qu'il pense. Enfin si, moi, je sais : il ne pense pas, il en est incapable. Allez, partons, j'ai assez parlé.

Veloutée et bigarrée de fleurs, la steppe ondulait tendrement. La Kèrulèn scintillait et l'air embaumait le serpolet. Allant un bon trot, nos chevaux s'abreuvaient des arômes ; à pleins naseaux s'ébrouaient fort ; appuyaient vigoureusement sur leur mors, cherchant un supplément d'ivresse.

— Voyez-vous la croupe de cette colline à la hanche mauve ? demanda Tèmudjin.

— Ce sont les trèfles fleuris qui l'éclaboussent ainsi, dis-je.

— Tu es savant, Bo'ortchou, mais seras-tu le premier à l'atteindre ?

Il poussa son hongre, imité aussitôt par ses frères. Mon retard ne m'inquiétait pas car mon cheval avait le cœur et l'esprit d'un coursier. Sous son visage enluminé de soleil, plus les herbes se déroulaient, plus il allongeait ses foulées comme s'il voulait mettre l'horizon à ses sabots. Il était lancé, et quand il dépassa la monture de Qatchi'oun, celle-ci paraissait galoper dans le sable profond tant nous allions vite. Tèmudjin et Belgutèi, qui bataillaient flanc contre flanc, furent soufflés de la même façon. Alors, l'infini azur et son feston de verdure, la steppe, toute de galbes et d'ensellures, voluptueuse et fertile, ne furent plus qu'à nous. Nous fendions l'air ; le vent sifflait, mugissait dans notre dos ; et par les sabots de mon cheval, la terre, et tous ses mystères, martelait mes tempes avec le plus beau de ses chants : togo-dou, togo-dou, togo-dou, togo-dou ! répété inlassablement jusqu'à ce que la colline aux trèfles soit atteinte. Je le complimentais, flattais sa nuque : ah, mon doux cheval, mon ardent soyeux. Il ralentit, laissant nos compagnons revenir sur nos talons.

— Bo'ortchou !

Je me retournai vers Tèmudjin. Il souriait, l'œil rond, tout en désignant de sa main ouverte, paume tournée vers moi, le sol.

Je pivotai un peu plus, ne comprenant pas ce qu'il désirait me montrer. Presque aussitôt, je fus éjecté hors de la selle. J'avais bien senti Belgutèi venir à mes côtés, mais pas imaginé qu'il soulèverait mon étrier si brutalement. Trop tard. J'embrassai le terrain et plus particulièrement une roche lisse qui affleurait à cet endroit.

Vexé de m'être fait avoir par une ruse aussi simple, je me relevai sans tarder. Ils me regardaient, et d'un coup s'esclaffèrent en me montrant du doigt. Belgutèi se tenait les côtes, Tèmudjin riait à gorge déployée ; il en pleurait, tandis qu'affalé sur sa monture, Qatchi'oun lui administrait de grandes claques sur les épaules. C'est mon visage qui semblait tant les amuser. Ma joue était douloureuse. J'y portai la main et la retirai pleine de sang. Leur joie redoubla.

Tèmudjin m'assura que ma pommette enflait plus vite que je n'avais mis de temps à descendre de selle.

Je l'essuyai d'un revers de manche et, sous le prétexte que je n'y voyais plus, demandai à Belgutèi de ramener mon cheval.

— Ne le prends pas par la longe, car il se cabre et se renverserait. Enjambe-le !

Suivant mon avertissement, il sauta directement de sa selle sur la mienne. La réaction de mon bien-aimé camarade fut instantanée : il s'élança comme la flèche, et tout aussi vivement, planta ses quatre sabots, avec cet imparable retrait des épaules qui se débarrassait du plus avisé des cavaliers, projetant Belgutèi au sol, cul par-dessus tête.

Cette fois, je participais au fou rire général, car sous les naseaux de mon alezan qui le reniflait, Belgutèi se frottait le haut du crâne. Il le complimenta :

— Toi, on peut dire que tu es un véritable cheval mongol. Tu venges ton maître.

Mes trois amis insistèrent pour connaître l'histoire de mon coursier vêtu de feu. Je voulais bien révéler nos secrets, à la seule condition qu'ensuite ils chantent ses louanges.

Ils promirent. Je pus ainsi divertir notre chemin en leur contant l'histoire de mon poulain.

Peur d'Ours, c'est ainsi qu'il serait nommé plus tard, naquit dans les premiers jours de la lune de la parade nuptiale de l'alouette. Nous étions installés sur nos pâturages de printemps, dans le vallon qui mène au Trône Rouge, près de la vallée du Géant. Une fine couche de neige recouvrait les collines et Peur d'Ours était le premier nouveau-né du cheptel. Avec la bourre de sa robe rousse, ses grands yeux lumineux et sa crinière en épis façon queue d'écureuil, il était vraiment attirant. Quand il se chauffait au soleil, il semblait un lionceau assoupi sur une fourrure d'hermine.

Une demi-lune s'était écoulée lorsqu'une nuit, le troupeau de chevaux nous réveilla en passant près de nos tentes. Ils paraissaient très agités. Certains ruaient, d'autres hennissaient. C'était une de ces nuits où l'hiver pousse un dernier sursaut à faire gémir le sol, l'écorce et la pierre. Une nuit glaciale où le moindre bruit se répercute à des distances considérables. Je sortis avec mon père. A la lueur des torchères, nous vîmes le troupeau rassemblé, inquiet, fronts dressés et oreilles pointées vers le Trône Rouge. Il s'y produisait quelque chose.

Nous prîmes nos armes et courûmes jusque-là. Au centre de la clairière, plusieurs formes tournaient sur la neige blafarde. On distingua celles de la jument et de son poulain poursuivis par bien plus massif qu'eux : un ours. Plus exactement une ourse, car deux oursons, peu téméraires, se tenaient à l'écart, attendant le moment où le poulain passerait à portée de leurs griffes. Certainement blessée, la jument avançait péniblement et se fatiguait à protéger son petit. Soudain, elle fut touchée à la cuisse ; sa croupe se déhancha, glissa à terre ; l'ourse l'enveloppait déjà de ses pattes, lacérait ses flancs, et de la gueule bataillait ses reins.

Mon père tira une flèche, puis une autre. Mère ourse lâcha sa prise en grondant et rameuta ses oursons avant de les entraîner sous le couvert de la forêt, un empennage dans la fesse gauche.

Terrorisé, le poulain n'osait plus s'approcher. Sa mère l'appela. Elle haletait, son corps fumait, et dans ses grands yeux où se baignait la lune, il n'y avait pas de larmes. Mon père l'examina. Xaya, xaya, disait-il doucement pour l'apaiser. Il fit du feu pour y voir plus clair et tenir les prédateurs à distance. Les flancs étaient en lambeaux. Il retourna vers les yourtes chercher du limon et de l'écorce de bouleau qu'il appliqua sur les blessures. Il fit de même sur l'épaule du poulain car les griffes d'un ourson l'avaient entaillée. Au petit matin, il me laissa veiller sur eux.

L'aube pointa, et avec elle, les premières gouttes de sang percèrent le pansement. La valeureuse jument restait étonnamment calme, le regard lointain, vers je ne sais quel monde morne et glacé. Son petit serré contre son poitrail, elle fixait cet ailleurs invisible dans une attitude héroïque, droite dans le repli des ombres, ne semblant rien déplorer.

Le soleil calottait de lumière le sommet des plus hautes collines lorsque mon père revint. Il examina les blessures de la jument. Au flanc droit, son pansement n'était plus et découvrait une plaie si béante que j'aurais pu y enfoncer ma tête.

Il me dit qu'il fallait emmener le poulain, tenter de l'allaiter pour qu'il vive. Je lui demandai s'il allait abréger les souffrances de sa mère. Il n'en avait pas le droit ; dorénavant, elle appartenait à l'Esprit de la forêt qui offre tant de gibier à nos flèches, qu'en échange il pouvait bien prélever ce que bon lui semblait parmi nos troupeaux. Ne pas l'admettre attirerait sur notre foyer mauvais génies et nombreux fléaux.

Il caressa le front de la jument puis emporta son poulain par la croupe et le poitrail. Elle ne cilla même pas. Elle savait la fin. Son ventre s'égouttait. Je lui souhaitai un ailleurs où les fleurs ne se fanaient jamais, et l'abandonnai.

Ce jour-là, le poulain ne voulut pas téter le pis en peau de jument que mon père avait confectionné. Au milieu du jour, j'aperçus dans le bleu du ciel trois vautours qui tournoyaient au-dessus de la prairie encaissée. Plus bas, des corbeaux se chamaillaient en vol, d'autres noircissaient les branchages des lisières en croassant.

Avant le coucher de soleil, je me rendis sur les lieux. La tête tout ensanglantée, les deux oursons jouaient dans la neige, tandis que leur mère s'affairait encore sur la robe dépecée. Sous les frondaisons, j'aperçus des loups et leurs incessants va-et-vient.

Peur d'Ours devait téter son premier biberon. Je pris ma jument noire et galopai jusqu'à la vallée du Géant. A cette saison, il y avait peu de familles installées sur l'immense prairie, et trouver une jument ayant mis bas un mort-né était fort improbable. A la faveur des brandons qui s'élevaient des trous à fumée dans la nuit, je me dirigeais de campement en campement. En vain. Je ne récoltais que les remontrances de quelques grands-pères qui me reprochaient d'avoir éreinté ma noiraude. Enfin, parvenu à l'extrémité septentrionale de la vallée, un vieil éleveur me redonna espoir. Il possédait deux chamelles, et l'une d'elles allaitait deux chamelons. Nous l'avons levée et tiré son lait, assourdis par ses cris. L'ancêtre me conseilla de couper le lait car il serait trop riche pour mon poulain. Je mis les deux outres sous mes fourrures, à même la peau, et le cœur battant, j'encourageai ma jument à voler vers notre foyer. La brave aux naseaux ardents fit des étincelles sur la neige. Arrivé, je sautai de selle, frottai mes mains entre les cuisses mouillées de ma noiraude et la remerciai d'un baiser avant de filer sous la yourte.

Membres repliés, Peur d'Ours somnolait au pied de ma couche, sa tête aux reflets noisette dodelinant sous la chaleur des braises. Je préparai le biberon, puis titillai ses lèvres avec mes doigts parfumés d'écume. Il lécha, mordilla, suçota... je glissai la tétine. Depuis ce premier biberon, nous sommes inséparables.

Une lune plus tard, on m'avertit qu'une jument nourricière l'attendait dans la vallée du Géant. A cette heureuse nouvelle, je l'emportai en travers de ma selle en lui chantant ma joie :

Plus léger que le duvet
Peur d'Ours a besoin de lait,
Plus agité que le torrent
Mon poulain a besoin d'amour,
Et sous les flancs d'une mère
Plus jamais il n'aura peur.

La jument dont il s'agissait avait la robe louvette, les salières creusées, l'allure triste. Son nouveau-né ne respirait plus. Les hommes prirent sa poche sanguine, la disposèrent sur le dos de Peur d'Ours, puis scandèrent des youri-youri-youri pour encourager la tétée jusqu'à ce que la succion soit franche et distincte.

J'étais heureux, Peur d'Ours avait une mère. Mais lorsque je quittai nos bienfaiteurs, mon poulain doré trottait collé aux jarrets de ma monture. J'eus beau ruser, descendre de selle, me cacher, il me suivait, petits sabots butés qui martelaient le sol, pour me dire qu'il préférait mes biberons au lait de chamelle plutôt que de se voir abandonné. Le propriétaire de la louvette me dit alors de l'emporter avec nous, m'assurant qu'il viendrait la chercher avant l'été.

Elle facilita grandement mon travail de nourrice car Peur d'Ours poussait régulièrement du bout du nez son giron. En revanche, il ne restait guère aux côtés de sa mère adoptive, préférant gambader près de moi, me suivant n'importe où, entrant et sortant de la yourte selon son bon plaisir. Ses premiers biberons au lait de chamelle l'avaient rendu rond et fort. Ses articulations étaient souples, ses os pleins, ses tendons secs, et le panache de ses crins touffu. Sur son épaule gauche de petit guerrier fier et musclé, il portait les cicatrices scintillantes des quatre griffes.

Il jouait avec moi comme l'aurait fait un chiot. Dès que je me mettais à courir, il galopait à mes trousses et d'un coup de nez dans le dos me faisait tomber. Parfois, le visage enfoui dans les herbes, je faisais mine d'être blessé, attendant qu'il s'approche pour me renifler les cheveux. Alors, je me relevais soudainement, agrippais son encolure et le clouais au sol. Un jour que nous nous amusions de la sorte, je me mis à courir vers la clairière du Trône Rouge. Contrairement à ses habitudes, je ne sentis pas son souffle sur mes reins; il était resté en arrière. Xa, xa, xaya, criais-je pour l'encourager à franchir l'enclos invisible qui le retenait. Rien n'y fit, il piaffait, tenaillé par la peur. Chaque jour je poussai le troupeau à brouter dans la clairière du drame, puis, après avoir noué un tissu sur les yeux de Peur d'Ours, le menai parmi ses congénères où je lui rendis la vue. Ainsi, petit à petit, il se débarrassa de ses craintes, et les premières herbes mâchées furent celles où le sang de sa mère s'était déversé.

J'avais accroché une amulette à son encolure dans une bourse pourpre qui le préserverait des mauvais esprits et en ferait plus tard l'étalon du cheptel. Et pour le fortifier, je chantais ses éloges :

Rapide comme la flèche,
Léger comme le vent,
Mon poulain-Dragon
S'avance dans les herbes
A la façon d'un chef.
A mon appel, il vole,
Déclenche la tempête,
Et de son lumineux poitrail
Fend les plus noires forêts,
Car mon poulain abeille
Ne craint plus le grand mangeur de miel.

Il n'avait pas encore deux printemps que je le montais à cru. Cette monte, et le fait d'avoir été élevé sous la tente, d'être constamment avec moi, me permettaient de le diriger avec ma seule voix.

Mes compagnons avaient écouté l'histoire de Peur d'Ours avec un grand intérêt. Mais lorsque je leur dis qu'il effectuait également toutes mes volontés sans que je dise un mot, ni sentir le déplacement de mon corps, Belgutèi demanda la preuve de ce que j'avançais.

Je lâchai alors les rênes, me mis debout sur la selle et annonçai que Peur d'Ours tournerait vers la Kèrulèn. Il se dirigea vers la rivière. Ensuite, je dis qu'il reviendrait vers le levant, ce qui fut fait, puis qu'il allait faire une boucle complète en commençant par le nord. Il effectua la révolution annoncée. Pour finir, je prédis un départ au trot suivi d'un arrêt au bout de neuf foulées. La démonstration fut parfaite, mais Belgutèi, qui passait pour si bien connaître les chevaux, n'était pas convaincu.

— Si tu n'uses pas de signes, soupçonna-t-il, ce que tu viens de réaliser, tu peux tout aussi bien le faire pied à terre ?

— Un cheval est fait pour être monté, lui dis-je.

— Soit ! Prends donc mon cheval, je monterai le tien et te dirai les directions où j'aimerais qu'il aille.

— Désires-tu mordre à nouveau la poussière ?

— Puisque ton cheval écoute ton cœur et sait lire dans tes pensées, demande-lui de me supporter sagement durant l'essai.

Je refusai, prétextant qu'un Mongol ne permet pas à d'autres mains, fussent-elles de noble descendance, de mener son cheval de tête.

Tèmudjin intervint :

— Suffit ! Belgutèi. Tu nous agaces tel le taon sur les couilles de l'étalon.

Puis, il donna l'ordre d'aller l'amble.

Nous chevauchâmes ainsi durant quatre jours. Au soir du quatrième, nous traversions la Kèrulèn. A peine foulions-nous la rive droite qu'une dizaine de cavaliers s'approchèrent. Tèmudjin reconnut des Onggirat. Il dit la raison de notre venue sur leurs territoires. Un éclaireur repartit aussitôt. Encadrés par nos guides, nous prîmes ses traces jusqu'au soir où, après avoir gobé quelques œufs trouvés aux abords d'un lac peuplé d'échassiers, nous nous endormîmes sous un ciel étoilé, parmi d'innombrables craquettements.

Le lendemain, mille silhouettes se détachèrent dans l'embrasement du soleil levant.

— Voici Dèi, dit l'un des Onggirat.

La poitrine de Tèmudjin se gonfla.

Je ne savais pas si ce déploiement d'hommes était de bon augure pour les noces qu'espérait mon ami, mais en observant ses yeux, je me dis qu'il serait préférable qu'elles aient lieu. Ils flamboyaient.

CHAPITRE 5

Les étoffes précieuses séchaient sur le dôme des tentes et le camp des Onggirat avait des allures de fourmilière. Comme toujours, les femmes cadençaient l'effervescence. Elles époussetaient leurs plus beaux atours ou battaient les tapis de feutre; astiquaient chaudrons, bols, coupelles et plateaux; déplaçaient de yourte en yourte des malles, des sacs, des outres, un fatras d'ustensiles; tiraient de lourdes pelisses inertes ou des cabris terrorisés tout en admonestant les morveux qui chahutaient dans leurs jambes. Ailleurs, accroupies dans la mosaïque de brebis rassemblées tête-bêche, elles trayaient vigoureusement, laissant les plus jeunes emporter les seaux vers les grandes outres de lait que chacune, tour à tour, barattait. Disposés en pyramides sur de larges plateaux dorés, les *aarouls* convergeaient comme s'il en pleuvait vers les tentes de Dèi. Les hommes saisissaient les moutons à la volée, retournaient les plus joufflus, les plaquaient au sol en maintenant leurs membres écartés, et l'un d'eux, par une encoche au sternum, enfonçait l'avant-bras jusqu'au cœur pour le sectionner. Puis, une fois l'animal apaisé, ils le dépeçaient sous le regard gourmand des enfants et le rire de ceux qui avaient trempé leurs doigts dans le sang, et les suçaient en fermant les yeux de plaisir. Les femmes récoltaient le liquide vital, lavaient les viscères; les vieillards allumaient les feux, les purifiaient d'aromates et d'écorces; les chiens, eux, s'étripaient, excités par l'odeur.

Des *ulus* voisins, des familles arrivaient sans discontinuer. Aux flancs de leurs montures, pendaient des quartiers de chevreaux, d'antilopes, des bouquets de lièvres et de perdrix aux yeux clos. Elles apportaient des marcassins, des gerboises, des canards, des marmottes, des chèvres sauvages, des oies, et je vis même un blaireau, deux mangoustes, des tétras, des pigeons au ventre bleu, un cygne blanc sur une croupe zain. D'autres poussaient des veaux, un chameau; d'autres encore, des brebis bêlant dans le vacarme.

Nous quatre qui n'avions gobé que quelques œufs depuis six jours, étions particulièrement émoustillés par les innombrables fumets rehaussés de thym et de serpolet. Nous mîmes pied à terre devant les tentes de Dèi. Encadré par une guirlande de vieilles faces austères, il nous attendait debout, l'œil encore vert et vif. A ses côtés, les seize étaient des seigneurs onggirat, de valeureux guerriers, plus quelques cousins et neveux. Il y avait aussi le chaman, vieillard édenté et rabougri qui de loin puait la viande faisandée et hircine, et de plus près l'ail dont il se garnissait les joues pour attiser ses gencives.

Une coupelle d'argent à la main, Dèi s'avança jusqu'à Tèmudjin. Mon compagnon la prit, trempa l'auriculaire dans le liquide pour asperger les horizons de quatre chiquenaudes, but une gorgée et la lui rendit.

Ensuite, la coupelle passa de main en main selon la hiérarchie. Comme toujours en pareilles circonstances, les anciens avaient tendance à vouloir trop en faire. Leurs aspersions n'étaient que surenchères propitiatoires à Tengri, à son ciel glacé d'azur, à ses ciels rouges, à ses ciels noirs. Et comme si cela ne suffisait pas à nous garantir de ses traits colériques, ils évoquaient les esprits de la terre, des eaux, du feu, des ancêtres, aspergeant dans tous les azimuts. Soucieux d'accorder la manne céleste et son cortège d'esprits au cérémonial, ils y mettaient toute leur ferveur, sans tenir compte de nos gorges desséchées et de nos ventres révulsés par l'impatience.

Quand chacun d'entre nous eut trempé par trois fois ses lèvres, Tèmudjin dit :

— Dèi ! Je ne suis plus cet enfant que tu as connu il y a sept printemps. En ce temps, les vastes contrées de Yèsugèi, ses nombreux troupeaux, ses guerriers éprouvés, devaient me revenir, moi son aîné. De tout cela je n'ai plus rien et les maigres présents que voici ne sont pas dignes de l'alliance passée jadis entre toi et mon père.

Ayant parlé, Tèmudjin sortit de sa poche de poitrine un long tissu de soie bleue et, le disposant en travers de ses avant-bras, l'offrit paumes tournées vers le ciel au vieil homme tandis que Belgutèi et

Qatchi'oun s'avançaient, porteurs de carquois remplis de flèches et d'arcs travaillés dans le bois, l'os et la corne.

— Mon fils ! répondit le chef onggirat, tu es resté bien peu de temps auprès de moi. Durant ton absence, par crainte des saisons sauvages, j'ai enfoui ma fille tel le papillon sa larve, et parmi les miens, ai protégé cette chrysalide vulnérable. Voici venu l'été car tu es de retour. Il y a sept printemps, quand ton père t'avait confié à moi, il y avait du feu dans tes yeux, mais il ne brûlait pas encore dans ta poitrine. Aujourd'hui c'est un soleil que je sens palpiter en ton cœur. C'est à mon tour de te confier ma fille. Mais avant, mangeons.

*

Les moutons bouillis arrivèrent sur de longs plateaux. Dèi découpa des triangles dans les museaux qui baignaient dans leur jus et nourrit le feu avec. Puis, il désorbita les yeux. Le premier fut pour Tèmudjin. Il était énorme, ferme, rond, pétait dans son blanc. Je salivais à l'idée que son double me reviendrait. Mais non, les anciens furent servis avant, et les meilleurs morceaux me passèrent sous le nez : un crâne et sa cervelle, une omoplate, une queue, le sternum et les hautes côtes, le fémur et le tibia. Partout, ce n'étaient plus que bruits de mastication, de déglutition ; chacun dévorait, aspirait, raclait les chairs, graissait ses manches et son col, et le feu consommait sa part de viande avec un doux grésillement.

Dèi préleva une autre queue, blanche et grasse, qu'il fit porter à sa fille. Privilège exceptionnel pour une femme que de mordre dans ce noble morceau.

Cachée ou nous épiant peut-être, celle dont le nom évoquait l'éclat d'un saphir, la belle Börtè, ne s'était pas montrée.

Tout à ce festin qui se prolongerait trois jours durant, Tèmudjin ne semblait pas s'en tracasser.

Quand les premiers moutons furent sucés jusqu'aux os, vint le moment de chanter, et tour à tour, les plus beaux timbres de voix rivalisèrent dans les joutes musicales. Probablement dépêchées par Börtè qui devait attendre un rapport détaillé sur son futur époux, deux jeunes femmes grassouillettes adressèrent ce chant en forme de supplique à Tèmudjin :

Du couchant jusqu'au levant,
Tu as galopé pour enlever l'épouse,
Notre sœur, la jolie Börtè.
Parcourant la steppe d'un trait,
Tu es venu pour ses joues rondes,
Pour les délices de son cadenas.
Prolifique, il sera d'or,
Mais nous ses sœurs,
Que ferons-nous sans notre amie ?
Venant avec tes frères, tes compagnons,
Des hommes, des chefs,
N'aurais-tu pas pensé à nous ?
Afin qu'aussi sur nos joues rondes,
En de tendres baisers, ils nous reniflent,
Et sèchent nos larmes.

Tèmudjin se leva pour chanter sa réplique :

Mon cheval à la robe isabelle boude,
Car je lui ai dit de notre retour,
Qu'à sa crinière serait nouée la plus jolie des [fauvettes.
La croupe au vent, le nez dans les marais,
Mon cheval isabelle boude,
Car de belle, il n'en a pas vu la moindre plume.
A vous ses sœurs qui la vantez,
Me promettez monts et délices,
Menez-moi jusqu'à sa branche,
Montrez-moi son nid,
Que je la respire,
Car je désespère de sa malice.

Sa mélopée fut lente, heurtée, comme indécise, mais ses vocalises assez poignantes pour que chacun eût envie de chanter. Les couplets reprirent de plus belle. Transfigurés par l'émotion, le torse droit, narines et veines palpitantes, les hommes nous emportaient à travers la steppe, disaient ses douceurs, évoquaient les faveurs de Tengri, la pureté des ruisseaux, la beauté des chevaux, celle des femmes qui parfois amplifiait la blessure portée dans un cœur viril, et, suspendu aux bouches fleuries, chacun frissonnait. Leur verve semblait ne jamais s'épuiser.

Un vieillard à la moustache argentée s'assit en face de Tèmudjin et dit :

— Tu te demandes après tant de saisons si ta promise s'est embellie. Mange, Tèmudjin, bois, amuse-toi, et sois rassuré. Je viens te dire, moi dont le grand âge aura permis de l'apercevoir alors qu'elle s'apprêtait à revêtir ses habits d'apparat, qu'elle est encore plus radieuse que la grue déployée dans le vent. Elle me dépêche auprès de toi pour que tu saches son impatience... Vois-tu, Tèmudjin, je n'ai rien vu d'autre qu'une femme aimante... Elle est le soleil et la lune, et si mes yeux brillent tant, c'est que l'éclat de sa peau m'illumine. Tu te demandes, mon fils, tu te demandes... Son corps est pareil à la steppe, il ondule; les chevaux en ont l'eau à la bouche, car il a une odeur de trèfle et doit en posséder le goût... Son ventre? Une chrysalide qui palpite... quel bonheur pour le premier bourgeon. Sa gorge est blanche comme la colombe, ses joues vermeilles, et son regard de braise... Elle m'envoie te dire entre deux soupirs, cette pensée lui soulevant la poitrine, qu'elle hésite encore à se marier. Quitter ses parents la peine. Mais te laisser repartir sans elle lui cause autant de chagrin. Te voilà prévenu, Tèmudjin. Il te faudra la cueillir et l'emporter. Cependant, prends garde, car il se trouvera certainement parmi nos jeunes guerriers quelques valeureux pour se dresser devant toi, empêcher l'enlèvement de la plus ravissante de nos filles.

Le grand-père se leva. Les chuchotements disaient qu'il était le plus fameux des conteurs. Alors qu'il se courbait pour franchir le seuil de la yourte, j'aperçus à ses côtés, tout contre le linteau, le visage sublime d'une jeune femme. De longues mèches noires encadraient cet ovale délicieux, et ses yeux verts, immenses, étaient jaspés de lueurs fauves.

Tel un poulain découvrant la steppe, mon cœur bondit.

Tèmudjin suivit mon regard. La jeune femme s'éclipsa aussitôt. Et mon compagnon s'exclama :

— Börtè !

C'était au tour de mon compagnon d'être bouche bée tandis que mon cœur se brisait comme une pierre dévalant un précipice. Malgré tout, j'étais enchanté pour lui.

— Quel khan n'en rêverait pas pour épouse ? le félicitai-je.

— Allons la trouver !

Il m'entraîna de tente en tente à la recherche de l'épousée qui craignait tant de quitter les siens.

Il élabora un plan :

— Quand nous l'aurons trouvée, nous retournerons graisser nos joues sous la yourte de Dèi, et je parlerai de ton coursier, le merveilleux Peur d'Ours, avec tant d'éloquence que les jeunes crotteux en saliveront. Ils voudront mesurer leurs chevaux au tien. Alors tu les défieras. Si nous nous y prenons bien, cette cavalcade se déroulera avant le coucher du soleil. Épuise-les tous, Bo'ortchou, car pendant ce temps j'enlèverai ma femme. Son père la garderait bien auprès de lui plus longtemps. Si je n'agis pas, dans une lune nous serons encore ici.

Si le rapt de l'épouse était une très ancienne coutume, mon ami n'avait pas la patience d'attendre que l'occasion lui soit offerte.

Croisant le vieux barde à la moustache argentée, Tèmudjin lui demanda où se trouvait Börtè.

— Que lui veux-tu de plus mon fils ?

— Lui montrer une branche au bourgeon perlé de miel dont les vertus apaisent hésitations et palpitations.

— Donne-la-moi, je lui remettrai.

— C'est qu'elle est profondément enracinée.

— Tranchons-la, proposa le chantre avec un sourire malicieux.

— Impossible, grand-père, car couper un arbre c'est lui ôter tous ses pouvoirs.

— J'aimerais t'aider, Tèmudjin, mais je ne veux pas la trahir. Elle me maudirait, et sa colère affolerait les deux colombes qui roucoulent sur son toit.

Et il s'éclipsa en mimant le vol de l'oiseau.

Nous nous interrogions sur le sens de ses paroles quand soudain j'aperçus deux colombes blanches coiffant le sommet d'une yourte d'où s'échappaient des rires clairs et frais.

— Méfions-nous, dit Tèmudjin, c'est peut-être une ruse.

Il écarta le pan de feutre à l'entrée. Nous vîmes quatre femmes. L'une travaillait le lait au-dessus de la marmite, une autre cousait, la troisième, agenouillée derrière la fille de Dèi, lui brossait les cheveux. L'opulente chevelure se répandait en reflets bleuâtres sur le *del* blanc. Börtè avait les pommettes hautes et gaies, héroïques, un sourire radieux, et le vert de ses yeux étoilait l'arche des sourcils. Elle était jeune et belle, et déjà mûre. Femme, terriblement désirable.

Tèmudjin s'engouffra : elles sursautèrent, poussèrent des cris stridents ; les colombes s'envolèrent, éparpillant quelques plumes qui, par le cercle ouvert du toit, virevoltèrent jusqu'au sol. Il se campa devant Börtè.

— Par dix mille troupeaux, te voilà joliment fleurie !

Elle se releva sans le quitter des yeux, à la fois ravie et stupéfaite. Lumineuse.

Ses compagnes s'étaient regroupées contre le

treillis de la yourte. Elles pépiaient, implorant Börtè de les rejoindre.

— Suffit ! ordonna Tèmudjin.

Elle détaillait l'expression agacée de son prétendant. Elle eut un sourire hardi, moqueur et séduit, un de ces sourires qui enchantent tant ils sont épanouis. Ses amies pouffèrent puis se turent car Tèmudjin rivait son regard dans le sien. Muets, nous les observions, moi dans l'encadrement de la porte, les effarouchées à l'autre extrémité, quand Tèmudjin, d'un geste vif, écarta le bas du del de Börtè. Sa main disparut sous la taille ceinturée ; les compagnes couinèrent, plus fascinées qu'offusquées. Les amoureux ne s'en souciaient pas ; nous n'existions plus. Ils continuèrent, immobiles, enchaînés l'un à l'autre, à s'entre-dévorer, avec ce regard solaire qu'ont les grands ducs apercevant leur proie.

J'entendis alors le son d'un filet d'eau, puis celui fait par la pluie quand elle s'éparpille sur le sol. Des gouttes dorées éclaboussaient leurs bottes. La belle se déversait, pissait dru, et son visage exprimait les signes de son abandon proche : ailes du nez palpitantes, bouche frémissante, paupières demi-closes.

Le bruit cessa ; les traits de Börtè se détendirent, accrochèrent à la commissure des lèvres un sourire en forme d'étoile.

Tèmudjin retira sa main, lapa ses doigts, l'un après l'autre, avant de porter leur revers à ses narines, et sortit précipitamment.

*

Comme prévu, mon ami chauffa à blanc le parterre des convives de Dèi en vantant les qualités de Peur d'Ours. Et quand nous eûmes mangé l'agneau, goûté quelques beignets farcis de caille, un cabri truffé d'herbes et quelques bécasses faisandées, nous nous retrouvâmes devant un soleil potiron à rassembler les chevaux dont les cavaliers étaient nombreux et bien déterminés à m'empoussiérer de leur course.

Frappant de leur fouet les croupes nerveuses, ils s'élancèrent en se jetant des œillades complices. Ils riaient, chantaient, crièrent victoire trop tôt. Le parcours était long. Ceux qui prirent la tête, la dissipèrent un peu plus loin. A Peur d'Ours, je chantais mon bonheur, ma fierté de le chevaucher, tandis qu'à son front l'horizon ondoyait. Puis, le rythme des premiers s'atténua, les croupes s'alourdirent, les membres mollirent. Un par un, nous dépassâmes ces chevaux éreintés, cuisses émoussées et souffle haché. Ils suffoquaient dans la lumière sanglante qui embrasait les feutres où, amassé, le peuple onggirat s'apprêtait à accueillir le cheval vainqueur. Le mien! Peur d'Ours courait, transpirait, brillait. Qu'il était beau ainsi, ondulant sur la steppe, rejoignant et doublant le dernier rival, un pie aux sabots d'ivoire.

— L'alezan de Bo'ortchou! C'est l'alezan de Bo'ortchou qui vient seul devant les vôtres, annonça Belgutèi qui s'était posté en éclaireur. Et la foule se précipita au-devant de nous en agitant les bras et criant.

Elle nous pressa, acclama Peur d'Ours, le contempla tout en lui disant que j'étais un bienheureux, puisque sur son dos, j'étais comme l'oiseau. Et les bardes chantèrent ses louanges :

Il est de feu, il est de pierre,
L'alezan de lumière,
Soulève les vents,
Et va devant,
Il est de feu, il est de sang,
L'alezan de lumière,
Et sur la steppe s'en va,
Rien ne l'arrête.

Dans l'allégresse générale, je discernais au loin Tèmudjin qui progressait vers la yourte au dôme coiffé de colombes. Il y pénétra ; le couple ailé s'envola tandis que les bardes poursuivaient leurs joutes verbales à la gloire de Peur d'Ours :

Ses yeux sont deux bijoux, ses crins sont un [torrent,
Ses cuisses sont en airain, ses reins sont un collier,
Sa croupe est un rocher, et sa course est sans fin...

Börtè sortit la première, Tèmudjin à ses trousses. Ils couraient parmi les tentes et les chariots, elle, vive et blanche, ses longs cheveux voltigeant comme des fouets dans l'air, lui nerveux et puissant, la pourchassant parmi les cabris affolés, les veaux patauds, les brancards qu'il fracturait d'un revers d'épaule et les peaux séchant au soleil.

Börtè fila vers un bois. Tèmudjin sauta sur son cheval, et dans un galop rageur, piqua droit vers la pente où la croupe battue de mèches brunes s'enfuyait.

Le premier moment de surprise passé, les hommes accoururent, l'*ourga* en main. Hurlant et jurant, ils s'élancèrent dans un nuage de poussière. Le spectacle élaboré par Tèmudjin me réjouissait et je n'en perdais pas une miette : Börtè s'essoufflait à mi-pente ; Tèmudjin glissa le long de son cheval et l'attrapa à la taille, la soulevant comme une feuille sous le vent, avant de la plaquer contre son torse. Ils disparurent dans le bois. Les poursuivants firent de même, mais sans réelle conviction. Peu après, ils rebroussaient chemin un à un.

Je vis le couple sortir de la forêt. Il se dirigeait vers les hauteurs. Il me sembla qu'il l'étreignait tout en la soulageant de son del, et que celui-ci glissa à terre quand ils eurent atteint le point culminant du col. Leurs silhouettes s'évaporèrent dans le bleu du ciel.

Tels Loup Bleu et Biche Fauve, je les imaginais rouler dans l'herbe, emportés dans une spirale folle et incendiaire.

Le vieux Dèi me souriait.

— Je regrette de ne pas avoir une autre fille à t'offrir, car j'aurais été fier de t'avoir pour gendre. Tu es de la même veine que Tèmudjin.

Il rit et m'invita à reprendre le festin.

Je lui emboîtai le pas et sous la tente mordis dans les chairs, du jus jusque dans les trous de nez. Cela apaisa mon appétit, mais pas mon excitation, cette montée de sève qui martelait mon bourgeon.

Fort tard dans la nuit, enfiévré d'alcool de lait, je m'étalai parmi les herbes, bercé par les mâchoires de Peur d'Ours qui broutait tout à côté. Et je m'endormis sous un ciel haletant, moucheté de pentacles, un ciel de noces.

CHAPITRE 6

Les amants réapparurent après trois nuits. Bercés par le pas chaloupé de leur monture, ils descendaient les collines, la nuque de Börtè contre l'épaule de Tèmudjin.

Je fus le premier à les voir. Je les attendais. Comme la veille... et l'avant-veille.

Ils passèrent près de moi sans un mot, le pouls à l'unisson, le regard lointain, coloré par ces trois nuits. Perché sur l'une des cordes d'attache des chevaux, l'oiseau à la gorge rouge vif les salua en décochant des trilles vibrant vers l'azur.

D'abord gêné de les avoir attendus, je réalisai ensuite comme j'avais été inspiré. Mon attente m'avait permis de découvrir la plénitude. Dès cet instant, je sus, ébloui, le sens de la vie, son emblème. Trouver ma Börtè, voilà quel était mon but.

Elle avait le del froissé, les joues souillées de terre, la chevelure emmêlée de chatons, exactement comme il l'avait décrite sous la tente de mon père. Elle glissa à terre en se tenant à son bras et disparut dans la yourte de sa mère. Puis, Tèmudjin alla jusqu'à l'attache des chevaux où il jeta la longe de son hongre, avant de se rendre auprès de Dèi, qui l'invita à partager son repas.

*

Au cinquième matin, nous repartîmes vers le couchant, les manches de del grasses et la mine réjouie.

Avec cinquante de ses hommes, Dèi nous accompagna jusqu'à la Kèrulèn, où il défit les cordelettes de crins qui maintenaient le paquetage sur les reins de sa monture. Soulevant la feutrine, il découvrit une somptueuse fourrure. Il la prit dans ses bras et la tendit à Tèmudjin :

— Tu m'enlèves ma fille. Veille sur elle. Aux jours noirs, jette cette pelisse sur vos épaules, le doute en sera chassé.

Le précieux pelage était de la plus belle espèce de zibelines. Il avait nécessité les peaux d'au moins quatre-vingts d'entre elles, car il était entièrement doublé et doté d'un col montant. Au moindre mouvement, des lueurs bleu acier parcouraient ses vagues chatoyantes.

Le vieux chef onggirat s'approcha de sa fille, huma longuement ses cheveux sur le haut du front, paupières closes, et s'en retourna.

Il nous laissait son épouse qui ne put se résoudre à quitter Börtè, vingt de ses guerriers, deux chameaux chargés de fardeaux, un cheval blanc, un bœuf à la croupe pie et quatre serviteurs pour sa fille. Nous étions donc, sous Tengri lumineux, une troupe insignifiante qui avançait par les herbes caressantes, sans impatience. Tèmudjin menait le convoi. Suivait Belgutèi, perdu dans la contemplation des franges de nuages qui au loin coiffaient les montagnes. Un peu plus en arrière, Qatchi'oun et moi encadrions le chariot noir de l'épousée et de sa mère. Le frère de Tèmudjin observait avec intérêt la fleur de notre voyage de retour, sa belle-sœur. Aux tempes de la jeune femme, ses mèches sombres jouaient dans le vent.

Soudain, Tèmudjin s'arrêta. A vingt pas de là, le profil d'un aigle dressé sur son aire se détachait des broussailles. Sous le poitrail du rapace se trouvaient deux aiglons gris à l'allure gauche.

— Nous allons en prendre un et l'élever pour en faire notre allié, dit Tèmudjin en s'approchant.

L'aigle baissa la tête, déplia ses ailes et, entrouvrant son bec, se mit à glatir d'une manière plaintive. Devant l'attitude pathétique de cette mère, Börtè fut prise de compassion.

— Regarde son œil, Tèmudjin, ne dirait-on pas le soleil ?

Accroupi face à lui, une couverture enroulée à son bras gauche, Tèmudjin en convint.

— Soit ! dit-il sans le quitter des yeux. Offrons-lui une part de viande. Je vais juste prendre une de ses plumes. Nous l'accrocherons sous notre yourte, ainsi il nous protégera.

J'appelai Börtè et lui montrai la gigue d'agneau fumée à la cendre que j'avais emportée.

Elle accourut, prit le quartier de viande contre sa poitrine et m'adressa un sourire, une grande rasade de lumière. Ses dents étaient comme des perles, et son regard, deux émeraudes avec des cristaux topaze. Je ne pus rien dire de plus. Le ciel était à l'envers.

Elle fit volte-face.

Tèmudjin porta la main vers les aiglons, la retira aussitôt devant le bec et les serres déployées de leur mère, et de l'autre l'allégea d'une penne à l'aile gauche.

Puis, le convoi s'ébranla de nouveau et poursuivit son chemin jusqu'au soir.

Alors que nous disposions le campement sur les hauteurs de la Kèrulèn, Tèmudjin repéra un grand troupeau d'antilopes. Il s'avançait en direction du fleuve, silhouettes cramoisies dans le couchant.

— Veille à remplir ton carquois, Bo'ortchou, car demain nous nous mesurerons à elles.

Nous les observâmes jusqu'à ce que le soleil bascule derrière la chaîne de montagnes mauves.

Tèmudjin ordonna à quinze des guerriers de Dèi d'aller vers l'ouest en progressant à l'abri des collines. Avant la venue du soleil, ils franchiraient les crêtes, et disposés en éventail pousseraient le troupeau vers l'affût.

Puis, accompagné de Belgutèi, Qatchi'oun, des cinq Onggirat restants et de moi-même, Tèmudjin dénicha un demi-cercle herbeux parmi l'amas de roches élevées où nous pouvions tous tenir assis sur les talons. Il n'y avait pas un souffle de vent, le feu dansait mollement sur les blocs de granit, montait droit, emportant notre convocation.

La veille d'une chasse, l'usage demandait que l'on écarte les femmes pour se concilier les esprits. Cette nuit, nous évoquâmes la fille de l'Esprit de la steppe. Tout comme la fille de l'Esprit de la forêt, elle était lubrique et jalouse. Point de femmes donc parmi nous. Notre réunion était l'occasion de dire des obscénités. Elles visaient à l'émoustiller dans le but d'obtenir sa récompense : une chasse fructueuse. L'importance du troupeau aperçu nous inspira. Il fut question de bas-ventres pourfendus, de corps lascifs qui sur les mamelons de la steppe appelaient le tonnerre et tous ses éclairs, de bourses rubescentes, de vits aussi merveilleux qu'improbables, de féroces copulations où la terre, avide, avait sa part de sèves et de fumets.

Dans cet exercice qui composait vite une rengaine, nos compagnons onggirat se montrèrent les plus habiles. L'un d'eux raconta l'étrange histoire que voici.

Il y a de très nombreuses lunes, en pays djurtchèt, vivait une famille d'éleveurs dont la mère passait pour être un fameux chaman. Guère plus haute qu'un poulain nouveau-né, cette femme s'appelait Trotte Menu et avait pour mari un dénommé Bouse Sèche, une sorte de géant. Il lui avait fait vingt et un enfants. Elle en était toute décharnée, ratatinée avant l'âge, et bientôt fut incapable d'enfanter. Or, à la première lune du printemps qui suivit sa stérilité, Trotte Menu redevint subitement gourmande. Bon époux, Bouse Sèche accueillit ce sursaut de vitalité avec ardeur. Las, sa vigueur, jadis prolifique, n'apaisait pas le feu, et la pauvre restait avec un ventre tout tendu de désir. Chaque aube la trouvait inerte, le visage défait, sombre et creusé. Ses tourments s'estompaient à la fin du cycle de la pleine lune, pour reprendre dès la suivante, à chaque fois décuplés.

Les premiers temps, Bouse Sèche ne désarma pas. Il se gavait de plantes connues pour raidir le membre, et de ses reins à briser des mélèzes percuta des nuits entières l'épouse si malingre, pour finalement supplier les hommes de son *aïl* d'en abuser à loisir.

Trotte Menu les épuisa les uns après les autres, jusqu'au jour où il ne s'en trouva plus un seul de vaillant pour affronter ses harcèlements. A chaque pleine lune, elle roulait des yeux, tortillait des fesses et disparaissait nue et furieuse dans la nuit blanche.

Un grand chaman fut appelé à la rescousse. Un esprit animal, vengeur et revêche, tourmentait sa consœur. Telles furent ses conclusions. D'après lui, seule la souffrance physique l'empêcherait de s'immiscer à nouveau dans le corps. Trotte Menu fut donc attachée debout autour d'un bouleau, la pointe des seins clouée sur le tronc. Mais avec le retour de la lune, la possédée s'échina tant, qu'elle s'en déchira les tétons et s'enfuit.

Écervelé le Crotteux, le fils aîné, retrouva ses traces, les suivit, et vit l'innommable. Étendue sur l'Œuf de pierre, un rocher isolé dans une clairière, Trotte Menu se contorsionnait en imitant le hennissement de la jument. Soudain, l'étalon du troupeau émergea de la pénombre, nuque courbée, encapuchonnée d'un rayon de lune. Il s'avança en piaffant jusqu'à l'Œuf de pierre, ronflant et martelant le sol, le regard oblique. Trotte Menu tendit la main et lui cajola les naseaux sans cesser d'onduler. L'étalon soufflait bruyamment. Il retroussa les lèvres et huma longuement les effluves qui s'élevaient de la vulve écarlate. Sa verge s'épanouissait, et quand il l'eut claquée entre ses côtes, il projeta d'un bond ses antérieurs par-dessus la femme et se retrouva en travers d'elle, impatient et brutal, l'arrière-main saccadée. Trotte Menu se débattait, râlait, mais en dépit des soubresauts inquiétants de l'animal, elle empoigna l'énorme champignon et le dirigea entre ses cuisses. L'étalon l'emmancha jusqu'au fourreau. Ses sabots et sa mâchoire ripaient contre la pierre, mais sa croupe toujours se haussait en de nerveuses contractions. Reins tendus, il allait et venait, ses bourses sombres frappant la roche dans un bruit d'écume.

Stupéfait, Écervelé regardait sa mère écrasée, le visage déformé par les rictus.

L'étalon se répandit en fouettant de la queue. Et se figea. Le souffle court, l'œil étonné, comme offert à une obscure visite, il resta ainsi, le flanc haletant. Puis, il se retira, libérant un flot de stupre, et s'éloigna, la pine brillante et à demi pantelante.

Le fils aîné remarqua la métamorphose de Trotte Menu. Son corps s'était allongé, avait retrouvé souplesse et nervosité, jusqu'à sa poitrine, d'ordinaire si flasque, qui s'était rengorgée et s'agitait de nouveau, ballottée comme le lait caillé que l'on secoue dans les outres, pleine et généreuse, gavée par l'accouplement.

Il allait la rejoindre lorsqu'il vit, en lisière de la forêt, deux jeunes mâles qui jouaient du sabot et des dents.

Trotte Menu les appela de son hennissement de femme joyeuse.

Les jours et les lunes passèrent sans changement. Tout aurait pu continuer ainsi, mais la boulimie de la femme aux goûts d'hémione eut des conséquences imprévues sur le cheptel de Bouse Sèche. Ensorcelés par leur maîtresse, les étalons délaissaient leurs cavales. Il n'y eut plus de naissances, donc plus de lait. D'autres mâles furent introduits, mais ils étaient chassés, quand ils n'étaient pas mis en pièces. Fou de rage, Bouse Sèche s'empara alors d'une hache, et, gagnant à grands pas la roche des amours chevalines, y trouva les amants, sa femme, son ruisseau perdu, qui, embrochée, gloussait gaiement. On aurait dit une adolescente jouant dans le torrent, s'amusant à tendre son fruit de porcelaine sous la cascade. La hache s'éleva dans la face ronde de la lune, fit un cercle, trancha par le milieu le cheval et la femme.

Le lendemain matin, le troupeau avait disparu. Bouse Sèche suivit les traces. Elles le menèrent vers les hauteurs du Grand Khingan, et le soir, il crapahutait dans la neige, ne comprenant pas ce qui avait poussé son cheptel jusqu'ici, parmi les nuages. Il pensait le retrouver sur l'autre versant, dans les plaines herbeuses des territoires tatar... il fut entraîné dans le désert.

Plusieurs fois, il les aperçut. Ils s'enfuyaient toujours, disparaissaient derrière une dune, un tourbillon de sable, un mirage. Ses forces l'abandonnèrent. Il continua pourtant. Et marcha, marcha, comme il ne l'avait jamais fait, malgré le froid, la faim, la soif et le chagrin. Il vacillait sur ses jambes, et la douleur lui rappelait sans cesse, à chaque pas, que les chevaux étaient ce qu'il y avait de plus important sur cette terre. Il avait tué sa femme, mais il aurait tué toutes les femmes, et les plus belles, et ses fils aussi, si seulement il avait pu retrouver l'un de ses misérables chevaux. Et dans sa folie, lorsqu'il tomba pour ne plus se relever, et qu'il vit son troupeau l'entourant, le piétinant déjà, il se demandait pourquoi il n'avait pas su épargner l'étalon.

La manade de Bouse Sèche erre quelque part dans le Gobi. Sauvage et indomptable, il lui arrive de razzier les juments élevées en pays tangout. Sa résistance est incomparable. Pour se dissimuler, ils ont adopté une robe couleur de sable. Leur crinière hirsute, qui pousse large et drue, est coupée en brosse, comme si une main invisible la leur taillait. Pour le reste, leur rancune vis-à-vis de l'homme n'a d'égale que leur férocité...

Nous avions écouté avec un grand intérêt cette histoire des chevaux sauvages du Gobi racontée par le guerrier onggirat. Elle était à même de satisfaire la fille de l'Esprit de la steppe et nous avions toutes les raisons de penser que, demain, la chasse serait bonne. Tèmudjin s'allongea et conclut la réunion ainsi :

— Ô fille de la steppe ! Visite notre sommeil, veille sur nos chevaux, et meurtris-nous le bulbe !

CHAPITRE 7

Dispersés en arc, nous attendions, camouflés par les vagues herbeuses. Une brise tiède chahutait la crinière de mon cheval. La tête basse, les yeux clos, il s'assoupissait, cajolé par les rayons. La journée serait chaude, car déjà les mouches tournoyaient inlassablement sur nous, agressives.

Enfin, le troupeau d'antilopes vacilla dans les nappes des mirages. Il tentait de rejoindre les hauteurs, s'arrêta, hésita, puis fila à nouveau vers nous. Sur ses arrières, le flot de retardataires continuait sans cesse de grossir, et bientôt leur panique ébranla la steppe.

Peur d'Ours releva la tête. Je lui dis de ne pas bouger, alors il contrebalança le poids de sa croupe sur l'autre jarret, et resombra dans ses rêveries jusqu'à ce que les têtes des premières antilopes surgissent sur le replat qui nous dissimulait.

Réalisant notre piège, le troupeau éclata dans un tourbillon de poussière, de robes fauves et d'yeux apeurés. Les cornes s'entrechoquaient, des corps tombaient, d'autres se faufilaient le long de nos flancs, ramassés, musculature bandée. D'autres encore, emportés par un même élan de frayeur, bondissaient par-dessus nos montures. Percutant celle de Qatchi'oun, une antilope envoya le jeune cavalier à terre.

Dans cette grêle de membres affolés, seul le cimeterre permettait de tailler. Craignant que le troupeau nous échappe en se scindant en deux, Tèmudjin hurla de nous mettre au galop.

Les saïgas nous prirent de vitesse, mais l'étendard irréel qu'elles décrivaient sur la steppe était sans fin, et, à chaque fois que nous décochions une flèche, l'une d'entre elles s'écroulait, l'œil rond et le cœur apaisé. C'était un véritable bonheur d'accompagner leur fuite éperdue, fracas de sabots, d'herbes fauchées et de carcasses heurtées, tandis que nos chevaux, tout à leur excitation, poussaient sur leurs membres à s'en détacher l'encolure.

Bientôt nos carquois furent vides. Tèmudjin donna l'ordre de piquer droit dans les flancs, et, parmi les groupes épars et indécis provoqués par cette stratégie finale, d'autres antilopes capitulèrent, deux sous ma lame, portant à douze mes trophées.

On en dénombra soixante-dix, et sans plus attendre, on les découpa pour mordre dans les foies et les cœurs chauds.

Les femmes nous rejoignirent. Tèmudjin tendit une coupe de sang à Börtè et sa mère. Elles burent tandis que les servantes, avec des gestes alertes récupéraient les abats et le précieux liquide dans les outres et les boyaux. Puis, après avoir laissé quelques morceaux de choix à la fille de l'Esprit de la steppe, nous poursuivîmes notre marche.

*

Accablés de chaleur et lourdement chargés, les chevaux avançaient péniblement, la tête basse, n'ayant plus la force d'en chasser les mouches agglutinées. Nous avions quitté les bords de la Kèrulèn, gravi une longue pente aux herbes brûlées, atteint un plateau crénelé de sommets. Un ruisseau s'écoulait entre deux versants, et par ici l'herbe avait un parfum de trèfle. Il nous restait une bonne journée de marche avant de parvenir en vue des Montagnes Rouges. On décida de s'installer pour la nuit.

Isolée, une antilope harassée grimpait la pyramide verte au bas de laquelle nous étions. Je me demandais ce qui pouvait bien pousser l'animal à monter cette pente raide, lorsque derrière moi la voix de Tèmudjin me fit sursauter :

— La fin ! La fin de son existence terrestre. Elle qui a passé sa vie dans la steppe, loin des terrains encaissés, surmonte ses terreurs, son épuisement, pour rejoindre le bleu de Tengri. Viens, grimpons !

Déposant nos armes, nous défîmes notre ceinture et la passâmes sur nos épaules avant d'entreprendre l'ascension du sommet qui se découpait dans l'azur. Sans être ni le plus haut ni le plus impressionnant des monts qui nous entouraient, il était particulièrement abrupt, et très vite il nous coupa les mollets et nous fit ahaner. Au-dessus de nos fronts, l'antilope progressait difficilement, de manière oblique. Notre présence ne l'effarouchait pas.

Enfin le faîte fut sous nos bottes, et le soleil déclinant face à nous. Sur notre gauche, les monts s'enchaînaient, et cette succession de crânes pelés ressemblait à un vieux chameau assoupi. Quant à l'antilope, elle s'était volatilisée. Tèmudjin ne s'en étonna pas. Il dit :

— Les montagnes sont le marchepied de Tengri, ses maîtresses. De son souffle il les caresse sans cesse, creuse leurs flancs, coiffe leurs tempes de blanches couronnes. C'est par elles qu'il enfante la terre. Noirci de désir, il recouvre leurs seins, et d'un trait, enlumine leurs entrailles, les ensemence, nourrit leurs hanches, baigne leurs pieds. Si la terre entière devenait désert, plaie ouverte, c'est encore sur les montagnes que la vie palpiterait, car elles sont non seulement un écrin pour les âmes, mais également le lieu où il dépose ses messages. Et n'est-ce pas pour les déchiffrer que les vieux s'y étendent quand ils s'en vont mourir ?

Il se tut. Des glaciers scintillaient dans le lointain. Le soleil bascula derrière leurs remparts bleutés. Je remerciais Tengri de l'instant, le sollicitais pour qu'il ne cesse jamais d'abreuver sa favorite, la terre, qu'il comblait tant. Et secrètement, je chantais ses mérites, en particulier celui de m'avoir fait croiser le chemin de Tèmudjin, moi à qui il avait toujours manqué un frère pour parfaire mon bonheur.

— Bo'ortchou, ne cherche plus ce frère, dit-il, je suis celui-là.

Pour le coup, je fus convaincu qu'il voyait bien dans mes pensées. Cette évidence m'effraya autant qu'elle me parut séduisante, et comme je ne disais rien, il ajouta :

— Tu as chevauché devant moi afin que je retrouve mes chevaux. Tu as fait couler le sang des Souverains, ces traîtres qui m'ont volé. A la course, face aux meilleurs coursiers onggirat, tu as poussé ton cheval comme s'il en allait de ta vie, et cela a enchanté mon beau-père. Ainsi, Dèi a pu voir que je n'étais pas cet orphelin, ce sans-nom que la rumeur colporte à travers les steppes. Tu t'es comporté envers moi mieux qu'aucun de mes frères. Tu es spontané, Bo'ortchou, droit, inflexible dans ton cœur. J'ai vu la manière que tu as d'épouser ton cheval, et celle, silencieuse, que tu as d'approcher l'ennemi. J'ai vu avec quelle plénitude tu tranquillises le gibier, en accord avec la steppe, le vent, les pierres, les animaux et le ciel. Je t'ai observé chassant l'antilope, tu étais toi-même antilope. Tu tires un canard et ta flèche se fait cane. Par le loup du Lac Bleu que tu as épargné et qui ne t'a pas égorgé, tu es le loup qu'il me faut ! Toi l'Aroulat, moi le Bordjigin, par nos ancêtres nous sommes du même os, et sous nos veines galope l'indiluable sang mongol. Un jour, nous scellerons notre amitié par ce sang. Ce que la bouche d'un Mongol dit se réalisera.

Cette détermination se lisait sur son visage, brillait dans ses yeux. Il les détourna, et son profil se découpa dans le ciel où, une à une, les étoiles s'allumèrent. Bientôt, l'incomparable toile indigo fut entièrement mouchetée d'immortelles, ces fleurs des glaciers qui jamais ne meurent.

Après un long moment, mon compagnon interpella à son tour le ciel :

— Ô Tengri, ne m'abandonne pas. Fais venir à moi les braves, les purs, tes fils, mes frères. Arme mon bras ! Tu as voulu que je sois l'aîné, mais les miens sont dévêtus, et parfois je me demande si ta volonté n'est pas châtiment, s'il n'aurait pas mieux valu que je sois le cadet.

Je faillis intervenir, lui dire qu'il ne devait pas douter.

— J'aimerais, poursuivit-il, que mon clan me revienne comme ces étoiles accourent dans le ciel. Comment faire ? Faudra-t-il que j'aie cinquante Bo'ortchou à ma droite pour qu'ils se souviennent de mon nom et ne craignent plus de se détourner des Souverains ?

— Ton père, demandai-je, ne s'était-il pas allié avec d'autres tribus ?

— Yèsugèi ? Un brigand. Il a passé sa vie à combattre. Il n'a jamais demandé une femme en mariage, il les enlevait. Toutes. Mère Ho'éloun aussi. Un Merkit venait de l'épouser et la ramenait parmi les siens lorsque mon père, accompagné de mes oncles, le pourchassèrent. Pour lui, prendre une femme n'était rien d'autre qu'une bataille à remporter. Dans ces conditions, il lui était difficile d'élaborer des alliances, et quand il y parvenait, les désaccords ne tardaient pas. Si j'ai installé mon camp aux Montagnes Rouges, c'est non seulement pour être loin des Souverains, mais également des Merkit qui ont quelques motifs de vengeance envers mon père. Pourtant, tu as raison, il a bien eu un allié avec lequel il n'a pas eu le temps de se brouiller. Un Kèrèit. Mon père l'avait délivré de l'esclavage des Tatar. Il s'appelait Toghril, était prince. Ils sont devenus amis, comme deux frères. Plus tard, il l'a même aidé à rassembler son peuple, à retrouver son trône, et je crois qu'il est toujours le khan des Kèrèit.

— Ne vivent-ils pas dans la grande vallée de l'Orkhon ?

— Ce sont bien ceux-là.

— Voilà les alliés qu'il te faut pour réunir ton clan et punir les Souverains. On les dit plus nombreux que toutes les tribus mongoles réunies.

— J'y ai songé...

— Pourquoi hésiter ?

— Ce roi est un fourbe. Il n'engage ses troupes que lorsque lui-même y trouve son intérêt.

— Eh bien, les Souverains n'ont-ils pas de l'or, des feutres, des troupeaux et des femmes ?

— Tu oublies juste une chose, Bo'ortchou, les Souverains combattaient aux côtés de mon père lorsque celui-ci aida Toghril à devenir khan des Kèrèit. Crois-tu qu'il se retournerait contre ces vieux alliés, à mon profit, moi qui ne possède rien ?

— S'il est aussi fourbe et cupide que tu le dis, je pense qu'il le fera. Son butin sera les Souverains. A toi de prendre garde qu'il ne veuille aussi les Bordjigin.

— Il a mêlé son sang avec celui de mon père.

— Ils se sont juré fidélité ? Ils étaient donc *Anda* ! Yèsugèi n'étant plus, tu peux te considérer comme le fils de ce Toghril.

— Ce n'est pas une garantie de fidélité. Sache qu'il a égorgé deux de ses frères.

— Certainement parce qu'ils complotaient pour le pousser hors du trône. Mais toi, tu ne viseras pas son rang, tu le solliciteras pour qu'il t'aide à retrouver le tien comme jadis Yèsugèi l'a fait pour lui.

— Et qu'offrirai-je à ce grand rapace dont l'appétit pour les richesses est, dit-on, illimité ? Mère Ho'éloun m'a dit un jour qu'elle le croyait capable de poignarder sa propre ombre si jamais il y voyait luire le moindre éclat.

— Il est un présent qui pourrait le combler. Une richesse qui aux yeux d'un tel homme vaut bien quelques chevaux de race.

— Je t'écoute.

— La pelisse de zibeline de Dèi.

— Elle est aux mains des femmes, et je n'imagine pas qu'ayant réchauffé leurs corps à cette fourrure de soie, elles puissent s'en défaire.

— Cette pelisse, Börtè la destine à ta mère, rappelai-je. Et il me semble que la seule chose qui puisse réchauffer son cœur et calmer sa colère, c'est que de tes mains, les Souverains vomissent leur langue et t'abandonnent leurs entrailles fétides.

CHAPITRE 8

Les chevaux s'arrêtèrent les uns à côté des autres au sommet de l'ultime col, les Montagnes Rouges dressées devant nous. A nos pieds, la prairie, gonflée de rosée et caressée par la brise, ondulait. Dans son écrin de falaises sanguines, elle semblait respirer à pleine poitrine. Tèmudjin l'appelait l'Île aux Herbes. Elle s'inclinait doucement vers la veine de la Kèrulèn. En son milieu, enchâssés telles deux violettes dans leur rosette de feuilles, les deux lacs scintillaient.

— Ce sont les larmes de l'Île aux Herbes, dit Tèmudjin en se tournant vers Börtè. Elles paraissent identiques, pourtant, l'une est claire et potable, l'autre est trouble et salée. Dans la première nous irons boire et regarder les poissons longs comme le bras ; dans la seconde nous irons soigner nos plaies et nos peines aux baisers des sangsues.

Sur le promontoire qui les bordait, la masse sombre d'un homme filait sous la lumière. Pareil à l'oiseau, il semblait voler sur les herbes, le visage tendu contre la joue de son cheval.

— Quel est ce cavalier ? interrogea Börtè.

— Vu son allure de jeune taureau écervelé, ce ne peut être que mon frère Qasar. Il est impatient. Regardez-le, ne dirait-on pas un grand tigre ayant reniflé l'urine de sa femelle ?

Quelques instants plus tard, Qasar arrêtait brutalement son cheval mouillé d'écume à quelques pas des nôtres. Dans son habit sombre, ceinturé de rouge, il paraissait aussi large que haut. C'est à peine si l'on voyait l'extrémité de ses flèches et de son arc jaillir de derrière ses puissantes épaules. Épanouie, sa face brillait comme une pomme lustrée. Ses yeux de brigand allaient sur chacun de nous, évaluant d'un coup d'œil nos bagages, l'état de nos chevaux, et la mine de ceux qui accompagnaient notre convoi. Après un rapide regard vers Börtè, il fixa son frère aîné et lança :

— Que Tengri m'envahisse, vous voilà, dit-il en riant. Je savais les territoires onggirat parsemés de fleurs, mais je ne t'aurais pas cru capable d'y décrocher la plus étincelante. Allons sous la tente, cette union a dû vous dessécher.

Et ballottés par la houle prudente de nos chevaux fatigués, nous descendîmes les pentes jusqu'à l'Île aux Herbes. A la fraîcheur d'une de ses sources qui laissait au palais un goût de soufre, nous nous désaltérâmes avant de traverser la prairie, piquant vers la longue passe pierreuse qui menait au repaire de mes hôtes, dans le dédale des Montagnes Rouges.

*

Les femmes nous accueillirent silencieusement. Elles se tenaient debout, côte à côte. La jeune sœur de Tèmudjin, Tèmouloun, se trouvait entre Mère Ho'éloun et la mère de Belgutèi, Soutchigil, celle-ci ayant à ses côtés la vieille servante, Avance en pétant. A trois pas d'elles, habillé de pied en cap comme le futur guerrier qu'il allait devenir, Tèmugè nous faisait face, et lui seul souriait, à l'évidence admiratif, son visage d'enfant illuminé par le retour du grand frère qui lui ramenait la plus piquante des belles-sœurs.

A l'arrière du chariot, Börtè reçut des mains de sa mère la corne de vache dans laquelle palpitait, assoupie, la braise du foyer paternel emportée dans ses bagages. Puis, la jeune mariée s'avança en protégeant la base de la corne, et, une fois devant le del outremer de Mère Ho'éloun, effectua une courbette pleine de grâce et d'humilité. Celle-ci observa un instant la jeune fille avant de l'inviter sous la yourte. Tèmudjin mit pied à terre et nous fit signe de le suivre à l'intérieur.

Mère Ho'éloun se tenait près du foyer. Ses longues tresses nattées de fils d'or faisaient deux courbes luisantes sur sa poitrine et soulignaient un peu plus l'éclat de sa robe, elle-même rehaussée d'une longue tunique de brocart sans manches. Lorsque Börtè eut joint sa braise à celles du feu, Mère Ho'éloun s'agenouilla à ses côtés et lui tendit la viande que la jeune femme s'empressa de consumer. Par ce sacrifice, Börtè affirmait sa volonté de veiller aux destinées de sa nouvelle demeure, en acceptait le servage.

Sous le regard inquisiteur de ses deux mères, Börtè servit le bouillon en commençant par son époux. Nous-mêmes, les hommes, paupières cillant au-dessus des bols fumants, nous observions avec un peu plus de compassion la femme de notre jeune chef. Attentive, mais nullement indécise, elle en était plus touchante encore.

Sa mère entama un chant :

Aux pas dorés des jeunes mariés,
Dévêtue, je n'ai pu résister,
Et suis venue accompagner mon fruit,
Mon oiseau,
Les ailes de ton fils,
Ma fille.

L'épouse de Dèi avait les yeux mouillés par l'émotion. Mais ce trouble n'avait rien de comparable à celui de Soutchigil qui, le visage rembruni, se mordait les lèvres. Malgré la demi-pénombre dans laquelle se tenait la mère de Belgutèi, je remarquai les sillons contrariés, le sombre pli entre les sourcils. Les deux ridules qui encadraient sa lèvre supérieure étaient plus creusées qu'avant notre départ, comme si durant notre absence, ses larmes avaient coulé sans répit. Les stigmates violacés qui coloraient son nez et le pourtour des yeux renforçaient la fragilité de son visage. Elle croisa mon regard, et j'eus l'impression qu'un sabre en travers du corps ne lui aurait pas causé plus de déplaisir.

Par chance, Qasar manifesta son désir de chanter et captiva l'assistance aussitôt, car sa voix et son phrasé possédaient une profondeur infaillible :

Toi dont le nom veut dire azur,
Blanche comme le lait de jument,
Aux yeux si purs,
Tu es venue embellir notre camp.
Vois nos visages ravis,
Nous ne t'avons pas attendue en vain.
Pose ta charge, oublie tes amis,
Ce foyer luit, il t'appartient.

Il tendit une coupe à Börtè et l'invita à chanter,

impatient, dit-il, d'entendre enfin sa voix, persuadé qu'elle rivaliserait avec sa grande beauté.

Les joues rougies par le compliment, la jeune femme s'empara de la coupe et, clair et pétillant comme la source, un son s'éleva de sa gorge en s'intensifiant :

Que la mère de mon époux soit éternelle,
Que les yeux de ses enfants soient rayonnants,
Votre aîné m'a enlevée, ceinturée,
Puissent les cendres ne jamais étouffer notre
[foyer.
Buvez, riez, dansez, chantez,
Comme l'agneau sous la brebis, le poulain au
[soleil,
Le poisson dans l'eau et l'oiseau dans le ciel,
Loin de mon père, réjouissez mon cœur.

La contempler me procurait de délicieux frissons. Il était grand temps qu'une épouse se presse contre ma poitrine.

Quand chacun eut chanté, nous sortîmes dresser la yourte immaculée des mariés qui faisait partie de la dot. Elle était neuve et fleurait bon le saule et le sapin frais. Lorsqu'on en fut à fixer les dernières lanières de crins tressés sur les bandes de feutre, chacun aspergea de lait le sol, le seuil, et, tournant trois fois autour de la yourte, on déclama des vœux de bonheur et d'éternité. Ensuite, nous aidâmes les Onggirat à monter leurs tentes usées, tandis que les deux belles-mères préparaient la couche des mariés en embrassant la literie pour que leur viennent des enfants au regard éclatant.

Les tentes installées, Tèmudjin convoqua sa famille. Il avait accroché la pelisse de zibeline derrière lui à l'une des perches du plafond et, s'adressant à sa mère, dit :

— Cette fourrure est à toi.

— C'est un présent de prince, dit Mère Ho'éloun, et grand serait mon bonheur si elle recouvrait mes épaules. Mais je crois que nous pourrions l'utiliser autrement, et cela sans faire injure à notre belle-famille.

Börtè leva les yeux et dit qu'elle approuverait les décisions de Mère Ho'éloun.

— Ma bru est avisée, la félicita-t-elle. Cette pelisse de grande valeur peut s'échanger contre du bétail, des chevaux, et des bras armés pour les garder.

— Bo'ortchou m'a donné une meilleure idée, répondit Tèmudjin. Toghril, le roi des Kèrèit, est puissant. Ne lèverait-il pas, en échange de cette pelisse, ses hommes contre Targhoutaï et ses maudits Souverains ?

— Méfie-toi, mon fils, dit la douairière. Ce Toghril est de la trempe de Targhoutaï. Alléché par une action facile, il est de ces hommes qui s'allient au plus fort pour déshabiller le plus faible.

— N'est-il pas l'Anda de mon père ?

— Il l'était.

— Il l'est toujours car la mort ne peut briser le lien sacré du sang mêlé. A la prochaine lune, nous irons vers le couchant le trouver dans son royaume. Pourquoi cette réticence, ne sommes-nous pas ses fils puisqu'il était le frère de notre père ?

— Je crains pour vos têtes; répondit Mère Ho'éloun. Toghril est un rapace. Qui crois-tu qu'il aidera, toi l'orphelin qui n'a qu'une pelisse, où Targhoutaï, fort de deux armées ?

— Moi ! Car je serais le premier à lui demander son aide.

— Sois prudent, et n'oublie jamais qu'il a tué deux de ses frères.

Une voix exaspérée éclata alors :

— Est-il le seul à l'avoir fait ?

Nous regardâmes Soutchigil qui jusqu'alors s'était maintenue à l'écart.

— Tes fils n'ont-ils pas tué Bekter, mon aîné, leur frère ? accusa-t-elle. Leur as-tu coupé la main pour autant ?

Elle se leva précipitamment.

— Reste ! ordonna Tèmudjin, nous avons faim.

Comme tétanisée, les yeux exorbités, la mère de Belgutèi le fixa un instant, et d'un ton ironique et sanglotant, dit :

— Manger ? Mais te voilà marié... La servante ne fait-elle pas partie de la dot, ou craindrais-tu qu'elle tremble en te servant, toi le fratricide qui parle de s'allier à son double ?

Tèmudjin planta un regard fulgurant de noirceur dans celui de Belgutèi. L'injonction muette n'échappa à personne : qu'il fasse taire sa mère, sinon il s'en chargerait.

Belgutèi s'exécuta, empoigna sa mère à bras le corps et l'emporta. Mais pas assez vite, car ses lamentations nous parvenaient :

— Comment oses-tu me toucher, moi qui t'ai enfanté, qui suis la première épouse de Yèsugèi ? Comploteur ! Tu as laissé Tèmudjin tuer ton frère. Tèmudjin n'est rien que le bâtard d'une favorite enlevée à un Merkit. Bekter, lui, était l'héritier...

Mère Ho'éloun voulut se lever, mais un seul froncement de sourcils de Tèmudjin l'immobilisa. On entendit encore Soutchigil traiter Belgutèi de traître et de lâche, s'écrier qu'elle n'avait plus de fils, puis le bruit d'un coup sourd, et le silence du crépuscule revint.

Près de la tente, Peur d'Ours soupira bruyamment, les naseaux dans l'herbe. Mon cheval laissait poindre une certaine impatience à dérouler d'autres horizons sous ses sabots menus.

CHAPITRE 9

Les dernières étoiles vacillaient dans le ciel lorsque Tèmudjin me réveilla. Les chevaux étaient sellés et nous les lançâmes vers le cœur des Montagnes Rouges, grimpant rapidement par les sentes des moutons sauvages. De sa yourte tout en bas, une colonne de fumée s'élevait jusqu'à nous, droite dans le petit jour.

— Ton épouse est déjà penchée sur la marmite.

— Elle est travailleuse, dit-il. C'est une vraie femme.

Il talonna sa monture.

Nous chevauchâmes toute la journée par les pentes et les vallons colorés d'une mosaïque de pétales. Les lis jaunes, bleus, rouges ou mauves s'étendaient à perte de vue, ne cédant la place qu'à des îlots de coquelicots orange ou des violettes aux teintes agressives. Les prairies étaient copieusement butinées, et nous-mêmes, harcelés par les taons, avancions sans un bruit, coupant les forêts, traversant les rivières bordurées d'herbes penchées et de jeunes bouleaux frissonnants.

Il portait un del vermillon ourlé de noir, cadeau de Börtè. A sa ceinture, boucles et cabochons poinçonnés de turquoises scintillaient. La mèche au front était taillée à un doigt d'épaisseur de l'arc de ses sourcils. Avec son couvre-chef en poils de renard, cette mèche de cheveux, large de près de quatre doigts, renforçait l'éclat sauvage de son regard. L'empennage de ses flèches rythmait sa progression qu'il menait d'une main ferme et légère.

Une fois sur le sommet le plus élevé des Montagnes Rouges, nous mîmes pied à terre. Au sud, les verts, les bruns et les ocres des herbes se diluaient dans un voile bleuté. A l'opposé, très loin vers le nord, le trapèze d'un sommet enneigé émergeait d'un chaos de pics et découpait dans le ciel un gigantesque promontoire de lait. Lumineux, Tengri déposait en chaque endroit de son épouse-terre un trait d'argent si vif que nos sourcils se fronçaient.

Accroupi, je sentais le sol palpiter sous mes pieds, grésiller de mille rondes, force inouïe, et douce à la fois, et ces imperceptibles frémissements me donnaient le sentiment d'être au cœur des choses, juste là, exactement à la place, au beau milieu de cet amour qui sans cesse unit le ciel et la terre.

Nous, leurs deux enfants, étions venus sur l'une des hautes épaules de Mère-terre, au plus près de Tengri, pour mêler notre sang. Cet échange sacré ferait de nous des alliés, des frères, bien plus encore, nous deviendrions Anda !

Nous ôtâmes nos bonnets de fourrure et nos ceintures, passant celles-ci en travers de nos épaules, les extrémités tombant sur nos poitrines, puis Tèmudjin me regarda.

— Avant d'entailler nos veines, il me faut te dire quelle a été ma vie depuis que mon père n'est plus. Ainsi, et si tu désires toujours être mon Anda, tu n'ignoreras rien de moi.

— La bravoure et l'honneur sont dans tes yeux. Cela me suffit...

— Non, car devant toi ma tante Soutchigil a dit que j'avais tué son fils, Bekter. Tu dois connaître la vérité.

— Je t'écoute.

— A la mort de mon père, les Souverains et les chefs des autres clans annexés à sa bannière s'étaient réunis en secret pour sacrifier aux valeureux ancêtres. Mère Ho'éloun, première concernée, n'avait pas été prévenue. Heureusement, elle avait surpris quelques nobles épouses sur le chemin de la réunion et grimpé jusqu'au lieu du sacrifice où elle s'assit au premier rang des veuves. Le partage de la viande commençait. Or, le chaman des Souverains continuait à ignorer ma mère. Elle s'était levée et foudroyant du regard les convives, leur avait dit : « Comment osez-vous me traiter ainsi, moi l'épouse du défunt, votre seigneur à tous ? » Elle ordonna que le partage se fasse selon la tradition. Alors, la veuve de l'ancien khan Ambaqaï, une grand-mère sans âge, s'était à son tour levée. J'ai connu cette vieille écorce, et crois-moi Bo'ortchou, elle devait bénéficier d'un décret céleste pour être encore en vie. Son visage livide ballottait sous le poids d'une lourde coiffe, et de son œil gris suintait continuellement une sorte de pisse. On aurait dit un foie malade, ce qui ne l'empêchait pas de cracher son fiel : « Qui es-tu toi, L'enlevée, pour évoquer nos coutumes ? L'épouse principale est celle qui a été promise depuis l'enfance. Faut-il te rappeler que Yèsugèi t'a ôtée de la selle d'un Merkit ? Regarde autour de toi, ici sont présents ses frères. Tous ces princes bordjigin, et leurs clans, demandent la protection de Targhoutaï. Plie-toi à cette alliance ou bien écarte-toi de nos tentes. » Mère Ho'éloun avait alors dit qu'elle rassemblerait ses gens et s'éloignerait des Souverains. La vieille peau avait ricané : « Défais les perches de ta yourte et nous compterons ensemble qui des Bordjigin, des Mangqout ou des Orou'out te suivront. »

Cette nuit-là, il y eut grande agitation à travers *l'ulus*. Des chuchotements d'abord, puis le bruit des sabots, des galops soudains, ceux de quelques messagers emportant rumeur et discorde, des conciliabules, et les chiens qui sans cesse aboyaient, se querellaient. Au matin, les Souverains avaient attelé les bœufs, plié les feutres, sanglé leurs équipages, et dans la poussière poussaient leurs troupeaux. Et ceux que nous comptions comme alliés les suivaient. Pire, des Bordjigin les imitaient. Devant ce désastre, ma mère fut prise d'une rage merveilleuse. Elle se dirigea à grands pas vers notre bannière plantée au sommet d'une butte, le regard flamboyant et ses longs cheveux dénattés, et l'empoigna. Mais fortement fichée au sol par mon père, elle restait en place. Alors, je la vis s'arc-bouter et pousser, la tirer, la secouer avec tant d'énergie, que l'une des neuf queues de yacks se décrocha du cercle de fer. En s'échinant ainsi, courbée sur la hampe, ses seins jaillirent de sa chemise, et dans un ultime effort qui déchira l'une de ses manches, elle arracha la bannière en poussant un cri terrible. Elle titubait sous le poids, et hurlait bras écartés : « Où sont les braves qui ont juré de défendre cet étendard jusqu'à la mort ? » Comme les nôtres l'ignoraient, elle courut vers eux, les bouscula, agrippait les rênes de l'un, frappait le dos d'un autre. Et les injuriait : « Fils de chiens, faces de culs, traîtres... » La cohorte, muette, continuait sa retraite, et ma mère à bout de souffle se figea au milieu, déguenillée, bouche ouverte comme si un épieu lui avait traversé le corps. Elle risquait gros à s'opposer ainsi. Notre vieux chaman, Tcharaqa, se porta à son secours. Il avait déposé une peau de mouton sur les épaules de Mère Ho'éloun pour lui couvrir la poitrine, et menaçait les déserteurs de la colère de Tengri. Targhoutaï et son frère tournèrent bride et conseillèrent au vieillard de regagner sa yourte en silence. Il les harangua de plus belle et s'écroula presque aussitôt sur les genoux, la lance de Targhoutaï plantée entre les côtes. Il porta les mains sur la hampe et dit à Targhoutaï : « Par Tengri, les louveteaux de Yèsugèi t'arracheront les couilles. » Le prince des Souverains éclata de rire et retira son arme. J'arrivai à cet instant pour aider ma mère à soutenir le chaman. Comme Targhoutaï m'ordonnait de laisser l'impotent, je crachai aux sabots de son cheval. « Lorsque tu seras en âge de tenir un arc, morveux, me dit-il, et là il ne souriait plus, je te clouerai toi aussi au sol. »

Le supplice de Tcharaqa a duré trois jours, Bo'ortchou. Trois jours durant lesquels je suis resté auprès de lui. Ses propres enfants avaient suivi les Souverains. Je l'aimais, le considérais comme mon grand-père. Il était bon. Aux jours heureux de mon enfance, il avait toujours veillé sur moi. Il m'avait enseigné les étoiles, les lunes, le soleil, l'art d'approcher les animaux, le dialogue avec les arbres. Chaque fois qu'il s'absentait longuement dans la forêt ou la steppe, il me rapportait toujours quelque chose, des pierres célestes, des racines ou des fruits séchés inconnus que je suçotais le soir en cachette, la tête sous ma fourrure. Moi qui n'avais jamais versé la moindre larme, trois jours durant j'ai pleuré comme l'agneau. Je le savais perdu, mais la cause principale de mon désespoir était sa blessure par où le sang, son âme même, s'écoulait. En le tuant, Targhoutaï en avait fait son esclave pour l'au-delà. Je ne pouvais admettre que cet homme si loyal n'ait pas sa place dans le bleu de Tengri, parmi les bons esprits. Alors que le voile opaque recouvrait déjà ses yeux, il m'avait soufflé dans l'oreille que la mort de mon père avait rallumé dans le cœur des Souverains le vieux désir de voir l'un des leurs khan. « Ils sont avides de retrouver la gloire de leur ancêtre Ambaqaï, et ne reculeront devant rien pour y parvenir. Prends garde, me murmurait-il, car de tous les héritiers des khans mongols, toi l'aîné de Yèsugèi, tu es l'élu. Targhoutaï sait et redoute cette légitimité. Il voit bien dans tes yeux le feu de nos ancêtres. Sois comme le loup, Tèmudjin, va te terrer parmi les ombres de la forêt et guette les signes de Tengri. Eux seuls te diront quand mener le combat. Cache-toi avec les tiens, prépare tes forces pour ce jour... Va mon fils, et maintenant laisse-moi, car il n'est pas dit qu'en ma nouvelle demeure je ne parvienne pas à faire vomir le foie de Targhoutaï... » Tels furent les derniers mots du chaman. Nous l'avons porté, Mère Ho'éloun, mes frères et notre vieille servante, au cœur des Forêts Bleues, dressant sa sépulture sur le sommet d'un rocher entouré de bouleaux. Parfois, il m'arrive d'entendre sa voix. Alors, je le rejoins au seuil de sa nouvelle demeure, et il me guide. J'ai le sentiment que c'est lui qui m'a mené jusqu'à toi, Bo'ortchou, car dans mes rêves, tu m'es apparu en cet endroit sacré, protégé par une meute de grands loups.

Je restai sans voix. Cette confession me troublait. Il le devina, mais poursuivit son récit :

— Pour les familles bordjigin restées avec nous, tout au plus une centaine, la mort de Tcharaqa était un mauvais présage. En moins d'une lune, elles avaient plié leurs tentes et rejoint les Souverains, nous laissant seuls. Il fallut nous organiser. Ne restait plus alors que les épouses de mon père, Mère Ho'éloun et Soutchigil, les deux fils qu'il avait eus avec celle-ci, Bekter et Belgutèi, mes jeunes frères, Qasar, Qatchi'oun, Tèmugè, et ma petite sœur, Tèmouloun, qui n'avait pas deux printemps et qu'on appelait encore d'un nom mâle, l'Affreux, pour tromper les esprits avides de nouveau-nés. Nous comptions également avec nous notre vieille servante, nommée Avance en pétant. Voilà ce qu'était devenu notre ulus, trois femmes et des enfants, un maigre troupeau sans bélier, huit hongres et une jument bréhaigne. Même les chiens avaient suivi les Souverains. Un seul d'entre eux était resté, un molosse aussi noir que sournois. Il avait grandi sous la tente de Soutchigil et était attaché à Bekter comme le veau au pis de sa mère. Notre première besogne consista à rassembler toutes les argols du camp pour en faire un tas énorme. Au moins avions-nous de quoi entretenir le feu durant l'hiver. « A quoi bon ces réserves, disait ma mère dépitée en voyant les bouses séchées, si elles ne chauffent que des ventres vides ? » Seuls Bekter et moi savions manier l'arc. Bekter enseigna la chasse à Belgutèi, et moi à Qasar. Les premiers trophées furent maigres ; quelques oiseaux, des ramiers, des écureuils, et plus souvent des marmottes, des mulots et d'autres rongeurs, chasse à laquelle nous avons vite excellé. Pendant ce temps, les femmes s'occupaient de notre petit troupeau, plus particulièrement d'un agneau dont on espérait qu'il devienne un bélier fécond. Surtout, elles parcouraient vallées et sous-bois, prairies escarpées et clairières, chaque jour, acharnées, amassant les airelles, les racines et les larves d'insectes, déterrant l'ail et l'oignon. Notre servante savait repérer le pommier ou le cerisier tapis à l'abri des falaises, les baies violettes de genièvre, les épis rosés de la pimprenelle, ou encore dénicher parmi les marais les tubercules de joncs et toutes sortes de végétaux dont elle prélevait une part qui lui servirait à nous soigner, ses talents de guérisseuse étant fameux. Les lunes, les saisons, ont ainsi défilé, et nous étions toujours dans leur danse, n'en déplaise à Targhoutaï. Durant l'automne de mes douze printemps, j'ai tiré avec succès des renards, des lynx, des cerfs et des sangliers. Et l'hiver suivant, j'abattais un ours endormi dans sa tanière qu'il me fallut achever à la lame. A la fonte des neiges, Targhoutaï et vingt des siens surgirent à l'horizon. Nous nous étions préparés à cette visite, et avions aménagé le terrain : tranchées disposées en quinconce, dissimulées, assez larges et profondes pour faire chuter les assaillants. A l'orée du bois, Qasar avait confectionné des chevaux de frise d'où il pourrait tirer ses flèches. Sautant sur mon hongre, j'ai gagné les hauteurs tandis que Qasar, Belgutèi et Qatchi'oun couvraient ma retraite. Nous savions que Targhoutaï n'en voulait qu'à moi, et étions convenus de ce plan. Je filais en direction du Mont Céleste mais des Souverains, postés sur l'une des rives du fleuve Onon, m'aperçurent et se lancèrent à mes trousses. J'atteignais la montagne sacrée avec le soir et grimpais dans ses forêts profondes. Je suis resté tapi durant neuf nuits sous la protection du Mont Céleste. A chaque fois que j'ai voulu retrouver les miens, Tengri m'adressait un message de prudence. La première fois, la selle de mon hongre avait tourné, puis ce fut un rocher placé sur mon chemin qui ne se trouvait pas là à l'aller. Au matin du neuvième jour, je n'ai pas tenu compte de son avertissement, des pépiements anormaux de geais. Au milieu d'une clairière, les Souverains m'encerclèrent. Ils me désarçonnèrent, et par les nattes me traînèrent jusqu'à Targhoutaï qui, en lisière de forêt, suçait les os d'un perdreau. « Voilà donc le louvart de Yèsugèi, dit-il en m'empoignant la gorge, il était grand temps que je m'occupe de toi, jeune Tèmudjin, tu as forci. Tes quenottes de morveux sont devenues des crocs, et ce ne sont plus des tisons qui brillent au fond de tes yeux, mais deux soleils. » Son ulus se trouvait à trois jours de marche. Dès notre arrivée, il mit la cangue à mon cou et déclara que j'irais ainsi dans chacun de ses camps satisfaire les quolibets de son peuple. On me traînait parmi les tentes dispersées de son ulus, et autour de mes épaules voûtées par la charge de bois, les Souverains se pressaient, leurs enfants me raillaient et leurs chiens s'acharnaient sur mes pieds nus. Ces visages m'étaient familiers ; souvenirs d'enfance, du temps de la gloire de mon père... Certains pouvaient bien s'effacer derrière les portes de feutre après avoir jeté de brefs coups d'œil, ou se montrer en pleine lumière, pleins de vengeance, d'orgueil, de dédain, ou encore venir me témoigner leur gêne, crois-moi Bo'ortchou, les meurtrissures de mon dos n'étaient rien comparées à celles de mon âme.

Lorsque je fus ramené devant la yourte de Targhoutaï, nous étions dans la première lune d'été. Les hommes festoyaient en l'honneur de sa face rouge et je pressentais qu'à la fin du cycle, la mienne surviendrait. J'attendais de la même façon que les animaux maintenus à l'écart, l'instant du sacrifice. Ce soir-là, mon gardien avait presque mon âge, le visage de ceux qui ont trop bu, un sourire bovin, et l'arrogance de l'étourneau, persuadé qu'il était plus facile de me surveiller qu'un troupeau de moutons. Guidé par les rires, il me tirait de yourte en yourte, quémandait de la nourriture et de l'alcool, mais bientôt se lassa, s'assit, et soupira que par ma faute il était lui-même prisonnier. Je lui dis l'envie pressante qui me taraudait. Il m'ordonna de faire dans ma culotte. Cette idée dut le distraire car il abandonna la flèche qu'il taillait machinalement et se posta derrière moi. Je lui demandai de baisser ma culotte. Il refusa en me disant que je n'étais qu'un sac à merde. Il ricanait tout en observant mon entrejambe. Je me retournai d'un coup, l'extrémité de la cangue le frappant à la tempe. Il n'eut pas un cri. Par sûreté, mais aussi pour me défouler, j'écrasai son crâne d'étourneau à m'en déchirer les reins, car l'entrave n'était pas des plus maniables, et l'abandonnai tel le déchet qu'il était. L'énorme pleine lune avait troqué sa robe de fauve pour un habit de lait et s'élevait dans la nuit. L'Onon était devant moi lorsque les chiens aboyèrent. Je pénétrai dans l'eau et me laissai porter par le courant jusque dans un coude du fleuve où je m'immobilisai, pieds dans la vase, le visage et la cangue en partie dissimulés par les roseaux. Déjà, les Souverains foulaient les berges, sabraient les taillis et s'interpellaient. Les moustiques recouvraient le haut de mon crâne et s'empiffraient gaiement. Il y eut un remous ; les roseaux s'écartaient, un homme m'observait. Il s'accroupit et chuchota : « Me reconnais-tu ? Je suis Sorqan-chira et je t'ai gardé une nuit. Ne bouge pas, je vais les détourner. Ensuite fuis, si loin que Targhoutaï oublie jusqu'à ton nom. » Il se releva. Quelques instants plus tard, je l'entendais dire aux autres qu'il valait mieux reprendre les recherches au soleil, affirmant que la cangue m'empêcherait d'aller loin. Sorqan-chira était de la tribu des Suldus. Lors de ma détention, la nuit passée sous sa tente avait été la plus douce. Ses deux fils s'étaient souvenus des osselets taillés dans du mélèze que je leur avais offerts bien des saisons auparavant. Ils m'avaient desserré les liens, nourri jusqu'à satiété, parlé jusqu'au petit matin pendant qu'ils barattaient le lait.

Fuir ne me paraissait plus maintenant être la meilleure solution. J'attendis que les voix se dissipent pour sortir de la rivière et me diriger vers la yourte du protecteur. Dans l'ulus des Souverains, les Suldus possédaient quelques tentes. Je reconnus celle de Sorqan-chira et de ses deux garçons. En me voyant, ils sursautèrent. Sorqan-chira dit que j'étais fou d'être revenu jusqu'ici, que si les Souverains l'apprenaient, ils le tueraient. Ses fils rétorquèrent qu'il était de bon augure qu'un visiteur franchisse le seuil durant le barattage, ce qui me fit sourire car ils barattaient jour et nuit. Ils dirent encore qu'il ne fallait pas scier la branche de l'écureuil au-dessus de la gueule du loup, ni déplacer la yourte où l'hirondelle niche. Leur père s'apaisa. Il me débarrassa de la cangue, la brûla, puis me camoufla sous le grand tas de laine d'une charrette qui se trouvait contre la yourte. La nuit suivante, il vint me chercher, me désigna une alezane avec un nuage sur le nez en me recommandant de l'abandonner une fois qu'elle serait exténuée. Il me donna un agneau bouilli, deux gourdes de lait, un arc et deux flèches. Je le remerciai et m'éclipsai telle une couleuvre dans les herbes.

L'ombre d'un aigle décrivait des cercles autour de nous. Tèmudjin passa une main sur son front perlé de sueur et poursuivit :

— J'ai retrouvé les miens, indemnes. Les Souverains s'étaient contentés de mettre à bas nos tentes et d'emporter notre unique bélier. Nous étions heureux d'être à nouveau réunis. Tous me croyaient perdu. Seul Bekter, qui avait endossé le rôle du chef de famille durant mon absence, manifesta du dépit. Le soir même nous nous disputions car j'avais décidé de lever le camp à l'aube, persuadé que Targhoutaï ratisserait la région. Bekter m'accusait d'être à l'origine de nos ennuis. « Sans toi, disait-il, nous pourrions vivre parmi les nôtres en toute sécurité. Ici sont les territoires de nos ancêtres et par ta faute nous devrions les quitter ? C'est à toi seul de partir. » Le conseil de famille se rangea à ma décision, et nous avons quitté les berges de l'Onon pour les Montagnes Rouges tandis que le fils de Soutchigil aiguisait sa rancœur.

Il faut que tu saches, Bo'ortchou, que je ne suis peut-être pas l'aîné de Yèsugèi ; Bekter m'aurait précédé d'une lune ou deux. Mais ce dont je suis sûr, c'est qu'il n'avait pas encore souillé les cuisses de Soutchigil que mon père enlevait au chef merkit ma mère, tout juste épousée. Mère Ho'éloun ne s'en est jamais plainte. Seule Soutchigil, dont l'art est grand pour jeter le trouble, a manifesté son désaccord. Si Yèsugèi apaisa ses larmoiements en lui faisant un second fils, Belgutèi, il n'a jamais délaissé Mère Ho'éloun qu'il considérait comme sa première épouse, son soleil, la biche qui lui ferait des loups. Il vivait d'ailleurs avec nous, Soutchigil et ses garçons ayant une autre yourte.

Tèmudjin rivait ses yeux aux miens. Son débit était net, sans la moindre hésitation. A quelques pas derrière lui, la masse de l'aigle déchira dans un bruit d'étendard la vaste perspective. A peine entraperçue, aussitôt disparue, happée dans l'inclinaison de la pente.

— Une proie pour le ciel, dit-il sans sourciller alors que les sifflements alarmants des marmottes montaient des abîmes. Quelles que furent les préférences de mon père, il considéra ses fils de la même façon. Bekter s'est toujours posé en rival. Il était comme le ver dans le fruit, retors, et n'avait pas son pareil pour semer la discorde. Orgueilleux, bruyant, il ne pouvait parler sans effrayer les oiseaux, manger sans lorgner la part de son voisin, bouger et respirer sans se faire remarquer. Pareil au serpent, il ondulait continuellement à la recherche d'un trouble à lever. Comment aurais-je pu me soumettre, il agissait comme un cul sans tête. Malgré notre existence précaire où nous allions jusqu'à gratter le sol pour subvenir à nos besoins, lui passait son temps à railler et perturber mes jeunes frères, suivait mes pas, anéantissait mes traques. Quand nous revenions bredouilles, il jubilait, oubliant qu'il avait le ventre vide. Il a toujours été comme un cil dans mon œil. Notre chien n'écoutait que lui et l'accompagnait partout. Un jour que je pêchais, le molosse s'empara de mes prises disposées dans mon dos et les porta à Bekter, hilare. Le soir même j'égorgeai le chien dans son sommeil et jetai sa tête dans la rivière. Bekter mésestima l'avertissement. Dès le lendemain, alors que j'enseignais la pêche à Qasar, il nous soutira un long poisson aux reflets argentés et menaça de me faire la peau tout en me traitant de bâtard merkit. Quant à sa mère, Soutchigil n'a fait qu'aggraver cette insulte. « Tu es bien le fils d'un Merkit », me disait-elle, affirmant que j'étais déjà conçu lorsque mon père avait enlevé Mère Ho'éloun. J'aurais voulu arracher la langue à cette pie mais son aveu me donnait le vertige.

— Tu n'as pas...

— Questionné ma mère ? Bien sûr, mais elle ne m'entendait pas.

« Cessez de vous poignarder, répondit-elle, gardez vos lames pour les Souverains. » Semblable au pou affamé, Bekter continuait d'aiguillonner ma patience avec ses rapines. Un jour où Qasar et moi avions transpercé deux alouettes, il nous fut impossible de les retrouver. Le soir, Bekter arriva fièrement sous la yourte avec celles-ci, nos deux flèches dans son carquois. L'un de nous était de trop. Le lendemain, alors qu'il surveillait notre maigre troupeau, nous avons grimpé jusqu'à son poste d'observation, Qasar par-derrière, moi par-devant. Quand il m'a vu bander mon arc, il s'est retourné vers mon frère et le questionna, ironique : « Le bâtard merkit et son esclave auraient-ils levé un papillon ? » Ma flèche l'atteignit au foie, celle de Qasar au cœur. Avant de mourir, il nous a demandé d'épargner Belgutèi afin que sa lignée se perpétue. Sa mort me procurait la même sensation qu'une épine ôtée du pied. Soutchigil comprit la première que nous avions tué son fils. A son tour, voyant nos visages, Mère Ho'éloun s'écria que nous étions comme les chiens qui se disputent un placenta, tels des brochets tapis à contre-courant, des chacals dévorant leurs petits, des canards engloutissant leur couvée. Elle m'a comparé au serpent qui se mord la queue, au rapace qui se jette sur son ombre, affirmant que le chameau en rut qui broie le jarret de son chamelon était plus doux que son fils aîné. Mais la vérité finit par éclater, car un peu plus tard, ayant peut-être réalisé sa négligence, elle m'avoua que j'étais bien enfant de Yèsugèi. « Comme le louveteau est le fils du loup, furent ses paroles, tu es le mâle de Yèsugèi, neuvième petit-fils du grand Qaboul Khan. Tu es né entre deux bouleaux, face au plus grand des Trois Lacs, celui dont les eaux soignent tous les maux. Le soleil couchant s'attardait sur les montagnes et tes yeux avaient la couleur des derniers rayons. Tu tenais ton poing droit serré et je n'arrivais pas à ouvrir tes petits doigts. Bien loin de là, ton père sabrait les Tatar. A ton neuvième jour, il a soulevé la porte de feutre et t'a pris dans ses bras. Tu ouvris alors ton poing, et le caillot de sang tout noirci que tu serrais resta collé sur ta paume. N'était-ce pas là un signe des cieux ? Ton père avait vaincu et arraché le cœur d'un chef tatar. Il décida de t'appeler de son nom, Tèmudjin, le Forgeron, celui qui est Fort comme le Fer. Tu es mongol mon aîné, fils de Yèsugèi, l'élu des Bordjigin, le descendant des khans. » Elle acheva sa confidence par cette assertion : « Il ne pousse pas des serres au caneton égaré dans le nid d'un aigle ! »

— Pourquoi Soutchigil a-t-elle menti ? demandai-je.

— Mère Ho'éloun te dirait de ne pas prêter l'oreille à ses médisances. Elle est comme le coucou dans la forêt. Ne te laisse pas tromper par ses cris qui égarent le chasseur. Elle n'a pas sermonné son aîné, et maintenant la rancœur lui pourrit la bouche. Si elle ne tient pas mieux sa langue, je la lui arracherai.

Il se tut.

Portée par le vent qui soulevait le crin de nos chevaux, l'odeur des vallées s'avalait comme le premier lait de l'été, celui des juments suitées.

La course du soleil était bien avancée dans le ciel. Nous l'avons regardé descendre doucement à l'ouest vers le collier étincelant de montagnes. Quand il déploya son étoffe pourpre, recouvrant de cuivre la surface des lacs et les yeux de nos chevaux, Tèmudjin demanda :

— Veux-tu toujours devenir ce frère qu'il n'a pas su être ?

Je vibrais comme le troupeau aux mille têtes galopant sur une nappe d'eau.

Dans le crépuscule, il extirpa de sa poche de poitrine un bol en bois de bouleau. Il l'emplit du lait de sa gourde, le déposa à terre, et entailla mes poignets juste au-dessus. A mon tour, je lui ouvris les veines. Le sang jaillissait, roulait sur nos doigts, clapotait joyeusement à la surface du lait. Nous nous empoignâmes les avant-bras. Désormais nous étions Anda, alliés pour l'éternité.

— De deux corps nous n'en faisons plus qu'un, dit-il sentencieux. Tu es plus que mon frère, Bo'ortchou, tu es mon sang. Ensemble, nous marcherons, chasserons et vaincrons l'ennemi. Si un tiers siffle de mauvaises pensées à l'oreille de l'un de nous deux, que l'autre le sabre par le milieu. Si un serpent s'interpose, écrasons-le et ne croyons que ce que nos bouches se disent. Nous sommes Anda, et par Tengri, j'en fais le serment, nul complot ni quiconque ne me séparera de toi.

Nous aspergeâmes la terre, les quatre directions, nos chevaux en contournant trois fois leur croupe, puis, les yeux dans les yeux, nous bûmes chacun notre tour.

Comme nos minces moustaches étaient toutes rosies par le pur nectar, un fou rire l'emporta sur l'instant solennel. Nous échangeâmes des bourrades. C'était à celui qui maculerait le mieux de sang le visage de l'autre.

Quand nous eûmes roulé jusqu'à en perdre le souffle, nous nous étendîmes sur le dos, pressant nos poignets sur le sol pour refermer les plaies, attendant du soir qu'il cède sa place à la nuit pétillante, enivrés par l'âpre et capiteuse odeur de sang, sur nos joues barbouillées.

CHAPITRE 10

Nous allions l'amble, trois de front, Tèmudjin, Qasar et moi, Belgutèi suivant avec deux chevaux de bât. Roulée dans une feutrine, la pelisse de zibeline était sur l'un d'eux.

Grâce à Qasar, le périple vers les campements du roi Toghril n'était pas monotone. D'un caractère joyeux, tout lui était prétexte à discuter et plaisanter. Il n'avait pas encore seize printemps mais en paraissait cinq de plus. Ses épaules étaient presque aussi larges que deux croupes de chevaux mis côte à côte, et je ne connaissais pas de mains assez grandes pour enserrer son cou massif qui surgissait d'un bloc des épaules, telle une falaise de granit. L'œil alerte, toujours prompt, il s'élançait vers tout ce qui attirait son attention, marmottes, nids de cigognes ou coupoles blanches aperçues au loin. Sa bonhomie aidant, il récoltait des nouvelles et nouait des amitiés de passage.

Au cinquième jour de marche, la frange sombre de la Forêt-Noire, connue pour être l'*ordu* de Toghril, était devant nous.

Les Kèrèit nous cernèrent à quelques pas des lisières.

Vêtus de peaux retournées couleur cendre, certains coiffés de bonnets en laine d'agneau, ils portaient tous de l'argent ouvragé. Ce métal scintillait sur les têtes et les poitrails des chevaux, sur les selles et les croupières, mais bien plus encore aux ceintures des hommes, sur leurs carquois et leurs bottes, à leurs doigts, ou, suspendu en demi-lune, aux lobes des oreilles.

Ils nous firent traverser la rivière Toula et ses multiples boucles bordées d'osiers, puis pénétrer la forêt d'aulnes et de hauts bouleaux, jusqu'à son cœur, une vaste clairière contenant près de deux cents tentes, mais qui aurait pu en abriter quatre fois plus. Dans l'une d'elles, un chef kèrèit qui s'appelait Nilqa nous apprit que le roi se trouvait dans son campement d'été, sur les bords de la rivière Orkhon. Il proposa de nous y mener, assurant que deux bonnes journées au grand trot seraient nécessaires pour l'atteindre.

Tèmudjin accepta.

— Qu'offrez-vous en échange ? demanda le Kèrèit.

— Tout ce que je possède est pour ton roi, dit Tèmudjin. A lui de décider quelle sera ta part.

— Tout service rendu mérite compensation, jeune bec !

Il devait avoir une vingtaine de printemps. Pas de quoi nous traiter de morveux. Tèmudjin et Qasar paraissaient aussi mûrs que lui. Torse nu, assis sur un coffre, mains posées sur les cuisses, il portait un pantalon bouffant, une large ceinture d'argent ouvragé sur laquelle étaient fixés un cimeterre court et un poignard. Trois anneaux du même métal paraient son corps musculeux, un fin à l'oreille, l'autre fermé sur son téton gauche. Le troisième, plus large, enserrait une mèche tressée de fils rouge et or qui, du sommet de son crâne rasé de frais, descendait à la pointe des omoplates. A sa droite, deux gardes accroupis sur leurs talons pouffaient tels deux porteurs d'ombrelles.

— Nous nous passerons donc de tes guerriers, répliqua Tèmudjin.

— Tu es sur nos territoires. Nul n'y chevauche librement. Que proposes-tu ?

Après un instant de réflexion, l'Anda évoqua la possibilité de céder... à notre retour, l'un de nos chevaux de bât.

— C'est peu. Considère qu'en vous tuant je les obtiendrais tous. Sans compter la récompense de Toghril pour élimination d'espions. Alors ?

— Alors ! dit Qasar en se jetant sur lui, nous ne craignons pas de mourir.

Il lui avait empoigné la natte et lui pressait son couteau sur la gorge et un genou dans les couilles.

Il y eut un moment de flottement. Tèmudjin et moi l'exploitions en pointant nos lames sur le ventre des deux autres Kèrèit.

— Vous ne sortirez pas vivants de ce camp, râla Nilqa, visage violet.

Avec un franc sourire, Qasar lui confirma qu'il serait de ce voyage pour l'au-delà.

Nous quittions la Forêt-Noire dans la nuit, et à l'aube étions déjà loin. La chaleur augmenta rapidement et la marche devint pénible, spécialement pour Nilqa qui chevauchait mains ligotées près de Qasar. Nous avions également emmené ses deux gardes. Leurs cabochons d'argent piqués dans les rênes et les troussequins jetaient des éclairs sur leur chemise sombre. D'autres éclairs, de colère ceux-là, jaillissaient des yeux du chef Nilqa.

Peur d'Ours peinait moins que les autres chevaux. Tantôt son encolure de soie dorée découpait le paysage, succession de douces collines d'un vert pâle, tantôt elle flamboyait dans un pan d'azur. Je lui dis toute ma fierté :

Tu es mes jambes
Cheval de miel,
Tu es mon cœur
Ami fidèle,
Mais plus encore,
Tu es ma vie...

— Quelle allure conquérante, remarqua Tèmudjin.

C'était le résultat de mon travail. Depuis toujours, au plus froid de l'hiver comme au plus chaud de l'été, nous avions trotté, parcouru sans répit la steppe, franchi les pentes les plus raides. Il était musclé, sûr et fin, avec de l'épaule, un poitrail ouvert. Mais Peur d'Ours n'avait jamais manqué de rien, et surtout pas d'amour, lui qui comme moi avait perdu sa mère.

Au soir tombant, nous décidâmes de poursuivre notre avancée. Nous désirions profiter de la fraîcheur de la nuit. Elle s'écoula alors que nous franchissions le pied érodé d'un massif montagneux. Dans son premier quartier, la lune éclairait comme si elle était pleine le front glacé de hauts sommets. Ils scintillaient, pâles et coupants, au-dessus de leurs abîmes, et leur silence pesait sur notre chemin.

Peur d'Ours marchait d'un pas vaillant en tête de notre groupe, l'encolure dans le prolongement des épaules, ni plus haut, ni plus bas, envoyant de temps à autre des coups d'œil furtifs parmi les ombres. Je sentais son envie de souffler le vent de ses naseaux, désir gonflé tout à la fois par la tension de l'effort ininterrompu et par le plaisir vivifiant de cette course nocturne. Il retenait ce soupir en lui, attendant mon accord, car je lui avais appris à contrôler ses émotions.

J'aimais me prolonger de cette façon dans son être, me couler au creux de ses reins, laisser courir mon esprit sous sa peau, visiter ses organes, me diviser sous ses quatre sabots qui, légers, tambourinaient la mélodie des herbes et du vent jusque dans mon cœur. Je devenais cheval, libre comme l'oiseau, et lui, je le sentais parfaitement dans ces moments d'intense harmonie, appréciait ma joie. Ainsi dialoguions-nous en progressant à l'intérieur des territoires kèrèit, moi palpant besoins et sentiments de mon ami, lui espérant quelque cri d'animal noctambule pour couvrir son éternuement, signal convenu entre nous.

Je lui fredonnai tout contre son oreille :

Clip-clop, clip-clop,
Va mon cheval doré,
Clip-clop, clip-clop,
Heureux les vers de terre,
Qui sous ton pas,
Roulent leurs anneaux,

Clip-clop, clip-clop,
Le mulot chicote,
Une perle de sang sur la moustache,
L'effraie vient de lui percer le dos,
Fais chanter tes beaux naseaux...

Et Peur d'Ours libéra son souffle, éclaboussant l'herbe à ses sabots; cinq grands coups de vent pétant dans le silence, à s'en décharner la nuque.

Légèrement en retrait sur notre droite, Tèmudjin suivait, les épaules drapées d'un givre phosphorescent. Son visage était en partie dans l'obscurité, mais l'éclat de ses yeux, celui qu'ont les tigres à la saison des amours, trahissait une intense jubilation.

*

A l'aube, l'immense vallée de l'Orkhon apparut. La rivière s'y divisait en de multiples bras, et parmi ses entrelacs fantaisistes, les tentes faisaient un chapelet d'îlots. Il y en avait des milliers. Nilqa nous dit que nous étions devant l'ordu royal de Toghril.

Parvenus au cœur de cette cité, on nous fit patienter, encadrés par une garde. La vallée s'éveillait, et rapidement le bêlement des bêtes rassemblées fut assourdissant. Penchés sur les toisons blanches et noires, ou galopant à travers la lumière, les bergers dans leurs dels sombres étaient nombreux, et les troupeaux qu'ils attachaient tête-bêche, plus encore. Les enfants aidaient à regrouper les animaux; les plus jeunes s'amusant à rattraper les fuyards à l'aide de lassos, tandis que les pas-encore-nommés sortaient à quatre pattes des yourtes, l'air hébété, cul nu et morve au nez.

Qasar tenait Nilqa ligoté à portée de couteau, et Belgutèi les chevaux.

Une fois la traite terminée, les femelles relâchées, le soleil haut et les mouches bourdonnantes, on nous autorisa à pénétrer sous la tente tapissée de soie dorée de Toghril. De forme rectangulaire et maintenue par d'épais cordages de crin, elle était assez vaste pour contenir six de nos yourtes.

Regroupés de chaque côté du trône, les hommes à sa droite, les femmes à gauche, quelque quatre-vingts visages austères nous fixaient. L'or des tentures patinait leurs faces impassibles comme un vieux parchemin. Siégeant au-dessus d'eux, Toghril nous observa un à un, puis s'arrêta sur Tèmudjin. Il avait un œil noir, vif et perçant, et l'autre bleu, mi-clos et matois, barré d'une estafilade cireuse.

— Qui es-tu ?

— Je suis Tèmudjin, ton fils.

— Eh ! par exemple ! Et depuis quand mon fils se présente-t-il à moi l'arme à la ceinture ?

— Celui-ci a voulu nous dépouiller. Il dit s'appeler Nilqa. Sa vie dépend de la nôtre car c'était la seule façon d'arriver jusqu'à toi...

Après un bref moment de réflexion, le roi dit :

— Cet archer m'importe peu, il n'a pas su vous déjouer. Tuez-le !

Je n'aurais su dire pourquoi, mais l'injonction sonnait faux. Je chuchotai à Tèmudjin de n'en rien faire. Il ordonna à Qasar de ranger son couteau et de libérer le prisonnier.

Toghril frappa alors dans ses mains et les gardes nous encerclèrent, leurs sabres sur nos gorges.

— Dis-moi, jeune Tèmudjin, reprit Toghril, qui est celui qui a sifflé à ton oreille ?

— C'est Bo'ortchou, l'Anda.

— Ferait-il un bouclier de son corps pour te protéger ?

— Mon père l'a bien fait pour toi.

— Jeune présomptueux. Nous allons voir qui de vous quatre donnerait sa vie pour l'autre, car mon fils, le vrai, l'unique, et dont le nom est... Nilqa, va torturer l'un d'entre vous.

Et celui que nous venions de libérer s'agenouilla aux pieds de Toghril alors que les gardes nous poussaient dehors. Ils nous écartelèrent sur le sol, liant nos membres à de gros pitons de bois.

Près de nous, dans une position identique à la nôtre, se trouvait un homme nu. Son corps n'était qu'ecchymoses et purulences.

Nilqa s'approcha de lui.

— Voyez ce qui arrive aux espions. Celui-ci est un Naïman. Il fait le délice des vers à viande.

Il posa un pied sur l'un des avant-bras violacés du supplicié qui râla, et, s'agenouillant, lui entailla l'une des nombreuses pustules d'où il retira un ver blanc, large et gras comme un pouce. Il expliqua que ces vers se nourrissaient et grandissaient dans les chairs avariées, puis sommeillaient dans la putréfaction pour revêtir leur carapace d'insecte. Trois cents de la sorte vous vidaient un homme en quelques jours.

— Alors ! qui est volontaire ? demanda Toghril.

Il y eut une dispute amicale entre Tèmudjin, Qasar et moi pour savoir lequel de nous expérimenterait ce supplice, chacun voulant protéger les autres. Qasar prétexta qu'il était le plus gras, moi le plus sec ; les vers en auraient vite terminé, tandis que Tèmudjin voulait payer de sa personne pour nous avoir entraînés dans ce coupe-gorge. Seul Belgutèi, qui éprouvait quelques difficultés à avaler sa salive, ne disait rien.

Le roi Toghril nous observait avec ce regard un peu fou du balbuzard séchant ses plumes, et son nez convexe, déjà long et crochu s'allongeait un peu plus à nous écouter.

— Vous ne craignez donc pas la mort ?

— Non ! Mais toi tu peux déjà la redouter, défia Tèmudjin, plein de morgue, car en me supprimant, tu romps ton serment avec l'Anda mongol, Yèsugèi. Le Ciel nous vengera.

Toghril rit si fort qu'il en perdit sa coiffe. Avec lui, sa cour se trémoussait. Enfin, il ordonna qu'on nous détache et dit :

— Regardez cette bague. Voyez le loup qu'elle porte !

Il en portait huit à ses doigts, toutes en argent, les pouces seuls étant nus. Tèmudjin acquiesça.

— C'est le loup des Bordjigin. C'est ton père qui me l'a donnée, l'Anda Yèsugèi qui m'a sauvé des Tatar et ramené mon peuple. Viens mon fils, viens sur mon cœur...

Lorsque nous fûmes de nouveau debout, Toghril offrit ses paumes, et le menton rentré, la nuque de biais, ajouta l'air roublard :

— J'use de cette ruse pour connaître les intentions et la nature profonde des étrangers. Ainsi je peux lire dans leurs yeux. Les tiens ont du feu. Tu es comme le taurillon, plein d'orgueil, j'aime ça !

Il prit les épaules de Tèmudjin, lui renifla le front. Ensuite ce fut notre tour, et c'est médusé, mais néanmoins ravi d'être entier, que chacun d'entre nous se laissa chatouiller par la barbe taillée en trapèze.

*

Trois jours et trois nuits passèrent. Trois jours et trois nuits à manger, faire la fête, chanter, lutter. Trois jours à boire, à raconter des histoires, à s'échauffer le devant de la culotte, le regard perdu dans les parfums des femmes kèrèit.

Toghril évoqua ses chevauchées aux côtés de Yèsugèi. Son récit dressait le portrait d'un homme lumineux qui aimait rire, combattre et enlever les jolies femmes. A l'écouter, on avait l'impression qu'il s'agissait de lui.

Si Tèmudjin et Belgutèi étaient plus réservés, la bonne humeur de Qasar, jamais en reste pour délier sa langue, plaisait à notre hôte. Ces deux-là élaboraient une amitié à base d'alcool, bu sans discontinuer, et d'histoires graveleuses où de drôles de clés violines déverrouillaient les cadenas sombres sous les robes des femmes.

Ils buvaient bien plus que nous tous, et pourtant ils étaient loin d'être les plus saouls.

Durant trois jours, de tout le pays kèrèit, les hommes vinrent se divertir. On organisa des combats de lutte. Qasar s'y montra impérial de force, de vitesse et de finesse. Des mâchoires éclatèrent, des bras se brisèrent, des lueurs meurtrières étincelèrent dans les yeux des vaincus. Autant excédé qu'amusé de voir ses lutteurs épaules à terre, Toghril fit venir ses plus fameux combattants, trois illustres broyeurs de reins.

Torse nu, crâne rasé, ils avancèrent tous les trois, leurs puissantes poitrines écartant la foule qui se bousculait pour les voir, tandis qu'un barde chantait leurs exploits :

De ses bras, Mousa a repoussé une armée,
De ses épaules, Baïan a soulevé l'ennemi,
De sa poitrine, Kebek a étouffé cette multitude,
Mousa, Baïan, Kebek,
Forts comme l'ours,
Rapides comme le tigre,
Rusés comme le loup,
Ils ont le coup d'œil de l'aigle,
Mousa, Baïan, Kebek sont invincibles.

Leur poitrine était semblable à celle du cèdre, ronde, dense et rugueuse. La courbe de leurs épaules dessinait un arc parfait, et leurs cuisses étaient si larges qu'ils marchaient de guingois, pivotant des reins à chaque pas. On aurait dit trois montagnes s'avançant.

Le plus impressionnant était Kebek. Jamais je n'avais vu homme aussi grand. Il dépassait de deux têtes Tèmudjin dont le front pourtant culminait audessus de la moyenne. Un géant, un véritable géant. Il mimait l'aigle marchant sur la steppe, et ses pas résonnaient dans le sol. Nous regardions son corps qui en valait trois des nôtres en se demandant comment il serait possible de résister à une telle armure. Dans les rangs, on chuchotait qu'il avait un jour assommé d'un revers de main un chameau agressif, qu'il s'entraînait à la lutte avec des taureaux, que sa mère avait succombé à sa naissance, qu'il n'avait pas d'épouse car aucune femme n'endurait ses étreintes ; qu'il se soulageait sur le dos des juments... Bref, sur son compte, la rumeur n'en finissait jamais, et lorsque Tèmudjin annonça qu'il aimerait bien affronter ces trois colosses, ma surprise fut grande de l'entendre me nommer pour lutter contre Kebek. Lui se réservait Mousa, le plus étroit, Baïan étant pour Qasar.

Je n'étais pas mauvais lutteur, mais même excellent, cela aurait été insuffisant. Tèmudjin vit ma mine déconfite.

— Est-ce là le visage féroce d'un Loup Bleu ? N'es-tu pas honoré ?

Je lui marmonnai mon inquiétude de ne pouvoir offrir qu'une piètre résistance. Il me dit avec un sourire canaille qu'il ne serait pas convenable vis-à-vis de notre hôte de remporter toutes les épreuves. Il comptait sur ma sagacité pour épuiser Kebek, car il entendait lui opposer Qasar par la suite.

J'ôtai mon del en évitant de fixer mon cauchemar. Le seul fait de regarder ses bottes me donnait le vertige. Comme il suait beaucoup, il arracha une pleine brassée de terre et se frotta les épaules pour que mes prises tiennent. Délicate attention.

Enfin, il me tourna autour, fit mine de m'accrocher. La confusion me gagnait. Je me surpris à lui saisir le poignet, mes doigts n'en faisaient pas le tour. Je le tenais mais ce fut pourtant lui qui m'attira. Il me prit la gorge, me souleva, me projeta en l'air. Je retombai les reins sur son genou et le souffle me manqua instantanément. Lorsque je repris mes esprits, je me trouvais tête en bas, dans l'étau de ses membres. Il me serrait tant que je ne pouvais ni crier ni geindre ; c'était comme s'il désirait m'intégrer dans son corps. Mon dos était rompu, mon visage se déformait sous l'énorme pression des cuisses ; il se briserait telle une noix sous le talon ; il me tuerait, j'allais mourir, bouche pantelante, aussi incapable qu'une fiente de vermisseau. Une saisissante odeur de chameau en rut me rappela que j'avais le nez contre ses testicules. Je les mordis. A bouche pleine, cruelle. Il hurla, me lâcha — moi pas; me réempoigna alors, enragé, me cognant contre le sol, cherchant mes yeux avant que je ne lui arrache les bulbes.

La suite, je ne m'en souvins pas car je repris conscience en vomissant du sang, de la poussière et toutes sortes de cartilages qui encombraient mon nez. Tèmudjin me dit que Kebek s'était laissé tomber de toute sa hauteur.

— T'as dû visiter son cul!

Lui-même échoua face à Mousa. Cependant, Qasar l'emporta sur Baïan puis, après s'être désaltéré en avalant une jarre entière d'aïrak, il provoqua Kebek qui marchait avec difficulté. Un coup de genou opportun dans les couilles fragilisées du géant eut raison de son équilibre. Qasar le déstabilisa définitivement en lui collant l'échine au sol.

En l'honneur du grand vainqueur que chacun appelait le Tigre Mongol, le roi Toghril décida de festoyer. Je ne pus profiter des délicieux plats de mouton qui défilèrent, car le simple fait de mordiller me donnait l'impression que mes mâchoires se fendillaient jusqu'au sommet de mon crâne. Ils s'empiffrèrent, et moi je bus du bouillon, du lait coupé de beurre, du lait coupé de graisse, et du qoumis — c'est ainsi qu'ils appelaient l'alcool de lait de jument, notre aïrak à nous —, beaucoup de qoumis, comme eux tous, beaucoup trop.

D'autres moutons bouillis arrivèrent, et des seaux d'aïrak, et encore des moutons, et des chèvres cuites aux pierres, et des perdrix, et des biches, et tous mangeaient, buvaient, sortaient pour aller vomir, et revenaient titubant pour se remplir de nouveau la panse. Bientôt, et ce n'était pas la lueur des flammes qui les rendait plus désirables que la veille, les femmes furent chahutées par les hommes. Ils tiraient le bas des dels, agrippaient leur poignet ou leur natte, les attiraient contre eux. Au beau milieu de la nuit, la plupart désertèrent le banquet pour d'autres plaisirs. Des couples s'ébattaient auprès des tentes, d'autres couraient, se poursuivaient, chutaient dans les bras de la rivière, des rires s'échappaient des gorges, parfois des cris ou des pleurs, ici et là des poitrines déployées dans la pâleur lunaire, offertes comme des trophées, un peu partout des rondeurs de fesses impatientes, festonnées de clochettes.

Près d'un rocher, une belle Kèrèit vint me trouver. J'humais l'odeur de ses cheveux tandis qu'elle me parlait d'un ardent guerrier qui l'avait délaissée pour suivre d'autres parfums. Elle me dit son nom, Gerelma, en baissant le menton. Je le lui pris. Le clair de lune caressait joliment son visage. La tête me tournait, le sol se dérobait. Je m'apprêtais à lui renifler les joues lorsqu'un détestable retournement d'estomac survint. Je me détournai, vomis. Restée à mes côtés, elle semblait fixer quelque chose au loin. Les manches de mon del souillées, je n'osais plus réitérer ma tentative. J'attendis un instant, silencieux, tanguant quelque peu, et m'endormis comme un bateau échoué trop longuement malmené.

*

Nous sellions les chevaux lorsque Toghril, à demi enveloppé dans la fourrure de zibeline offerte par Tèmudjin, sortit de sa tente.

— Attendez, mes fils, cette zibeline mérite récompense.

Tèmudjin refusa, prétextant que la protection d'un père valait tous les trésors.

— Soit ! mais les trois baveux qui t'accompagnent ne partiront pas sans emporter un peu de ma reconnaissance. Il leur faut une épouse pour leur retirer le pou de la tête, deux bras qui tiendront leur foyer et réchaufferont leur lit.

C'est ainsi que nous nous retrouvâmes tous les trois mariés à des petites nièces du roi Toghril.

Mètekna alla à Qasar. Malgré sa jeunesse, elle était déjà bien ronde. Qasar avait pu vérifier au cours de la nuit comme elle était fort accueillante. Elle pouffait aux moindres de ses blagues et son visage avait de belles et grasses pommettes riantes. Qasar l'aima tout de suite. Bien plus maigre, le teint hâve, Mandra présentait une face sans charme. Effacée, gauche et muette, elle paraissait constamment troublée. Elle devint l'épouse de Belgutèi qui ne s'en émut pas.

Quant à moi, qui avais avancé le nom de Gerelma, on alla la chercher. Le soleil embrassait son visage mieux encore que le clair de lune.

Gerelma fut mienne. Je ne me doutais pas alors qu'elle serait la moins chaleureuse des trois nièces de Toghril.

*

Nous chevauchions depuis trois jours et Gerelma se refusait toujours à moi. Pourquoi cette attitude ? Je ne comprenais pas. Elle restait sourde à mes avances, indifférente à mon désir qui de foulée en foulée augmentait.

Pris séparément, ses traits étaient ravissants. Petit nez étroit, pommettes rondes, menton décidé et bouche ayant le dessin parfait de l'arc à double courbure. Unique inconvénient, elle ne souriait jamais. Son regard était noir, tranchant, intraitable, et son visage semblait perpétuellement insatisfait.

De leur côté, Qasar et Mètekna avaient montré l'exemple dès la première nuit de notre voyage de retour. Depuis ils répétaient à l'envi baisers et caresses, ne résistant pas, lorsque ceux-ci devenaient trop appuyés, à galoper vers quelques collines pour s'y ébattre à couvert de nos regards. Belgutèi et Mandra étaient plus réservés. Mais le demi-frère de Tèmudjin n'était encore qu'un enfant. Sa jeune épouse finirait bien par l'acculer à la culotte.

— Pour ce qui est de ses obligations, l'homme n'a pas à interroger la femme, me conseilla Tèmudjin. Toghril te l'a offerte, alors tu dois en user.

N'y tenant plus, j'écoutai mon ami et soulevai mon épouse de selle, l'emportant au grand galop.

Son visage cognait contre l'épaule de Peur d'Ours et sa coiffe se défit, libérant ses nattes et quelques bijoux. Elle protestait. Au creux d'un petit vallon, j'arrêtai sèchement mon alezan, la lâchai, me jetai sur elle, déchirai le col de sa chemise, découvris ses épaules brunes et trempées de sueur.

— Comment peux-tu me traiter ainsi alors que je suis entre deux foyers ?

Elle se débattait, libérant une puissante odeur de musc qui me rendit fou. D'un coup de front sur l'arrête du nez je la fis taire et arrachai ses vêtements. Je n'avais jamais vu de femme nue et m'attardais sur sa poitrine, sa taille potelée, les demi-lunes qui soulignaient sa faille, oubliant que se rincer l'œil à leur insu pouvait porter malheur. Je m'engouffrai. Elle eut un juron, chercha à se retirer ; j'enfonçai mes crocs dans la veine bleue qui épouse la gorge et la terrassai parmi les herbes, sous le regard de mon cheval broutant près de nous.

Après qu'une violente secousse m'eut laissé pantelant, Gerelma, sans me laisser le temps de me ressaisir, m'injuria :

— Tu es comme le Tatar, la puce affamée qui mord le nouveau-né, le venin dans la plaie. Les Mongols sont-ils des chiens pour leurs épouses ?

Je me retins de la gifler, nouai ma ceinture et montai en selle. Notre troupe retrouvée, je racontai à Tèmudjin de quelle façon j'avais sabré le cadenas sombre de ma femme et les reproches qu'elle m'avait tenus.

— Les femmes sont comme les félins, elles ont parfois besoin de se faire les griffes.

— J'espérais l'adoucir, et je n'ai réussi qu'à la durcir. Je rêvais d'une union et je récolte un ennemi. Peut-être ai-je agi tel le sanglier aveugle ?

— Anda ! Chasse ces nuages de tes yeux. Tu l'as violée ? Et alors ! comme le cheval au combat doit obéir à son guerrier, la femme doit aussi plier.

CHAPITRE 11

Deux hivers passèrent.

Notre campement se trouvait maintenant le long de la Kèrulèn, en amont, juste avant sa grande boucle, dissimulé d'un côté par un boqueteau de saules, et de l'autre par une colline. A cet endroit, le niveau de la rivière ne touchait guère l'épaule des chevaux et nous transpercions facilement les poissons postés sur les galets clairs.

J'aimais bien ce campement. Nous y venions l'été et l'appelions la Falaise aux Pies en raison de l'importante colonie d'oiseaux noir et blanc qui nichait dans un éboulis de roches. Chaque soir, après un dernier effet de plumes au-dessus du feuillage cendré des saules, les pies revenaient pour la nuit en jacassant bruyamment. Notre poste de guet se trouvait sur le sommet de leur logis. De là nous apercevions toute la vallée de la Kèrulèn, vaste étendue plutôt marécageuse, donc quasi inhabitée. Les quelques familles qui faisaient paître par ici posaient plus volontiers leurs yourtes parmi les vallons des collines qui s'étageaient au nord-est. Au sud, la vue portait jusqu'à un goulet, ultime contrainte pour la rivière.

Je prenais mon tour de garde au soleil couchant. Il cuivrait les reliefs et donnait à la Kèrulèn l'apparence d'un immense serpent doré déroulant ses anneaux. Je dégustais ces instants où les dégradés flamboyants se dévidaient sur la terre, métamorphosaient en torches les marmottes orangées debout devant leur terrier, sur la rive opposée, connaissant d'avance les épisodes à venir : d'abord le retour des pies criardes, puis Qatchi'oun et Tèmugè traversant la rivière dans un bouillonnement d'écume. Ils allaient chercher le troupeau et levaient le front vers moi pour que je leur indique la direction.

C'est dans cette lumière qu'un soir, deux hommes s'approchèrent. Ils avaient de piètres montures et dirent venir des Forêts Bleues.

Le plus vieux portait un soufflet de forgeron sur l'épaule. Après avoir bu le bol de bouillon de ragondin que lui tendit Mère Ho'éloun, il se présenta comme l'un des Obligés, un de ces clans qui jadis servaient les khans et dont la charge était de veiller sur leur sépulture, là-haut dans les montagnes.

— Celui que j'amène est mon fils aîné, dit-il en fixant Tèmudjin. Quand tu es né je te l'ai promis. Il était donc trop jeune pour t'être utile. Vous avez le même âge. Maintenant qu'il a grandi et forci, il est à toi. Djelmè est travailleur, habile, courageux et son cœur est pur. Il sellera ton cheval, forgera et polira tes flèches, gardera ta porte de feutre, découpera les viandes et sera pour toi un rempart. S'il n'était mon fils, je dirais qu'on ne peut espérer meilleur serviteur.

Tèmudjin invita Djelmè à s'asseoir à sa droite. Le nouveau venu n'était pas grand mais robuste. Ses mains épaisses trahissaient le forgeron. Il avait un regard franc, des sourcils relevés en aile de corbeau, une coiffure aussi étonnante, non nattée à la nuque, avec une patte sur chaque joue qui rebiquait vers ses pommettes. Ces deux anicroches brunes mettaient en valeur le bel équilibre de son visage. Il essuya d'un revers de main le lait qui perlait à sa fine moustache et, le regard intense et noisette, vint se placer aux côtés de Tèmudjin sans un mot.

Les visiteurs nous apprirent que les Souverains

remontaient régulièrement le cours de l'Onon pour patrouiller aux sources des Trois Rivières. En somme, leur chef Targhoutaï n'avait pas abandonné l'espoir de mettre la main sur Tèmudjin.

*

L'arrivée de Djelmè porta le nombre d'hommes à neuf, y compris Tèmugè, le plus jeune frère de Tèmudjin n'ayant que douze printemps. Avec Tèmouloun et ses dix printemps, les femmes comptaient un élément de plus. Le troupeau de moutons comportait une trentaine de têtes, mon père nous ayant donné deux béliers et quelques brebis. Nous avions également les deux chameaux et le bœuf à la croupe pie laissés par les parents de Börtè.

Six yourtes composaient désormais notre aïl. Les hommes mariés en occupaient chacun une. Soutchigil dormait auprès de son fils et de sa jeune épouse. Qatchi'oun avec Qasar et Mètekna, tandis que Mère Ho'éloun, Tèmugè et Tèmouloun partageaient la leur avec la vieille servante Avance en pétant, les deux autres couples onggirat, serviteurs de Börtè, occupant la dernière yourte. Djelmè installa sa couche au pied de la nôtre.

Après quelques jours, Tèmudjin me demanda si la proximité du forgeron ne contrariait pas mon union.

— Sa venue n'a rien changé aux habitudes de Gerelma. Quand elle m'invite entre ses cuisses, nous faisons comme toujours l'amour à la façon des hérissons, c'est-à-dire très prudemment, et surtout en silence.

— Elle pousse bien quelques-uns de ces cris de mulot qu'on étrangle ?

— Non, elle cache son visage sous la couverture et ne réapparaît qu'une fois mes assauts terminés.

— La pétris-tu, renifles-tu son ventre, ses outres de lait, tous ces joyaux qui donnent de l'ardeur ?

— Comme un hérisson je t'ai dit. Elle pense que son âme serait en péril, et la mienne avec, si je m'autorisais à la toucher plus qu'elle ne le permet. Elle n'est pas heureuse auprès de moi, trouve notre yourte étroite, sombre et vide, aimerait y disposer des coffres, des tapis et des tissus brodés, évoque sans cesse les mille ronds de feutre du campement de son enfance, avec une lueur dans les yeux qu'elle n'a pas dans le cœur. Je vais la rendre aux siens.

— N'y pense pas, Toghril pourrait s'offenser. Nous avons besoin de lui.

— Que dois-je faire alors ? Me mordre la langue ?

— Ne te perds pas pour une épouse, mon ami. Regarde Belgutèi, crois-tu que Mandra l'ait changé. Elle est pourtant travailleuse, tient bien son foyer, a de bonnes joues rouges. Il ne lui parle pas, ne lui demande rien, est toujours avec les chevaux.

— Belgutèi n'est pas un bon exemple. Il est jeune et préfère encore son cheval à son épouse. Parle-moi plutôt de Qasar et Mètekna. Ceux-là ne sont-ils pas comme deux poulains dans la steppe ?

— Ne cherche pas à aimer une femme plus que ton cheval car tu t'y perdrais, et ce que tu as de plus précieux également, ton alezan.

Je caressai le flanc de Peur d'Ours. Il me fouetta la main de son panache et je vis dans ses grands yeux comme il tenait à moi.

*

Chaque jour nous nous entraînions à la lutte, au tir à l'arc, au maniement de sabre, et malgré nos progrès dans l'art de la chasse et du combat, neuf hommes ne faisaient pas une armée, d'autant que Qatchi'oun et Tèmugè étaient bien jeunes.

A la première échauffourée, il nous fallut fuir. Elle survint alors que la nuit roulait à l'ouest. Ce fut Avance en pétant qui donna l'alerte :

— Debout ! Debout ! Le sol gronde.

En un instant, nous courûmes vers nos montures.

— Aux Forêts Bleues, dit Tèmudjin en ajustant ceinture et carquois.

Il disparut derrière les saules, imité par Djelmè, Qasar, Qatchi'oun, Tèmugè et les deux affranchis mâles de Börtè.

Au-dessus de nous, trottant sur les crêtes, plusieurs dizaines de silhouettes cherchaient des pentes moins raides pour atteindre notre camp. Elles semblaient vêtues d'épaisses fourrures.

— Les Merkit, dit Belgutèi, vite, Bo'ortchou, partons !

Les femmes s'étaient regroupées et nous regardaient hébétées et grelottantes. Avec mon cheval et le sien, il ne restait plus qu'une monture. Belgutèi dit à Mère Ho'éloun de la prendre, ce qu'elle fit aussitôt avec Tèmouloun en croupe.

Soutchigil sortit du rang et dit :

— Comment oses-tu la préférer à moi ?

— C'est elle qu'ils recherchent. Ils viennent venger le rapt de Yèsugèi.

— N'est-elle pas la cause de nos ennuis ? N'a-t-elle pas engendré des charognards ? Il lui faut payer !

En apercevant les épaules rondes de Börtè qui émergeaient d'une couverture enroulée autour de sa taille, je fus tenté de l'emporter. Mais elle me retarderait et Tèmudjin lui-même n'avait pas jugé bon de la prendre en croupe.

— Fuyez, leur dis-je, courez à la falaise et cachez-vous dans les rochers.

Toutes s'exécutèrent comme une volée d'oiseaux, excepté Soutchigil qui continuait à se révolter contre son fils :

— Comment peux-tu me laisser et suivre les assassins de ton frère ? Par la faute de Tèmudjin ton père est mort, par ses mains ton frère est mort, maintenant il m'abandonne et toi tu obéis comme son esclave...

Devant l'embarras de Belgutèi, je frappai la croupe de son cheval pour le porter en avant.

Dans notre dos Soutchigil hurlait toujours :
— Il vous tuera tous !

CHAPITRE 12

La foulée de Peur d'Ours m'éclaboussait, fracassait les pierres du gué, et ce vacarme soulevait des gerbes d'eau, et mon cœur. Bien sûr, notre course était une fuite, mais peu m'importait sa direction, elle appelait la revanche, nous menait vers des jours trépidants.

J'aperçus nos deux chameaux allongés dans une ravine asséchée. Ils nous regardaient d'un air détaché. Dommage qu'ils n'aient pas été baraqués près des tentes, Börtè et Soutchigil auraient pu les utiliser pour s'enfuir.

Nos chevaux étaient fringants et atteignirent rapidement notre point de ralliement sur les hauteurs. L'endroit était une succession de grosses collines aux vallons trompeurs que nous appelions l'Oreiller du Vent. Il ne fallait pas hésiter à trouver son chemin dans ce relief joufflu, car à dix pas près, il pouvait se transformer aussi facilement qu'un sourire en grimace. Heureusement, nous l'avions déjà repéré en prévision d'une telle retraite.

Notre avance n'avait rien de confortable, aussi je pris Tèmouloun dans mes bras et nous filâmes vers les Forêts Bleues. Les étroits vallons nichés au sommet des contreforts regorgeaient d'eau et retardèrent notre progression. Puis, ce furent les sentes des animaux. Elles cheminaient parmi les troncs serrés et obligeaient à nous courber sur l'encolure de nos chevaux. J'étais en tête et parfois hésitais. Qasar voulait toujours intervenir, mais Tèmudjin, d'un seul regard, lui intimait de se taire car nous nous trouvions sur mon terrain de chasse préféré.

Malgré le réseau inextricable des sentiers, les clairs-obscurs qui finissent, à vouloir les percer, par aveugler, et les similitudes du terrain qui font croire qu'on tourne en rond, Tèmudjin m'accordait sa confiance.

Dans mes bras la petite Tèmouloun m'observait intensément. Chaque fois que je baissais le buste vers Peur d'Ours, je lui adressais un clin d'œil. Elle avait le regard noisette, de grands yeux de biche. Sur son visage, on retrouvait les traits de sa mère, en beaucoup moins prononcés, et ceux de Tèmudjin. Cela faisait un subtil mélange, doux et sérieux.

— Tu es amer ? me demanda-t-elle.

— De fuir comme un lapin ?

— Non, d'être séparé de Gerelma. Les hommes vont l'enlever, ou la tuer.

— S'ils la découvrent, dis-je, il y a de fortes chances pour que l'un d'entre eux l'emporte pour l'installer dans sa yourte.

— Ne va pas la chercher alors ! Jamais !

Sa spontanéité relevait plus de l'injonction que d'une mise en garde. Je ne dis rien, mais secrètement, l'enlèvement probable de Gerelma me séduisait, et l'idée de venger mon honneur bafoué ne m'effleurait pas.

Après quatre foulées silencieuses, elle ajouta :

— Et tu me prendras pour femme.

Le culot de cette enfant me fit sourire. Ses mèches brunes caressaient mes lèvres et sentaient bon le suint et la cendre chaude.

— Tu choisis mal ton moment pour envisager nos destins, dis-je. Tais-toi et laisse-moi nous sortir de cette forêt.

*

Les abords du Mont Céleste n'avaient rien d'engageant : végétation épaisse, marécages noirs et profonds. Chaque arbre, chaque rocher, la moindre éminence prenait la forme de mauvais génies et nous fûmes bientôt cernés par une armée impalpable et bruissante. Tout au long de notre fuite, le ciel était resté bas, uniformément gris, mais par ici, de sombres nuages s'accumulaient bizarrement dans la grisaille. On aurait dit que tous les orages de la terre, toutes les noirceurs, élaboraient leurs colères dans cette contrée.

Tèmouloun se serra un peu plus contre moi. J'ébouriffai ses cheveux.

On abreuva les chevaux. Tèmugè se sentait mal. Il avait le front aussi brûlant qu'une marmite sur le feu, le dos mouillé et les jambes incertaines.

Comme s'engageait une dispute entre lui et Qatchi'oun qui l'avait raillé, Tèmudjin s'interposa en pointant le doigt vers un col qui au loin faisait une belle échancrure aux nuages belliqueux.

Une dizaine de silhouettes s'y trouvaient.

Nos chevaux tenus en longe, nous rejoignîmes le couvert de la forêt en empruntant les mouvements discrets du héron, et ce jusqu'aux flancs du Mont Céleste où les nuages se déchirèrent subitement.

Cette nuit-là, hormis Tèmugè allongé sous un houx et sa mère accroupie auprès de lui, nous restâmes debout auprès de nos chevaux qui n'avaient pas un brin d'herbe pour tromper leur ennui. La pluie se déversait avec une telle énergie qu'il nous fut impossible d'entendre une autre musique. Trempés comme l'escargot, regroupés l'un contre l'autre, nous ne pouvions malgré notre mêlée nous voir.

Parfois, j'allongeais ma joue sur la nuque de Peur d'Ours, ou appuyais mon ventre contre son chanfrein en lui empoignant gentiment les ganaches. Nous restions un moment ainsi à nouer notre attente, sonnés par le déluge.

Puis, le jour rendit peu à peu nos silhouettes et les contours livides de nos visages. Alors je nous vis tous, hommes et chevaux, décomposés, plus végétaux que les sapins aux branches lasses, que la tourbe à nos pieds, que les longs festons de mousse argentée qui pendaient tristement tout autour. Tèmudjin avait le regard du fauve acculé, avec des fulgurances de lueurs hagardes lancées comme des coups de griffes dans le vide.

— Tant qu'il pleuvra, nous attendrons.

Décision irrévocable qui nous valut de rester trois jours durant sous une véritable cascade. Ce déluge avait le mérite d'effacer nos empreintes et de nous abreuver. Il aurait pu être fatal à Tèmugè, or ses fièvres et délires s'éclipsèrent comme par enchantement.

Au matin du quatrième jour, la pluie cessa. Tèmudjin m'envoya en éclaireur avec Djelmè et Belgutèi. L'ombre des nuages de traîne glissaient à toute allure sur les reliefs gorgés d'eau.

Les traces de nos poursuivants furent retrouvées sur le col où nous les avions aperçus pour la dernière fois. Ils avaient rebroussé chemin vers le nord, en direction des territoires merkit.

A la mi-journée, tandis que nous descendions un long vallon encaissé entre deux collines boisées, je vis un troupeau de moutons surveillé par leur berger. Dans le lointain, de molles fumées s'élevaient de quelques ronds de yourtes. Le ciel avait maintenant tiré son éclatant drap de soie bleue.

Je me dirigeai vers la silhouette du pâtre, laissant Djelmè et Belgutèi conserver le cap. Il tenait un agneau en travers de la selle et lorsqu'il se tourna, j'en fus troublé car ce berger était en fait une bergère d'à peu près seize printemps à l'incomparable beauté. Le col de son del entrouvert, du même bleu azur que ma chemise, ne fit qu'augmenter mon émoi. Était-elle une jeune mère qui venait de se faire téter par l'agneau pour soulager sa poitrine? J'admirais fasciné la pureté de son visage, sa longue chevelure épaisse, ses grands yeux noirs si lumineux, profonds, son front clair et les ailes d'hirondelle qu'elle avait pour sourcils. Deux fossettes à ses joues soulignaient les pommettes, et ses lèvres myrtille avaient le charnu des fruits de cet arbrisseau.

— Quel est ton nom ? demandai-je, la voix enrouée.

Elle détourna les yeux. J'incitai Peur d'Ours à venir plus près.

— Je m'appelle Bo'ortchou.

— Moi, c'est Reine des Fleurs.

Le son du ruisseau dans les herbes n'était pas plus doux que celui de sa voix. Ses longs cils papillonnèrent.

— Ce ne sont pas les étrangers qui doivent te distraire par ici ?

— N'es-tu pas là toi-même ? dit-elle moqueuse.

— Oui... et j'en suis heureux. Je voulais dire qu'il ne doit pas y avoir beaucoup d'hommes à fréquenter ton aïl car il est isolé.

— Non, ce que tu veux savoir c'est quand et qui sont les derniers à l'avoir traversé ? Pourquoi donc te le dirais-je ?

— Pour faire connaissance, répondis-je ébranlé par l'aplomb de cette belle inconnue pour qui je semblais si prévisible.

Elle repoussa une mèche de ses cheveux et l'air vexé talonna son hongre.

— Attends !

Renfrognée, elle continuait tout en caressant l'agneau dans ses bras. Je trottai jusqu'à elle et me surpris à déclarer d'un souffle, fébrilement :

— Ne t'en va pas ! car maintenant que je t'ai vue, je ne pourrais plus t'oublier...

Elle immobilisa sa monture et me dévisagea. Le souffle coupé, j'étais suspendu à ses lèvres.

— Là, tu sembles sincère.

— Je veux te revoir.

— Alors, dit-elle gravement, il te faut rencontrer mon père.

*

J'avais galopé tel l'éclair dans le ciel jusqu'à mes compagnons. Sous la tente de Reine des Fleurs, son père nous confirma que nous avions bien eu affaire à des Merkit. Adolescent, il avait été esclave de l'une de leurs trois grandes tribus et les connaissait donc parfaitement. Quand il avait été affranchi, ses maîtres l'autorisèrent à épouser une Merkit dont la mère était mongole. Le couple s'installa aux alentours du Mont Céleste et fonda une famille. Reine des Fleurs avait donc un quart de sang merkit et cet apport ne faisait que l'embellir. Aurait-elle été une pure Merkit qu'elle ne m'aurait pas moins attiré.

Le père de la plus jolie des fleurs nous rapporta que cinquante d'entre eux avaient traversé ses pâturages deux jours auparavant. Il avait échangé quelques mots avec les guerriers et remarqué un bœuf à la croupe pie attelé à un chariot, et dessus, deux captives. D'après ses descriptions, nous reconnûmes Börtè et Soutchigil. Les Merkit étaient donc venus laver le vieil affront de Yèsugèi. Leur vengeance était tardive mais prévisible, car se faire déposséder de sa femme ou de son cheval méritait des représailles même si elles survenaient fort longtemps après les faits. Qu'avaient-ils fait des autres, nos trois épouses kèrèit, les deux servantes onggirat et la vieille Avance en pétant ?

Reine des Fleurs et ses petites sœurs n'arrêtaient pas de me regarder. Elles pouffaient de rire, les plus jeunes chahutant leur aînée.

En l'observant, je me mis à souhaiter ne jamais retrouver Gerelma.

Sachant Tèmudjin en tapinois, nous ne pouvions tarder plus longuement. Nous éloignant, je me retournai. Avec l'aspersoir à libations, Reine des Fleurs aspergea de lait notre départ, ses jeunes frères et sœurs pressés contre ses hanches. Son teint était si pâle qu'on aurait dit un lis.

Dès cet instant, et malgré ma joie de retrouver et libérer Tèmudjin et les siens, je n'eus plus qu'une obsession, celle de humer un jour son parfum, caresser le velouté de ses pétales, goûter à son nectar.

Nous passions près du troupeau de chevaux, lorsque Peur d'Ours remarqua une pouliche blanche. Il ralentit son pas et lui adressa un doux hennissement. Plusieurs oreilles pointèrent aussitôt dans notre direction, mais ce fut la blanche qui sortit du troupeau et qui, d'un mouvement gracieux, fit jouer les reflets bleu-gris de ses crins dans la lumière du soir. L'encolure de mon cheval s'arrondit, ses naseaux palpitèrent, hennirent... et le propriétaire de cette assemblée sabotée, l'étalon, rappliqua sans plus attendre pour éloigner ses juments. Comme la blanche fixait toujours mon alezan, il la mordit au jarret pour la forcer à bouger.

J'administrai trois bonnes claques sur l'épaule de Peur d'Ours et lui promis de revenir :

— Nous reviendrons mon ami, dussions-nous tracer un chemin de sang pour y parvenir.

CHAPITRE 13

Un morceau de feutre rafistolé tendu au-dessus de leurs têtes, nos femmes n'avaient pas bougé de la Falaise aux Pies. Elles avaient attendu patiemment notre retour. Le camp avait été pillé, et seuls les cercles des yourtes arrachées sur le sol et le tas d'argols éparpillé rappelaient son existence.

Mètekna se rua contre la poitrine de Qasar. Il l'enserra tendrement. Mandra, ne sachant sur quel pied danser, tortillait une mèche de ses cheveux autour de ses doigts, ébaucha un sourire avant de baisser le regard.

Les yeux de Gerelma me lançaient des pierres.

Börtè manquait.

Je fus soulagé que Tèmudjin soit resté avec ses jeunes frères, sa sœur et sa mère en arrière.

Devenue bavarde comme les pies avec qui elle avait partagé leurs niches, Mètekna nous fit le récit de l'intrusion merkit.

Elles trois avaient pu se dissimuler à temps parmi les éboulis de la falaise. Avance en pétant n'avait pas contourné les pieds de la paroi que les Merkit étaient sur elle. Ils la questionnèrent, voulaient savoir si Tèmudjin faisait bien partie des fugitifs, le nombre de femmes qui l'accompagnaient. La vieille, qui pourtant avait l'oreille plus fine que celle d'un hémione, fit semblant d'être sourde, affirma vivre plus haut dans la vallée et être venue jusqu'ici pour le compte de son maître chercher la tonte que Tèmudjin payait en tribut.

Après de longs palabres entrecoupés de cris, de bousculades et d'incompréhensions, Soutchigil, qui était déjà en travers les cuisses d'un Merkit, dénonça le mensonge : « Soulevez la laine, le trésor de Tèmudjin s'y trouve. » Les guerriers s'exécutèrent. Börtè était sous la tonte. Les Merkit punirent Avance en pétant en lui bourrant la gorge de laine jusqu'à ce qu'elle étouffe.

Le corps gisant servait de festin aux corbeaux. On le transporta sur le haut de la colline où on lui fit de maigres offrandes ; une marmotte, une outre emplie de lait de chamelle et quelques herbes aux vertus médicinales que la vieille savait si bien utiliser. Puis, nous fîmes deux brasiers entre lesquels nous passâmes chacun notre tour. Ainsi, l'âme d'Avance en pétant ne chercherait pas à nous suivre, ne risquerait pas de s'égarer, rejoindrait directement les oiseaux dans le ciel.

Par chance, nos deux chameaux avaient échappé au pillage. Mandra et Gerelma en prirent chacun un tandis que Mètekna partageait la selle de Qasar et gloussait joyeusement. Belgutèi se tenait en avant. Le del en guenilles, le front bas et les épaules ballottées par le pas de sa monture, Mandra paraissait peinée de cette distance et ses yeux de pluie ne quittaient pas le dos de son mari. Je me tenais moi-même à l'écart, car sur ma nuque le regard lourd de reproches de Gerelma pesait de tout son poids.

Après une demi-journée de marche, Qasar emporta Mètekna au sommet d'une colline. Il y planta sa lance, puis ils disparurent. Mandra et moi soupirâmes. La lance fichée signifiait à tous ceux qui étaient dans les parages, qu'un couple faisait ce que tous les couples font lorsqu'ils désirent des enfants. Généralement, les bergers plantaient leur ourga. Mais à défaut de l'outil pour attraper les chevaux, la lance faisait l'affaire et incitait l'inopiné passant à effectuer un détour, à moins qu'il ne soit curieux de ce qui se tramait de l'autre côté du symbole, invite discrète pour encourager une femme à se débarrasser de sa pudeur et de ses réticences.

Dès lors, notre trajet me parut bien pénible. Peur d'Ours était fringant. Je décidai d'aller en éclaireur, et le silence que nous aimions tant tous les deux, nous enroba.

*

Nous nous installâmes au bord du Lac Bleu. L'endroit était assez encaissé pour nous garantir des vents violents. Je connaissais l'endroit par cœur. Pas un arbre, aucun rocher parmi les sombres forêts et les collines ne m'étaient étrangers. N'était-ce pas là que j'avais vu le reflet de l'Anda dans les yeux fixes du grand loup ?

Plus je sondais son regard, plus j'étais persuadé que je n'avais pas rêvé. Pourtant, les yeux de Tèmudjin s'assombrissaient à mesure que les jours passaient. La bonne humeur de Qasar n'y changeait rien. Les abris que nous avions à la manière des Merkit dressés les uns à côté des autres à l'aide de branchages, d'humus, de crins de cheval, d'aiguilles de pins et de parmélies mélangées, ne le satisfaisaient qu'à moitié. Il passait des jours entiers seul dans la forêt, et de longs moments penché au-dessus du rivage à contempler le vide. Une nuit, je surpris sa silhouette luisante de givre debout sous la lune.

A chaque lever et coucher de soleil, le seigneur des lieux, un aigle pêcheur, venait soutirer son repas à la noirceur des eaux. Tèmudjin ne manquait jamais ce rapt, immuable, effectué avec une insolente précision. Après une large et haute volte pour repérer sa proie, le rapace piquait sèchement, percutait la surface dans un bruit sourd, disparaissait un instant, le plumage englouti jusqu'à la base des ailes, avant de s'extraire péniblement, un poisson long comme le bras maintenu dans ses serres.

Un soir que nous attendions ce rituel, Tèmudjin dit :

— J'aimerais comme cet aigle venir au-dessus des camps merkit pour leur arracher Börtè sans même leur laisser le temps de soulever leur fondement. Je vais aller la chercher. Seras-tu à mes côtés ?

— Veux-tu m'envoyer les espionner, repérer où ils détiennent Börtè ? Je suis prêt. Mais admettons le succès de la mission, son enlèvement même, je doute que nous réussissions le chemin inverse sans nous faire tuer. Ils sont nombreux, leurs territoires sont vastes. A l'inverse, avec l'aide des Kèrèit, l'attaque est envisageable. N'es-tu pas le protégé de Toghril ? Qu'est-ce qui te tourmente pour hésiter ainsi ?

— Mère Ho'éloun dit que sa langue est fourchue, qu'aucune alliance ne résiste à sa susceptibilité. Avec lui pour chef, le sort de Börtè pourrait m'échapper.

— De toute façon...

— Tu as raison Bo'ortchou, je n'ai guère le choix. Je vais gravir le Mont Céleste pour implorer l'appui de Tengri. A mon retour, ma décision sera prise.

*

D'éminence en éminence Peur d'Ours bondissait,

coupait plaines et vallons d'un trait, trouait les sous-bois en affolant les merles. Nous savions où nos cœurs nous menaient, et cette ivresse augmentait notre vitesse.

Parvenus au vallon de Reine des Fleurs, le troupeau de chevaux s'agita, leurs bouquets d'oreilles curieuses pointées sur nous. L'étalon s'interposa, prêt à faire déguerpir ses cavales. Peur d'Ours s'arrêta ; encolure dressée, nuque ronde et vibrante, campé haut sur ses membres, il observait la manœuvre.

La jument blanche qui lui plaisait tant s'avança hors du troupeau. Mon alezan lui adressa un doux hennissement. L'étalon noir décocha quelques morsures dans le vide pour remettre un peu d'ordre parmi ses fiancées. Râblé, la crinière longue et ondulante, le toupet fourni qui s'effilochait jusqu'au bout du nez et lui cachait une partie de l'œil gauche, on supputait la petite frappe autoritaire et jalouse.

Peur d'Ours perçut mon autorisation. Il s'élança vers la manade. Surpris par le démarrage en forme d'attaque, l'étalon noir paniqua un instant, entama un demi-tour, porta la tête de droite à gauche comme s'il comptait ses juments, comme s'il ne savait que faire. Trop tard ; Peur d'Ours emportait les jolies garces à sa croupe dans un grand tumulte de panaches dressés, de coups de cul, de pets furieux et d'entrechoquements de sabots et de pierres. A ses côtés, galopant chanfrein au vent, celle qui la première avait deviné ses folles intentions : la jument blanche.

En passant à une centaine de pas des yourtes, je pris soin de me camoufler derrière l'épaule de mon alezan. Les portes de feutre se soulevèrent, des enfants se précipitèrent dehors, puis des hommes. J'attirai le peloton multicolore en lisière de forêt et m'éclipsai sous les ombrages. Le troupeau ralentit en suivant l'orée du bois et, les flancs battants, s'éparpilla. L'immaculée fut la première à s'arrêter.

Elle tourna sa face laiteuse vers nous, mais l'étalon se jetait déjà sur elle et la mordait au bas de la cuisse.

La famille de Reine des Fleurs scrutait les environs. Assurée que nul danger ne menaçait leurs biens, elle réintégra la tente.

Je restai là un moment sous le couvert de la forêt tandis que Peur d'Ours reprenait son souffle. Enfin, Reine des Fleurs apparut devant la yourte, son petit fouet de cuir à la main. Elle marcha vers la corde d'attache des chevaux, défit la longe d'un hongre encore tout excité par la cavalcade qui avait frôlé son piquet, le monta et se dirigea dans ma direction, droite et sereine, au pas, les pommettes rosies. Deux mèches de ses cheveux enfilées chacune dans une bille turquoise faisaient un chevron sombre à son del blanc.

Elle eut beau franchir la lisière du bois, mille feux crépitèrent à sa silhouette et malgré la voûte feuillue le soleil ne festonnait plus qu'elle. Sa monture s'immobilisa à quelques pas et mon cœur s'affola.

— Es-tu obligé de tourmenter mes chevaux pour t'annoncer ?

— Mon alezan trépignait de revoir une de tes juments.

— C'est tout ?

Elle était à croquer ; ma voix s'enrouait :

— Non... moi aussi, il me tardait d'arriver.

Elle baissa les yeux. Je m'approchai et posai une main sur les siennes. Sous le plastron de son del, trop épais pour être de saison — simple coquetterie ? — sa poitrine se soulevait. Un frisson me parcourut ; ses joues s'empourprèrent. Elle jeta un coup d'œil furtif à la tête de Peur d'Ours :

— De quelle jument s'agit-il ?

— Comment ?

— Oui, quelle jument provoque tant de hâte et de vacarme dans le cœur de ton cheval ?

— Hum. Regarde son œil. N'y vois-tu pas une crinière aussi blanche que ta robe ?

— Lune Blanche ! s'exclama-t-elle avec un grand sourire étoilé de nacre.

Je portai l'une de ses mains à ma bouche. Elle la retira doucement, l'air peiné.

— Ne crains pas mes lèvres, elles sont comme le duvet sur le dos des abeilles.

— Je ne veux pas m'y piquer car une fois son dard perdu, l'abeille se meurt. Regarde ton cheval, il ne se précipite pas sur Lune Blanche.

— Il l'a fait.

— Tu l'as incité ! s'écria-t-elle indignée. Mais ton cheval est connaisseur car Lune Blanche est ma préférée. Elle est née une nuit de pleine lune. Malheureusement, elle est bréhaigne.

— Promets-la à mon cheval, il la couvrira, fécondera ses flancs de poulains dorés.

— Pourquoi pas ? dit-elle en riant. Mais pour la mériter, je ne veux pas voir dans ses yeux d'autres crinières que la sienne, car elle est mon joyau.

— Et dans les miens que vois-tu ?

Elle leva son regard et mes doigts enveloppèrent son menton.

— Quelque chose d'inquiétant, rouge, le rouge du désir. Viens, avançons.

— Attends, regarde-moi encore, tendre reine, ne serait-ce pas le rouge de ton sourire ?

— Fais en sorte qu'il y soit toujours.

Le ton se voulait menaçant, mais il me fit l'effet d'une brise fraîche dans le dos.

*

Les sommets étaient saupoudrés de la première neige lorsque l'Anda réapparut.

Il tenait la bannière des Bordjigin dans la main gauche, et dans la lumière glacée, trônant sur les neuf queues de yacks, les flammes du trident semblaient découper les nuages qui filaient dans le ciel.

— Allons vérifier si Toghril a une langue, dit-il sans même descendre de cheval.

Ses yeux étaient plus effilés que le tranchant d'un sabre mais la lueur jaune qu'ils délivraient aurait délayé les ténèbres.

Avant que Djelmè ait pu rassembler des provisions, Qasar et moi étions déjà en selle. Le bon forgeron me tendit les misérables musettes et nos chevaux s'élancèrent en soufflant vers le sol tandis que Mère Ho'éloun se précipitait dans nos pas, faisant mine d'asperger notre départ, n'ayant plus ni seau ni cuillère pour effectuer ce rituel salutaire.

Devant nous, le Lac Bleu moutonnait et les collines gémissaient sous les bourrasques, plaintes sans importance eu égard à l'allégresse qui m'étreignait.

CHAPITRE 14

Agenouillé devant le roi Toghril, le ventre rebondi comme un coussin fraîchement cousu, l'esclave fixait le sol sans bouger. Une touffe de poils jaillissait du trou de ses oreilles. L'une d'elles, coupée à ras, n'avait plus de pavillon.

Le cortège de faces malveillantes, la cour du roi, composée pour l'ensemble de conspirateurs et de vieilles décaties à demi somnolentes, était là, le regard froid et le mépris intense. Ils portaient tous des bijoux en argent et les nombreuses lueurs des chandelles disposées un peu partout sous la tente projetaient l'éclat de mille lucioles.

La voix de Toghril occupait l'espace :

— Tèmudjin est comme mon fils, et les tiens ont saccagé ses tentes, ont vidé son lit, et ma colère est grande. Les Merkit de ton espèce ont la tête plus basse que le cul des chiens. Montre ta langue !

Le Merkit releva le front, bouche entrouverte.

— Sors-la davantage de cette fange puante ! ordonna Toghril.

Il se leva, défouraillla son poignard, et se saisissant de la langue la tira à lui.

— Ne la coupe pas ! s'écria Tèmudjin.

— Que dis-tu ?

— Si tu lui ôtes la langue, il fera un piètre espion. Comment pourra-t-il nous dire où se trouve mon épouse et la disposition des camps merkit ?

— Hum... tu es rusé, mon fils. Mais voilà, cet esclave est le mien et j'ai quelques griefs à son encontre. L'oreille qui lui manque était pour réparer ce que m'ont fait subir les Merkit quand, ayant eu il y a fort longtemps déjà la mauvaise idée de rechercher leur aide, ils m'ont tenu en esclavage. J'avais emmené ma fille avec moi pour obtenir alliance. Ils me l'ont enlevée. Pour cette autre traîtrise, j'ai également arraché les couilles à cette crotte.

— Je conçois mieux ta colère, mon père. Coupe-lui donc les doigts.

— Ça ne vaut pas la langue, dit le roi quelque peu chagriné.

— Alors, juste le bout.

Le couteau de Toghril coupa l'organe violet d'une demi-portion, bien trop pour qu'il puisse de nouveau babiller. Le sang gargouilla et s'écoula à flots sur le torse de l'esclave.

— Voyons s'il peut encore parler.

Un garde lui tendit une hachette et Toghril trancha la main du Merkit à hauteur de poignet. Malgré le rictus provoqué par la douleur, le supplicié resta muet.

On l'emporta et le roi décréta que nous allions manger pour fêter les retrouvailles avec ses adoptés mongols. Il frappa dans ses mains et le régiment d'esclaves, serviteurs, échansons, entra en fonction sans tarder.

Après nous avoir demandé si les femmes qu'il nous avait offertes étaient bonnes épouses, qu'on lui eut répondu qu'elles étaient travailleuses, plaisantes et fières de nous avoir pour maris, Toghril troqua sa face de rapace ébréché pour un visage grave.

— Quand vous vous êtes présentés à moi, je vous ai tout de suite considérés comme mes fils. La pelisse de zibeline recouvre chacune de mes nuits, et il n'y en a pas une où je ne me suis pas creusé la tête à chercher comment vous venir en aide et réunir votre peuple. Indigne est le père qui ne souffre pas de savoir ses enfants atteints dans leur chair. Le forfait des Merkit sera vengé dans le sang. Tèmudjin ! nous retrouverons ta bleutée, celle qui se nomme Börtè, je t'en fais la promesse. Cependant, je ne peux lever toute mon armée pour cette expédition car dans mon dos, les Naïman assaillent mes territoires.

— De combien d'hommes disposes-tu ? demanda Tèmudjin. Après un temps de réflexion, le Kèrèit avança le chiffre de dix mille.

— C'est bien plus qu'il n'en faut ! se réjouit l'Anda.

— Détrompe-toi. Pour avoir moulu leur grain et fait de viles besognes, je connais bien les Merkit. Leurs clans sont plus nombreux que les clans mongols. Ils forment trois grandes tribus. Grâce à l'espion que je viens de discipliner nous saurons lequel des trois chefs merkit détient ton épouse. Mais crois-moi, en briser un nous vaudra d'avoir les deux autres sur nos flancs. Il nous faudrait cet orphelin que ton père avait recueilli. Que devient-il ?

Tèmudjin parut blêmir.

— Djamouqa !

— Oui. On dit qu'il aurait rassemblé dans le haut Onon de nombreux clans éparpillés. Va chercher son soutien.

— Jamais ! Djamouqa a été élevé sous ma tente. Nous étions comme deux frères jusqu'au jour où les Souverains nous ont abandonnés. Lui aussi s'est détourné.

— Calme ta rancœur, mon jeune loup. Quelque

chose me dit qu'il n'était pas en situation de contrer la décision des Souverains. Il est devenu un chef et les tentes dont il dispose sont, si mes renseignements sont bons, détachées de celles des Souverains. C'est un Mongol, et tu ne peux venger ton honneur sans la participation de ton peuple.

— Il me faut traverser les territoires de Targhoutaï !

— Dépêche Bo'ortchou. Lui n'a rien à craindre des Souverains.

Voilà comment je me retrouvai à galoper dans la nuit, des côtes de mouton dans la musette, en nombre cependant insuffisant pour chasser les arômes du banquet abandonné.

Toghril m'avait chargé d'accompagner l'esclave merkit jusqu'aux rives de la Kèrulèn, mais discrètement, alors que je me hissais sur Peur d'Ours, Tèmudjin m'avait ordonné tout autre chose, convaincu que les traitements subis à la cour des Kèrèit n'en feraient pas un bon espion.

Le mutilé pissait tristement au milieu de la steppe — son avant-bras coupé emmitouflé dans des linges sanglants — lorsque ma lame glissa le long de sa gorge.

Il s'écroula sans contrainte et la lueur dans ses yeux s'éteignit comme une chandelle. J'éprouvais quelques remords. Non pas pour l'affranchissement qu'il espérait en cas de réussite de sa mission — je doutais de la magnanimité de Toghril — mais à la pensée que parmi ses ancêtres, certains étaient peut-être aussi ceux de Reine des Fleurs.

Je me remis en selle vers le camp de Djamouqa. Pour avoir réuni plusieurs clans autour de sa bannière, ce nom avait couru derrière chaque colline. Lui-même était de la tribu des Isolés, et les siens avaient remonté le cours de l'Onon pour le rejoindre.

Toghril pensait qu'il pouvait rassembler dix mille

hommes, de quoi former une solide aile gauche à ses Kèrèit.

Je me récitais le message que lui adressait Tèmudjin. La terre rythmée sous les sabots de mon cheval, le silence, le froid, un ciel étoilé, rond comme la yourte, tout cela aurait dû participer à mon chant intérieur. Mais il y avait une autre voix dans ma tête, celle d'une femme qui dansait devant mes yeux, sous ma peau... J'étais heureux, trop follement pour parvenir à me concentrer.

*

J'avais dénombré plus de trois cents tentes en une seule journée de marche sur l'ulus de Djamouqa. Un nombre égal composait son campement. Dans la partie la plus sombre de sa yourte, on distinguait les indispensables selles, enrênements, une armure courtepointée de cuir aux côtés de l'outre à aïrak et de son moussoir. Pour le reste, une peau de yack tendue au sol, un coffre nu, une fourrure posée en tas sur une natte en cordes. C'était tout. Le simple berger possédait davantage.

Je venais de me présenter et m'apprêtais à lui révéler le message de Tèmudjin, lorsqu'il hurla presque :

— Ton Anda, dis-tu ?

Je le regardais, surpris. Il était grand et large. Il avait le visage émacié, imberbe, et me considérait d'un œil suspect, noir et acéré.

— Je ne lui connais qu'un Anda. Qui es-tu ?

— Bo'ortchou, c'est ainsi que je me suis présenté devant toi.

— Je suis l'Anda de Tèmudjin, gronda-t-il. Je t'écoute.

— Il m'envoie te dire que les Merkit ont dévasté son camp, vidé son lit. A ses côtés, le roi des Kèrèit rassemble dix mille de ses guerriers. Seras-tu, demande-t-il, en souvenir des jours heureux où vous vous étiez juré fidélité, à la tête de tes braves pour former l'aile gauche ?

Djamouqa réfléchit un instant, puis il détourna le menton et appela :

— Kökötchu ! Qu'en dis-tu ?

De l'extérieur de la yourte, la voix d'un homme lui répondit :

— C'est le signe du Divin Tengri. Les deux omoplates de mouton brûlées hier soir n'ont pas menti. Tèmudjin demande ton aide ? Fixe le lieu de la rencontre, les esprits te sont favorables.

— Tu diras à l'Anda, reprit Djamouqa en me scrutant, que j'aspergerai mon étendard, ferai battre le tambour et réunirai dix mille guerriers. Que Tèmudjin affûte ses flèches, sa lance et son sabre, car pour notre plaisir il y aura des têtes coupées. J'anéantirai les Merkit pour leur forfait. Je sauverai son épouse, assouvirai sa vengeance, et pour cela mériterai compensation. Les trois chefs merkit sont des pleutres, l'un sursaute au moindre claquement de quartier de selle, l'autre s'enfuit dès qu'il voit plus de trois couvercles de carquois défaits, quant au troisième il tremble au moindre bruissement de buissons. Avant que les laîches croissent dans les marais, nous nous ébranlerons. Au lendemain de la troisième lune blanche qu'il soit avec le roi des Kèrèit au pied du Mont Céleste, sur la clairière où nous avions observé enfants l'attaque et le dépeçage d'un chevreuil par les louveteaux et leur mère.

Tandis que je récupérais la longe de Peur d'Ours et remontais en selle, un homme s'approcha en me fixant avec intérêt.

— L'aîné de Yèsugèi n'est-il pas trop amaigri ?

Au timbre aigu de sa voix je sus qu'il était Kökötchu, cette oreille tapie contre la tente de Djamouqa. Il tenait un tambour de chaman et portait dans le fond de l'œil un sourire ironique.

— Hé ! chaman, mets une nouvelle omoplate de mouton au-dessus du feu, et tu y verras la vigueur de Tèmudjin. Prends garde qu'elle ne te saute pas à la gorge !

J'incitai Peur d'Ours à se cabrer. Sa crinière d'or s'éleva et sans attendre le poussai vers les haillons nuageux qui s'effilochaient dans le crépuscule.

CHAPITRE 15

Les Kèrèit arrivèrent par la passe des Marécages Suspendus. Leurs carquois regorgeaient de flèches, le manche des hachettes battait sur les flancs, les lances hachuraient le ciel et les bannières frappées de corvidés furibards claquaient dans le vent. Les chevaux de tête étaient caparaçonnés de cuir sombre et dessinaient un long chapelet sur la neige. Cependant, Tèmudjin eut beau les compter et les recompter, il en dénombra deux mille, soit cinq fois moins que promis. Toghril s'en expliqua par le fait que ses voisins les Naïman se montraient de plus en plus entreprenants.

— C'est une chance que j'aie pu venir avec ce détachement, ajouta-t-il en bourrant l'épaule de Qasar, mais je tenais à secourir moi-même les fils de l'Anda Yèsugèi.

Il dressa son ordu non loin de notre campement.

De notre côté Tèmudjin et moi avions rassemblé près de trois cents hommes, pour la plupart des Mongols-Aroulat, simples bergers de ma tribu. Avec leurs fourrures rapiécées, ce qui restait de poils retournés contre la peau, leurs bonnets évasés sur la nuque, râpés jusqu'à la corde, pauvrement équipés de flèches, de haches et de sabres courts, ils n'avaient pas l'allure ordonnée des bataillons de Toghril. Mais la plupart de ces trois cents hommes avaient le regard sûr, déterminé et fidèle. Qu'ils aient été Aroulat, Bordjigin ou Suldus, ils étaient avant tout Mongols, avides de richesses et d'un nouveau chef. J'étais impatient de les voir avancer aux côtés des guerriers de Djamouqa et des Kèrèit de Toghril. Pour autant, ce dernier jugea que face aux Merkit, nous serions en nombre inférieur.

— Ceux que j'ai réunis valent bien ceux que tu as laissés en arrière, dit Tèmudjin.

— Quand j'ai connu ton père, répondit Toghril, il dirigeait plus de guerriers que j'en possède moi-même. Où sont-ils ? Les Mongols hiberneraient-ils comme les marmottes ? Allons jusqu'à leurs tanières vérifier leur fidélité.

Le lendemain, nous battions les environs dans l'espoir d'incorporer d'autres hommes. En fait d'enrôlement, il s'avéra que Toghril préférait chasser, manger, boire, s'amuser et lutiner les filles de rencontre. Si trois cents hommes de plus s'ajoutèrent à nos colonnes, c'est avec trois jours de retard que nous atteignîmes notre point de rassemblement.

Sur son noir coursier, les yeux de Djamouqa lançaient des éclairs. Derrière, ses dix mille guerriers étaient disposés en bataillons.

— Rien ne devait nous retarder, dit-il en maintenant sèchement son cheval sur les jarrets. N'étions-nous pas convenus d'exclure de nos rangs celui qui serait imprécis ?

Il fixait Tèmudjin intensément. Toghril parla :

— Tu dis vrai, cadet Djamouqa, c'est ma faute. Elle mérite réparation.

— Tèmudjin saura bien me dédommager. Allons, maintenant, nous avons suffisamment jacassé.

Il frappa la croupe de son cheval qui se porta en avant d'un bond. Nous lui emboîtâmes le pas ; les troupes s'ébranlèrent cadencées par le rythme sourd des tambours.

*

Des trois grandes tribus merkit, notre attaque se porta sur celle du chef Toqto'a. Mère Ho'éloun ayant été enlevée à l'un de ses parents, il y avait de grandes chances pour que ce soit lui qui détienne Börtè. Nous avions progressé sur un terrain difficile où pentes abruptes, falaises, vallons encaissés et cours d'eau bouillonnants se succédaient. Après quinze jours de marche, camouflés dans les forêts environnantes, nous encerclions en partie notre objectif, attendant le retour de nos éclaireurs. L'un d'eux se fit repérer par des chasseurs de zibelines. La lumière déclinait mais l'ordre de fondre sur l'ennemi fut donné afin de conserver l'avantage de la surprise.

L'organisation défensive des Merkit faisant défaut, nous eûmes tôt fait de les déstabiliser. Leurs têtes roulaient au sol à une cadence frénétique et bientôt il n'y eut plus dans ce camp que des femmes et des enfants à décimer. L'offensive se déplaça plus loin dans la vallée et pas un aïl, qu'il ait trois tentes ou cent, n'échappa à nos flèches.

Qasar et moi étions à la tête de deux cents cavaliers, le frère de Tèmudjin me précédant dans chaque mêlée. Le cœur qu'il mettait à pourfendre, sabrer et perforer stimulait notre détachement. Les sabots et les lames s'entrechoquaient, les flèches sifflaient, les armatures des tentes craquaient tout comme les os brisés, et notre sillage n'était que débris sanguinolents. La nuit allait tomber et le combat avec. Mais nul d'entre nous n'était rassasié. J'éprouvai un étrange plaisir à tailler dans les chairs. Si le Merkit passe pour bon archer, l'épaisseur de ses fourrures l'engonce et sa maladresse en fait une victime accommodante. Lorsque ma lame ripait sur l'os, l'entaillant sans le trancher, elle vibrait jusque dans mon épaule en guise de protestation. Mais lorsque le coup était bien ajusté il procurait une extrême jubilation : le corps tranché en deux morceaux s'effaçait en de convulsifs soubresauts et gargouillis, râlait parfois, tandis que son esprit se répandait dans mon bras à la vitesse d'un pet.

Les élites de Toghril et Djamouqa s'enfoncèrent plus avant. Grâce aux feux qu'ils allumaient un peu partout sur les étendues, nous pouvions suivre leur progression. Ils ne nous laissaient guère d'hommes à occire. Quand parfois nous en trouvions un, c'était bien souvent la silhouette maussade d'un vieillard qui se faufilait, hébété parmi les crépitements. Une flèche aurait suffi, mais nous ne pouvions résister à l'envie de jouer du sabre.

J'entraperçus enfin un groupe de fuyards qui tentait d'atteindre un sommet en fouettant deux yacks attelés. Je détournai aussitôt mon cheval à la robe rosie d'écume et de sang. Quand elles me virent, les femmes sautèrent en bas du chariot pour se disperser en criant, entraînant vieillards et enfants. Une seule resta debout sur l'attelage. Elle me fit face, belle et fière dans la tourmente. Les moulinets de mon sabre ne l'impressionnaient pas. Elle me fixait sans ciller et je faillis être désarçonné en arrêtant brutalement Peur d'Ours, car je reconnus Börtè.

Je lui tendis la main.

— Où est Tèmudjin ?

— Plus bas. Viens.

— Non, dit-elle avec un mouvement de recul, il vaut mieux qu'il me trouve. Va le prévenir.

Alors, je l'agrippai vivement, la soulevai et l'emportai.

Tèmudjin s'apprêtait à retirer l'une de ses flèches fichée dans la nuque d'un Merkit lorsque je l'appelai. Il se retourna, lâcha son arc, et les sillons soucieux qui assombrissaient son front s'évaporèrent. Börtè glissa à terre ; ils coururent l'un vers l'autre, s'étreignirent tout en se reniflant le bout du nez, le pli du cou et les mèches de leurs cheveux qui sous la brise rebiquaient. Le quartier de lune émergea de la forêt. Tengri déplaça ce croissant chenu juste derrière leurs silhouettes, comme s'il désirait nimber de sable fin leurs retrouvailles.

Qasar et Djelmè furent chargés de porter un message à Toghril et Djamouqa :

— Ma bien-aimée a retrouvé mes bras. Suspendons la traque et passons la nuit sur nos positions. Nous reprendrons les combats avant le lever du jour.

*

Toghril et Djamouqa n'écoutèrent pas l'avis de Tèmudjin.

Au petit matin, alors que nous tentions de les rejoindre, la steppe portait les traces d'une nuit où les comptes s'étaient réglés. L'ulus de Toqto'a avait été retourné. On n'avait pas pu mettre la main sur le chef, mais on tenait son frère Darmala. Il nous avoua que la mère de Belgutèi servait sous sa tente. Son ulus était plus au nord et nous prîmes cette direction, Qasar, Belgutèi, Djelmè et moi, à la tête de mille hommes. Nous avions attaché les poignets de Darmala entre deux cavaliers. Arrivés dans son camp, ses deux genoux étaient broyés. Après avoir tué près d'un tiers des siens et mis les autres en déroute, il nous indiqua une vieille pelure en lisière d'un bois comme étant l'endroit où dormait Soutchigil.

Belgutèi s'en approchait lorsque sa mère, blême et décharnée, vêtue de haillons, bondit de dessous son misérable abri.

— Ne me touche pas ! cria-t-elle, toi le gardien des chevaux, incapable de m'en fournir un.

La vermine lui avait mangé le crâne et les quelques lambeaux de cheveux qui s'effilochaient tristement de chaque côté de son visage soulignaient ses yeux fous.

— Tu te présentes en seigneur, mais par ta faute les Merkit m'ont souillée. Va-t'en !

Elle courut vers la forêt. Son fils voulut la rattraper ; elle se retourna subitement, et déchirant ses haillons hurla :

— Regarde le corps de celle qui t'a porté, vois ces mamelles de truie maltraitée qui t'ont nourri, et cette croupe éreintée par tant de supplices.

Elle se pencha, retroussa le tout jusqu'à la taille et nous montra son derrière, ce qui est grand malheur pour qui observe cette partie secrète. Nos yeux se détournèrent, et Soutchigil en profita pour s'enfuir.

Belgutèi eut beau battre les forêts des jours durant, arpenter les collines, sa mère était introuvable. On finit par la découvrir au pied d'une falaise, toute brisée, les chairs noires, dures comme la pierre, une armée de cloportes creusant déjà le terrain sous elle, réprouvée à tout jamais par le Ciel qui n'admettait pas qu'on s'ôte soi-même la vie.

Son fils ordonna qu'on lui amène les prisonniers merkit, des femmes, des enfants et des vieillards pour la plupart. Il mit de côté les plus jeunes et belles filles, les viola l'une après l'autre avant de transpercer leur cœur. Tandis qu'il fourraillait sauvagement, Darmala grimaçait, non pas à cause de la déplorable fin vécue par les siens, mais parce que, suspendu par les pieds, son crâne violacé enflait comme l'estomac du mouton noyé. Lorsque son visage ne fut plus qu'une immonde pétéchie difforme, Belgutèi lui ouvrit la gorge. Le chef merkit se déversa d'un seul flot telle une rivière endiguée qui perce son barrage.

Si Toqto'a échappa à notre razzia, ses autres frères, Tête Rouge et Lapin Vif, tombèrent dans les mailles de Djamouqa.

Lapin Vif, un solide gaillard, se jeta aux pieds de Tèmudjin et se lamenta comme une femme :

— Pardonne mon offense, fils de Yèsugèi. Pardonne à celui qui, lassé de se nourrir de détritus, a voulu goûter cygnes, oies blanches et tourterelles au ventre bleu. Comme le verrat je me suis étendu sur ta noble épouse, mais aucun mal ne lui ai fait. Ces mains ont caressé le duvet de ta mie, tiens ! dit-il en offrant ses paumes : elles sont à toi.

Tèmudjin lui trancha le cou. La tête roula à terre, le tronc hoqueta, et de la pointe de la botte Tèmudjin le renversa.

Le roi Toghril avait demandé qu'on lui laisse Tête Rouge, une vieille connaissance, puisque c'était ce Merkit au crâne rasé et tavelé qui l'avait réduit en esclavage et pris sa fille.

Après l'avoir écartelé au sol, Toghril lui dit :

— La différence entre nous, c'est que toi tu regrettes de ne pas m'avoir tué quand tu le pouvais, et moi j'assouvis un vieux rêve, celui de te voir pourrir comme un fruit. Sais-tu par où se gâte toujours le fruit ?

Le rougeaud ne dit rien, trop occupé à suivre le long poignard dans la main de Toghril. L'éclat de la lame était si aigu qu'on imaginait sans peine l'affûtage patient qui l'avait façonnée.

— Par la queue !

Et le roi des Kèrèit déchira la culotte de Tête Rouge, empoigna ses parties, les trancha et fourra le tout au fond de sa gorge.

Comme il tardait à mourir, Toghril le traîna à l'arrière de son cheval.

*

D'un coup d'œil nous pouvions chiffrer le butin. Nous quittions le terrain des combats et les pentes se noircissaient de chariots, de troupeaux, de vaincus pliant sous le poids des effets emportés. Sur l'un des promontoires qui ceinturaient la grande vallée, je laissais Peur d'Ours brouter pour observer cette caravane.

Sons plaintifs et flûtés des chariots, roues qui abdiquent, charges qui se renversent, claquements des lanières sur le gras des bœufs, va-et-vient incessants des cavaliers parmi les colonnes, pleurs des enfants, taloches des mères, brebis bêlantes et protestations des chameaux qui sous le fardeau blatéraient leur désaccord d'être ainsi sanglés ; ce vacarme lancinant m'enchantait.

Je revivais notre charge, les premiers chocs, l'éclat des sabres dans la nuit, le sifflement des flèches, l'effroi dans les yeux de l'ennemi à mesure que nous le pénétrions.

Tèmudjin avait beau masquer son bien-être derrière un visage impassible, grandi par la victoire il partageait mon euphorie. Après avoir sacrifié à Tengri ainsi qu'à nos glorieux ancêtres, il avait remercié Toghril et Djamouqa, rappelant au premier qu'il n'avait pas manqué à sa parole, au second son comportement d'allié juré, ajoutant :

— C'est le Ciel qui vous a désignés pour me venir en aide. Il nous a transmis sa force et ouvert le néant sous les pieds des Merkit. Leur foie est désormais arraché, leur lit vide, leurs lignées anéanties. Répartissons les prisonniers puis retournons vers nos territoires.

La plus grosse part du butin alla à Djamouqa, qui n'oublia pas de se dédommager pour notre retard. Cependant, Toghril avait de quoi être satisfait de son déplacement, et c'est avec le cœur léger et le rire haut qu'il se sépara de nous.

Djamouqa proposa à Tèmudjin de le suivre et d'installer notre campement auprès du sien.

— Comme lorsque nous étions enfants, nous partagerons tout.

CHAPITRE 16

Une lune après notre victoire, Tèmudjin dressait sa yourte à côté de celle de Djamouqa sur la steppe de l'Arbre Touffu. Ce choix nous mettait à l'abri des Souverains, pourtant il ne m'enchantait guère. Le personnage de Djamouqa, rogue à l'excès, ne m'inspirait pas confiance. Dès notre arrivée il avait manifesté le désir d'échanger son sang avec Tèmudjin. Il voulait renforcer les liens tissés durant leur enfance.

— Ainsi nos vies n'en feront qu'une, lui avait-il dit tout en me jetant un regard méprisant comme si je n'étais qu'une crotte tassée.

Devant mon dépit, Tèmudjin m'avait confié en secret qu'il n'était pas dupe de la proposition du chef des Isolés. Il me raconta de quelle façon l'orphelin, non content d'avoir été recueilli par Yèsugèi, avait tout fait pour être considéré comme l'aîné, créant une sorte de rivalité constante qui heureusement n'abusa pas les adultes. L'autorité de Yèsugèi, Djamouqa rêvait d'en hériter sa part.

— A la mort de mon père, si Djamouqa était resté sous notre tente, il aurait pu se poser en fils légitime. A cette condition, là il aurait été mon frère. Il a saisi une autre perche, profité du départ des Souverains, des divisions, pour se séparer et fonder son propre ulus. Je ne sais comment il y est parvenu, mais je finirai bien par l'apprendre.

L'Anda me dit encore qu'il était vital pour lui et sa famille de rejoindre le grand campement de Djamouqa. Que les mouvements dans la steppe étaient importants. Que les Mongols voulaient de nouveau un khan à la tête de leurs tribus. Qu'il lui fallait avoir l'oreille dans l'un de ses rassemblements où les seigneurs échafaudaient leurs plans de conquêtes.

— Ne crains-tu pas en étant à ses côtés d'être son obligé ? Il peut te lier les mains, t'imposer ses choix.

— Certes, il sait ma soif de vengeance mais ignore à quel point il sera difficile de me désaltérer. Et puis mon ami, refuser son invitation, ce qu'il ne me pardonnerait pas, ce serait nous condamner.

Si je ne doutais pas de ses propos, ils ne me rassuraient qu'à moitié.

*

L'Arbre Touffu était un arrogant pin flamboyant qui vivait seul au milieu d'un océan d'herbes. Ses branches rouges et décombantes semblaient arrimer le paysage. On ne pouvait concevoir qu'il ait grandi ici ni expliquer qu'il soit encore debout mais les anciens prétendaient qu'il était le réceptacle des vents. Les oiseaux se disputaient sa couronne prospère et les chevaux son ombre sans jamais entamer son écorce.

— L'esprit d'Ambaqaï y réside, déclara sans vergogne Djamouqa comme si l'esprit même lui appartenait. C'est ici qu'eut lieu le dernier et grand *qouriltaï* qui fit de Qoutoula le chef suprême des Mongols. Mêlons notre sang devant cet arbre sacré, Tèmudjin, rien ni quiconque ne pourra alors nous séparer.

Ballottés par une légère houle, les épis de verdure rosissaient dans le soleil couchant.

Tèmudjin lissait distraitement les quelques poils de sa barbichette entre pouce et index, mais dans les étroits brasiers de ses yeux je vis cette chose extraordinaire, des oiseaux, des pierres, des chevaux, des loups, surgir de l'Arbre Touffu, glisser le long de son tronc. En les voyant prendre forme humaine, je compris qu'il s'agissait de nos ancêtres. Ils retrouvaient leurs armures, le visage oint de sang et l'œil farouche. Un ciel de feu sur les épaules, ils venaient, le sourire aiguisé comme des crocs, s'assembler dans le regard de l'Anda.

— Qoutoula était l'oncle de mon père, rappela Tèmudjin. Il fut un bon khan. L'endroit me convient.

Au pied de l'Arbre Touffu, ils s'entaillèrent les bras et burent le sang à même leurs veines. Djamouqa offrit à Tèmudjin un cheval à la robe de chevreau et au front bossu. Tèmudjin donna à Djamouqa un entier louvet aux crins noirs, obtenu lors du partage du butin merkit. Une jument blanche fut sacrifiée aux ancêtres, empalée juste devant l'arbre, tandis qu'un bon nombre de moutons étaient renversés en attendant d'être tués pour le banquet.

*

La saison des poulinages vint et avec elle la terre reçut sa part des premiers laits de l'année.

Tèmudjin et Djamouqa ne se quittaient plus. Ils mangeaient et buvaient ensemble, dansaient, riaient, luttaient, chassaient côte à côte et festoyaient souvent. Et sous la yourte de Tèmudjin partageaient la même couche.

Quant à moi, mon esprit chevauchait les nuages jusqu'aux tentes de Reine des fleurs. Je la rêvais. Partout. Toujours. J'avais d'autant plus envie de la tenir dans mes bras qu'auprès de moi Gerelma était plus froide et dure qu'une pierre. Fais-moi un fils, me disait-elle le ton plein de reproches quand elle voulait s'accoupler. Elle ne venait jamais comme tant d'autres épouses me trouver parmi les collines pour me manifester son désir, pas une fois elle ne m'avait tendu ses bras. Cela se passait toujours sous la yourte, dans l'obscurité. Je m'y employais sans passion, mais d'imaginer Reine des Fleurs partageant mes couvertures me donnait suffisamment d'ardeur. Malgré mes efforts son ventre ne s'arrondissait pas. Perfide, elle se moquait, prétextant qu'un Mongol bien portant ne valait pas même un Kèrèit amputé. Elle me répétait sans cesse qu'une femme sans fils se courbait comme une vieille et qu'à la rivière devait attendre son tour pour remplir les seaux.

Étais-je infertile, maudit par je ne sais quel mauvais génie, banni par la fille de l'Esprit de la forêt, jalouse de mes rêves ?

Quand le doute m'assaillait trop, je m'agrippais à la crinière de Peur d'Ours et nous nous échappions vers le vallon riant de Reine des Fleurs.

L'escapade nécessitait plusieurs jours de trot vif, mais le ciel nous paraissait toujours sans nuage, étoilé, pour effectuer le trajet de nos cœurs. Peur d'Ours scindait les herbes comme le sabre les chairs, tirait sur son mors et décochait de facétieux coups de cul en ébouriffant ses crins dorés pour exprimer son bonheur.

Le petit campement de Reine des Fleurs était l'endroit où nous nous sentions le mieux. Les enfants nous accueillaient en courant et poussant des cris de joie, et les parents, debout sur le seuil, avaient des sourires éclatants. Seul l'étalon du troupeau ronflait de mécontentement lorsqu'il voyait Peur d'Ours.

A peine arrivé je les aidais, sans répit, jusqu'à la nuit. Le deuxième jour, le père de Reine des Fleurs m'invitait à m'asseoir à ses côtés sous la yourte. Nous restions là de longs moments à rêvasser ainsi, une guirlande de venaisons au-dessus du crâne avec son tourbillon de mouches. Nous buvions, alternant lait frais et alcool tiède, tout en nous adressant des clins d'œil qui nous tenaient lieu de conversation. Enfin, apercevant le troupeau de moutons dans l'encadrement de la porte, il disait :

— Si elle continue à les laisser brouter ici, c'est de la terre qu'ils mâcheront bientôt.

— L'herbe sur la montagne n'est-elle pas meilleure ?

— Si, elle est excellente... et si haute.

C'était le signal convenu entre nous. Il m'autorisait à rejoindre Reine des Fleurs.

— J'emmène les veaux ?

— Oui, comme ça ils ne meugleront pas après leur mère.

Je rejoignais alors mon rayon de soleil et par les pentes nous nous élevions le cœur battant et les oreilles pleines du tintamarre bêlant des brebis et des chèvres.

Un de ces jours où nous étions allongés à gazouiller là-haut parmi les fleurs, un hennissement retentit. Je reconnus celui de Peur d'Ours. Il grimpait la pente tout en frottant sa ganache au flanc de Lune Blanche. Du panache ils fouettaient leurs jarrets, excités et satisfaits, conscients d'avoir bravé la loi du troupeau, délicieuse folie dont ils entendaient profiter pleinement. Ils restèrent un moment à brouter aux alentours en s'adressant des œillades.

Peur d'Ours dirigeait sa belle vers les carrés d'herbe les plus savoureux et poussait de temps à autre de ronds soupirs de bien-être.

A mesure que le soleil évoluait dans le ciel, leurs silhouettes devinrent de plus en plus lointaines, mais bientôt, allongé parmi les crocus, les boutons-d'or et les myosotis, je m'en désintéressais, Reine des Fleurs me laissant la respirer. Ma bouche butinait sa nuque et la naissance de ses épaules qui dans l'ombre de son vêtement palpitaient comme deux colombes. Elle fleurait bon la sève de pin, la mousse de rocher, le lait de brebis, et la saveur de sa peau me donnait le vertige.

Avec le prétexte que nos chevaux n'étaient plus visibles, elle m'entraîna plus haut, me tenant par la main. Dans une ravine, je découvris un sabot de cheval posé à plat. Il avait la couleur du fromage séché et contenait sa première phalange. Il avait pu appartenir à un alezan portant une balzane claire. Je l'offris à Reine des Fleurs en lui disant que c'était là le signe que le complot de Peur d'Ours et Lune Blanche aboutirait à la naissance d'un poulain blanc comme neige.

Elle le fit disparaître dans l'échancrure de son del en me rappelant avec un sourire amusé que sa jument était stérile.

— La lune aussi passe pour être stérile, dis-je. Tant d'étoiles sont venues la percuter. Et pourtant chaque soir elle monte dans le ciel, court dans la nuit, se hâte pour qu'enfin le soleil l'irradie. Lorsque sa face ronde est tout éclaboussée par la chevelure de son amant, elle nous transmet sa fécondité. Les poulains naissent, l'herbe grimpe d'une traite et les agneaux se dressent sur leurs petits sabots de laine dans la rosée. Tu verras, Lune Blanche a trouvé son soleil et celui-ci la couvrira de ses rayons.

Leurs silhouettes minuscules réapparurent sur les sommets. Ils regardèrent un instant les lointaines étendues et disparurent dans le dernier éclat du jour.

L'air était chaud et tout indiquait que la nuit serait belle.

— Nous ne pouvons retourner sans nos chevaux.

— Voilà une situation qui t'arrange, dit-elle en m'administrant un coup dans les côtes.

— Elles me conviennent toutes pourvu que tu sois à mes côtés.

— Retournons donc sous la tente de mon père.

— Laisse-le tranquille. S'il a besoin de toi, il saura nous trouver.

Elle m'attrapa les lèvres et les pressa gentiment en disant que j'étais opportun comme le coucou.

Je l'entraînai vers un sous-bois où, parmi les herbes parsemées de coquelicots orange, main dans la main, nous nous allongeâmes de nouveau, les yeux au ciel.

Une chouette arriva avec les étoiles et sur une branche dépeça son premier mulot. J'enlaçais le flanc de Reine des Fleurs. Elle tremblait, pâle et lumineuse. Je défis mon del, entrouvris le sien en laissant mes lèvres baguenauder sur ses sourcils, son front, ses paupières, les ailes de son nez. Je repris mon souffle tout absorbé par son adorable visage, sa gorge et ses épaules qui émergeaient de la flaque de ses cheveux. Ses doigts glissaient sur ma poitrine et sa bouche dessina une phrase muette.

— Je t'aime aussi, chuchotai-je.

Ma main s'aventura sur son ventre, le long de sa hanche; la peau du nouveau-né n'était pas plus douce. Un hennissement déchira la nuit. Il venait de là-haut sur la montagne.

— Nos chevaux! Je désire tant que nous fassions ce qu'ils se font. Sois la mère de mon premier enfant.

— Oh, Bo'ortchou, mon radieux Bo'ortchou, dit-elle en m'agrippant, il ne le faut pas. Pas encore, pas encore.

— Pourquoi donc?

— Parce qu'il y a... Gerelma...

Elle pressa sa bouche contre mon cou et le mordit.

— Mais elle n'est rien pour moi ! Je la déteste autant qu'elle me hait.

— Je sais, dit-elle en me posant les doigts sur les lèvres. Il faut alors t'en séparer, la rendre aux Kèrèit, ou l'offrir à ton Anda. Le loup chasse le chacal. Tu es l'homme que j'espérais, aussi caressant sur ma peau que le pas de ton cheval sur la steppe. J'aimerais être ton épouse et accepterais peut-être que tu en aies plusieurs, mais je refuse d'être parmi celles qui dormiront à ton seuil. Je veux être ta favorite. Quand ce jour sera, alors tu te reproduiras dans mon ventre.

Je la soulevai, l'emportai dans la pente, et sous la voûte étoilée nous roulâmes à terre, ma main achevant de lui ôter son del. Enlacés, bouche à bouche, nous dégringolions comme des enfants, Reine des Fleurs me demandant entre deux roulades :

— Le feras-tu ? Dis ! le feras-tu ?

— Oui, je le ferai. Je le ferai car un homme sans enfant est un désert.

Une chose m'inquiétait. Reine des Fleurs pourrait-elle m'offrir cet enfant ? N'étais-je pas seul responsable du ventre vide de Gerelma ? Mes bourses elles-mêmes n'étaient-elles pas aussi arides qu'un désert ?

Reine des Fleurs se fit rassurante :

— Comment peux-tu douter, toi qui es si convaincu de ton cheval ? S'il ensemence ma jument, alors tu bourgeonneras en moi.

Nous étions maintenant trempés de rosée et son visage en avait le goût.

*

Le terrier que je surveillais s'anima avec les premiers rayons de soleil. La marmotte n'eut pas le temps de lancer son salut matinal. Les pierres lisses que j'avais chauffées étaient maintenant brûlantes et j'en gavai ses entrailles jusqu'à la gueule. Tandis que les chairs cuisaient, Reine des Fleurs observait les vallées au loin, songeuse, enserrant ses deux genoux contre sa poitrine. Je la contemplais. Et bien plus encore, la dévorais lorsque face à face nous nous régalâmes de cette marmotte à la viande parfumée et fondante. Elle rougissait quand mon del glissait de ses épaules. Et cela me plaisait.

Un peu avant que le soleil atteigne son zénith, Peur d'Ours et Lune Blanche descendirent de la montagne, l'échine harassée. Ils broutèrent en contrebas de notre bois et entre deux brassées d'herbes s'interrompaient pour se regarder, se renifler ou se gratter mutuellement. Leurs robes brillaient tant que l'on aurait pu s'y voir et dans leurs yeux tellement de joie, comme des éclats d'argent ; à croire qu'ils avaient bu aux ruisseaux tous les reflets de lune.

CHAPITRE 17

La victoire sur les Merkit eut un grand retentissement. Colportés par les bardes, les bergers ou les guerriers, les exploits de Djamouqa et Tèmudjin furent chantés dans tout le pays, et l'écho enfla, se déforma. Ainsi, une rumeur voulait que les deux orphelins aient tété le même sein, ce qui ne se pouvait, Djamouqa étant âgé de dix printemps lorsque Yèsugèi et Mère Ho'éloun l'avaient adopté.

On faisait peu de cas de Toghril et de ses Kèrèit. Tèmudjin et Djamouqa n'y étaient certainement pas étrangers car il leur importait avant tout de propager leurs faits d'armes et leur alliance dans le but de rassembler le plus grand nombre d'hommes. Ils y parvinrent sans mal. Jour après jour des ronds de feutre s'ajoutaient aux nôtres. De partout, des familles venaient avec armes et bétail agrandir et renforcer l'ulus.

C'est en bavardant avec ces nouveaux gardiens de troupeaux et les sentinelles que je mesurai la renommée de l'Anda. La plupart d'entre eux témoignaient de leur ralliement à Tèmudjin, le démuni, plutôt qu'à Djamouqa, le nanti. On avait abandonné l'aîné de Yèsugèi, on l'avait dépouillé, traqué, et pourtant, le proscrit était parvenu à vaincre les Merkit. Il devenait le chef susceptible de ressusciter la puissance mongole. Que sa lignée soit plus noble que celle de Djamouqa comptait certainement dans leur préférence, mais la volonté et le pouvoir de persuasion dont il avait fait preuve pour retrouver son épouse étaient ce qui les avaient décidés à venir. La femme, gardienne du foyer, équilibre de l'homme, rayonnement de la yourte, disaient les anciens. En arrachant Börtè aux mains de l'ennemi, Tèmudjin avait prouvé qu'il saurait protéger et enrichir ceux placés sous sa bannière.

Accroupis autour du feu, ces bergers me décrivaient les yeux de Tèmudjin tels qu'ils les avaient vus, ceux d'un fauve, d'un loup, plus grandioses et terrifiants encore, assurément le sceau de Tengri. D'ailleurs, de sa naissance, où il tenait un caillot de sang dans son poing, à l'épouse retrouvée, les événements de la vie de Tèmudjin n'apportaient-ils pas la preuve de la bienveillance du Ciel ? Qui pouvait douter devant tant de périls surmontés ? Il vengera son père, et nos ancêtres, disaient ces voix, boutera les Tatar hors de la grande steppe. Ces pillards n'avaient qu'à bien se tenir, et leurs commensaux, les Kin, également.

Les armes étaient polies, et si les neuf queues blanches se balançaient mollement sous la bannière bordjigin, le fidèle Djelmè en confectionnait des noires, signe que les combats reprendraient bientôt.

*

Si la renommée de Tèmudjin me procurait un

sentiment de fierté, elle m'en éloignait. J'aurais aimé lui dire ma joie, lui répéter ce que j'entendais, or, il devenait inabordable, toujours flanqué de Djamouqa. Et le chef des Isolés ne se déplaçait jamais sans son chaman, Kökötchu, lui-même étant souvent accompagné par ses six frères. Ces huit étaient sur le dos de Tèmudjin comme les tiques sont sur l'encolure.

Si je n'avais aucune sympathie pour l'orgueilleux Djamouqa, je détestais le chaman, personnage maniéré, suffisant et méprisant. Ses pouvoirs passaient pour être fameux et les hommes le vénéraient autant qu'ils le craignaient. Tèmudjin lui accordait de l'importance et cela m'irritait, à croire qu'il lui était redevable.

Les jours raccourcissaient et je n'avais pas encore réussi à lui dire la raison de mes nombreuses escapades, à quel point Reine des Fleurs m'était indispensable et Gerelma insupportable.

Je ne touchais plus mon épouse. Un de ces soirs où je l'avais repoussée, elle s'était emportée. J'avais rejeté les couvertures sur sa tête et j'étais sorti. La nuit était épaisse et lourde. L'encolure basse, Peur d'Ours me fixait, l'air étonné de me voir nu. Je portai mes mains à ses ganaches et pris son chanfrein contre ma poitrine. Soudain, une petite aile toute fraîche se posa sur mes reins. Je reconnus Tèmouloun.

— Que fais-tu là ? Tu devrais dormir.

— Pas quand tu es parmi nous.

Un sourire affectueux et polisson se dessinait sur son visage.

— Et pourquoi ?

— Pour être près de toi. J'ai tout entendu. Débarrasse-toi d'elle !

— Tais-toi. Que dira Tèmudjin quand il saura que sa cadette écoute au bas des yourtes ?

— Rien car je serai ton épouse et je veille sur toi.

J'ôtai sa petite main qui me caressait les fesses.

— Suffit ! Va-t'en vite !

— Chut ! Écoute-moi. Tes bras ne sont pas pour elle. Dis à Tèmudjin que tu veux m'épouser et nous écarterons Gerelma.

— Tais-toi donc, tu n'as que douze printemps...

— Et alors ? Tèmudjin envisage de m'offrir à un prince pour renforcer ses alliances.

— Ce n'est pas ce que je voulais dire...

— Mère Ho'éloun dit même que je pourrais porter un enfant.

— Les jeunes guerriers qui te tournent autour le pensent aussi.

— Ils sont vaniteux. Toi seul m'intéresses.

— Écoute, Tèmouloun, sache que... Non ! allez... file maintenant.

— Quoi, Bo'ortchou ?

— Rien, ouste !

Elle fit trois pas, se retourna.

— Tu en aimes une autre ? C'est ça ? Je ne suis pas sotte. Tu n'as même pas touché tes esclaves.

Tèmudjin m'avait offert deux femmes merkit. L'adorable sangsue disait vrai. Je n'avais même pas soulevé le bas de leur del. Elles étaient pourtant désirables, surtout celle dont les énormes mamelles semblaient habiller tout le reste. Mais Reine des Fleurs, même au loin, m'accaparait avec bonheur, et cela me rendait follement heureux.

— Tu l'aimes comment ?

Je faillis répondre plus que mon cheval. L'obscurité m'empêchait de la voir distinctement, mais je devinai les deux grosses larmes qui coulaient au coin de ses yeux. Je n'eus pas le temps de faire un pas qu'elle disparut dans la nuit.

*

Le lendemain, j'allais voir Tèmudjin pour obtenir une audience. Il tenait conseil. Étaient présents Qasar, Belgutèi, Qatchi'oun, Tèmugè et les inséparables Djamouqa et Kökötchu avec sa ribambelle de frères. Il m'invita à m'asseoir à sa droite.

Je refusai en lui disant mon souhait de le voir seul.

— Tu peux parler, dit Djamouqa, l'Anda et moi ne nous cachons rien.

— Vous n'êtes pas concernés.

— Nous aimerions pourtant l'être et t'entendre plus souvent, s'interposa Kökötchu. Ton nom veut dire : celui qui connaît le chemin. D'ordinaire c'est un nom réservé aux chamans. Peu importe la raison pour laquelle tu as refusé cette charge divine, mais quand nous rassemblons les clans, nous aimerions compter plus d'Aroulat parmi nos guerriers.

— Ne sois donc pas inquiet, chaman. Au jour de l'offensive, quand les tambours battront, je serai devant l'Anda, plus solide qu'un rempart, que tous les Aroulat réunis.

Et je sortis en annonçant à Tèmudjin qu'il me trouverait auprès de Börtè, tandis que Djamouqa se plaignait d'être traité plus bas qu'un étranger.

Enveloppée de vapeurs, louche à la main, Börtè travaillait le lait dans la grande marmite. Elle me salua gaiement, m'apporta un bol de lait chaud et un plateau de fromages séchés. J'aspirais le liquide brûlant tout en l'observant. Malgré ses longues tresses impeccablement nattées, graissées et parfumées, ses traits de sauvageonne rehaussés par ses yeux de panthère n'avaient rien perdu de leur fraîcheur. Cependant, quelque chose avait changé dans sa silhouette depuis son retour. Elle était plus ronde, plus appétissante encore, et ses pommettes rubicondes brillaient comme deux fruits mûrs. Voyant les précautions qu'elle prenait pour s'accroupir ou se relever, je compris. Son ventre avait enflé. Cette rondeur m'enchantait mais j'évitais de la questionner afin de ne pas attirer sur elle les esprits détrousseurs d'âmes vulnérables.

Elle demanda des nouvelles de Gerelma.

— Elle est comme la bréhaigne qui rue pour un rien.

— Tu sais bien qu'un étalon qui délaisse ses

juments en été les retrouve en hiver les flancs creux, pleines d'amertume.

Piqué par son allusion, je ne répondis pas. Enfin Tèmudjin apparut. Il suspendit son fouet et s'assit près de moi.

— Djamouqa et Kökötchu t'irritent, n'est-ce pas? dit-il en prenant le bol déposé devant lui.

— Tu es à leurs bottes comme peut l'être un chien.

— J'ai connu Kökötchu enfant. Il est le petit-fils de Tcharaqa, notre vieux chaman tué par Targhoutaï quand celui-ci nous a abandonnés.

— Pourquoi n'est-il pas resté auprès de toi?

— Son père Monglik a pris peur. Il a déplacé ses tentes auprès des Isolés. Il est un bon chaman mais son fils aîné est le plus grand de tous. Kökötchu est capable de lever les orages les plus noirs, de faire tomber la neige durant l'été. Je l'ai vu s'accoupler avec la terre, et là où il a enfoui sa semence, un bouleau germait la saison suivante. Je peux t'y mener, l'arbre est d'une vigueur sans égale. Il se trouve au sommet d'une colline. Alentour, pas un arbre, pas un rocher pour accrocher le regard. Pourtant, jamais la foudre ne l'atteint. L'influence de Kökötchu est grande. Vois de quelle façon Djamouqa en a bénéficié. Le voilà à la tête de vingt mille guerriers.

— Parmi eux, certains bataillaient aux côtés de ton père.

— C'est vrai. Il y en a qui me sont acquis. Ils utilisent leurs oreilles pour me renseigner.

— Dois-tu pour autant baisser le front devant Djamouqa et son chaman? Les laisser toujours entre nous?

— Oui, tant que je n'ai pas rassemblé les Bordjigin, j'ai besoin d'eux. Sois patient, mon ami.

— Sers-toi de Toghril alors?

— Impliquer le Kèrèit dans nos dissensions ne ferait que nous diviser un peu plus. L'alliance des tribus mongoles ne le concerne pas.

— Alors tu m'autorises à me séparer de Gerelma ?

— Que dis-tu là, Bo'ortchou ! C'est tout autre chose. Que se passe-t-il entre vous ? Sache qu'elle est venue se plaindre de toi.

— J'en ai autant à son sujet. Finissons-en !

— Ne romps pas ce lien, dit-il virulent. Toghril a levé ses guerriers pour moi, il a offert ses nièces, à vous mes frères, et tu voudrais me rendre complice de ta trahison ? N'avons-nous pas juré de protéger nos intérêts communs ?

Comme je ne disais rien, il posa sa main sur mon bras :

— Veux-tu d'autres esclaves merkit ? Choisis les plus belles parmi celles qui me sont dévouées.

— Non, je n'ai même pas respiré celles que tu m'as offertes.

Il me regarda avec une expression effrayée. J'aurais annoncé que j'avais éreinté Peur d'Ours, ça ne lui aurait pas causé plus d'effet.

— Ce n'est pas là le comportement d'un guerrier ! Va voir le chaman, il a des remèdes contre l'impuissance.

— Je n'ai que faire de ses plantes et breuvages à base d'urine de cerf en rut et de crottes de chien blanc ! Une femme me hante, voilà la vérité ! Je suis tendu tel un arc, je m'étourdis, j'ai le vertige, et dans mon dos Gerelma me noircit le cœur.

Il se rembrunit.

— Prends garde, je ne peux me passer du moindre allié. Épargne-les et engrosse qui tu veux de tes femmes, mais engrosse-les, car il n'y a pas plus bilieux que le foie d'une épouse sans enfant.

La porte de feutre se souleva. Djamouqa apparut.

— Voilà qui est juste, dit-il.

Je me levai.

— Je ne te connais pourtant pas de fils ?

— Cela ne saurait tarder, dit le chef des Isolés en glissant un regard vers Börtè.

Les yeux baissés, Tèmudjin ne disait rien. Je sortis. Dans mon dos, Djamouqa me lança avec ironie :

— Toi qui passes pour connaître tous les chemins, tu sembles ignorer celui qui mène au ventre des femmes. Invite-moi sous ta yourte, je te montrerai.

CHAPITRE 18

C'est au nombre de corbeaux morts qu'on mesure les ravages du froid. Or, ces oiseaux résistants jonchaient le sol, gelés jusqu'aux os.

Cet hiver-là, il y eut beaucoup de pertes. Nos troupeaux ne furent pas épargnés et les loups s'aventurèrent près des camps. Tèmudjin et Djamouqa chassèrent souvent en battue. Je préférais aller seul dans le silence glacé des forêts jusqu'au jour où Börtè rompit les eaux.

L'épouse de l'Anda donna la vie à un fils vigoureux.

Emmailloté de peaux d'agneau et ficelé dans une fourrure de renard, l'animal tutélaire des enfants, ce petit était attentif et tranquille. Lorsqu'il se réveillait, il regardait silencieusement et sans hâte le visiteur, puis les allées et venues de sa mère jusqu'à ce qu'elle déboutonne son del et le prenne contre elle. L'agneau sevré qui grandissait sous la yourte et bêlait plus qu'à son tour montrait moins de patience. J'avais noué un petit arc et trois flèches à pointes rondes ainsi qu'une mèche dorée de Peur d'Ours au-dessus de son ventre. D'autres porte-bonheur pendaient le long de cette lanière accrochée à l'une des perches de la toiture. Une patte de renard, une plume, une griffe... objets vénérables, divertissants et protecteurs.

J'ai passé une bonne partie de l'hiver à le contempler, penché sur sa face de lune endormie. Je pouvais rester le regard fixe une tétée durant, fasciné par la main étoilée de sa mère lui soutenant le crâne. Cela m'apaisait et je la félicitais en utilisant de rudes contresens, disant de son fils qu'on n'avait jamais vu plus horrible larve, car il s'agissait de tromper les esprits malfaisants en prenant garde à ne pas leur révéler l'existence d'un être vulnérable. Elle répondait qu'effectivement son Laideron était particulièrement affreux, et dans le tendre sourire qui embellissait ses joues, elle dévoilait toute sa fierté.

Et puis Terre-mère aspira la neige comme une assoiffée. Je sellai Peur d'Ours et rejoignis la Passe des Bouleaux Cendrés, lieu d'hivernage de la famille de Reine des Fleurs. J'y séjournai à chaque fois un peu plus longtemps.

Ses épaules rondes et blanches sous la lune ; ses frissons dans le froid de l'aube ; ses cheveux lourds et fluides entre mes doigts ; ses mouvements qui embaumaient le chèvrefeuille ; ses colères où sa gorge palpitait pareille au chevreuil débusqué : tout en elle me chavirait, et tel un fruit gorgé de soleil que trop de lumière entrouvre, je m'épanchais parfois, muet de bonheur.

Lorsque je dormais avec ses frères et son père, agité comme un ver sur une braise de la savoir toute proche, juste séparée par deux cloisons de feutre, le sommeil me fuyait. Combien de fois durant ces nuits me suis-je retourné, m'imaginant tel un chien rejoindre le bord de sa couche pour m'enivrer de son haleine ? Lorsque l'aurore bleuissait l'intérieur de la yourte, je l'entendais se lever, serrer sa ceinture et attendais le cœur battant qu'elle vienne ranimer le foyer des hommes. L'instant suivant elle était là, agenouillée, son bel ovale passant du bleu à l'ambre sous les frottements de la pierre à briquet. Elle s'attardait sur le brandon et je la dévorais des yeux jusqu'à ce qu'elle lève les siens. Elle les baissait aussitôt avec un léger sourire tout à la fois amusé et gêné. Je me levais et sortais dans ses pas. Alors elle se retournait, me souriait, le teint pâle et les joues roses, puis emportait les outres vers le ruisseau, les vaporeuses blancheurs de son souffle virevoltant à ses cheveux.

Un de ces matins, l'œil étoilé par l'excitation, elle m'entraîna en amont du ruisseau. Lune Blanche s'y trouvait. Reine des Fleurs me demanda d'aller la voir et resta en arrière. En m'approchant de sa jument, je m'aperçus qu'elle avait la queue et les jarrets souillés, qu'elle était lasse. Celui que nous attendions avec impatience, je le vis presque aussitôt, à quelques pas, couché et dodelinant de l'encolure. Un poulain de la couleur du bonheur, blanc comme un cygne. Les membres repliés sous lui, il reprenait son souffle, un peu ahuri, légèrement saisi par le froid.

Par-derrière, les mains de Reine des Fleurs glissèrent autour de ma taille et elle murmura dans mes nattes :

— Il est à toi.

La tête me tournait. Je fermai les yeux et quand je les rouvris, j'aperçus la silhouette de Peur d'Ours qui se détachait sur le sommet d'une colline. Ses crins se soulevaient et disparaissaient dans la transparence du levant. Il veillait sur sa petite famille.

Le poulain était un mâle. Garrot solide, regard hardi, il avait les quatre sabots noirs. Autre particularité : une tache fauve sur l'épaule gauche.

Sa mère lui asticota du bout des lèvres le haut de la croupe. Il déplia ses antérieurs, les écarta, attendit un moment puis donna un coup d'encolure, dressa à moitié son avant-main, tambourina des sabots, chancela et se hissa prestement. Emporté par son élan, il piqua du nez et roula dans l'herbe. Sans attendre il fit une nouvelle tentative, lutta vaillamment sur ses membres tremblants. Il parvint à rester debout et se campa fièrement, les oreilles droites comme plantées dans le nuage étincelant qui au loin coiffait sa silhouette.

Reine des Fleurs me mordilla la nuque et chuchota :

— Il est Nuage Blanc.

*

Parfois, nous dormions au creux d'une pente ou près d'un arbre, blottis sous une couverture en peau d'ours, nos visages se respirant mutuellement.

Une nuit, la pluie piquante et glacée s'abattit. Reine des Fleurs me caressa la joue et se leva. Le temps pour moi d'abriter bottes et chaussons et je la retrouvai nue émergeant de la flaque de ses vêtements, la tête renversée, les bras déployés, offerte aux mille baisers de cristal. Elle tourbillonnait lentement. Ses longs cheveux plaqués sur son anatomie dessinaient de noirs rinceaux. Ébloui par sa divine lubie je n'osai bouger. Elle s'approcha et, bravant l'interdit, m'enjamba. Elle prit ma nuque, l'attira vers ses cuisses et son buisson de soie délicatement étalé. J'agrippai ses mollets. Ils étaient fermes et glacials. Les gouttes ruisselaient sur son corps et convergeaient vers la fissure de porcelaine. Je bus à même ce ruisselet polisson, parfumé comme aucune source. Il y eut une rafale de vent; elle me pressa contre elle un peu plus fort et gémit doucement en longues saccades frissonnantes.

*

Je savais pour en avoir discuté avec eux que les frères de Reine des Fleurs désiraient rejoindre le campement de Tèmudjin. Chaque fois que j'abordais le sujet, elle s'y opposait fermement.

— Pousse Gerelma à bas de ta couche, alors nous plierons les yourtes. Qu'attends-tu?

J'avais beau me défendre, évoquer le risque qu'encourait Tèmudjin de voir son allié le roi des Kèrèit lui tourner le dos, elle restait intraitable :

— Est-ce moi ou Tèmudjin que tu veux épouser?

Elle éclaboussait d'une pichenette de lait mon visage navré et me mettait en garde :

— Alors, nous n'irons jamais plus loin que cette nuit sous l'averse.

Il lui en coûtait autant qu'à moi, car cette fameuse et audacieuse nuit, juste après m'être abreuvé à sa faille, elle avait pris mon arc bandé entre ses mains, et sanglotante y avait déposé un baiser.

Du moins j'aimais croire qu'il lui serait pénible d'y renoncer, car elle ajoutait, menaçante, en laissant retomber ses épaules, ce qui chez elle équivalait à un soupir :

— Et nous ne recommencerons sûrement pas !

*

Depuis notre ralliement à Djamouqa, un grand cycle de douze lunes s'était déroulé. Nous en étions à la lune du coucou en parade, celle où la steppe revêt son manteau de fleurs, celle où Tèmudjin et moi prenions un printemps de plus, ce qui nous en faisait vingt.

Je me trouvais devant la yourte à contempler l'épure de l'horizon. Gerelma s'activait à l'intérieur.

Je pensais au tigre car nous étions dans son année. Je n'en avais jamais vu, mon père oui, et la description qu'il m'en avait faite me laissait toujours songeur.

Plus je l'imaginais, plus je désirais le traquer, m'essouffler dans ses pas, renifler ses urines, la bourre de ses poils accrochée aux mousses sèches, découvrir ses passages d'acrobate, ses postes de surveillance. Pattes de feutre, truffe râpeuse, fourrure aux dessins trompeurs, le tigre arpente son vaste domaine avec une infinie douceur et des précautions de bâtisseur de labyrinthes. Les mouvements vifs sont pour l'assaut final. De tous les fauves, il est non seulement le plus rapide, mais le plus intelligent. A ses côtés, le lion fait figure de gros balourd et de piètre tacticien. A l'inverse des loups qui chassent en meute, le tigre est solitaire. Il se roule dans les bouses de ses victimes pour masquer son odeur et les approcher. Mon père m'avait assuré qu'avoir le nez sur ses traces fraîches et entendre ses feulements ne garantissaient pas de l'apercevoir. Il a le don du camouflage. Il captive ses proies, engourdit leurs réflexes, brise leur volonté. Il peut d'un coup de patte abattre un cheval et le tirer dans sa gueule. Il se déplace comme le nuage dans le ciel, sans un bruit. Deux yeux ruisselants de lumière qui la nuit venue n'ignorent rien des meurtres et des amours nocturnes.

J'en étais là, m'imaginant découper cette fourrure princière pour la nouer aux épaules de Reine des Fleurs lorsque la voix de Gerelma acheva mes rêveries :

— Es-tu sourd ?

— Je pense à la chasse qui m'attend, dis-je en m'étirant.

— Ta langue ment. Tu songes à partir encore.

— Oui, et pour longtemps.

— Tu ne partiras pas avant de m'avoir fait un fils.

— Sans amour rien n'éclôt.

— Reste, je t'en donnerai, supplia-t-elle en m'agrippant la manche. La lune est ronde et montante. Kökötchu m'a assuré que cette nuit tu m'enfanteras.

Je me dégageai.

— Voilà que toi aussi tu te mouches aux habits de ce chaman ?

— Méfie-toi, Bo'ortchou, il m'a dit que l'épouse mongole délaissée pouvait prendre un autre mari.

— Qu'attends-tu ?

— Pour qui te prends-tu toi dont le visage niais est celui du chien collé à sa femelle ? Je n'ai pas les yeux d'une taupe et vois bien que les tiens quand tu me reviens sont éteints comme celui du taureau châtré. Tes bourses sont au cul d'une chienne. Tu en as des trilles plein la gorge et les pets de sa vulve empestent jusqu'ici.

Je la laissai à son fiel pour retrouver Peur d'Ours avant que les lambeaux de brume suspendus ne recouvrent la plaine.

— Si tu pars je t'engourdirai, lança Gerelma alors que je m'éloignais.

Je croisai des guetteurs qui revenaient tranquillement au camp. Ils avaient vu mon cheval dans la journée près du troupeau de Tèmudjin. J'envoyai un gardien le chercher puis franchis le seuil de Qasar. Comme toujours sous sa yourte, un parterre de compagnons riaient et buvaient sans mesure. Leur bonne humeur ne tarda pas à me gagner. En face de nous Mètekna s'activait. Elle avait le ventre rond et souriait sans cesse à son époux, lui-même ne pouvant résister à la tâter dès qu'elle se trouvait à sa portée. Ces deux-là s'aimaient comme au premier jour et attiraient sous leur toit hirondelles et amis.

Lorsque le gardien ramena mon cheval, la nuit était déjà bien avancée et mon crâne enfiévré. Je lui demandai de le seller car j'avais l'intention de chevaucher dès l'aube jusqu'à Reine des Fleurs. Puis je retournai m'enivrer et chanter.

*

Recouverte de givre, la plaine crissait sous les bottes. J'avais la tête lourde, des haut-le-cœur et la démarche incertaine. Peur d'Ours était couché, ses naseaux dorés appuyés sur le sol.

Je frottai sa ganache tout en l'observant. Une étrange mélancolie assombrissait son regard.

— Que t'arrive-t-il, mon ami ?

Il murmura un hennissement, sorte de salut plein d'affliction.

Ne voyant aucune blessure apparente, je le palpai. Un des gardes du camp vint me dire qu'il l'avait trouvé ainsi juste avant que le ciel pâlisse.

— Pourquoi ne m'a-tu pas prévenu ?

— Je l'ai fait. Ta femme m'a répondu de vous

laisser. Je lui ai proposé de m'occuper de Peur d'Ours et elle m'a dit que tu me tuerais si j'osais le toucher. Je n'ai pas insisté.

Il semblait sincère et ennuyé. Je lui fis signe de disposer.

J'essayai de relever Peur d'Ours. En vain, ses membres raides et froids ne réagissaient plus. Dans ses yeux je vis en pensée Lune Blanche et son petit gambader dans l'herbe sous le regard bienveillant de Reine des Fleurs. Alors, une rage folle et soudaine s'empara de moi. Je revins précipitamment et m'engouffrai dans ma yourte, me jetai sur Gerelma, la soulevai et la retournai au-dessus du chaudron, sur le point de la plonger dans le lait brûlant.

— Qu'as-tu fait ? Parle ou je te tue !

— Je n'ai rien fait...

— Qui alors ? Qui ?

Je la plongeai vivement dans le liquide bouillant et l'en tirai aussitôt. Ses hurlements alertèrent tout le camp. Les hommes se jetèrent sur moi. Je fendis le crâne de l'un d'eux, écrasai quelques nez avant d'être immobilisé et emmené devant la tente de Tèmudjin. Il sortit, bientôt suivi par Djamouqa.

— Lâchez-le, ordonna l'Anda. Que s'est-il passé, Bo'ortchou ?

— Qu'ils partent ! Tous !

Un seul regard de Tèmudjin suffit à les disperser, Djamouqa y compris.

Après lui avoir expliqué la raison de ma fureur soudaine, il essaya de me rassurer. Selon lui, l'état de mon compagnon s'améliorerait aussi vite que le mal était apparu. Il demanderait à Belgutèi, qui n'avait pas son pareil pour soigner les chevaux, de l'examiner, et si son demi-frère butait devant un mystère, il ferait intervenir le chaman. Mais dès à présent il voulait que cesse ma discorde avec Gerelma.

— Écoute, Tèmudjin, même avec une jambe cassée, un cheval ne reste pas sur place. Seul un maléfice peut le changer en pierre. Kökötchu est redoutable. Gerelma et lui se sont embouchés l'un l'autre pour m'empêcher de partir. Ne les laisse pas s'approcher de Peur d'Ours.

— Tu la soupçonnes, mais as-tu des preuves ?

— Elle sait où mènent mes galops. Elle a menacé de m'immobiliser si je poursuivais mes courses vers Reine des Fleurs.

— Une menace suffit parfois à déchaîner les mauvais esprits, les souhaits n'en sont pas pour autant satisfaits.

— Cette vipère jubile. Elle me hait. Laisse-la-moi, je la ferai parler.

— Impossible. Considère pour l'instant qu'elle est intouchable. Sous ma tente, elle finira bien par se confier à Börtè ou aux épouses de Qasar et Belgutèi. Si elle est fautive, tu disposeras d'elle.

— Elle vous aveuglera.

— Suffit, Bo'ortchou ! Pour l'instant, c'est toi l'aveugle. Tu as laissé la rancœur s'installer dans ton foyer. Avant de courir vers d'autres femmes tu aurais dû engrosser la tienne.

— Elle a le ventre aride et tari.

— N'est-ce pas plutôt tes oignons qui se sont desséchés ? As-tu au moins fécondé cette Reine des Fleurs ?

— Que Gerelma déguerpisse, et elle m'offrira son pucelage.

Le nez de Tèmudjin s'allongea et les fentes de ses yeux s'écarquillèrent.

— Tu es un chef de meute, pas un louvart. Comporte-toi comme tel. Domine tes femmes, mords-les, mais ne te soumets pas. Va, rejoins-la et force son cadenas sombre, répand le sang sur le sol, et sans plus attendre reviens avec elle.

— J'ai agi ainsi avec Gerelma. Vois comme elle me considère.

Il eut une mimique énervée.

— Il y a une différence entre ton épouse et celle qui te rend fou. Si elle ne te satisfait pas, tu peux t'en défaire. Gerelma non. J'y veillerai.

Je mesurai alors le fossé qui nous séparait sur le

terrain de la passion, et compris que rien ne pourrait le combler.

— Privé de Peur d'Ours je suis comme un oiseau sans ailes. Il est en vie et je ne l'abandonnerai pas, même pour aller déflorer celle qui me tient à cœur.

— Je reconnais ta fidélité. Elle te fait discerner ce qu'il y a de plus essentiel pour un homme, car aucune femme ne vaut un tel cheval.

Après tout ce qu'il avait réalisé pour retrouver Börtè, quelle hardiesse ! Son précepte sonnait faux, mais je ne fis pas la moindre remarque.

CHAPITRE 19

Les anciens étaient venus avec leurs remèdes. Peur d'Ours eut droit à tout : plantes, bulbes, baies, cailloux, boues, écorces... jusqu'à la bile de caille et les fientes de grue amoureuse. Mais ni les cataplasmes concoctés dans le plus grand secret ni les saignées ou la poudre de roches volcaniques n'eurent le moindre effet curatif. Jour après jour, son état s'aggravait. La ganache en travers des antérieurs, il avait ce regard triste des chiens fautifs implorant l'indulgence.

Ses membres enflèrent puis ses entrailles se manifestèrent à leur tour en de violentes coliques. Je me résignai à l'intervention de Kökötchu.

Le chaman arriva en grand apparat, le front ceint de métal, un bandeau orné de plumes d'aigle et surmonté d'une ramure de cerf. Mais le plus merveilleux était son costume de cérémonie, une peau entière de cerf adulte sur laquelle pendaient neuf fourrures de rongeurs et autres mammifères dégourdis : un écureuil, une martre, une zibeline, une hermine, un renard, un putois, un loir, une gerboise et une mangouste, tous de la plus belle espèce et offerts par nos plus fins chasseurs.

Il s'approcha de Peur d'Ours en agitant son costume et ses innombrables pièces métalliques, essentiellement des armes et des figurines humaines et animales. Ses circonvolutions imprévisibles ne firent pas lever le moindre bout d'oreille à mon alezan. Les familles se pressaient, retenaient leur souffle et contemplaient le chaman qui frappait son tambour en sautant d'un pied sur l'autre. Il s'immobilisa, coudes écartés et paupières écarquillées comme si le vent le portait. Il s'élevait parmi les esprits et par ses mimes chacun put reconnaître le vol de l'hirondelle frôlant les herbes, suivi de celui, maladroit, du bourdon ivre de fleurs. Quand il augmenta la cadence du tambour, aucune méprise possible, Kökötchu était étalon. Son sabot droit grattait le sol, ses lèvres se retroussaient. Il s'éleva comme pour couvrir une jument, chevaucha son tambour en accentuant furieusement le mouvement des reins, mordit son costume à l'épaule comme s'il s'agissait d'un garrot. Son visage suait à grosses gouttes et de sa gorge montaient des hennissements. Il se cabra enfin et se mit à chanter et parler de manière incompréhensible. L'étape suivante, il était une jument poulinant. Cette naissance dura le temps que se donne l'insecte pour sortir de sa chrysalide et sécher ses ailes.

Les esprits l'entretenaient lorsque soudain il courut en tous sens, lacéra des troncs imaginaires, fouilla le sol et se frotta l'anus sur des souches invisibles en poussant des grognements. Ses pantomimes étaient si expressives que nous saisissions vite de quel animal il était question. Elles retraçaient les événements de la vie de Peur d'Ours. Je reconnus les appels poignants d'une chamelle privée de son petit, la danse des loups indécis et nerveux, les graillements des corbeaux... Les cris et les incarnations se répondaient à un rythme de plus en plus rapide, si bien que tout se mélangea et qu'il nous sembla que la forêt entière était venue en débattre.

La séance atteignit son apogée lorsque, la bouche emplie d'écume, il hurla comme dix hommes qu'on ébouillante. Il s'effondra dans de violents soubresauts. Tous se précipitèrent sur lui. Les femmes craignaient de le perdre et se lamentaient, mais Kökötchu se redressa et nous revint, le regard fixe et brûlant. Il me dit :

— L'esprit d'une femelle ours s'empare de ton cheval. Il y a longtemps, tu t'es interposé entre elle et lui. Il était son dû, et maintenant que son temps sur terre est terminé, elle vient le chercher.

— Voilà donc tes pouvoirs, me moquai-je : les esprits sont adroits, ils te manipulent. On dit des chamans du Gobi qu'ils sont sans rivaux. J'irai donc trouver le plus grand d'entre eux.

Une rumeur indignée agita l'auditoire.

— Je peux encore le sauver, cela dépend de toi.

— Pourquoi refuserais-je ?

— Parce que tu t'opposes aux forces invisibles.

— Quel est ce marché ?

— L'esprit de l'ourse exige une compensation, une âme humaine à laquelle tu tiens.

— Je lui sacrifierai Gerelma.

— Non, Bo'ortchou : l'esprit de l'ourse est exigeant. Dans ton sommeil, cette âme tu l'appelles Reine des Fleurs.

Ma poitrine se souleva.

— Qui me dit qu'il s'en satisfera ?

— Personne. Il me faudra batailler sans tarder les démons dans le monde souterrain, alors ton alezan retrouvera peut-être ses jambes et le goût à brouter.

Le prix à payer pour sauver Peur d'Ours me paraissait atroce. Devant mon hésitation, Kökötchu ajouta :

— Ne réfléchis pas trop, le temps qui passe agace les esprits. Leur colère pourrait tout t'enlever, et le cheval et la femme.

*

Je passai la nuit avec Peur d'Ours. Son souffle n'était plus qu'un mince filet rauque. La douleur le lançait à intervalles réguliers et lui faisait lever le front sèchement. Bientôt il souffrit sans broncher, résigné, laissant les odieux martèlements cisailler ses flancs.

Nous nous regardions et il semblait me dire qu'il était temps pour lui de s'en retourner. La lune scintillait au coin de son œil et prit soudainement de l'ampleur; elle épousait une larme. Mon alezan pleurait. Je lui pris les ganaches et bus la perle salée avant qu'elle ne disparaisse à terre. Il me souffla dans le cou pour me consoler, moi qui aurais dû le réconforter.

Mon père m'avait dit qu'un cheval assis de cette façon, les boyaux noués, ne se relevait plus. L'instant était proche. J'implorai le Ciel :

— Ô Tengri ! C'est moi ton fils, celui conçu par Naqou l'Aroulat et Tana lors de la lune du chevreuil en rut, et né durant celle de la parade du coucou dans l'année du cheval. Ô Tengri, laisse la vie à mon ami... Toi seul le peux...

De sombres nuages venus tout droit des ténèbres surgirent alors et voilèrent la lune. Au même instant, des spasmes d'une rare violence agitèrent Peur d'Ours. Je crus un instant qu'il se lèverait sous la douleur, mais déchantai aussitôt car son encolure retomba sur le côté. Il était vaincu, l'œil hagard, suintant la mort.

Dans le petit jour, je guettai encore une lueur dans ses yeux. Les bruns et les bronzes, le vieil or, le bleu vaporeux de sa rétine, toutes ces couleurs s'étaient évanouies. Seule restait une teinte morne et unie, celle de la roche grise privée de lumière.

Il souffrait et ni l'un ni l'autre ne pouvions le supporter davantage. J'allais y mettre fin sans verser la moindre goutte de son sang. Ainsi son âme s'élèverait librement dans l'au-delà, intacte, et ici-bas, ni Kökötchu ni les esprits n'en disposeraient.

L'enserrant, une main passée sous l'encolure,

l'autre au garrot, je réussis à le faire basculer suffisamment pour glisser mes deux genoux sous ses côtes. Comprenant mes intentions il se laissait aller.

Avec mon couteau, je fis une brèche de la largeur d'une paume dans son sternum, y pénétrai la main, puis le bras jusqu'à l'aisselle. Mes doigts tâtonnaient, trouvaient l'artère, la remontaient tout près du cœur battant... Peur d'Ours m'avait vu plus d'une fois abréger ainsi le souffle des moutons. Il était confiant, sachant peut-être qu'il n'y avait pas de mort plus douce.

Nos pouls trottinaient en accord, pactisaient une dernière fois... Je fis une encoche à mon épaule. Le sang s'écoula à l'intérieur de sa plaie et scella notre fraternité pour l'éternité. L'odeur épicée de ses chairs m'emplissait tandis que je lui caressais le poitrail de l'autre main.

Il eut un tressaillement. Je le perçus comme un encouragement, et détachai l'artère.

Le ciel n'était qu'un immense feutre gris.

— Ô Tengri, veille sur mon ami, maintiens-le dans le bleu de tes cieux...

Il s'abandonna sous mes doigts sans la moindre convulsion.

— Mon alezan, la source est tarie. Te voilà oiseau de feu.

Je l'avais tant comprimé que ma main fourmillait comme si on avait voulu me la désosser.

Je glissai vers son encolure, rebroussai ses crins. Une taie froide et bleue s'étendait à la surface de son œil. Une taie sans reflet. Alors, je découpai sa peau et l'éviscérai.

La femme de Qasar s'approcha avec deux esclaves pour m'aider. Je les renvoyai en leur demandant de laisser leurs récipients.

Quand Peur d'Ours fut prêt, je taillai un pieu avec une perche de toiture et le fixai sur l'Arbre Touffu avant d'y disposer le squelette et la robe de mon alezan, le front dressé au sud, bondissant vers le ciel. Tournant neuf fois autour, je l'aspergeai de lait tout en récitant des louanges et des prières à Tengri.

De retour sous la yourte, après avoir barré l'entrée d'une lance enveloppée de feutre noir, je confectionnai un *ongon*. Des crins, des brindilles, de la bourre, quelques cailloux noirs pour les sabots et le regard ; mon Peur d'Ours en peluche prit forme et trouva sa place au nord de la tente parmi ceux de mes ancêtres. En l'observant, je revis mon alezan comme aux premiers jours, son poil éclatant sur la neige, doré comme un pain de miel au soleil.

A ses pieds, je déposai une brassée d'herbes tendres et fleuries cueillies au cœur de sa prairie préférée.

*

Il me fallait un autre cheval de tête. Parmi les bêtes de mon troupeau, cinq ou six étaient dignes d'en assumer le travail. Je me décidai pour un cheval crème pris aux Merkit, que nous appelions L'Aveugle à cause de ses yeux bleus.

Je le sellai. A peine le campement avait-il disparu derrière ses pas, que je regrettai déjà de ne l'avoir jamais monté auparavant. Sur son dos, tout m'accablait. Il avait trop paturé et au balancement de sa nuque je m'aperçus qu'il lui serait difficile de conserver le rythme. Pourtant, malgré son ventre rond, il avançait vaillamment, attentif, craignant de mal faire. La sagesse aurait été de le laisser respirer, d'entrecouper le trot par de longues marches. Mais le bon sens, étouffé par mon désir de retrouver Reine des Fleurs, m'était devenu étranger. Car j'avais fait un choix : l'enlever, et lui déclarer que dorénavant elle devenait mon épouse, l'unique. J'étais pressé de lui annoncer cette grande résolution, impatient de nous enivrer. Reine des Fleurs parfumerait ma yourte et je lui ferais plein de morveux. Ha ! j'en voyais partout de nos rampants : sur le seuil, tirant les oreilles des chiots, grimpant sur le dos des agneaux, et d'autres encore tétant les seins de leur mère, accrochés à son del, sautant sur mes genoux. Je n'avais que trop tardé.

J'avais beau m'interdire de comparer L'Aveugle à mon coursier d'hier, la moindre de ses hésitations avivait ma douleur. J'aurais dû lui laisser le temps mais plus il ralentissait, plus je le forçais. Butait-il en franchissant les ruisseaux ? Je lui relevai violemment la tête et le cravachai. Semblable au lait baratté, sa robe écumait ; ses genoux flageolaient ; et survint ce qui devait arriver : il chuta. Malgré la peur que je lui inspirais, il ne put se relever. Je lui cinglai la croupe de coups jusqu'à ce qu'il se redresse. Il fit une foulée, tituba, perclus, épuisé. Dans le bleu de ses yeux, je vis toute sa détresse. Pas la moindre haine, juste une immense incompréhension. J'éprouvais du mépris pour moi-même et ne supportant pas ce sentiment, cognai mon front contre un rocher à m'en fracasser le crâne. Lorsque le sang jaillit sur la pierre je m'affalai dessus tandis que les premières gouttes de pluie ricochaient sur mes épaules.

La nuit vint et mourut sans nous apporter le sommeil. Dans le murmure de l'averse, je m'étais approché et lui avais enserré l'encolure pour me faire pardonner.

Nous marchâmes toute la journée, une partie de la nuit et la matinée du lendemain pour arriver enfin au campement d'été de Reine des Fleurs.

Massées près du ruisseau, les quatre yourtes dressaient leur corolle vers le ciel chargé de nuages de traîne. Aucune fumerolle ne s'en échappait, pas le moindre chien couché le long. Aucune tête de troupeau aux alentours. Un désert.

Je sautai de cheval et me précipitai sous la première tente. Deux lits étaient défaits, dont celui de Reine des Fleurs, et une demi-douzaine de bols jonchaient le sol.

En visitant les trois autres yourtes je remarquai les selles et les enrênements, l'outre à aïrak. Rien ne manquait, excepté... les ongons. Cette place vide démontrait que les occupants ne reviendraient pas...

Sur le pourtour des tentes les empreintes se confondaient. Ailleurs aussi. On les avait manifestement brouillées. Je suivis plusieurs pistes, et chaque fois elles me ramenaient au camp. Les traces remontaient à cinq ou six jours. Elles indiquaient une cinquantaine de chevaux dont dix au moins sans cavalier, mais aucun indice sur le passage des chèvres et des moutons.

Durant trois jours et trois nuits, j'arpentai la région, m'arrêtant d'aïl en aïl pour interroger les bergers. L'un d'eux avait vu une trentaine de Merkit poussant un troupeau de quelques têtes. Oui, lui semblait-il, il y avait aussi quelques femmes, mais il ne pouvait les décrire, sa vue défaillait. Pourquoi donc n'avions-nous pas exterminé tous les Merkit ?

Je rebroussai chemin jusqu'à mon point de départ et m'endormis dans son lit, avalant tel un noyé les effluves de la toile écrue.

Dans l'aube naissante, je découvris un os enfoui entre paillasse et montant de bois. Je reconnus le sabot blanc découvert dans la ravine que j'avais offert à Reine des Fleurs, et me rappelai lui avoir dit que Peur d'Ours couvrirait Lune Blanche. Il avait une couleur de fromage séché. Je caressai l'unique phalange en songeant à ces instants heureux, lorsque je perçus une présence. Je soulevai un coin de feutre et vis en lisière de forêt les silhouettes laiteuses de Lune Blanche et de son petit. Ils broutaient tout en fixant L'Aveugle, manifestement ravis de revoir une ganache, aussi étrangère soit-elle.

Le lendemain, je m'assurai que nul autre cheval ne paissait dans les parages, retrouvai quelques chèvres et moutons dans la montagne et emmenai tous ces museaux vers notre camp de l'Arbre Touffu, le cœur douloureux, saigné à blanc.

CHAPITRE 20

Au début de l'été de l'année du tigre, une grande effervescence agitait toute la steppe. Tribus et clans se déplaçaient, se rencontraient, s'alliaient ou se défaisaient. Les esprits s'échauffaient vite et il arrivait parfois que le sang coule au sein d'une même famille. Au levant, les Tatar se rassemblaient du côté de la Kèrulèn et les anciens, forts de leur expérience, pensaient qu'on ne tarderait pas à subir leurs assauts. Mon père aurait dit :

— C'est l'année du tigre qui veut ça. On ne peut rien y faire. Autant essayer de faire tenir de la neige sur la corne d'une vache.

Les fléaux liés au grand cycle du fauve à rayures étaient proverbiaux et les sages racontaient que les colères de Tengri pouvaient ouvrir la terre en deux, incendier des plaines et des forêts sur trente jours de marche, ou les noyer, décimer les troupeaux, les truffer de vers et d'écume sanguine, monter les hommes les uns contre les autres, inciter aux complots, aux alliances contre-nature, faire naître des nouveau-nés sans bras ni cervelle. Bref, l'année du tigre était propice aux bouleversements de toutes sortes, et si les calamités n'étaient pas de cet ordre, de funestes présages chargeaient le ciel. Ainsi, une rumeur se répandit aux quatre coins de l'ulus comme un brasier allumé dans une plaine sèche : le fils de Tèmudjin serait celui de Djamouqa.

Chacun redoutait le lendemain et suspectait celui qui hier était son frère.

Moi compris.

Avec la disparition de Peur d'Ours et de Reine des Fleurs, mon tribut à l'année du tigre était lourd. Tèmudjin m'avait fait la promesse de marcher à nouveau sur les Merkit et la repoussait sans cesse sous le même prétexte :

— Patience, Bo'ortchou. Les lunes ont mauvaise

influence. Kökötchu assure que nous ne devons rien entreprendre.

— Il nous faut donc hiberner?

— Souviens-toi que mon père a été empoisonné et moi abandonné par les miens lors du dernier grand cycle du tigre.

— J'irai donc la chercher seul...

— Tu te feras tuer. Ce n'est pas le moment de nous détourner l'un de l'autre, Bo'ortchou. Nous marcherons sur les Merkit... mais le cycle du tigre n'est pas le seul empêchement. Il y a Djamouqa. Un fossé s'est creusé entre nous.

— Ah! m'exclamai-je faussement ennuyé : l'allié juré se lasserait-il de toi?

— Il craint de perdre le pouvoir. Nombreux sont les hommes qui me sont acquis et le rapport de forces à l'intérieur de l'ulus ploie de mon côté. Nous préparons l'offensive contre les Tatar, et pour la mener à bien, il veut s'allier avec les Souverains. Tu le sais, je veux d'abord combattre les Merkit. Nous les avons affaiblis une fois, il nous faut maintenant les soumettre jusqu'au dernier. Nous pourrions utiliser les prisonniers contre les Tatar en les forçant à l'avant de nos escadrons. Mais Djamouqa pense que c'est le moment de se rapprocher des Souverains car l'autorité de Targhoutaï vacille et ses alliés les plus influents, Djurkin et Bordjigin, parlent de s'en séparer. Je ne suis pas dupe de ses agissements. Il cherche à me mettre en porte-à-faux, échafaude la discorde qui lui serait favorable.

Si cette rupture se faisait, les données changeraient complètement. Djurkin et Bordjigin étaient les deux clans aînés de la lignée de Qaboul Khan. Sans eux, Targhoutaï. l'arrière-petit-fils du khan Ambaqaï, perdrait de sa légitimité. Où iraient les premiers? Formeraient-ils un ordu à part ou nous rejoindraient-ils? Descendants de Qaboul Khan, leurs chefs étaient les oncles et les cousins de Tèmudjin. Ils lui avaient tourné le dos à la mort de son père pour aller se moucher dans le col de Targhoutaï.

— Ils viendront, dit l'Anda comme s'il avait deviné mon interrogation : aussi sûrement que l'agneau, dès les premiers froids, retrouve le chemin de sa provende.

— Djamouqa pourrait les séduire et les installer à ta place qui n'est pas si confortable. Elle est celle d'un hôte, conviens-en.

— Mère Ho'éloun et Börtè pensent comme toi, Bo'ortchou. Il me reste les Kèrèit...

— Tu as dit qu'ils devaient rester en dehors du conflit mongol.

— Oui, mais je ne veux pas en être exclu. Si cela tournait mal, je ferais appel à Toghril.

— Djamouqa t'en laissera-t-il le temps ? Tu as tout partagé avec lui, jusqu'à ta couverture. Prends garde qu'il ne la tire à lui et te laisse le dos à nu.

Il eut une expression peinée. Ma remarque révélait que je n'ignorais pas la rumeur qui désignait Djamouqa comme étant le père de l'enfant de Börtè.

— Toi aussi ? Si un autre s'avisait d'un tel affront, je lui arracherais la langue et lui crèverais les yeux.

— Qui sont les colporteurs, Djamouqa, Kökötchu, leurs frères ? Tant d'insolence ne trahit-elle pas un fond de vérité ? Qu'en est-il ?

— Partager le royaume du lion exige parfois de jouer avec ses couilles.

— Ne crois pas étouffer la rumeur avec ce genre de réponse.

Embarrassé, il finit par dire :

— Je ne sais pas si le Laideron est mon fils ou celui de ce Merkit puant qui se nommait Lapin Vif. Mais je suis sûr d'une chose : le ventre de Börtè a commencé à s'arrondir avant d'avoir rejoint le camp de Djamouqa.

— C'est un imposteur ! Et tu le laisses faire ?

— Les tribus mongoles ne voudront jamais d'un chef suprême dont le fils aîné serait un bâtard de Merkit. Les insinuations de Djamouqa sèment le trouble mais elles ont le mérite de faire de mon fils un Mongol.

— Tu oublies que pour prétendre au rang de seigneur, nous devons tous être capables de citer nos ancêtres sur neuf générations au moins. Or, Djamouqa en est incapable puisqu'il est issu d'une lignée bâtarde. Ton fils ne pourra jamais te succéder !

— Il s'agit de moi.

— Il n'empêche ! Tu as cru jouer avec ses couilles, et ce sont les tiennes que Djamouqa a dans sa gueule. Que comptes-tu faire ?

— Mère Ho'éloun et Börtè pensent que nous devons nous séparer de lui pour le prendre de vitesse.

— Un fleuve de sang risque de couler.

— Mieux vaut mourir qu'être humilié.

*

Mon troupeau de chevaux avait accepté sans difficulté Lune Blanche et son poulain. La jument de Reine des Fleurs se tenait cependant en retrait de la horde. Peut-être redoutait-elle pour son petit mais j'aimais à penser qu'elle attendait Peur d'Ours. Cet espoir secret la maintenait à l'écart des autres comme si elle savait qu'il vaut mieux ne pas s'attacher quand on désire partir un jour.

J'avais noué des rubans bleus et des pompons argentés aux crins de Nuage Blanc. Pour parachever sa protection contre les influences néfastes, je lui avais également accroché autour de l'encolure, dans une pochette de soie, une petite dent que Tèmouloun m'avait donnée.

La sœurette de Tèmudjin ne désarmait pas. Elle parlait toujours de m'épouser et me souriait de plus en plus joliment pour me faire constater que ses dents définitives valaient bien ses anciennes quenottes.

Un soir où je tenais la tête de la jument qu'elle trayait, elle me dit :

— Bo'ortchou ! te voilà seul, débarrassé de Gerelma et abandonné par ta favorite. Qu'attends-tu pour me prendre pour femme ?

— Veux-tu te taire, morveuse.

— Je suis nubile maintenant, tu peux le vérifier.

— Sache qu'il ne faut rien entreprendre durant l'année du tigre, c'est ton aîné qui le dit.

— Au diable Tèmudjin ! il répète ce que les anciens radotent. Mais bon, c'est d'accord, je veux bien encore attendre à la condition que tu m'épouses dès la fin de la saison blanche. Au premier jour de la lune du renouveau, tu viendras cogner à ma yourte et tu m'enlèveras comme le font tous les jeunes guerriers qui obtiennent ce qu'ils convoitent. Te voilà prévenu.

— Holà ! pas si vite, petite hirondelle, nous en reparlerons quand ce poulain tout blanc que tu vois sera débourré.

— Quoi ! il me faudra attendre deux hivers encore ? s'écria-t-elle en fronçant exagérément les sourcils.

— Non trois, car vois-tu je ne le monterai pas avant. Unique fils de Peur d'Ours, il sera l'étalon de mes juments.

— Tu veux me faire devenir grand-mère ? Si c'est ça, je lui reprendrai ma dent porte-bonheur.

— Touche à cette amulette et je te coupe les cheveux pour les donner à manger aux chameaux.

Elle rit puis poussa un long soupir résigné.

CHAPITRE 21

Nous cheminions depuis deux jours à la recherche de nouveaux pâturages lorsque le convoi s'arrêta au milieu d'une vallée. De hautes collines en terrasses la cernaient tandis qu'en amont de la rivière, deux falaises graniteuses l'étranglaient, accentuant l'impression d'être au fond d'une cuvette.

En selle sur L'Aveugle, j'avançais en compagnie de Qasar et Djelmè près des chariots transportant la yourte de Mère Ho'éloun. Tèmudjin, depuis lors en tête, rebroussa chemin jusqu'à nous :

— Djamouqa propose de camper ici.

— L'endroit n'est pas sûr, constata Qasar, et il n'y aura jamais assez d'herbe pour toutes les bêtes.

— Il insiste et nous laisse les prairies le long de la rivière. Lui occupera les pentes.

— Méfie-toi, prévint Mère Ho'éloun. Qu'en penses-tu ?

— Le sens de ses paroles m'échappe.

— Moi, je les entends, s'écria Börtè, lâchant la pièce de tissu bleu qu'elle surpiquait de nuages blancs : Djamouqa est un homme qui se lasse. Voilà le moment venu où il se fatigue aussi de nous. Ne descendons pas de cheval. Qu'il s'établisse ici et profitons-en pour nous séparer de lui.

— Ton épouse a le flair d'une louve, approuva Mère Ho'éloun.

— Qasar, Djelmè ! réagit immédiatement Tèmudjin : remontez le convoi et prévenez les nôtres que nous poursuivons. Faites resserrer les rangs ! Bo'ortchou, avec moi.

Et nous trottâmes jusqu'en tête de la caravane.

La monture de Djamouqa aspirait la rivière en fronçant des naseaux. A ses côtés, accroupi, son cavalier se désaltérait aussi. Il nous invita à le rejoindre :

— Les lèvres d'une vierge ne sont pas plus fraîches que cette eau.

— Nous allons au-delà de cette vallée trouver d'autres pâturages, dit Tèmudjin en maintenant l'allure.

— Anda ! Vois, les miens s'installent sur les hauteurs.

Les Isolés et leurs affiliés s'éparpillaient effectivement sur les pentes.

— Nous continuons car nos chevaux doivent apprendre l'effort et la privation.

— Tu foules mes territoires, dit le chef des Isolés en se redressant d'un air menaçant : c'est à moi de décider des campements.

— Je les quitte donc. N'avions-nous pas fait le serment qu'aucun de nous ne commanderait l'autre ?

Il talonna son cheval tandis que Djamouqa jetait son bonnet. Nous l'entendîmes se moquer :

— Tu dis vrai, mais il n'était pas prévu que tes femmes dirigent. Quelle armée suivrait un prince assourdi par les beuglements d'une mère et d'une épouse ?

*

La nuit nous vit traverser l'ulus des Bèsut, un clan rallié à celui des Souverains. Nous avions l'ordre de laisser nos flèches dans les carquois. Ces rivaux en puissance en firent autant.

Au matin, nous mettions le pied à terre dans la vallée des Mûriers Broussailleux. Lorsque les chariots furent disposés, les chameaux baraqués et les chevaux entravés, d'autres cavaliers apparurent. Des Bèsut, mais aussi des Isolés qui, profitant des ténèbres et de la confusion, s'étaient séparés de Djamouqa.

« Les deux Anda ont rompu le lien » : ce chuchotement se répandait dans les vallées comme la poussière dans le vent et posait problème à bon nombre de familles. Il fallait dorénavant choisir son camp, vite, la séparation des deux jeunes loups pouvant dégénérer en affrontement. Et si certains redoutaient cette éventualité, d'autres — j'en étais — la désiraient.

En trois jours, près de deux mille hommes agrandirent le cercle de nos tentes. Ils représentaient une vingtaine de clans mongols dont les Djalaïr, les Tarqout, les Baroulas, les Baya'out, les Souldous, les Ganigas, les Undjïn, les Saqayït.

Trois cents Obligés nous rejoignirent. A leur tête, il y avait le frère cadet de Djelmè, Subotèi, un guerrier hors pair. Notre surprise fut plus grande lorsque Qortchi se présenta avec tout son aïl, une trentaine de tentes. Il était le demi-frère de Djamouqa, défit sa ceinture, déposa carquois, sabre et couteau, ôta son bonnet et s'agenouilla devant Tèmudjin.

— Je ne voulais pas me séparer de Djamouqa car nous provenons du même ventre, mais un rêve m'a révélé ta destinée.

— Quel était ce rêve ?

— Une vache rousse tournait autour de Djamouqa. En le frappant, elle s'est brisé une corne. Furieuse, elle soulevait la poussière et meuglait vers lui : « Rapporte ma corne. » Mais Djamouqa s'enfuyait avec. Alors, la vache s'est attelée au chariot sur lequel était dressée la grande tente du khan et, malgré les ornières et la charge, tu as réussi, toi Tèmudjin, à la faire avancer là où douze bœufs n'auraient pas suffi.

Le songe de Qortchi était si limpide que tous s'agenouillèrent devant Tèmudjin : la vache rousse évoquait la Terre, et la yourte, le royaume, le peuple régnant.

Impassible, Tèmudjin finit par dire :

— Si tu dis vrai, je te ferai seigneur de mille hommes.

— Le jour où les tribus mongoles seront unies sous une même bannière, tu seras leur khan. Ce jour-là, si tu veux parfaire mon bonheur en récompense de ma prédiction, laisse-moi choisir trente parmi les plus belles captives.

Tèmudjin accéda à sa requête.

Neuf jours plus tard, les messagers lui apprirent que Djurkin et Bordjigin, les clans princiers, approchaient de l'ordu que nous avions établi tout autour du Lac Bleu. Il demanda si ses oncles et cousins menaient les colonnes. Les bannières respectives des princes claquaient bien au vent, lui assura-t-on. Alors, entre cette nouvelle et l'instant où les lances et les étendards hachurèrent le pan de ciel enchâssé au sommet du col, le temps pour le soleil de parcourir la moitié de son arc, il savoura cette victoire dans un silence absolu. Ses manœuvres habiles, ses patients calculs portaient leurs fruits. Nul besoin de monter jusqu'au sommet de l'arbre pour y cueillir les plus beaux : ils lui tombaient dans la main.

Il fit venir sa famille, ses frères à sa droite, sa mère et les femmes se tenant sur sa gauche, aussi raides qu'une pleine brassée de flèches dans les carquois.

A leur casque hérissé d'une pointe et muni d'un large protège-nuque, premiers à noircir les pentes et marchant flanc contre flanc, il reconnut ses oncles et ses cousins, et les énuméra :

— Voici Daritaï, Qoutchar, Altan et Sagace.

Les fentes de ses yeux brillaient comme le tranchant d'un sabre.

— Daritaï, frère cadet de notre père, est notre oncle, reprit-il. Qoutchar, son neveu, est notre cousin. Altan, puîné du dernier khan Qoutoula, est le cousin de notre père. Quant à Sagace, il est son neveu. Par sa lignée, la première de Qaboul Khan, il est l'héritier.

— Jamais le conseil des anciens ne lui accordera ce droit, ajouta Mère Ho'éloun avec mépris. Ni aux autres d'ailleurs, des incapables. Ils nous ont laissés pour Targhoutaï, voilà qu'ils s'en séparent.

Le regard de Tèmudjin restait fixé sur eux et nous pouvions l'entendre ronronner. Enfin, les montures princières se campèrent devant nous en soufflant joyeusement le vent de leurs naseaux.

Altan, le plus âgé des quatre, prit la parole :

— Dans toutes les directions...

— Qui es-tu ? le coupa sèchement Tèmudjin.

Le prince en sursauta presque. Il eut un coup d'œil interrogatif vers Daritaï et répondit :

— Je suis Altan, fils de Qoutoula Khan.

— Le cadet, gardien de son foyer? Tiens, je ne me souviens pas de ton visage.

Le benjamin du dernier khan se racla la gorge. Daritaï intervint :

— Tu étais jeune, Tèmudjin.

— Et toi, qui es-tu?

— Ton oncle, voyons!

— Daritaï?

— C'est cela, dit-il avec un demi-sourire.

— Toi aussi tu es un cadet, chargé de veiller sur le foyer de mon grand-père. Comment ai-je pu oublier également le visage de celui qui à la mort de mon père devenait notre protecteur?

— Allons, Tèmudjin, tu n'ignores pas qu'avant de mourir Yèsugèi a demandé au père de Kökötchu, le chaman Monglik, de s'occuper de vous.

— Eh bien, Monglik a failli à sa mission. Toi aussi, car en tant que gardien du feu, tu aurais dû prendre les femmes et les enfants de ton frère auprès de toi. Si tu l'avais fait, ton visage aujourd'hui me serait familier. Mais si l'absence efface les traits d'un homme, le temps chasse aussi les vieilles querelles. Je vous écoute.

— Dans toutes les directions, recommença Altan, les hommes sont comme les chevaux avant l'orage. Il est temps qu'un khan les apaise. Targhoutaï aimerait être celui-ci. Le désir de Djamouqa est identique semble-t-il. Or, le conseil des anciens ne cautionnera jamais un chef qui ne serait pas issu de la lignée de Qaboul Khan. Il s'est réuni et pense que les tribus mongoles continueront à se déchirer tant que les héritiers de Qaboul seront dispersés. C'est pour cette raison que nous venons te demander de resserrer le cercle.

— Qui me dit que vous me serez fidèles? questionna Tèmudjin, ajoutant aussitôt devant l'expression offensée d'Altan : je veux entendre vos promesses sous cet étendard. Lui saura bien me dire votre franchise, car l'esprit de mon père y demeure.

Altan déglutit et se plia à l'exhortation :

— Dans les batailles, nous serons tes éclaireurs, ta première ligne. Nous te ramènerons les plus belles captives et les chevaux à la croupe bien ronde. A la chasse, nous sortirons les premiers du cercle de battue pour pousser le gibier vers toi. Nous ne ferons rien qui puisse te nuire mais bien au contraire tout pour te satisfaire. Si nous manquons à nos paroles, abats nos tentes, sépare-nous de nos femmes et abandonne nos têtes noires au désert.

— J'ai bien entendu, dit Tèmudjin en lissant les poils bruns de sa barbichette d'un air songeur.

Son regard meurtrier les épingla un par un. Il ajouta :

— Aucun manquement ne vous sera pardonné.

CHAPITRE 22

Le flot des arrivants cessa quand le froid eut dévêtu les bouleaux de leur parure de feuilles jaunies. Les claies des yourtes furent doublées de feutre, le Lac Bleu se camoufla sous un voile blême et glacé. La nuit, nous l'entendions parfois craquer, arracher de mystérieux soupirs au tréfonds des eaux.

J'étais impatient d'être au cœur de l'hiver car le grand cycle du tigre bondirait alors derrière nous, cédant sa place à celui du lièvre.

Reine des Fleurs se glissait en toutes choses : une colline au loin, et voilà qu'apparaissait l'arrondi d'une de ses hanches ; deux collines, les contours de sa poitrine ; un rayon de soleil dans les sous-bois dessinait sa silhouette ; un nuage empourpré par le crépuscule rappelait son profil ; et ces mirages m'éreintaient comme pèse le sabot d'un cheval sur la jeune pousse.

Où se trouvait mon hirondelle ? Qui donc la détenait ?

Je la rêvais. Mais une Reine des Fleurs rêvée ne mangeait pas de marmotte cuite aux pierres, n'offrait pas son corps à la pluie, à mes baisers, n'exhalait plus son parfum de mousse tendre, et n'éprouvait pas ma colère de la savoir disparue.

*

L'hiver passa ainsi...

Durant la lune du bouquetin en rut, les cerfs affamés écorcèrent les mélèzes, celle de l'antilope vit la grêle crépiter sans répit, puis la neige recouvrir tout sur cinq poings de haut. Elle fut balayée en deux nuits, et le vent souffla en hurlant une lune durant, emportant tout vers les cieux glacés... Le tigre fuyait cédant sa place au lièvre qui entra prudemment dans son année, roulant de grands yeux furtifs et hagards sur cette terre désolée, polie, froide et comme morte. Enfin, les oies disposées en flèche traversèrent le bleu du ciel, et bientôt les grues cendrées craquetèrent sur la steppe tandis que les marais retrouvaient pluviers, aigrettes et autres échassiers turbulents. Nous étions en pleine lune du coucou et dans l'air flottait un parfum de sable chaud. Les oiseaux s'enivraient et j'implorais ces messagers de m'apporter un seul des cheveux de Reine des Fleurs. Mais dans les incessants coups d'ailes, je ne trouvais pas l'explication du moindre mystère.

De son côté, Tèmudjin trônait parmi les seigneurs. Non que sa voix comptât plus que celles de son oncle et de ses cousins, mais ces derniers approuvaient ses jugements. Rien de ce qu'il décidait ou projetait de réaliser ne se faisait sans leur présence et s'il nourrissait un fond de vengeance à leur encontre, il n'en montrait rien.

Il avait imposé une discipline de fer et l'éprouva lors des grandes chasses qui ponctuèrent tout l'hiver. Il divisa les troupes en formations de cent cavaliers, les *centeniers*, et mit au point des battues dont les manœuvres d'approche demandaient quatre à cinq jours de marche, voire davantage. Malgré les tourbillons de neige et de grêle, le vent froid et violent qui cisaillait le poitrail des chevaux, les faisait se cabrer et se battre avec la main de leur cavalier, il fallait sans cesse avancer, ne pas mettre le pied à terre. Dans un univers sans contours, certains se perdaient, noyés dans les implacables tourmentes. Honte à ceux qui ne retrouvaient pas à temps l'endroit de la curée finale : pas le moindre gibier ne leur revenait. Après avoir écouté les explications des commandants de troupes égarées, Tèmudjin énumérait leurs erreurs et détaillait ce qu'ils auraient dû faire. S'ils répétaient une seule de leurs maladresses, ils étaient déchus de leur commandement.

Tèmudjin possédait un sixième sens extraordinaire, celui d'un chasseur hors pair, d'un tactitien rusé. Alors que d'autres se penchaient consciencieusement sur les traces pour analyser chaque détail, lui opérait des raccourcis surprenants, comme s'il avait été lui-même dans la peau de l'animal. Il était bien souvent le premier à débusquer celui qui parvenait à se dégager du cercle que nous resserrions, nous indiquant dans quel repli de la forêt, sur quel promontoire, nous le trouverions. Il avait un flair imparable, doublé d'une incroyable vision d'ensemble, comme un aigle dans le haut du ciel. Cela impressionnait grandement son entourage, et parmi les hommes, bon nombre voyaient là l'intervention de Tengri. Moi, je croyais plutôt que ses facultés lui venaient de sa jeunesse où, constamment sur ses gardes, il avait dû creuser le sol pour atteindre la plus infime racine. Il avait connu la peur, et au lieu de le paralyser, elle avait aiguisé son instinct de survie.

Il était bien difficile de deviner ses sentiments. Quelle que soit la situation, les traits de son visage restaient impassibles et réfléchis. Mais si nous endurions les pires maux dans ces entraînements, le voir en tête affronter sans broncher les éléments déchaînés nous motivait plus encore. Combien de fois, moi qui l'accompagnais, ne l'ai-je pas surpris jubilant de tant de folie ? Des chevaux expiraient, des hommes voyaient leurs membres geler, pourrir, certains se tranchaient les doigts pour arrêter la corruption, d'autres en mouraient, et lui, courbé sous la tempête, perclus comme nous tous, continuait sa marche, le visage bleuté, les pommettes ouvertes par le gel, un rictus aux lèvres, non pas de douleur mais de joie. Dans ces instants-là, son nom, Tèmudjin, le Forgeron, prenait tout son sens. Il était fait d'un métal indestructible, un bloc de fonte qui avançait, avançait... toujours, et qui dans ses pas solidifiait ceux qui ne le perdaient pas de vue. Il ne s'apitoyait pas sur celui qui baissait les bras, le larmoyant, le faible, l'indécis, le tétanisé ; il le regardait, et celui-ci, soit se levait, soit ne le pourrait plus jamais. Cependant, à celui qui combattait jusqu'au bout de ses forces, répondait à la douleur par la douleur, à la blessure par la blessure, il lui donnait sa propre pelisse, celle garnie d'une fourrure de loup qui le garantissait des froids les plus extrêmes.

Intransigeant, il n'en était pas moins généreux, et quand venait l'instant du partage, il délaissait les plus belles prises, y compris celles qu'il avait tuées, les offrant toujours aux plus méritants.

Cet hiver fut long et âpre, mais riche d'enseignements et de plaisirs. A chaque battue, il y avait eu trois mille participants, et pas une famille ne manqua de viande. Le feu de notre forgeron n'avait jamais failli et les hommes s'y étaient réchauffés, s'approchant chaque jour un peu plus de sa source.

*

Tèmudjin avait nommé les porteurs de carquois,

échansons, gardiens de camp, éclaireurs, messagers, forgerons, tanneurs, palefreniers, rabatteurs, chefs des centeniers, mais il avait surtout mis en place un moyen de surveillance de l'ulus qui fonctionnait en permanence jusqu'à lui comme les maillons d'une chaîne. Des hommes, deux par deux, occupaient les plus hauts sommets. A la moindre alerte, ils agitaient des tissus de couleur selon un code établi et transmettaient de colline en colline les moindres mouvements sur la steppe. La nuit, ils utilisaient des feux.

Nous comptions une centaine d'ails, assez proches les uns des autres, puisque du Lac Bleu, une journée de petit trot suffisait pour atteindre les plus éloignés. Il y en avait d'insignifiants, composés d'une dizaine de tentes, mais la plupart comptaient vingt à trente yourtes, le plus important étant celui de Tèmudjin, fort de deux cents tentes. Au total, nous avions dénombré quinze mille âmes dont près du tiers en âge de combattre.

Un incident allait leur donner l'occasion de manifester leur hardiesse.

L'une de nos sentinelles surveillait la Steppe en Dos d'Ane lorsqu'elle aperçut deux hommes lui voler son troupeau de chevaux. Elle se mit en selle et eut vite fait de les rejoindre. D'une flèche joliment ajustée, elle brisa la course d'un ravisseur, effraya le second et rattrapa ses chevaux avant de récupérer la flèche qui avait fait mouche. Le blessé, un Isolé, n'était pas mort. Le nôtre lui fracassa le crâne jusqu'aux dents.

Deux jours après l'incident, les drapeaux s'agitèrent au sommet des collines. Ils indiquaient que les pâturages à l'ouest de la Steppe en Dos d'Ane se noircissaient de cavaliers en ordre de combat. Tèmudjin ordonna le rassemblement.

Les femmes regroupèrent les troupeaux et s'enfuirent par la forêt vers les collines de l'Oreiller du Vent, où nous devions les retrouver une fois la victoire acquise.

Le soleil atteignait son zénith lorsque nos troupes furent disposées à l'abri des collines. Tèmudjin avança trois centeniers au sommet de la plus élevée, et dans son dos claquaient les bannières des clans et l'emblème des Bordjigin, les neuf queues de yacks noires surmontées du trident. L'ennemi présentait cent centeniers, le double de nous, et dépêcha une escorte légère vers nos positions. Leur étendard était celui des Isolés.

Pour éviter qu'elle n'évaluât nos forces, Tèmudjin s'avança avec ses frères au-devant d'elle.

— Je parle au nom de Djamouqa, dit le messager : l'un des tiens a tué mon frère. Tu as trahi notre serment et rompu nos liens. Je viens pour obtenir vengeance. Livre-moi le coupable et l'un de tes cadets ou alors combattons.

— Fais savoir à l'Anda, répondit Tèmudjin, qu'en dehors de Qortchi, ici présent, je ne lui connaissais qu'un frère : moi. Dis-lui aussi que l'Isolé dont il se prétend le frère est mort pour avoir tenté de voler nos chevaux. Son complice le sait bien, et pour avoir menti il mérite qu'on lui arrache la langue.

Un de nos éclaireurs rapporta qu'il avait aperçu une colonne d'au moins mille guerriers qui contournait nos positions par le nord.

— Il veut nous pousser au sud, dit Tèmudjin. Il doit posséder trois fois plus d'hommes en réserve dans cette direction. Les Souverains, ces charognards, doivent être à ses côtés.

Il fixa un instant le clan des Loups. Ces guerriers aux carquois emplis de flèches courtes et longues, la ceinture fortement nouée, le regard acéré et imperturbable, formaient un beau bataillon. Ils étaient légers, secs, aériens, spécialistes du harcèlement. Tèmudjin les chargea de contrarier les troupes au nord. Pour les couvrir dans leur entreprise, il les épaula d'un centenier dans lequel se trouvait son frère, Qatchi'oun.

Le rapport de forces jouait en notre défaveur. Il nous fallait battre en retraite en évitant de tomber dans le piège de l'ennemi. L'idée de notre chef était de l'attirer vers les Soixante-Dix Marais pour l'enliser et fuir ensuite par le nord où les Loups auraient ouvert des brèches.

Comme prévu, les Isolés nous poursuivirent dans ces lieux infestés de moustiques où il ne faisait pas bon égarer ses sabots. Nous étions en formation au-delà des premiers marigots lorsqu'ils s'engouffrèrent dans le piège. Leur première charge fut arrêtée et proprement sabrée. Déjà nous forcions leurs flancs tandis qu'une volée de flèches s'abattait sur le corps central.

Nous laminions leurs ailes et commencions à entrevoir un corps à corps plus favorable lorsque du ciel une averse de traits martela nos arrières. Ourlée de silhouettes sombres, la crête des collines dévidait par vagues de cent l'ennemi sur nos épaules, et les archers du rusé Djamouqa, placés à mi-pente, nous ajustaient sans précipitation.

Pris à son propre piège, Tèmudjin ordonna le repli vers les collines opposées, seule issue possible. Et c'est le bouclier sur le dos que nous nous frayâmes un passage. Il nous fallut percuter l'ennemi, dépecer à tour de bras, tailler dans les chairs comme des molosses pendus aux couilles de l'étalon et qui, malgré les ruades, ne desserrent pas l'étreinte.

La mêlée fut grandiose et quand nous atteignîmes les pentes, certes en nombre plus restreint, les Isolés reçurent l'ordre d'abandonner la poursuite. Ce rebondissement était surprenant et bienvenu. Tèmudjin craignait qu'il masque une autre feinte de Djamouqa. Il n'en fut rien, et nous en connûmes la raison quelques jours plus tard.

Les Isolés avaient attiré le clan des Loups dans un vallon où les attendaient trois mille compères. Les nôtres furent décimés. Au terme de ce combat inégal, il restait soixante et onze vaincus en vie, dont Qatchi'oun. Djamouqa leur lia les membres et les emporta dans son camp où il fit bouillir de l'eau dans soixante-dix grands chaudrons.

Les prisonniers furent cuits, un par chaudron. Quant à Qatchi'oun, Djamouqa lui trancha la tête et la noua à la queue de son noir coursier.

Il s'estimait vengé et ordonna la fin des combats.

Ces événements décidèrent Kökötchu à nous rejoindre. C'est lui qui nous en fit le récit. Dans son sillage, deux mille familles le suivaient et comblèrent en partie nos pertes.

Djamouqa commit d'autres exactions sur les archers et les éclaireurs pris dans nos rangs. Les doigts des premiers furent sectionnés, les yeux des seconds crevés.

Si sa victoire lui donnait un avantage incontestable, ces sévices lui faisaient perdre un peu de ce bénéfice. Il bafouait l'honneur des anciens et de nombreuses tribus mongoles estimèrent que sa seule ambition était de ruiner les lignées princières.

*

La mort de son frère ne semblait pas affecter Tèmudjin. Un soir, alors qu'il s'amusait avec son crotteux, lui fourrant l'auriculaire entre les gencives pour aiguillonner ses quenottes, il m'étonna, comme souvent, à deviner mes pensées :

— Qatchi'oun n'est plus et s'en porte bien. Il est parti comme il a vécu, sans un mot. De son vivant, il était comme une ombre, sans force ni caractère. Dorénavant, il est plus consistant.

Je ne dis rien, mais me souvenais parfaitement des sanglots de Mère Ho'éloun qui secouaient sa yourte et s'élevaient dans le ciel.

*

« Si nous avions un khan, l'ordu se renforcerait. »

Je ne sais qui de Tèmudjin ou de Kökötchu émit le premier cette supposition, mais en tout cas, elle se répercuta sous les yourtes et fit l'unanimité.

Puis, très vite, chacun se posa la question, « oui, mais qui ? ».

Le nom de Tèmudjin s'imposa tout aussi facilement. On dénombrait ses mérites, on évoquait son courage, sa droiture, sa générosité, la noblesse de son âme, ses origines princières et, bien entendu, cette clairvoyance qui lui avait permis d'échapper à tous les pièges tendus. Bref, tous tombèrent d'accord : il serait un khan idéal.

C'est à la lune montante du coq de bruyère que les choses se précisèrent, lors du conseil des anciens. Tous les sages étaient présents ainsi que les princes de sang, Kökötchu et les commandants des centeniers.

Altan prit la parole :

— Tèmudjin, le conseil t'a choisi pour être notre khan. Il armera tes bras...

L'Anda l'écouta, dévisagea l'assemblée et fit non de la tête.

— Je ne peux accepter. C'est à toi, Altan, fils de Qoutoula Khan, de fouler le tapis de feutre blanc qui fut le sien.

Altan refusa, prétextant qu'il n'avait plus les vingt et un printemps de son interlocuteur.

— Soit, releva Tèmudjin, et Sagace ? N'est-il pas de la première lignée de Qaboul Khan ?

— Si, je suis bien celui-là... dit le prince des Djurkin.

— Alors ! l'interrompit Tèmudjin, tu seras khan, car il n'est pas dit que les Bordjigin s'octroient cet honneur. A-t-on déjà vu un subordonné s'asseoir sur le trône de l'héritier ? Je ne suis pas comme le coucou qui subtilise le nid d'autrui !

— Écoute, Tèmudjin, manifesta à son tour Daritaï. Depuis bien des lunes nous tenons conseil pour t'élire cinquième khan des Mongols. Nous descendons tous ici de l'os de Qaboul et approuvons ce choix, Sagace et Altan y compris.

— Je t'entends, mon oncle, répondit Tèmudjin, mais la langue de Sagace peut-elle dire ce que tu affirmes ?

Mon Anda menait parfaitement ce conseil. Il désirait un engagement d'allégeance sans condition.

— Je ne convoite pas le titre suprême, dit Sagace. C'est la raison pour laquelle je n'ai pas cherché à contrer Targhoutaï quand j'aurais pu le faire. On me l'a reproché. Une chose est sûre, je ne veux pas du bâtard Djamouqa à la tête d'une puissance. Ensemble, nous l'empêcherons d'aboutir.

— Bien, il te restera à montrer autant de détermination quand il se trouvera face à nous. Et toi Qoutchar, mon jeune cousin, te voilà solide et certainement rusé comme le loup. Qu'en dis-tu ?

— Je ne possède pas encore le discernement du chef de meute. Il m'aurait fallu, comme tu l'as fait, affronter les épreuves. Je suis fier d'être à tes côtés et je compte bien te prouver mon dévouement.

— Tu es sage, Qoutchar. Au combat, je te placerai à ma droite. Maintenant, puisqu'il me faut considérer votre proposition, je veux bien entendre votre serment de fidélité.

Ce qu'ils firent, l'un après l'autre, avec des accents héroïques dans la voix.

Il ne leur restait plus qu'à tenir parole.

CHAPITRE 23

Par les vallons serpentins, les hommes approchaient nu-tête. Ils chaloupaient joyeusement sur leur monture, insouciants, et d'aussi loin qu'on pouvait les voir, ils avaient tous entre les lèvres ce collier de perles éclatantes qui embellit les visages. Ils arrivaient par groupes de dix, vingt ou trente, gazouillant dans la première pâleur du jour, et de leurs gorges s'élevaient dans l'air léger rires tonitruants et notes perçantes. Aux flancs de leur monture, rebondissaient mollement les agneaux, les gourdes au goulot clapotant, alors qu'à leur suite, reliés par des longes, veaux, chamelons et autres offrandes au khan, tiraillaient du boulet.

Ils grimpaient les pentes et s'amassaient sur l'étroit plateau du Lac Bleu entre les îlots de yourtes et les lisières de mélèzes. Ils avaient tous graissé et tressé leurs nattes, les ramenant de chaque côté de leur nuque en deux boucles symétriques finement torsadées.

A mesure que le soleil s'élevait, le terrain était occupé et bientôt il n'y eut plus le moindre espace de libre, que de vastes chanfreins aux toupets chamarrés, une mer de crinières.

La puissante rumeur déclina, devint murmure, puis se tut au profit du vibrionnement des mouches, du cliquetis des ganaches et de quelques plaintes d'agneaux dépités.

Une allée avait été aménagée devant la tente de Tèmudjin et lorsque le pan de feutre immaculé se souleva, les poitrines éclatèrent à l'unisson :

— TÈMUDJIN ! TÈMUDJIN ! TÈMUDJIN KHAN !

Les gorges martelaient ce grondement et les flèches sifflaient dans l'azur.

D'une main levée, l'Anda fit taire l'allégresse.

— Vous tous ! dit-il, les embrassant d'un long regard circulaire : écoutez-moi, je suis Tèmudjin, fils de Yèsugèi et de Mère Ho'éloun. Mon grand-père est Bartan le brave, fils de Qaboul Khan et je suis donc par le sang de mes illustres ancêtres, enfant à la vingt-troisième génération de Loup Bleu et Biche Fauve, nos créateurs. Le conseil des anciens, mes oncles, cousins, frères, princes et seigneurs, m'ont élu. Regardez-moi ! Je suis votre khan ! Ne l'oubliez jamais, car moi, je n'oublierai pas, aux jours de partage, vos visages. Je vous reconnaîtrai, vous qui les premiers avez accouru pour servir et chérir ma bannière. Vous m'obéirez, et je ferai en sorte que chacun d'entre vous n'ignore pas le *Yasaq,* ma loi. Vous ne manquerez de rien, je veillerai sur vous, mais, malheur à celui qui se détournerait... je suis le khan et dispose de vos vies. Elles sont entre mes mains, vos actes sont les miens, vos yeux également. Vous êtes des milliers et ne ferez qu'un, car telle est ma volonté.

A nouveau, les hommes s'exaltèrent. Il les fit taire :

— Baissez vos têtes et promettez-moi votre âme. Aucune trahison ne sera pardonnée !

Les mentons fléchirent sur les poitrines composant une cascade respectueuse d'occiputs cuivrés.

Dans son habit d'apparat, Kökötchu s'avança aux côtés de Tèmudjin et, sentencieux, déclara :

— Le khan est fils de Tengri, Son élu. Il m'ordonne d'élever Tèmudjin au-dessus de nous tous, vers Lui.

L'Anda se découvrit, défit sa ceinture, la posa en travers des épaules et vint se placer au centre de l'épais tapis de feutre blanc. Qasar, Belgutèi, Tèmugè, Djelmè et moi-même le soulevâmes et par trois fois fîmes le tour de sa tente sous les hourras des hommes qui à cheval, dans un fouillis de crinières, de robes et de dels moirés de lumière, tentaient d'effectuer tant bien que mal la triple ronde.

Puis, le khan invita les princes, ses frères, le chaman, Djelmè et moi-même, à franchir son seuil.

— Avant d'honorer les valeureux et entreprendre quoi que ce soit, dit-il en préambule, il y a deux hommes que j'aimerais gratifier. Alors que je n'étais rien, ils ont épousé mon ombre. Ils sont pour moi comme la pluie et le soleil, nécessaires à la fleur. Ils sont les racines sur lesquelles cette fleur prend appui et s'élève. Sachez qu'ils sont intouchables et que si l'un d'entre vous s'avise de leur nuire, je jugerais qu'il m'affronte et lui dépiauterais toutes les parties qui à cheval reposent sur la selle.

C'est ainsi que je devins le grand palefrenier des chevaux tandis que Djelmè reçut le commandement de la garde rapprochée du khan.

Je devais sélectionner et établir le dressage des chevaux, et plus particulièrement ceux qui à la chasse ou dans les batailles combattraient l'ennemi. M'incombait également le choix des pâturages et des pistes à suivre durant nos migrations, qu'elles soient pacifiques ou belliqueuses, ainsi que la nomination des hommes aux fonctions de soigneurs et de dresseurs de chevaux.

Comme prérogatives, Tèmudjin m'autorisait à prendre parmi les femmes enlevées à l'ennemi, celles que je désirerais... une fois son propre goût satisfait. De plus, il me dispensait de tribut et me laissait libre de choisir les terres qu'il me plairait d'occuper, ajoutant qu'elles m'appartiendraient pour toujours à travers mes descendants mâles. Enfin, il me fit la promesse de racheter dix de mes fautes.

— La marge est suffisante pour que je n'aie pas à te punir, dit-il avec un sourire complice.

L'émotion cognait à mes joues. Je n'étais certes pas le seul à lui vouer une admiration sans mesure, mais devenu le maître, il signifiait à chacun qu'il me plaçait à sa droite. Il n'y avait personne entre nous, et surtout pas le chaman Kökötchu.

Pourtant, et Tengri le savait bien, que valaient toutes ces récompenses, ce pouvoir, quand me manquait celui de presser contre ma poitrine le cœur de Reine des Fleurs ?

CHAPITRE 24

Les feux enluminaient la cime des arbres et les hommes buvaient par cruche entière l'aïrak encanailleur, chantaient et riaient, le regard survolté. Le festin entamait sa troisième nuit étoilée.

La fête du sacre battait son plein, et avec elle perçaient les premiers signes d'exaltation. Propos ironiques, discordants, un brin menaçants, chamailleries, heurts légers éclataient un peu partout de groupe en groupe. Les raisons étaient bien souvent anodines : de la fierté égratignée, de vieilles histoires de clans non résolues, le menton d'une épouse porté un peu trop haut vers quelques épaules viriles... autant de vétilles que l'alcool déformait et qui se régleraient lors des jeux de lutte.

Les choses s'aggravèrent d'un coup lorsque le khan aperçut deux hommes se faire face. Ils se trouvaient près de nos chevaux et relevaient une de leurs manches jusqu'à l'épaule, sur le point d'engager la lutte. L'un était Belgutèi, qui ce soir-là veillait sur nos chevaux, l'autre, un des Djurkin, le musculeux Colosse. Cousin d'Altan, il était connu pour être au service de Sagace, et nous le vîmes se saisir d'un sabre et l'abattre sur Belgutèi.

Tèmudjin bondit jusqu'à eux, empoigna le Djurkin par les nattes, le renversa et lui colla son couteau tout contre l'oreille.

Le brouhaha s'estompa complètement.

— Bouge et je t'égorge, menaça le jeune khan.

— Laisse-le, ce n'est rien, dit Belgutèi dont l'épaule saignait abondamment.

— Rien ? s'offusqua Tèmudjin. Voilà un Djurkin qui veut te pourfendre et nous devrions le laisser faire ?

— Je n'ai qu'une égratignure, viens... et Belgutèi força son demi-frère à lâcher Colosse.

Mais Tèmudjin Khan ne décoléra pas. Il convoqua ses frères sous la yourte et demanda des explications à Belgutèi. Celui-ci avait surpris Colosse près de notre enclos, l'une de nos brides en main, et sur le point d'en subtiliser d'autres.

— Les Djurkin nous volent et nous provoquent. C'en est trop !

— Les princes se sont ralliés, répliqua Belgutèi, n'allons pas nous brouiller avec eux. Ce n'est pas cette blessure qui m'épuisera.

Son aîné ne l'entendait pas de la sorte. Il était persuadé que les Djurkin de Sagace contesteraient sans répit son autorité.

— Il faut les punir, maintenant !

Il fit réunir secrètement les Bordjigin et, au petit matin, armés de solides bâtons, nous allâmes rosser les Djurkin dans leur sommeil. Colosse fut emporté et mis à la cangue.

Contraint de venir s'expliquer, Sagace s'agenouilla aux pieds du khan et promit de juguler à l'avenir les penchants belliqueux des Djurkin à l'encontre des Bordjigin, et tout particulièrement ceux de Colosse.

Cette promesse n'abusait pas l'Anda. Après le départ du chef djurkin, il me fit part de sa méfiance :

— Sagace est comme le glouton, si vorace qu'il ne voit pas, derrière la proie convoitée, le piège grossier qui le perdra.

*

— Il ne faut pas s'enivrer plus de trois jours de suite. Deux jours seraient plus raisonnables, un étant la démonstration d'une sagesse exemplaire.

— Il ne faudrait pas s'enivrer du tout, dis-je en vidant mon bol d'aïrak.

— N'exagère pas, Bo'ortchou, se moqua Tèmudjin, boire nous est nécessaire et la boisson qui enfièvre est purificatrice. Elle est une offrande appréciée des esprits, elle honore le Ciel et la Terre. Trois jours me semblent être une bonne moyenne.

— Par lunaison ?

— Non, par quartier de lune.

Le khan établissait les préceptes du yasaq. Nous en débattions ensemble, ses fidèles et les membres de sa famille. Il entendait l'imposer à tous ses Loups Bleus, ainsi appelait-il ses guerriers, pour qu'ils engendrent le peuple mongol à venir, fort, uni, respectueux des valeurs des anciens et conforme au code d'honneur du khan.

Il écoutait nos avis, mais finalement se réservait toujours le choix de les entériner ou non. Quand il avait tranché, arrêté ses prescriptions, alors, il réunissait les princes et les preux, et les informait. A leur tour, ils devaient les promulguer aux seigneurs, chefs d'aïls ou de centeniers, bardes, et ainsi de suite, car nul ne devait ignorer ses paroles.

Les premiers décrets concernèrent l'usage et les interdits liés à l'eau et au feu. Il était défendu de relever son del à proximité des rivières pour se soulager, comme il était exclu de s'y laver. On ne pouvait pas plus couper les flammes d'un feu avec une arme ou tout autre objet.

Lorsque je fis remarquer à Tèmudjin que personne n'ignorait ces évidences, il me regarda et dit :

— Ce qui est flagrant pour les Mongols ne l'est pas pour les tribus qui vivent hors de nos territoires. Quand viendra le jour où nous les soumettrons, il faudra bien qu'elles sachent ce qu'il encourt de braver nos lois.

Il poursuivit alors la liste des ordonnances et les sanctions qui frapperaient ceux qui les bafoueraient. Il était proscrit d'enjamber ou de passer en dessous des cordes d'attache des troupeaux; de franchir le corps d'un homme étendu ou de lui passer entre les jambes; de se tenir assis en montrant ses semelles à autrui; d'attacher son cheval à la yourte; de lui passer sous l'encolure ou le ventre; de le frapper avec les rênes; de blesser la terre... Était passible de mort le voleur de chevaux; celui qui forcerait une vierge; empinerait un animal ou un homme de sexe semblable; l'incestueux; celui qui tuerait un prisonnier sans prendre l'avis de ses supérieurs. Sur ce point, Tèmudjin retenait la leçon de la sentinelle qui avait achevé le soi-disant frère de Djamouqa. Un sort identique était réservé au gardien inattentif, qu'il ait été responsable d'un troupeau, de l'ulus ou du strict périmètre du camp royal, et à tous ceux qui désobéiraient. Quant à l'adultère, il n'était pas permis avec l'épouse d'un autre, si celui-ci n'y avait pas consenti.

*

Un matin où j'observais le rassemblement des chevaux et le marquage des poulains, Tèmudjin me fit demander. Sous les pas, l'herbe toute blanche de gelées crissait.

J'accourus vers la tente du khan, qui n'avait de royale que le nom. Il s'y trouvait en compagnie de son épouse et de leur laideron, l'adorable avorton qui serait le futur Djotchi. L'enfant allait vers ses deux printemps, et, déjà, sa mère, la belle Börtè, s'arrondissait de nouveau.

Tèmudjin déposa son fils à terre. Cul nu, gras des cuisses et solide sur les avant-bras, la miette crapahuta en babillant vers la robe de sa mère.

— Comment vont les chevaux ? demanda l'Anda.

— Ils sont dodus. Leur crinière est souple, légère, et leurs sabots ont le poli des pierres de rivière. Dès l'aube, ils dressent leur front au levant. La journée, ils hument la brise qui du sud apporte l'été. Et le soir, ils broutent encore sans faim, l'œil plein de malice, le jarret alerte, décochant à l'envi et au moindre pet des ruades à faire tomber la lune.

— Ils sont donc prêts à combattre ! dit-il avec enthousiasme tandis que Börtè me tendait un bol. Et toi mon ami, sauras-tu les mettre en rang, leurs oreilles pointées comme les empennages qui déborderont des carquois ?

L'arête de mon bol me cachait le bas de son visage, et malgré la fumée qui s'en échappait, je vis son sourire car il affilait ses yeux comme deux poignards. Il ne me laissa pas le temps d'aspirer le bouillon :

— Réjouis-toi, Bo'ortchou, car à la prochaine lune nous lèverons ce camp avec six mille hommes. Tu seras à la tête de l'aile droite, celle qui la première se jettera sur ce qu'il reste de Merkit.

Mon cœur se mit au petit trot.

— Auparavant, j'ai une faveur à te demander.

— ...

— Reprends Gerelma.

La saison étant celle des bonnes résolutions, je ne pus lui refuser, mais précisai :

— Sous la yourte, non. Je l'autorise seulement à installer une tente sur mon ail.

*

Cette nuit-là, j'allai dormir dans la steppe auprès de mon poulain blanc. Il avait le sommeil agité, sursautait constamment. Moi-même, je fis un rêve : la terre était recouverte de Merkit décapités sur lesquels une cohorte de cloportes, de chiens, de corbeaux, de vautours et d'hommes s'activaient. Au loin, sur une colline de torses souillés de vomissures et de sang, trônait mon amour. Lisse et blanche comme le lait, Reine des Fleurs était nue et m'appelait. Les corps sans visage gênaient ma progression ; leurs bras s'agrippaient et il me fallait les sabrer. Mais plus je tranchais et plus ils grouillaient, me happaient, leur nombre écrasant bientôt mes jambes et les paralysant. Je fermais les yeux sur cette bouche qui au loin me suppliait de la rejoindre, les joues trempées de larmes, et soudain, elle fut sous mes doigts. Était-ce de l'avoir tant désirée ? ses lèvres roses glissaient sur ma peau, l'égrenant de baisers, picorant par touches avides jusqu'à ma bouche qui aussitôt les dévora. Mes dents cognaient contre les siennes ; je la croquais, dégustais ses gencives, son palais, traquais sa langue et finis par la piéger et la boire jusqu'au sang, me fondre dans sa gorge. Nous ne faisions qu'un, entrechoqués jusqu'aux os, merveilleusement empalés, chaque pore de notre peau germant d'un bourgeon qui fleurissait en ruisselant, et nous étions totalement indifférents aux charognards qui fouissaient dans la puanteur des éventrés, uniquement captivés par nous-mêmes, pur nectar bu à grandes lampées.

Reine des Fleurs s'évapora subitement. Autour,

ne restait qu'une immense vallée toute crottée, un tapis infini de déjections qui s'étalait sous un ciel pâle et froid, sans vie. Envolés, les Merkit décervelés. Pas la moindre petite fumerolle bleutée ni la plus insignifiante mouche. Un visage se détacha de l'infecte vision et emplit tout l'espace de mon songe : celui de Djamouqa. Il riait, riait, et l'écho de son rire martelait mes tempes. Le sol se déchira avec un bruit d'épouvante...

J'ouvris un œil.

Nuage Blanc et sa mère arrachaient l'herbe devant mon nez tout en me couvant de leurs grands yeux noirs, comme si pour eux, brouter ici était l'endroit le plus savoureux de la steppe.

CHAPITRE 25

Le massacre eut bien lieu... Nous foulâmes les territoires merkit, renversant chaque abri, tuant les hommes, enlevant les troupeaux, les femmes les plus saines et les enfants.

J'eus beau retourner les camps, nulle trace de Reine des Fleurs. Croyant l'avoir découverte, Tèmudjin me livra la plus belle fille de la contrée.

Elle s'appelait Ruisseau de Nacre, et bien qu'elle ait cru masquer sa féminité avec des vêtements d'homme, sa chevelure sous un bonnet crasseux, l'œil remarquait sa beauté, aussi nettement qu'il enregistrait le reflet myosotis d'une source en plein milieu d'un désert.

Je la poussai sous la tente et lui ordonnai de se déshabiller. Elle ne bougea pas d'un cil. Je me levai et me postai devant elle, les yeux à hauteur de ses pommettes roses et soyeuses comme le pétale de l'aubépine. Elle me dépassait d'une demi-tête, embaumait le fromage de chèvre chaud et sa gorge perlée de sueur palpitait.

J'arrachai sa chemise. Elle se raidit et frémit, bouche et narines pincées. Ses épaules étaient graciles. Un large collier brodé de fines perles de verre turquoise et corail festonnait le haut de son torse et accentuait le modelé crémeux de ses seins.

Elle inspirait profondément et regardait je ne sais quoi au-delà de mon front. Mon désir n'avait pas besoin de ses yeux. Je déchirai son pantalon ridicule, une sorte de cafetan en tissu rêche, et vis, à la clarté orangée des flammes, sur le monticule replet de l'aine, l'ébène pubescente. Je lui empoignai la nuque et de mon autre main fourrageai entre ses cuisses, vers leur mystère.

Elle se contractait tant que l'enferron d'une flèche s'y serait brisé. Enfin, la fissure céda sous mes doigts. Elle eut un cri de musaraigne. Pourquoi avoir, à cet instant, cherché son regard? Elle se mordait la lèvre et une larme sillonnait sa joue. Ma convoitise s'étiolait. J'appelais à moi le visage de Reine des Fleurs tout en pétrissant les chairs de la Merkit, martelant mon front contre sa poitrine et criant intérieurement : « Sois comme un loup. » Vains efforts...

Je me retirai, la recouvris d'une fourrure et lui dis de rejoindre les captives alors que j'aurais aimé sécher ses larmes au creux de mes bras.

Dès le lendemain, les femmes, les enfants et les troupeaux merkit furent envoyés vers nos campements. Le khan décida de rendre visite à Toghril en levant le gibier : nous prîmes la direction sud-ouest avec trois mille guerriers.

Tandis que nous remontions le cours de la rivière Selenga, deux messagers allèrent en avant prévenir le roi des Kèrèit que nous lui apportions gibiers et besaces pleines d'armes et de gemmes précieuses.

*

Rabattu par notre armée, le gibier — près de six cents têtes de biches, de cerfs et d'antilopes, une cinquantaine de loups, deux ours et trois panthères — fut proprement encerclé et tué par les hommes de Toghril dans sa verte vallée de l'Orkhon.

Comme à son habitude, le souverain kèrèit nous pressa dans ses bras avec force démonstrations et apprécia grandement le sacre de « son fils », s'étonnant qu'il n'ait pas eu lieu plus tôt :

— Comment les Mongols, mes alliés, ont-ils pu se passer d'un khan pendant si longtemps ?

Le soir même, les moutons bouillaient, les hommes buvaient, bâfraient et chantaient à s'en péter la panse et les cordes vocales. Grivoises ou craintives, les femmes fleuraient bon la sauge et se laissaient toutes emporter par la liesse virile et les jeux lascifs qui se prolongeaient dans la pénombre de la steppe.

J'eus ma part, mais pas le cœur d'en abuser, l'esprit contraint par des regrets inutiles. D'où me venait ce malaise, moi, la bonne étoile de Tèmudjin ? N'avais-je pas atteint un sentiment de plénitude lorsque, parvenu sur une crête aux côtés du khan, nous avions suivi la progression de l'armée, ses noirs quadrilles sur le roux des herbes ? Plonger mon sabre dans le sang des Merkit, ficher mes flèches dans leurs dos, m'avait tout autant enchanté. Nous les avions effrayés, égorgés ; violé leurs femmes, et tout cela était oublié, passé. Même l'instant présent m'ennuyait, et l'absence de Reine des Fleurs m'engluait dans cet ennui, tandis que le souvenir de la Merkit et la façon dont mon étendard violacé s'était fané attisaient ma solitude.

A qui pouvais-je confier tout cela ? Quel guerrier mongol comprendrait, lui qui ne voyait qu'allégresse à la seule évocation des femmes et qui pouvait compter sur quelques razzias promises par le khan pour combler ses ardeurs ?

L'étrange impression d'être plus bas que le garrot des chevaux me venait aussi du vide laissé par Peur d'Ours. L'esprit de mon alezan ne me quittait pas. Il frémissait sous mes doigts, courait dans mes veines, hennissait dans le creux de mon oreille...

Au petit matin, par une vallée teintée de mauve, je m'éloignais des brasiers pour essayer de me divertir sur le dos de L'Aveugle qui, selon les fantaisies de son appétit, me guida de colline en colline. J'y parvins à moitié ; tout devint si bleu et si vert.

Les jours suivants, Toghril voulut que nous chassions ensemble. Il désirait également nous montrer le cœur de son vaste royaume, une cascade qu'il appelait la Barbe de l'Ancêtre.

Déployés en centeniers, Mongols et Kèrèit remontèrent le cours de l'Orkhon par une longue et profonde vallée parsemée de roches noires. Deux jours de marche furent nécessaires pour parvenir à la cascade. Par endroits, l'herbe cédait la place à un sol pierreux crénelé de minuscules stalagmites qui obligeaient à de complexes louvoiements. Ailleurs, il fallut plaquer nos montures contre le versant d'une montagne pour longer des précipices taillés par la rivière. Prévoyant, Toghril avait emporté assez d'esclaves, en majorité des Naïman, pour ouvrir ce chemin recouvert d'éboulis. A peine foulaient-ils les couloirs d'avalanches, qu'ils étaient projetés au fond des eaux grondantes avec un flanc entier de la montagne. Le souverain turc poussa d'autres esclaves, non par sécurité, mais seulement pour nous faire réaliser la profondeur des gorges. Les captifs tombaient en agitant les membres, et quand par chance ils ne rebondissaient pas sur quelques saillies rocheuses, ils disparaissaient tout droit dans l'écume, guère plus gros qu'une fourmi.

Au crépuscule, la Barbe de l'Ancêtre récompensa nos efforts. Sa hauteur équivalait à celle de sept hommes, et ses eaux bouillonnaient au fond d'un gouffre rond, assez large pour contenir un troupeau de quarante têtes de bœufs. Ensuite, la rivière traçait rapidement son chemin entre des falaises rouges, épargnant quelques îlots de pins prospères, car protégés des vents.

En amont de la cascade, le courant peu profond caressait un lit de galets. Les guirlandes roses et bleues des sommets s'y reflétaient et partout ailleurs une herbe rase et veloutée serrait l'estomac des chevaux. Nous installâmes notre camp.

A la lueur des feux, Toghril nous confia la valeur sacrée de ces lieux.

— Nous sommes sur la sépulture des ancêtres de tous les peuples. A l'origine, cette vallée était plus basse encore que la veine du divin Orkhon. Elle a été comblée par les entrailles de Terre-mère, voyez son pénil tout là-haut.

Nous levâmes les yeux vers la direction indiquée, les cillant pour débusquer le faible miroitement en forme d'arc qui griffait les ténèbres.

— A l'aube, poursuivit Toghril, nous partirons la ceinture sur l'épaule nous purifier au pourtour de ses hanches.

Le lendemain, tandis que les rabatteurs s'en allaient contourner les massifs, nous gravîmes les pentes abruptes jusqu'à atteindre une longue crête où plus rien ne poussait.

Notre guide désigna ce qu'il considérait être l'origine du monde : une montagne aux formes parfaites, la vulve de la Terre. Cylindrique, parée d'un manteau de cendres bleues, elle jaillissait d'un seul trait pour toiser ses voisines, inaccessible, son sommet frangé de neige. Un halo scintillant et brumeux enrobait son pyramidal essor, mais l'on pouvait voir par une large faille les parois internes de la belle géante. Abîmes vertigineux que nous devinions difficilement, car même les rayons du soleil ne parvenaient pas à s'y fixer, le bleu phosphorescent de l'énorme cavité les aspirant.

— Il y a bien longtemps, dit Toghril, Terre-mère s'est épanchée du sang qui régénère toute femelle. De son sexe s'écoulaient des roches et des flots brûlants qui raclaient le sol, le retournaient comme la peau d'une vulgaire brebis. La vallée n'était alors qu'un immense brasier et la rivière Orkhon s'y consumait en de convulsives douleurs. Le basventre de Terre-mère ne s'apaisa qu'après deux lunes et il fallut plus de deux hivers pour que ses déjections coagulent et se refroidissent. Les roches noires entortillées et dentelées que nous avons foulées, les hautes falaises qui font deux longs remparts à l'Orkhon, sont les empreintes de cette purge sublime.

Toghril frotta l'estafilade de sa joue et ajouta qu'à force d'entêtement, l'Orkhon réussit à s'infiltrer sous la lave figée, puis la rogna, emportant un par un les pans qui l'engorgeaient.

Au-dessus de nous, un couple d'aigles appelait leur aiglon. Nilqa, le fils de Toghril, tira un trait vers eux. La flèche se ficha dans l'une des ailes. Son père haussa la voix :

— Crapaud ! Faudra-t-il que je te lie les mains ? Cette femelle que tu viens de blesser aurait pu nous mener à son aiglon. Nous en aurions fait un allié précieux. Va ! retrouve ta flèche et ne reviens pas sans elle car je ne veux pas que l'on dise de mon fils qu'il est plus maladroit qu'une femme sur le point d'engendrer.

Tèmudjin me fit un signe. Il voulait que je retrouve l'aiglon pour l'offrir à Toghril. Je m'exécutai et, voyant Nilqa hésiter sur la direction à prendre, je lui conseillai de me suivre. Il me dit n'avoir pas d'ordre à recevoir d'un gardien de chevaux, alors je me dirigeai seul vers l'escarpement que les rapaces avaient survolé pendant un moment.

Je repérai assez vite l'aiglon. Il se trouvait un peu plus bas parmi un chaos de roches, le bec en l'air. J'ôtai ma botte et le recouvris avec, puis aperçus la femelle blessée un peu plus haut. Les ailes ouvertes elle essayait de retirer la flèche à coups de bec. J'escaladai tandis que le mâle survolait la scène en se tordant le cou. Parvenu à portée de tir, je la visai et... la voix de Nilqa résonna. Il m'ordonnait de laisser sa proie. Il en était trop loin pour espérer l'atteindre, alors je l'achevai puis retournai à l'aiglon.

Enchanté du présent, le roi des Kèrèit attendit le retour de son fils pour le lui remettre.

— Pour avoir manqué sa mère, tu le nourriras et le dresseras.

Nilqa me lança un regard assassin, celui du chameau éreinté qui voit s'avancer, un bâton à la main, le chamelier trop pressé.

*

En amont de la cascade, nous fîmes un rempart d'archers, ne laissant ici et là que quelques issues pour pimenter la chasse et améliorer une méthode d'encerclement. Poussé par les rabatteurs, le gibier afflua de l'aube au couchant.

Les reliefs s'enturbannaient de mauve lorsqu'on mit le pied à terre. On s'activait aux dépeçages et autour des feux, les gourdes de qoumis circulaient de main en main. Toghril nous félicitait pour la précision de nos traits. Qasar s'était montré le plus brillant. A une exception près — un lynx qu'il acheva à l'épieu —, il n'avait utilisé qu'une flèche par bête. Maintenant il riait fort et s'enfiévrait goulûment avec le lait qui fait gazouiller les mots et vaciller les genoux.

C'est alors que Toghril nous dit avoir reçu dans son ordu des Kin quelques jours avant notre arrivée :

— Des messagers du prince Wan-yen Siang, sujet du Roi d'Or.

— Tu ne les as pas découillés ? s'étonna Qasar, le visage empourpré par le qoumis.

— Non, reprit Toghril, j'ai laissé leurs petites sapèques dans leur culotte de soie car ils m'ont rapporté quelque chose de fort intéressant. Les alliances entre Kin et Tatar se sont dégradées. Les premiers ne veulent plus des seconds à proximité du grand serpent de pierre qui délimite leur royaume.

— Mes éclaireurs m'ont dit avoir vu un grand rassemblement de Tatar non loin de nos territoires dans la vallée de l'Ouldja, dit Tèmudjin. Voilà donc l'explication.

— D'autres vont suivre, assura Toghril, car ce Wan-yen Siang n'en veut plus comme chiens de garde. Que dirais-tu de les prendre à revers et de les pourfendre tel ce gibier étendu à nos pieds ? Ils ont de grands troupeaux, de jolies filles, et les Kin ne manqueront pas de nous récompenser... c'est du moins la promesse qu'ils m'ont faite.

Tèmudjin jeta au loin le fond de son bol.

— Peu m'importe les honneurs du Roi d'Or, rien n'égalera le plaisir que j'aurais à venger mon père en écrasant cette vermine.

Après de nombreux palabres, les deux souverains fixèrent le premier jour de la lune de la huppe en parade pour le rassemblement. Les Tatar bénéficieraient d'un hiver de répit. Cette échéance semblait lointaine, mais Tèmudjin savait pertinemment qu'elle nous permettrait de les observer.

— L'important, plaisanta Qasar, c'est qu'ils n'aient pas le temps de s'engraisser.

*

La moitié d'une lune s'écoula dans les campements de Toghril. Nous chassions parfois, rivalisions de temps à autre à des jeux d'adresse ou de luttes, mangions souvent, mais surtout nous goûtions les douces lumières de l'arrière-saison.

Quelques jours avant notre départ, notre hôte s'étonna que nos femmes, celle de Belgutèi et la mienne, aient encore le ventre sec. J'essayai de le persuader que mon retour comblerait cette lacune, mais pour plus de sûreté il m'obligea à passer la nuit sur la Roche fertile.

C'était une grosse pierre blanche à moitié enfouie dans le sol, dont la partie visible représentait un sexe d'homme avec ses deux bourses. Le plus étonnant n'était pas sa forme, mais l'endroit où elle reposait : un creux à flanc de colline que les écoulements de pluies avaient tendrement façonné en bas-ventre féminin. Ses vertus fertilisantes passaient pour engrosser même les vieilles filles. Polie par les saisons et les cuisses stériles, elle bénéficiait d'une réputation telle qu'il me suffisait de passer une nuit contre elle pour que, à cinq jours de cheval, Gerelma soit remplie.

Devant la conviction et l'insistance de Toghril, je me pliai à ses désirs. Nuit sans brise, lune absente. Je n'avais pas encore étendu ma fourrure sur l'herbe, que je perçus une présence. J'entravai mon cheval tout en fouillant les ténèbres. J'entrevis une silhouette roulée en boule à quelques pas. En trois bonds, couteau en main, je fus sur elle. J'étouffai son cri. Elle voulut se relever, trébucha, et bientôt ses bras tendus vers mon front s'apaisèrent.

Elle était la première d'une longue procession, car cette nuit-là, la fameuse roche fut visitée par des femmes de tout âge, où les vieilles filles et les grand-mères séniles n'étaient pas les moins nombreuses. De celles-ci, outre leurs baisers malhabiles, je conserve encore le souvenir d'une forte odeur d'urine.

CHAPITRE 26

Masquée par les ténèbres, l'immense vallée de l'Ouldja se trouvait à nos pieds. A mes côtés, une cuisse en travers de la selle, un coude sur le genou et le menton sur la paume, Qasar mâchouillait une brindille tandis que Tèmugè laissait fondre un morceau d'aaroul dans sa bouche. A peine seize printemps, un duvet sombre à la lèvre supérieure, le plus jeune frère du khan participait à sa première expédition d'envergure. Mais comme tout vrai Mongol, il se montrait parfaitement calme avant la bataille. Tèmudjin lui avait ordonné de rester dans le sillage de Qasar pendant les charges. Je devais le couvrir et veiller à ce qu'il ne s'étourdisse pas comme la jeune abeille qui butine aux premiers jours de soleil.

Dans notre dos, en contrebas, nos troupes se plaçaient. Avec les Kèrèit, nous comptions plus de vingt mille hommes. Seuls manquaient les Djurkin de Sagace. Nous les avions attendus trois jours durant. Lassé, Tèmudjin Khan avait donné l'ordre de marche. Commandant de l'aile droite, Toghril avait contourné la vallée de l'Ouldja par le sud.

Une brise légère apportait par bouffées les odeurs de cendres chaudes des camps que nous nous apprêtions à attaquer.

Bardé de son armure sombre, Qasar me regardait, un sourire aux joues, l'œil gourmand et la mèche rebelle. Sa bonne face toute ronde, son insouciance, la force qu'il dégageait... en faisaient un compagnon somptueux. Je lui renvoyai son sourire.

— Nous allons bientôt savoir, dit-il à voix basse, si la beauté des filles tatar est supérieure à celle des femmes merkit.

— Pour un jeune père de famille, tu parais bien affamé. Il faudra que j'en cause à Mètekna...

— Et moi je raconterai à Gerelma ta nuit sur la Roche fertile.

— ...

— Ne fais pas l'innocent, tu as laissé assez de toi dans le ventre des Kèrèit pour qu'elles ne soient plus esseulées.

— Je ne comprends pas, dis-je faussement et ravi en même temps.

— Tu serais bien le premier, chuchota Qasar, à croquer une galette sans faire de miettes.

Puis, on attendit sans rien dire jusqu'au petit matin.

La tactique consistait à envoyer trois à quatre de nos centeniers autour de leur camp. Les Tatar lançaient le double de cavaliers. Les nôtres se repliaient alors derrière les collines, l'ennemi aux trousses, l'attirant tout droit vers nos corps de réserve qui l'encerclaient et le décimaient. Quand ils comprirent l'astuce, il était trop tard, nous étions en nombre supérieur. Ils n'osèrent plus franchir le triple rang de pieux confectionnés autour de leurs tentes, deuxième erreur, car ils devenaient comme des moutons dans un enclos. Il nous fut alors facile de crever leur panse à pets.

Après trois jours de combat, les Tatar déposèrent les armes. Cinq mille d'entre eux gisaient à terre. C'est en les détroussant qu'on les dénombra. Ils étaient autant à se rendre. Ne sachant que faire d'eux, et Kökötchu ayant vu dans les brûlures d'omoplates qu'ils seraient une source d'ennuis, Tèmudjin tint conseil.

Belgutèi et moi pensions que nous devions les garder comme esclaves et les disperser à travers nos clans. Qasar estimait qu'ils étaient trop nombreux et penchait pour s'en débarrasser. Tèmugè ne disait rien, mais la perspective de trancher d'autres têtes ne lui déplaisait pas.

Quand chacun eut exprimé son avis, Tèmudjin Khan prit la parole :

— La victoire vous aveugle. Vous vous comportez comme le lièvre au printemps : la steppe est parfumée, baignée de soleil, le rongeur est heureux. Il bondit de touffe en touffe. Le soir le voit repu, c'est une grande victoire. Mais le lièvre grossit, grossit, et devient oublieux. Cette ombre au sol est si lointaine. C'est pourtant celle de l'aigle qui a emporté son père l'été dernier... Avez-vous oublié le nom de ceux qui ont empoisonné votre père ?

Sa voix était pleine de colère et de reproches. Il haussa encore le ton :

— Et auriez-vous oublié le nom de ceux qui ont livré le valeureux Ambaqaï au Roi d'Or ?

Nous restions muets en faisant non de la tête.

— Tèmugè ! Quels furent les derniers mots d'Ambaqaï ?

— ...

— Laisse-moi te rappeler qui il fut, quel a été son supplice, et tâche à l'avenir de t'en souvenir. Il avait été choisi par Qaboul Khan, son cousin, pour lui succéder. Ambaqaï était las des combats incessants avec les Tatar, combats qui faisaient le jeu des Kin, dont la tactique a toujours été de dresser les tribus les unes contre les autres. Il chercha donc à pactiser avec le plus influent des chefs tatar. Parmi les présents qu'il voulait lui offrir, il emmenait sa fille. Son escorte était légère. Les Tatar leur tombèrent dessus et après les avoir emprisonnés dans de lourdes cangues, ils les livrèrent à la cour du Roi d'Or. Là, on plongea Ambaqaï au fond d'un puits à l'eau saumâtre et puante qui ramollissait les chairs et que d'invisibles cloportes rongeaient. Devenu pantin vérolé et putréfié, on le mena au centre d'une place où trônait un âne de bois. Cette statue portait sur le dos une lame hérissée d'aiguillons. La foule se bousculait. Le chef mongol fut empalé par le fondement sur l'animal de malheur. Ambaqaï trouva la force de crier : « Moi Ambaqaï, du clan des Souverains, khan de tous les Mongols, je vomis sur les porcs kin. » La foule lui jeta des pierres et des excréments. Du haut de son balcon, le Roi d'Or ordonna aux bourreaux de le dépiauter, ce qu'ils firent avec des lames fines comme de la soie et longues comme le bec du pélican.

Épluché, Ambaqaï braillait atrocement et dans un ultime soubresaut, les yeux comme deux gouffres emplis de vipères que l'on ébouillante, hurla : « Fils du Loup Bleu, Vengez-moi, Vengez-moi ! Dussiez-vous user tous les ongles de vos doigts et vos doigts eux-mêmes ! » Voilà Tèmugè, ce qu'il a dit avant de mourir. Quant à sa fille, les Tatar la violèrent tant, qu'au deuxième jour elle en mourut. Alors ! pensez-vous qu'il faille épargner nos prisonniers ?

— Non, tuons-les ! Tranchons leurs têtes et offrons-les à Yèsugèi et Ambaqaï.

Tèmudjin se leva.

— Bien. Demain, Belgutèi restera ici pour les trier. Ceux dont la taille dépasse l'essieu de mon chariot, y compris les femmes et les enfants, seront dès notre retour passés par le fer.

Nous devions partir rejoindre les troupes de Daritaï, Altan et Qoutchar. Tèmudjin les avait chargés de combattre les Tatar dispersés à l'ouest, et nous étions sans nouvelles d'eux. Cela cachait quelque chose.

*

Les campements tatar traversés à la senestre des monts Khingan n'étaient que charniers. Tous les morts avaient les doigts et les oreilles sectionnés ; les Djurkin s'étaient emparés des bagues et des anneaux. Éventrés, violés, les corps avaient été dépouillés, et hormis les inévitables hardes de charognards qui maraudaient parmi les vaincus, nous ne croisions qu'immondices et fumerolles vacillantes. On ne trouva pas plus trace des armes, des coffres, des chaudrons, des bols et des coupes, des outres à aïrak.

Nous marchâmes quatre jours durant sur les traces des Djurkin, et la colère de Tèmudjin enflait, car à l'évidence ils n'avaient pas tenu compte du yasak concernant le butin de guerre, préceptes entérinés juste avant le début de la campagne. Une fois la victoire acquise, les biens de l'ennemi seraient partagés sous la seule autorité du khan. Auparavant, personne ne devait s'en emparer. Quiconque transgresserait cette loi en subirait les conséquences punitives.

— Les princes djurkin auront rassemblé le butin pour en faciliter le partage, dédramatisa Qasar.

— Ils n'ont pas tenu compte de mes ordres, s'enflamma le khan en frappant du poing sa selle. Je vais leur apprendre la discipline.

A l'aube du cinquième jour, un de nos pisteurs repéra les troupes des princes mongols qui se dirigeaient droit vers les monts bleus du fleuve Onon. Elles ne retournaient donc pas vers la vallée de l'Ouldja, comme convenu. Nous les prîmes aussitôt en chasse et le soir les dominions. Leurs longues colonnes moutonnaient une vaste plaine toute brasillante dans le crépuscule.

A l'arrière, les captives, les troupeaux enlevés à l'ennemi, bœufs et chameaux attelés avançaient péniblement, silhouettes oscillant sous le poids de la charge.

On disposa les centeniers sur les sommets, tandis qu'à la tête d'un détachement léger, Tèmudjin se postait à l'embouchure de la plaine. Bientôt, les éclaireurs djurkin furent devant lui.

— Allez dire à vos seigneurs d'arrêter leur convoi. Qu'Altan, Daritaï et Qoutchar descendent de cheval et viennent jusqu'ici... à pied!

C'est ainsi qu'humiliés, les trois princes se présentèrent à lui.

— Qui vous autorise à tourner le dos à l'Ouldja, à enlever ce butin?

— Il nous revient, s'indigna Altan. Depuis nos ancêtres, il en a toujours été...

— Tais-toi! coupa Tèmudjin. Tu n'es pas digne pour les évoquer. Vous les Djurkin, comme tant d'autres clans mongols, croyez pouvoir chevaucher plusieurs montures à la fois. Quand cesserez-vous d'être indisciplinés?

Il les désarma et les obligea à regagner leurs territoires en laissant les trophées sur place.

Le lendemain, notre caravane s'ébranlait de nouveau vers la vallée de l'Ouldja où nous attendait l'impatient Toghril.

Il y avait à l'arrière du convoi un chariot transportant une tente noire tiré par deux chameaux blancs. A leurs côtés, un enfant, le crâne rasé de frais, marchait fièrement, deux gourdes lancées par-dessus l'épaule et deux carquois emplis de petites flèches à mulots qui tressautaient pendus à la ceinture. Un anneau doré ornait sa narine et il portait une chemise damassée de peaux et de soie aux échancrures bordées de fourrure. Tèmudjin lui demanda son nom. Il dit s'appeler Chigi et être le fils de Tchèren le Grand, l'un des chefs tatar que nous détenions dans la vallée de l'Ouldja. L'Anda me dit alors qu'il faudrait remettre cet enfant à Mère Ho'éloun, ajoutant qu'il était bon d'épargner les orphelins. Quant à moi, la yourte noire m'intriguait. Je soulevai la porte de feutre et ordonnai aux occupants de se montrer. Comme ils tardaient à s'exécuter, je fis claquer mon fouet contre la paroi et menaçai d'y mettre le feu. Il y eut un froissement dans l'obscurité, puis le visage de la plus merveilleuse des femelles tatar apparut dans la clarté. Je manquai en tomber. Le menton baissé, elle se tenait agenouillée, légèrement tremblante. Son visage, qu'encadraient deux longues nattes lourdement décorées de bijoux et de broches, avait cette pure blancheur qui l'hiver recouvre la steppe. Une autre parure à son cou se balançait au rythme du chariot.

Aux paupières battantes, ses cils paraissaient comme du velours de zibeline et sa bouche avait la rondeur d'un bouton de lotus.

Devinant l'approche de Tèmudjin, je laissai choir l'auvent.

— C'est curieux, dit-il, ces Tatar sont rougeauds, mais leurs femmes ont le teint laiteux.

Encore sous l'émotion, je lui dis qu'il me plairait de la prendre pour femme.

— Je t'ai accordé le privilège de choisir parmi les captives avant les seigneurs. Une seule restriction : la part du khan doit être faite. Or, cette Tatar lui convient. Jouis donc d'abord de cette Merkit que je t'ai offerte. Ruisseau de Nacre. Si j'en crois son nom, elle devrait t'apporter de nombreuses délices.

Et il s'élança au galop à l'avant de la cohorte.

Je relevai le feutre. La Tatar était dans la même posture, mais maintenant me regardait. Ô Tengri, me dis-je, avec quelle malice as-tu accompli une telle beauté ?

Je lui demandai son nom.

— Yèsugen... dit-elle en essayant de cacher à la pointe de son épaule le léger sourire qui entrouvrit ses lèvres.

Elle était fille de Tchèren le Grand et le petit prince Chigi était son jeune frère.

A son tour, elle me demanda quel était l'homme qui venait de me quitter. Je lui dis qu'il était le khan des Mongols et pour mon plus grand malheur, il la prendrait parmi ses épouses.

— Ne sois pas triste, me dit-elle doucement, j'ai une sœur dont la beauté est si grande qu'à ses côtés j'en suis tout affadie. Tout ce que je désire, elle le désire. Trouve-la, tue son amant et quand elle saura que tu m'aimes et ma déception de ne pas te revenir, elle voudra être à toi. Son nom est Yèsui, elle est mon aînée et décuplera ton bonheur.

Je ne parvenais pas à la croire. Était-il concevable que sa sœur la surpasse en grâce, elle, pure merveille ?

Elle porta la main sur le bord du feutre, toucha mes doigts, et la porte de la yourte tomba, nous séparant.

J'arrêtai ma monture et regardai, figé, le chariot s'éloigner. De la yourte noire, le chant cristallin de Yèsugen s'éleva :

Les princesses vont aux rois,
Et leurs pères s'en réjouissent,
Mais s'ils voyaient leurs filles pleurer,
Soupirer devant le rire d'un gardien de chevaux,
Sur le sort d'un bourrelier aux doigts habiles,
Ou sur le vol d'un oiseau égaré dans l'azur,
Le chagrin les emporterait-il ?
Je suis la princesse Yèsugen,
Éplorée par un tendre sourire,
A peine apparu, déjà disparu.
Le khan l'a vaincu,
Chassé au loin,
Car auprès du trône,
J'étais destinée.

CHAPITRE 27

Toghril eut sa part de trophées. Satisfait, il nous pressa dans ses bras, puis, à la tête de ses noirs guerriers, il disparut à l'ouest, vers son lointain royaume.

Le soir même, profitant des ténèbres, je délaissai les réjouissances pour le camp des prisonniers. Six rangs d'archers les gardaient. Je demandai à ce qu'on m'amène Tchèren le Grand sous ma tente.

Le chef tatar avait un œil fermé, tout bleui et gonflé par un coup. L'autre œil n'était qu'une fente, jaune comme de l'ambre. Je le fis asseoir.

— Où se trouve ta fille aînée, celle qui se nomme Yèsui ?

— D'avoir ma cadette ne vous suffit donc pas ?

— Il ne lui sera fait aucun mal.

— Vous, les Mongols, êtes des vide-goussets. Vous avez enlevé et violé mes femmes, égorgé cent de mes gens...

— Écoute, Tchèren. Ta fille Yèsugen est pour Tèmudjin Khan. Si nos hommes trouvent Yèsui ton aînée, ils lui réserveront le même traitement qu'à tes épouses. La beauté les rend frénétiques, ils sont comme une grande meute de loups qu'un hiver de jeûne rend très agressive. Admettons qu'elle en réchappe et qu'ils la livrent à Tèmudjin. Le khan n'en voudra plus et l'offrira à l'un de nos chefs voraces. Or, ta fille je la veux pour épouse. Mienne, elle sera traitée comme une reine, car je suis la main droite du khan.

— Qu'offres-tu en échange ?

— La vie.

— Peu m'importe de mourir. Promets-moi seulement de préserver mon âme en veillant à ne pas faire couler mon sang.

— Je respecterai ta volonté.

— Qu'adviendra-t-il de mes hommes ?

Je mentis en disant qu'une partie serait déportée,

et les autres étouffés comme lui, sans épanchement de sang. Voyant son œil s'assombrir, il me sembla qu'il devinât mon mensonge. Il me révéla pourtant l'endroit où pourrait se tenir sa fille aînée qui s'était éprise d'un roitelet, nommé Boucle d'Or.

*

Nous nous apprêtions, Tèmudjin, ses frères et moi à suivre l'exécution des prisonniers depuis le haut d'une colline, lorsque la plus grande confusion agita le camp des captifs. Il y eut des corps à corps, des cris, les hommes s'affalaient et, chose surprenante, le sol comptait plus des nôtres que de Tatar. Ceux-là avaient sorti de leurs manches ou de leurs bottes des armes de fortune qu'ils utilisaient maintenant.

Nos renforts vinrent à la rescousse et endiguèrent le baroud.

— Lequel d'entre vous a prévenu les Tatar et trahi le secret du conseil ? demanda Tèmudjin.

J'avouai.

— A cause de ta maladresse, Bo'ortchou, nous perdons beaucoup d'hommes. Cela mérite des sanctions, tu le sais. Mais tu es mon loup fidèle. En t'honorant le jour de mon sacre, j'ai fait la promesse de racheter dix de tes fautes. Il ne t'en reste que neuf. Tâche de ne pas les utiliser.

Les combats cessèrent. On acheva les blessés tatar, une centaine, au sabre. Parmi eux se trouvait Tchèren le Grand, entaillé au ventre et au cou.

Tèmudjin m'ordonna de l'éventrer.

— Nous ne mourrons pas en vain, dit le chef tatar, car nous avons emporté plus de Mongols que nous ne pouvions en espérer. Dans la tombe, ils nous serviront d'oreillers, et toi, langue fourchue, crevure...

Il voulut cracher mais eut un accès de toux, et m'éclaboussa le visage avec ce qui lui restait de poumons.

J'abrégeai son agonie.

*

Tèmudjin prolongea son séjour sur les terres souillées du sang de l'ennemi. Il trouvait certes de l'attrait à cette steppe conquise, mais il s'agissait surtout pour lui de profiter de Yèsugen dont il paraissait fort épris. Pouvait-il en être autrement ? La beauté de la princesse tatar dépassait l'entendement. Le khan la dévisageait avec un intérêt croissant, et je lui découvrais cet air de bécasse qui avait dû être le mien auprès de Reine des Fleurs. Je n'étais donc pas le seul Mongol à me laisser terrasser par le visage d'une femme.

Il fit préparer un autre banquet pour les noces.

Au troisième soir des ripailles, alors que le chant d'amour d'un jeune musicien vibrait sous les étoiles, l'épouse du khan frissonna. Elle portait un del de soie blanche empourprée de dragons enlacés, et sa coiffe était savamment ornée de corail, d'argent et de minuscules plumes de martin-pêcheur. Tèmudjin demanda qu'on lui apporte sa pelisse de loup bleu pour lui passer sur les épaules. Yèsugen déclina l'offre.

Tèmudjin en parut contrarié. L'air était tiède. Il scruta le profil princier et, après un moment, l'interrogea :

— Un homme chahute ton cœur. Parle !

— Non, fit la jeune femme en baissant respectueusement le menton. C'est ma sœur.

— Eh bien ?

— Elle me manque.

— Nous irons la chercher. Es-tu rassurée ?

— Non.

— Explique-toi.

— Sa beauté me surpasse. Dès que vous l'apercevrez, vous me rejetterez.

— Détrompe-toi.

Mon cœur s'accéléra.

— Yèsui est plus limpide qu'une source, poursuivit-elle prévenante, et plus pâle que la gorge d'un cygne. Le son de sa voix procure à ceux qui l'entendent une ivresse dont on ne peut se passer. Quand elle chante, les rossignols deviennent muets. Nombre de princes sont morts de n'avoir pu gagner son cœur. Elle est digne d'un empereur.

— Où donc se trouve-t-elle ?

— Voyez-vous mon khan, votre impatience ?

— Détiendrais-je les plus remarquables splendeurs de cette terre, que tu resterais parmi mes favorites. Ne crains rien.

— Quand votre armée a fondu sur nous, elle s'est enfuie avec celui qui doit l'épouser.

— Nous la trouverons, et si je succombe à sa beauté, tu viendras sous la couverture distraire mes caresses.

— Ô mon khan, j'en serais si flattée.

Yèsugèn regardait de nouveau le musicien, mais en l'observant de biais, je compris qu'elle se délectait de sentir nos deux regards sur son délicieux profil, celui du khan et le mien.

Tourmenté, je me levai.

— Où vas-tu ? demanda-t-il sans se détourner du visage de son adorable vipère.

— Voir les chevaux.

— Prends Tèmugè avec toi. Belgutèi aussi, et dix centeniers. Courez sur le champ et trouvez la princesse Yèsui. Il me tarde de voir si ma colombe dit vrai.

Et c'est ainsi que je me retrouvai à la tête de mille hommes dont la plupart étaient fin saouls, piquant vers les forêts des monts Khingan, par une nuit chaude et sucrée, mais pour et malgré moi, si froide et terne.

*

Ils étaient cinq et la débusquèrent d'un taillis de jeunes sapins alors que nous avions mis à terre les quelques yourtes et maintenions les occupants. La belle dévalait la pente, les jambes, des mollets jusqu'aux cuisses, dénudées, le del en partie déchiré, deux hommes à ses trousses. Deux autres se battaient un peu plus haut, le cinquième, après l'avoir saisie un instant, venait de chuter de cheval.

Bien qu'ils sussent le fruit interdit, récolte exclusive du khan, ces abrutis désiraient l'écarteler. Ils s'affalaient en riant à ses bottes qui, par de promptes pirouettes, se dérobaient sans cesse.

Je lançai mon cheval et me trouvai à mi-course lorsqu'ils la plaquèrent au sol. Celui qui avait déchaussé ses étriers les rejoignait et, sans s'attarder plus longuement, entreprit de cogner le premier tombé sous sa main. Restait le plus chanceux, mais pas le moins agité : il fourrageait violemment la princesse, impatient de glisser ses reins en la barbacane de cire. Bref espoir : j'agrippai sa natte, la tirai en arrière et lui tranchai le larynx en prenant garde qu'il se vidât hors le corps de la jolie tatar.

De leur côté, les querelleurs se relevèrent sagement. J'ordonnai qu'on leur attache les poignets dos à dos et qu'ils aillent ainsi à pied et sous bonne garde jusqu'à la tente du khan. Celle-ci était distante de quatre bons jours de marche à cheval. Il leur faudrait bien cinq fois plus de temps pour y parvenir. Mais pour eux, rien ne pressait, car une fois devant Tèmudjin, je savais pertinemment que cela signifierait aussi la fin de leur existence terrestre.

Je me retournai vers la sœur de Yèsugen.

— Es-tu Yèsui, la fille aînée de Tchèren le Grand ?

Elle eut un battement de cils qui me descendit tout droit dans l'estomac.

L'attroupement des hommes se resserrait autour de nous, et tous louchaient vers les cuisses d'ivoire.

Je lui dis de prendre l'un des chevaux sans cavalier et quand elle fut en selle, j'ôtai ma chemise cuirassée et la posai sur ses genoux, puis retournai vers le cadavre, finis de lui découper la tête avant de l'accrocher au flanc de sa monture. Mon père m'avait appris que devant la dépouille de l'un des leurs, les loups repoussent toujours l'instant de la curée.

En chemin, elle voulut savoir où nous la menions.

Belgutèi répondit. Lui, d'habitude si détaché, l'observait sans se lasser. Tèmugè également.

Yèsugen n'avait pas menti, sa sœur était si belle qu'on aurait pu la suivre à pied sans jamais toucher le sol et ressentir de fatigue. Elle partageait sa minceur avec celle du roseau et sa longue chevelure, qui recouvrait la selle, aurait pu l'envelopper. Tout en elle était onctueux, onduleux, et j'enviais l'Anda qui, si Yèsui ne provoquait pas une insurrection d'ici là, serait son réceptacle. Elle irradiait, nous envoûtait, et nous sursautions à chaque fois qu'elle entrouvrait les lèvres. Sa voix berçait comme la houle sur la grève.

— Je ne veux pas de Yèsugen à mes côtés.

Tèmugè gloussa et lui assura qu'elle serait plus souvent aux côtés de Tèmudjin.

— C'est notre aîné, le khan, ajouta-t-il non sans fierté. Dès qu'il se lève contre l'ennemi, ses guerriers accourent par milliers pour porter sa bannière. Il a pris ta sœur pour épouse, mais c'est toi qu'il veut pour favorite.

— Je ne veux pas de votre khan, dit la gazelle d'un air boudeur. Laissez-moi partir.

— Attends de l'avoir vu, dis-je. Il est grand, fort, et ses yeux ont tant de feu qu'un seul de ses regards embrase le plus glacé des cœurs.

Elle renversa la nuque et plissa les paupières. Elle s'adressait certainement à Tengri.

*

Dès qu'il la vit, Tèmudjin s'enferma avec Yèsui sous la tente, et la dégusta neuf jours durant.

Enfin, il nous rejoignit, engloutit presque à lui seul l'un des chevaux tatar morts au combat, et tandis qu'il se sustentait, vermoulu de caresses, Yèsui et Yèsugen tout contre lui, les festivités reprirent, lutteurs, chanteurs, danseurs, musiciens et autres virtuoses se succédant pour égayer son repas.

A la veille de lever notre camp, tandis que Djelmè chantait la complainte d'un homme qui s'était fait ravir sa femme et son cheval, Yèsui lâcha un soupir si mélancolique, que perles et bijoux tintinnabulèrent à sa coiffe.

— Quel est celui qui assombrit tes paupières et ma joie ?

A cette question, elle eut un frémissement.

Le khan se tourna alors vers Yèsugen, et la jeune sœur fit un signe du menton en direction des musiciens.

En moins de temps qu'il n'en faut à l'éclair pour frapper la terre, l'Anda avait saisi la situation. Il me demanda de réunir l'ensemble des hommes, puis, lorsque l'armée fut devant lui, il ordonna aux guerriers de se diviser selon leur clan.

Quand cela fut réalisé, il dit :

— Reconnaissez-vous, un par un, et faites sortir des rangs ceux que vous ne reconnaîtrez pas comme l'un des vôtres.

A la fin du tri, on dénombra quelques enfants tatar dont la taille dépassait la toise de l'essieu d'un chariot. On les avait épargnés car ils étaient orphelins.

Du clan des Bèsut, un homme fut rejeté. Il devait avoir vingt printemps et bien qu'il eût une cuirasse lamellée d'archer mongol sur le dos, les traits de son visage le différenciaient.

On l'amena devant le khan et comme il restait debout je le forçai à s'agenouiller.

Tèmudjin avait son œil de loup; les nuées ardentes enflammaient la fente de ses paupières et contrastaient avec la blancheur de ses épouses tatar qui, à ses côtés, étaient pâles comme l'hermine, Yèsui étant la plus livide. Elle lançait de furtifs coups d'œil vers le visage de l'homme, et chaque fois semblait sur le point de faillir.

Le fond d'un lac ne devait pas être plus silencieux qu'en cet instant.

— De qui es-tu l'espion ?

— De personne, s'empressa de répondre l'étranger.

— Alors, que nous vaut ta présence ?

Il glissa un regard misérable vers Yèsui. Le front de la sœur aînée chancela.

Le khan en savait assez. Il se leva, s'approcha de l'intrus et demanda qui il était. Fort beau garçon, l'homme se présenta comme le fils d'un chef qui veillait sur la paix de trente yourtes.

— Je suis Boucle d'Or, fils de Cœur Vaillant, chef d'un petit clan rattaché aux Onggirat. Pour Yèsui, j'ai voué mes flèches aux Tatar, et quand tes braves l'ont trouvée, je les ai suivis par les crêtes jusqu'ici et me suis mêlé à eux. Seigneur-khan, laisse-moi te servir.

Tèmudjin regarda Yèsui. Elle tremblait comme une feuille et se tordait les doigts. Alors, il plongea ses yeux dans les miens et se mordit la lèvre inférieure. Ce signe convenu entre nous lorsque nous chassions était sans équivoque : « Tranche-lui le cou ! »

J'aurais préféré qu'il s'acquitte lui-même de cette tâche. Ne s'agissait-il pas de l'honneur de sa favorite ? Mais je compris qu'il y répugnait au nom des Onggirat, la tribu d'origine de Börtè et de Mère Ho'éloun.

La tête du bel amant roula au sol.

Yèsui sanglota tandis que Yèsugen inspira franchement avec une expression de satisfaction, comme si mon sabre l'avait libérée d'un poids.

Cette nuit-là, Tèmudjin ne changea pas ses habitudes et dormit avec les deux sœurs.

Le lendemain à l'aube, nous quittions la vallée de l'Ouldja.

Après dix jours de marche, l'un de nos éclaireurs revint ventre à terre sur la tête de nos colonnes. Vu sa folle allure, un funeste soupçon nous étreignit.

CHAPITRE 28

Nous y étions préparés, il n'empêche que les cris et les rires des enfants courant habituellement vers nous, les aboiements des chiens, tout cela faisait défaut.

Il y eut bien la ronde empanachée de quelques chevaux venus nous saluer tandis que nous descendions les pentes, mais les taches multicolores des grands troupeaux de réserve laissés à notre départ manquaient.

Sur les visages de ceux qui s'avançaient lentement, vieillards impotents et femmes qui d'un revers de manche essuyaient leurs joues souillées de poussière et de pleurs, nous lisions l'humiliation.

Tèmudjin arrêta sa monture devant sa yourte, et sans descendre de cheval, écouta son épouse dont le ventre était à nouveau rond jusqu'aux cuisses :

— Ils nous ont déshabillés, se sont amusés de nous, grouillant comme des mouches parmi nos tentes, prenant ce qui leur plaisait, frappant les valeureux grands-pères qui portaient la main à leur carquois.

Tèmudjin demanda que je lui amène un cheval frais.

— Un cheval qui sache se battre comme un lion et quand bien même sa robe serait trempée d'écume et de sang, je veux qu'il galope encore et transperce l'indigne lignée de Qaboul Khan.

Le rapport de notre éclaireur était juste : la tribu djurkin menée par Sagace avait profité de notre

droite il pinça le haut de l'encolure du moreau et fit glisser ses doigts jusqu'à la mèche du garrot.

— Les Djurkin nous croient morts. Allons leur faire goûter la mâchoire des Loups bleus. Tchou, Tchou !

Et ce faisant, Oreille Grise se porta en avant, au galop, me laissant là, soufflé.

*

Les Djurkin se trouvaient à la pointe des Sept Collines, dans une boucle de la Kèrulèn. Tèmudjin et moi connaissions bien l'endroit pour avoir vécu non loin dans les replis sombres des Montagnes Rouges, six printemps auparavant.

Aujourd'hui, le jeune chef menait des milliers de Mongols, et si la plupart n'avaient pas de cuirasse, ils pouvaient compter sur une double paire de carquois fournis de flèches, deux à la ceinture ou en travers le dos, deux autres aux quartiers de la selle.

Les Djurkin pensaient certainement que notre campagne contre les Tatar nous avait affaiblis. Ne voulant pas les contredire et risquer de les voir nous tourner le dos, Tèmudjin ne déploya que dix centeniers devant leurs camps. Vingt autres attendaient à l'abri sur le plateau de l'Île aux Herbes, et encore vingt, menés par Qasar et Subotèi, arriveraient par le nord-ouest pour empêcher toute fuite vers le goulet de la Kèrulèn.

On laissa les traîtres organiser leur défense durant toute une journée et une nuit, ce qui laissait le temps aux troupes de Qasar et Subotèi de se rapprocher.

Dès le premier rosissement à la crête des cimes, juchés sur leurs grands chameaux poilus, les musiciens tambourinèrent la marche d'attaque.

Les rangs de la cavalerie caparaçonnée avancèrent, puis surgirent les vagues de cavaliers légers, aiguillonnant de leurs javelots et de leurs flèches les ailes rivales. Ils s'éparpillèrent, le bouclier sur le dos, sans cesser de décocher leurs traits, laissant la place aux lances, masses et sabres de la cavalerie caparaçonnée. Le premier choc déstabilisa les Djurkin. Au quatrième, il n'y avait plus la moindre unité dans leur défense.

Le soleil ne brillait pas encore à la verticale que nous achevions les derniers combattants.

Couvert par sa garde personnelle, une cinquantaine de valeureux guerriers, plus une centaine d'archers, Sagace avait réussi à s'enfuir en amont de la Kèrulèn. Tèmudjin Khan ordonna à Djelmè de traverser le cours d'eau et de suivre à distance les fuyards afin qu'ils n'échappent pas aux unités de Qasar et Subotèi.

Lorsque Sagace aperçut ces dernières, un coup d'œil circulaire lui suffit pour comprendre qu'il était perdu. Il préféra déposer les armes plutôt que de combattre.

Torse nu et bras liés dans le dos, il fut jeté aux pieds du khan qui, après l'avoir considéré un instant, lui demanda :

— Ne m'avais-tu pas juré fidélité ? Ne devais-tu pas te ruer contre nos ennemis et être le premier à m'apporter leurs têtes ? Aurais-tu oublié que ce sont les Tatar qui ont livré à la cour du Roi d'Or le khan Ambaqaï et ton grand-père qui l'escortait ?

Sagace ne disait rien. Il se contentait de fléchir un peu plus la nuque à chaque question.

— RÉPONDS !

— Non, Tèmudjin, je n'ai...

— KHAN ! Je ne suis plus Tèmudjin, je suis le Khan, TÈMUDJIN KHAN !

Et il lui cingla le visage.

— Non, Tèmudjin Khan, je n'ai pas oublié, reprit le pitoyable Sagace, l'œil rougi de sang.

A cheval ou accroupis à leurs sabots, nous l'entourions, attendant la sentence. Le vent chahutait le toupet des hommes et des chevaux et les étoupes de crins accrochées à la gorge des lances et des bannières.

Le khan poursuivit :

— Mon père disait de nos cousins les Djurkin qu'ils étaient des lions. Il se félicitait de les avoir pour alliés. Il m'a coûté, Sagace, de les combattre et de tuer ceux qui te protégeaient. Non seulement, tu as rompu ton pacte de fidélité, mais tu as incité les tiens, une première fois grâce à Colosse, à nous voler. Ensuite, tu m'as désobéi en ne venant pas avec tes féroces guerriers combattre les Tatar, et telle la hyène lâche et rôdeuse, tu es venu piller les miens. Es-tu bien cette hyène infecte, indigne petit-fils de Qaboul Khan ?

Le prince djurkin opina du bonnet.

— Tends le cou, enjoignit le khan en tirant sa lame du fourreau.

Sagace courba l'échine.

— Par Tengri ! Qu'à tout jamais tu sois mon esclave !

La lame s'abattit et la tête de Sagace chut.

Tèmudjin ordonna qu'on la pique au bout d'une lance.

— Ainsi, tous sauront que les princes et seigneurs mongols ne sont pas au-dessus du yasaq.

Et pour appuyer ses propos il fit étrangler le frère et les deux neveux de Sagace.

Par sûreté, les Djurkin restés en vie furent répartis entre les clans. On attendrait qu'ils aient fait leurs preuves avant de les autoriser à refonder un ulus.

Le soir même, j'accompagnai Tèmudjin et Qasar sur les rives de la Kèrulèn. Dans notre dos, les Montagnes Rouges avaient revêtu le bleu des ombres, tandis que la rivière formait une veine dorée dans le soleil couchant. Au loin, la ligne d'horizon frémissait sous les brumes.

— Cet endroit me convient, dit Tèmudjin. Ne dirait-on pas le trône d'un géant qui voulait toucher du front Tengri ? Crois-tu, Bo'ortchou, que nos chevaux aimeront ces herbes ?

— Anda, dans un peu plus d'une lune, ils

n'auront plus besoin de baisser leurs lèvres, elles chatouilleront leurs côtes, vertes et craquantes, courbées comme le fil de ton sabre.

Tèmudjin regarda son frère.

— Tu entends notre ami ? Il sait ce que le vent chuchote. Va planter notre bannière au décrochement de cette pente.

Et il lui montra une vague d'herbes qui faisait une frise ambrée aux crénelures des montagnes.

— Qu'on pose ma yourte à cet endroit. Ainsi, je verrais la Kèrulèn s'écouler depuis mon seuil. Que Belgutèi et Tèmugè partent dès maintenant récupérer nos femmes et nos troupeaux.

Qasar fila vers la crête. Ses puissantes épaules semblaient soutenir l'immense demi-cercle montagneux. On entendit sa monture dérouler le sol à ses sabots, tandis qu'il l'excitait de la voix.

La steppe s'étalait devant nous, silencieuse, douce et caressante.

Alanguis sous les derniers rayons et un filet de brise mourant, Oreille Grise et L'Aveugle rêvassaient, yeux mi-clos.

— Viens, m'invita Tèmudjin, je vais te montrer le meilleur passage pour franchir la Kèrulèn.

Il fit glisser le manche de son fouet de la nuque au garrot, et Oreille Grise se mit en mouvement.

Comme je m'apprêtais à lui demander de quelle façon il avait deviné le sésame du cheval brun, il se retourna, et avec un sourire radieux, dit :

— C'est un secret que je ne peux te confier, Bo'ortchou, car seuls les femmes et les chevaux profitent de ce mystère. C'est la caresse de Tèmudjin Khan !

CHAPITRE 29

La mort des princes djurkin fit grand bruit à travers la steppe. Ne disait-on pas d'un jeune lutteur, lorsqu'il réalisait quelques exploits dans les corps à corps, qu'il était fort et noble comme un Djurkin ?

Marchands de chameaux, caravaniers, convoyeurs de yacks, artisans et bardes avaient colporté la rumeur. Du levant au couchant, les gardiens de chevaux, les bergers, les cueilleurs de baies ou les chasseurs de fourrures, tous savaient qu'au pied des Sept Collines, le jeune Tèmudjin Khan avait tué son cousin pour indiscipline et trahison. Nul n'ignorait non plus que pour lui avoir désobéi, il avait puni son cousin Qoutchar, son grand cousin Altan et son oncle Daritaï.

Tèmudjin Khan est inflexible, disaient les anciens autour des feux. Il est juste et puissant, ne craint personne, renchérissaient d'autres. Il fortifie son khanat. Voilà un chef qui saura nous mener et nous enrichir.

Ainsi, à l'arrière des milliers de yourtes qui composaient l'ordu du jeune khan, il ne se passait pas de jour sans que de nouveaux feutres soient tendus sur les fines lattes entrecroisées et les perches de la charpente.

Un beau jour, il les rassembla et leur dit :

— Hormis caresser vos chevaux, étreindre vos épouses et vous battre, vos mains ne font pas grand-chose. Nous allons les occuper.

Et tous se mirent au travail.

Jamais l'Île aux Herbes n'avait connu une telle activité. Il y avait les selliers et les harnacheurs, avec leurs bois taillés, leurs herbes séchées, leurs carrés de feutre, de peaux et de tissus chamarrés, leurs cabochons d'argent ; les tanneurs qui modelaient toutes les gourdes, les lanières, les fouets que l'on emportait en campagne. Ils découpaient également les lamelles de cuir servant à matelasser les armures. Les fourreurs et les tisseurs tenaient leur matériel à proximité des tondeurs. Forgerons, armuriers et chaudronniers suaient, limaient, crochetaient et tapaient sur leurs outils dans un même élan. Chacun aidait son voisin ou son parent dans la bonne humeur, et ce ne sont pas les charges d'eau transportées sans répit ou les toisons qui blanchissaient les narines et provoquaient des éternuements qui restreignaient le rire des morveux. Les femmes tissaient, cousaient, malaxaient, d'autres mâchaient des pièces pour les ramollir, d'autres encore foulaient des peaux trempées au bord de la rivière, tandis que les plus vieilles préparaient des fromages qui séchaient sur les toits maculés de soleil, ou des rations de viande qu'elles suspendaient dans les volutes de cendres chaudes.

La joie bombait les torses nus des hommes, et le bleu candide de Tengri participait à l'allégresse générale. Il restait pourtant un nuage dans les yeux du khan, un nuage qui avait pour nom Colosse, celui-là même qui avait entaillé l'épaule de Belgutèi lors du banquet du sacre.

Tèmudjin avait laissé la vie au plus fameux des lutteurs et rien ne présageait ce qui allait suivre. Rien, sauf un signe.

Niché dans le regard fou et fuyant de Colosse, ce signe s'appelait la peur, cette inimaginable infection de l'âme que je reconnaîtrai plus tard sur le visage des assiégés.

Le molosse djurkin se tassait, n'aboyait plus; absent tout en étant là, ce qui le rendait dix fois plus pesant. Lui dont la silhouette masquait presque celle d'un chameau roux adulte à deux pas, essayait de se faire plus léger que le mulot qui s'affole à vouloir traverser la steppe.

Un soir de festin, le khan invita les hommes à lutter. Les dels et les chemises tombèrent, et les bras s'agrippèrent jusqu'à ce que les vaincus roulent dans la poussière, tandis que les vainqueurs se relevaient pour effectuer en un cercle la danse du vol de l'aigle.

Assis en retrait, Colosse observait du coin de l'œil. Aucun des Djurkin qui l'entouraient n'osait réveiller son ardeur.

Le khan se délectait du spectacle des lutteurs et paraissait ignorer le groupe de Colosse.

Les chants s'élevaient, louanges des cent victorieux qui s'apprêtaient à se rencontrer dans la joute finale, lorsque Tèmudjin s'adressa au conseil des arbitres :

— Un tournoi de lutte ne serait pas digne du khan si le plus grand de tous n'y participait pas. Que l'invincible Colosse dénoue ses puissantes épaules, je vais lui trouver un adversaire capable de lui faire perdre un peu de fraîcheur.

Tèmudjin attendit que Colosse soit torse nu face à lui pour le dévisager. L'embarras de l'athlétique lutteur augmentait. Il allait parler, lorsque le khan désigna son rival :

— Belgutèi !

Celui-ci sursauta, échangea un bref regard avec son demi-frère, se leva, défit la chemise cuirassée qu'il ne quittait plus, et, après trois voltes souples effectuées en sautant d'un pied sur l'autre, se plaça devant son adversaire.

Une rumeur parcourut les rangs des spectateurs : Belgutèi n'a aucune chance, pourquoi n'a-t-il pas choisi Qasar ?

Colosse crocheta l'avant-bras de Belgutèi, voulut assurer sa prise, mais le demi-frère du khan se faufila comme le lézard. La deuxième tentative semblait être la bonne : Belgutèi fut arrimé à la hanche de taureau. Il n'était pas dans les habitudes du géant de relâcher ses étreintes, mais de nouveau, Belgutèi s'en défit. Une clameur désappointée s'échappa de l'assistance. Qu'arrivait-il au roc djurkin ? Étaient-ce les yeux ténus du khan braqués sur lui qui l'intimidaient au point d'être si maladroit ?

A l'évidence, il ne donnait pas sa pleine mesure.

Belgutèi en profita : plongeant derrière les cuisses de Colosse, il le souleva et le jeta au sol avec grand fracas, et dans un même mouvement se rua sur lui, empoigna la mèche au front, tira sa tête en arrière et le terrassa ainsi, un pied sur les reins. Colosse avait perdu sans combattre. Ce n'était pas un coude ou un genou qu'il avait mis à terre, mais toute sa masse.

Belgutèi adressa un coup d'œil à son frère.

Le khan entrouvrit ses lèvres et, sèchement, se mordit l'inférieure.

Aussitôt, Belgutèi brisa la nuque de Colosse. Elle rompit avec un tel bruit, que les chiens dressèrent leurs oreilles d'un coup, certains se relevant, la truffe frémissante. Le vainqueur tira le corps en dehors de l'aire des combats pour l'abandonner au décrochement du plateau, où il roula vers la Kèrulèn.

Qui des Djurkin oserait maintenant défier le khan ? Impressionné par la leçon, un des chefs du clan djalaïr offrit ses deux fils à Tèmudjin pour sa garde personnelle, en émettant quelques conseils superflus :

— Qu'ils se tiennent à ton seuil, et si jamais ils relâchent leur attention, brise-leur les talons ! S'ils se montrent infidèles, arrache-leur le foie !

*

Entre Kèrulèn et Onon, les saisons passèrent, rythmées par l'arrivée des nouveau-nés, le départ des anciens qui s'en allaient sans un mot dans la montagne rendre l'âme sous Tengri, offrir à leur tour leur chair aux animaux, quand ils ne demandaient pas à l'un de leurs petits-enfants de les étouffer avec la queue grasse d'un mouton, poussée au fond de leur gorge.

Le chaman Kökötchu compta six grands cycles solaires. L'année où les Djurkin furent soumis, Börtè eut un deuxième garçon qui, lorsqu'il commença à marcher et babiller correctement, reçut son nom : Djaghataï.

Deux hivers plus tard, lors du grand cycle du cheval, le troisième fils du khan et de Börtè hurla sa venue par une nuit constellée. C'était un morveux calme et fort que l'on nomma Ogodèi.

Leur aîné, Djotchi, était un peu pour moi l'enfant que je n'avais pas. Après tout, sa mère elle-même n'aurait su dire qui de Tèmudjin ou du Merkit Lapin Vif, était son véritable père. A peine âgé de six printemps, Djotchi tenait son arc avec le sérieux d'un vieil archer et dirigeait son cheval avec une autorité incontestable. Si Belgutèi lui avait offert sa première monture, c'est avec moi qu'il apprit à écouter les chevaux et qu'il sut se faire entendre d'eux. Il me suivait sans cesse, car, disait-il, il voulait combattre à mes côtés quand il en aurait l'âge.

— Nous cernerons l'ennemi, l'écraserons et le livrerons au khan avant qu'il n'ait lacé son armure.

Le morveux vouait une véritable admiration à son père. Pourfendre ses rivaux semblait être à ses yeux la seule occupation digne d'intérêt. En dehors de cette idée fixe, Petite Miette, comme je l'appelais affectueusement, était un jeune compagnon fort plaisant. Il ne parlait pas à tout propos. Au contraire, il observait dans le plus grand silence, prenait garde à l'emplacement de ses pieds ou des sabots de son cheval, à la course du vent, toujours appliqué à ne pas se faire repérer par les animaux de rencontre qui pour lui, dans son imagination, évoquaient toujours les ennemis de son père. De la même façon, il ne posait pas de questions inconsidérées, préférant trouver les réponses par lui-même, ce qui retroussait son petit nez en truffe d'écureuil et donnait du souci à ses sourcils. Il n'aimait pas qu'on ait pu se moquer de ses réflexions naïves, mais quand on lui expliquait la raison de nos rires, il déplaçait sa coiffe en fourrure sur le front et se grattouillait le haut de la nuque, soulagé d'avoir résolu une énigme supplémentaire.

Lorsqu'il tua son premier mulot avec une flèche en bois, il me l'amena fièrement. Il désirait partager ce trophée. Je le félicitai. La flèche avait assommé le rongeur, et dans ses joues, les graines transportées étaient intactes.

— Dis-moi, Petite Miette, as-tu rencontré quelqu'un en chemin ?

Le fils de Tèmudjin Khan réfléchit et énuméra ceux qui l'avaient aperçu avec sa proie :

— Le vieux Sirtan, Bogdo et ses deux fils, Mergen et sa sœur ramassant des argols, Boro, et puis ma mère avec Pas Lui (nom provisoire de son petit frère Djaghataï).

— C'est tout ?

— Non, Grand-Mère Ho'éloun et ses adoptés.

— Bon, laissons les femmes de côté, ne parlons que des chasseurs. Cela en fait cinq. Sais-tu que l'on ne chasse pas pour soi-même et qu'il faut offrir une part de son gibier à ceux que l'on respecte ?

Sa mine s'assombrit.

— Il ne va pas rester grand-chose du mulot, car avec toi et moi cela fait sept parts.

— Abandonne l'idée de goûter ton premier trophée de chasse, mais retiens la leçon pour les prochains. De toute façon, si tu désires que la fille de l'Esprit de la forêt soit généreuse avec toi, il faut lui sacrifier ce joli mulot qui paraissait rusé et fort comme le lion. Cependant, il serait plus sage encore de l'offrir à celui qui a le privilège des chasses, le khan, ton père.

Ce marché lui convenait. D'un coup de langue, il enfourna la morve qui brillait à sa lèvre et alla quérir Tèmudjin.

Il avait les jolies paupières de sa mère et cet œil sauvage qui se mordorait d'un rien, qu'il pouvait tout aussi bien tenir de son père. Physiquement, il ne serait jamais aussi massif que Tèmudjin même s'il devait lutter chaque jour. Son ossature longue et souple me rappelait celle de Djamouqa. Était-il possible qu'il ait deux pères, et que sur ce sujet épineux, l'Anda m'ait menti ? Avec Djaghataï, ce doute était exclu. Le deuxième garçon de Börtè avait quelques-uns des traits de sa mère, comme ses lèvres fines. Mais le bel équilibre de son visage était celui du khan, et ses épaules rondes, d'une pièce, rappelaient la courbe de la yourte. Ogodèi, lui, était le portrait craché de son père, et lorsque ce crotteux se mit à crapahuter sur les tapis de feutre, la ressemblance avec le khan était si saisissante qu'il nous semblait voir celui-ci à ses premiers printemps. D'ailleurs, pour évoquer le nourrisson Ogodèi, son nom provisoire avait été L'Autre.

Je restais sans enfant, Gerelma étant plus stérile qu'une pierre, tandis que Ruisseau de Nacre accoucha d'un mort-né. Gerelma menaçait de prendre un autre mari. Elle en avait le droit puisque je ne l'engrossais pas. Son chantage visait à me faire craindre un célibat éternel, un au-delà où j'errerais sans épouse à mon bras.

Ses relations avec Ruisseau de Nacre n'allaient pas sans mal. Alors que nous avions des esclaves merkit et tatar, Gerelma l'accablait de tâches multiples et ne perdait aucune occasion de se moquer d'elle, de ses airs affligés, des gémissements que l'effort lui arrachait parfois, de ses mains de princesse que le travail avait jusqu'alors épargnées et qui maintenant se truffaient de calots.

Les premiers temps, j'avais préservé ma noble femme merkit de l'acharnement de Gerelma, avec l'espoir qu'elle se rapprocherait de moi. Mais Ruisseau de Nacre était plus têtue qu'un chameau. Que je lui fasse servir les meilleurs morceaux du mouton ou les plus négligeables ; que je revête ses épaules, sa couche, de fourrures et de soies, ou que je la force à dormir à mes pieds sur le sol, elle restait la même, n'entrouvrant jamais ni ses lèvres ni ses bras au désir que j'éprouvais de la voir sourire.

Froide comme un galet, elle subissait, mais n'était pas soumise. Le jour où elle perdit son enfant, je la surpris seule devant le feu, les yeux brillants de larmes. J'enveloppai ses tempes et mes pouces caressèrent ses paupières délicatement bridées. Mais quand je voulus enfouir mon nez dans le coton de sa gorge après lui avoir dit que je la couvrirai de nouveau dès la prochaine lune, elle me repoussa.

— Tu ne comprends donc pas ? Tu peux me chevaucher à m'en faire perdre les dents, m'ensemencer jusqu'à m'étouffer, je ne donnerai pas d'enfant à celui qui m'a enlevée à mon aimé. Jamais !

Tout son être tremblait et sa haine transperçait ma poitrine.

— Ton corps sur mes reins est aussi lourd que celui du chameau, et sur ma peau, tes baisers exhalent l'odeur fétide de la hyène. Comment peux-tu espérer un fils alors qu'entre tes bras je me révulse tel le poil sous le fer rougi ? Ta beauté, ta force, tes richesses ne sont rien pour moi, et il ne se passe pas de jour où j'envie les oiseaux dans le ciel. Je m'envolerai...

— Je me ferais rapace.

— Alors, je m'enfoncerais dans un lac.

— Je me ferais hameçon.

— Alors je me laisserais mourir pour devenir graine, fade et sans éclat, poussée par le vent...

— Et tu finiras dans mon bec, car je serais coq. Suffit ! Tu m'appartiens et je t'emporterai dans ma tombe.

Le soir, alors que je délaissais le repas, Gerelma me dit :

— Tue-la maintenant, car si tu tardes trop, elle s'échappera. Cette Merkit puante préférera mourir par elle-même plutôt que par tes mains.

Accrochée sur la perche la plus au nord de la toiture, une amulette pendait.

— Porte-la sur ta poitrine, me dit-elle.

— Qui te l'a donnée ?

— Le chaman. Il m'a assuré qu'avec ses pouvoirs, tu m'engrosseras comme tu as engrossé cette Merkit revêche. Elle est en racine de bouleau trempée dans la semence d'une jeune hyène et du sang de souris.

L'autorité qu'exerçait Kökötchu sur nos clans prenait de plus en plus d'importance, et comme tant d'autres, Gerelma le vénérait.

— Kökötchu, ajouta-t-elle, dit qu'elle chasse aussi le chagrin.

Je ne fis aucun commentaire, mais le lendemain matin, je décrochai l'amulette.

*

Pour seul enfant, je n'avais donc que Nuage Blanc. Mon poulain était devenu un fort cheval. Ses quinze premières lunes, il les avait passées auprès de sa mère, toujours un peu à l'écart des troupeaux. Puis, je l'avais attaché devant ma yourte. Lune Blanche vieillissait rapidement, comme si l'unique petit qu'elle avait eu l'avait usée prématurément. Il y eut bien deux ou trois étalons pour ronfler leur envie à sa croupe, mais elle ne se laissa jamais plus séduire. Bientôt, ses boulets s'affaissèrent, le pourtour de ses yeux, de sa bouche et l'ourlet de ses oreilles se patinèrent comme les vieux draps imbibés de graisse. Et nous ne fûmes bientôt plus que deux, Nuage Blanc et moi, à la trouver toujours aussi plaisante.

Le fils de Peur d'Ours montra les mêmes dispositions à me suivre et m'écouter que son père. Farceur mais réceptif, il ne me quittait pas et se prêtait avec bonheur aux besognes que je lui imposais. Au début, L'Aveugle m'aida dans ma tâche, et sur son dos, j'appris au poulain à cadencer son allure. Ma monture était parfaite pour cet exercice, car son trot comme son galop, pourtant pas des plus rapides, avaient l'avantage d'être soutenus, réguliers, et sans fin. Ainsi, Nuage Blanc acquit une endurance que bien d'autres poulains de son âge n'avaient pas. Je me félicitais également d'avoir retardé son débourrage, car son équilibre dans la course dépassait celui de nos meilleurs chevaux.

Combien de fois ne me suis-je pas émerveillé à l'observer galoper à mes côtés, allongeant son encolure dans les derniers rayons du couchant, le garrot fixe, l'échine tendue comme une lance, les muscles effilés, l'œil noir et hardi ? Il me semblait alors chevaucher auprès d'une cigogne.

Il me restait à prendre possession de son dos.

Un soir, je laissai L'Aveugle retrouver le troupeau. Il ronfla un instant, puis détala en piquant sur une pente fleurie. J'emmenais Nuage Blanc par la bride en direction du sud. Avant de traverser la Kèrulèn, un hennissement déchira l'air. Du haut d'un tertre, L'Aveugle nous saluait.

Nous avons marché épaule contre épaule, harassés de soleil, continuant d'avancer sous le ciel étoilé, pour atteindre enfin la steppe semi-désertique, espace vide et nu parsemé de quelques bosquets secs. Nous nous sommes allongés, éreintés, moi perclus de douleurs, n'ayant jamais prolongé un tel effort à pied, et avons savouré la distance parcourue qui scellait notre complicité.

Les jours passèrent à observer les grands troupeaux de saïgas, et les fauves qui les suivaient, scrutant à travers le mirage des brumes, l'antilope blessée, affaiblie ou trop jeune. La nuit, nous regardions les étoiles ; écoutions la brise qui glissait haut dans le ciel ; le campagnol farfouillant au seuil de ses galeries, indécis ; ou le jappement d'une hyène. Et quand la lune se montrait, nous distinguions les silhouettes prédatrices qui hachuraient de leurs pas incessants le plateau infini. Les lendemains, c'était comme si nous avions rêvé : à perte de vue, pas une ombre sur laquelle accrocher le regard. Seul le bourdonnement des mouches nous maintenait en éveil.

C'est là-bas, parmi ces solitudes qui bordent le grand désert, que je suis monté sur le dos de Nuage Blanc. Il n'a d'abord manifesté aucune surprise, se contentant de m'écouter en m'offrant son profil. Je l'incitai à avancer.

Il déplaça un antérieur, un postérieur, et d'un pas calme alla, me regardant de temps à autre pardessus son épaule. Ce fut bien après, alors que nous venions de nous désaltérer près d'une source et du même coup briser le stratagème d'un chacal à l'affût de six sternes, qu'il s'enhardit. Une fois abreuvé, Nuage Blanc allongea sa foulée, souffla de l'air à ses sabots, balança l'encolure comme s'il fredonnait pour lui-même. Il prit le trot, et bientôt le galop. Grisé par sa vitesse, il plongea les naseaux au sol, se laissa aller à quelques sauts de mouton, cabrioles et ruades. Quand il eut épuisé son répertoire, il fila droit, l'encolure tendue comme une perche, en direction de nos Montagnes Rouges.

De retour au camp, la selle et le mors ne lui posèrent pas plus de souci. Il paraissait même fier de les porter. Son apprentissage de cheval de guerrier pouvait commencer. Nous en étions aux prémices lorsqu'un gardien vint me prévenir que Lune Blanche s'était allongée comme le ferait un chien malade. Cela faisait plusieurs jours qu'elle tournait le dos à la steppe, le museau bas à l'abri d'une falaise, les paupières lasses à demi closes.

L'homme nous mena jusqu'à elle. La jument blanche reposait sur le flanc, les naseaux appuyés sur le sol que les multiples ruisselets d'une source détrempaient. Je me penchai au-dessus de sa joue. Je vis dans son œil mon reflet et celui du chanfrein de son poulain à mon épaule. Elle voulut manifester son émotion, mais un râle l'en empêcha. Je l'apaisai d'une caresse à la ganache. Elle était plus froide encore qu'une rivière gelée. Dans l'œil moribond je perçus l'ultime message : « me voilà galopante vers Peur d'Ours. Je m'en vais l'esprit tranquille, laissant deux fils complices... »

Il me plut en tout cas d'interpréter ainsi le souffle, qui mourut sans causer plus de souffrances.

Je me redressai.

Nuage Blanc s'approcha du corps, le huma un instant, puis pressa son chanfrein dans mes mains.

Au loin, devant la rangée de tentes qui fermait tout le plateau, des hommes galopaient au cul d'un étalon. Ils riaient car celui-ci se soustrayait habilement à l'ourga.

Le torse contre Nuage Blanc, j'observais la poursuite, et fus soudainement aspiré par l'immensité, comme si le front de mon cheval me reliait à Tengri. Tout devenait limpide, et ma décision était prise : je ne ferais pas de Nuage Blanc mon cheval de tête, mon compagnon de conquêtes sanglantes, sans cesse harnaché devant la yourte.

Nous devenions unis comme l'ourga, perche-lasso symbole d'amour.

Ressentir cette harmonie devait me suffire.

Certes, cet étalon rusé, qui au loin savait si bien utiliser son troupeau pour se jouer des gardiens, ne nous aurait pas longtemps abusés si nous nous étions ligués pour l'attraper. Nuage Blanc était ma perche, j'étais son lasso et je ne doutais pas qu'il serait devenu un terrible cheval de guerre, plein d'élans furieux, prenant goût aux chocs des mêlées. Pourquoi risquer la vie de cet unique héritier ? Pour le voir trempé de sang, fier et haletant ; fouler sauvagement ses semblables à l'agonie ; entendre les bardes chanter ses mérites ? J'étais convaincu de sa bravoure. Je n'avais nul besoin qu'elle me soit confirmée. Je voulais juste son bonheur aussi certainement que le mien s'appelait Reine des Fleurs.

Je lui fis la promesse de lui composer le plus gracieux bouquet de pouliches. Il ne lui restait plus qu'à me faire des poulains, blancs comme nuage, fulgurants comme l'éclair.

DEUXIÈME PARTIE

CHAPITRE 30

Semblable à un couvercle de chaudron posé sur le feu, le ciel était chauffé à blanc. Il s'y trouvait pourtant, aussi ténu qu'un cil, un vautour pour y décrire de vastes cercles.

Le racleur de chairs est un informateur infaillible. Grâce à lui j'aperçus l'homme que nous recherchions. Il émergea au milieu de l'immense cirque couleur pisse de yack que nous surplombions. Brumes et mirages rognaient sa silhouette, la faisaient disparaître pour la rendre un peu plus tard, onduleuse, le tronc d'un côté, les jambes de l'autre. Des buissons d'épineux roulaient, emportés par un vent sec et brûlant.

Il tirait un cheval par la longe, à moins que ce ne fût l'inverse. Très haut au-dessus de lui, le charognard se laissait porter par les courants, économisant ses forces.

Juste derrière moi, alignés côte à côte, les neuf chevaux de mes compagnons se frottaient salières, ganaches et chanfreins, démangés par les mouches et la sueur. J'envoyai deux messagers, l'un à l'ouest, l'autre à l'est, avertir les détachements que nous avions repéré notre homme. Nous étions partis avec cinq centeniers en direction du sud, et en formation d'arc-en-ciel, nous éloignant les uns des autres à mesure que nous avancions. Lorsque les groupes étaient séparés au point de se perdre de vue, ils se divisaient par dix. Ainsi, sur une ligne droite qui aurait demandé plus de vingt jours de marche, nous avions progressé d'un même pas sans perdre contact.

Maintenant, je guettais l'homme et son cheval. Ils marchaient péniblement. Le premier tomba à genoux. Par les ravines sableuses, je menais L'Aveugle vers lui.

Il ne m'entendit pas approcher, occupé à sucer le sang de son compagnon d'infortune dont les yeux bleu crème indiquaient que lui était bien aveugle. Vêtu de haillons et chaussé de bottes raclées jusqu'à la paume des pieds, l'homme était en partie dénudé. Des morceaux de chiffons cerclaient son crâne. Je jetai ma gourde à ses jambes.

— Économise le sang de ce brave, il en aura besoin.

Il sursauta et se redressa vers moi en brandissant un os, un fémur grossièrement taillé comme un sabre courbe. Son état était si lamentable, les yeux mangés par le pus, que je faillis ne pas le reconnaître.

— Content de te revoir, Toghril.

— Qui es-tu ?

— Celui qui connaît le chemin.

— Bo'ortchou ? Le fidèle de Tèmudjin ?

— Pour te servir.

Où était donc passé l'arrogant regard du roi des Kèrèit ? Bizarrement, son œil bleu à demi clos par la vieille estafilade paraissait bien moins mal en point que le second. Envolée sa barbe noire dont il disait qu'elle était aussi douce que la toison de l'agneau nouveau-né ; dorénavant elle était blanche, parsemée, verminée. Quant à la peau de son visage, elle lui collait littéralement aux os, et pour le coup, son nez en bec d'aigle lui donnait l'apparence d'un vautour trempé par l'orage.

— Prends mon cheval et grimpons ce plateau.

— Tu as vu les yeux de mon cheval ? demanda-t-il en tâtonnant le sol à la recherche de ma gourde.

Les miens sont pareils, ils ne distinguent pas ce plateau. Si j'ai pu gagner le nord où j'espérais arriver sur les territoires de Tèmudjin, je le dois au soleil.

Il trouva la gourde, ôta le tapon de crins noirs et, renversant la nuque, but goulûment, des ruisselets de lait s'écoulant sur sa barbe. Quand il l'eut vidée, il jeta la gourde et reprit :

— Pour me procurer ce cheval, il m'a fallu détêter...

Il ne réussit pas à poursuivre car il vomit tout le lait, et rota.

— Monte, dis-je.

— ... une famille de paysans qui se trouvait au sud de cet exécrable désert, courbée du matin jusqu'au soir sur des sols qui ne valaient rien. J'ai aussi démantibulé leur fille, assez gesticulante pour sa maigreur, bref, passons, revenons à ce cheval...

— Viens, Tèmudjin ne devrait plus tarder...

— Lui aussi tournait du matin jusqu'au soir autour d'un puits, tout en écrasant de longues herbes dorées sous ses sabots déformés. Conscient de la vacuité du Gobi et de l'insuffisance de mes provisions pour le traverser, je le destinai à mon estomac. Voilà pourquoi j'ai également pris avec moi une raclure de chameau. Or, cet infâme a bien failli me perdre. Crois-moi, Bo'ortchou, le cheval que tu vois à mes côtés vaut cent fois cette pourriture de chameau, et si j'avais su, c'est lui que j'aurais dû manger sans attendre. Qu'à jamais son âme erre dans le désert !

Il voulut cracher, mais n'avait pas le moindre postillon de salive.

— Viens, dis-je pour l'inciter à se taire, allons retrouver Tèmudjin. Il a levé une armée pour toi et arpenté ce désert.

— Regarde ce que cette chiure de concasseur de graines m'a fait ! Que les démons enfouis sous terre le transpercent par l'anus et lui dévorent la cervelle !

Il dégagea les hardes de son habit et montra son flanc.

L'espace entre le haut de sa hanche et le bas de ses côtes n'était qu'une énorme plaie colmatée avec des morceaux de tissus noircis de sang et maintenus par une ceinture de même facture.

En un instant, il y eut un essaim de mouches autour de cette morsure nauséabonde que n'aurait pas désavouée la mâchoire d'un grand loup.

Soudain, Toghril s'écroula.

*

Le roi des Kèrèit voulut ouvrir les yeux. On les lui nettoya avec du lait et quand il devina les contours de Tèmudjin, il le pressa contre sa poitrine.

Nous l'avions allongé sur les jambes de quatre cavaliers marchant de front. Il désirait poursuivre en étant assis sur la selle. Nous n'étions plus qu'à quatre ou cinq journées de la Kèrulèn.

Avant de reprendre la marche, il demanda à boire et à manger. Ceux dont les provisions n'étaient pas épuisées lui en apportèrent. Il vomit, mais ingurgita de nouveau du fromage et des boulettes de viande séchées. Puis, il voulut raconter son aventure :

— Tèmudjin, je t'ai parlé de mon frère Erké ?

— Celui qui s'est réfugié chez les Naïman après que tu as supprimé tes deux autres frères ?

— Erké n'avait rien à craindre, assura le roi en guenilles. J'ai tué mes deux aînés car ils étaient lâches, faux comme le serpent. Ils persiflaient sans cesse à mon insu aux oreilles de notre père. Lorsque celui-ci n'eut plus de souffle, je les ai écrasés de mes talons car je les savais capables de me passer par le sabre. Toi-même, n'as-tu pas connu semblable situation avec le frère de Belgutèi ?

— Je t'entends, répliqua le khan, tu n'as pas à te justifier.

— Il y a deux étés de cela, le roi des Naïman est mort. Ses deux fils se sont disputé une de ses épouses, allant jusqu'à s'étriper sur le trône du texte qu'il n'y avait pas d'endroit plus merveilleux, et il ne pouvait s'empêcher de tripoter nerveusement le manche du long poignard à sa ceinture. Je me suis donc enfui de nuit en remontant le cours de la rivière Tchou. Après neuf jours de trot, cette rivière coupait en deux une chaîne de montagnes. Derrière, se trouvait un immense lac. Je l'ai longé et je me suis accaparé un maigre troupeau après avoir égorgé son berger. Je n'avais pas dévoré un mouton, qu'il me fallait l'abandonner, et le troupeau avec, à des brigands. Je n'avais plus qu'une idée fixe, te rejoindre, mon fils ! et j'ai suivi les hautes épaules montagneuses avec ses vents à décorner les bœufs, ses glaciers, son froid mortel, et lorsque enfin l'immensité du désert Gobi a dévoré l'horizon, crois-moi Tèmudjin, j'étais presque heureux. Il m'a fallu déchanter car j'ai dû marcher près d'une lune avant de trouver de l'eau... celle d'un lac salé ! Me croyant condamné, je me suis endormi, laissant mon esprit déambuler à travers le désert. Tengri a dû entendre ma plainte car je me suis réveillé chez ces misérables qui cultivaient la terre le long d'une rivière, la seule à traverser ce paysage de poussière, de roches brûlées et de dunes. La veine bleue permettait de travailler le sol, et sa fraîcheur tapissait les coteaux de verts tendres. Ils vivaient là depuis toujours avec leur cheval aveugle et ce chameau incapable.

— Et pour les remercier de t'avoir sauvé la vie, tu leur as ôté le souffle, dis-je outré.

Toghril essuya une larme de pus à sa joue et chercha le visage du khan qui près de lui se caressait la barbichette d'un air songeur.

— Est-ce sa brillante cuirasse qui a rendu ton Bo'ortchou si magnanime, ou bien tes Loups Bleus feraient-ils tous la fine gueule maintenant que leurs troupeaux sont gras et que leurs enfants grandissent sans crainte ?

— Non, mon fidèle Bo'ortchou n'a pas changé. Il se demande seulement si ton exil ne t'aurait pas transformé au point de te faire oublier la reconnaissance. Bo'ortchou se fait une haute opinion de l'honneur.

— Comment peux-tu douter de ma fidélité ? s'indigna Toghril. N'ai-je pas accouru lorsque...

— Je n'ai rien dit de tel ! Sache qu'en venant au-devant de toi, je n'efface pas mes dettes. Je sauve la vie à celui qui a déplacé son armée pour moi, qui s'est comporté comme un père pour son fils. Je t'offre une place parmi mon ordu, des chevaux, des armes, des guerriers, et j'exigerai de chacun de mes hommes un peu de leurs biens pour la dignité de ton rang. Malgré tout, je te serai encore redevable.

Le Kèrèit s'apaisa et poursuivit son récit en le noircissant un peu plus :

— Ceux qui m'ont recueilli dépendaient du royaume tangout et j'ai bien vite remarqué que pour eux j'étais un esclave qu'ils pourraient monnayer. Je craignais que d'autres meurtrisseurs de sols installés en amont de la rivière ne viennent leur rendre visite. J'ai tranché leur tête avant qu'ils la redressent, puis j'ai bâté le chameau, chargé les provisions et filé par les dunes, entre aquilon et levant, louant Tengri pour ses vents soulevés à mes pas. Après quelques jours, le cheval aveugle a rapidement montré ses limites dans le sable. Le chameau n'était guère plus vaillant.

Qasar eut une mimique méprisante.

— Les montures des sédentaires ont les chairs ramollies.

— Tu dis vrai, fils ! Et tu ne peux savoir à quel point ils sont pleutres. J'étais parvenu à nous extraire des sables et me dirigeais vers l'extrémité de la chaîne Altaï, tirant mon aveugle par les naseaux, sa pauvre queue étant nouée à la longe du chameau. Je piquais droit sur ce qui me semblait être une oasis, mais plus je m'en approchais, plus mes deux museaux rechignaient, nerveux et rétifs. Parmi des argousiers et quelques figuiers, un mince filet d'eau coulait avant de s'évaporer. Je récoltais ce précieux liquide et le portais à mes lèvres lorsque le vent se leva d'un coup, emportant les feuilles des arbres avec lueurs et grand vacarme, car elles étaient sèches et argentées sur une face. Mon couillu de chameau n'avait certainement jamais vu d'arbre durant sa misérable existence, car il rompit son lien et s'enfuit comme un dératé dans la direction d'où nous venions. L'aveugle aussi s'était affolé, mais par bonheur j'agrippai la longe et poursuivis mon bossu. Mais cette mauvaise pelure ne se laissait pas approcher. J'avais beau le supplier, lui crier des douceurs ou l'injurier, il s'enfuyait. Ah, mes amis! Vous auriez ri de me voir ainsi. Sans lui et les dernières provisions qu'il emportait, je savais mes lendemains incertains. A bout de souffle, mon cheval ralentit. Devant, le chameau l'imita en jetant sa gueule de côté. J'arrêtai l'aveugle; le fuyard en fit autant. Savez-vous ce qu'avait cet idiot?

Qasar rit de bon cœur.

— Ton chameau croyait que tu fuyais un danger puisque tu courais. Comment pouvait-il deviner la vraie cause de ta frayeur?

Les yeux larmoyants de Toghril eurent une expression mi-étonnée mi-penaude.

— Tu ne devrais pas t'amuser de moi, Qasar, car lorsque la faim tenaille l'estomac, l'esprit s'assoupit et s'égare. Oui, j'ai eu peur de perdre cet infect ruminant. A partir de ce jour, j'ai noué sa longe autour de ma taille. Une nuit, une panthère nous a approchés de si près qu'il m'a tiré sur une distance assez grande pour m'ôter toute la peau du cul. Si le cheval aveugle n'avait pas été attaché à mon bras, il galoperait encore et traînerait mes os. Le lendemain, des hyènes l'affolèrent. Comme j'avais assuré ma prise autour d'un rocher, il s'est jeté sur moi et m'a mordu au flanc. Nous ne nous supportions plus. Je n'avais plus mangé depuis des jours et... j'aurais dévoré un...

— CHAMEAU! s'esclaffa Qasar.

Nous rîmes aussi, Toghril y compris.

— Juste, mon fils ! Je vois que tu commences à partager mes tourments. Or, il n'était pas question que je le saigne pour m'abreuver. Dès que je l'approchais, il ouvrait une gueule terrible, si bien qu'un matin, trouvant un abîme, je réussis à l'entraver plus ou moins près du rebord et le poussai. La chance me revenait car je trouvais un escalier naturel pour rejoindre mon chameau et lui soutirer des quartiers de viande. Mais la crevasse était assez profonde pour avoir conservé un épais tapis de neige sur lequel la bête reposait. Les membres brisés, elle respirait difficilement. Il me fallait l'achever. Je soulevais un gros morceau de roche au-dessus de son front lorsqu'elle plongea sa gueule dans ma plaie. Je me suis acharné, la frappant comme un dément tandis qu'elle cisaillait mon ventre. Je me suis traîné hors de sa gueule et suis remonté en me disant que le chameau est coriace. Là-haut, je choisis une belle roche et du bord de la crevasse, la jetai. Elle a fracassé ses reins. La deuxième a frappé son crâne, juste au-dessus de l'œil. Il s'est mis à blatérer furieusement en levant son front vers moi, et je voyais sa rancune percer la pénombre depuis son œil restant. Je lui criais que c'était la faute aux Naïman. La troisième roche a éclaté l'une de ses bosses. Les parois en ont gémi. La quatrième est arrivée au même endroit. Je commençais à me dire que l'arc et les flèches me faisaient défaut lorsque le cinquième projectile lui brisa la nuque. Il ne bougeait plus, râlait à peine. Une dernière pierre m'assura qu'il était mûr pour se faire désosser.

— Une chance que ton cheval ait été aveugle, dit Qasar, car sinon il t'aurait poussé.

Tandis que nous riions, Toghril s'affala sur l'encolure de sa monture, puis chuta lourdement.

Qasar sauta à terre et retourna le vieux guerrier, paupières molles, lèvres crevassées et entrouvertes sur une langue violacée. Le joyeux compagnon y porta son nez.

— Alors ? demanda Tèmudjin.

— Il pue plus en cet instant que son chameau dans le ravin.

— Il respire ?

— Comme un mouflon, répondit Qasar en levant le front vers son aîné. Quand il aura goûté à l'un de nos moutons, il pétera comme un vrai chamelon.

CHAPITRE 31

Le roi Toghril redevint tel que nous l'avions connu après deux lunes. Kökötchu en personne avait veillé sur lui durant tout ce temps et prédit qu'avec l'aide du Ciel il le guérirait.

Comme promis, Tèmudjin lui avait cédé des tentes, des troupeaux, des femmes, des esclaves et une garde personnelle. Dès cet instant, l'état du souverain kèrèit s'améliora de jour en jour. Seuls les poils de sa barbe, ses cheveux, blancs comme neige, ainsi qu'une légère claudication trahissaient ses épreuves. Depuis le petit camp circulaire qu'il s'était composé, nous pouvions l'entendre, soir et matin, clabauder comme le chien qui se donne de l'importance. Qasar était son acolyte. Leur activité préférée consistait à s'enivrer. La yourte de Toghril ne désemplissait pas. Là, plus qu'ailleurs, on jouait, discutait, chantait, on se provoquait parfois, et les préceptes du yasaq concernant le silence n'avaient aucune portée dans le périmètre du roi déchu. Il y était aussi question du jour où Toghril retrouverait son trône. Tèmudjin Khan y travaillait. Des espions se trouvaient dans les anciennes contrées de Toghril ainsi qu'auprès de l'entourage des deux rois naïman, et selon l'expression favorite du khan, il avait mis un pou dans le col de l'ennemi.

Dans l'année du bœuf, Börtè eut son quatrième

fils, le futur Toloui. A cette époque, Toghril apprit où se trouvait le sien. Nilqa avait réussi avec mille soldats kèrèit à rejoindre l'ordu de Djamouqa. Toghril alla passer l'été auprès de son fils, puis il revint près de Tèmudjin.

Avec l'aide de Djamouqa, Nilqa envisageait de reconquérir les rives de l'Orkhon. Si cette perspective ravit Toghril, elle ne réjouit pas Tèmudjin pour qui Djamouqa restait comme une ombre sur ses projets.

Le peuple des Loups Bleus, l'Anda l'imaginait telle une immense chaîne indestructible. Et dans cet assemblage lent et obstiné qu'il élaborait secrètement, Djamouqa surgissait toujours comme le maillon manquant, dessoudé, sans lequel l'unité mongole ne pourrait exister. Si jamais Djamouqa parvenait à ce que Nilqa et Toghril retrouvent leur royaume, la puissance du chef des Isolés, déjà appuyé par les Souverains, en serait accrue; les Kèrèit ne pourraient plus rien lui refuser.

— Te rends-tu compte, mon fils? lui disait Toghril, exalté : tes Mongols plus ceux de Djamouqa, cela nous fait vingt mille guerriers.

— Tu sais ma rancœur vis-à-vis de Djamouqa...

— Il t'a combattu, tué un de tes frères? Et alors? Il a juste vengé le sien, puis il est resté tranquille avec ses troupeaux.

— Ce voleur de chevaux n'était pas son frère, juste un prétexte. Djamouqa n'a qu'un demi-frère, mon fidèle Qortchi.

— Ne sois pas rancunier, renchérissait le Kèrèit. Ne dis-tu pas toi-même que les Mongols, tel le ciel bleu, doivent s'unir et ne faire qu'un?

— Oui, mais il n'y a de place dans le ciel que pour un seul soleil. Djamouqa voudrait être ce soleil. Or, il ne brille pas, il est comme la lune, avec deux faces, et je connais trop bien sa partie obscure.

*

Comprenant le danger qu'il y avait à laisser Djamouqa s'occuper seul du rétablissement des rois kèrèit, Tèmudjin rassembla son armée au début de l'année du tigre.

Il avait posé ses conditions. Djamouqa et son *tumen* remonteraient la vallée de l'Orkhon par le sud. De notre côté, forts d'un autre tumen, nous prendrions l'ennemi en tenaille par l'est et le nord.

Lors d'un conseil avec les princes, les seigneurs et les commandants de centenier, le khan nous expliqua son plan. D'emblée, il nous dit que le frère ennemi de Toghril ne l'intéressait pas :

— Erkè n'a pas trois mille soldats. Quand il verra l'armée de Djamouqa approcher, il fuira vers le nord jusqu'à la rivière Tamir, la meilleure passe pour rejoindre par les versants ouest, les plaines de son allié, le roi Bouïrouq. Nous le poursuivrons en nous intercalant entre son arrière-garde et les troupes d'élite de Djamouqa. Il nous mènera droit sur Bouïrouq. Nous marcherons alors sur l'armée naïman et prendrons ses territoires.

Notre armée s'ébranla et chacun de nos soldats emportait avec lui ce qu'avait défini le yasaq : deux arcs et trois carquois, une lime à enferrons, une hache, un couteau, une paire de cordes, deux gourdes et un rond de cuir léger muni de lacets qui, attaché à la queue des chevaux, permettait de passer le matériel à sec lors des traversées de rivière.

En arrivant sur ce qui avait été le camp d'été de Toghril, Djamouqa et Nilqa étaient déjà sur place et, comme prévu, Erkè avait détalé vers la rivière Tamir.

Enchanté de retrouver sa chère vallée de l'Orkhon, Toghril projetait déjà quelques chasses et banquets pour fêter l'événement, lorsque Tèmudjin lui dit :

— Ton frère Erkè s'est réfugié auprès des Naïman. Si nous ne faisons rien maintenant, ensemble, ils reviendront. C'est le moment de fondre sur eux et de reformer ton royaume comme il était jadis, fort et respecté.

Chaque soldat disposait de trois chevaux. Les montures furent remplacées, et, aux premiers jours de la lune de la parade du coucou, nous remontions le cours de la Tamir au pied de la grande chaîne des monts Khangaïn. Avec les escadrons de Djamouqa marchant à deux jours derrière nous, notre armée se composait de près de vingt-cinq mille hommes, impatients mais disciplinés. Ils avançaient silencieusement, bercés par le bruissement des sabots dans l'herbe et le cliquetis des harnachements.

Lorsque nous aperçûmes le Sommet du Bonheur déchirant l'horizon, Tèmudjin envoya des messagers à Djamouqa. Il proposait qu'on se sépare devant cette haute sentinelle au bonnet enneigé, isolée au milieu d'un vaste plateau désertique. Tandis que nous marcherions sur l'ordu de Bouïrouq, les Isolés se posteraient plus à l'est, aux Dunes Moutonnantes, fermant l'accès aux steppes que de nouvelles pousses verdissaient. Nos chevaux de remonte lui seraient confiés afin qu'ils se refassent en herbe.

Tèmudjin savait le gros des troupes de Bouïrouq au pied de l'Altaï. Il voulait les acculer à ces hautes murailles et comptait bien verrouiller les issues de l'est au sud-est.

Au bas de la vaste ceinture du Sommet du Bonheur, trois immenses lacs reflétaient le bleu de cendre des pentes verticales. Nous longeâmes les eaux du Lac Noir, avec au loin par-dessus leurs puissants contreforts, les pics impétueux de l'Altaï qui éventraient les cieux.

Dans le crépuscule, nous mîmes pied à terre et attendîmes là, aux abords des marais, assis sur les talons, que la nuit ait déroulé la totalité de son étoffe étoilée. Les grenouilles coassaient ou, devant la cape d'un échassier, laissaient des ronds sur la surface plane, et les moustiques bourdonnaient des zzzz infernaux. Ils furent les véritables premiers

Djelmè avait la charge de convoyer les prisonniers et leurs biens vers un haut plateau gorgé de ruisseaux, repéré par les éclaireurs. Nous devions nous retrouver là.

La nuit tomba subitement sur un ciel tourmenté, nous obligeant à faire halte. Nous pensions que la chance nous abandonnait, mais reprenant notre marche aux premières lueurs du jour, après une nuit infernale où le froid et le vent furent d'opiniâtres agresseurs, nous comprîmes que Tengri veillait sur nous.

Nous ne pensions pas que Bouïrouq ait pu atteindre l'une des épaules de l'Altaï et se faufiler par les autres versants, car en suivant ses traces, nous trouvions partout la chronique nocturne de ses mésaventures. Là où la neige avait contrarié son avancée, ce n'étaient que chevaux enfoncés jusqu'au ventre, pour la plupart morts gelés. Ailleurs, le sol s'était dérobé sous leurs pas, emportant des colonnes entières. Plus haut, les corps d'une cinquantaine de soldats s'agrippaient sur une paroi démente. Le jour leur ayant révélé qu'ils étaient au-dessus du vide, ils n'osaient plus bouger. Plus haut encore, leurs compagnons s'égrenaient sur la neige, le visage bleu ou noir, endormis et sans vie.

Tèmudjin donna l'ordre de suspendre la traque. Rebroussant chemin, nous prîmes ce que nous pûmes, faisant même quelques prisonniers, découverts en découpant des quartiers de viande : ils s'étaient abrités dans les entrailles de leurs chevaux morts, quand ils ne les avaient pas eux-mêmes éventrés.

Nous rejoignîmes Djelmè après deux jours de marche, avec le crépuscule et sous un ciel moutonnant qui teintaient le long collier de cimes à notre gauche, avec une grande fantaisie de verts, de bleus, de rouges, de bruns et d'abricot. Chaque pic était distinct de l'autre, pur et unique, et tous ensemble ils formaient une mosaïque éblouissante. Les ruisseaux dévalaient gaiement les pentes vers un torrent qui, entre les immenses éventails gris, coulées pierreuses vomies depuis les sommets, serpentait, tout scintillant d'or et d'argent. Au loin, la masse des Mille Ornements, montagne parée de rose, brillait sous une couronne de nuages austères.

Les prisonniers nous observaient à la dérobée, prenant soin de baisser les paupières dès que nous les regardions. Les femmes et les enfants étaient moins prompts, et certains avaient dans leur regard d'étranges lueurs de fougère.

Lorsque l'ultime rayon irisa les flancs montagneux, on fit chanter une esclave naïman, et dans l'ombre mauve, elle libéra ses frissons, nostalgique, les yeux pleins de fièvre :

Altaï, Altaï, altier Altaï,
D'où les vents prennent leur essor,
Les orages leurs traits de feux,
Épargne nos troupeaux,

Le printemps dénoue tes habits blancs,
Revêts mille fleurs à ta poitrine,
Ton front rayonne jusqu'à l'océan,

Altaï, Altaï, pur Altaï,
Aux oiseaux roucoulants,
Aux ruisseaux si joyeux,
Recueille nos amours,

Vénérable et sans âge,
Pourquoi ne puis-je comme toi,
Cacher mes larmes dans les nuages...

Nous nous endormîmes sous les cristaux de la nuit. Au matin, ils s'étaient posés sur nos corps en une fine couche translucide.

Nous prîmes la direction de la montagne aux Mille Ornements. Toghril resta en arrière, attendant les troupes de Djamouqa et Nilqa.

Sept jours plus tard, alors que nous débouchions sur les vallées arides mouchetées de lacs salés, un important contingent de Naïman nous en barra l'accès. Des messagers furent aussitôt envoyés vers Toghril. Le soir, alors que nous avions disposé nos troupes en ordre de combat, ils revinrent avec les paroles du roi des Kèrèit : « Nous serons sur place cette nuit et allumerons des feux au nord. Beaucoup de feux. Ainsi, mon fils, tu connaîtras nos positions et les Naïman s'effrayeront devant le nombre. »

Dans les premières lueurs du matin, c'est nous qui fûmes effrayés : il n'y avait pas la moindre silhouette alliée. Hormis les fumerolles des feux éteints, leurs traces s'étaient volatilisées dans la nuit. Nous avions beau nous retourner dans toutes les directions, nous étions seuls face aux Naïman, et en nombre inférieur. Voilà donc quelle était la reconnaissance de Toghril le fourbe. Le khan, amer, dit pourtant :

— C'est Djamouqa le serpent. Il voulait nos têtes, et ce sont les Naïman qui vont la lui offrir.

CHAPITRE 32

C'est au prix de pertes excessives que nous réussîmes à nous sortir du piège naïman. Nous battions lamentablement en retraite lorsqu'un émissaire de Toghril rejoignit nos troupes défaites. La traîtrise du roi des Kèrèit ne lui avait pas porté chance. Tout comme nous, alors qu'il retournait vers ses territoires par la passe de la Tamir, il était tombé dans une embuscade naïman. Il suppliait le secours de Tèmudjin, et, à notre grande surprise, le khan détourna son armée d'éclopés vers lui.

— Allons-nous finir le félon ? lui demandai-je.

— Non, voler à son secours, car il est aussi notre salut.

Tèmudjin m'expliqua alors que si le vieux Toghril perdait son royaume, ou s'il disparaissait laissant la succession à son fils, la fraction bordjigin serait écrasée par les Mongols de Djamouqa et de Targhoutaï. Toghril était notre seul allié. De sa vie dépendait notre pérennité.

Nous arrivâmes juste à temps pour sauver Toghril et son fils Nilqa, acculés avec cent des leurs contre les falaises, dans un demi-cercle pentu où les chevaux perdaient pied, roulaient sans fin et se brisaient les membres.

Toghril se confondit en excuses, demanda pardon, prétexta que Djamouqa, en lui faisant croire que le but de Tèmudjin était de s'approprier le trône kèrèit, l'avait trompé :

— Il m'a dit de me méfier de toi, que tu avais pris langue avec les Naïman du sud pour me faire trébucher, que les combats au nord n'étaient qu'un leurre pour m'endormir. Alors, oui, quand tu m'as fait savoir que les Naïman établissaient leurs forces au débouché de l'Altaï, j'ai cru Djamouqa, j'ai eu peur du piège, et j'ai allumé des feux comme convenu dans la nuit pour que tu saches que nous étions là. Quand plus tard, nous sommes tombés à notre tour parmi les Naïman, je ne savais plus que penser et c'est pour cette raison que je t'ai de nouveau appelé, ô mon fils. Si tu n'étais pas venu me secourir, je n'aurais pas su la vilenie de Djamouqa et le cœur pur qui bat dans ta poitrine.

Pour avoir personnellement sauvé la vie de Nilqa, son père m'offrit dix coupes d'or, des tapis en soie blanche et des tissus couleur d'ancolie. Je remis ces présents à mon khan, car je n'aurais pas de mon propre chef secouru ceux qui la veille encore voulaient notre mort.

Les suspicions furent aplanies lors d'un grand festin sur les bords de la Toula. Des promesses de fidélité furent dites, scellées par des échanges. Toghril offrit une de ses nièces à Tèmudjin, et celui-ci lui donna son frère Qasar, qui avec Subotèi, était le plus fameux de ses commandants, bien que l'invincible Qasar ne possédât pas l'ingénieux discernement de Subotèi. Kèrèit et Mongols bordjigin, une fois leurs forces retrouvées, marcheraient de nouveau contre les Naïman. Toghril jura qu'il ne se laisserait plus posséder par Djamouqa ou son fils Nilqa, et, lorsque le moment de se séparer vint, il confia même son souci :

— Je me fais vieux, Tèmudjin. Qui régnera sur mon peuple quand je m'en irai ? Je n'ai plus de frères. Mon fils Nilqa ? Rien ne lui sourit. Sois mon fils aîné, Tèmudjin, mène mes hommes à la bataille tandis que Nilqa veillera sur mon foyer.

Mais dans le demi-cercle où se tenaient les épouses du roi et les tantes du prince Nilqa, les lourdes coiffes s'agitèrent, indignées.

Ces rémissions ne rassurèrent pas pour autant Tèmudjin. Il voulait s'assurer de l'appui de Toghril de façon irrémédiable. Cette volonté se fit d'autant plus pressante que de son côté, l'irréductible Djamouqa, furieux de n'avoir pu empêcher la réconciliation entre Toghril et Tèmudjin, préparait son terrain.

Le chef des Isolés comptait les Souverains avec lui, mais jugeait cette alliance insuffisante pour venir à bout du khan. Il lui fallait d'autres forces. Et c'est avec une froide clairvoyance qu'il fit appel à ceux que nous avions combattus, les vaincus d'hier : Tatar, Merkit, Naïman. Il réussit à convaincre sans mal les deux premiers qui n'étaient plus que de petits clans dispersés. Il lui fallut près de huit saisons pour retrouver le chef des Naïman montagnards. Bouïrouq était parvenu de l'autre côté de l'Altaï, l'avait contourné et trouvé de précieux hôtes parmi les Oïrat, une peuplade dont les terres se trouvaient sur la rive opposée du lac

Océan, face à l'ancien pays des Merkit, refoulés plus au nord.

Toutes ces tribus dissidentes se réunirent aux confins du territoire mongol. Elles scellèrent un pacte d'alliance et, sacrifiant par le milieu un étalon blanc, firent de Djamouqa, le Gur-Khan, roi universel.

Le chef des Isolés envoya un messager à Tèmudjin pour lui apprendre son élection. Ce titre de Gur-Khan n'avait pas de grande valeur à mes yeux, mais Tèmudjin prit l'affaire très au sérieux. Selon lui, Djamouqa fourbissait ses armes.

— Il agit toujours sournoisement, dit le khan, mais déteste être accusé. Son message nous met en garde. Ainsi, s'il lui venait à l'idée de nous tomber dessus pendant notre sommeil, il estimerait être disculpé de tous soupçons.

Simultanément, une autre nouvelle contraria Tèmudjin : Altan, Qoutchar et Daritaï avaient quitté l'ulus pour celui de Djamouqa, à moins que ce ne soit celui de Targhoutaï. Les trois princes n'avaient jamais pardonné l'humiliation que leur avait faite le khan le jour où il leur avait retiré le butin des Tatar et certaines de leurs prérogatives.

Tèmudjin imagina alors de renforcer ses relations avec Toghril en offrant sa jeune sœur Tèmouloun à Nilqa. Des enfants naîtraient de ce mariage, et cette alliance par le sang serait la plus sûre des garanties. Du moins, le pensait-il.

Or, Nilqa éconduisit la belle et douce Tèmouloun et insulta doublement Tèmudjin en prétextant qu'elle n'était pas assez noble pour lui.

Vexé, l'Anda se promit d'attacher un jour les bourses du fat Nilqa au poitrail de sa monture.

Pourtant, une lune plus tard, Nilqa, ou plutôt son père, revint sur son refus. Un entremetteur kèrèit arriva un matin porteur de ce message : Moi, Toghril, roi des Kèrèit et tout-puissant, te fais parvenir mes excuses pour le comportement de mon orgueilleux fils. Il épousera ta sœur, car telle est notre volonté, et te transmet son plus bas pardon pour t'avoir offensé et cette ceinture en gage de soumission.

La ceinture en argent était surmontée de grosses turquoises ovales.

— Pour quand sont les noces ? demanda le khan.

— Le roi Toghril t'attend à la première nuit de la nouvelle lune.

Et c'est ainsi que nous marchâmes de nouveau en direction de la Toula.

Dans le chariot tiré par quatre bœufs blancs, Mère Ho'éloun consolait Tèmouloun. De nombreux printemps étaient passés depuis ce jour où, poursuivis par les Merkit, la petite sœur de Tèmudjin m'avait déclaré sa flamme. Elle était aujourd'hui une femme mûre, mais son chagrin, que ne dissimulaient pas ses longs cheveux, renforçait cette apparence de jeune fille tendre et mutine que je lui connaissais. Pendant toutes ces années, elle n'avait jamais cessé de regarder de mon côté, mais sachant mon cœur ailleurs, elle avait fini par étouffer son désir.

En croisant ses grands yeux humides, je lui dis que son mariage maintiendrait nos relations avec les Kèrèit, comme les cordes en crins empêchent le feutre des yourtes de s'envoler dans la tempête.

Nous fîmes halte par les tentes de Monglik, le vieux chaman père de Kökötchu, qui avait été l'ami de Yèsugèi. Il vivait là avec deux autres familles au milieu de la steppe et du ciel.

— Je t'attendais, Tèmudjin, dit-il, une omoplate de mouton entre les doigts.

Le soir, il brûla la seconde et, à la lueur des flammes, l'examina attentivement.

— Ne va pas là-bas. Un piège est tendu sous tes pas.

— Comment se fait-il que ton fils ne m'ait rien dit ? l'interrogea Tèmudjin.

— Je ne sais pas...

— N'est-il pas le plus puissant des chamans ?

— Si, si... Il aurait dû étudier les signes, mais... je t'en prie, ne lui fais pas de mal. Fuis, vite... tu cours un grand danger.

Nous nous repliâmes vers notre camp avec une Tèmouloun ravie qui délaissa le chariot pour la selle d'un cheval.

En arrivant, un cavalier attendait le khan, porteur d'un message de Qasar : « Prends garde mon frère, la cour de l'allié Toghril est fort agitée depuis quelques lunes. Je n'ai plus droit de séance dans les conseils. Djamouqa, par l'intermédiaire de Nilqa, intrigue auprès du roi Toghril. On m'a rapporté les rumeurs selon lesquelles tu voudrais déshériter Nilqa et que tu aurais cherché à te rapprocher des Naïman. Ne laisse personne dans ton dos. »

Dès le lendemain, nous levions le camp pour gagner la grande steppe orientale. Kökötchu pénétra dans la yourte royale.

— Que se passe-t-il, mon khan, nous bougeons et je n'en sais rien ?

— J'ai vu dans les craquelures d'omoplate que l'ennemi chercherait à nous égorger durant notre sommeil.

— Je n'ai rien vu de tel !

— C'est donc que tu te fais vieux, à moins que la bienveillance de Tengri ne t'ait abandonné.

*

Ne nous voyant pas arriver à la nouvelle lune, les Kèrèit se mirent en marche.

Nous nous tenions aux aguets, sur un terrain soigneusement étudié, et avions envoyé chariots, femmes et enfants, toutes nos richesses, vers le lac Kölen. Mais lorsque nos éclaireurs nous eurent rapporté que les grands plateaux à l'ouest se noircissaient de cavaliers que l'on chiffra à trente mille, un profond recueillement s'empara de notre armée qui était trois fois moindre.

Face à nous, ils se séparèrent et placèrent leurs damiers d'archers. Ils étaient tous là : Toghril et Nilqa, Djamouqa, Targhoutaï, et une flopée de roitelets sans royaume, Merkit et Tatar pour la plupart, plus une division d'Oïrat. Les Souverains composaient l'avant-garde, les ailes étant, d'un côté les Kèrèit, et de l'autre les Isolés. Ils barraient la grande vallée de l'Ouldja et occupaient toutes les éminences, lances et bannières semblant déchirer un ciel bas et funeste.

La nuit s'avançait à grandes enjambées et il y eut un échange de messagers pour convenir de lancer la bataille au petit matin.

Tèmudjin écoutait les différents rapports de nos éclaireurs, mais ne disait mot. De temps à autre, il remerciait son cheval d'être aussi calme qu'il l'était lui-même, sans jamais arrêter de fixer les mouvements à l'horizon. Pareil à l'aigle du haut de son perchoir, il observait et réfléchissait, sa haute silhouette se découpant sous la multitude de nuages, la taille hérissée d'empennes, de son arc et du manche de son sabre, tandis qu'au cimier de son casque, le plumage duveteux se tordait dans le vent.

Lorsque tous les chefs des milliers furent réunis derrière lui, il leur fit signe de s'approcher.

— Nous allons faire ce que font les loups encerclés. Subotèi ! Djelmè ! vous attaquerez les premiers. Décochez trois salves de flèches pour inciter l'ennemi à rompre les rangs et à vous poursuivre. Alors, attirez-les vers l'extérieur de la vallée, et tandis que nous chargerons au centre, vous effectuerez une boucle pour revenir sur leurs flancs. Acharnez-vous, et bientôt ils ne se maîtriseront plus. Si jamais Djelmè devait lâcher le flanc gauche, il faut que toi, Subotèi, tu entames aussitôt le flanc droit. Surveillez-vous, et rognez leurs côtes comme l'océan, par vagues successives, afin que l'ennemi ne dispose d'aucun répit pour contrer l'attaque de front. Djurtchèdèi ! je te confie l'avant-garde. Que tes valeureux Ourou'out abattent l'ennemi comme la tempête couche les herbes.

A ce moment-là, Qouyildar, le chef des terribles Mangghout, demanda la parole :

— Je veux en être, et je défie Djurtchèdèi de planter son étendard avant le mien dans le dos des Souverains.

Le khan lui accorda cet honneur mais insista pour qu'on lui laisse Targhoutaï.

— Je veux châtrer ce traître, vivant.

La haie sombre et immobile des rivaux apparut lentement dans l'aube. Ils se tenaient par escadrons de cinq cents. Les deux premiers rangs avaient des chevaux caparaçonnés de la nuque aux genoux et portaient des boucliers d'osier.

Les troupes de Toghril et Djamouqa se tenaient à couvert des collines. Un messager du chef des Isolés vint se planter devant nous dans la pâle lueur. Djamouqa l'envoyait dire à Tèmudjin : « A l'instant où nous devons attaquer, Toghril se dédie de son commandement et me le confie. Il prétend que moi et son fils sommes les instigateurs de cet affrontement. J'ai d'abord refusé, mais il menace de se détourner. N'est-il pas comme ces chevaux rétifs qui reculent lorsqu'ils entendent le tambour de la guerre ? Ô mon Anda, si tu ne veux pas reconnaître ma puissance et déposer tes armes, évite nos flèches car tu n'as pas à craindre de mon sabre. Ô mon Anda, comment pourrais-je te blesser sans me blesser moi-même ? »

— Voilà bien Djamouqa, dit Tèmudjin. Il se fâcherait avec sa propre ombre. Attaquons-les pendant qu'ils se disputent comme des freux sur la même branche.

Et les Mongols ourou'out et mangghout allèrent droit sur l'ennemi en poussant leur terrible cri : OUKHAI ! ! !

Quand la première pluie de flèches les atteignit, ils se séparèrent en deux selon l'emplacement de leur bouclier au flanc de leur monture, et à leur tour, décochèrent leur salve. Les Souverains les poursuivirent; Tèmudjin donna l'ordre à cinq milliers d'attaquer, un au centre, quatre autres sur les hauteurs pour contrarier les renforts et les débordements sur les ailes que les Ourou'out et Mangghout déchiquetaient un peu plus à chacune de leurs voltes.

Pour contrer ces derniers, Djamouqa utilisa les élites de Toghril, les mille Tubègèn et les mille Autour. Les nôtres, s'ils tombaient, en tuaient cinq avant de mourir. Et les vagues successives envoyées dans la mêlée par le khan laminaient les Souverains. Tèmudjin avait promis cent femmes à celui qui le mènerait jusqu'à la garde personnelle de Targhoutaï et comme mes compagnons, je ne ménageais pas mes coups.

Rongé par les remords et la perte de ses plus valeureux guerriers, Toghril voulut se retirer. Cela ne fit qu'enrager son fils qui se lança à la tête des siens avant d'avoir la mâchoire transpercée par une flèche. Aussitôt, les Kèrèit se regroupèrent autour de lui et le transportèrent à l'écart.

C'est alors que les chamans oïrat conjuguèrent leurs efforts pour convoquer les forces divines. Après avoir recueilli un bézoard brun dans le ventre d'un cheval, ils l'accrochèrent au bout d'une branche de saule plantée dans la rivière et adressèrent leurs prières à Tengri. Rapidement, le ciel se déchira et un océan violent et glacial se déversa sur nos têtes. Nous étions sur la garde personnelle de Targhoutaï lorsque la tourmente nous plongea dans ses abîmes, nous dispersant, ne sachant qui nous sabrions, des Souverains ou de nos compagnons, nous obligeant à nous replier.

Aussitôt, Kökötchu demanda qu'on ouvre l'estomac des chevaux de l'ennemi et qu'on les fouille jusqu'à trouver d'autres bézoards. Il en eut de toutes sortes : des petits et des grands, des jaunes et des rouges, des verts, des mauves, des ronds, des tortueux. Il choisit un de ces cailloux, le plus gros, couleur d'herbe en partie digérée. Il l'attacha à la queue de son cheval et s'en alla au galop par les crêtes des collines plongées dans le noir, grognant et tourbillonnant dans l'orage. Profitant d'une trouée plus clémente, nous retournions sur Targhoutaï. Tèmudjin allait l'atteindre lorsque son cheval se cabra et se renversa, les reins transpercés par une flèche. Je lui tendis la main pour le prendre en croupe lorsqu'à son tour, mon cheval hennit de douleur et tomba à genoux. Une flèche identique lui avait perforé l'œil et le sang lui coulait jusqu'aux naseaux. Je cherchai l'habile archer mais le khan continuait d'avancer et je me mis dans son dos pour le couvrir. Dans la mêlée, il fut sur Targhoutaï et je sabrais de plus belle lorsque je sentis le ploc d'une flèche cogner derrière mon protège-nuque. Le khan lâcha une plainte étonnée. Je me retournai, il glissa à terre et je coupai de justesse l'avant-bras de Targhoutaï qui s'apprêtait à lui pourfendre le crâne. Et de nouveau, nous fûmes plongés dans le noir absolu et le vacarme du ciel qui se déchirait, tonnait et hurlait comme lui seul peut le faire. Les visions du massacre m'apparaissaient dans des tableaux figés et blafards. Les éclairs illuminaient les lances, embrasaient les chevaux. Les fers et les bêtes maculés de sang s'entrechoquaient, se tordaient, et sur le sol, devenu torrent, surgissaient des faciès d'épouvante charriés par la boue. Dans la lueur de la foudre, je vis le visage de mon khan entre mes mains, les yeux à demi clos et la bouche grande ouverte, sa gorge palpitante traversée d'une flèche, toute rougie du sang qui se déversait. Avec la débâcle, les chevaux affolés nous piétinèrent, et je protégeais son corps adoré de tout mon être, puis des grelons gros comme le pouce sifflèrent dans l'ouragan, et nous auraient certainement perforés si je n'avais eu sur le dos mon bouclier.

Enfin, Tengri décoléra peu à peu.

J'ôtai la cuirasse de L'Aveugle, en recouvris Tèmudjin et l'emportai sur l'épaule vers les hauteurs, le sabre à la main, trébuchant sur les corps.

Le sang se mêlait à la boue, et la nuit fut là, épaisse, cadencée par les râles et les gargouillis des gisants.

A mon oreille, le souffle de mon khan était plus ténu que le crin d'un cheval, et dans mes bras il se vidait, brûlant comme le lait sur le feu.

CHAPITRE 33

Les intimités de la nuit m'apparurent à la lueur de l'aurore et me pétrifièrent. Le vallon était jonché de cadavres d'hommes et de chevaux en partie dévorés. Une centaine de loups ripaillaient. Un peu plus haut, sur la pente où je l'avais traîné, Tèmudjin reposait dans son sang, un énorme loup dans son dos, à deux pas. Mon arc et mes flèches se trouvaient près de l'Anda, mes habits réchauffaient son corps. J'étais plus nu qu'un crotteux entre les cuisses de sa mère.

Je lâchai l'outre de lait pour laquelle j'avais abandonné le khan, et courus vers la pente, frôlant deux loups qui se disputaient un bras.

Nos collines à l'apparence si douce sont de véritables coupe-jarrets. Je n'avais pas atteint la mi-pente que déjà la truffe du loup reniflait la gorge du khan. Un seul coup de mâchoire lui serait fatale. Mais la bête se contentait de lui lécher la blessure. J'allais saisir mon arc lorsqu'il m'agrippa le poignet. Le loup, lui, releva ses babines jusqu'à montrer toute la longueur des crocs surgissant de ses gencives écarlates.

— Où étais-tu ?

L'œil du khan, outre cette lueur féline toujours présente au fond de ses pupilles, avait quelque chose de fou et d'inquisiteur.

— Chercher de quoi te désaltérer. Cette nuit, dans ton délire, tu m'as dit être assoiffé.

Il porta la main à son cou. Je lui dis de ne pas bouger, que sa blessure ne saignait plus et qu'un loup, tout près de nous, nous fixait mystérieusement.

— Ne crains rien, dit-il, il est notre protecteur.

En observant la bête, je crus reconnaître celle du Lac Bleu. Une estafilade blanche creusait le haut de son museau sur toute la longueur. Si le pourtour de ses yeux, fentes jaunes ceinturées d'un trait de velours noir, n'avait été éclairci, j'aurais juré que c'était bien la même. Mais nous étions loin du Lac Bleu, et encore plus loin de notre première rencontre. Vingt printemps séparaient ce jour. Était-il possible que son âme se soit déjà réincarnée ?

— A qui est tout ce sang ? demanda Tèmudjin en découvrant le terrain à ses pieds.

— C'est le tien. J'ai léché ta plaie jusqu'au milieu de la nuit, et recraché les caillots de peur qu'ils ne t'étouffent.

Parmi les touffes d'herbe, de nombreuses flaques étoilées offraient toute une variété de rouges et de noirs, du carmin au moreau boucané, en passant par le ponceau, le vermillon ou l'incarnat.

Son visage était lisse et pâle comme lune. Dans son regard, deux chevaux s'agitaient au milieu de nulle part.

Du bout du vallon qui serpentait entre des collines boisées, nous parvenaient les voix des Souverains.

— Tèmudjin, il faut partir.

J'enfilai ma chemise, ma cuirasse et mes bottes, serrai ma ceinture, et courus rechercher l'outre de lait pour la déverser goutte à goutte entre ses lèvres tandis que je lui racontais comment, à la faveur de la nuit, j'avais pu infiltrer l'arrière-garde des Souverains. Dans le grand désordre laissé par la bataille, j'avais trouvé l'outre pendue sur le timon fracturé d'un chariot abandonné.

— Si l'ennemi t'avait découvert, il t'aurait torturé.

— C'est pour cette raison que j'y suis allé nu. Ainsi j'aurais pu me faire passer pour l'un de nos prisonniers. Au moment favorable, je me serais enfui.

— Tu as sucé ma blessure, sauvé ma vie, risqué la tienne. Je n'oublierai pas, Bo'ortchou, dit-il, la voix enrouée par l'émotion.

— Viens, dis-je en l'aidant à se lever. Faisons comme les loups, partons retrouver les nôtres avant que les Souverains nous découvrent.

Plus loin, je trouvai un cheval dans l'ombre d'un bois. Debout, il attendait son cavalier près de lui, à terre, le corps criblé de flèches. Le temps qu'un nuage oblong comme une hermine glisse d'un horizon à l'autre, nous croisions l'un de nos centeniers commandé par Djotchi. Il débouchait d'un défilé tortueux que nous surplombions.

Ma Petite Miette était maintenant un fort beau guerrier de dix-neuf printemps, aux flèches habiles, au cœur vaillant et à la tête bien remplie. En voyant son père dans mes bras, la tête renversée sur mon épaule, il proposa sa monture, un hongre confortable. Tèmudjin, se sentant trop faible, refusa.

Djotchi se rembrunit. Rien ne le blessait plus qu'un refus de son père. Depuis sa première coupe de cheveux, quand il n'était encore qu'une petite miette, un enfant qui s'en allait soumettre les agneaux, il en avait toujours été ainsi, et je le sentais en prise avec ses sentiments, entre colère et détresse.

Équitable, le khan ne privilégiait aucun de ses enfants, à l'exception peut-être de Toloui, alors âgé de huit ans, qu'il chérissait un peu plus car il était son cadet. Djotchi croyait le contraire, et, plus d'une fois, il me fit remarquer les élans de fierté du père envers l'un de ses frères. Djotchi bénéficiait également de ces témoignages d'affection paternelle. S'il l'ignorait, c'est tout simplement parce que Tèmudjin évitait de complimenter ses fils en leur présence. Malgré mes propos rassurants, l'aîné restait convaincu d'être le mal-aimé. A chacune de ses actions ou de ses paroles, il guettait le regard du khan, espérant y voir un acquiescement. Et comme le visage adoré ne trahissait rien, Djotchi interprétait cette impassibilité comme de la désapprobation.

Sa tristesse me serrait le cœur et je n'y pouvais rien. Tu ne peux me comprendre, me disait-il toujours : mon père te comble alors qu'il me traite en étranger.

Connaissait-il le doute qui pesait sur sa paternité ? Je ne le pensais pas, mais il m'arrivait d'observer Tèmudjin entouré de ses fils, et parfois, il me semblait que Djaghataï, Ogodèi, ou les adoptés élevés par Mère Ho'éloun bénéficiaient justement des attentions réclamées par Djotchi.

Nous marchions vers l'est à la recherche de nos chariots. Tèmudjin ronflait entre mes bras. Sa blessure ne s'était pas rouverte.

— Ton père vivra, dis-je à Djotchi. Il vivra car il est éternel. Telle est la volonté de Tengri.

— J'aurais aimé être à ses côtés cette nuit. Être la bouche qui l'a maintenu en vie.

— Qu'importe puisque tu aurais fait de même.

— Qu'en saura-t-il ?

Je ne répondis pas mais souhaitais que ses paroles bercent le sommeil du khan, car il y avait dans les yeux du jeune prince tout ce que l'amour d'un fils pour son père a de saisissant.

*

La pluie martelait notre repli vers la chaîne du Grand Khingan et baignait la morne steppe d'un épais rideau gris.

Nous avions récupéré les chariots avec les épouses et les enfants, les tentes, le bétail, et avancions sombrement, les épaules basses, sans un bruit, vaincus, bien que la bataille n'eût pas de vainqueur.

Le décompte de nos hommes portant carquois se chiffrait à deux mille six cents. Nous estimions nos pertes à huit mille hommes, et si celles de l'ennemi étaient doubles, cela ne nous consolait pas. Nous nous étions battus comme des loups mais n'aspirions plus qu'à trouver une tanière pour panser nos plaies et louanger nos morts, craignant d'être soudainement rejoints. Pourquoi ne nous poursuivaient-ils pas ? Il aurait été facile à nos adversaires de nous achever.

Toutefois, un sentiment réchauffait notre triste retraite : Tengri avait soutenu notre khan. Certes, les pouvoirs de Kökötchu avaient retourné l'orage sur l'ennemi, mais je n'étais pas seul à penser qu'il devait sa réussite à Tengri, protecteur de Tèmudjin Khan, son fils élu.

Autre satisfaction, mon acharnement à devenir père portait son fruit, et celui-ci poussait et s'agitait dans le ventre de Ruisseau de Nacre, la future mère étant surveillée de jour comme de nuit par deux solides nourrices.

On craignit pour la santé de notre khan. Ogodèi et Boroqoul comptaient parmi les disparus. Son troisième fils avait à peine quinze printemps. Quant à Boroqoul, ce petit Djurkin qui avait été offert à Mère Ho'éloun et qu'il aimait comme ses propres fils, il était âgé de vingt printemps.

— Ces deux-là n'auront pas voulu se séparer devant la mort, dit-il en regardant tristement le ciel. Ils ont dû périr ensemble.

Puis, il implora Tengri de lui rendre ses enfants.

Trois jours plus tard, un cheval noir à museau blanc s'approcha de notre camp. Boroqoul était sur ses reins et tenait contre lui le jeune Ogodèi, exsangue, mais vivant. Tout comme son père, il avait été atteint à la gorge par une flèche dont l'enferron s'était cassé dans une veine. Ogodèi avait perdu beaucoup de sang, mais Boroqoul n'avait pas ménagé sa peine pour lécher cette blessure et éviter qu'elle ne s'empoisonne.

Lorsqu'il vit ses enfants, deux larmes ourlèrent les paupières du khan. Il porta Ogodèi, l'allongea doucement à terre et fit chauffer son poignard pour cautériser la plaie. Le blessé tressaillit sous la brûlure. Son père posa ses lèvres sur son front avant d'embrasser le sol puis le ciel, tandis que Djotchi suivait la scène, le visage grave, le regard sec.

CHAPITRE 34

Nous nous étions repliés sur les vertes pentes du Grand Khingan. Qouyildar, le chef des Mangghout, mourut en poursuivant un cerf, une blessure infligée à son ventre durant les combats s'étant rouverte. D'autres aussi s'éteignirent, pourrissant par où le fer les avait meurtris.

Un soir, Ruisseau de Nacre disparut parmi les mélèzes en se tenant le bas-ventre qu'elle avait de nouveau aussi gonflé et tendu qu'une yourte. Je demandai aux deux nourrices de la suivre.

Quand elles revinrent dans les premières pâleurs de l'aube, je compris à leur visage dévoré par l'angoisse qu'un drame était survenu. Leurs grands yeux noirs et fixes déversaient des sanglots et tout en se griffant les joues, elles réussirent à me dire leur effroi. Dès que le petit corps fumant avait été sur un tapis de mousse, les deux nourrices s'étaient précipitées vers la mère pour le lui arracher. Mais Ruisseau de Nacre, plus vive, avait pris son enfant contre sa poitrine et fui à travers les ténèbres.

Leurs corps mutilés furent retrouvés en bas d'un ravin, reliés par le cordon indigo.

Les remords sont stériles, mais je savais que, pour n'avoir pas su rendre la liberté à la belle Merkit éprise d'un autre, Tengri m'accablait. Si j'étais parvenu jadis à combattre mes intérêts puérils en épargnant à Nuage Blanc les affres des mêlées sanglantes, le Ciel me démontrait qu'atteindre l'âme des chevaux n'était pas toute la sagesse. Sur ce point, j'ignorais tout de l'âme des femmes.

*

Ne pouvant prendre le risque d'être surpris par l'hiver, nous descendîmes la rivière Khalkha jusqu'aux territoires d'où était native Börtè.

En rejoignant les plaines, Tèmudjin désirait obtenir l'appui des Onggirat qui, malgré les nombreux conflits, avaient habilement conservé leur neutralité. Le père de Börtè, Dèi le sage, n'était plus. Cela facilita certainement la proposition d'alliance de Tèmudjin : « Soit vous vous soumettez à notre bannière pour votre plus grand bonheur, soit vous refusez, alors nous vous détruirons jusqu'au dernier. »

Les Onggirat furent-ils impressionnés par l'émissaire du khan, Djurtchèdèi à la tête de ses vaillants Ourou'out? Ou ignoraient-ils la réalité de nos forces? Ils choisirent de se soumettre, et nous établîmes notre camp le long de la rivière Tunggé.

*

Délaissant Altan, Qoutchar et Djamouqa, Daritaï nous revint. L'oncle de Tèmudjin fit amende honorable et jura de ne plus jamais décevoir le khan. Il nous raconta les événements qui suivirent la bataille et nous comprîmes ainsi pourquoi nous avions pu fuir sans être inquiétés.

D'un côté, Nilqa avait été gravement touché. Devant la blessure de son fils, Toghril avait rappelé ses troupes et rebroussé chemin. De l'autre côté, les fractions merkit, tatar et oïrat, frustrées de voir notre butin leur échapper, se retournèrent dès l'ouragan passé, sur les camps de Djamouqa et Targhoutaï, entamant une incroyable série de razzias alternées de disputes. De plus, Altan et Qoutchar entrèrent en conflit avec Djamouqa, lequel, submergé de toutes parts, profita du déclin de Targhoutaï — son bras coupé s'infectait — pour tenter de soumettre sa tribu.

*

A la nouvelle année du chien, Tèmudjin Khan envoya des messagers vers Toghril, Nilqa, Djamouqa, Altan et Qoutchar.

Il rappelait à chacun leur fourberie. Kökötchu fut notre émissaire auprès de la cour des Kèrèit.

Le message pour Toghril était le plus fourni :

« N'avions-nous pas dit que nul ne s'immiscerai dans l'alliance ? Or, tu as laissé des envieux nous séparer. Tu as porté ton armée contre la mienne. Tu as effrayé mes femmes, mes enfants et mes troupeaux. Voulais-tu me supprimer comme tes deux frères ? As-tu oublié de quelle manière mon père t'a rendu ton trône après t'avoir sorti de l'esclavage ? As-tu oublié que j'en ai fait autant ? Ne suis-je pas venu te chercher dans le Gobi où, plus desséché que l'ultime crottin d'un cheval édenté, tu en étais réduit à saigner un cheval aveugle ? Je t'ai offert la sécurité de mon camp, je t'ai soigné, nourri, et fait en sorte que tu retrouves ton honneur. N'avons-nous pas combattu ensemble ? Lorsqu'à l'aube d'engager de nouveaux combats contre les Naïman, tu m'avais laissé, était-ce là le comportement d'un allié qui se disait mon père ? Malgré ce coup de poignard dans le dos, tu es venu me supplier de te sauver lorsqu'à ton tour les Naïman te cernaient. Ai-je repoussé ton appel au secours, la vengeance m'a-t-elle rendu sourde ? Non, j'ai respecté nos liens de sang et suis venu aussitôt. Est-ce ainsi que tu devais me remercier ? Ensemble, nous avons asservi le peuple des Merkit, celui des Tatar. Nous avons pris leurs tentes, leurs troupeaux, et je te les ai donnés. Que veux-tu de plus qui ne t'appartienne déjà? Qasar! Qu'en as-tu fait? Prends-en soin car il me manque, et j'ai grand besoin de ce frère. »

A Djamouqa, il fit parvenir ce message :

« Naguère, lorsque nous étions enfants, nous nous défiions. C'était à celui qui porterait ses lèvres le premier dans la coupe bleue de mon père. J'étais le plus souvent debout à l'aube, et je buvais le lait de cette coupe avant toi. C'est pourquoi tu m'as jalousé. Pourtant, tu trouvais toujours la moitié du lait car je t'en laissais. Si d'aventure, tu y parvenais avant moi, tu ne m'accordais pas la moindre goutte du précieux breuvage.

« Plus tard, lorsque nous nous sommes retrouvés, nous avons renouvelé nos promesses de fidélité, nous avons partagé le même ordu, la même couverture, et tu m'as encore envié, moi qui avais moins que toi. Voilà maintenant que tu cherches à boire seul dans la coupe de mon père adoptif, Toghril. Nilqa sera-t-il aussi aimant, patient, que je l'ai été à ton égard? »

A ses cousins, les princes Altan et Qoutchar, il dit ceci :

« Vous m'aviez choisi pour être votre khan alors que j'avais refusé cet honneur, estimant qu'il devait vous revenir. L'auriez-vous oublié? Allions-nous laisser le khanat à Djamouqa dont l'os n'est pas aussi noble que le nôtre? Vous ne l'avez pas voulu et vous m'avez élu. Vous m'avez désobéi, et voilà que vous me tournez le dos. Est-ce là le dévouement dont vous aviez fait serment? Veillez au moins à ce que personne n'installe son camp ou ses troupeaux aux sources des trois rivières, nos territoires ancestraux. »

Enfin, Tèmudjin adressa ces reproches à Nilqa :

« Notre père Toghril a voulu deux fils. Je suis

l'adopté, tu es l'espéré. Qu'avais-tu à craindre de moi ? Pourquoi m'as-tu jalousé, moi qui ne voulais que ton bien, qui étais ton cadet ? Les orphelins sont des cadeaux du Ciel. Est-ce cela qui t'inquiétait alors qu'il est de bon augure de les accueillir ? Tu m'as chassé loin de Toghril. A présent, ne lui cause plus de tourments. Soir et matin calme son cœur et oublie ton désir d'être roi tant qu'il est encore en vie. »

*

Comme le voulait le présage, le vol précoce des oies retournant vers les terres du sud nous amena une couche de neige à la lune de l'argali en rut.

L'hiver fut ainsi : blanc, long, morne et silencieux, entrecoupé de jours bleus nappés de brumes roses. Juchés sur des chameaux poilus comme des ours, nous passions nos journées à surveiller nos maigres troupeaux tout en scindant les étendues blafardes à la recherche de yacks sauvages, de saïgas égarées ou de quelques carnassiers en vadrouille assassine.

La chasse au yack à dos de chameau nous procurait de grandes joies. Plutôt que de le tirer à l'arc, nous préférions le courser et le transpercer de nos lances. Les changements de cap de ce noble animal nous valaient parfois de belles glissades et d'étonnantes chutes qui nous faisaient rire à gorge déployée, car si le galop du chameau sur la neige est une merveille, sa maniabilité est un casse-tête. Protégés par nos fourrures de loups, d'ours, de renards ou de zibelines, nous étions bien vite en nage et le givre perlait à nos moustaches. Quel plaisir d'accompagner les yacks en plein effort ! Leurs crânes étaient si lourds qu'ils semblaient piocher le sol. Les poils de leur robe tressautaient comme des guirlandes de suie, leurs sabots brassaient une tempête de neige à leurs foulées, alors que leur souffle rauque s'échappait en deux colonnes de fumée.

Lorsque nous étions bien au-dessus d'eux, nous enfoncions la lance des deux bras, han ! dans cette bosse charnue, pour briser les côtes et atteindre le cœur. Parfois la lance cassait, broyée par les chairs en mouvement. Si elle résistait, les saccades de la bête étaient telles qu'elles nous mettaient le bonnet sur le nez et les bras à nu. Mais elle vibrait toujours de cette vie qui se refuse, et comme un éclair dans le bleu du ciel, vous arrachait une jouissance unique qui se prolongeait jusqu'à ce que le ruminant s'écroule et se vide sur la neige.

Nous nous jetions sur le trophée à grande toison, lui fracassions le crâne s'il n'avait pas expiré, et récupérions aussitôt le sang dans nos gourdes et nos bols avant d'engloutir ce nectar brûlant. Puis, nous ôtions les morceaux les plus goûteux, les déroulions sur la neige en un chapelet fumant, découpions la viande en filets, la disposions pour qu'elle gèle rapidement tout en dégustant des lamelles de cœur et d'estomac. Lorsque nous repartions, il ne restait autour du squelette qu'un large cercle rouge que des corbeaux picoraient avec empressement, car au loin, sur l'arrondi d'une butte, la silhouette d'un loup annonçait sa participation au festin.

*

Le premier écho des ambassades dépêchées par le khan nous parvint alors que les prairies se tapissaient de boutons-d'or, d'ancolies, de myosotis blancs, roses ou ciel, et que les abords marécageux des lacs regorgeaient de nids d'échassiers.

Après un hiver passé à la cour des Kèrèit, Kökötchu nous revenait avec la réponse de Toghril qui se lamentait ainsi :

« Je suis un ingrat de m'être séparé de toi. Je t'ai rejeté et mon cœur se serre, ma vue se trouble... Quand je n'avais pas d'enfants, mes chamans intercédaient chaque jour auprès des esprits pour qu'un fils me vienne. Mon vœu a été exaucé, puisque Nilqa est venu. Puis tu es apparu, comme mon second fils. Tous les deux vous avez été blessés et j'ai failli vous perdre. Je ne veux plus risquer vos vies. Dès à présent, ô mon fils, si je nourris encore une seule mauvaise pensée à ton égard, que tout mon sang s'écoule... »

Alors, prenant sa lime à enferrons, notre chaman s'entailla le pouce jusqu'au sang et dit :

— J'ai vu Toghril se couper ainsi, et ajouter : « Que mon fils y trempe ses lèvres, et c'est un peu de mon âme éclairée qui baignera ses veines. »

Il tendit au khan un flacon en écorce de bouleau rempli, dit-il, de l'épanchement royal.

— Ouvre-le.

Kökötchu déboucha le flacon.

— Est-ce le sang de Toghril ?

— Je ne peux l'affirmer, répondit le chaman.

— Tu dis l'avoir vu de tes yeux.

— Il... se peut, qu'il m'ait abusé...

— Est-ce du sang humain ?

— Assurément...

— Alors bois-le !

— Je suis le chaman, pas le goûteur.

— Et moi, puis-je le boire ?

— Rien ne t'en empêche, sauf le doute ou la peur.

— Le khan ne craint rien, excepté la colère de Tengri.

— Alors, reste-moi attentif, Tèmudjin, car je suis l'oreille du Ciel.

— Et moi Son sabre et Ses flèches. Sa volonté.

Leurs yeux se défièrent un court instant avant que Tèmudjin ait fait comprendre au chaman qu'il pouvait disposer.

Puis, il voulut qu'on lui amène le Vorace Brun. Ce chien de combat était large comme un bélier, mais bien plus haut. Il avait le poil noir et ras, excepté de la gorge à la scissure des cuisses, d'un rubicond flamboyant. Aucun de ses semblables n'était sorti vivant de ses crocs. Sa large gueule fendue laissait toujours échapper une langue presque noire. Et dans ses yeux bridés, il y avait une petite flamme qui courait au rythme de sa respiration nerveuse. A la chasse, il nous avait démontré qu'il pouvait d'un coup de gueule égorger un yack ou le désentripailler par les couilles, et rien, pas même le poids de la bête mourant sur lui ou ses ruades, ne parvenait à lui faire desserrer les mâchoires.

En deux coups de langue, Vorace Brun avait avalé le sang de Toghril. Avant la tombée du jour, il reposait sur le flanc, une barbe de bave autour de la gueule, les yeux rouges de douleur, après avoir hurlé et déchiré ses côtes, tourné comme un dément, empoisonné.

Fourbe Toghril qui n'avait jamais tenu le moindre serment. Nous regardions le cadavre du molosse, lorsque le khan dit :

— Les Kèrèit engraissent leurs chevaux et ne tarderont pas à dresser l'étendard du combat. Ils savent où nous trouver, et le coquelet Nilqa, qui pense que je veux le déshabiller, marchera en tête. Un affrontement direct nous serait fatal. Partons, quittons le pays onggirat. Faisons croire à Nilqa que nous lui cédons tous nos territoires...

Le regard de l'Anda avait l'implacable sécheresse d'une épée sortie de son fourreau.

— Alors, quand il se croira débarrassé à tout jamais des Loups Bleus, nous surgirons dans son sommeil et lui empoignerons ses deux gousses d'ail !

— Et qui les dégustera ? questionna le facétieux Tèmugè.

— Ta sœur Tèmouloun, dit le khan. Elles lui reviennent, puisqu'il l'a jugée indigne d'être son épouse.

CHAPITRE 35

Nous avions quitté la grande steppe, laissé nos femmes et nos enfants aux Onggirat, traversé l'Argoun aux eaux limpides, pour le paysage des Étangs Bourbeux, une contrée désolée appréciée des seuls moustiques.

A notre arrivée, iris, flèches d'eau et joncs fleurissaient les abords des marais. Moins d'une lune plus tard, les pétales jaunes, bleus, violacés, blancs ou roses au cœur sombre se volatilisèrent dans la chaleur du ciel, et l'eau des étangs avec.

Nous errions telle une armée d'ombres à la recherche de touffes jaunies et de la plus insignifiante mare. Bientôt, nous en fûmes réduits à exposer la vase sur des claies pour obtenir quelques gouttes du précieux liquide.

L'eau ainsi récoltée et bue provoqua de terribles diarrhées qui nous mirent à quatre pattes, et les chevaux sur le dos. Parmi les quenouilles, nous traquions la couleuvrée et la salicaire, dont les tubercules ont des effets apaisants.

Il n'y avait plus d'oiseaux des marais à chasser, plus de ragondins, pas même de ces renards noirs qui s'aventurent loin de leurs forêts pour gober les couvées tardives. Nos chevaux offraient leurs côtes à nos caresses, des chanfreins lourds aux yeux fermés par les mouches. Nous mangions les plus faibles tandis que les moustiques suçaient sans jamais faiblir le maigre apport de viande fraîche ainsi obtenu. Je n'étais pas mécontent de savoir Nuage Blanc et son troupeau en pays onggirat. Piètre consolation...

Nous étions loqueteux, amaigris, le visage crasseux, mais tous armés, aux aguets, prêts à décocher une flèche d'enfant sur le plus minuscule des lézards ou des mulots, qui pullulaient depuis que nous avions fait griller tous les serpents des environs. Un jour que nous avions récolté un demi-bol par homme de cette eau saumâtre qui retournait les tripes, Tèmudjin Khan tendit sa coupe à ses fidèles, moi, Djelmè, ses généraux ou chefs de clan, Subotèi, Mouqali, Boroqoul, Tchila'oun, Djurtchèdèi... Quand nous eûmes bu chacun une gorgée, il nous remercia de partager sa détresse et nous promit de ne jamais nous abandonner.

— Que Tengri me transforme en cette eau bourbeuse si je viens à trahir ce serment.

Nous avions le sentiment que Tengri nous délaissait. Pourtant, chaque fois que nous étions au plus bas, surgissait un événement : une ondée aussi brève que précieuse, un troupeau de gazelles, un visiteur... tel ce vieil homme qui appartenait à un sous-clan des Souverains.

Il tirait derrière lui un chameau chargé des perches et des feutres de la yourte, et quatre chevaux tout aussi lestés contre lesquels se pressaient ses femmes et ses enfants : une grand-mère respectable, deux femmes assez âgées et deux jeunes filles.

Un jeune guerrier d'une vingtaine de printemps les avait aidés à venir jusqu'ici.

— Qui est celui-ci ? demanda le khan au vieillard.

— Un brave aux flèches imparables. Il veut les mettre à ton service, car son clan n'est plus rien. Ceux de sa tribu que tu as dispersés refont les batailles et se querellent.

L'archer avait le crâne nu et une demi-cuirasse en lamelles de cuir protégeant sa poitrine. A la vue de son carquois empli de flèches, je m'exclamai :

— Anda ! C'est ce Souverain qui a tué nos chevaux et qui t'a transpercé la gorge. Je reconnais l'empennage de ses flèches.

Les officiers l'encerclèrent aussitôt.

Tèmudjin s'approcha et lui demanda si c'était bien lui qui l'avait atteint, ainsi que son cher coursier, Oreille Grise.

— J'ai tiré sur le khan du haut de la colline, dit-il

sans hésiter. Le khan peut me tuer s'il le désire, que m'importe de pourrir ici ou ailleurs. Mais s'il m'accorde sa faveur, quel bonheur alors de galoper au-devant de lui, briser les pierres et combattre ses ennemis.

Ayant dit cela, il porta un regard furtif à la cicatrice de Tèmudjin avant de raccrocher ses pupilles dans les siennes.

— Si tu voulais ma mort, tu ne serais pas venu jusqu'ici t'en vanter, dit le khan sans quitter les yeux noirs de l'archer. Tu as le regard franc et tu ne renies pas tes faits d'armes. J'aime ça. Tu mérites d'être mon compagnon. Comment t'appelles-tu ?

— Djèbé !

— Eh bien, Djèbé, puisque tes flèches ont tué mon cheval armé, celui de mon fidèle Bo'ortchou et atteint ma gorge, je t'appellerai Djèbé la Flèche.

Plus tard, trois Souverains, un père et ses deux fils, se présentèrent à nous et confirmèrent la déroute de leur peuple et de leur chef :

— Targhoutaï ne peut plus tenir à cheval, expliqua le père. Un de tes sabres lui a tranché l'avant-bras. Il a dû fuir devant Djamouqa, trempé par la fièvre. Avec mes fils, nous étions les derniers de son escorte et avons pensé te l'amener. Nous espérions protection et récompense, mais chemin faisant, le cœur nous a fait défaut. Ne nous étions-nous pas battus pour lui ? Quelle gloire aurions-nous tirée de ce chef qui se traînait au sol ? Nous l'avons donc relâché et venons jusqu'à toi pour t'offrir nos bras.

— Vous avez bien fait, dit le khan. Si vous m'aviez livré Targhoutaï, je vous aurais tranché la tête à tous les trois, car un homme qui porte la main sur son maître ne mérite aucune confiance, seulement la mort. Que cela soit rapporté dans le yasaq !

*

Les jours et les lunes passèrent, et nous n'avions,

pour égayer notre misérable existence, que ces hommes à la dérive, à la recherche de l'armée du khan ; de pitoyables familles qui fuyaient les pillages entre anciens coalisés. Ils préféraient nous rejoindre, partager notre néant, plutôt qu'être au cœur des échauffourées sanglantes engendrées par Djamouqa.

Tous racontaient les haines tenaces, les rapines incessantes, les viols et les massacres... Partout, nos steppes, nos vallées, nos bois, étaient meurtris, désertés, et chacun se désolait de n'avoir pas plus tôt réalisé les bienfaits de Tèmudjin.

Les Kèrèit avaient profité du désordre pour occuper l'ouest de nos territoires. Maintenant, leurs tentes se dressaient entre Onon et Kèrulèn.

— Et les Mongols ! tempêtait le khan. Qu'ont-ils fait pour empêcher cela ? Et votre arrogant Gur-Khan, le séditieux Djamouqa, voilà comment il défend vos terres !

Les rumeurs racontaient que le chef des Isolés avait quitté le pays pour celui des Naïman.

— Il aura pactisé avec Bouïrouq, fulmina le khan.

En fait, comme avec tant d'autres, Djamouqa s'était querellé avec Bouïrouq. Il avait donc mené ses troupes vers le frère ennemi de Bouïrouq, Taï, le chef des Naïman des plaines. Quels étaient ses desseins ? Trouver des renforts pour contrer les Kèrèit, nous exterminer, ou sceller une alliance à seule fin de rayer Bouïrouq et s'approprier ses territoires ?

Tèmudjin comprenait pourquoi sa retraite était si quiète. Le feu brilla de nouveau dans ses yeux, et ce regard-là avait des lueurs de reconquête. Il nous réunit en conseil.

— Nilqa et Toghril ont la certitude de nous avoir anéantis. Les escadrons qu'ils ont envoyés en territoire onggirat sont revenus bredouilles. La tribu de Börtè n'a pas failli à ses liens de sang. Elle a raconté que nous avions fui au-delà du Grand

Khingan, traversé le pays djurtchèt, pour nous fixer dans les grandes plaines marécageuses du fleuve Amour. Or, mes Loups ne fuient pas, ne se couchent pas sous la menace, ne tournent jamais le dos à l'ennemi. S'ils donnent parfois cette impression c'est pour mieux planter leurs crocs dans la gorge de leurs victimes.

Il nous observa, le visage tendu, le regard acéré, et poursuivit :

— Les Mongols sont debout ! Leurs cuirasses luisent et ils sont invincibles car sur leur front s'agite mon étendard, la bannière éternelle des Bordjigin... Voilà ce que vous direz aux Mongols isolés. La sédition gronde dans leur cœur. Ils s'armeront près de nous. L'instant est proche où les sabots de nos chevaux mettront le feu à la steppe. Laissons encore un peu de temps aux Kèrèit. Ils ne tarderont pas à s'assoupir, alourdis de gras moutons, bercés par la confiance. Alors, nous les saignerons !

*

Un matin que je surveillais la steppe aride, j'entendis des bêlements portés par le vent. Les plaintes venaient de si loin que je ne parvenais pas à les localiser, mais elles étaient si nombreuses que j'en salivais par avance.

Je prévins Tèmudjin, et lorsque le soleil fut à son zénith, les taches blanches et brunes d'un immense troupeau apparurent au décrochement d'un plateau. Il y avait plus de trois mille têtes encadrées par quelques hommes montés sur de puissants chameaux.

Le responsable de la caravane était un Sarte qui nous dit venir du pays öngut, au sud du Gobi.

— Mon nom est Hassan. Mon maître est Alaqouch-tègin. Il est le seigneur d'un royaume situé entre la muraille des Kin et celle précieuse du désert. Sur son ordre, je me rends dans les forêts du nord échanger son troupeau contre des fourrures. Malheureusement, les points d'eau que nous connaissions se sont asséchés et c'est pourquoi nous dévions de notre chemin.

Tèmudjin exigea la moitié des moutons sous prétexte qu'il traversait ses territoires. Que risquait-il à lui demander puisque nous allions l'égorger et lui prendre la totalité de son troupeau ?

— Ils sont à toi si tu m'indiques où nous pourrions nous abreuver.

Surpris par la réponse, le khan observa l'homme vêtu d'un sarouel et d'une ample chemise munie d'une capuche pointée vers le ciel. Il lui dit connaître un tel endroit et le mena jusque-là.

Le troupeau une fois désaltéré et reposé, le Sarte le sépara en deux.

— Ceux-là sont pour toi.

— Sais-tu qui je suis ? demanda le khan.

— Un grand chef mongol, répondit le caravanier, avant d'ajouter d'un ton égal mais l'œil admiratif : Peut-être bien le plus grand d'entre tous.

— Et tu ne me crains pas ?

Les sourcils du Sarte s'arrondirent d'étonnement, telles deux yourtes posées sur l'horizon.

Tèmudjin Khan se tenait devant lui, mains sur les hanches, jambes écartées, radieux de noirceur dans sa chemise cuirassée qui bâillait par endroits tant elle avait servi. Seule sa ceinture aux turquoises ovales et les armes accrochées autour donnaient quelques couleurs à sa silhouette. La teinte de son crâne était celle de l'écorce brûlée. Malgré ses quarante printemps, son visage ne portait que deux rides au prolongement des paupières, aussi fines que le crin d'un cheval.

— Pourquoi donc m'effraierai-je d'un seigneur qui est juste et droit ?

— Tu as les yeux clairs, Hassan, dit notre khan. Vois-tu que je ne peux te dédommager ?

— Peu m'importe, répondit le Sarte. Je lis dans les tiens que tu n'es pas homme à oublier un ami.

Et il n'y a pas de dettes qui valent en dehors de celle-ci. A jamais, je te reconnaîtrai comme celui qui fut notre guide et notre protecteur, et j'en informerai mon maître.

Hassan resta une demi-lune avant de poursuivre en direction des forêts denses. En plus des moutons, il nous laissa un chameau blanc crème qui dépassait tous les nôtres d'une demi-encolure.

— Comme ça, dit-il à Tèmudjin, lorsque tu iras reconquérir tes territoires, tu pourras avancer en frappant tes tambours. On les entendra de loin.

*

Nous nous rapprochâmes de cinq jours de marche vers le fleuve Onon. Il nous fallait engraisser les chevaux avant l'arrivée de l'hiver et trouver un endroit abrité et giboyeux pour affronter ses rigueurs sans trop de dommages.

Plus nous avancions, plus la nouvelle du retour de Tèmudjin Khan nous devançait. Dans chaque aïl, à la seule évocation de son nom, les hommes sortaient de leur tente, les carquois et les armes à la ceinture, montaient sur leurs chevaux et rejoignaient nos colonnes, bientôt suivis par leurs femmes qui aspergeaient de lait la queue de nos montures, et le ciel et la terre, et leurs enfants qui accouraient à leur tour pour leur tendre une outre, une gourde, un ballottin de provisions, un bouclier, un protège-nuque ou tout autre ustensile qui leur serait nécessaire.

Alors que nous longions le méandre d'une crevasse où brillait un filet d'eau, un homme surgit d'une anfractuosité et appela :

— Tèmudjin ! Tèmudjin !

C'était son frère, Qasar, à peine reconnaissable tant il était amaigri et dépenaillé, les habits et le visage couverts de glaise.

Il nous pressa sur son cœur. Il s'était échappé de

l'ordu de Toghril et nous cherchait depuis six lunes, se nourrissant de peaux crues et de tendons arrachés aux cadavres de la steppe. Il nous renseigna sur Toghril. Celui-ci avait installé un camp circulaire au nord de la Falaise aux Pies, le long de la Kèrulèn.

— Aux sources des Trois Rivières jusque dans la vallée de l'Ingoda, j'ai rencontré de nombreux Mongols mécontents de la présence des Kèrèit. Certains m'ont hébergé et nourri. Beaucoup nous ont combattus aux côtés de Djamouqa, Altan, Qoutchar et Targhoutaï. Mais ces quatre-là se sont enfuis ou ne sont plus et les Mongols regrettent ton exil, ô mon frère. Allons vers l'Arbre Touffu, la tribu des Coriaces t'y attend, ainsi que les Souverains qui geignent comme des orphelins.

— Où sont ta femme et tes trois crotteux? questionna Tèmudjin.

— Avec les Kèrèit. C'est leur chaman, Iturgèn, qui les détient. Ce fourbe a profité d'une nuit où j'étais enfiévré pour me mettre à la cangue. Il m'a forcé à me déplacer à cloche-pied, une jambe coincée contre l'autre, les deux mains fixées à ma poitrine courbée. Il me nourrissait plus mal qu'un chien, me laissait me souiller, interdisant à Mètekna de me laver. Cette face de pou m'a même bâillonné et enchaîné tandis qu'il prenait mon épouse. Le sang me vient aux yeux.

— Calme-toi, mon frère. Nous pouvons obtenir avantage de ta situation, et si mon plan s'accomplit, tu pourras tout à ton aise égoutter ce chaman.

Le khan projetait de renvoyer Qasar auprès des Kèrèit.

— Tu leur diras ceci : « J'ai cherché mon frère aux confins du pays. J'ai traversé les montagnes, les cours d'eau, j'ai retourné les cailloux, reniflé toutes les traces, l'ai appelé et ne l'ai pas trouvé. Depuis tout ce temps, je dors sous les étoiles avec une motte de terre pour oreiller. J'ai froid et j'ai faim. » Ils t'accueilleront et te remettront à Iturgèn. A celui-ci, tu diras, qu'en fait, tu m'as retrouvé et que je t'ai rejeté comme espion des Kèrèit. Et révèle-lui, contre la promesse qu'il n'arrive rien de fâcheux à ta femme et tes fils, l'endroit où je suis et que je ne dispose pas de deux cents hommes. Alors, Iturgèn viendra avec un millier, peut-être deux, et nous les tuerons.

Les prévisions de Tèmudjin étaient justes. Iturgèn vint, accompagné de Qasar et sa famille. Mais il était à la tête de deux centeniers seulement, Qasar ayant osé annoncer le nombre de trente-six hommes auprès du khan.

Lorsque le chaman vit au débouché d'un vallon la houle blanche composée par les coupoles de nos tentes, il comprit, voulut faire demi-tour. Trop tard. Nos silhouettes l'encerclaient.

Les membres de sa garde furent tués un par un, et lui, ligoté, amené devant le khan qui, sans lui accorder le moindre regard, ordonna qu'on le livre à Qasar. Celui-ci s'était promis de lui crever les tympans, découper ses paupières, cracher, et plus encore, dans son col. Il avait parlé de le scalper, faire de sa longue natte tressée une débarbouillette d'entrefesse, plonger une lame entre les intervalles de ses doigts et trancher ainsi ses mains jusqu'aux poignets. Il comptait également l'écorcher vif, intégralement, patiemment, lambeau par lambeau, et si cela avait été insuffisant, il lui aurait sectionné quelques nerfs. Bref, il y avait de nombreux curieux lorsque Iturgèn fut devant Qasar, et tous s'étonnèrent de voir le frère du khan transpercer d'un coup de sabre le ventre du chaman kèrèit, l'attraper par le col, et tout en le maintenant, enfoncer par quatre fois son couteau dans les côtes, et l'abandonner.

Ce fut bref !

Qasar en aurait pleuré ; il avait tant évoqué son désir de prolonger le supplice du traître. Au lieu de quoi, il avait gâché son tourmenteur en trois coups de lame... du Qasar tout craché, ce grand couillon emporté par ses émotions.

Mais le compte de ce chaman était réglé. Le nôtre avait protesté et prédit d'épouvantables fléaux, car tuer ceux de son rang se payait lourdement. L'indignation de Kökötchu ne fut cependant pas des plus véhémentes. Dans l'entourage du khan, personne n'oubliait la fin de Vorace Brun. Et chacun de se demander s'il n'y avait pas un rapport entre ce qu'avait enduré Qasar chez les Kèrèit, et le rôle tenu par Kökötchu durant sa mission. N'avait-il pas dit dès son retour, alors que Tèmudjin lui demandait des nouvelles de son frère, que Qasar vivait tel un roi ?

*

Les éclaireurs confirmèrent la position de Toghril. Le roi des Kèrèit avait fait dresser sa grande tente dorée et s'apprêtait à festoyer, ne se doutant de rien. Nous avions regroupé nos forces parmi les vallons qui creusent les collines bordant le plateau des Géants. Tèmudjin et moi occupions avec un millier celui du Trône Rouge, les pâturages d'hiver de mon enfance.

*

Par une nuit glaciale, nous nous mîmes en marche. Le sol était sombre, mais j'aurais pu me rendre les yeux fermés vers notre lieu de rencontre, tant m'était familière cette contrée. Nous coupions par les Forêts Bleues, la moitié des hommes me suivait. L'autre moitié faisait un crochet pour rattraper la rive occidentale de la Kèrulèn. Leur marche serait plus aisée, mais j'avais calculé que nous parviendrions dans les mêmes délais à nos points d'attaque respectifs. Grâce aux éclaireurs, nous savions que Tèmugè et les Onggirat approchaient du goulet en aval de la Kèrulèn. Avec l'aide de ces derniers, Tèmudjin Khan pouvait s'appuyer sur près de treize mille guerriers. D'après nos estimations, quinze à dix-huit mille Kèrèit peuplaient nos territoires.

Mon cheval s'appelait Queue Noire. Il était franc, brave et calme. Celui de Tèmudjin était Bai à la Bouche Blanche, un vaillant qui, malgré des rondeurs au poitrail et à la croupe, passait pour être parmi les plus agiles. Mon khan avait dû s'alléger de cinq juments pour se l'approprier. Il ne le regretta pas, car Bai à la Bouche Blanche allait prouver les qualités que nous lui supposions : une maniabilité sans faille doublée d'une hargne coriace.

*

Lorsque les troupes de notre aile droite se mirent en ordre de combat de l'autre côté de la Kèrulèn, nous dévalions les pentes sans un coup de tambour ni le moindre cri. Seuls le claquement des bannières sous le ciel gris et le battement des cuirasses rythmaient les épaules de nos coursiers, trouant la quiétude de l'aube.

L'ennemi nous croyait aux confins de la terre, à plus d'une saison de marche, et nous soulevions des gerbes d'eau à ses pieds ! L'effet de surprise nous donnait des ailes. Nous frappions sans relâche par vagues coordonnées, et l'immense camp kèrèit se convulsait, cédait en maints endroits.

Les combats se poursuivaient lorsque le soir répartit ses ombres et ses brumes.

Les chefs kèrèit proposèrent de repousser la bataille au lendemain.

— Il est hors de question de s'interrompre, rugit le khan. Nous les tenons sous nos bottes. Qu'ils se rendent ou nous les écrasons !

Ils jetèrent leurs armes et se soumirent sans condition, si ce n'est celle de servir la bannière des Mongols Bleus de Tèmudjin Khan, la présence de leurs femmes et de leurs enfants leur ôtant certainement toute envie de rébellion.

Malheureusement, et cela restait un mystère, Toghril et son fils Nilqa nous échappèrent. Ils avaient dû fuir durant les premiers assauts, abandonnant leurs guerriers à leur sort. Tèmudjin décida de poursuivre notre avancée jusqu'à l'ordu de la Forêt-Noire sur les bords de la Toula, puis vers les steppes de l'Orkhon, là où se trouvait ce que Toghril appelait sa ville de tentes, avec ses innombrables troupeaux et ses richesses, butins de ses conquêtes et autres tributs imposés aux caravanes. Ici, comme ailleurs, les Kèrèit n'opposèrent qu'une maigre résistance, trois jours et trois nuits de combat ayant suffi à faire capituler leurs élites. Et toujours pas de Toghril. Il s'était envolé sans se retourner ni prendre le temps de se vider la vessie, redoutant la colère de Tèmudjin dont il avait épuisé la confiance.

Qadaq le Brave, l'un des commandants de Toghril, dénoua sa ceinture et la déposa avec ses armes aux pieds de notre khan.

— En voyant la mine déconfite de mon roi, dit-il, je n'ai pu me résoudre à le saisir. Au contraire, je l'ai aidé à sauver sa vie et j'ai combattu pour lui permettre de gagner du champ. Si je dois mourir, je mourrai. Si Tèmudjin Khan m'accorde sa grâce, je lui donnerai mes forces sans restriction.

Le khan approuva la loyauté du vaincu. Il le prit avec lui et dit :

— Qadaq mérite son nom. En la personne de Qouyildar, j'ai perdu un autre brave. Dorénavant, toi et cent des tiens choisis parmi les plus loyaux, vous vous occuperez des épouses et des enfants de Qouyildar. Aux premières, donnez des fils, aux seconds donnez courage et bonheur. Que les enfants de ses enfants continuent de recevoir pour toujours la part ventrue qui revient aux orphelins.

En moins de deux lunes, nous avions parcouru l'océan d'herbe et de forêts qui s'étend entre les rives de l'Argoun et la source de l'Orkhon, et du même coup récupéré nos territoires.

Tèmudjin Khan fixa le gros de ses troupes au milieu des terres kèrèit dans la grande vallée de l'Orkhon, ainsi qu'au long de la Toula. Afin de dissoudre l'unité du peuple de Toghril, il déporta la majorité des Kèrèit sur un arc de flèche qui partait du Mont Céleste jusqu'à la grande boucle de la Kèrulèn. Disséminés parmi nos clans, ils s'incorporèrent rapidement, les mariages avec les Mongols étant favorisés. De plus, le khan avait judicieusement donné des responsabilités à plusieurs chefs kèrèit.

Aux fidèles qui avaient combattu à ses côtés, comme à ceux qui avaient œuvré dans l'ombre, espionnant l'ennemi, le khan offrit la tente dorée de Toghril ainsi que celles de ses épouses. Le butin royal se composait de centaines de yourtes aux tissus ouvragés, triangulaires ou ovales. Robes, coiffes, perles et bijoux, soies et fourrures, laines les plus douillettes, vaisselle en or, en argent ou incrustée de pierreries, armes, selles aux cuirs finement travaillés, aux ciselures argentées, croupières, tapis de selle en peau de tigre ou de panthère... Tèmudjin Khan céda toutes ces merveilles à ses fidèles. De plus, il anoblit ceux qui avaient démontré vaillance et dévouement dans les combats et les épreuves. C'est ainsi que de simples bergers ou gardiens de chevaux eurent le droit de conserver leurs armes dans les banquets royaux, tout comme ils bénéficièrent de leur coupe exclusive sous la tente du khan et du droit de conserver le gibier qu'ils abattraient lors des grandes battues, moults privilèges dont je bénéficiais déjà.

Pour avoir nettoyé sa plaie une nuit durant et m'être faufilé parmi les Souverains pour le désaltérer, l'Anda m'offrit trente tapis ouighour, et trente juments blanches aux lèvres roses.

*

Il voulait passer l'été à l'Île aux Herbes, puis l'hiver auprès des Onggirat. De mon côté, je souhaitais retourner près du plateau des Géants, au vallon du Trône Rouge, là où la mère de Peur d'Ours avait succombé aux puissantes griffes de la forêt, là où nous nous étions regroupés avant l'attaque surprise sur les Kèrèit.

Nous devions nous séparer à l'endroit où la rivière Toula contourne la Mâchoire du Chameau, une éminence sublime camouflée par de hautes murailles naturelles, moi pour remonter son cours, lui pour rejoindre la Kèrulèn.

— Pendant que mes troupeaux engraisseront, lui dis-je, je ferai dresser un mur d'enceinte autour du Trône Rouge, et hormis moi, ton gardien éternel, personne ne sera admis à fouler l'intérieur de ce rempart.

Il choisit de passer la nuit sur les rives de la Toula, et tandis que les hommes entravaient les chevaux, me demanda de l'accompagner là-haut, sur cette vaste mâchoire suspendue au-dessus des vertes étendues. Nous franchîmes la rivière aux galets ronds, grimpâmes parmi les pins et les mélèzes, puis des rochers aux formes tortueuses, pour finalement atteindre l'herbe rase et claire dans son écrin de roches géantes. Ces énormes pierres et ces falaises étaient polies par le temps, érigées au-dessus de nos têtes comme un collier dans le ciel et avaient des formes animales. Les âmes de tous les animaux tués dans le respect et le remords s'y rassemblaient la nuit.

Les grands troupeaux de nuages qui glissaient dans l'azur ajoutaient encore de la majesté à ce site époustouflant.

Des aigles se laissaient porter dans les courants chauds.

Nous avancions sur le tapis de velours observant les formes dentues pointées vers le ciel, et celles, rondes et sensuelles, déposées au sol selon la fantaisie de Tengri. L'un des rochers, qui faisait dix fois ma taille et vingt fois ma largeur d'épaules, avait la forme d'une tortue, un autre, sur un tertre d'herbe tendre, semblait une patte de lion.

Tèmudjin Khan m'arracha de ma rêverie :

— Si tu le désires, ce lieu est à toi.

Je le regardai, stupéfait, et allais lui dire que nulle récompense ne m'aurait fait plus plaisir, mais il ajouta :

— Des rives de la Toula que nous venons de quitter, à celles de la Tereli qui se trouvent à un petit trot de là, exactement sous ce nuage qui ressemble à un cheval cabré, je t'offre ces pâturages célestes. Ce n'est pas tout, Bo'ortchou ! Regarde à droite du défilé, ce troupeau qui vole sur la pente.

Je le vis. Il talonnait un étalon blanc qui bondissait vers les hauteurs, l'encolure arquée, sa crinière se détachant sur une falaise orangée, croupe légère et reins joyeux. Il fit un dernier bond, une volte-face et souleva ses antérieurs en hennissant, son salut s'élevant en écho.

Nuage Blanc... ?

A ses jarrets, le troupeau s'arrêta en décrivant un demi-cercle dans un fouillis de crins hirsutes. Je crus reconnaître la Noiraude, la Bleutée, l'Isabelle, la Rouanne au Boulet Traînant, Lèvres Blanches, Front Étoilé, et puis la Baie à la cicatrice souris... Non, je ne me trompais pas... C'était bien mon troupeau préféré, celui de Nuage Blanc !

— Ceci n'est pas un présent dont je m'acquitte pour te remercier de ton dévouement, Anda juré. Il était déjà ton bien. Je l'ai juste récupéré et garni de quelques juments et poulains supplémentaires qui sont le désir et l'œuvre de Nuage Blanc.

J'étais transporté de bonheur et j'aurais pu voler si Tèmudjin me l'avait demandé.

A l'entrée du défilé, un cavalier trottait vers mon troupeau dans un del blanc. Sa longue chevelure tressautait sur les reins de sa monture.

— Ce joli sourire qui pousse tes chevaux est mon second présent. Prends-la pour femme. Je te la donne. Quand tu la verras, tu la reconnaîtras, et tu sauras à quel point je te considère comme le sang de ma chair. Va, Bo'ortchou ! Va la rejoindre.

Et il s'en alla, mystérieux, me laissant là à observer la cavalière.

Reine des Fleurs ? Mon éternelle, mon aimée, mon amour, mon tout ! Ma douce...

CHAPITRE 36

J'étais arrivé auprès d'elle le cœur carillonnant. Elle détourna le menton, me cachant son visage. Je me penchai, attrapai une mèche de ses cheveux et la tirai doucement. Front baissé, elle lança une œillade inquiète et rougissante. Je restai un instant bouche bée avant de prononcer son nom :

— Tèmouloun...

Mon désenchantement dut être si flagrant, que je la vis au bord des larmes.

— Viens... dis-je en prenant la bride de son cheval. Allons voir le troupeau...

Nuage Blanc approchait tranquillement et nous salua du bout du chanfrein. A l'arrière de son panache, son clan broutait, apaisé, de la rondeur aux flancs.

En observant mon étalon, le visage de Reine des Fleurs dansa devant mes yeux. Derrière moi, la sœur de Tèmudjin refoulait ses sanglots.

Malgré son âge, Nuage Blanc n'avait guère changé, excepté son encolure, plus épaisse et arquée, résultat de ses nombreuses saillies. En le détaillant, je constatai aussi ses jarrets légèrement noueux. Mais il restait harmonieux jusque dans le moindre de ses mouvements, harmonie que je retrouvai chez bon nombre de ses enfants. L'œil franc, rond et plein, encore pétulant, brillait de satisfaction. Il tapa de l'antérieur, fit onduler sa crinière, puis leva haut le front, oreilles pointées vers son troupeau. Alors, il poussa un hennissement bref et strident. Ses juments relevèrent la tête, certaines se déplacèrent de quelques pas pour déchiffrer ses désirs. Il voulait attirer mon attention sur ses nouvelles conquêtes. Je remarquai une grande baie aux membres et aux crins trempés d'encre, une autre à la mine délurée, couleur d'argol. Une autre encore, teinte unie de lait fermenté, sabots d'ivoire et son poulain bleu crème. Et puis, une jeunette, deux printemps, robe dorée comme l'abricot, le front illuminé de poils clairs comme un bout d'étoffe qui s'effilochait sur le chanfrein pour se perdre dans le liseré d'un naseau. Nuage Blanc avait-il eu le temps de couvrir cette juvénile ? J'attendrais l'hiver pour le savoir. Il pouvait être fier de ses cavales. Elles irradiaient de mille feux, et dans leurs yeux éclatait la confiance.

La pochette de soie, qui avait renfermé une dent de la jeune Tèmouloun, n'était plus depuis longtemps autour de l'encolure de Nuage Blanc. Mais elle l'avait protégé, aimé. Maintenant que nous nous retrouvions dans cet écrin de la Mâchoire du Chameau, apprécierait-il de me voir lui prendre la main et lui sourire ?

J'arrêtai ma monture, attendis Tèmouloun, puis passai un bras à sa taille, une main sous sa cuisse, et la pris en selle, sa joue contre mon épaule, tout comme ce jour où, fuyant les Merkit sur le dos de Peur d'Ours, elle m'avait déclaré sa flamme enfantine.

Je choisis une corniche molletonnée d'herbe pour passer la nuit. Les hautes fumerolles des nuages se regroupaient sur le mauve de lointaines collines. Le soleil couchant soulignait de pourpre leurs formes joufflues. En bordure du surplomb, des fleurs penchaient leurs clochettes dans le vide. Nous contemplions mon joli troupeau qui, en bas, entre le bleu profond des sapins, au rythme lent des saveurs, mouchetait le vert tendre des pâturages.

Nos cœurs avaient le vertige, et cela ne tenait pas à la hauteur de notre balcon. Nous ne disions mot.

Nous restâmes ainsi, épaule contre épaule, le regard au sud, à savourer les saccades de notre pouls, claires et transparentes, et lorsque le ciel se para de ses joyaux fluorescents, nous nous allongeâmes, sa main dans la mienne, pour observer les flèches étoilées qui s'y décochaient.

J'avais chassé Reine des Fleurs de mon esprit. Ma déception avait été si grande que je compris qu'il me fallait faire le deuil de son retour.

Ce n'est qu'au petit matin que je me penchai sur le visage de Tèmouloun, dans ses grands yeux marron pailletés d'or. Je déposai mes lèvres sur sa paupière, caressai de l'index le pourtour de sa bouche et lui annonçai qu'elle serait mon épouse :

— La première, car c'est la volonté du khan.

— C'est avant tout la mienne, ajouta-t-elle en pressant son petit nez frais de rosée contre le mien.

*

Tous les ingrédients simples du bonheur étaient réunis.

Et je n'avais rien remarqué, telle l'hermine qui poursuit tête en l'air une mésange alors qu'à ses pattes somnole le plus grassouillet des mulots. Sans Tèmudjin, qui facilita mon idylle en emmenant Gerelma dans ses campements situés au levant de mes territoires, je serais passé à côté...

Il n'y avait rien de fantastique ; les lunes se succédaient sans fracas, les ruisseaux chantaient toujours mieux en certains endroits, et pourtant rien n'était comparable à cette plénitude. J'étais heureux et sans soucis, car femme m'aimait, voilà tout le merveilleux. Elle était la première et serait la dernière, l'unique.

*

Depuis le jour où le khan m'avait dit de rejoindre la femme qu'il me donnait pour épouse, deux étés et deux hivers déroulèrent leurs manteaux de velours.

Nous avions dressé nos tentes près de la Tereli et ses bouleaux géants à l'écorce verte. Cette rivière chantait dru et d'énormes poissons mordorés frayaient parmi ses boucles. Nous avions couru dans ses bras joyeux et dispersés, joué parmi ses pierres rouges, grenat, et bleu-mauve. Nus, nous avions roulé dans l'herbe profonde, nous nous étions séchés sur les bancs de sable, assoupis, enlacés au soleil contre des troncs polis par le courant. Nous nous étions gorgés de groseilles et de fraises, avions attrapé en riant les chatons de saule et de tamaris emportés par la brise.

Durant ces deux grands cycles solaires où nous avions migré de la Mâchoire du Chameau à la clairière du Trône Rouge et inversement, nos chevaux engraissèrent, nos provisions de lait et de viande dépassèrent nos besoins, tandis qu'à la chasse, mes hommes ne revenaient jamais bredouilles.

Arrière-petite-fille de Qaboul Khan, Tèmouloun était une épouse parfaite. L'aube ne la surprenait jamais en plein sommeil ; elle était toujours la première levée pour attiser les braises, préparer le repas, réchauffer la yourte et mon cœur. Pareille à l'abeille qui sait la brièveté des jours, elle s'activait sans cesse et jamais ne se détournait de moi ou ne me délaissait. Attentive, douce, calme et aimante, cette princesse aux aspirations modestes ne levait jamais la voix, manifestait une égale bonne humeur, et si elle me laissait prendre les devants amoureux, elle y était toujours disposée et savait me combler joyeusement.

Ses yeux, ses caresses, ses comportements n'étaient qu'amour, et tranquillement, jour après jour, je l'aimais davantage, au point qu'il me suffisait de l'imaginer lorsque nous étions séparés, pour que mon cœur, avec délice, s'emballât.

Les traits de son visage n'avaient pas la beauté racée de Mère Ho'éloun, ni même la fierté de Tèmudjin. Elle ressemblait plus à Tèmugè, le cadet des garçons de Mère Ho'éloun, lequel avait un ovale franc et gai, mais sans relief. Tèmouloun était tout simplement belle parce qu'amoureuse. Et la regarder vivre, fleurir les perches de notre foyer, l'aider à traire les juments, me procurait plus de plaisir encore que de la maintenir nue contre ma poitrine, humer sa nuque, ses aisselles et tous ces recoins où l'esprit aime à se nicher.

*

Un jour que Tèmouloun me passait sur les épaules un gilet doublé de laine, de soie et d'une souple cuirasse lamellée qu'elle venait de terminer, une sentinelle m'annonça qu'un grand nuage de poussière s'élevait à l'est.

Dans la soirée, à la tête de cent cavaliers, Djotchi et Djaghataï débouchèrent de la gorge de la Mâchoire du Chameau. Derrière eux, le porte-étendard dressait les trois lames ondulantes du trident sous lesquelles se balançaient neuf queues de yacks noires, couleur de la guerre.

— Se peut-il qu'une poignée de braves nous rabatte autant de poussière ? questionnai-je.

Avec un large sourire, ma Petite Miette me répondit qu'il s'en voudrait d'effrayer un ami. Son frère, le front soucieux, précisa :

— Dix mille des nôtres sont en bas des falaises sur le flanc gauche de la Toula.

— Votre père aurait-il perdu le goût de chevaucher loin de sa yourte pour m'envoyer ses morveux ?

— Moque-toi, Bo'ortchou, dit Djotchi, il se tiendra devant toi avant la fin de ce quartier de lune. Il nous suit au pas lent des chariots et des chevaux de rechange avec Ogodèi. Quant à nos oncles, ils ne tarderont plus. Qasar vient par la rive droite de l'Onon, Belgutèi par la rivière Khourkhou et Tèmugè par le sud des monts Lutulun.

— J'ai donc bien fait d'aiguiser mes flèches ?

— Tout juste. Et fixe fortement ton carquois à la ceinture car, Taï, le roi naïman, a promis de récupérer les territoires kèrèit et d'envahir notre pays.

— D'où tiens-tu cette vantardise de roitelet, Petite Miette ?

— Te souviens-tu d'Hassan, ce Sarte qui menait ses moutons alors que nous nous trouvions aux Étangs Bourbeux ? Chaque printemps, il fait halte à l'ordu de mon père avec ses troupeaux. Par deux fois déjà, le khan lui a remboursé les bêtes qu'il nous avait offertes. Te souviens-tu que son maître s'appelait Alaqouch-tègin ?

— ... et qu'il vivait près de la grande muraille des Kin.

— C'est ça. Eh bien, cet Alaqouch-tègin est le chef des Öngut, et le roi des Naïman lui a demandé de nous prendre à revers, arguant qu'il était comme lui nestorien. Par la bouche d'Hassan, Alaqouch-tègin nous a aussitôt mis en garde. Il nous a aussi rapporté de quelle façon la reine naïman nous considérait. Cette femme, dont on dit qu'elle est comme le serpent tapi dans l'ombre d'une pierre, nous compare à des monstres, puant autant des cheveux que du trou du fondement. Les Mongols forniquent tant, aurait-elle ajouté, que leurs enfants à face de cul rouge grouillent sur la steppe comme les poux qu'ils ont sur la nuque. Poussons-les au loin de nos royaumes, a-t-elle conseillé au souverain öngut, ils sont laids, sales et querelleurs.

— Et qu'a dit votre père ?

— Il a fait la promesse d'asseoir ses fesses divines sur la bouche de cette Gurbèsu, car tel est son nom. Elle est à la fois la mère de Taï et son épouse.

Tèmudjin Khan arriva à la tête de dix mille guerriers.

L'Anda m'accueillit sous la tente où il tenait conseil. Le visage cuivré de soleil, un sourire à l'éclat de lune, il me parut plus jeune que jamais, le torse haut, les épaules larges, pleines et saillantes sous son del noir.

Tous ses fidèles l'entouraient : Subotèi, Djelmè, Mouqali, Djèbé la Flèche, Djurtchèdèi, Qadaq, son frère cadet, Tèmugè, ses fils, Ogodèi, Djotchi, Djaghataï et le jeune Toloui qui n'avait pas encore l'âge de parler en assemblée, ainsi que les adoptés de Mère Ho'éloun, Kutchu, Merle Bleu, Boroqoul. Le chaman Kökötchu et ses six arrogants frères étaient aussi présents.

— Viens près de moi, Bo'ortchou, mon coursier bleu, mon confident. Es-tu toujours capable de tirer deux flèches dans la même foulée ?

— Oui, mon khan.

— Alors, les boucliers du roi naïman ne pourront rien pour lui, car avec Djèbé la Flèche, voici réunis mes deux meilleurs archers. Ce Taï, nous le plierons au sol comme un vulgaire tapis !

*

Nous avançâmes par escadrons de mille sur des tapis de campanules, à portée de la Toula et de ses dunes de sable qui lui faisaient une échine rose.

Cuirassée et brune, notre marche lente et silencieuse était radieuse. Nous voguions sous un ciel bleu bordé de gaze opale, et formions de larges damiers hérissés de lances et d'étendards soyeux, de funestes vaisseaux casqués, épousant le roulis du relief sans la moindre vague parmi nos rangs. Abandonnant les boucles rondes de la rivière, nous gravîmes le paysage, droit devant, une douce succession de mamelons fleuris de boutons-d'or, de thym ou de scabieuses, qui bruissaient d'un milliard d'ailes bien agitées.

Ah ! ainsi, nous n'étions qu'aboyeurs, vils charognards querelleurs et puants. Ces infatués guerriers du couchant verraient notre belle ordonnance. Ils pourraient se frotter à nos carquois qu'ils prétendaient vider. Nous arrivions avec nos poux, nos tares et nos faces hideuses aux yeux bridés de sang, comme ils disaient. Ils allaient bientôt reconnaître pour ne plus jamais l'oublier l'éclat meurtrier de nos regards, avides de massacres, de femmes et de richesses, de fêtes et de viandes fraîches.

*

Les éclaireurs rapportèrent que l'ennemi avait disposé à peu près quinze mille hommes sur les hauteurs de la vallée de l'Orkhon. En ajoutant leurs troupes de réserve, la garde royale et quelques élites, nous estimâmes leurs forces à vingt-cinq mille combattants. Le roi Taï avait réuni toute son armée.

Les quelques Naïman asservis lors de la campagne contre Bouïrouq nous donnèrent de précieux renseignements sur Taï. Selon eux, le frère cadet de Bouïrouq était un pleutre qui préférait chasser au faucon en compagnie de quelques seigneurs plutôt que réunir ses guerriers pour de grandes battues tactiques. Mener campagne au loin ne lui apportait que désagréments, et il répugnait aux harassantes et aléatoires expéditions. Tout juste veillait-il à repousser les tribus mercenaires hors de ses frontières. Lorsqu'il aurait pu venir en aide à son frère, son cheval était resté attaché devant sa grande tente de pierres.

Le khan tira aussitôt avantage de la faiblesse présumée du souverain naïman. Il fit confectionner des mannequins de feutre que chaque homme fixa avec des sangles et des branches de saule sur ses chevaux de rechange. En nous déployant sur les montagnes, l'ennemi nous croirait quatre-vingt mille, alors que nous étions un peu moins de vingt mille. Un Mongol sur deux descendit dans la vallée de l'Orkhon pour installer les camps, emportant un mannequin avec lui. L'autre moitié resta sur les hauteurs à veiller les autres leurres, soit cinq par homme. Et le crépuscule découpa nos silhouettes. La nuit, nous allumions des feux et faisions défiler les mannequins pour entretenir l'illusion. Nous pensions même que la supercherie ferait tourner les talons des Naïman et n'attendions que cet instant pour nous ruer dans leur dos.

Or, s'ils s'agitaient, ils ne délaissèrent pas leurs positions. Cela signifiait-il que quatre-vingt mille Mongols ne les effrayaient pas ? Leurs archers étaient-ils si nombreux pour ne pas nous craindre, et cette peur que nous comptions répandre parmi eux n'allait-elle pas se retourner contre nous ? Une inspection parmi nos hommes suffit pour me convaincre du contraire. Visages ronds, anguleux, émaciés ou gras, de travers, couturés de cicatrices ou vérolés ; fronts plats ou bombés ; longue natte portée depuis le sommet du crâne ou fines tresses à leur nuque ; bouches lippues ou fendues ; toutes ces faces exprimaient l'impatience de la bataille, l'inclination pour la destruction, les pillages, massacres et dislocations en tous genres. Et dans leurs yeux aiguisés, cette lueur exaltée, cette audace flamboyante, cette clameur sourde et mécréante qui précède le meurtre. Qui pouvait douter de ces implacables guerriers, de cette année métissée ? Ils étaient déjà au cœur des ennemis, ouvrant leur ventre et galopant sur le marécage de leurs viscères.

En fait, aux côtés de Taï, et cela nous l'ignorions encore, se tenait son conseiller, le ténébreux Djamouqa, fieffé rusé, engagé dans cette campagne comme tacticien. L'irréductible rival de Tèmudjin ne croyait pas les rapports des éclaireurs naïman concernant l'ampleur de nos forces. Il savait bien, pour les avoir provoqués, que les combats de ces dernières années n'avaient pu laisser debout plus de quarante mille Kèrèit et Mongols en âge de se battre.

— Même en ayant regroupé les débris tatar, merkit et les tribus onggirat, expliqua le chef des Isolés, Tèmudjin n'a pu réunir autant de carquois.

— Ils ont autant de feux qu'il y a d'étoiles dans le ciel, soutenait Taï.

Le Gur-Khan sans royaume lui proposa alors de se replier :

— Nous verrons alors combien ils sont à nous poursuivre. Leurs chevaux sont fatigués, ils s'essouffleront. Nous pourrons alors les cueillir sur les versants occidentaux des monts Khangaï.

Le roi approuva la réflexion, en fit part au commandant en chef des armées, son propre fils, en lui demandant de préparer la retraite.

Agacé par la requête de son père, Solide le Trapu s'emporta devant ses généraux :

— Notre roi tremble comme une feuille parce qu'il voit plus de Mongols que dans tous ses cauchemars ! Mais comment aurait-il pu en voir, lui qui n'a jamais été plus loin qu'une femme enceinte qui s'en va pisser, lui qui comme l'agneau élevé au biberon n'ose franchir le seuil de sa tente, inquiet de savoir tant de chiens affamés. Combien y a-t-il réellement de Mongols devant nous ? Ne sont-ils pas venus avec leurs épouses et leurs crotteux pour faire impression ? Djamouqa ne nous a-t-il pas dit que sa bannière comptait plus de soldats encore que celle de Tèmudjin ? Cet Isolé n'est-il pas à nos côtés ? Quel est son jeu pour effrayer ainsi mon père quand vient le moment de l'assaut ? Nous attaquerons demain à l'aube avant que mon couard de père tourne le dos pour rejoindre l'épaule de sa mère.

En apprenant la décision de son fils, Taï rechercha auprès de Djamouqa des raisons de dédramatiser la situation. Mais l'Isolé, prenant à son tour la mesure de la poltronnerie de son allié, prit un malin plaisir à l'alarmer :

— Tèmudjin est le plus futé des adversaires. Mais sa roublardise n'est rien sans ses terribles guerriers, des lions affamés, durs comme le fer.

Même ruisselants de sang, criblés de flèches, ils poursuivent leur but sans un rictus. La poitrine de ton fils se gonfle comme celle du grand tétras, mais quand ils chargeront et qu'il sentira leur souffle, souhaite-lui de ne pas faillir, car ce que dit la bouche d'un Mongol se réalise toujours.

Les pupilles dilatées sur le vide, le roi naïman aurait alors dit :

— Puisqu'il nous faut mourir, allons livrer bataille.

Le carnage fut total. A l'instant où les avant-gardes adverses descendirent, les nôtres avancèrent en formation de buissons, petits groupes dispersés sur des hongres véloces, piquèrent leurs flancs, disloquèrent leurs rangs, laissant la place au gros de notre armée lancée en flèche. Une véritable lame qui perçait l'ennemi en profondeur et le pénétrait en s'élargissant, l'écrasait en une seule vague, le piétinait, le criblait et le taillait menu. Ceux qui en réchappaient n'osaient pas se regrouper et nous contourner, trompés par les silhouettes des troupes menées par Tèmugè et Ogodèi, les soixante mille mannequins qui surplombaient la bataille.

Nous avancions sans jamais céder le moindre pouce de terrain gagné, repoussant les Naïman parmi les vallées du Khangaï, isolant des groupes vers les pentes où nos escortes légères les achevaient sur les crêtes, quand elles ne les forçaient pas à s'emballer. Leurs chevaux se fracassaient le cou et les membres, boulaient dans les grandes herbes parsemées de bleuets et de coquelicots, jusqu'en bas des versants. Peu d'entre eux se relevaient pour reprendre le combat.

A mesure que nous progressions, le roi Taï reculait sur les hauteurs. Il observait les combats et se renseignait sur l'identité des belliqueux :

— Ces cinq seigneurs qui poursuivent mes braves et mordent leurs jarrets, qui sont-ils ?

— Ce sont les loups de Tèmudjin : Bo'ortchou, Djèbé la Flèche, Qoubilaï, Djelmè et Subotèi, répondit Djamouqa. Ils se nourrissent de rosée et de chair humaine. Ils sont si féroces que le khan les attache. Mais libérés les jours de combat, ils chevauchent le vent au-devant des archers, gueule ouverte, bavant de joie.

Le roi Taï voulut se mettre à l'abri sur le surplomb d'un vallon transversal, car sa garde était prise à partie par les nôtres.

— Et ces Mongols virevoltant nu-tête au mépris du danger autour de ma garde, qui sont-ils ?

— Ce sont les Ourou'out et les Mangghout, les preneurs de trophées. Ils saisissent à main nue les lances et les sabres, égorgent avec leurs ongles, arrachent tresses et houppettes !

Le chef naïman talonna sa monture pour gagner un promontoire plus élevé :

— Et quel est cet homme derrière eux au cimier blanc qui pique sur les miens comme le faucon affamé ?

— Ah ! celui-là ! dit Djamouqa en découvrant son plus beau sourire, regarde-le bien car c'est l'Anda, mon allié juré, Tèmudjin. Le khan des khans. Tes guerriers ne trouveront pas la moindre fissure sur son corps d'airain pour y planter leurs flèches, pas même une alène.

— Vite, montons !

— Holà ! mon roi, te voilà bien effarouché. Ne t'es-tu pas vanté de leur arracher leurs carquois ? Tiens, regarde celui à la droite de Tèmudjin. Il porte ses flèches dans le dos. Va lui ôter ses armes ! C'est son frère, Qasar, un vrai tigre. Lorsqu'il n'était qu'un baveux, Mère Ho'éloun le faisait téter après ses quatre autres enfants, car sinon il lui vidait les seins. Il lui faut un cheval à chaque repas, son corps est plus ferme que trois cuirasses. Ses longues flèches peuvent transpercer dix hommes en enfilade à cinq mille pas de distance.

Puis, Djamouqa ordonna à son écuyer d'envoyer des flèches sifflantes aux chefs de ses clans. Elles portaient deux messages. L'un pour les Isolés : « Je me retire. » L'autre pour ses quatre cents et quelques alliés : « à vous le commandement » ; des Qatagin, Saldji'out, Dörben ou Souverains, qui, redevenus libres de continuer ou non les combats aux côtés des Naïman, choisirent de nous rejoindre.

La nuit s'imposa tandis que les Naïman se regroupaient sur les hautes pentes du Khangaï. On suspendit la fête des têtes qui tombent en nous déployant tout autour de cette portion de montagne que nous connaissions pour y avoir chassé avec les Kèrèit.

A la faveur de l'obscurité, nos adversaires essayèrent de s'échapper. Mal leur en prit : ils butèrent dans la caillasse, le sol se déroba sous leurs pas précipitant au fond des ravins un bon tiers de leurs escadrons ; une bouillie d'os et de chair, de sabots et de fer.

Au matin, nous reprenions contact. L'ennemi tentait de rejoindre les versants méridionaux. Le roi Taï fut sérieusement touché à la tête par une lance crochetée. Ses généraux firent cercle autour et le supplièrent de lutter. Mais rien n'y fit, la calotte crânienne du roi était bien entamée, et ses hommes eurent beau lui dire que la reine Gurbèsu s'était parée de ses plus beaux atours pour le voir combattre, Taï resta au sol comme une vulgaire crotte.

Son commandement retourna alors dans la mêlée, luttant jusqu'à son ultime force. Héroïque, il refusait de se rendre et chacun mourut l'arme à la main.

De l'Altaï au Khangaï, les vastes territoires naïman furent soumis. Gurbèsu fut alors amenée devant Tèmudjin. C'était une forte et grande femme au visage agréable bien qu'austère, que ses lourdes robes, ses bijoux innombrables, rendaient plus imposante encore. On la força à s'agenouiller.

Le khan se restaurait sous sa grande tente d'azur.

Il demanda l'étoffe dorée que la reine vaincue tenait sur son cœur, essuya ses mains avec et la laissa choir à ses bottes. Allait-il l'humilier davantage, la dévêtir, offrir ses épaisses robes de brocart noir et or à ses hommes et déposer son royal fessier sur son nez pointu ?

— Ne nous trouvais-tu pas laids et puants ?

Elle voulut répondre mais un garde l'en empêcha, lui expliquant qu'elle ne devait pas s'adresser directement au khan, et lui désigna celui qui était chargé de rapporter les paroles d'autrui à notre maître.

Surprise, Gurbèsu se confondit d'excuses.

— Je ne sens que le souffle frais et imparable du ciel, et votre vision est plus radieuse encore que les blancs nuages qui parcourent son infinie étendue.

Le khan lui dit alors qu'il lui faudrait s'accommoder de sa couche, car il la prenait pour épouse.

*

Tèmudjin régnait dorénavant des pentes occidentales de l'Altaï à celles du Grand Khingan, et pour se rendre d'un bout à l'autre de son royaume, il aurait fallu exécuter sept millions de pas. Il déporta de nombreux Naïman à l'est et dispersa tous les artisans, notamment les forgerons dont les ouvrages étaient de grande qualité. Il conserva auprès de lui le chancelier du roi Taï, un Ouighour pondéré du nom de T'a-ta T'ong-a. Ce savant savait lire et écrire l'ouighour, le kin et le sarte. Il parlait également certains dialectes mongols, naïman, khirgiz et kèrèit. Tèmudjin confia à cet homme précieux de hautes responsabilités. La première d'entre elles fut de transcrire en langue ouighour les édits oraux du yasaq. Il fut également chargé de l'éducation des fils de Tèmudjin. Djotchi, Djaghataï, Ogodèi et Toloui apprirent donc l'écriture et la langue ouighour. Le cadet, alors âgé de onze printemps, et dont le prénom voulait dire Miroir, se montra le plus doué. T'a-ta T'ong-a devint le traducteur personnel du khan, et celui-ci lui demanda de réfléchir à une langue qui serait commune à toutes les tribus soumises.

La reine Gurbèsu remit à Tèmudjin un crâne d'homme. Orné d'or blanc, enchâssé d'émeraudes, il était en deux parties. Le haut de la calotte avait été scié et travaillé pour en faire une coupe dans laquelle tremper ses lèvres était une agréable façon de se désaltérer. Gurbèsu la flaireuse, comme nous l'appelions entre nous, présenta l'ouvrage comme étant ce qu'il restait de Toghril.

— Il a été intercepté par l'une de nos patrouilles alors qu'il s'abreuvait au torrent Nèkun. En voyant sa mine de fugitif, la garde n'a pas cru qu'il était l'ancien roi kèrèit et l'a passé au fil du sabre.

— Mais il n'était pas seul ? interrogea Tèmudjin. Il fuyait devant nous avec son fils, quelques membres princiers et certainement un détachement d'archers.

— Les gardes du royaume nous ont assuré du contraire.

— Nilqa l'aura abandonné ! s'étonna le khan. Mon père adoptif aura été bien puni de m'avoir quitté.

Il observa l'os facial qui brillait de mille aspects smaragdins. Une fine cicatrice marquait l'orbite de l'œil gauche, blessure qui de son vivant nous avait semblé superficielle. Chacune de ses dents était sertie d'argent et cela lui donnait un rictus merveilleux, un rire figé dans la joie.

— Dorénavant, son crâne sera ma coupe, dit le khan. Ainsi, continuera-t-il à me nourrir.

La reine Gurbèsu raconta qu'une fois, alors qu'elle offrait des libations à la tête de Toghril, la mâchoire s'était entrouverte et avait claqué des dents, effrayant son fils, qui d'un revers l'envoya à terre. Pour avoir agi ainsi, on avait prédit de grands malheurs au roi naïman. Sa blessure mortelle à la tête n'attestait-elle pas du présage ?

Tèmudjin dit :

— Le lait, la viande, et surtout les femmes, l'or et l'argent, ont toujours fait claquer des dents le roi Toghril. Pourquoi la mort, sa grande compagne, lui aurait-elle fait changer ses habitudes ?

*

Nous eûmes des nouvelles du fils de Toghril, Nilqa, par la bouche de son propre écuyer qui l'avait abandonné dans le désert Gobi. Devant notre khan, l'infidèle fit le récit de la fuite de son maître. Le prince Nilqa avait lâché son père au mont Kongor lorsque la monture de Toghril s'était affalée, sans vie. Puis, il avait traversé la vallée des lacs salés, l'Altaï, chassant l'argali et l'ibex, et enfin les grandes étendues désertiques par lesquelles il espérait rejoindre le pays tangout. L'écuyer s'était détourné de Nilqa en emportant leurs deux chevaux alors que le prince avançait patiemment sous le vent en direction d'un troupeau d'hémiones dont les flancs étaient noircis de taons.

— Que désires-tu comme récompense ? demanda le khan.

— Te servir, ô Kha Khan !

— Et que dirais-tu de servir le plus grand de mes écuyers, le maître de ma horde de chevaux ?

Tandis que l'écuyer baisait le sol pour le remercier, le khan m'adressa sa morsure particulière, et ajouta :

— Eh bien, soit ! Sers mon fidèle Bo'ortchou, et prends garde de lui être un bon oreiller dans la mort !

Alors qu'il redressait le buste, j'empoignai l'agenouillé par les arcades sourcilières, lui enfonçant mes doigts dans les orbites, et clouai son cri en lui tranchant la gorge.

Tel était le sort des esprits versatiles qui osaient se présenter devant le khan, en espérant sa reconnaissance pour leur traîtrise.

*

Ainsi, Nilqa errait dans le désert. Djamouqa et la centaine d'Isolés qui l'accompagnaient devaient en faire autant, tout comme le fils entêté de Taï, Solide le Trapu, qui était parvenu à s'enfuir.

En cet été flamboyant, je ne me souciais guère de nos adversaires, trop impatient de retrouver mon ulus du Trône Rouge, et surtout, à ma plus grande joie, ma tendre épouse. A mesure que les pas de mon cheval me rapprochaient d'elle, mon corps et mon esprit s'exaltaient. Je pressentais un grand bonheur. Le bonheur du guerrier repu de sang, affamé d'amour.

CHAPITRE 37

Le soleil jouait à travers les feuillages et déposait dorures et flaques de soie sur le corps lisse de Tèmouloun. Allongés sur un tapis de mousse au creux d'une pente entre bouleaux et mélèzes, nous venions de nous aimer, et partagions ce sentiment d'avoir assouvi nos désirs, mais pas notre amour, toujours plus fort.

J'étais au zénith. Ma main glissait sur son ventre rond, doux renflement qui faisait de nous un trio aimant.

Dès mon retour de la campagne contre les Naïman, tout en elle m'avait signalé cette nouvelle richesse : son front aérien; son sourire diamantin, ses œillades complices; ses chants racontant des histoires de renards et d'enfants; ses silences, pleins, partagés. Elle ne m'avait rien dit et attendit d'être nue pour voir dans mes yeux l'effet de ce trésor tendrement pelotonné dans le berceau de ses hanches. Son embonpoint était alors insignifiant, mais à sa façon de s'avancer à la lueur des flammes, comme si elle suivait son ventre, de rester debout à un pas de notre couche, enfin je compris : j'étais père.

Les Mongols ne pleurent pas. Cette nuit-là, le nez écrasé sur le nombril joliment défroissé, les bras en cerceau sur la taille de Tèmouloun, j'ai douté en être un.

Les jours suivants se dégustèrent mieux qu'aucun autre, mais celui-là, où je caressai le ventre replet de Tèmouloun, apaisé, fortifiait cette félicité. Près de notre lit de mousse, des iris nous observaient, leurs têtes violettes et jaunes au col retroussé saisies par l'ombre. Le soleil s'inclinait, et ses moirures, notre seule parure, s'étiraient. Un instant auparavant, avec le concours des feuillages translucides, il avait enluminé mon épouse d'ocelles, faisant de sa peau grain de riz une fourrure de panthère. Quand il coula à l'ouest embrasant le tronc des mélèzes, il déposa un dernier rayon sur le nombril de Tèmouloun.

— C'est un mâle, me dit-elle. Je le sens, je le sais. Regarde comme il tend vaillamment son poing sous tes doigts.

L'ultime lueur scintillait au sommet satiné, et plus haut encore, Tengri conservait son bleu éclatant.

Je renversai la tête et fermai les yeux, le cœur trottant, murmurant : Thoya, Thoya...

Thoya était un prénom féminin, et si c'était un garçon comme le prétendait sa mère, ce surnom, qui voulait dire Petit Éclat, tromperait les mauvais esprits ravisseurs de nouveau-nés. Éclat ténu mais très brillant, pareil à cette gouttelette lumineuse et vacillante.

Lorsqu'elle s'éteignit, une vague de mélancolie gonfla sous mon torse et disparut rapidement. Je regardai Tèmouloun ; ses longs cheveux dénattés sur la mousse ; son sourire détendu qui soulignait deux arcs heureux sous ses pommettes blanches comme buis. Son front fleurait bon la vie au point qu'une fourmi ne se lassait pas de l'explorer. Dans le silence de nos deux visages, nous roucoulions un tas de mots tendres. Et dans l'étau de mes tempes, ils revenaient toujours :

Tèmouloun et Thoya... Thoya et Bo'ortchou... Tèmouloun, Bo'ortchou, Thoya... Thoya, Thoya, Thoya...

*

Elle voulut rejoindre l'Île aux Herbes, là où Tèmudjin Khan avait installé son ordu en attendant l'hiver. Mère Ho'éloun s'y trouvait. Très âgée, elle ne pouvait plus se déplacer hors de sa yourte. Tèmouloun voulait lui offrir cet instant où notre enfant apparaîtrait.

Nous arrivâmes avec le lever du jour. L'Île aux Herbes était noire de tentes, et toutes fumaient mollement du premier lait sur le feu. Cette concentration donnait encore plus d'ampleur au plateau enchâssé dans son vaste écrin montagneux. Chaque groupe de yourtes formait un cercle traversé en son milieu par deux allées entrecroisées. Au centre de ces ronds de feutre, se dressait la tente d'un chef, d'un père, d'un patriarche... Sur les contours, il y avait des allées plus larges encore, toutes encombrées de chariots, de pyramides d'argols, d'agneaux errants, de chèvres et de chiens, de chevaux qui attendaient leur maître. Les plus grands cercles, les plus colorés et les mieux agencés étaient ceux du khan, avec les innombrables tentes de ses épouses qui rayonnaient autour de la sienne : blanche, ronde et joufflue comme la pleine lune. L'aïl du chaman Kökötchu rivalisait avec celui du khan et ses tentes azur aux passements dorés ou argentés jetaient plus d'éclats encore que celles des propres frères de Tèmudjin.

En cet instant qui coloriait de rose, de mauve et de cinabre les hauts reliefs, les troupeaux de chevaux cheminaient vers les escarpements lointains.

En traversant l'enceinte de l'Anda, escorté par dix de ses gardes, je vis qu'il possédait plus de tentes que je n'en avais jamais compté pour un seul homme. Il avait maintenant une douzaine de femmes, et une vingtaine d'enfants supplémentaires. Le nombre de ses esclaves s'était multiplié par dix, sa garde exclusive comptabilisait cent cinquante guerriers, ce qui lui faisait plus de deux cent cinquante tentes disposées en pétales autour des siennes.

Il me reçut dans celle où il prenait ses repas. Elle était large de dix pas et, en dehors des ustensiles de cuisine et des trois grandes outres à aïrak, elle était uniquement décorée de ses selles et de ses harnachements ainsi que ceux de sa première épouse, Börtè. Ils étaient tous plus beaux les uns que les autres, et je remarquai les bois et les cuirs travaillés, les cabochons sertis de pierres précieuses, les médaillons d'argent sculptés de rameaux fleuris, de serpents, de loups ou de biches, les tissus les plus flamboyants aux motifs sans cesse renouvelés, les quartiers en peau de tigre, de léopard, les coussins pour l'hiver en fourrure de loup bleu, de zibeline ou d'hermine blanche, les sangles de croupière ou de poitrail piquetées de corail, de perles ou de turquoises fines et brillantes comme les étoiles dans le ciel.

— Approche, Bo'ortchou, premier de mes fidèles. Viens t'asseoir à ma droite, partager l'heureux breuvage du matin, toi qui as fait de nos chevaux d'infatigables ambleurs.

Aux côtés du khan, se tenaient ses fils, Djotchi, Djaghataï, Ogodèi, Toloui, et les quatre adoptés de Mère Ho'éloun. En face, se trouvaient la mère des quatre princes, Börtè, ainsi que les jeunes épouses des trois aînés de Tèmudjin et la volée de servantes qui s'activaient. Le sol était recouvert de plusieurs tapis, dont certains représentaient des scènes de chasse, et d'épais coussins à caler dans les reins.

— Comment vont tes troupeaux ? Tes pâturages sont-ils toujours riches ?

Le khan voulut également savoir si mon parcours avait été agréable. Je lui racontai avec quel empressement les Mongols avaient accouru au-devant de ma caravane pour m'accompagner et me rapporter tous les faits, chaque événement survenu tout au long des saisons, les nouvelles en somme qui se colportaient d'aïl en aïl et dont les plus précieuses parvenaient jusqu'aux oreilles du khan. Et tous ces cavaliers m'avaient chargé de lui transmettre leur bienveillance.

Trois jours étaient passés depuis qu'il avait été prévenu de notre arrivée. J'en déduisis qu'il avait fallu presque six jours à mon messager pour rejoindre l'Île aux Herbes. Je suggérai au khan d'améliorer son service de sentinelles et de messagers.

— Que proposes-tu ?

— Un corps plus nombreux, mieux organisé, qui ferait sur nos territoires comme une toile d'araignée. Ces ambassadeurs devront galoper ventre à terre sur de courtes distances, et se transmettre les messages. Ainsi, tu aurais eu connaissance du mien le soir même.

— Ton idée est bonne, Bo'ortchou, mais il faut que la parole envoyée soit brève et simple. Plus le message est complexe, plus il y aura d'intermédiaires pour l'entendre, de langues pour le traduire, plus il deviendra imprécis. La voix qui colporte, comme la flèche qui vise une cible, doit être unique. Sinon, tu as raison, ce sont les chevaux qui assureront le succès. Qu'on aille chercher T'a-ta T'ong-a.

Lorsque l'Ouïghour fut devant nous, le khan lui demanda de notifier ce nouveau précepte dans le yasaq :

— Entre chaque aïl, tous les quarante mille pas, se tiendra en permanence un gardien chargé de surveiller un relais de trois chevaux frais et bien engraissés, sellés et tenus à la disposition des messagers du khan, des princes, des seigneurs et des chefs de l'armée. Tout homme nommé à cette tâche et qui ne veillerait pas à la remplir parfaitement serait indigne de ma confiance. En conséquence, s'il faillit à ses devoirs, il aura les genoux broyés.

Le khan venait d'imaginer un incroyable réseau de liaisons, qui une fois structuré, deviendrait un merveilleux service de messagerie, cohérent et méthodique. Au plus loin de ses conquêtes, il ne serait jamais totalement coupé de son ordu principal, sa ville de tentes de l'Île aux Herbes.

T'a-ta T'ong-a relut le texte tandis qu'entre Qasar, Belgutèi, Tèmugè, Djelmè, Djotchi et moi, circulaient les sourires ravis de se revoir. Quand le scribe eut terminé, il fut congédié et s'en alla convoquer les officiers chargés des ordonnances et les messagers du khan. Alors, nous bûmes et mangeâmes, tout à nos retrouvailles, et je prêtais peu d'attention aux œillades de Kökötchu et de ses frères dédaigneux qui, introduits, lorgnaient mes armes comme si mon rang ne m'autorisait pas à les porter sous la tente royale.

Une fois rassasiés, nous montâmes en selle. Tèmudjin voulait me montrer son *ouiaa,* la corde d'attache de ses chevaux. Elle se trouvait non loin du camp, au sud, vers la Kèrulèn à trois portées d'un tir de longue flèche. Qasar m'affirma qu'elle mesurait vingt mille pieds. Connaissant son goût de l'exagération, je divisai par deux. On pouvait quand même y attacher trois mille chevaux, et chacune de ses extrémités était nouée au sommet d'une haute pierre conique comportant une encoche à son sommet afin de la maintenir en place. Cette corde, de l'épaisseur d'un poing, était composée de crins de chevaux et de yacks. Mille juments de Tèmudjin s'y trouvaient reliées pour la traite.

— Tu n'auras qu'à y attacher les tiennes, me dit l'Anda.

J'en avais emmené une vingtaine et demandai qu'on les dispose aux côtés des cavales royales. Puis, chevauchant par les Sept Collines, nous gagnâmes les riches et giboyeuses hauteurs des Montagnes Rouges où nous traquâmes le cerf. L'un d'eux avait été séparé de sa harde lorsqu'un éclaireur sollicita l'audience du khan. Il dit que six hommes avaient été interceptés non loin des rives de la Kèrulèn, des Isolés. La chasse fut abandonnée; l'événement devait être d'importance.

Ils étaient agenouillés, attachés les uns aux autres par une cangue monumentale, et surveillés par un rang d'archers. Ils portaient des armures aux lamelles de cuir élimées, décousues ou éventrées, et une épaisse couche de suint et de poussière les recouvrait des pieds à la tête.

Tèmudjin ordonna qu'on libère l'un d'eux. Les cinq autres, des scélérats, qui lassés par l'errance et la déchéance de leur chef le livraient au khan dans l'espoir d'un futur plus rose, restèrent à terre.

Le favorisé se traîna jusqu'à son bienfaiteur et baisa le sol à ses pieds.

— Cette délivrance n'est que provisoire, dit le khan. Quand tu m'auras fourni les preuves de ton attachement, mais nous serons déjà bien vieux, alors, peut-être sera-t-elle définitive...

— Comment pourrais-je vivre encore à tes côtés? Oser te regarder?

En dépit de son armure défaite, sa chemise en haillons, son visage sombre et ravagé, je reconnus la mine chafouine du grand, du beau, de l'orgueilleux Djamouqa.

— ... Nous avons vécu ensemble, partagé la même couverture, le même bol, pétri l'identique joie. Et je me suis détourné. Malgré notre pacte, je t'ai combattu, aveugle et buté. Par trois fois, alors que tu me tendais tes ailes chaleureuses, je les ai refusées. Et tu me proposes à nouveau leur abri. Moi qui éprouvais une jalousie noire, voudrais-tu me voir rouge de honte? Non, Tèmudjin, tu m'as surpassé, tu as réuni quatre cents tribus mongoles, tu as anéanti nos ennemis, tu m'as vaincu. Tu possèdes de nombreux fidèles, d'innombrables tentes, de gras troupeaux. Moi je n'ai rien, et parfois, cette solitude est telle, que je me retourne pour voir si mon ombre me suit. Je n'aspire qu'à mourir. Accorde-moi cette faveur : tue-moi ! mais ne verse pas mon sang. Auparavant, punis ces prétendus compagnons, des traîtres de la pire espèce.

Tèmudjin réfléchit un instant avant de parler :

— Tu es indomptable, Djamouqa. Et arrogant. A ma compagnie tu préfères celle de la mort. Je ne veux plus jamais entendre prononcer ton nom. Nul enfant ne devra le porter, et j'interdis à quiconque de l'utiliser. Demain à l'aurore, j'exaucerai ton vœu.

Puis, il désigna les cinq autres.

— Qu'on leur ôte la tête !

Et il se dirigea vers sa tente, nous dans ses pas, tandis que les gardes saisissaient les prisonniers. Djamouqa résista et lança cette supplique :

— Anda ! Je veux mourir étouffé par tes mains !

Tèmudjin ralentit l'allure mais ne se retourna point. On entendit encore l'ex et éphémère Gur-Khan :

— Toi seul peux me délivrer...

Alors, Tèmudjin me dit :

— Pars maintenant sur les Montagnes Rouges avec une vingtaine d'hommes et emmenez-le. Là-haut, laissez-le choisir l'emplacement de sa sépulture, et au lever du soleil, étouffez-le sous les couvertures de feutre.

— Il... il désire mourir par tes mains, mon khan... non par les miennes.

— C'est impossible, Bo'ortchou ! Il est Anda, et les liens sacrés m'en empêchent.

Il planta ses yeux sur moi et je crus y déceler un moment de panique.

— Certes, il s'est dressé en travers de mon chemin, espérait ma capitulation, mais jamais il n'a réellement voulu ma mort. Tengri n'approuverait pas que je le tue. Va, Bo'ortchou ! Aide-le à rejoindre le bleu du Ciel et ne verse pas une seule goutte de son sang.

Je concevais son refus, admettais qu'il me délègue pour accomplir la besogne, moi le plus fidèle de ses compagnons ; mais j'étais inquiet.

— Je vous accompagnerai jusqu'à mi-plateau, ajouta-t-il. Puis j'irai avec Yèsui vers les lacs de l'Îlot.

Il pénétra sous la grande tente royale, et j'accolai mes deux mains sur le montant est du seuil afin que les génies protecteurs m'assistent.

CHAPITRE 38

Tèmudjin et Yèsui se séparèrent de la colonne comme convenu. Djamouqa se retourna, contrarié.

— Sois tranquille, dis-je. Il va se distraire auprès de sa favorite, car le pénible devoir qui l'attend lui pèse. Il sera de retour à l'aube.

— Quelle joie pour cette princesse. Le khan la comble, chante sa beauté, l'habille de son regard...

— Mais délaissera ses aisselles parfumées comme des pétales pour te donner la mort.

Ma réplique le laissa songeur pour un moment, puis il se mit à parler sans fard, et ses propos avaient les accents d'une déclaration d'amour :

— Oui... Il va enfin m'étreindre. Il me faudra mourir, mais quand il s'étendra pour m'offrir la paix dans l'autre existence, je sentirai son souffle, en somme, le premier pour moi... Ah, Bo'ortchou ! Crois-moi, je vais savourer mon envol vers le Ciel...

Il m'observait du coin de l'œil et interpréta mon silence.

— Ne prends pas cet air offusqué, Bo'ortchou ! Tu te demandes ce que je voulais encore de l'Anda alors que je partageais tous ses biens, jusqu'à sa femme ?

Je ne dis rien. Il s'emporta :

— Sa reconnaissance, Bo'ortchou, sa reconnaissance, cela seul m'importait. Lorsque j'ai réalisé que je ne l'obtiendrais jamais, j'ai contesté sa puissance, brigué ses biens. Il a pu grâce à moi récupérer Börtè, se venger des Merkit, retrouver les siens. Et pourtant, il ne m'a pas admis dans son destin. Je ne pouvais espérer plus insidieuse vengeance que de faire un enfant à Börtè ! Et de ne point m'en cacher. Des trois richesses qui font sa force et qu'il ne partagerait pas avec ses propres fils, Börtè était là, accessible, parce qu'il lui fallait bien me rembourser. Ainsi, il ne pouvait plus m'ignorer. Désormais, chaque fois qu'il regarde mon fils, l'aîné Djotchi, il sait que je me suis payé.

Intrigué par les trois richesses de Tèmudjin, je lui demandai quelles étaient, hormis les femmes, les deux autres qu'il ne partageait pas.

— Le pouvoir, Bo'ortchou, le pouvoir, dit-il en roulant des yeux. Il veut régner sans partage. J'ai tenu sa femme dans mes bras et il ne m'a pas tué. Mais lorsque j'ai voulu scinder le commandement des Mongols entre nous deux, j'ai vu dans ses yeux flamber le vacarme et la colère. J'ai compris alors qu'un jour, il se débarrasserait de moi, comme il a éliminé son demi-frère Bekter, et les princes, et tant d'autres, comme il supprimera tous ceux qui porteront l'œil sur son trône.

— Et quel est le troisième trésor qu'il ne fractionne pas ?

— Les chevaux. Voir d'autres mains que les siennes sur ses cavales le rend fou de jalousie. Les toucher est aussi sacrilège que de porter le regard sur ses femmes.

— Tu le méconnais. A moi, il confie ses chevaux et leurs secrets...

— Je sais cela. Mais les chevaux ne sont-ils pas à l'origine de votre rencontre ? Si tu n'avais pas été sur son chemin lorsqu'il poursuivait son maigre troupeau de hongres, qui sait s'il aurait survécu. Toi, Bo'ortchou, tu es le Grand Palefrenier, l'Anda parfait. Tu ne lui dois rien, et pourtant tu te comportes comme si tu lui devais tout. Tu as plus de prix à ses yeux que sa monture préférée. Je t'envie, comme j'envie cette princesse tatar qui doit en ce moment même frémir sous son torse, comme frémissent tous ceux que le khan regarde.

*

Nous arpentions les éminences à la recherche d'un emplacement. Djamouqa se décida pour un saut-de-loup. Ce fossé tapissé d'une herbe haute dessinait un cercle douillet. Alors que nous entravions les chevaux, l'Isolé, au bord du vide, contemplait les vagues d'herbes du plateau qui basculaient sous un manteau d'ombres. Devant sa silhouette, le collier de cimes flamboyantes se détachait dans le ciel.

Nous déposâmes les lourds feutres près de la fosse avant de nous retirer à l'écart pour grignoter des lamelles de viande séchée, moi, ma vingtaine de compagnons, plus trois archers de la garde personnelle de Tèmudjin.

Djamouqa resta debout parmi les étoiles.

Je le rejoignis aux premières lueurs du jour et lui dis de prendre place.

— J'attends notre khan.

— Il est là mais ne s'approchera que si tu es prêt.

— Je veux le voir.

— Allongé sur le dos, tu le verras.

— Laisse venir le premier rayon, Bo'ortchou, pour moi, le dernier...

Lorsque le soleil eut décoché sa première flèche, Djamouqa consentit à s'étendre.

— Pourquoi as-tu refusé de vivre à mes côtés ? me demanda-t-il avec une expression amère. Nous nous serions évité de grands tourments...

— Je ne suis pas tourmenté...

— Tu me hais ! dit-il avec un petit rire.

— Non, mais vivre à tes côtés m'aurait gâché le foie.

Je fis signe aux hommes : ils soulevèrent les feutres. Djamouqa redressa le torse. Ses prunelles me sondaient.

— Je suis le bras du khan, dis-je en me jetant sur lui.

A ce signal, les hommes se précipitèrent pour l'immobiliser.

— Attends, Bo'ortchou ! Je vais te donner une raison de me haïr.

Je l'étranglais, mais coriace, il se débattait et sa bouche se tordait comme s'il cherchait à me dire quelque chose, un nom, que soudainement je compris.

— Que dis-tu ?

— Tu as très bien entendu, dit-il en toussant et crachant : Reine des Fleurs.

— Que sais-tu ?

Il souriait ; j'enfonçai l'index et le majeur au fond de ses narines et portai mon couteau à son oreille :

— PARLE ! PARLE ! Ou je répands ton sang !

Une furieuse envie de l'occire me submergeait.

— Je la détiens depuis tout ce temps, dit-il après avoir soufflé en pressant le pouce sur chacune de ses narines. Je l'ai prise et je l'ai engrossée. Cela suffit-il à gagner ta haine, Bo'ortchou, ou bien il t'en faut plus ? Attends ! je n'ai pas fini : je l'ai enlevée avec l'accord de Tèmudjin...

Un bras arraché ne m'aurait pas causé douleur plus vive.

Des martinets chassaient bruyamment dans le diapré des rayons de soleil. Je flanchai un instant sous leurs cris aigus.

— Où est-elle ?

— Demande-le-lui puisqu'il te confie ses secrets...

Je me levai lentement, choisis quatre de nos chevaux les plus robustes et ordonnai qu'on attache chacun de ses membres à leur sangle.

Lorsqu'il fut écartelé de cette façon au-dessus du sol, sur le dos, lié par les poignets et les chevilles, j'envoyai l'un de mes hommes vers mes territoires du Trône Rouge et le chargeai de nous retrouver avec mes escadrons, soit près de deux mille carquois, à la Passe des Bouleaux Cendrés. Aux trois archers de la garde personnelle du khan qui s'apprêtaient à redescendre vers l'ordu, je leur dis de transmettre ce message : je ne faillis pas à ma mission, mais Djamouqa a exprimé un autre vœu, celui de mourir devant une Mongole métissée de sang merkit.

Et nous prîmes la direction nord-ouest.

Djamouqa ne dit mot. Nous trottâmes. Il perdit peu à peu de sa vitalité et laissa choir sa tête. Je dis alors aux hommes qui maintenaient les quatre chevaux attelés à leur étrange timon, de les tirer pour qu'ils opposent leur masse et tourmentent ainsi pleinement les articulations de l'Isolé.

En fin de journée, nos montures s'abreuvèrent dans la rivière Toula. La face pivoine, Djamouqa ouvrit la bouche.

— Tu peux bien me désosser, Bo'ortchou... Et la retrouver... C'est vers moi qu'elle s'élancera...

— Tiens ta langue, sinon je te la coupe et la jette aux corbeaux.

— Je l'ai forcée... sabrée... jusqu'au sang ! La vérité... (il peinait à reprendre sa respiration), c'est qu'elle a fini par devenir dans mes bras plus fondante que le lait caillé...

Je lui assenai un coup de botte au visage.

— Je te vomis ! s'exclama-t-il, le nez et la lèvre ouverts, le regard pétillant de noirceur. Elle m'a donné trois morveux, trois mâles !

— Tu te vantes. Elle s'est enfuie, a dû t'abandonner pour retrouver les siens ?

— Détrompe-toi ! s'insurgea-t-il. Ce sont ces chiens de Merkit qui me l'ont enlevée.

Enfin, il finissait par me dire où la trouver.

— Alors, quand ils verront ce que je leur apporte, ils seront ravis de ma venue.

— Tu ne peux pas les laisser me tuer ! hurla-t-il : c'est le khan qui doit me donner le coup fatal.

— Dis-moi où elle se trouve, et tu mourras selon tes désirs.

Il se tut, plein d'orgueil en dépit de sa piètre mine.

J'ordonnai qu'on l'attache pareillement à quatre autres chevaux frais, et qu'on les fasse marcher la nuit durant. Ainsi, Djamouqa ne connut pas de repos. Je l'entendais gémir, mais ses plaintes ne calmèrent ni ma rage, ni mon besoin de vengeance.

Au petit matin, je le détachai un instant. Il ne tenait pas sur ses jambes et grimaçait horriblement.

— Ne brise pas mes os, Bo'ortchou. Tue-moi, supplia-t-il.

— Où est-elle ?

— Sur les bords de la rivière Ouda.

— Qui la détient ?

— Grosse Souche, ce cochon de Merkit, plus rond qu'un fardeau de chameau.

— L'importance de son aïl ?

— Ils ne sont pas trois cents en âge de combattre.

En nous hâtant, nous pouvions rejoindre la vallée de l'Ouda en dix jours, territoires les plus reculés des Merkit. J'envoyai un messager vers le khan pour le prévenir de notre destination, et nous partîmes aussitôt, emportant Djamouqa dans la même posture.

*

Après avoir franchi des montagnes escarpées, coupé de noires forêts de mélèzes et des vallons encaissés, nous atteignîmes enfin la vallée de l'Ouda. Par les crêtes, prenant soin de rester à couvert, nous repérâmes le camp de Grosse Souche.

Djamouqa délirait depuis trois jours, appelant tous mes hommes par mon nom. Il avait ce teint verdâtre des eaux croupissantes. Je me penchai sur lui, il entrouvrit les yeux et dit :

— Tu ne verras nul regret dans mes yeux. Je me suis plaqué à elle comme un bâtard, et si l'occasion se représentait je ramperais jusqu'à ses cuisses pour m'y désaltérer.

Je coupai ses liens. Sa tête frappa d'abord le sol. Ses bras s'étaient allongés de la largeur d'un poing et lorsque le sang circula de nouveau à travers ses articulations violacées et boursouflées, il se roula de douleur. Ses mains, et jusqu'à la moitié de ses avant-bras, étaient bleuies.

Sans attendre qu'il soit calmé, je lui écrasai les parties d'un terrible coup de pied.

Profitant des brumes nocturnes encore assoupies au creux des vallons, je mis le cap vers les coupoles merkit à l'aube. Cinq cents des hommes rencontrés à la Passe des Bouleaux Cendrés m'accompagnaient. Le reste de mes troupes alignées à mi-pente faisait une guirlande au-dessus du camp.

Nous pénétrâmes sans un bruit parmi les tentes. Les miens avaient pour consigne de ne tuer que les inévitables gueulards. Une vingtaine de chiens, deux oies et six hommes étaient déjà passés au travers de nos lames lorsque je déchirai le seuil de Grosse Souche. Tandis que ma garde rapprochée y ligotait un dormeur, je me ruai sur la couche au nord, ôtai la couverture de feutre du chef et lui appliquai mon couteau sur la gorge. Mon pied buta sur un corps. Je demandai qu'on ranime le feu et je vis une jeune femme qui n'avait pas douze printemps, nue et tremblante, recroquevillée sous ma botte à la descente du lit. Une autre fille à la mine semblable, effrayée et bistrée, se trouvait coincée sur la couche de Grosse Souche, entre son dos et le mur de feutre. Le meneur merkit avait des cuisses et un cul énormes, le ventre rond et tendu sous lequel se dressait le bonnet pourpre de son sexe. Je mis un coup de botte à la fille à terre et fis signe à la seconde de déguerpir.

Je forçai Grosse Souche à se lever et fixai ses poignets et ses chevilles au treillis de la yourte. Il n'était plus question maintenant de sa petite baratte présomptueuse : elle s'était rétractée, ridicule, sous son bide de vache noyée, blottie tel l'escargot dans sa coquille.

— L'une de tes femmes s'appelle Reine des Fleurs ?

Il acquiesça.

— A qui l'as-tu enlevée ?

— Les Isolés nous ont trahis...

— A qui ! ? répétai-je en pressant mon arme sur son ventre.

— Dja... Djamouqa.

— Où est-elle ?

Il désigna la yourte voisine, voulut ajouter quelque chose, mais comme ma lame venait de lui ouvrir le bas-ventre d'une hanche à l'autre, il ne dit rien, ahuri, et se dévida d'un coup.

Le seuil de Reine des Fleurs à peine franchi, je m'arrêtai, paralysé par le spectacle : agenouillée sur une couche, s'agrippant au treillage, une femme me tournait le dos. Son large fessier rond et nerveux était perforé en son centre par une tête de nouveau-né sanguinolente et violacée.

Les quatre femmes qui aidaient à l'accouchement reculèrent d'un pas. Entre les reins de la parturiente, le profond sillon qui courait jusqu'à la pointe des omoplates tressaillait par saccades. Elle se retourna et me vit.

Des mèches noires collaient à la sueur de son visage et de ses épaules. Elle avait la bouche entrouverte, le souffle court et les paupières écarquillées par la surprise et la douleur. Mais son regard était comme il y a si longtemps, farouche et lumineux.

Mon cœur tambourina la charge de cent mille chevaux. Elle me fixait tout en frissonnant. A son front, de fines rides se renforcèrent, ainsi qu'une petite veine bleue contorsionnée entre ses sourcils ; elle sanglota silencieusement.

Les femmes reprirent leur place. Dans un giclement d'or et d'écume l'enfant fut expulsé, enveloppé dans les carrés de tissu consacrés par le chaman. C'était un bébé gros comme je n'en avais jamais vu, gras, joufflu et hideux, qui rappelait son père.

Je m'approchai de la mère qui s'étendait sur le dos en dissimulant son visage dans ses mains. J'observai sa poitrine aux lobes pleins, plus lourde que jadis. Ses seins tanguaient au rythme de ses sanglots, tandis que son sexe, que j'avais connu lisse et soyeux, béait, ébouriffé et révulsé vers ses cuisses.

Je la recouvris d'une fourrure et la pris dans mes bras. Ses pleurs redoublèrent sans dévoiler son beau visage.

Je portai mes lèvres dans la fossette de sa gorge.

Elle fleurait bon la mousse tiède, le trèfle humide, le premier lait et les entrailles juvéniles.

Je remontai vers sa bouche, m'attardai sur la soie de ses lèvres, la dune d'une pommette, les ailes de son nez, les deux petits poljés de ses paupières perlées par l'effort, humant à pleines narines l'odeur de ses cheveux trempés sur son front, alors que l'avorton braillait.

— Je viens te chercher. Ce chien gras ne t'engrossera plus...

Elle se mordit la lèvre inférieure en roulant des yeux, puis laissa échapper un cri. Les sages-femmes ôtèrent aussitôt la fourrure : son entrecuisse s'écartelait de nouveau sur une autre tonsure. Malgré l'énergie déployée par sa mère, ce second fripé restait au seuil, si bien qu'on dut l'extraire de la généreuse matrice.

Un peu moins fort que son prédécesseur, il était cependant un solide garçon. En apparence, car les matrones lui administrèrent une fessée avec des branches de saules et des broussailles. Rien n'y fit : il resta muet et bientôt ne respira plus.

Les femmes s'agitaient et me jetaient des regards noirs de reproches.

Je pris le visage de l'aimée entre mes mains, laissant mes pouces aller sur ses pommettes. Le pourtour de ses yeux se creusait, avivant encore l'éclat de braise de ses prunelles. Ses lèvres pâles et sèches chuchotèrent :

— Oh ! Bo'ortchou... Bo'ortchou, tu ne m'as donc pas répudiée ? Tu viens enfin...

— Oui, ma fleur, je t'emmène, et personne ne pourra plus nous séparer. Il me faut, juste le temps que tu allaites, aller tuer celui qui t'a subtilisée à mes baisers, qui a dérobé mon soleil...

— Grosse Souche ! ?

— Non, Djamouqa.

Ses yeux s'écarquillèrent :

— Il est en vie ! ? Ici ! ? Je t'en conjure, ne lui fais aucun mal. Il... il... m'a aimée.

Livide, presque transparente, elle grimaçait par saccades, mains au bas du ventre, poignets pressés contre ses hanches, et soudain, se cambra avec un hurlement.

Les femmes accoururent et me jetèrent dehors : un troisième nouveau-né s'annonçait.

Le jour était levé. Mes guerriers contenaient les Merkit dans leur yourte. Je laissai mon cheval devant la tente de Reine des Fleurs et déclarai que dorénavant il lui appartenait. Puis, j'ôtai la longe d'un hongre et gagnai seul les hauteurs où m'attendait en pointillé le reste de mes troupes.

Les hommes à qui j'avais confié Djamouqa me rapportèrent qu'il n'avait plus sa raison. Je demandai qu'on me l'amène. Sa face était grise, hirsute et puante, ses yeux clos. Son âme s'échappait. On le déposa au sol et je fis nouer des cordes à ses poignets et chevilles. Ensuite, je fis bander d'étoffes mouillées le haut de la queue de quatre chevaux. A la partie inférieure, je mêlai étoupe, brindilles, aiguilles de pin et les plaçai cul à cul avant d'attacher à leur encolure les cordes reliées à Djamouqa. Puis je mis le feu aux panaches, fouettai les croupes : les chevaux tirèrent et s'opposèrent, se cabrèrent, ruèrent, extirpèrent un hurlement à l'Isolé. Les flammes crépitaient sur leurs cuisses, et bientôt, leur panique conjuguée disloqua les bras du supplicié et les emporta dans un galop furieux, l'autre partie du corps filant à l'opposé.

Le jeu de mes hommes consista alors à poursuivre le morceau démembré, car ils avaient tous parié : laquelle des deux jambes de Djamouqa céderait en premier. Ils excitèrent et divisèrent les chevaux jusqu'à obtenir satisfaction, puis les calmèrent, frottèrent leur queue roussie tout en riant et se disputant. Je m'approchai, coupai le dernier lien, l'enjambai, car rien n'était plus humiliant désormais, et l'apostrophai, désireux qu'il me voie lui donner la mort :

— DJAMOUQA ! Immonde verrat !

Il défaillait. J'enfonçai d'un coup mon sabre au cœur de sa poitrine, jusqu'à la garde. Ses yeux s'écarquillèrent et trébuchèrent aussitôt, mais dans cette épouvante, avant que l'ultime et fétide expiration m'eût empli les narines, je vis sa conscience, noire et misérable, s'effilocher.

Je défilai ma lame : une gerbe de sang m'éclaboussa. Sa bouche grande ouverte bouillonnait.

J'essuyai mon arme et m'en allai seul par la forêt. Je me souviens avoir foulé des tapis d'aiguilles rouges ; franchi de petits ruisseaux aux berges moussues, des clairières parsemées de coquelicots orange, roses ou jaunes ; grimpé parmi les mélèzes ; escaladé des rochers et trouvé, grâce à un jeune cerf redressant soudainement ses bois, un surplomb de roches sur lequel je m'accroupis, aspergeant la terre et le ciel, non pas avec ma gourde de lait, mais avec le seul suc de mes yeux.

Puis j'implorai Tengri, tant et si bien que mon esprit s'y éleva, là-haut, si haut dans l'azur que le bleu éternel en devint opaque, noir et sans fin.

Quelque part, des aigles glatissaient.

Sous mes doigts la roche était brûlante et pourtant j'avais froid. La forêt s'agitait, bruissait de mille frétillements. Cette nuit-là, les loups y mèneraient grande battue.

CHAPITRE 39

— Saïn baïnoo, oncle Bo'ortchou !

Ce joyeux salut de Djotchi coïncida avec les premiers rayons de soleil.

— Que vents et femmes te soient favorables. As-tu égorgé cent moutons pour souiller ainsi tes empreintes ?

Je n'étais pas même surpris qu'il ait pu me rejoindre ainsi à la dérobée et en aussi peu de temps.

Ma première réaction fut de lui révéler qui était son géniteur, mais...

— J'ai tué Djamouqa.

— Tu as bien fait. Ne voulait-il pas mourir ?

— Je l'ai tué à la manière des Kin, avec cruauté. Pire, j'ai versé son sang et désobéi à ton père.

— Il s'est déchargé de la besogne, reprit l'aîné, il ne te fera aucun reproche. Djamouqa a refusé son pardon, et le khan s'est aussitôt détourné. Tu t'es accaparé son âme, et alors ? Il n'avait qu'à vivre fidèlement à nos côtés. Oublions-le ! Réjouis-toi plutôt de ma venue.

Je réalisais alors que j'étais dans cette contrée seulement depuis la veille. Djotchi, qui était accompagné de son frère Djaghataï, resté en arrière avec quatre milliers, m'expliqua les raisons de leur promptitude : dès que les archers de Tèmudjin lui eurent rapporté que je m'éloignais avec Djamouqa, le khan nous avait fait suivre.

— Mais quand il a eu connaissance de ton second message, il a défini notre mission. Nous avons l'ordre de fouler ces territoires et de tuer tous les Merkit.

— Je n'ai pas le cœur à vider mes carquois.

— Tu en es dispensé. Le khan t'ordonne de rejoindre au plus vite l'Île aux Herbes car Tante Tèmouloun se lamente de toi. Si tu tardes, votre crotteux sera là.

Les yeux en amande de ma Petite Miette se plissaient de malice.

— Tous ? dis-tu.

— Tous les hommes en tout cas.

Je craignais pour Reine des Fleurs. Avant de galoper vers mon épouse et notre enfant, il me fallait lui confier ce qui m'avait poussé à briser Djamouqa. Je lui racontai tout.

— Je reconnais là mon rusé père, dit-il une fois que j'en ai eu fini. Il sait élire ceux qui mèneront à terme ses intentions, tout en se préservant des retombées de l'acte même.

— Tu ne comprends pas, m'exclamai-je. S'il a voulu m'abuser, moi le plus fidèle de ses loups, comment pourrais-je encore détruire ses ennemis ?

— Tu le feras ! Parce qu'il l'exige. Qu'il ait été complice ou non de Djamouqa dans l'enlèvement de Reine des Fleurs, c'est à travers ce que tu as de plus cher qu'il mesure vraiment ton dévouement. Tu lui appartiens. Corps et âme. Et il ne laissera pas une Merkit, même avec trois quarts de sang mongol, t'éloigner de lui.

La remarque de Djotchi était pertinente, les procédés du khan, perfides. Je ne savais pas comment j'allais réagir.

Concernant Reine des Fleurs, ma décision était prise. Malgré mon désir farouche d'être auprès d'elle, de la prendre pour femme, je ne voulais pas meurtrir Tèmouloun, ma douce épouse.

Je demandai à Djotchi de se rendre tout de suite auprès de Reine des Fleurs. Il ne pouvait pas se tromper, mon cheval était devant sa yourte, et dans ses bras il y aurait des nouveau-nés. Je lui dis de l'emmener, de veiller sur elle et ses enfants. Tèmouloun devait ignorer son existence quelques jours encore...

Le fils aîné de Tèmudjin m'ayant assuré qu'il ferait tout cela et garderait le secret, je m'éclipsai par les forêts et les ravines sans plus m'attarder.

*

Je trottais en direction de l'Île aux Herbes lorsque des flèches sifflèrent à mon casque. Trois d'entre elles m'atteignirent, dont deux assez sérieusement : une dans le bras au-dessus du coude, une au genou, la plus douloureuse, la troisième fichée dans le gras de la poitrine. Deux autres touchèrent ma monture à l'encolure et au bas de l'épaule. Des Merkit embusqués.

Par chance, ces panses pourries sans tête étaient agglutinées du même côté de la pente, en amont. Je forçai mon cheval à droite parmi les mélèzes. L'endroit était raide et son allure dépassa bientôt ses foulées. Nous dégringolâmes avec grand fracas, heurtant troncs et souches. Un arbre couché arrêta ma chute, à quatre ou cinq pas du vide dans lequel mon pauvre cheval disparut en battant des sabots. Un brin d'éternité passa avant qu'il ne touche terre dans un impressionnant claquement.

Je gagnai le rebord de la falaise. En bas, je distinguai un vaste étang qui ne devait guère recueillir plus que les eaux des pluies. Des cercles concentriques s'agrandissaient à la surface de l'onde. Au milieu, l'échine de mon cheval émergeait tristement.

Les Merkit s'approchaient en riant et gloussant. J'ôtai la flèche cassée de mon bras. Celle qui m'avait touché au genou était trop profondément incrustée dans la chair.

— Mongol ! m'interpella l'un des Merkit. On va te cuire les bulbes !

Il tendait son arc : je sautai dans le vide, appréhendant la surface noire qui venait à une allure sidérante.

La fille de l'Esprit de la forêt avait dû se satisfaire

de ma monture car je ne me brisai pas le cou, juste un peu plus le genou en pénétrant dans l'eau et touchant presque aussitôt le fond. Je m'immobilisai, retenu par une vase compacte. Je profitai de l'aubaine pour avancer à quatre pattes sous les flots. Puis, à la faveur des roseaux, je m'accotai sur le rivage et mordis à pleines dents le limon verdâtre tant la douleur me cuisait. J'étais nu-pieds, la culotte remontée sur le haut des cuisses; la flèche n'était plus dans mon genou et, me semblait-il, ma rotule non plus. L'idée de rebrousser chemin pour tenter de la retrouver dans le lit vaseux ne me parut pas excellente. C'est pourtant ce que je fis. Bien mal m'en prit. Je rampais depuis trop longtemps comme l'écrevisse à la découverte improbable de cet os, lorsqu'une main me souleva par les nattes.

De retour sur la berge, ils me désarmèrent, me rouèrent de coups sans épargner mes blessures, et me déshabillèrent. Un caillou tomba de ma culotte. Je reconnus ma rotule. Dans mon plongeon, la flèche l'avait soulevée et arrachée, et par chance, elle s'était coincée dans les plis de mon habit rehaussé. Piètre consolation car ils voulurent me scalper. Auparavant, ils me pissèrent dessus, puis chièrent de la même façon avant de m'introduire leur mouscaille dans la bouche.

Jusque-là, la perspective de la mort ne m'avait pas effleuré. Maintenant qu'ils avaient lié mes mains à mes chevilles, elle m'apparaissait dans toute sa voracité, imminente et implacable.

Les Merkit entassèrent des branchages, quelques argols et des herbes sèches sous mes fesses. Tout indiquait l'exécution de leur menace :

— Tu as les couilles grasses, Mongol !

— On va te les griller.

Ils riaient à s'en fendre les oreilles, ce qui n'empêchait pas l'un d'eux de désenclaver une pierre à feu de sa ceinture. L'instant fatidique approchait.

Mon genou me faisait tant souffrir que j'étais pressé d'en finir. Je fermais les yeux...

— Sauvons-nous ! cria l'un d'eux.

J'ouvris un œil : ils détalaient vers leurs chevaux comme les brandons d'un feu de paille !

A l'opposé, une vingtaine de cavaliers galopaient vers eux. A l'arrière, des étendards, et plus loin encore, un convoi de chariots apparaissait au détour d'une lisière. Bientôt, je discernai les emblèmes : une gueule de loup dans l'azur, ainsi que les neuf queues noires surmontées des flammes du trident, le sceau de Tèmudjin Khan.

Les chariots étaient tirés par des bœufs. L'un d'eux portait une des tentes du khan. Ogodèi menait la caravane. Le troisième fils de l'Anda passait pour manquer d'envergure. Je n'étais pas du tout de cet avis.

Il m'apprit que son père s'était séparé du convoi cinq jours auparavant avec cinq mille hommes pour se rendre au Mont Céleste et solliciter les faveurs de Tengri. Dès les sacrifices de chevaux accomplis, il rejoindrait les troupes de Djotchi et Djaghataï.

Par chance, Ousoun, de la tribu des Ba'arin, accompagnait Ogodèi. Ce vieil homme était un excellent chaman qui n'avait guère l'occasion d'officier en raison de l'écrasante prééminence de Kököt-chu. Ses talents de guérisseur surpassaient ses autres dons.

Il me donna les premiers soins : appliqua des herbes sur mes plaies, des sachets de poudre ocre et verte, de l'onguent couleur de miel noir et confectionna avec des roseaux et des branches de saule une attelle flexible. Il me fit également boire du sang de yack directement prélevé sur le museau de l'un d'eux, avec un morceau d'écorce.

Comme je refusais de m'allonger sur un chariot pour rejoindre l'Île aux Herbes, Ogodèi me passa l'un de ses hongres, Le Pie Sourd. On m'aida à me mettre en selle. Ousoun observa son attelle et dit :

— Prends garde lorsque tu mettras pied à terre.

Puis, il me remit d'autres sachets de poudre, ainsi

que des racines et des petits bulbes desséchés pour combattre la douleur. J'invitai Le Pie Sourd à s'élancer tandis que le vieillard adressait ses prières au Ciel et que dix archers m'emboîtaient le pas.

*

Lorsque j'arrivai sur le plateau de l'Île aux Herbes, le soleil glissait lentement à son ponant et le paysage était noyé sous une poussière rouge. L'atmosphère était moite, épaisse.

Tèmouloun m'accueillit rayonnante, énorme, portant merveilleusement notre Thoya. Sa joie irradiait tant que j'en oubliai les douleurs qui me torturaient la jambe.

On m'étendit sur ma couche, on me nettoya. Une fois seuls, je lui pris tendrement ses deux nattes embellies de turquoises. Ses prunelles comme deux étoiles se posèrent sur mon visage.

— Tu n'as pas faim ?

— Je ne mangerai pas avant que notre affreux ait braillé.

— La nouvelle lune est entamée, dit Tèmouloun, cela en fait plus de neuf.

— Ah ! Thoya...

— Chut ! fit-elle en posant un doigt sur ma bouche, les esprits ont l'ouïe fine... Je t'ai attendu. Maintenant que tu es là, j'irai bénir la steppe avec les eaux de ton Autre.

Je l'attirai contre moi, la reniflant par petites touches, lui chuchotant qu'elle était plus ronde, et plus belle encore et bien mieux parée que la yourte royale de son frère le khan. Elle laissa ma main soulever ses étoffes, et tandis que je parcourais son embonpoint, elle fredonna :

Mon mari a franchi le seuil du foyer,
Sa voix a ranimé le feu,
Dors mon petit fruit doré,
Ton père est revenu.

Il a entravé son cheval au nord,
Posé carquois et flèches, bride et selle à l'ouest,
Tout est en place mon oiseau, dors,
Dans mon giron, sur nos cœurs, il reste.

Je me laissais bercer tout en jouant avec Thoya qui tambourinait contre ma paume. Malgré ma jambe enflée que je ne pouvais bouger, je me sentais des ailes.

Par le trou à fumée, je voyais le ciel s'obscurcir, non par la nuit, mais par de gigantesques nuages que de lointaines lueurs, en les illuminant, rendaient plus austères. Je me blottis davantage contre le corps laiteux de Tèmouloun. Il m'apaisait, valait toutes les herbes du vieil Ousoun, bien au-delà...

En murmurant, je repris cette berceuse que me chantonnait mon père :

Quand les vieux chevaux se retirent,
Il faut sortir leurs poulains.
Qui les débourrera quand je serai trop âgé,
Si ce n'est toi mon fils ?

Je m'endormis avec la vision d'un joli bouquet de robes fauves et brunes aux crinières hirsutes qui gambadaient parmi les herbes ensoleillées. Et mon esprit s'échappa dans le rêve...

Ces poulains étaient poussés par un garçonnet monté sur un alezan doré. Le visage bruni comme une datte mûre, le jeune cavalier souriait en portant fièrement l'ourga bien calé sous le bras. Je le vis comme mon fils, et dans mon sommeil, l'orgueil me submergeait jusqu'à ce que je réalise quel cheval il montait : Peur d'Ours !

Le présage me réveilla en sursaut. Je frissonnai, la gorge sèche comme si j'avais avalé les cendres du foyer. Un éclair claqua non loin de la yourte, dessinant un cerceau blanc sur le pourtour du trou à fumée. Tèmouloun se leva pour rabattre la calotte de feutre protectrice. Au-dehors la tempête grondait en terribles échos. J'avais l'impression que je venais à peine de fermer les yeux.

J'étais assoiffé. Malgré le broc vidé d'un trait, je n'étais pas désaltéré. Tèmouloun voulut sortir pour traire une de nos juments à la corde d'attache du khan.

— N'avons-nous pas assez de serviteurs ? lui demandai-je pour l'en dissuader.

— Mon mari est de retour, dit-elle en m'attrapant le menton et frottant son nez contre le mien. Je ne laisserai personne s'occuper de lui.

— A-t-on déjà vu une épouse traire les juments sans l'aide de son mari ?

— Il me suffira de leur dire que ton esprit m'accompagne. Elles t'aiment tant que tu sentiras leurs lèvres mordiller la manche de ton del.

— Je t'en empêcherai. Suffit, maintenant, dormons.

Ce que je fis.

J'avais le sommeil agité, nauséeux. Entre deux périodes vaporeuses, je perçus une présence aux abords de la yourte. Elle désentravait le hongre ! Je me redressai sur le coude. Tèmouloun n'était plus là. Furieux et à la fois ému, je l'imaginais chevauchant sous les rafales malgré son ventre rond et tendu.

Cet attendrissement fit place à l'inquiétude. Les juments ne seraient plus à l'attache, les palefreniers du khan avaient dû les libérer à l'approche de la tempête. Tèmouloun parviendrait-elle à les approcher ? Ne risquait-elle pas de perdre les eaux à les poursuivre ? Quel mari étais-je pour ne pas l'avoir retenue ? Et quelle sorte de guerrier pour m'engourdir ainsi ? Les questions m'assaillaient. Pourquoi une telle soif, une telle blessure, un tel rêve ? Que présageait-il ? Traire par une telle nuit était folie. Il était pourtant si facile d'emprunter une cruche ; sinon à quoi bon être entouré de milliers de tentes amies ?

Je sautai à terre et claudiquai jusqu'aux yourtes

de nos esclaves. Par deux fois, le vent me bouscula à terre. A la première tente, j'alarmai les occupants. Tous se levèrent précipitamment.

J'ordonnai qu'ils éveillent le camp, que tous les hommes valides aillent fouler l'endroit où se trouvait la corde d'attache des chevaux du khan.

Bientôt, Tèmugè fut à mes côtés. En tant que cadet, le plus jeune fils de Mère Ho'éloun était le gardien du foyer et de l'ordu. Il plaça les hommes en rang et les fit descendre vers la corde d'attache, tous reliés par les ourgas, car l'obscurité et le déluge empêchaient que l'on voie son voisin.

Cette nuit-là, l'interminable ouiaa me sembla sans commune mesure avec mon attente.

*

Les hommes remontèrent la pente au petit jour. Leurs silhouettes éreintées se détachaient sur les grands lambeaux nuageux qui pendaient à l'arrière de l'orage apaisé. Les femmes couraient à leur rencontre en gémissant. Des chiens inquiets, le garrot hérissé, tournoyaient à leurs côtés en aboyant.

Bientôt, la tête charbon de l'isabelle de Tèmugè apparut en haut de la pente, puis son poitrail, et ce corps étendu en travers des bras du cavalier, membres pantelants de chaque côté du cheval.

Je levai les yeux au ciel, la gorge nouée. Ô Tengri ! Pourquoi me l'avoir enlevée ? Elle, si douce... Ne méritais-je pas ton châtiment ? Qu'ai-je fait pour motiver ton courroux, cet acharnement à m'écarter de ceux qui sont toute ma vie ? Qui me vaut cet accablement ? Djamouqa, pour l'avoir massacré ! Reine des Fleurs, pour avoir bravé l'interdit en pénétrant sous sa tente alors qu'elle accouchait ! Gerelma, pour l'avoir repoussée !

Après avoir disposé les signes du deuil devant ma yourte pour en interdire l'accès, je m'allongeai sur ma couche vide, sans d'autres perspectives que le rond du ciel haï et l'immense chagrin dont mon cœur débordait.

*

Les jours passèrent sans parvenir à clore mes paupières. L'armée du khan revint. Je fis demander Djotchi. Il tarda, et lorsqu'il fut enfin devant moi, je compris ses réticences. Il pleurait ! non pas pour sa tante, mais pour le second drame qu'il venait m'annoncer.

A peine l'avais-je quitté dans les forêts de la vallée de l'Ouda, que nos troupes, menées par Djaghataï, laminaient déjà le camp de Grousse Souche. Lorsque Djotchi était arrivé sur les lieux, il ne restait plus rien. « Qu'as-tu fait du cheval de Bo'ortchou ? » demanda-t-il à son frère. « Il est là, avec les autres », répondit Djaghataï. « Et la femme qui était dans cette yourte ? » « Parmi les cendres, brûlée avec les nourrices et les morveux. » Djotchi eut beau lui dire que cette femme était sous sa responsabilité, qu'il n'avait pas à commander les hommes sans sa présence, le deuxième fils du khan lui dit : « Tu n'as pas à me donner d'ordres. Les seuls qui importent sont ceux de notre père. Je les ai suivis. »

Et Petite Miette me révéla la colère de son père lorsqu'il avait su que je me rendais sur les territoires merkit avec Djamouqa. Il avait grondé : « Les Merkit, depuis ce jour où l'un d'eux a porté la main sur mon épouse, sont comme des poux dans mon col. Le khan des khans ne peut leur laisser un coin de ciel. Dépouillez-les ! Et s'ils vous disent ne plus rien posséder que vous n'ayez déjà obtenu et vous demandent ce que vous voulez de plus, répondez-leur : vos femmes. Et quand vous les aurez prises, exterminez-les ! Toutes ! Leurs enfants compris. »

J'écoutais cette voix funeste qui me descendait tout droit dans le foie et me le pourrissait, figé, tel un vieillard impotent qui attend la mort. Mes yeux restèrent secs, fixes ; je n'étais plus moi-même qu'une larme énorme sans l'espoir du moindre rayon pour l'évaporer.

Ô Implacable Azur ! Pourquoi ne me prends-tu pas ? Je te maudis.

*

Les funérailles de Tèmouloun eurent lieu sous un ciel triste et bas. Je demeurai dans la pénombre de ma tente tandis que les complaintes emportaient la mère et l'enfant :

Je suis Tèmouloun, princesse bordjigin,
Fille de Mère Ho'éloun, sœur du grand khan
[Tèmudjin.

J'ai grandi sans souci,
Fidèle à Bo'ortchou,
M'appliquant à lui donner un petit visqueux.

Je n'entendrai plus la sève monter,
Ne verrai plus le soleil se lever et l'agnelet téter,
La colère du ciel m'a emportée avec mon aîné.

Malgré le silence qu'imposait ma tente, les pies les plus bavardes du camp parlaient, et je compris ce qu'il était advenu cette nuit-là : les quelques juments attachées avaient bien été libérées aux prémices de l'orage. Ne les voyant pas, Tèmouloun avait erré jusqu'à ce qu'elle en trouve une aux pis gonflés. Avait-elle eu le temps de s'accroupir, de tirer du lait ? Quelle importance, puisque les lueurs du ciel avaient effrayé la jument rétive. Une seule de ses ruades avait suffi pour emporter la plus adorable épouse.

Parmi les commérages qui troublèrent la solitude de ma yourte, il en fut un qui redoubla mon chagrin. La vieille qui le colportait croyait chuchoter. Pourtant, il me sembla qu'elle hurlait : « C'était un mâle, un garçon vigoureux. »

Et le nom de ce fils martela mon crâne : Thoya... Thoya... Thoya...

Malheur à moi de l'avoir tant espéré ; malheur à moi, l'orphelin condamné à vivre sans progéniture.
Je suis Bo'ortchou ! Bo'ortchou, le mal-nommé !

CHAPITRE 40

L'hiver passa sans que je m'en préoccupe. L'univers se réduisit aux parois de ma yourte, mon cocon, et le rabat du trou à fumée dissimula le cercle de ciel que je ne voulais plus voir. Étendu sur ma couche, je fus telle une chrysalide. Les cendres mêmes du foyer restèrent froides. Tandis que les jours et les nuits s'écoulaient, moroses et glacés, mes forces déclinèrent.

Il me fallait vivre seul. Tengri en avait décidé ainsi. Mais cela me torturait moins que l'impossibilité de me déplacer comme avant. La rotule que je n'avais plus à mon genou blessé me le rappelait sans cesse. Elle ne quittait pas mes mains. Je la malaxais continuellement en me disant qu'on finirait par me nommer Bo'ortchou le Boiteux, que mes flèches ne seraient plus infaillibles, qu'à cheval, il me faudrait bannir quelques positions ou prouesses que j'affectionnais, masquer mes faiblesses, craindre l'ennemi peut-être. Quel plaisir à guerroyer ainsi ? Et pour qui ?

Franchir à nouveau le seuil de ma tente me semblait un effort inutile. Rien ni quiconque ne parvenait à me motiver pour cette épreuve. Qasar, Belgutèi, Tèmugè et le bon Djelmè s'y employèrent pourtant. J'étais comme une pierre. Puis, Djotchi vint. Il me serrait dans ses bras, me parlait, me sermonna même quand il ne restait pas dans la pénombre sans rien dire. Sa présence me fit l'effet d'un chant, d'un onguent sur mes brûlures. Il était la pluie, le vent, la gifle d'un sabot qui fait rouler les pierres. Je réagis et me levai pour claudiquer en rond sous ma tente.

Puis Djotchi s'en fut combattre en pays tangout avec Djaghataï et Ogodèi, à la tête de six mille guerriers. Qasar, Belgutèi et Subotèi les encadraient, tandis que Djèbé la flèche et Djelmè, avec deux mille hommes chacun, assuraient l'arrière-garde, l'intendance et l'éventuel renfort.

Durant l'absence de Djotchi, son jeune fils Orda eut la charge de me veiller. Chaque jour, le morveux m'incitait à marcher. Il ne comprenait pas qu'un Mongol, de surcroît un chef, grand palefrenier des chevaux du khan et initiateur de son père, soit impotent. Pour ce merdeux pas plus grand qu'un bélier mais qui à cheval gonflait le torse comme s'il venait de tordre la nuque d'un taureau, un homme était debout sous Tengri, ou bien mort! Complaisamment alité, je n'étais pas un exemple pour lui, si impatient de m'escorter à la chasse.

Alors je me levai, et un beau jour où une mésange zinzinulait à tue-tête sur mon toit, sortis. Le ciel m'éblouit. Je fermai les yeux un instant avant de les entrouvrir prudemment. Il était d'un bleu limpide, infini, scintillait sur la steppe recouverte d'une mince couche de neige, et réaliser à quel point il m'avait manqué était merveilleux.

*

Deux lunes passèrent avant de fêter le retour de nos escadrons. Ils avaient mené de jolies razzias parmi les oasis du Kansou, brûlé les cultures, détruit les irrigations, nourri leurs chevaux avec les récoltes, mis en déroute les troupes tangout, rapporté de conséquents butins pour la plupart soutirés aux caravanes, et recueilli de précieux renseignements. Surtout, ils avaient relevé points d'eau et pâtures, car la volonté de Tèmudjin était de faire sien ce royaume au seuil de l'Empire kin.

*

A l'endroit même où Tèmouloun était morte, Tèmudjin érigea une statue. Je l'ai longtemps évitée. Pourtant, un soir où l'orage se formait, je l'aperçus et dirigeai mon cheval vers sa silhouette grise. Aussi large et grande que moi, elle avait une apparence masculine, portait poignard et trousse à sa ceinture, une main sur le manche de l'arme, l'autre levée tenant une tabatière. Sa belle tête ovale était légèrement penchée, muette. Les yeux en amande fixés dans la pierre étaient sereins, presque joyeux. Je m'éloignai en prenant soin de rester dans leur prolongement.

*

Quelque temps après les festivités rendues aux braves, nous quittâmes l'Île aux Herbes pour la région des Trois Lacs. Cette migration donnait un spectacle saisissant. Il y avait d'abord les colonnes armées qui se déroulaient sans fin, étalées sur trois épaisseurs, placées en quinconce. Elles ouvraient les convois de chariots, de tentes, de fardeaux, taches colorées aux multiples grincements. Puis venaient les immenses troupeaux dont le nombre s'évaluait au fantastique nuage de poussière qu'ils soulevaient. A celui qui aurait voulu observer ce mouvement dans sa totalité, trois jours auraient été nécessaires pour en voir le bout. Là où nous passions, le terrain était gâché pour longtemps. D'autres nuages s'élevaient, ceux des feux que les gardiens de troupeaux allumaient dans les environs pour revigorer de futures pâtures.

A l'avant, Tèmudjin Khan rayonnait. Entouré de ses frères, de ses fils et de ses généraux, il menait son peuple tout en portant un regard perçant sur le bon déroulement de la caravane. Son allure dense et puissante dégageait l'harmonieuse assurance de l'aigle déployé dans l'azur.

Ce qu'il avait espéré, il l'avait obtenu ou était sur le point de l'obtenir. Les Mongols étaient unis. Les ennemis et les tribus dissidentes s'étaient ralliés. Les rebelles avaient été éventrés, abandonnés sur place, et ceux qui résistaient encore tendraient leur nuque. Tèmudjin régnait sur un océan de flèches mortelles. Maître suprême, il entendait faire connaître son triomphe à ceux qui l'ignoraient encore, lors d'un grand qouriltaï où il serait consacré kha khan, empereur. La date de l'événement était fixée au dernier quart de la lune de la parade du coucou, et coïncidait avec celle de ses quarante-quatre printemps. Quatre-vingts messagers étaient partis vers les autres royaumes pour annoncer le couronnement.

Si cette consécration à venir le mettait en joie, la vraie cause de son bonheur était notre destination : les Trois Lacs, où Mère Ho'éloun l'avait enfanté.

La vénérable grand-mère nous accompagnait, toute percluse de douleurs, alitée dans sa grande tente montée sur un chariot tiré par douze bœufs. Afin de lui éviter trop de secousses, quarante esclaves montés sur des chameaux soutenaient les épais cordages de crins passés sous la plate-forme du chariot.

Tèmudjin se souvenait de la région des Trois Lacs, anciens pâturages d'hiver des Bordjigin, comme d'un lieu magique :

— Tu verras, Bo'ortchou, l'herbe y est soyeuse, boutonnée de fleurs multicolores, vallonnée, rafraîchie de ruisseaux caressants qui surgissent du sol comme le lait des mamelles. Les monts y sont peu élevés, coiffés de forêts claires, mais une fois sur leur sommet, la vue s'étend dans toutes les directions.

Le khan disait vrai. Les prairies se succédaient, lumineuses, bordées de hautes forêts de mélèzes, de pins rouges ou de bouleaux crayeux. Notre marche soulevait une puissante odeur de thym, et dans le ciel limpide, glissaient grues, cigognes, hérons et pélicans.

Nous installâmes le camp. Les tentes royales

furent disposées près du plus grand des Trois Lacs. Les Bordjigin l'appelaient l'Aîné. Ses eaux avaient la réputation de guérir tous les maux. La yourte du khan se trouvait exactement à deux cent onze pas du rivage, à l'endroit même où il était né. Au crépuscule, les animaux sortaient de la forêt pour s'abreuver sur la berge opposée, et le spectacle d'un lynx, d'un ours ou d'un loup écartant de la gueule les taillis enflammés d'or, trouvait toujours un parterre de chasseurs attentifs.

Kökötchu y venait les nuits sans lune pour palabrer avec les esprits. Il y jetait des bouts de bois sculptés qui s'enflammaient aussitôt.

Boire au lac « du bas » soignait les estomacs; celui « du haut » apaisait les douleurs du foie et des reins. Il y avait aussi un marais dont les eaux guérissaient les yeux. Il se trouvait au plus profond de la forêt. En se mouillant trois fois par jour le front, la nuque et l'occiput, celui dont la vue baissait recouvrait ses facultés. Mais il lui fallait prendre garde à ne pas mouiller ses yeux, car alors il devenait aveugle à tout jamais.

Un soir, Tèmudjin me demanda. Je traversai le bois de cèdres où femmes et enfants se retrouvaient pour papoter et jouer sous leur fraîcheur, foulai un vaste tapis d'herbe rase coloré de myosotis et de trèfles, et pénétrai sous la tente royale.

Le khan était assis en tailleur sur d'épais feutres blancs. Il contemplait Yèsui à sa gauche qui se faisait graisser les nattes. A ses pieds, il y avait des pyramides de victuailles sur des plateaux d'argent.

— Approche, Bo'ortchou.

Je m'inclinai en ignorant les épaules nues de la favorite.

— Tiens prêt ton cheval, car demain à l'aube nous irons ensemble et pour trois jours chevaucher les territoires de mon enfance. J'ai à t'entretenir!

*

Nous descendîmes par le vallon qui serpentait à droite de ses tentes jusqu'à un *obo*. Nous en fîmes trois fois le tour en déposant un caillou à chaque ronde avant d'accrocher nos offrandes au sommet des pierres accumulées; une poignée de crins blancs pour moi, une ceinture de soie bleue pour lui. A quelques pas, une source jaillissait d'un tertre et formait une mare qui s'écoulait en rigoles parmi des bosquets d'osier.

— C'est ici que nous venions chercher l'eau. Nos tentes étaient là-bas en lisière de forêt. Tu vois ce tronc couché ?

Tèmudjin désignait un vieil arbre pourri recouvert de moisissures.

— Tèmouloun était encore au sein lorsqu'il tomba près de notre yourte, et Mère Ho'éloun disait qu'il s'était allongé là pour qu'elle puisse nourrir son enfant tout en surveillant le troupeau de moutons. Je la revois encore, belle et fière, dénouer ses linges et libérer sa poitrine dans le bleu des ombrages. Elle prenait Tèmouloun, s'asseyait, et lui fredonnait des mélodies durant la tétée.

— Pourquoi as-tu voulu que je l'épouse ?

Il eut l'air étonné.

— Me le reprocherais-tu ? Elle t'est revenue alors que j'aurais pu l'offrir à l'un de ces princes en guise d'alliance. Tu es pour moi plus qu'un frère, l'Anda ! Ma volonté était que ton sang soit à jamais mêlé à celui de ma famille... C'était aussi son désir. Ma sœur t'aimait ! L'oublierais-tu ?

— Comment le pourrais-je ? Elle est comme mon ombre...

— Fais comme moi, rugit-il, marche face au soleil. Et ne te retourne pas !

Il remonta à cheval et talonna vers l'ouest. Je le suivis. Sa silhouette haute et large semblait agir sur tout ce qui l'entourait : les herbes courbaient leurs cimes, le vent se parfumait d'absinthe, l'horizon s'ouvrait et les montagnes au loin, chapeautées de nuages, prenaient plus de relief, se noircissaient comme s'était assombri son regard.

Quand nous eûmes contourné la forêt de mélèzes, il me dit, son visage cuivré de soleil :

— Regarde cette plaine. C'est ici que j'ai effectué mes premiers galops avec mon père.

Une herbe blonde frangée de montagnes ocre à l'occident s'étendait à perte de vue. Au nord, elle se terminait sèchement au bord d'un ravin qui donnait sur la rivière Balj.

Nous vîmes au loin les formes noires et tranchantes d'anciennes sépultures, puis nous nous enfonçâmes sous les mélèzes du Mont Riche, éminence sacrée qu'aucune femme n'avait foulée. Il y régnait un silence de plomb.

Nous débouchâmes sur une clairière qu'un grand dix-cors occupait, ses prunelles pointées sur nous, ses bois confondus dans les rameaux d'un pommier isolé. Il disparut en quelques bonds dans la forêt. Coincé dans les branches basses de l'arbre, se trouvait un autre cerf, desséché celui-là, vieux crâne rongé par le temps. De ses bois ne subsistaient que deux racines d'os blanchi.

— C'est le premier cerf que j'ai tué, confia Tèmudjin. Tu vois, il revit.

Nous atteignîmes le sommet en longeant la lisière, entravâmes nos chevaux et nous accroupîmes. Nous pouvions voir une grande partie du camp, et tout autour, les monts échelonnés en vagues douces. Au dôme du ciel, le soleil enrobait le paysage, y déposant en chaque endroit dénudé des étuves implacables.

Nous restâmes ainsi sans rien dire un long moment, le regard errant dans les vapeurs vacillantes, alors qu'à l'orient, des feux de prairie délivraient une épaisse colonne de fumée. En l'apercevant, il dit :

— Quand les chevaux auront engraissé, nous repartirons en pays tangout. Nous pillerons les caravanes, mettrons à sac les villages, ainsi, quand il n'aura plus de provisions pour sa ville fortifiée, leur roi sera bien obligé de sortir son armée. Alors, nous prendrons Ning-hia, jetterons à terre murailles, maisons de pierres, et asservirons les Tangout ! J'aimerais que tu sois à mes côtés.

Troublé par sa proposition, je répondis :

— Regarde devant toi, ô mon khan ! Si tu voulais apercevoir la frontière de ton royaume, il te faudrait voir vingt fois plus loin ! Aucun œil ne le peut. Ton prestige, le peuple que tu as levé sous ta bannière dépassent ta propre vue. Cela ne te suffit-il pas ? Nos troupeaux seraient multipliés par deux cents, qu'il nous resterait toujours assez d'herbe pour en nourrir dix fois plus encore ! Tu es redouté ! Tu as unifié quatre cents tribus ! Il ne se trouve pas un empire pour contester tes biens ! Craindrais-tu de ne pouvoir en profiter, de t'ennuyer ?

— Je suis redouté car je suis redoutable, gronda-t-il en se levant. Les rois de la terre entière l'apprendront ! Il n'est pas une goutte de sang mongol qui ne sera remboursée par celui de dix hommes ! J'en ai fait le serment devant Tengri ! Pour leurs crimes envers nos ancêtres, les Kin paieront, comme devront payer tous ceux qui ne baisseront pas le front devant moi, le khan, l'élu du Ciel !

Je l'observai, médusé. Il était hors de lui, comme transformé par une sorte de présence étrangère, déplaisante, qui émanait du plus profond de son être.

— Le Ciel n'est-il pas harmonieux ? m'interrogea-t-il furieusement. N'est-il pas en paix ? Il l'est parce qu'il est un ! Il m'a choisi pour instaurer la concorde ici-bas. Tout Mongol qui refuse de combattre Le trahit. J'éparpillerai moi-même son sang dans la boue !

— Est-ce Le trahir que de vivre paisiblement sous Lui comme j'entends le faire dorénavant ?

— Oui, car il nous faut d'abord convaincre les autres peuples du bienfait qu'il y a à respecter le yasaq. Qu'importe leurs visages, la couleur de leurs yeux, leurs dieux ou leurs idoles. La seule chose qui compte est qu'ils aient un khan unique. Alors, du levant au couchant, l'entente durable sera possible. Quant à nous deux, poursuivit-il, tant que tu persisteras à ne pas chasser cette ombre étendue en travers nos cœurs, l'incompréhension noircira nos foies.

— A qui la faute !? m'exclamai-je avec le sentiment de me jeter dans le vide. Depuis ce jour où tu m'as chargé de tuer Djamouqa, cette ombre me pèse, car il m'a révélé ta complicité dans l'enlèvement de Reine des Fleurs.

Il s'apprêtait à chausser l'étrier, une expression sur le visage tout à la fois déçue et irritée.

— Nous avions promis de ne pas laisser une tierce personne nous confondre. Nous devions vérifier par nous-mêmes la clarté de notre attachement. Comment as-tu cru de tels mensonges ? Le fielleux qui les a proférés ne visait qu'à nous séparer. Tu me soupçonnes d'entraver ton bonheur, moi qui ai toujours cherché à libérer ton cœur. Si l'un de mes fidèles avait éparpillé le corps de Djamouqa malgré mon ordre de ne pas verser son sang, cette indiscipline lui aurait valu d'avoir les mains coupées. Or, je ne t'ai pas puni. En t'attirant dans l'embuscade merkit, Tengri l'a fait pour moi. Et s'Il t'a enlevé ma sœur, c'est pour te rapprocher de moi. Ne le comprends-tu pas ? J'ai parlé !

Il monta en selle et dévala la pente.

Au pied du Mont Riche, sous un bois de bouleaux, des crânes de chevaux sacrifiés parsemaient le sol, leurs orbites vides tournées vers le ciel, tandis que les rayons du soleil découpaient le contour d'une feuille sur leur front fracturé.

Je restais là parmi les ossements, attendant le soir, retrouvant dans leurs craquelures rongées de poussière ce désespoir atroce qui martelait ma poitrine.

TROISIÈME PARTIE

CHAPITRE 41

La steppe argentée de soleil scintillait dans mon sommeil. J'avançais à la vitesse du vent, nu et désœuvré, comme emporté sur les ailes d'un oiseau. Rien ne me permettait d'influer sur cette invisible monture. A peine aperçus, tapis de fleurs, ruisselets, marais et roches disparaissaient. Je filais à hauteur de crinière, si vite que mon cœur se soulevait sur les plis et les vides du relief. Mon âme naviguait sans bride. Volait-elle vers Tengri ? Lui qui ordonne tout, me reprenait-il ?

Au sud, un mont assombrissait l'horizon et m'attirait. Il était large et son sommet uniformément plat lui donnait l'apparence d'un yack assoupi sur le sable. Des nuages en spirales s'y amassaient. Je contournais ses parois bleu nuit en pivotant sur moi-même. Les nuages se gonflaient, s'étiraient, se tordaient : le visage du khan, immense, farouche et grandiose, apparut. Il m'observait, la mâchoire résolument scellée, l'œil sombre, plein de reproches, et comme un poison, cela me déchirait le ventre.

La vision s'embruma avec les mugissements des vaches mises à l'enclos en prévision des sacrifices.

J'étais étendu sur mon lit. Dehors, des enfants couraient et se bousculaient en frappant dans leurs mains. Ils devançaient un convoi de chameaux lourdement sanglés et plein de grelots ; les notes claires ricochaient au rythme de leurs molles enjambées et devenaient de plus en plus stridentes à mesure qu'ils approchaient... Mes esprits me revinrent : nous étions à la veille du Grand Jour !

Demain, Tèmudjin serait sacré Kha Khan ! Un titre exceptionnel. Aucun de ses ancêtres, même pas Qaïdou et Qaboul, pourtant nommés kha khan par déférence, n'avait eu ce rôle d'empereur. Souverain de tous les Mongols, il régnait dorénavant sur un empire, et sa splendeur irait par-delà les frontières se révéler aux autres royaumes.

Le soleil, déjà haut, allumait d'or le rebord du trou à fumée. De grands corbeaux, pressés par le tumulte du camp, le traversaient à tire-d'aile.

Un crâne fraîchement rasé aux yeux rieurs souleva ma porte.

— Bo'ortchou ! Bo'ortchou !

C'était Orda, le fils aîné de Djotchi. Il portait un nouveau del bleu roi rehaussé d'ourlets pourpres. Il avait six printemps, une cicatrice à la pommette droite, souvenir d'une chute de cheval, et une bienfaisante vitalité. Ses grands yeux noirs brillaient d'excitation.

— Que se passe-t-il, Toute Petite Miette ?

— Venez vite, oncle Bo'ortchou, un animal comme une montagne marche vers le fleuve ! Il porte deux arcs immenses et deux grands boucliers à ses épaules, à la place du nez il a une énorme zigounette qui traîne à terre, et sur son dos, une drôle de yourte.

— Es-tu bien réveillé ? Ne serait-ce pas Qasar chevauchant un de ses grands chameaux blancs ?

— Non, oncle Qasar est enfiévré, il a bu trop de lait qui trompe. Mon père s'échine en ce moment à le rafraîchir et l'habiller. Venez, venez !

Il fila en bousculant la servante qui m'apportait mon repas.

J'enfilai mes bottes, ma chemise bleue, nouai une ceinture jaune vif, et boitant bas, m'en allai par les ruelles du camp. Des hordes de mômes hilares déboulaient sur leurs montures sans crier gare, poursuivis par une meute de chiens ravis, affolant agneaux et cabris, chevaux à l'attache. Les femmes les disputaient en vain.

Cela faisait presque trois lunes que nous nous préparions au grand jour. Quarante mille Mongols avaient rejoint les bords de l'Onon, et d'autres, depuis nos lointains territoires, les anciens pays kèrèit, naïman, tatar, khirgiz, toumat et oïrat, affluaient encore.

La ville de tentes dressait ses coupoles jusque sur les crêtes des collines environnantes. Une demi-journée de cheval était nécessaire pour la traverser; un nuage brun perpétuellement suspendu au-dessus d'elle témoignait du nombre de feux. Du matin au soir, des chariots tirés par des bœufs allaient et venaient de la forêt avec leurs chargements de bois. Il y avait tant de monde et d'agitation, que les chemins en terre battue étaient encombrés de chevaux, de volailles, de veaux, de chiens, d'hommes saouls, de fientes et de divers détritus. On y vidait les moutons, parlementait, s'y disputait parfois, tandis que sur une incroyable toile d'araignée en crins de chevaux tendue entre les dômes, séchaient des tapis de selle, des lanières, des quartiers de viande, du gibier faisandé, des tendons, des peaux, des fromages, des herbes et des panses de mouton.

Situé sur des pentes douces, l'ordu géant occupait également en dépit des risques de crue, les vastes espaces plats qui bordaient les rives de l'Onon. Quant aux îles du fleuve, elles étaient réservées aux tentes des princes, seigneurs et ambassadeurs étrangers, dont les caravanes chargées de présents continuaient d'arriver. Certaines venaient du désert du Lob, de Dzoungarie, du pays ouïghour, avec, marchant aux flancs des chameaux, des panthères portant collier de diamants; des esclaves aux bras dénudés, blanches et harassées; des chevaux fins comme des gazelles, la bouche écumante et les veines saillantes; et tant d'autres trésors...

Ainsi, cette caravane qui avait franchi les chaînes de l'Altyn Tagh et le Gobi ; certainement celle dont m'avait parlé le fils de Djotchi, car le cul énorme d'un animal oscillait entre les toits des ronds de feutre. Il portait effectivement une étrange tente sur son dos, et s'approchait de l'Onon.

Au meilleur passage du fleuve noir, une foule immense se pressait, joyeuse et prévenante, avide du spectacle des richesses insolites qui défilaient. Peu profond en cet endroit, il n'en était pas moins traître, car le courant emportait sous les pas des pierres dont la taille valait bien celle de crânes humains.

L'homme assis sur la nuque de l'éléphant — c'est ainsi qu'ils appelaient ce vénérable animal — le fit s'accroupir jusqu'à ce que son ventre touche terre. Alors, les deux passagers qui se trouvaient dans la yourte, une étonnante selle d'osier dotée d'un parasol, glissèrent le long d'une corde. Ils portaient des tuniques cintrées et des pantalons de soie, ivoire pour le plus jeune, noire et verte pour le second, et de délicats bandeaux agrémentés d'une plume couronnaient leur tour de tête. L'un était le fils d'un roi, l'autre son tuteur. D'apparence fragile, ils scintillaient tels deux bijoux.

Cet équipage fut rapidement encerclé par les nôtres qui babillaient sur la façon dont la bête fut dessellée.

L'éléphant se baigna, et tous s'exclamèrent. Il s'aspergeait avec son long nez en poussant de terribles sons où se mêlaient l'impatience et le contentement, puis, enroulant son formidable appendice sur lui-même, il scinda les flots dans un bouillonnement d'écume, à coups secs et joyeux, entrouvrant la bouche et déployant ses oreilles, avant de se laisser aller sur le côté. Les enfants riaient et les adultes commençaient à suspendre leurs bavardages, étonnés par la masse de la puissante bête contre laquelle des vagues enflaient.

Enfin, l'Indien, qui le menait et qui semblait être

son maître, vint près de lui pour le frotter avec des branches. Il ne craignait pas de se faire écraser. Énergique et attentif, il s'activait tout en lui parlant, et après quelques caresses à son front, il lui demanda de se lever et de le suivre sur la berge. Nonchalant, l'éléphant obéit.

Le grand panier ombragé retrouva son dos. Il fut sanglé de nouveau sous les commentaires et les rires qui redoublèrent. Le prince et son tuteur réintégrèrent dignement ce trône ambulant, et la traversée se fit pour notre plus grande joie.

Le grand cornu inépuisable, comme certains l'appelaient, alimenterait les conversations pour le restant de la journée. L'espèce était mortelle, apprit-on : des trois éléphants que le souverain indien avait envoyés, deux étaient morts durant le parcours, l'un sur les hauts plateaux du Tibet, l'autre, entre Lob et Gobi. Destinés à notre khan, il ne restait d'eux que leur harnachement, les grands paniers d'osier avec leur toile de soie et d'épais coussins richement décorés.

La caravane indienne alla rejoindre l'ombrage des grands saules. Elle opta pour un terrain sablonneux en lisière de forêt, non loin du seigneur öngut, Alaqouch-tègin, installé depuis une lune déjà, et accompagné de son fidèle berger, notre ami le Sarte, Hassan, à la tête de cent chameaux et dix fois plus de moutons.

Nous restions là à bavarder, arpentant les berges, observant les étrangers sur l'autre rive, guettant les femmes esclaves qui venaient la cruche à la hanche. Nous nous amusions de leurs airs effarouchés, de leurs vaporeuses tuniques qui s'accrochaient aux bosquets de tamaris, et de leur poitrine qui, lorsqu'elles se penchaient sur l'onde, basculaient et se dévoilaient, tout enluminée des chatoiements houleux.

Par-dessus les couronnes des arbres, les tentes royales du khan se dressaient à mi-pente, au creux des monts. Elles étaient trois fois plus rondes et plus blanches que les yourtes usuelles. Celles de ses femmes, au nombre de douze, s'égrenaient à l'est de la sienne. Celles des princes et de la famille du chaman Kökötchu campaient à l'ouest, et leur ensemble formait un grand croissant. Devant chacune était plantée la hampe aux trois flammes d'airain et aux neuf queues de yacks argentées. Une haie d'hommes armés et cuirassés en empêchait l'accès. Un peu plus bas, d'autres tentes, vastes et rectangulaires, ouvertes sur le sud, bordaient un plateau et se gonflaient sous la brise. La plus importante était blanche et frangée d'azur. Le sacre s'y déroulerait.

En attendant d'être Kha Khan, Tèmudjin dominait sa ville de guerriers. A ses pieds, il pouvait voir à travers les feuillages de l'Onon ceux qui venaient lui rendre hommage en espérant quelque alliance.

Le choix du lieu se justifiait par la présence du Mont Céleste, cette montagne qui l'avait sauvé plus d'une fois, qu'il vénérait à chaque lune, où il se recueillait avant chaque campagne. L'Onon y prenait sa source, et l'échine du massif adoré d'où les ordres de Tengri, disait-il, avaient un écho argentin, était visible depuis ce repaire d'aigle.

La Kèrulèn et la Toula avaient aussi leur source au Mont Céleste. La première était la rivière des disputes, souvenir de la lointaine époque où les Tatar y avaient fixé leur frontière. Quant à la seconde, elle mêlait ses eaux à l'Orkhon, puis à la Selenga avant de se jeter dans le lac Océan, lequel se déversait au nord, direction prise par les morts, le sud étant source de vie, la résidence des oiseaux et des âmes.

Dans le couchant, il apparut, son cimier doré par les rayons. Derrière lui, un millier de ses chevaux broutaient jusqu'aux sommets des monts, encadrés par les veilleurs en armes.

Il regardait l'Onon, sombre serpent qui déroulait ses anneaux entre les montagnes, rognait les rives, déposait galets et bancs de sable selon son humeur sinueuse, rejetait troncs sculptés, courbait les rameaux et les encolures des animaux.

Je ne connaissais que l'éléphant qui n'ait nul besoin de fléchir le cou pour s'abreuver. Le soir, nous l'entendions tirer sur ses chaînes, fourrager le sol. Son ennui soulevait une épaisse poussière. Elle s'élevait au-dessus des feuillages et tourbillonnait sans fin, emportée par le vent.

*

Au jour du sacre, dès l'aube, les hordes de cavaliers franchirent les deux bras de l'Onon dans un bouillonnement d'écume terreuse. Ils étaient tant que les rives cédèrent pan après pan sous leurs chevaux. Leur multitude grimpa vers les tentes du khan, jambe contre jambe, et bientôt les herbes disparurent sous une forêt inextricable de membres sabotés. Certains portaient un ou deux enfants devant eux, d'autres davantage, les plus âgés assis en croupe. Les morveux qui ne tenaient pas encore en selle suivaient avec les femmes, entassés dans les nacelles, ballottés aux flancs des chameaux ; ils s'agrippaient aux cordages, suçaient leurs doigts en lançant des yeux ronds aux alentours, quand ils ne s'amusaient pas à saisir les toupets ou les enrênements des chevaux à leur portée.

Les hommes avaient revêtu leurs cuirasses, graissé les lamelles verticales, redonné couleurs aux boucliers, astiqué l'or ou l'airain des cabochons, rivets et autres accroche-cœurs. La houpe des casques flottait au-dessus des protège-nuque, les carquois fleurissaient d'empennes et le fer aiguisé des lances découpait des blessures d'argent dans le bleu du ciel.

Les accents de cent tribus s'entremêlaient : gutturaux pour les Kèrèit, chantants pour les Mongols des Trois Rivières. Celui des Tatar avait des notes saccadées, et celui sans douceur des Naïman était haché, empli de sonorités crispées. Les dialectes ricochaient par-dessus les croupes, et pour se faire comprendre, des visages exagéraient leurs expressions, des bras rythmaient les propos, tandis que des rires tonitruants jaillissaient des poitrines luisantes. Ils évoquaient leurs combats, leurs chevaux, leur seigneur ; montraient leurs blessures, leurs armes, leurs bijoux.

A mesure que les fractions comblaient les espaces, chacun prit peu à peu conscience de l'événement. Une nation naissait ! Et devant l'ampleur de cette puissance, ils se turent. Ils étaient cent mille à cheval, les yeux plus flamboyants que leurs étendards. Alors, ils ôtèrent leur couvre-chef et, nu-tête, le gosier âpre, la bouche à demi pantelante, attendirent plus muets que des statues.

Entre leur masse compacte, une allée de la largeur d'un chariot menait directement aux tentes rectangulaires. Souverains, chefs et grands dignitaires l'empruntèrent sous les battements des tambours, et sur toutes les lèvres courut le nom de ceux qui gravissaient la pente. Les murmures s'amplifièrent quand ce fut au tour de Subotèi, Djèbé la Flèche, Djelmè, Mouqali, Qoubilaï ou moi-même, nous les fidèles du khan, ses généraux, ses loups féroces.

Une triple rangée de gardes à pied protégeaient le surplomb. Ils tenaient des lances décorées d'oriflammes, les deux premiers rangs tournés vers le peuple. A l'intérieur de l'esplanade, les élites prirent place. En charge du protocole, T'a-ta T'ong-a veillait à ce que les étrangers ne commettent pas d'impair, tel que diriger ses semelles vers la tente royale ou s'accouder sur les genoux.

Tèmudjin trônait sur d'épais feutres blancs. A sa gauche, tel un collier de perles, s'égrenaient les visages des épouses. Tout d'abord ceux de Börtè et Yèsui, séparées par Mère Ho'éloun, puis Yèsugen et les princesses moins charmeuses, mais qui, à l'instar des favorites, portaient de lourdes coiffes enjolivées de pierres et de corail, des dels chatoyants.

Leurs toilettes rivalisaient d'adresse et de joyaux, si bien qu'elles n'osaient bouger le moindre cil, regards fixes et lointains. Le chaman se tenait à la droite du khan, venaient ensuite les frères et les fils du khan disposés selon la hiérarchie d'aînesse.

Un long tapis ivoire partait des pieds de l'Anda. Kökötchu le longea jusqu'à son extrémité : un cercle en plein soleil. Il ôta ses chausses et se plaça sur ce rond de laine foulée, agita trois fois son tambour, le porta à ses reins, puis le lâcha. L'instrument oscilla mais ne tomba pas : il flottait ! Les pendants métalliques et les petites cymbales tintèrent, les rubans s'agitèrent, le brame du cerf se fit entendre, doucement d'abord, puis d'une manière de plus en plus régulière, nette et profonde : les esprits animaient le tambour. Le chaman écarta les bras, renversa la tête : à leur tour, ses pieds quittèrent le sol. L'assistance tressaillit, glousssa d'étonnement, et le grondement plaintif de ceux qui étaient trop loin enfla.

Quand il fut totalement étendu, en suspension à une bonne coudée de la terre, Kökötchu émit des sons incompréhensibles. Puis il scanda, ou du moins une voix qui l'habitait, car bien que ses lèvres tremblassent imperceptiblement, elles ne bougeaient pas :

— Gengis ! Gengis ! Gengis...

Martelé de plus en plus rapidement, ce nom qui veut dire Océan, sonnait comme un grief, avec véhémence.

Les yeux plissés de Tèmudjin, plus étincelants que deux coupelles d'or, observaient le chaman. On aurait dit qu'il le soulevait du seul éclat de son regard.

Kökötchu retomba lourdement comme à chaque fois que les esprits interrompaient le dialogue. Les porteurs de grands éventails se précipitèrent pour le rafraîchir. Il se releva avec peine et, livide comme un ver, déclama :

— Depuis trois aubes, Tengri m'apparaît dans

l'habit bleu d'une mésange. Chaque matin, l'oiseau se pose au sommet de la même tente et lance trois appels... Gengis ! Gengis ! Gengis ! Alors, il déploie ses ailes, et tandis que le soleil étend ses rayons, un arc-en-ciel pénètre par le trou à fumée. Cette tente est celle de notre khan. Ce signe de Tengri est pour moi comme le torrent sur le rocher, limpide, irrévocable : il m'indique l'élu. Tèmudjin n'est plus ! Que Gengis, la volonté du Ciel sur la Terre, approche.

Tèmudjin obtempéra jusqu'à la limite de l'auvent immaculé où il se figea. Qasar et Tèmugè l'imitèrent, chacun à un pas et de chaque côté du tapis.

— Que ceux qui oseront fouler sa demeure blanche, poursuivit l'intercesseur céleste, l'étourdi, le lâche, l'opposé, sachent que Tengri veille sur son fils ! Qu'ils voient quelle serait sa colère !

Le chaman saisit un esclave fautif, le força vers le cercle de laine sacré et de sa canne pointa son cœur. Le misérable s'enflamma aussitôt. Il hurla en se frappant les épaules et les cuisses, puis courut. Avant qu'il ait atteint le parterre des dignitaires, les porteurs de lances le transperçaient.

Kökötchu s'avança de trois pas et, levant les bras, tremblant d'une sourde fureur, reprit :

— Gengis Khan franchira les montagnes les plus hautes, transpercera les cuirasses les plus épaisses. Nulle armée ne lui résistera car son mandat lui vient de là-haut.

Et s'adressant à Tèmudjin :

— Si tu es bien celui-ci, alors ne crains pas d'avancer. Rien ni personne ne peut le tromper. Et nous te dresserons au-dessus de nous tous.

Le khan défit sa ceinture, la posa sur ses épaules, ôta son couvre-chef et sortit de l'ombre. Six pas plus loin, il était debout sur le disque de laine blanche.

La foule, émerveillée de constater qu'il ne s'enflammait pas, resta un instant sans réaction. Les premiers à s'agenouiller furent les affranchis. Les têtes s'inclinèrent. Qasar et Tèmugè mirent un genou au sol et soulevèrent leur aîné, aussitôt rejoints par Belgutèi et les fils du khan. Les milliers de bras s'agitèrent et lancèrent en l'air les bonnets et les casques, puis sortirent des poches de poitrine la coupelle. Les gourdes se vidèrent promptement, et si ces joyeuses libations honoraient Gengis Khan, elles visaient également le ciel, la terre, les huit directions et les crinières des chevaux qui étaient généreusement arrosées.

Joyau de l'Éternel Tengri, l'Anda paradait tel le soleil sur un océan de crânes nus et de sourires rayonnants, son del bleu se confondant dans l'azur. La ronde des porte-étendards caressait son visage aux mâchoires serrées. Son regard fouillait parmi les nuées de faces hilares. Il croisa mes yeux et l'immense bonheur que m'apportait sa gloire. Il ne cilla pas, n'eut pas le moindre sourire de connivence ou d'acquiescement complice, et s'en fut, escamoté par les oriflammes, imperturbable et hiératique.

Tèmudjin n'était plus. Quels griefs Gengis Khan me réservait-il ?

CHAPITRE 42

Gerelma ricanait.

— Voilà ton Anda ! Au jour du sacre, il honore et récompense tous ses fidèles, et toi, tu es le seul à ne rien rapporter sous la yourte.

Depuis qu'elle avait retrouvé l'emplacement de sa tente à côté de la mienne, c'était la première fois qu'elle se montrait blessante. Elle avait appris à se taire mais, que son mari, le bras droit du khan, rentre bredouille, c'en était trop pour elle.

Au-dehors, l'immense camp résonnait des bruits de la fête qui entamait sa première nuit sur les bords de l'Onon. Les feux pétaradaient jusqu'aux étoiles.

— Tais-toi, ignorante !

— Le khan a cité et enrichi tous les braves. Ceux qui n'étaient que de simples bergers ont vu leur renommée chantée par sa bouche divine. Serais-tu moins qu'un fouetteur de cul de mouton pour qu'il t'écarte ainsi ?

Elle disait vrai. J'avais assisté aux louanges de Gengis Khan, entendu ses récompenses. Un seul avait été oublié : moi.

— Que m'importe ! Je n'ai nul besoin d'éloges pour servir le khan. Je ferais bien de t'arracher la langue.

Je sortis.

Cinq hommes de la garde personnelle du khan se trouvaient devant ma yourte. Les pointes de leur casque et de leurs carquois hachuraient les rougeurs du festin.

— Que voulez-vous ?

— Le khan s'étonne de ne pas t'avoir à ses côtés.

Celui qui parlait était le plus avancé, et, accoudé sur sa selle, semblait sourire.

— Dites-lui ma joie. Qu'il se rassure, je ne m'éloigne pas, bien au contraire, car c'est avec les loups que je m'en vais le fêter.

— Prends garde, seigneur Bo'ortchou, de ne pas laisser blanchir le jour, car Gengis Khan t'attend demain aux aurores.

Ils tournèrent bride et galopèrent vers l'Onon, happés par les lueurs.

Mon intention était de fuir le tumulte et de rejoindre mes pâturages du Trône Rouge distant d'une demi-journée de trot. La convocation du khan contrariait mes plans.

Je passai la nuit le nez tendu vers la voie lactée et m'assoupis enfin, tel l'éléphant aux yeux chassieux, seul et entravé.

*

Il me fallut patienter devant la garde personnelle du khan pendant qu'on allait lui annoncer ma venue.

La brise soulevait l'âcre odeur des fauves. Ils étaient maintenus au nord de ses tentes dans des prisons de pieux entrecroisés, et tournaient en rond en lançant des regards menaçants. Tous les présents du khan se trouvaient dans cette direction. Panthères et guépards côtoyaient des paons, des singes, et d'autres animaux étranges. Les perroquets et les rossignols enfermés dans des cages serties de diamants seraient relâchés. D'innombrables tapis représentant des scènes de chasse, de combats, de sacres ou de mariages s'entassaient parmi d'autres pyramides de bijoux, de tissus bigarrés, d'armes forgées par d'habiles artisans, de plats, de bols et de brocs en étain, d'autres en argent, en or blanc ou jaune. Il avait également reçu deux cents esclaves, principalement des femmes, et six épouses, guère attrayantes mais de noble sang. L'une d'elles était offerte avec deux esclaves découillés, à la peau brune et aux yeux ronds comme deux escarboucles. Il y avait aussi des chevaux de race, certains poilus avec des membres épais, d'autres aussi fins que des gazelles, élancés et pleins de feu, mais avec bien trop d'air sous le ventre. Ceux-là ne résisteraient pas aux rigueurs de la steppe. Il faudrait les envoyer au sud de Gobi. En revanche, les grands chameaux me plaisaient. Ils étaient disposés selon leur provenance et, du blanc laiteux jusqu'au noir, en passant par les teintes sable, orangées, brunes ou rouges comme le henné, leurs robes s'échelonnaient telles des dunes. A l'encolure, leur laine avait l'épaisseur d'une coudée. Les plus beaux d'entre eux venaient des élevages d'Alaqouch-tègin. Énormes, on aurait dit des nuages vautrés sur l'herbe. Seuls l'incessant va-et-vient de leurs mâchoires et leurs grands yeux de jais rappelaient qu'ils étaient bien ancrés sur terre. Cependant, les présents qui toucheraient le plus le khan s'agrippaient sur de longues perches de mélèze, à deux coudées du sol et sur une longueur d'une centaine de pas. Il y avait là des éperviers, faucons, autours, émerillons de toutes sortes, frôlant des aigles royaux et des aigles pêcheurs. Chaperonnés pour la plupart, ils tournaient leur tête aveugle, entrouvrant leurs ailes pour se rafraîchir.

Lorsque la garde personnelle du khan fit une brèche dans ses remparts, les premiers rayons caressaient le terre-plein royal.

Siégeant au milieu de sa famille, le khan me fixait d'un air songeur en se lissant la moustache. Il portait un del bleu ciel avec, sur chaque pan du vêtement, une grue finement brodée de fils d'or dans une posture de parade, et par-dessus, une longue tunique gris perle largement ouverte. Un bonnet de soie recouvrait son chef, avec au milieu du front une émeraude piquée de trois plumes de sterne. A la gauche du trône vaste comme un lit, au dossier recouvert d'un drap de soie broché d'or, Börtè était la plus élevée, sa coiffe arrivant à hauteur des épaules de son mari.

Je mis les genoux à terre. Le khan quitta alors son siège. L'échanson qui se tenait près de la table basse ornée de cruches et de vasques précieuses lui tendit un bol. Il le prit, s'avança, me releva et me l'offrit.

Je bénis le ciel et la terre avec le lait mousseux, et bus. Gengis Khan m'imita avant de se faire entendre :

— Cette nuit, alors que nous mordions dans les viandes juteuses, l'épouse Börtè m'a reproché de ne pas avoir récompensé l'un de mes braves. Comment aurais-je pu écarter le plus valeureux d'entre tous mes camarades : Bo'ortchou ! ? Alors que je n'étais rien, il a abandonné les siens pour me suivre. Depuis, il chevauche devant moi. Son corps est mon bouclier, ses flèches, ma sentence.

Il énuméra mes actions, rappela de quelle manière je l'avais sauvé de la mêlée, soustrait à l'épée de Targhoutaï, nettoyé sa plaie au cou, étanché sa soif...

— Hier, j'ai feint de ne pas te voir. Je savais que les envieux ne manqueraient pas de persifler à tes oreilles, et que même sous les railleries, entouré de langues fourchues, le miel coulerait de ta bouche à mon sujet. On m'a rapporté que je ne m'étais pas trompé. Écoutez, vous tous !

Il s'avança, sortit un court cimeterre au manche d'argent de son fourreau et eut un long regard circulaire.

— Bo'ortchou, fils de Naqou, est mon loup féroce. Il est l'Anda précieux. Il se tuerait pour moi. Vous ! Mongols ! Soyez Bo'ortchou ! Qu'on ne s'avise pas de comploter contre lui ou de jalouser ses biens, car alors... (il leva son arme) je ferais moi-même rouler la tête des traîtres ! Soyez témoins de ce que je dis, et colportez ma détermination qui est de l'élever au-dessus de vous tous !

Les milliers de fronts s'inclinèrent jusqu'au sol ou contre les crinières.

J'aperçus Orda qui se tenait à l'extrémité de la tente royale près des fils de Qasar, Belgutèi et Tèmugè. Les yeux embellis de flammèches, il me souriait tout en se grattant la joue.

Son grand-père ajouta :

— Tu es à ma droite, Bo'ortchou.

Puis, criant vers la foule :

— Il est à ma droite pour l'éternité !

CHAPITRE 43

L'immense vallée de la Selenga se découvrit au débouché d'une sombre forêt. Nos chevaux accélérèrent, désireux d'écourter l'espace qui nous séparait de la halte du soir. Le vert soutenu des herbes ruisselantes de lumière se reflétait dans leurs yeux.

— Tcha ! tcha !

Les oreilles de ma monture pivotèrent sous l'encouragement. Agé de quatre printemps, il entamait sa première campagne. Il avait la robe souris, un tempérament joyeux, volontaire et attentif, mais encore immature. Jeune fils de Nuage Blanc, il me rappelait Peur d'Ours, son grand-père. Je désirais en faire mon cheval de tête ; il lui fallait forcir avant de participer aux combats. Trois chevaux de réserve me suivaient à cet effet.

La saison précédente, alors que j'avais retiré les poulains du troupeau pour les former, je ne l'avais pas trouvé. Le cherchant trois jours durant, j'avais fini par le repérer dans le crépuscule. Immobile, regardant vers le sud, il semblait attelé à un étrange chariot. En approchant, je reconnus le cadavre de l'éléphant. Le prince indien n'ayant pu retourner dans son royaume sur le dos de l'animal malade, il l'avait offert au khan en s'excusant de la souffrance de cet indigne rescapé. Le cornac était resté pour alléger sa solitude, mais l'éléphant ne survécut pas une lune. Un matin, il s'était levé dans les brumes pour s'en aller au sud, d'un pas si lent qu'on apercevait encore au loin sa silhouette ronde dans le couchant. Son soigneur le suivait à pied en fredonnant une mélopée d'adieu. Ils marchèrent ainsi cinq jours jusqu'à ce que le vénérable géant plie ses membres dans une mare de boue. A l'aube du sixième jour, il ne respirait plus, et contre sa trompe, son ami pleurait.

J'avais donc récupéré mon poulain rêveur entre les cornes décorées de crins et d'étoffes. Devant l'imposant squelette nettoyé, son nom m'était venu : Babéï Ikédzân. Grand éléphant solide.

Il était bien nommé car il avait le pied sûr, de solides attaches, et sa résistance m'enchantait.

— Heureusement que ton éléphant n'a pas de trompe, dit Djotchi chevauchant à mes côtés. Il va si vite qu'il se marcherait dessus.

— Moque-toi, joli seigneur. Tu ne rieras plus

quand il distancera tes coursiers aux prochains jeux.

— Ah ! Bo'ortchou. Je ne crois pas que Babéï soit le meilleur fils de Nuage Blanc.

— Je les connais tous, ils sont mon sang !

— Allons, tu sais que je détiens le plus rapide puisque tu me l'as offert à la première coupe de cheveux d'Orda.

— Je te l'accorde, Bleu Nacre est agile et rapide comme une flèche, mais il n'aura jamais assez de cœur pour tenir la distance.

— Eh bien, pendant que tu éreintes Babéï, Orda se charge de faire suer Bleu Nacre. C'est lui qui le montera aux grands jeux du printemps.

Sa déclaration me peina car n'ayant pas d'enfant, j'espérais que son fils serait sur Babéï. L'aîné de Gengis Khan remarqua mon chagrin.

— Je plaisantais, Bo'ortchou. Orda choisira la monture qu'il estimera la plus forte. Ce sera sa première course de chevaux, je veux qu'il l'emporte.

— Moi aussi.

Le soir, alors que nous étions près de la soixantaine de porte-étendards qui faisaient cercle autour du feu, il m'attira à l'écart et me dit :

— Si je ne devais pas revenir, je veux que tu prennes mes femmes et mes deux fils sous ta yourte. C'est ma volonté, qu'elle me survive.

Je restai sans voix car Djotchi me faisait grand honneur. L'usage voulait en pareil cas que le fils cadet recueille les épouses, excepté sa propre mère, qui allait alors au plus jeune des oncles. Certes, ses fils Orda et Batou étaient bien trop jeunes pour s'occuper de leurs belles-mères. Restaient ses frères, Djaghataï, Ogodèi et Toloui qui pouvaient chacun prétendre recevoir ses femmes, leur rôle étant de veiller aux biens du défunt afin qu'ils lui soient restitués dans l'au-delà.

Ma Petite Miette n'avait cure du protocole familial. Il me souriait, visiblement satisfait de mon étonnement. Sa confiance m'allait droit au cœur, et la pensée que demain nous séparerait me navra.

Nous disposions chacun de vingt mille hommes. Gengis Khan m'avait chargé d'asservir les derniers Merkit. Quelques tribus irréductibles s'étaient réfugiées dans les monts Barqoun à l'extrémité du lac Océan. La mission de Djotchi le mènerait dans les régions occidentales du lac, où vivaient les Oïrat et les Toumat, tribus forestières qu'il devait soumettre. Mouqali me secondait, tandis que Djotchi bénéficiait de l'expérience de l'inflexible Subotèi.

Il me fit une autre confidence, doublée d'une requête. Lors des dernières opérations en pays merkit, Djotchi s'était lié d'amitié avec l'un des leurs :

— Il était mon prisonnier, mais devant sa jeunesse et son habileté à l'arc, je n'ai pu le supprimer, ni voulu le remettre à mon père, et l'ai laissé s'enfuir. Son nom est Carquois le bleu. S'il se rend, ne le tue pas. Remets-le-moi.

*

Depuis les crêtes des monts Barqoun, nous encerclâmes l'essentiel des tribus merkit et les poussâmes dans une rivière impétueuse qu'ils rougirent de leur sang jusqu'aux rives du grand lac.

Carquois le bleu fut repéré, désarmé et épargné comme me l'avait demandé Djotchi.

Ma tente se dressait sur un promontoire au-dessus du lac. Le jeune Merkit la partagea, et quelques jours plus tard je lui remis ses carquois afin de vérifier sa dextérité. Ses flèches rudimentaires empennées d'une simple plume de faucon, aux pointes en os, atteignaient toujours leur cible et portaient à de grandes distances. Je ne connaissais que Djèbé pour rivaliser avec lui. Dans les rayons du couchant qui enflammaient la surface du lac tel un bouclier de cuivre, je ne me lassais pas de le regarder pêcher.

Il resta auprès de moi durant mon séjour et me

confia qu'il ne savait pas quel était son véritable père, ayant été conçu à une période où un Kèrèit enlevait sa mère. Le hasard des razzias lui avait fait retrouver sa tribu, mais n'avait pas atténué sa haine envers son père kèrèit.

— A ses yeux, je n'étais qu'un bâtard ! dit-il, me révélant du même coup les raisons profondes pour lesquelles Djotchi s'était attaché à lui.

*

Des Merkit aiguillonnèrent nos éclaireurs, nous obligeant à les poursuivre au nord d'une barrière montagneuse. Carquois le bleu confirma qu'il s'agissait du clan de Châtain-l'habile.

Nous étions en marche par divisions de cent, lorsqu'un éclaireur nous apprit que l'un de mes centeniers avait débusqué leur caravane. Je trottais jusqu'à cet endroit, guidé par la fumée des feux allumés par notre escouade.

Arrivé sur place, je vis les bêtes de somme égrenées, et le convoi avec, tout du long d'un étroit vallon qui zigzaguait entre des collines. Des morts jonchaient le sol, des vieillards pour la plupart, et parmi eux, comme sur les pentes ou entre les sapins, mes guerriers violaient les femmes à qui mieux mieux.

J'ordonnai l'arrêt immédiat du désordre.

Ils me regardèrent avec une mine ahurie, semblant mal saisir la raison de ma colère. Le khan n'avait-il pas dit de ne faire aucun prisonnier parmi ceux qui résisteraient ? Mes hommes le savaient, il n'empêche que je ne voyais que leurs yeux hagards et leur culotte dénouée. Ainsi débraillés, on aurait dit des fauves qui auraient voulu se glisser dans des vêtements. J'étais le commandant, la voix du khan.

— Vous vous comportez comme des chiens ! Ces troupeaux, ces tentes, ces peaux, jusqu'à la plus insignifiante coupelle de bois, appartiennent à Gengis Khan. De quel droit touchez-vous ces femmes ? Ne pouvez-vous attendre l'instant du partage ?

Je donnai l'ordre de regrouper la caravane. Ils s'exécutaient lorsque des halètements montèrent de derrière un talus. J'y talonnai Babéï et vis une femme qui tentait d'échapper à l'un de mes soldats. Elle était torse nu, à quatre pattes et il la tirait par la cheville. C'était l'un de mes bons archers, mais je remarquai qu'il était blessé au bras et que cette blessure toute récente le gênait dans son entreprise. Le visage de la femme s'écrasa au sol. Il en profita pour se hisser et lui maintenir les jambes sous le poids de ses épaules. Ils étaient tous les deux noirs de cendre et de sueur. De sa main valide, l'archer agrippa les habits de la Merkit, roulés autour des hanches. Il voulait les faire glisser, mais la ceinture trop serrée l'en empêchait. Il s'emparait de son couteau lorsque je le sommai de ne plus bouger.

La fille se releva, tremblante. Malgré les escarbilles qui noircissaient son visage, je vis qu'elle était jeune. Ses yeux croisèrent les miens. Elle les baissa et protégea sa poitrine.

L'homme s'assit, soufflant, jurant et grimaçant.

— L'as-tu touchée ?

— Je m'y suis échiné, mais tu es venu...

— Il dit vrai ?

La fille haussa le menton, ses grands yeux de gazelle rivés dans les miens. La vie de son agresseur dépendait de sa réponse.

— Non, il ne m'a pas touchée. Je suis telle qu'au premier jour.

J'avais bien envie de tuer cet homme. Une lance crochetée lui avait presque arraché le bras au-dessus du coude.

— Tu es Rance-l'archer ?

Il acquiesça.

— Dorénavant, tu seras chargé de l'entretien des grands chariots. Et fais-toi amputer de ton bras si tu ne veux pas perdre tout le reste.

J'allais lancer Babéï mais... jamais je n'avais vu d'aussi jolies épaules, de bras aussi gracieux. Elle surprit mon regard.

— Quel est ton nom ?

— Qoulan !

— Rejoins les tiens, Qoulan. Et si on te le demande, réponds que tu appartiens à Gengis Khan !

*

Après quelques tortures, nous réussîmes à savoir où Châtain-l'habile et ses hommes s'étaient repliés. Mouqali se chargea de l'expédition tandis que je retournai à notre camp sur les bords du lac Océan.

Je n'étais pas mécontent de ne plus avoir à combattre. Nous avions rempli notre mission. Le khan serait satisfait. Mais j'avais le cœur léger pour d'autres raisons que je ne m'expliquais pas. Quelque chose me retenait ici.

Un soir, on me prévint que la Merkit osait me demander. Je permis qu'elle se rende devant ma tente. Quand je soulevai le rectangle de feutre, je sus d'où provenait mon attraction.

Toilettée, les cheveux luisants tels des serpents noirs sur son del blanc, elle me souriait, majestueuse, les pommettes rosies, ses yeux grandioses posés sur moi. Elle semblait surgir des vapeurs bleutées qui montaient du sol. Elle m'apportait quelque chose.

— Approche.

Elle plia respectueusement les genoux, s'exécuta, et me tendit son présent : un bonnet en fourrure de tigre blanc aux bords doublés de vison et surmonté d'un gland pourpre.

— Pour ton intervention propice, Seigneur, dit-elle en s'inclinant de nouveau.

— Qui es-tu ?

— Ne te souviens-tu pas de mon nom ? s'offensa-t-elle.

Elle n'avait pas vingt printemps, son haleine était celle d'une enfant, parfumée comme la steppe après l'orage, et je l'aurais croquée. Elle s'en retourna à petits pas comptés.

— Qoulan ! criai-je.

Elle s'arrêta, découvrit son profil par-dessus son épaule, l'ébauche d'un sourire aux lèvres, et reprit sa marche.

*

Les jours passèrent, le ciel revêtit son dais d'azur, et dans ma poitrine, ce fut comme si nichait une colonie de rossignols.

Mouqali me rejoignit bientôt et me trouva ainsi, souriant benoîtement et riant à tout propos. Il amenait avec lui Châtain-l'habile qui, encerclé, avait déposé les armes sans lutter.

Le dernier chef rebelle justifia sa capitulation par la lassitude :

— La rivalité entre Merkit et Bordjigin remonte à l'enlèvement de la belle Ho'éloun par Yèsugèi. Nous avons réparé l'offense en enlevant Börtè, la pure épouse du khan. Ce fut une grande erreur, car depuis, il nous poursuit comme s'il voulait nous tuer jusqu'au dernier. Mais Merkit et Bordjigin viennent du même sang, celui de Loup Bleu et de Biche Fauve. Je veux préserver ma tribu, mes enfants, car s'ils ne sont plus, si mon os se sectionne, qui honorera mes ancêtres ?

— Qu'offres-tu au khan pour obtenir sa protection ?

Châtain me fixa en redressant son torse, et dans ses yeux flottait une lueur rousse, similaire à celle qui éclaircissait ses cheveux.

— Ce que j'ai de plus précieux, ma fille.

— Où est donc ce trésor ?

— Elle est ici, parmi les tiens. Elle a été enlevée avec ma caravane dans le Vallon du Ru Serpentin.

J'ordonnai qu'on amène sa fille devant notre assemblée.

Elle arriva, suivie par deux guerriers, les mèches de ses cheveux soulevées par la brise, les mains croisées sous les manches de son del blanc. Sa silhouette ondulait entre les chevaux cuirassés et j'observais le délicieux tangage de ses hanches. Quand elle fut assez près et que je vis ses yeux, immenses, uniques, des yeux de gazelle, je murmurai malgré moi : Qoulan.

— Châtain ! N'as-tu pas de gras troupeaux, de fourrures soyeuses ?

— A mes yeux, rien ne vaut ma fille, répondit plein d'orgueil le chef merkit. Mes troupeaux sont maigres, quant à mes étoffes et mes bijoux, ton khan n'accordera pas la moindre attention à ces piètres biens lorsqu'il serrera ma fille dans ses bras. En traversant ton camp, elle s'est jetée à mes pieds pour me dire qu'elle appartenait à Gengis Khan. Elle est prête à l'épouser pour nous sauver de l'oubli. Dis-leur, Qoulan, que c'est là ton désir.

Elle était maintenant devant nous, déconcertée, son regard allant du mien à celui de son père.

— Gengis Khan a de nombreuses épouses, balbutiai-je, toutes plus belles les unes que les autres.

— La fille de Châtain les surpasse toutes !

Le général Mouqali venait de parler. Debout, il regardait Qoulan, la buvait littéralement, pétrifié par le merveilleux visage.

Qoulan était donc princesse. Badigeonnée de cendres et de suie, je l'avais prise pour la fille d'un quelconque chasseur de zibelines.

— Le khan ne peut l'épouser, criai-je plus que je ne l'aurais voulu. L'un des nôtres l'a souillée !

Châtain-l'habile se redressa d'un coup, son visage affligé interrogeant sa fille.

Je compris soudain que, parlant au nom du khan, elle m'avait pris pour lui. J'intervins :

— Moi, Bo'ortchou, le plus fidèle d'entre les fidèles de Gengis Khan, j'ai vu de mes yeux ta fille se faire prendre par l'un de mes archers.

L'instant suivant me sembla long et mouvementé comme la steppe. Son père et moi attendions une réponse. Qoulan baissa le front. Deux larmes roulèrent sur ses joues, puis elle me regarda intensément, avant de répondre par un battement de paupières affirmatif à son père.

J'en vacillai sur mes jambes : par son mensonge, cette femme à la beauté incomparable avouait son souhait de vivre à mes côtés. Jamais, depuis le jour où j'avais posé les yeux sur Reine des Fleurs, je n'avais désiré une femme à ce point.

Nous étions trois à connaître la vérité. Moi, elle, et Rance-l'archer.

Cette nuit-là, je me glissai jusqu'à la couche d'herbes du manchot et l'égorgeai.

*

J'ai longtemps regretté de n'avoir pas su trouver les mots pour retenir Qoulan le soir où elle m'offrit le bonnet en fourrure de tigre blanc. Cependant, il était un regret plus vif encore : celui d'avoir un jour inspiré au khan l'idée des relais de chevaux de rechange pour les messagers. En parallèle, le redoutable filet composé par sa cohorte d'espions y avait gagné en efficacité.

Les oreilles du khan étaient partout. A croire que celles de nos chevaux pivotaient pour mieux le renseigner.

Nous avions mené notre mission à son terme. Gengis Khan me donnait l'ordre, toute affaire cessante, de le rejoindre à l'Île aux Herbes.

CHAPITRE 44

— Prends garde, Bo'ortchou, désormais le khan veut tout contrôler, cela le rend fou!

Qasar baissa le front.

Je venais d'arriver à l'Île aux Herbes. La présence de Qasar au camp m'avait surpris, et plus encore son air dépité. Qu'était devenu le tigre si joyeux, ses rugissements et ses galops effrénés ? Je l'avais écouté, et maintenant je comprenais sa détresse. Son frère aîné l'avait répudié.

Avait-il bafoué le yasaq, volé ou tué un membre de sa famille ? A l'entendre, il s'était juste révolté contre les passe-droits de Kökötchu.

— Nous ne pouvons plus approcher le khan sans être escortés, s'offusqua-t-il. Seuls le chaman et ses frères sont exemptés de cet absurde protocole. Ils vont et viennent parmi les tentes royales sans être annoncés, s'introduisent dans les réunions familiales, débattent des affaires et se plaignent sans cesse de leurs émoluments.

Le khan se laissait-il abuser par celui qui l'avait intronisé ? Redoutait-il les pouvoirs du chaman, la colère du Ciel ? Il ne s'opposait jamais à Kökötchu dont l'influence croissait de jour en jour.

Qasar avait été le premier à réagir :

— Par le passé, nous n'avons jamais eu à nous plaindre de toi, avait-il dit à son aîné. Tu te montrais juste. Maintenant que tu es Gengis Khan, tu nous imposes des obligations dont ne tiennent pas compte le chaman et ses frères. Ceux-là demandent et obtiennent des fonctions que d'autres rempliraient plus convenablement. Qui sont-ils, qu'ont-ils fait pour être mieux considérés que tes propres frères ?

— Tais-toi ! ordonna Gengis Khan. Ils sont les enfants de Monglik, les petits-fils de Tcharaqa, le seul qui ne nous ait pas abandonnés lorsque les Souverains nous ont bannis. Le vieil homme a payé de sa vie pour cela. Ses descendants iront librement parmi mes territoires et mes tentes.

L'indignation de Qasar parvint aux oreilles de Kökötchu. Dès cet instant, le chaman entreprit de se venger.

L'oisiveté ne réussissait pas à Qasar. Habile archer, fort comme un ours, admirable guerrier, il lui fallait sans cesse batailler ou chasser. Les périodes de repos le voyaient sombrer dans des beuveries sans fin et ne se relever que pour rejoindre un autre aïl où il savait trouver des yourtes accueillantes.

Kökötchu n'eut aucun mal à attirer cette bonne nature parmi les siens. Il n'eut guère plus de difficultés à le chauffer puis à le provoquer. Je ne sus jamais ce qui s'était passé réellement cette nuit-là. Qasar était fin saoul, et la version qu'il me donna, des plus confuses. Seule certitude : il s'était fait rosser par les frères de Kökötchu. Il avait eu le nez ouvert d'une pommette à l'autre, les paupières gonflées comme deux prunes et l'épaule déboîtée.

Bien qu'ils fussent de solides gaillards, je n'arrivais pas à croire que les frères de Kökötchu aient battu Qasar aussi facilement. Ivre, pataud comme un phoque, il était encore capable de briser la nuque d'un taureau. Peut-être avait-il craint de toucher aux frères du grand chaman? On peut défier une armée et la mort, mais personne, pas même Qasar, ne pouvait vivre dans la peur des représailles de Tengri.

Espérant compréhension et justice de la part du khan, il avait sollicité un entretien.

— Que cela te serve de leçon, avait conclu son frère. Dorénavant, reste à ta place!

Ébranlé par le verdict, Qasar s'était retiré.

Il aurait dû laisser passer l'orage, mais le lait fermenté de jument qui tourne les têtes et fourche les langues, et qu'il vidait par cruche entière, le fit s'épancher sous bien des tentes. Et il se complaisait à rappeler de quelle façon le chaman avait jadis comploté avec les Kèrèit et tenté d'empoisonner le khan. Des compagnons tentèrent de le raisonner, d'autres l'exhortèrent à la révolte. Le khan eut vent de l'affaire, tandis que Kökötchu la métamorphosa en tempête. Une menace, prétendit le chaman, lui était apparue en songe. Il alerta Gengis Khan :

— Le Ciel te donnera la terre entière. Il dirigera ses éclairs sur ceux que tu iras conquérir. Mais, dans mon sommeil céleste, Qasar soufflait de sombres nuages vers tes épaules. Si tu n'y prends garde, ton frère criblera ton empire de flèches.

Qasar fut saisi, agenouillé devant le khan qui lui ôta son bonnet et sa ceinture.

Alertée du drame qui se nouait, Mère Ho'éloun fit atteler deux chameaux blancs à son chariot et arriva en plein interrogatoire. Ses deux aînés se faisaient face, l'un à terre, humilié, l'autre debout, implacable dans le ciel.

Deux esclaves soutenaient la vieille femme décharnée. Elle s'avança sans un regard pour le khan, se plaça entre lui et Qasar. Ramassant la ceinture et le bonnet de Qasar, elle lui rendit sa dignité, posa ses mains osseuses et déformées sur les joues de ce fils, et, s'aidant des puissantes épaules, se releva à grand-peine. Le visage baigné de larmes, elle défit son corsage et, soulevant sa poitrine flétrie devant Gengis Khan, dit :

— Vois les seins qui vous ont nourris ! Quel crime a commis Qasar pour que tu veuilles détruire ma chair ?

Embarrassé, le khan ne dit mot.

— Quand tu étais petit, tu tétais un de ces seins. Qatchi'oun et Tèmugè, l'autre. Quant à Qasar, il engloutissait les deux jusqu'à la dernière goutte. Il était la terreur des nourrices. Toi, Tèmudjin, tu as hérité de la ruse et de l'audace, Qasar, de la force et de l'adresse. Il a mis sa puissance à ton service, pourfendu tes ennemis. Maintenant qu'il a vaincu ceux qui s'opposaient, veux-tu le priver de son ombre ?

Face à sa mère dont le regard le pénétrait, le khan fit volte-face et disparut à grands pas sous sa tente.

La douairière ordonna de détacher Qasar.

Depuis cet événement, deux lunes étaient passées.

— Crois-moi, Bo'ortchou, reprit Qasar, le khan n'est plus le même. Si Mère Ho'éloun n'était pas intervenue, il m'aurait torturé jusqu'à ce que j'avoue un complot que je n'ai jamais fomenté. S'il n'a pas osé toucher à nouveau ce bonnet, il m'a retiré le commandement de mon tumen et privé de bien d'autres privilèges. Le chaman l'influence, il le craint comme la maladie.

— Qui ne redouterait un homme se soulevant dans les airs, intime de Tengri, capable d'enflammer les corps ?

— La démonstration du sacre n'était qu'une mascarade, dit-il en ébauchant un sourire mi-amer mi-méprisant. N'as-tu pas senti la puanteur de cet esclave ? Ce n'était pas celle des chairs brûlées. Kökötchu l'avait enduit d'une substance dont il a le secret. On me dit idiot, mais je ne le suis pas au point de me laisser duper par ses talents de manipulateur.

Dès le lendemain, le khan était de retour de la chasse. Le cortège de boucliers et de selles chamarrés n'avait pas franchi la Kèrulèn, qu'un des messagers m'annonça que je devais me tenir près de sa tente.

Il arriva entouré des porteurs de bannières, en selle sur Bai à la Bouche Blanche. Seigneurs et archers d'élite se pressaient à l'arrière des oriflammes. De larges sourires nacrés fendaient leurs faces gorgées de soleil. Je vis le visage blanc comme lune de Yèsui qui tranchait dans cette houle hérissée. Des palefreniers accouraient vers sa monture. Elle mit pied à terre après m'avoir jeté un regard de biais.

— Saïn baïnoo, Bo'ortchou !

— Saïn baïnoo, Kha Khan !

Il lâcha la bride et plaça ses mains sur mes avant-bras pour me relever car je m'étais incliné.

— Cesse de me flatter, Bo'ortchou. Je ne veux pas de titre ronflant, Gengis Khan suffit. Viens à l'intérieur, nous avons à parler.

Je lui fis le compte rendu de ma campagne. Il

m'écouta silencieusement. Les traits de son visage ambré étaient limpides et dans ses yeux miroitaient des brisures émeraude. Autour de nous, rafraîchissant leur palais à des bols d'argent, se trouvaient Djaghataï, Ogodèi, le jeune Toloui, ses fils, Belgutèi, Tèmugè, ses frères, son oncle Daritaï, le chaman Kökötchu et les six frères de celui-ci.

Quand j'en eus terminé, il me tendit un bol, visiblement satisfait de savoir les Merkit exterminés, le peu qui en restait étant définitivement agenouillés.

— Bois ! Mon valeureux.

Il ordonna que l'on envoie des affranchis s'installer sur les anciens territoires merkit, puis, d'un ton égal, me demanda à brûle-pourpoint :

— Et cette hémione que Châtain-l'habile veut m'offrir, est-elle aussi belle qu'on le prétend ?

— Hum... fis-je, manquant m'étrangler, cette souillon est jolie, oui, si l'on veut... Disons qu'elle est sans tare. Cela suffit pour impressionner ces rustres de Merkit.

— Pourquoi ne me l'as-tu pas amenée ?

— Un de mes archers l'a violée, dis-je, la voix fausse. Je ne savais pas qu'elle était la fille de Châtain-l'habile. De toute façon, je serais intervenu trop tard. Et puis, sois tranquille, ô mon khan, il n'est pas une de tes épouses qui soit inférieure en beauté à cette Merkit.

— Dommage, car vois-tu, Bo'ortchou, parfois, je me lasse de Yèsui.

Je feignis l'étonnement puis retrempai mes lèvres dans le lait moussu pour masquer ma gêne, mais, comme la marmotte qui sait la présence de l'aigle au-dessus de sa coulée, je sentais ses yeux sur moi.

— Où est cet archer ? Il me faut le punir.

— Il a payé, Anda ! Il n'est plus ! Son âme s'est échappée par une vilaine blessure qu'il avait au bras.

— Son nom ?

— Rance... Rance-l'archer.

Gengis Khan redressa le buste en m'observant bizarrement, fit claquer ses doigts.

Sous l'auvent de la tente, une silhouette apparut. Il lui manquait un bras.

— Avance, qu'on te voie, ordonna le khan.

L'homme fit trois pas. Je reconnus Rance-l'archer, celui que j'avais égorgé dans le haut et lointain pays merkit. Il me regardait sans animosité aucune et paraissait presque intimidé, son bras sectionné tout entortillé de bandages. Ce n'était pas son sosie, ni son esprit; j'avais dû dans ma précipitation occire l'un de ses voisins de nuitée.

Le khan se leva et gagna le seuil, imité par tous. Avant de disparaître, il me lança :

— Désaltère-toi, Bo'ortchou, comme tu m'as désaltéré cette nuit où la flèche de Djèbé m'avait engorgé. Nous sommes quittes!

Sa voix était froide et caverneuse, sans colère, avec un je-ne-sais-quoi me rappelant le jappement d'un loup blessé.

CHAPITRE 45

En cette année de sacre, an 1206, qui pour nous peuples du levant correspondait au grand cycle du Tigre, la mort frappa trois fois l'entourage du khan. A trois reprises, Gengis Khan, sans qu'il ait eu besoin de porter la main à sa ceinture, fut l'inspirateur du trépas. Tous eurent lieu durant la lune de l'argali en rut lorsque les feuilles de bouleaux jaunissent.

Djotchi revint d'abord de sa campagne contre les peuples forestiers. Le fils aîné du khan avait merveilleusement bataillé. Oïrat et Khirgiz avaient été soumis, les premiers allant jusqu'à combattre à nos côtés les Toumat.

Il rapportait des chariots remplis de princesses et de fourrures, et chiffrait à près de trente mille bras les hommes de ces contrées qui ne demandaient qu'à servir son père.

Satisfait, le khan récompensa richement son fils et décréta que les territoires conquis seraient son apanage, son ulus.

Ces opérations avaient pourtant connu une tragédie : Boroqoul, l'un des adoptés du khan élevé par Mère Ho'éloun, n'était pas revenu, victime d'une embuscade toumat. L'empereur aimait Boroqoul et fut très affecté par cette disparition. Et lorsque Djotchi lui demanda une faveur supplémentaire : que Carquois le bleu, le jeune Merkit avec qui il s'était lié d'amitié, puisse vivre à ses côtés, le khan s'emporta.

— Tu aurais déjà dû le tuer !

— Il est loyal, merveilleux tireur...

— Suffit ! Pas un seul mâle merkit ne me survivra. Tue-le !

— Je ne le peux, mon père.

— Tu oses... ?

— Ton aîné dit vrai, m'interposai-je. Ce Merkit est valeureux...

— Silence ! N'oublie pas, Bo'ortchou, que tu as épuisé ta créance. Loyal et valeureux, Boroqoul aussi l'était. Jamais il n'aurait parlé dans mon dos. Maintenant qu'il n'est plus, mon cœur se tord et ce Merkit paiera. Supprime-le Djotchi, je te l'ordonne.

J'eus beau dire à ma Petite Miette qu'il était préférable d'étouffer Carquois le bleu sous les feutres épais et lui préserver son âme, plutôt qu'il ait la gorge tranchée par le khan, c'est les épaules lasses, les yeux noyés par la rage et les larmes, qu'il se résigna à exécuter le cruel verdict.

L'ordre paternel accompli, les beaux traits du visage de Djotchi s'assombrirent pour ne plus jamais s'éclaircir, torturés par une sorte d'anxiété convulsive et permanente.

*

Mère Ho'éloun s'éteignit sans un bruit. L'ambre de ses yeux se diluait jour après jour et, un matin, on la découvrit sans vie. Mais dans ses pupilles, restait la douleur d'avoir vu ses aînés se déchirer. Malgré son intervention, ce désaccord lui avait semblé irrémédiable. L'énergique ancêtre n'avait pas tort. S'il existait depuis un statu quo entre Qasar et Gengis Khan, méfiance et suspicion étaient latentes.

Avec ses mille guerriers, Qasar voulut porter le chariot funéraire de sa mère, mais Gengis Khan laissa ce privilège aux trois autres adoptés de Mère Ho'éloun, ceux-là mêmes sur qui la vieille femme avait reporté toute son affection durant ces dernières saisons.

Le sol menaçait de geler et le lieu de sa sépulture était à une grande distance. Son corps fut rapidement transporté et le khan décréta la place où elle avait été enfouie avec tous ses biens, lieu interdit.

*

Malgré la toute-puissance de Gengis Khan, un homme échappait toujours à son autorité. Cet homme était Kökötchu.

Le prestige du chaman s'étendait maintenant aux confins de nos territoires. Il ne se passait pas un jour sans qu'il reçoive des présents de nos lointaines contrées. La quantité et la valeur de ces dons dépassaient souvent ceux destinés au khan. Il se faisait reconnaître dorénavant sous le nom de Très-Céleste. Non content de cette grandeur et de la fracture qu'il était parvenu à ouvrir dans l'unité familiale, il étendait son influence sur les sujets les plus proches du khan et des frères de celui-ci. Par d'habiles mouvements, des offrandes, des échanges, des privilèges, il les détournait et s'accaparait leurs voix lors des assemblées. C'est ainsi, qu'en l'espace d'un jour, il débaucha à son profit la quasi-totalité des gens attachés à Tèmugè. Le plus jeune frère du khan chargea un de ses fidèles de récupérer son bien. Kökötchu et ses frères le rossèrent, le renvoyant à son maître après lui avoir attaché une selle sur le dos. Devant l'affront, Tèmugè força le périmètre des tentes de Kökötchu. Le chaman ordonna à sa garde de le mettre à genoux et l'obligea à s'excuser pour avoir piétiné le sol sacré de sa demeure sans y être autorisé.

Au beau milieu de la nuit, Tèmugè demanda audience auprès du khan.

Comme l'empereur restait sans voix devant les révélations de son frère, Börtè sauta à bas de sa couche et s'emporta :

— Il est temps d'agir, Conquérant ! Depuis quand laisses-tu porter la main sur tes frères ? Hier, c'était Qasar, aujourd'hui Tèmugè, demain ce sera toi !

— Il n'osera pas...

— En bousculant Tèmugè, gardien de notre foyer, c'est toi qu'il teste. Si tu le laisses faire alors que tu es en vie, que fera-t-il à nos enfants quand tu ne seras plus ?

— Je ne mourrai pas...

— Ne dis pas de sottises. Agis avant qu'il ne nous tue !

Le khan écouta les arguments de son épouse.

En tant que cadet, Tèmugè était bien le gardien de son foyer, donc du royaume. Cette responsabilité n'était pas seulement symbolique : le khan en campagne, Tèmugè veillait au bon ordre de l'ordu royal et protégeait nos territoires. S'en prendre à lui, c'était viser l'empereur, et l'empereur n'avait pas oublié qu'en deux occasions déjà, le chaman avait failli le projeter dans la gueule des Kèrèit. La confrontation devenait inévitable. Il lui fallait répliquer rapidement. Il regarda son jeune frère et dit :

— Quand Kökötchu viendra ici après le lever du soleil, fais-en ce que tu voudras.

Le lendemain, Tèmugè surveilla la venue du chaman. Il vint comme à son habitude avec ses six frères, ainsi que son père. Le cadet pénétra alors à son tour sous la tente du khan. Il se jeta sur le chaman qui venait tout juste de s'asseoir, l'empoigna et le souleva :

— Hier, tu pavoisais. Viens donc te mesurer à moi !

Le Très-Céleste résista ; ses frères voulurent intervenir mais le khan, puis leur père, les en empêchèrent d'un signe de la main ; les deux hommes trébuchèrent.

— Dehors ! cria l'empereur.

Ils se relevèrent. Le chaman voulut s'expliquer.

— Dehors !

Dans une grande fureur, le chaman emboîta le pas de Tèmugè.

A peine avait-il tourné le long de la tente que Molosse-l'enragé, Mafflu et Noiraud-l'engorgé, trois des meilleurs lutteurs embauchés par Tèmugè, lui sautèrent dessus et lui brisèrent le cou, les épaules, et pour finir les reins.

Alertés par les terribles craquements, deux de ses frères jaillirent du seuil ; déjà, les lutteurs tiraient le corps inerte à l'abri. Ils se ruèrent de nouveau sous la tente impériale en hurlant que le khan avait assassiné le Très-Céleste et se firent menaçants jusqu'à ce que la garde les saisisse.

— Emportez-les ! ordonna Gengis Khan. Toi, Monglik, reste !

— Je t'ai toujours été fidèle, dit le vieil homme, le visage ravagé par la peine. Ô mon khan, pardonne à mes fils.

— Tu les as mal élevés. Si tu ne les muselles pas, je m'en débarrasserai. Plus jamais leur ombre ne doit noircir mon chemin. Entends-tu, Monglik ?

Je me suis souvent demandé si le départ de Mère Ho'éloun avait influencé la décision la plus dangereuse et la plus improbable que Gengis Khan ait eu à prendre : éliminer l'intercesseur de Tengri. Fidèle à sa méthode, il avait utilisé son jeune frère pour effectuer la besogne. N'empêche, on ne dupait pas le Ciel. Finalement, j'admis que son goût du pouvoir, si redoutable, lui avait commandé d'agir ainsi.

Djamouqa, Djotchi et plus récemment Qasar m'avaient bien prévenu : « Les femmes, les chevaux, mais plus encore le pouvoir sont les trois choses que le khan ne partage pas ! »

Le corps du chaman fut déposé dans une yourte. Le Khan fit obturer la porte, le trou à fumée et laissa trois rangs de sa vieille garde veiller sur la sépulture. Lui-même s'enferma trois jours durant avec son conseiller, l'efficace et discret T'a-ta T'ong-a. A l'aube du quatrième jour, il fit parvenir au peuple sa version de l'événement : « Malgré la désapprobation de Tengri, Kökötchu a utilisé ses pouvoirs contre la famille princière. Alors, Tengri lui a brisé le corps, ôté la vie. Le Ciel m'est apparu dans ma yourte calfeutrée, en pleine obscurité. Il m'a désigné quel serait notre grand chaman. Son nom est Ousoun. Dorénavant, il sera à ma droite. »

Le vieil Ousoun connaissait toutes les plantes, tous les animaux, toutes les pierres, tous les ruisseaux. C'est lui qui avait donné les premiers soins à mon genou blessé. Sa sagesse était aussi respectable que son grand âge.

Pour autant, le khan ne fut pas tranquille. Il passa l'hiver reclus, ne recevant que quelques-uns de ses dignitaires. Certes, il préparait de futures campagnes, s'entretenait des avancées de nos espions, élaborait en secret de sombres desseins. Son isolement cachait cependant une angoisse tenace, celle d'être désapprouvé par le tout-puissant Tengri, qui d'un seul de ses rayons pouvait transformer l'Empereur des empereurs en fiente de pou.

CHAPITRE 46

Durant trois lunes, aucun oiseau n'égaya le ciel glacé. De nombreuses bêtes gelèrent debout. L'ordu royal passait la saison blanche sur les bords de l'Onon, retranché à l'intérieur des montagnes, à l'abri des pentes et de leur manteau de mélèzes.

J'étais en aval du fleuve, à deux jours de marche, sur mes terres du Trône Rouge, voguant sur le dos d'un chameau, à surveiller mes troupeaux, les poussant toujours plus loin, car je craignais qu'ils ne grattent plus le sol, dépités de le trouver dur comme la pierre. Si l'un de mes chevaux s'assoupissait, je fonçais vers lui, car à coup sûr, cela voulait dire que les esprits du sous-sol s'amusaient à l'engourdir. Je m'agitais en pure perte, car cet hiver-là, Tengri permit aux esprits de banqueter.

Engoncé dans un double manteau de vison bleu et bercé par la houle du chameau, je somnolais parfois, plié sur la chaleur d'une pierre cuite glissée au fond de ma poche de poitrine. Invariablement, mes rêves me déposaient sur les mêmes rivages : dans les grands yeux de la princesse Qoulan ; au bord de ses lèvres ; dans les fossettes de son sourire ou les ailes de ses bras.

Plus la saison se montrait implacable, plus je me réchauffais au souvenir de la belle Qoulan, et le désir s'enflait de nouveau en moi, si douloureusement que je me rendis à l'évidence : je ne pouvais concevoir de vivre sans elle. Il me fallait la rejoindre.

*

L'amas de roches du Trône Rouge avait maintenant son mur d'enceinte comme je l'avais promis au khan. Mais je m'y trouvais seul. Je montais souvent, en longeant les pierres, jusqu'à sa limite occidentale. De ce côté, il suivait la crête d'une colline hérissée de gros rochers aux formes équivoques, ocre et gris. On y dominait les grands mélèzes qui sur les pentes mugissaient dans le vent, et les alentours, un océan de monts bleus. Il y avait un passage qui se tortillait entre les roches du sommet. Il menait sur une petite terrasse, un balcon sur le vide. Les blocs de pierre entouraient cette place et paraissaient tenir conseil. Mais le plus saisissant était cet arbre que j'appelais le pin flamboyant, car tel il avait été avant d'être foudroyé il y a si longtemps, peut-être bien avant Qaboul Khan. Aucune trace de brûlure ne marquait son corps. Totalement écorcé, il était blanc, délavé par le temps, épais, plus large qu'aucun, mais sectionné à hauteur d'homme. Le reste avait dû tomber, enflammé, dans le vide à ses pieds. Il avait souffert horriblement car ses racines, jusqu'à la base de son tronc, se nouaient au sol, se soulevaient, pour agripper plus loin de meilleures prises. Pareillement, deux branches basses, une de chaque côté, tels deux bras, partaient en arrière et couraient déformées au-dessus de la terre. Elles aussi cherchaient à s'ancrer plus solidement, de peur, peut-être, qu'on pousse son cher tronc. Seul à la pointe de la falaise, il avait le thorax ouvert en deux, chef de bande bravant les vents et les éclairs. Irréductible. Dans son dos, surgissant d'entre ses racines, tout contre son tronc, il cachait un glaive de bois. Il était mort, et pourtant, il donnait l'impression de pouvoir se retourner d'un instant à l'autre, et de marcher entre les rochers, tirant à grands coups d'épaules ses longues racines enfouies, vers je ne sais quel combat. Il luttait contre les siècles, debout face à Tengri. Autour de lui, très loin, il y avait Tèmouloun au sud, Peur d'Ours au levant, Reine des Fleurs au couchant. Il ne baisserait pas son front, éclaté, ou quelques branchettes nues, coiffées par les vents, s'abritaient derrière sa nuque. Et moi, dans sa silhouette coriace, je puisais la force qui me permettrait de voler jusqu'à Qoulan, au nord et... vivante.

*

La visite de Djotchi à mon ulus du Trône Rouge précipita mon audace.

L'exécution de Carquois le bleu n'avait fait qu'exacerber sa rancœur envers son père. Sa haine des Merkit n'expliquait pas l'inflexible injonction de Gengis Khan. Les ennemis épargnés pour leur bravoure ne se comptaient plus. La valeur du jeune Carquois, lui si adroit, valait bien celle de ses plus fidèles lieutenants. Pour la première fois, j'adhérais aux sinistres sentiments qu'éprouvait Djotchi : le khan lui reprochait d'être le fils d'un autre, hypothèse dont il était pourtant l'unique responsable.

Il m'apprit qu'espérer vivre auprès de Qoulan était illusoire : le khan manifestait son impatience de la voir.

— Les témoignages font tous état de son extraordinaire beauté. Des cavaliers partiront demain vers le camp de Châtain-l'habile. Ils lui ordonneront de se présenter avec sa fille devant la tente impériale. Tu dois ignorer l'objet de cette mission.

— Dis-moi, Petite Miette, te vengerais-tu ?

— Non, Bo'ortchou, je m'indigne car tu t'es toujours comporté comme un père avec moi. Tu es le seul à avoir servi le khan sans faillir. Il nous ordonne de tarir le sang merkit, mais que l'une d'entre elles l'intéresse, il se l'accapare et nous méprise, écrase jusqu'au bonheur que nous pourrions obtenir hors sa volonté. Que vas-tu faire ?

— Je m'apprêtais à partir, répondis-je, morose. Maintenant, tu m'apprends que cela est sans espoir. Pourtant...

— Pourtant ?

— Je pars, et tout de suite, car c'est là mon unique chance de parvenir auprès d'elle avant la patrouille du khan.

— Ah ! Je te retrouve, Bo'ortchou. C'est ainsi qu'il faut agir. Pars ! Vole jusqu'à elle ! Emmène-la loin de la couche de l'empereur, Mère Börtè t'en sera reconnaissante.

Je détachai Babéï et l'enfourchai.

— Tu es venu seul?

— Non, je suis avec Loup-l'écorché et Bata ainsi qu'une dizaine de joyeux archers. Ils sont à l'embouchure du vallon sous la tente de ton gardien de chevaux.

— Bien, alors écoute : rejoins-les et dis-leur que tu ne m'as pas trouvé. Ainsi, lorsque les doutes travailleront Gengis Khan, et il en aura, tu peux en être sûr, on lui rapportera que tu m'as manqué de peu. Il ne te suspectera pas de m'avoir prévenu.

— Pourquoi lui cacher la vérité? Je ne redoute plus de l'affronter.

— Ne le fais pas! Pas encore... Le loup ne se laisse guère chatouiller, surtout lorsqu'il s'agit de ses couilles.

Il opina du chef; je lui souris et portai Babéï de l'avant.

*

Je levai dix archers aux limites de l'ulus et nous filâmes dans la nuit vers le lac Océan.

Au dixième lever de soleil, les quelques yourtes de Châtain-l'habile étaient en vue. J'envoyai l'un des miens afin qu'il lui ordonne de lever le camp dans l'instant, car telle était la volonté de Gengis Khan.

D'une colline, j'observais la hâte des préparatifs qui témoignait de la soumission du seigneur merkit. Les cavaliers détalaient vers les éminences pour rassembler les troupeaux; les feutres étaient jetés à terre avant d'être pliés, puis chargés sur les chariots ou ficelés sur le dos des yacks. Bientôt, le bêlement des moutons couvrit le bruit des perches qu'on rassemblait, enfin, la silhouette de Qoulan s'installa à l'avant d'un chariot. Mon cœur tangua si fort que je vérifiai la sangle de Babéï qui, bien campé sur ses sabots n'avait pas cillé d'une seule paupière.

Je suivis leur progression par les crêtes. Ils

n'étaient pas vingt et devaient tous faire partie de la famille de Châtain, la moitié étant composée de femmes et d'enfants, l'autre moitié d'hommes dont deux vieillards. Ils bivouaquèrent dans une clairière après avoir déneigé une portion de ruisseau. L'effet conjugué du froid et des dernières lueurs du jour bleuissait le paysage. Je me rapprochai pour épier les grands yeux noirs de Qoulan, et si loin que je fusse, ses longs cils paraissaient déborder de l'ourlet de fourrure qui encerclait son visage. Sa respiration se condensait en longues fumerolles blafardes. Elle s'étendit sur le chariot ; son père croisa quatre perches au-dessus d'elle, déploya un grand rectangle de feutre ainsi qu'une couverture.

Je ne réussis pas à détacher mon regard de cette couche où je rêvais me blottir.

*

Paupières en demi-lune, elle souriait dans son sommeil. Enrobée de givre, elle semblait une étoile venue sur terre pour éclairer mes nuits.

Dans mon dos, Châtain fut le premier debout.

— Qui es-tu ?

— Bo'ortchou, l'Anda de Gengis Khan. Dès que ta fille se réveillera, il faudra partir, le coin n'est pas sûr.

— Je suis prête.

Qoulan était assise et m'observait avec une expression d'étonnement ravi. Il n'y avait pas de regard plus envoûtant ; calme et franc, tout de miel, reflet d'un cœur transparent.

— Alors partons ! Ces régions sont infestées de pilleurs. Je vous mènerai jusqu'à l'ordu royal.

*

Ces jours furent à la fois merveilleux et tristes.

Je n'eus aucun mal à convaincre Qoulan d'abandonner son chariot pour le dos d'un aubère à l'œil bleu et l'autre bronze, aussi attentif qu'une chouette. Il la réchaufferait. Nous cheminions à quelques pas l'un de l'autre, n'osant rien dire, nous regardant sans cesse, et continuions à nous épier même lorsque nous faisions mine d'être absorbés par l'horizon ou distraits par d'autres pensées.

J'étais empoté comme cette première fois où la fille d'un ami de mon père m'avait poursuivi, il y avait trente-deux printemps de cela. J'en avais alors douze, elle deux de plus. Elle s'appelait Noisette et sa hardiesse m'avait fait comprendre que l'amour ne se satisfaisait pas d'œillades dérobées. Noisette m'avait renversé et pressé. Elle transpirait généreusement, sentait la sauge, avec un filet âcre, insidieux, que j'assimilerai bien plus tard à son appétence. J'avais pris bêtement peur et nous avions lutté sur le mode du jeu. Puis, elle avait dû s'en retourner avec son père, me laissant là tel un chiot niais, en proie à mon excitation de puceau.

Aux côtés de Qoulan, je redevenais ce gamin nigaud. Que pouvais-je y faire? Je l'aimais, et cette émotion me dominait, m'effrayait autant qu'elle me transportait, au point que je ne m'appartenais plus.

En la personne de Gengis Khan, j'avais perdu mon frère Tèmudjin. Je redoutais sa colère, mais je savais qu'elle ne m'ôterait pas ce fol espoir qui me faisait chevaucher sur le bord de cet abîme incomparable; n'effacerait pas la plénitude de ces instants que je savourais tel le condamné miraculeusement gracié.

Nos montures se rapprochèrent insensiblement jusqu'à ce que nos étriers se touchent avec un tintement répété qui me faisait l'effet d'un gazouillis. Elle portait une fourrure d'hermines blanches et des bottes en poils de loup. Une odeur de cendre tiède et de cuirs tendres s'évadait de ses habits.

Le lendemain, je l'attirais à mi-pente des collines, puis sur leurs crêtes, tandis que notre convoi poursuivait dans le creux des vallons. Nous échangeâmes nos montures et sa langue commença à se délier. Elle trouva le dos de Babéï plus vaste et confortable que la plus moelleuse des couches, exprima sa joie d'être libérée du chariot de son père, me demanda combien j'avais de chevaux, d'où me venait ma boiterie, s'attrista d'apprendre que ma blessure était le fait de son peuple, puis m'interrogea sur les Mongols ; nos coutumes, nos jeux, notre khan, le nombre de ses épouses, leur caractère, l'ordre des préséances. Elle relevait maints détails, s'étonnait, rougissait parfois, et m'éblouissait de ses sourires. Sa voix était aussi mélodieuse et flûtée que le chant de la fauvette noire quand elle se sait aimée.

— Puisse notre marche ne jamais s'arrêter, dit-elle à brûle-pourpoint.

— Je doute que ce soit la volonté de Gengis Khan.

— Malgré toutes les horreurs entendues sur son nom, et croyant que tu étais cette terreur, lorsque ton regard s'est posé sur moi la première fois, je me suis sentie fondre. Et cette sensation était plus forte que ma peur.

— Ô Qoulan ! Je me suis identifié au khan, car s'il est un seul moment où j'envie mon empereur, c'est bien celui où il te tiendra dans ses bras.

*

Le petit convoi de Châtain-l'habile fut bientôt repéré par les éclaireurs du khan. Après s'être étonnés du trajet sinueux que nous avions emprunté, ils repartirent vers le campement de l'empereur.

Nous les observions depuis une colline coiffée d'un bois de sapins.

— C'en est bientôt terminé de notre escapade, soupirai-je.

Nos prunelles tissèrent un lacis ému.

La nuit nous vit ensemble, appuyés contre l'épaule de Babéï, elle pelotonnée dans mes bras. Il faisait grand froid, et sous les pâleurs de la lune et du sol enneigé nos lèvres étaient bleues. Elle les enfouissait souvent dans sa fourrure, mais toujours les redécouvrait, frémissantes, comme si elles lui démangeaient de me dire quelque chose. Nous restâmes cependant muets, éblouis par nos visages qui chuchotaient la même chose.

Une mélodie me tenaillait sans cesse :

Ô Qoulan,
Je suis Bo'ortchou,
L'un de ces Mongols qui soumettent les peuples
Aux seuls bruits de leurs tambours,
Et ceux de mon cœur résonnent en vain,
Car séduite, je ne peux t'obtenir.

Les jours suivants, nous nous perdîmes dans les monts Kentei. Égarement souhaité, sciemment provoqué. Jusqu'alors, mes hommes et le convoi de Châtain nous apercevaient chaque jour. Ils nous retrouvaient le soir quand les bêtes étaient entravées, ou le matin avant de les bâter. Dorénavant, nous ne voulions plus voir quiconque ; nous nous suffisions, sidérés l'un et l'autre.

Notre escapade comportait des risques. Qoulan ne l'ignorait pas. Elle espérait que le khan la répudierait. Moi, qu'il me l'accorderait.

Illusoire issue. Notre échappée l'attestait. Mais ce délai, consumé comme nul autre, occultait le terme prévisible.

Nos yeux se touchaient, virevoltaient d'un identique élan ; nous marchions sur le sol gelé, et c'était comme si le printemps fleurissait sous nos pas. Nous dormions enlacés sous nos fourrures, humant nos parfums jusqu'à l'enivrante asphyxie. Il n'existait pas de lait aussi doux que la peau de son cou, de crinières plus soyeuses que ses cheveux, de musique plus délicate que les soupirs de félicité qui épanouissaient ses côtes entre mes mains.

Nous éprouvions cette torture délicieuse et piquante de ne pas céder à notre désir. Je devais lutter, résister à ma princesse d'amour et de miel, au risque de sentir mon cœur éclater, ma vipérine sagaie se fissurer.

Malgré les suspicions liées au souvenir de Reine des Fleurs et la façon dont Gengis Khan m'avait soutiré Yèsugen et se l'était appropriée, je répugnai à trahir l'Anda. Pour mieux combattre mes brûlants désirs, je me mettais à rêver qu'il m'offrirait Qoulan de peur de me perdre.

Une nuit durant, elle m'écouta faire le récit de ma vie auprès du khan. Mes louanges ranimaient mon admiration pour lui. Je décrivais avec passion l'homme qu'il était, narrais ses faits d'armes, son intelligence, sa bonté, son courage, comme s'il fallait m'en convaincre.

Avais-je trop bien chanté l'Anda ? Dans l'aube naissante, la tendre hémione me dit :

— S'il était permis aux femmes d'épouser plusieurs hommes, et s'il est bien celui dont tu me parles, je pourrais me plier à sa volonté à la condition qu'il m'autorise à t'aimer sans retenue.

— C'est impensable. Il ne le permettrait pas et je ne sais pas moi-même si j'accepterais de te partager avec lui.

Malgré l'étourdissement que me valaient ses charmes, je parvins à me contenir, à ne pas la déflorer, en me noyant dans ses grands yeux scarabée. Nous ne fîmes qu'une entaille à ce pacte d'amour. C'était au plus froid de la nuit. Qoulan grelottait par vagues puissantes ; je lui certifiai connaître un remède à ce désagrément. Elle voulut savoir.

Nos chevaux étaient debout, silhouettes paralysées sous la lune. Je pris son visage dans mes mains. Il était lisse, plus lumineux encore que les sept étoiles de feu qui avaient basculé par-dessus la cime des corniches.

Ma bouche caressa sa bouche. Elle était froide comme les pierres ; devint brûlante. Elle ne respirait plus. J'entrouvris le seuil aux ourlets de soie, fondis dans la nacre. Sa gorge abondante palpitait tel le flanc d'une colombe prise au piège ; ses mains me palpaient, pétrissaient mes épaules ainsi que l'écureuil sa noisette. Nous nous goûtions d'un baiser, entremêlés comme nous ne pourrions jamais l'être. Puis ses hanches vibrèrent, devinrent secousses nerveuses, au point d'entrechoquer nos dents. Lorsque nos lèvres admirent de se séparer, je vis luire dans l'écrin de ses paupières cette chose que je venais d'éprouver comme jamais auparavant, et qui s'appelait la jouissance.

L'aube nous surprit, arrimés l'un à l'autre, nos fourrures dénouées, superflues. Nous étions encore vierges.

Intense épreuve ; Gengis Khan ne pouvait obtenir un témoignage de fidélité plus absolu que celui-ci.

Certes, les yeux qu'il s'était promis de contempler parmi ses épouses étaient différents. Ils brillaient d'un éclat troublant, et ses paupières étaient plus lourdes, plus lisses et majestueuses que les ailes d'un cygne retrouvant son plan d'eau.

Qoulan effleura l'amulette à mon cou. Je l'ouvris et lui offris son contenu, ma rotule.

Elle fit non de la tête, effrayée.

— Je ne veux pas. Si tu devais mourir, démuni de cet os précieux, tu ne pourrais revivre.

Je lui pris la main droite et y déposai cette petite yourte de mon genou.

— Si je ne dois pas te revoir, que je sois loup, oiseau, pierre, fleur ou arbre, je n'y tiens pas. Peu m'importe la pluie, le soleil et la lune, le bruit des chevaux, la chasse ou l'ivresse de voler dans le ciel... loin de toi. Prends-la, et garde-la sur ta poitrine, entre tes seins. Ainsi, je resterai à tes côtés et parfumerai tes nuits. Oui, protège-la comme elle te protégera jusqu'au jour où nous nous retrouverons. Si Tengri en décide autrement, je sais que tu viendras sur ma dépouille me l'apporter.

Ses doigts enveloppèrent l'os plat. Elle appuya sa joue contre mon torse et jura que rien ni quiconque ne la séparerait de moi.

— Je t'aime, j'ai confiance.

Ce furent mes derniers mots.

Respirant à pleins poumons, je fis des cheveux de Qoulan provision d'arômes.

Les guerriers du khan avançaient, mus par un ordre inéluctable.

CHAPITRE 47

— Par ordre du khan, suis-moi !

— Holà ! Djaghataï. Le khan t'a-t-il aussi ordonné de ne plus me saluer ?

— Que mon oncle garde sa salive. Il en aura besoin.

— La princesse Qoulan est sous ma protection, le défiai-je.

— Dorénavant j'en suis responsable, je marcherai auprès d'elle.

— Si tu y tiens, nous serons deux.

— Le khan y tient.

— Par mes flèches ! Il t'a chargé de surveiller ses femmes ? Il fait grand honneur à son deuxième fils !

— Je suis l'aîné ! Ogodèi est le deuxième.

— Et Djotchi ?

— Comme son nom l'indique, il est l'hôte de mon père. Rien de plus.

Je ne dis plus un mot jusqu'à l'ordu royal.

Lorsqu'il vit Qoulan, je sus qu'il ne me ferait aucune faveur. Tout le bleu du ciel se serait-il réfugié dans ses yeux qu'ils n'auraient pas été plus lumineux.

La silhouette noire et terrifiante de l'empereur, d'une superbe arrogance, se dressait dans la lumière et son regard écrasait tout.

Il s'approcha d'elle, en fit le tour, le front altier, à

la manière de l'étalon séduisant une nouvelle cavale, tout en rondeurs dominatrices.

Chacun retenait son souffle : les guerriers, le chaman, ses disciples, Châtain-l'habile et ses gens, les mâles de la famille régnante. Le khan lissait les pointes de sa fine moustache, une à une, savourant déjà son plaisir des nuits à venir. Qoulan serait sienne ! Il en ferait sa favorite car sa beauté dépassait l'entendement et parce que le khan, transcendé par la divine apparition, ne pensait plus au-dessus de la ceinture.

Il pointa un doigt sur moi.

— Tu l'as touchée ! Tu as osé ! Toi ! TU VAS MOURIR ! A genoux !

Je fis non de la tête, ahuri et muet.

— A GENOUX ! Mettez ce chien à terre !

Ils se ruèrent à dix, mais avant qu'ils ne m'entourent, je dégainai mon sabre et menaçai le khan :

— Tue-moi donc si tu me crois coupable !

— Pourquoi ce retard ? Cette séparation du convoi de Châtain ? Sa fille m'est promise, elle est ma femme ! Je sais ta rancœur, Bo'ortchou, tu ne peux t'en défaire. Tu as voulu te venger, m'abuser en abusant d'elle.

— Tu t'égares, Tèmudjin...

— Tu me provoques ?

— Oui, car depuis que Tèmudjin n'est plus, Gengis Khan se comporte comme le grand loup qui suspecte les mâles de sa meute d'engrosser les femelles dans son dos, et il s'aveugle car je suis le plus sûr de ses lieutenants.

— Eh bien soit, nous verrons si tu n'avoues pas ton forfait à la roue des mensonges.

Pour le coup, je faillis tomber à genoux.

La roue des mensonges était constituée de deux lourdes pierres plates entre lesquelles on torturait les mécréants. Un levier horizontal permettait de faire tourner et abaisser la pierre du dessus jusqu'à rejoindre la seconde. Deux yacks étaient reliés à ce levier, et leur marche, sûre et lente, finissait par écraser les suppliciés. L'emplacement de cette invention kin était devenu l'endroit favori des chiens. Pendant que les yacks tournaient, ils s'approchaient et gémissaient, alléchés par les craquements d'os et les rigoles de sang qui jaillissaient. Parfois, les plus courageux s'enhardissaient et venaient arracher une main, un pied.

Il y eut un mouvement de foule derrière les rangs d'archers. La garde se scinda en deux et l'épouse du khan, suivie de son cortège de femmes et d'esclaves, fut sur la place.

— Ô mon époux, qu'arrive-t-il, tu grondes comme l'orage ?

— Bo'ortchou m'a trompé.

— Parle, Bo'ortchou, m'encouragea l'impassible Börtè.

— Le khan m'accuse d'avoir goûté la princesse merkit.

— Calme-toi. Tu le sais, son appétit est grand. Où est-elle ?

Elle suivit mon regard, observa longuement Qoulan, puis dit à voix basse, comme pour elle-même : quel mourant ne ressusciterait pas devant cette fille ?

— Approche, toi dont la beauté perturbait déjà la tente royale alors que tu étais au loin.

Qoulan s'exécuta.

— T'a-t-il touchée ?

— Que Tengri me foudroie si je mens, cet homme n'a fait que me protéger. Je suis telle que mes parents m'ont faite.

— Nous allons vérifier cela. Malheur à toi si tu mens, car je ne pourrais plus apaiser l'empereur.

Gengis Khan quitta la place non sans réussir à cacher sa gêne, pareille à celle éprouvée devant Mère Ho'éloun quand la douairière était intervenue pour Qasar.

Tandis que les chamanes, guérisseuses et nourrices s'en allaient en compagnie des épouses royales fouiller Qoulan, un doute m'assaillit. Et si devant la beauté de la princesse merkit, Börtè décidait d'écarter cette rivale ? Il lui suffirait de dire au khan qu'elle avait été souillée, et c'en était terminé de moi. De Qoulan également.

Mais la première épouse du khan était une femme droite et solide. Elle apprit à son mari que la princesse merkit était vierge, telle qu'au premier jour.

Comme le khan ne disait rien, Börtè ajouta :

— Sa taille est aussi fine et longue que celle de la belette, et la douceur de sa peau ne peut être qu'un secret du ciel. L'empereur finira par me délaisser complètement...

Elle soupira et sortit.

J'attendais sur le lieu maudit qu'il vienne me disculper. En vain ! Alors qu'il lui aurait suffi d'un mot, d'un geste, pour ranimer la ferveur de mon dévouement.

J'avais certes conservé ma ceinture, mon bonnet sur le haut du crâne, mais il m'avait humilié, blessé plus qu'aucune lame et, sans l'intervention de Börtè, ne m'aurait-il pas supprimé ? Comme tant d'autres...

Toutes nos promesses, notre lien de sang, mon union avec Tèmouloun, tout cela avait été détruit en un instant. Pour une femme ! Une femme que nous désirions plus que tout au monde.

Ô Qoulan ! Gengis Khan te goûtera, butinera ta fleur d'oranger, t'envergera sur des étoffes aussi douces et précieuses que ta peau, se composera, entre tes bras et tes hanches parfumés, un collier onctueux, une rivière merveilleuse. Quel cadeau ne lui avais-je pas offert là. Je jurai, à m'en briser les mâchoires, que ce serait mon ultime offrande.

*

La lumière du couchant s'étirait lorsque je m'en fus par le plateau si cruellement brasillant. Je choisis de galoper dans le repli des ombres, au pied des montagnes.

Nous avançâmes deux nuits et deux jours durant. Brave Babéï qui jamais ne flancha et, quand je hurlais à la mort vers le ciel, ébrouait l'encolure comme pour me dire de ne pas souffrir.

Je descendis de selle sur le terre-plein du Lac Bleu, lieu même du premier sacre de Gengis Khan. En cette saison, l'endroit était désert, éloigné d'une demi-journée de marche des premières yourtes. J'avançai le long des eaux mornes et noires puis laissai Babéï dans une clairière aux herbes grises et m'enfonçai parmi les sapins. Ils étaient si serrés que les parties basses de leurs couronnes entrecroisées étaient sèches et sans aiguilles. Les branchages me cinglaient le visage et craquaient de mille pétarades à mon passage. Tout près, j'entendis des renards glapir et se pourchasser entre les troncs.

Je désirais me fondre dans l'obscurité, ne plus rien voir, mais il me fallait garder un œil sur Babéï. Je retournai sur mes pas et sur le haut de la clairière m'étendis, une couche de bruyères sous les reins. Mon coursier broutait calmement, minutieux, enrobé de volutes bleues. Je sentis alors une présence et vis bientôt un couple de loups à quatre-vingts pas. La nuance d'un rocher me les avait camouflés. Le mâle m'observait tandis que la femelle levait la truffe, paupières mi-closes. Elle pissait sous elle, prête à recevoir le piment du grand solitaire. Elle était jeune et cela devait être son premier accouplement.

Je pensais qu'ils allaient s'éloigner, mais le mâle sauta sur elle et lui lécha le garrot. La louve renversa la tête, gorge offerte, postérieur cambré. Lui, tressauta un peu plus des jarrets et, d'un seul jet, la pénétra. Elle geignit et se contorsionna ; crocs ouverts dans le pelage du cou, il la maintint, collé au tréfonds de ses reins. Ils restèrent ainsi un long moment, immobiles, jusqu'à ce que la louve s'apaise et l'invite, par d'imperceptibles et aventureuses vagues, à poursuivre. Alors il accompagna le mouvement. Plus la femelle hurla, plus il s'enfonçait farouchement.

Leurs saccades durèrent jusqu'au milieu de la nuit.

Juste avant que l'obscurité eût enveloppé les lueurs de leurs yeux, le mâle m'avait fixé, et, dans ce regard orgueilleux, m'étaient apparus les yeux de Gengis Khan. Impitoyables, ils me dévoraient. Et me revint ce qu'il avait dit un jour à propos de la guerre : « Le plus excitant, ce n'est pas les ennemis tués, les troupeaux que nous leur prenons, mais leurs femmes que nous engrossons. Les humilier ainsi est le plus grand plaisir de la bataille. »

CHAPITRE 48

Quinze années passèrent sans qu'il me soit donné de revoir Gengis Khan.

Si j'avais été la bonne étoile du jeune Tèmudjin, Gengis Khan, fils du Ciel, se passa de moi pour ses conquêtes.

Reclus dans mon ulus du Trône Rouge, je n'étais plus rien; lui était tout et partout à la fois, aimé et craint, régnant sans partage, et s'apprêtant à conquérir le reste du monde.

J'eus des compagnons pour égayer ma retraite. Qasar, Belgutèi et Djelmè vinrent sous ma yourte. Mais le plus assidu fut encore Djotchi qui, lors de ses visites, me racontait l'exceptionnelle et ô combien insolente réussite de Gengis Khan. C'est à ma Petite Miette que je dois de pouvoir aujourd'hui retracer les exploits de son père que voici.

Quelque temps après mon départ de l'ordu royal, une ambassade kin s'était présentée jusque-là pour annoncer la mort de leur empereur et l'identité du successeur.

Cinquante mille de nos hommes avaient été disposés au-delà de la Kèrulèn. Il s'agissait d'impressionner les visiteurs dont le protocole voulait que nous nous inclinions devant eux. Or, Gengis Khan reçut l'ambassadeur à trente pas de sa tente, assis sur son trône. A l'inverse, le représentant du Roi d'Or dut s'agenouiller. Et c'est dans la position d'un vassal qu'il débita son message en bégayant terriblement. Le chancelier T'a-ta T'ong-a officiait comme traducteur.

— Le prince Wei est donc le Grand Khan du royaume des Rois d'Or ? s'étonna Gengis Khan. Les empereurs kin ne sont-ils pas désignés par le Ciel ? Tengri n'a pu choisir un tel imbécile.

Il s'était alors levé et, tandis qu'on obligeait la délégation kin à fléchir les genoux, avait craché en direction du sud à la stupéfaction des ambassadeurs, lâchant avec un rictus méprisant :

— Prince Wei !

Devant une telle morgue, tout empereur aurait levé son armée pour laver l'affront. Le Roi d'Or ne le fit pas. Il se terra dans sa capitale et aucune de ses troupes ne franchit jamais la Grande Muraille.

*

Chaque été depuis l'avènement du sacre, nos escadrons pillaient les jardins tangout. Mais cette année-là, en 1209, ils s'en étaient pris aux forteresses. Sans succès d'ailleurs :

« Ces murs qui protègent leurs villes, m'avait expliqué Djotchi, sont assez déconcertants. Nous n'arrivions pas à les escalader ou forcer leurs portes, car du haut des remparts les assiégés nous transperçaient et détruisaient nos échelles. Malgré les tirs tendus des archers qui appuyaient nos assauts, nous perdions bien plus d'hommes que nous ne parvenions à en tuer. Nous avions beau détruire leurs champs, abattre leurs vergers, égorger leurs paysans, ils ne sortaient pas de leurs murailles et nous ne savions plus que faire. Échouer signifiait qu'il fallait nous cantonner aux terrains qui nous sont propices, donc admettre notre infériorité devant les fortifications. Le Khan ne pouvait supporter cet échec. Ces murailles qui meurtrissent la terre et abîment l'œil, disait-il aux officiers, sont pour les pleutres. Ils s'y réfugient comme les agneaux dans l'enclos, mais patience, s'ils ne veulent pas combattre, nous en ferons leur tombeau.

« Une peur plus grande que celle que nous leur inspirions pouvait les faire sortir. Mais laquelle ? C'est en observant les cercles que faisaient les vautours au-dessus de la garnison de Wulahai, que l'idée prit forme. Nous promîmes aux assiégés de lever le camp à la condition qu'ils nous livrent tous les oiseaux de la cité. Pensant se débarrasser de nous à bon compte, ils vidèrent tous les nids, et nous donnèrent des colonies entières d'hirondelles, des pigeons par centaines, autant de passereaux, un couple de cigognes et même des poules, bref, des milliers de gazouilleurs qui se donnaient du bec dans des cages innombrables et variées. Une fois notre étrange cargaison de volières attachée aux selles, nous fîmes semblant de lever le siège, mais la nuit suivante, étions de retour à portée des murs. Nous avions enveloppé les pattes des oiseaux avec de l'étoupe. Après y avoir mis le feu, nous les libérions et, à tire-d'aile, ils regagnèrent leurs nids, corniches et sous-pente. Bientôt, Wulahai s'embrasa dans le ciel pâlissant, vomissant son peuple vers nos sabres et nos salves de flèches, pour le plus flamboyant des massacres.

« Ensuite, nos élites, Gengis Khan en tête, marchèrent sur Eriqaya, capitale tangout, dressée sur la rive occidentale du Fleuve Jaune. La région était très accidentée. La marche fut pénible et bien souvent nous avons dû contourner des précipices qui ouvraient des plaies béantes parmi ces terres grises parsemées de hautes dunes ocre.

« Protégée d'un côté par le Fleuve Jaune, et de l'autre par les montagnes Ala-Chan, la forteresse d'Eriqaya était un tout autre morceau. Nous ne savions de quelle façon entamer ces pierres noires élevées dans le ciel. Rééditer le coup des oiseaux était improbable ; d'après nos renseignements, de multiples canaux parcouraient l'intérieur de l'enceinte. Le khan entreprit de détourner le cours du Fleuve Jaune pour noyer la ville.

« Projet colossal où les esclaves périrent en grand nombre. L'ouvrage s'échafaudait doucement lorsque les pluies d'automne gonflèrent le lit du fleuve, emportant notre digue et balayant nos campements.

« Le khan hésitait encore entre rebrousser chemin ou s'empêtrer dans l'attente, lorsqu'une délégation tangout s'approcha pour négocier un compromis. Pour avoir détruit leurs oasis, interrompu le commerce caravanier, nous récoltions les fruits de notre harcèlement : les réserves de la puissante Eriqaya étaient ruinées. Le roi tangout, qui se faisait appeler Céleste, s'agenouilla devant le khan et accepta toutes nos conditions. Il reconnut notre souveraineté, s'acquitta aussitôt d'un tribut de cent chameaux blancs, renouvelable à chaque printemps, de faucons dressés pour la chasse, de tissus, de pierres précieuses et d'armes. Il promit fidélité et soutien au khan. En gage d'alliance, il lui donna la plus belle de ses filles ainsi que cent hommes choisis parmi sa garde. »

Djotchi m'avait décrit le banquet qui clôtura cette campagne et le bonheur du khan. Il pouvait être satisfait : avec les Tangout tombés sous notre suzeraineté, son autorité s'étendait maintenant jusqu'aux frontières du royaume kin.

Nos ancêtres devaient s'en battre les côtes de joie.

*

Au tout début de l'an 1211, Gengis Khan réunit les princes, seigneurs, chefs et vassaux de l'empire lors d'un grand qouriltaï. Bartchouq, souverain ouighour, Bouzar, roi d'Almaliq, et Arslan, maître des Qarlouq, se joignirent au rassemblement pour rendre hommage au fils du Ciel.

Si le khan ne resta pas insensible aux témoignages d'allégeance de ces trois chefs de tribus venus de leurs lointaines contrées, il savoura particulièrement l'alliance officielle avec Alaqouchtègin, le souverain öngut, car le qouriltaï devait décider de l'invasion ou non du royaume des Rois d'Or.

Le vote fut unanime : le moment était venu de venger Ambaqaï, l'ancêtre empalé à la cour des Kin.

« Une lune plus tard, me dit Djotchi, les silhouettes noires de l'avant-garde chevauchaient en vue de la Grande Muraille qui protège l'empire kin. Aux Sommets du renard sauvage, les soldats ennemis eurent un avant-goût de notre colère. Nous les décimâmes si farouchement qu'ils jurèrent de ne plus jamais franchir leur infini serpent de pierres, mais nous piétinâmes un an durant sans parvenir à franchir cet obstacle.

« L'ouverture vint du Levant, grâce à un prince khitaï qui se révolta contre le Roi d'Or. Il disait pouvoir soulever cent mille hommes à nos côtés. Le khan dépêcha aussitôt Djèbé la Flèche auprès de lui, à l'extrémité est de la Grande Muraille. Ils la contournèrent, franchirent les fleuves saisis par le gel, et firent le siège de Leao-yang, importante citadelle qui empêchait l'accès au royaume des Rois d'Or. Comme ailleurs, on ne put pénétrer la place. Il fallut une ruse de Djèbé la Flèche pour renverser le cours des choses. Il fit mine de se séparer des Khitaï. Ceux-là restèrent quelques jours, attaquèrent la muraille puis abandonnèrent à leur tour la partie. Galvanisés par cette victoire facile, les Kin se ruèrent à leur suite, persuadés de les achever. Leur première surprise fut le revirement des Khitaï, qui soudainement étaient en nombre supérieur. Ils voulurent se replier à l'abri de leur fortification. Seconde stupeur, la place était prise par Djèbé. Dès cet instant, ils n'eurent plus lieu de s'étonner car ils furent tous massacrés. »

Cette tactique, l'adroit archer la réalisa de nouveau à la passe de Kiu-yong-kouan, un profond défilé où il aurait été suicidaire de s'avancer. Il envoya une avant-garde qui, au premier contact avec l'ennemi, rebroussa chemin. Les Kin s'engagèrent dans la poursuite et lorsqu'ils réalisèrent qu'ils avaient été appâtés, ils étaient encerclés par l'armée de Djèbé et celle du khan qui effectuait ainsi une utile jonction avec son rusé général.

Les passes et fortifications qui menaient vers la capitale du Centre, Zhong-du, furent balayées, et les Kin, « entassés comme des argols », dit en riant Djotchi.

Le khan dressa son camp sur la Terrasse des Dragons et des Tigres, un plateau qui dominait les grandes plaines et d'où l'on apercevait les tours dorées de Zhong-du.

La ville paraissait immense, imprenable. Pourtant, les généraux de Gengis Khan piaffaient d'impatience d'y mener l'assaut. Lui estimait qu'un siège nous causerait de trop lourdes pertes et qu'il s'éterniserait.

— Mes loups affamés ont mieux à faire que de voir leurs cheveux devenir blancs.

Il laissa une importante garnison aux portes de la ville et entreprit de descendre vers le sud-est, dans un pays de plaines cultivées qui paraissaient sans fin.

« Là où nos chevaux passaient, il ne restait plus rien, m'affirma Djotchi. Les rizières, champs de sorgho ou de maïs, vergers, jardins, récoltes, digues et canaux étaient détruits, brûlés, inondés, arrachés. Nous pourchassions les villageois et les paysans, les enchaînions, et quand une forteresse se dressait devant nous, c'est eux que nous forcions sous les remparts pour mieux la percer et la vider de ses gens, de leurs armes et de leurs filles.

« Le khan répandait la terreur jusqu'au Fleuve Jaune, si large en cette partie du royaume kin qu'il dut renoncer à le franchir. Alors, il poursuivit vers le levant jusqu'à atteindre l'océan. Toloui était avec lui pour commander l'armée du centre. Quant à moi, avec Djaghataï et Ogodèi, à la tête de l'aile droite, je fis de même à l'ouest des monts T'ai-hang. Qasar, en charge de l'aile gauche, ravagea toutes les provinces au nord-est de la capitale, et soumit le pays des Djurtchèt au-delà du fleuve Soungari.

« Le butin était faramineux. On le confia aux alliés öngut, puis, au printemps de l'année du chien, soit trois ans après le début de l'invasion, le khan réunit ses armées devant Zhong-du.

« A la cour impériale des Kin, la plus grande confusion régnait. Le prince Wei avait été assassiné par l'un de ses ministres et remplacé par un nouvel empereur du nom de Siuan-tsong. Gengis Khan lui fit parvenir ce message :

« — Par la volonté de Tengri, toutes tes provinces sont tombées sous les pas de mes chevaux. Te voilà seul, enfermé dans ta ville dorée, cerné par mes guerriers irascibles. Le climat de ton royaume les excède, les murailles de ta ville irritent leur regard. Ils ont grande colère après toi et chacun d'entre eux espère accrocher ta tête à sa lance. Je suis prêt à les renvoyer vers nos steppes pour les apaiser, mais qu'offriras-tu en échange ?

« Dès le lendemain, quand le ciel et la terre furent baignés d'or, des quantités impressionnantes de métaux précieux et de soieries furent entassées aux portes de la ville. Il y avait aussi d'énormes sacs de sel, de thé, de sucre noir, de graines de muscadier et tant d'autres aromates dont on ne savait que faire. Ils payèrent également mille jeunes filles et jeunes garçons dont une princesse de sang pour le khan, et trois mille chevaux. »

Gengis Khan quitta alors la place pour rejoindre l'ordu royal au-delà de Gobi, non sans laisser à travers les territoires conquis espions et propagandistes, car l'empire kin, ravagé par nos hordes, fragilisé par les intrigues et les désaccords des dirigeants, voyait ses peuples se soulever et s'entredéchirer. Le khan ne perdait pas l'espoir d'occuper un jour la cité impériale, seulement, avec sagesse, se fiant à son flair, il préférait attendre des jours plus propices.

*

L'empereur Siuan-tsong n'était pas dupe. Malgré les hauts murs de sa capitale, l'ampleur de ses garnisons et les armes redoutables dont elles disposaient, il l'avait échappé belle. Lui aussi, avec une certaine sagesse inspirée par une frayeur rétrospective, se retira de Zhong-du pour se réfugier dans sa capitale du Sud, K'ai-fong, sur la rive opposée du Fleuve Jaune, ce merveilleux complice. Il laissait ses meilleurs généraux pour défendre la ville, en leur recommandant de verser jusqu'à leur dernière goutte de sang si jamais les Mongols revenaient l'assiéger.

« Ce repli fut une erreur, me raconta Djotchi. La garnison kin chargée de veiller sur la capitale du Centre, amputée de plus des deux tiers de ses forces, abandonnée par la cour, n'avait plus de cœur. Ensuite, parmi les troupes accompagnant Siuan-tsong vers K'ai-fong, nombreux furent les bataillons qui rebroussèrent chemin pour se cantonner vers les frontières. Là, ils attendirent le retour de nos armées pour se donner à elles.

« La réaction de Gengis Khan fut instantanée : aux premiers jours de l'année du porc, il lança un corps d'armée sur Zhong-du qui fut intercepté. L'ennemi était dix fois supérieur, mais la plupart de leurs divisions n'avaient jamais combattu. Quant à ceux dont l'emploi des armes était le métier, ils se montraient incapables de survivre hors de leurs protections de pierres, et se trouvaient commandés par des incapables. Ils furent rapidement laminés, leurs corps sans vie jetés sur les ossements de leurs cochons de frères qui s'y étaient risqués les saisons précédentes.

« Lorsqu'on se présenta devant Zhong-du, l'un des généraux de la ville se jeta du haut des remparts, imité par des milliers de femmes serrant leurs enfants dans leurs bras. D'autres tentèrent de s'accrocher aux jambes et panaches d'une troupe de cavaliers qui s'enfuyait.

« Les bataillons alliés, Khitaï, Öngut, et ceux, plus nombreux encore, des insurgés kin, grossissaient nos rectangles sombres aiguisés d'oriflammes et de lances. Puis, les assiégés virent se dresser sur nos arrières de lourdes catapultes nécessitant cent esclaves pour les déplacer et les actionner, qu'ils avaient eux-mêmes employées avec succès contre leurs voisins du sud, ceux que l'on appelle les Song.

« La cité impériale s'éventra deux lunes plus tard. Le khan laissa à Mouqali le soin de la mettre à sac. Lui, s'en retourna au nord chercher la fraîcheur des montagnes, au pied du Grand Khingan.

« Zhong-du n'était pas une mais quatre villes. On les prit une à une, tuant et piétinant méthodiquement tout ce qui osait se dresser sous Tengri. Les palais et jardins du Roi d'Or furent retournés en chaque endroit, vidés de leurs richesses, si nombreuses que le tribut versé trois saisons auparavant par l'empereur kin pour nous voir partir parut dérisoire et humiliant.

« Une lune supplémentaire fut nécessaire pour amasser les cadavres et les chiffrer. Une autre lune se déclina pendant laquelle la ville brûla, dégageant une telle odeur que les charognards s'en détournaient. »

Gengis Khan retrouva les rives de la Kèrulèn. Il laissait Mouqali à la tête de quarante mille hommes. Le général avait pour mission la capitulation du Roi d'Or, toujours réfugié dans sa capitale du Sud. Au terme d'une marche longue de deux saisons, ponctuée de combats, après avoir contourné le Fleuve Jaune par l'ouest, Mouqali vit les enceintes de K'ai-fong. Il ne put s'approcher davantage, les forces kin disposées tout autour étant supérieures. Alors, il se concentra sur la récupération des places vaincues que l'ennemi reprenait dès que nous étions au loin. Partout, notre armée rencontrait des hordes de civils nus et décharnés qui arpentaient les terres désolées. La peur et l'horreur jaillissaient de leurs prunelles. Nous enrôlions les plus robustes. Les autres, quand ils ne mouraient pas en chemin, tentaient de rejoindre les Vestes Rouges, une armée d'insurgés qui se révoltaient contre la cour du Roi d'Or, et que notre présence ne faisait qu'exacerber un peu plus, car nous les embrigadions également.

Pendant ce temps, au nord de son empire, aux sources sacrées des Trois Rivières ou à celles de l'Île aux Herbes, Gengis Khan savourait ses victoires. Mais les trésors amassés, le grain des récoltes, l'or, les bijoux, les tissus, les femmes et les chevaux emportés, les esclaves entravés, ne lui procuraient qu'un plaisir limité. A ses épouses, à ses hommes, sans oublier ses alliés, il avait tout distribué, ne gardant rien pour lui-même et réservant les plus rares merveilles à sa favorite, Qoulan. Il en était éperdument amoureux et lui consacrait tout son temps. A son chaman, il avait confié ne craindre qu'une chose : la colère divine. Car à ses yeux l'illustre beauté de Qoulan éclipsait celle du Ciel. Son amour ne susciterait-il pas la jalousie de Tengri ?

C'était là mon souhait le plus cher. Mais il y avait si longtemps que Tengri n'exauçait plus mes vœux, que je désespérais.

CHAPITRE 49

En 1218, l'ordu royal se trouvait sur les anciens pâturages des Kèrèit. C'est dans la riche vallée de l'Orkhon que le khan manifesta de l'intérêt pour les terres du couchant, royaumes des Sartes, et notamment le Khwarezm, d'où partaient d'immenses caravanes à destination du pays des Tangout. Il entendait s'impliquer dans ce commerce, d'autant que son arrière-boutique, les territoires kin, lui fournissait une monnaie d'échange des plus appréciables.

Djotchi m'apprit qu'il avait fait lever une caravane chargée de pépites d'or, de jade, d'ivoire, de soieries kin et de laines de chameaux blancs en provenance du Fleuve Jaune. Menée par trois sujets sartes, elle était destinée à Mohammed, sultan du Khwarezm, et apportait ce message de Gengis Khan :

— J'ai agenouillé les Kin et soumis toutes les tribus qui se trouvent au nord de leur empire. Mes territoires regorgent de richesses et grouillent de guerriers. Je n'ai nul besoin de démontrer ma puissance, car vivre en paix me comble. Je n'ignore pas l'amplitude de ton royaume. Toi au couchant, moi au levant, cela est satisfaisant. Ô mon fils, favorisons les échanges entre nos peuples et régnons dans la concorde.

Ce Mohammed interrogea les caravaniers sur la véracité des exploits du khan avant de les renvoyer avec une réponse évasive où il ne s'engageait sur rien. Cet orgueilleux tenait surtout à ce que Gengis Khan ne le considère plus comme son fils : il n'était le vassal de personne.

*

Djotchi m'apprit que Solide le Trapu, ce prince

naïman que nous avions défait il y a bien longtemps avec son pleutre de père le roi Taï, était en vie.

Il avait pu nous échapper par les versants occidentaux de l'Altaï et s'était réfugié dans la capitale des Khitaï noirs, à Balassaghoun après avoir traversé la Dzoungarie et le pays des Sept Rivières, fief des Qarlouq. Il avait épousé la fille du vieux roi khitaï, et l'avait peu après renversé de son trône. Ensuite, il s'était mis à dos les paysans en ravageant leurs récoltes, puis les musulmans qui dans ces contrées étaient majoritaires. Le sultan Mohammed l'avait menacé mais n'avait rien fait.

Quand Solide le Trapu avait crucifié l'imam de Khotan, nous étions, à cette époque, sur le point d'entreprendre notre campagne contre les Kin. Les rois ouighour, qarlouq et d'Almaliq, anciens feudataires des Khitaï noirs, étaient alors venus au qouriltaï du khan pour demander notre protection. Gengis Khan leur avait assuré qu'une fois les Kin agenouillés, il enverrait une armée en renfort. Or, tandis que nous prenions Zhong-du, le roi d'Almaliq se fit surprendre à la chasse par les Khitaï noirs, et Solide le Trapu le tua. Dès le retour du khan sur sa terre natale, il avait chargé Djèbé la Flèche de l'affaire. Son intervention devait se concentrer sur les seules armées du Naïman. Nul pillage, nul viol ne devaient entacher sa mission, car en ces régions lointaines, notre réputation, colportée par les caravaniers, était celle de guerriers sanguinaires, semeurs de désordres et d'horreurs. Djèbé la Flèche respecta scrupuleusement les ordres. Il fila d'une traite jusqu'à Balassaghoun que Solide le Trapu avait abandonnée. Les habitants eurent à peine le temps de voir l'impeccable ordonnancement de nos troupes, que déjà elles partaient à sa poursuite. Le fidèle Djèbé gagna Kachgar. Le fuyard avait quitté cette ville la veille, poussé par l'hostilité de la population musulmane. Il espérait rejoindre le Pamir mais Djèbé et son art pour mener des actions éclairs, le talonnait. Il ne lui laissa plus de répit, décima ses arrière-gardes, le traqua par les balcons vertigineux, le poussa plus haut encore jusqu'à ce que les yeux des loups mongols l'acculent au pied des grands glaciers.

Djotchi me confirma que Solide le Trapu avait été décapité tout comme le millier d'hommes qui l'accompagnait, avec détermination et méthode.

Djèbé revint par Kachgar et Aqsou. A chaque halte, il fit savoir sa victoire et déclara que par ordre de Gengis Khan, quiconque persécuterait les musulmans subirait le même sort que Solide le Trapu. Cela lui valut une immense notoriété.

Sur les rives de l'Orkhon, le khan craignit un moment que ces succès ne montent au bonnet de son fidèle lieutenant. Mais lorsque Djèbé arriva, poussant devant lui mille chevaux bruns aux naseaux blancs, la couleur préférée du khan, celui-ci fut rassuré.

— Je n'ai pas trouvé de chevaux semblables à Oreille Grise, avait dit Djèbé en s'agenouillant, celui que tu aimais tant et qu'une de mes flèches a tué, alors voici ce troupeau, ô mon khan, pour atténuer ta peine.

*

Entre-temps, Gengis Khan avait envoyé une nouvelle caravane de cinq cents chameaux, avec de l'or, de l'argent, des soieries, des fourrures, des pierres et des cuirs ouvragés pour le sultan du Khwarezm. Les caravaniers étaient encore des Sartes, mais cette fois-ci, un ambassadeur qui avait pour mission de rencontrer Mohammed, les accompagnait. Les seigneurs mongols l'avaient délégué pour acheter les produits les plus remarquables du Khwarezm.

— Le convoi atteignit Otrar, me raconta Djotchi, une place fortifiée sur les rives du Syr-Darya. Le gouverneur nous ferma ses portes, et la nuit venue, il sortit pour nous piller, trouer la panse de nos soldats et celle de notre ambassadeur.

A cette déplorable nouvelle, le khan eut des larmes de rage. Il fit battre le tambour, agiter les oriflammes et jaillir ses coursiers-flèches à travers l'empire. Chaque homme en âge de se battre devait rejoindre l'Altaï toutes affaires cessantes. Seules les divisions engagées en pays kin avec Mouqali devaient poursuivre leur mission.

Gengis Khan écouta cependant celui qui était devenu son conseiller, le sage Ye-liu Tchou-tsai.

Selon Djotchi, ce Kin d'origine khitaï était un homme remarquable. Ce noble avait servi les Rois d'Or avec fidélité en tant que secrétaire particulier. Il était sec et long, dépassant par la taille le khan de près d'une tête, portait une longue barbe blanche et pratiquait de nombreuses sciences, telles l'astrologie, la divination ou la médecine. Le khan l'avait ramené de Zhong-du, ainsi qu'un millier d'artisans et de lettrés. Contrairement à tous ses compatriotes, Ye-liu Tchou-tsai ne craignait pas d'affronter le khan et ne dénigrait pas ses anciens maîtres. Cette loyauté plaisait au khan. Aussi, lorsque Ye-liu Tchou-tsai lui eut dit qu'il ne servait à rien de détruire les plaines kin pour en faire de vastes pâturages et qu'il serait plus utile de les laisser prospérer afin d'en obtenir des profits supérieurs aux tributs déjà exigés, Gengis Khan lui accorda toute son attention. Et maintenant que l'armée se regroupait pour venger notre ambassadeur, il voulut bien, et ce malgré sa fureur, laisser une dernière chance au sultan du Khwarezm :

— Admettons, dit-il à Ye-liu Tchou-tsai, que ce gouverneur ait massacré les miens et pillé ma caravane sans l'assentiment de son roi, comme tu le penses. Je vais donc demander la tête du coupable à Mohammed. Nous verrons bien s'il me la livre et qui de nous deux a raison.

— Autant demander à un hongre de dégorger l'herbe broutée, dis-je à Djotchi.

— Attends mon oncle, tu ne peux croire la suite. Deux Mongols et un Sarte partirent aussitôt vers Boukhara où Mohammed les reçut. Quand ils eurent demandé la tête du gouverneur d'Otrar, il fit tuer le Sarte et raser les coiffures des nôtres avant de les renvoyer.

Le sultan ne savait sûrement pas la portée de son geste et les conséquences qui en découleraient. A l'instar des dents et des ongles, les cheveux d'un homme, témoins de la santé interne, lui sont indispensables pour lutter efficacement contre les esprits. L'en priver le rend vulnérable. En bafouant cet interdit, Mohammed signait sa condamnation.

Quand il vit le crâne rasé de ses envoyés, le khan jura que plus jamais il ne permettrait qu'on touche à ses ambassadeurs. Il fit venir le scribe chargé du yasaq et décréta que les diplomates, quels qu'ils soient, étaient intouchables. Quiconque manquerait à ce principe serait puni de mort.

*

La concentration et l'organisation de l'armée mongole s'opérèrent durant l'été 1219, en amont de l'Irtych noir, sous les hauts sommets enneigés de l'Altaï. On dénombra deux cent mille guerriers et plus d'un million de chevaux, plus qu'aucun chef ne pouvait en rassembler.

Gengis Khan craignait pourtant de s'engager au Khwarezm, terres lointaines, immenses et hostiles. Il chercha du renfort auprès des Tangout, rappelant à leur roi, Céleste, l'accord passé :

— Tu as juré d'être mon aile droite. L'instant est venu de mettre ta force dans ma main.

Céleste prétexta que ses hommes étaient incapables de mener de si hasardeuses expéditions. Il proposa de doubler le tribut annuel et nous fit parvenir mille chameaux blancs à crinière de lion. Le khan les sacrifia à Tengri et fit la promesse d'arracher la langue au peuple tangout qui ne tenait pas sa parole.

Il enrageait de ne pouvoir exécuter aussitôt sa sentence, mais il lui fallait d'abord laver l'affront du sultan. Il pressentait que cette campagne serait longue. Trois ans, cinq ans, dix ans ? Sa vengeance contre les Tangout se reporterait d'autant. Ce qu'il redoutait cependant le plus était sa séparation d'avec Qoulan. Une lune loin d'elle lui semblait déjà l'éternité. La retrouverait-il seulement ?

Cette crainte dut l'ébranler, car il prit deux décisions, à ses yeux aussi capitales l'une que l'autre : Qoulan l'accompagnerait dans son invasion au pays des Sartes. Puis il convoqua la famille impériale et les généraux, l'ordre du jour étant la nomination de son successeur, le futur khan.

Si son comportement n'était pas étranger à la rivalité qu'entretenaient Djotchi et Djaghataï, il ne s'imaginait certainement pas à quel point ces deux-là se détestaient. Cette assemblée lui donna l'occasion d'évaluer la distance qui séparait ses fils. Elle lui sembla un gouffre béant, sans parois ni rebords.

CHAPITRE 50

Avant que les loups voraces du khan ne s'abattent sur l'ouest, Djotchi vint sous ma tente. L'œil gris, la moue triste, il n'avait pas la mine de celui qui s'apprête à combattre en de nouvelles contrées. Il partagea le lait fraternel comme le veut la coutume, mais le cœur n'y était pas.

— Lors du dernier qouriltaï, le khan a désigné son successeur. Devine quel est celui de nous quatre qu'il a choisi ?

Je réfléchis un instant et dis :

— Ogodèi !

— Tu le savais ! ?

— Non, mais si tu avais été choisi, tu aurais brillé comme dix soleils en entrant dans ma yourte. Ce ne pouvait être Djaghataï, car alors ta colère aurait fait trembler les perches de mon toit. Ce ne pouvait pas être non plus Toloui, car il est déjà, en tant que cadet, le gardien du foyer paternel, sa part d'héritage est donc assurée. Restait Ogodèi. De vous quatre, il est le moins démonstratif, mais de loin le plus sage, et c'est celui qui ressemble le plus à votre père. Il est comme son reflet, épouse toutes ses pensées. Le khan ne pouvait pas te nommer, ni Djaghataï, sans risquer de voir un jour l'empire redevenir comme jadis, divisé, abruti de querelles. Ogodèi saura maintenir l'unité. Il veillera aussi à t'éloigner de Djaghataï si vous continuez à vous déchirer.

— Détrompe-toi ! s'exclama Djotchi, le khan veut nous voir combattre côte à côte.

— Raconte...

Quand il eut exposé le motif de l'assemblée, Gengis Khan s'était retourné vers Djotchi qui, comme tous ceux présents, s'attendait à être nommé selon la tradition du droit d'aînesse. Mais soudainement, Djaghataï avait rompu le silence :

— Il est ton hôte, pas ton aîné ! Je suis l'aîné et ne veux pas d'un bâtard sur le trône !

Djotchi lui avait sauté dessus et les fidèles eurent le plus grand mal à les séparer.

— De quel droit prétends-tu monter sur le trône ? l'avait défié Djotchi. Quelles sont les actions qui t'autorisent à penser que tu pourrais nous diriger ? Tu ne me vaux pas, ni au tir ni à la lutte, encore moins dans les batailles. Battons-nous, et nous verrons bien qui est digne de s'élever plus haut.

Paralysé par la haine des deux frères, le khan fut d'abord incapable de faire entendre sa voix et ajourna la séance.

Avait-il écouté la modérée Börtè durant la nuit? Quoi qu'il en fût, le lendemain, il dit :

— A quoi bon bâtir un empire si mes fils ne peuvent y vivre en paix? Lorsque j'ai épousé celle qui vous a enfantés, les tribus mongoles étaient comme vous deux : elles se montaient les unes contre les autres, se pillaient, s'entre-tuaient, s'affaiblissaient mutuellement. J'ai réussi à les unir autour de la bannière. Elles sont un bloc maintenant, plus solides que l'Altaï. Quel exemple leur donnerez-vous si vous vous comportez ainsi? Quand les morveux se chamaillent au seuil du foyer, les chiens, excédés, finissent par s'entre-dévorer. Pour éviter le morcellement de l'empire, j'ai choisi Ogodèi. Quand je ne serai plus, il sera ma voix, ma volonté, le garant du yasaq, sa continuité, le khan. Et vous ses frères, devrez lui obéir. Toi Djaghataï, que je ne t'entende plus parler ainsi de Djotchi. Dorénavant, je vous interdis de vous dénigrer et de vous nuire. Vous combattrez l'un à côté de l'autre, et vous épaulerez l'un l'autre. Si vous me désobéissez, je vous briserai les talons.

Les deux frères s'étaient agenouillés.

Je demandai à Djotchi ce qu'il comptait faire.

— Lui obéir, combattre l'ennemi, et lui prouver que je surpasse Djaghataï. Dans l'âpreté des combats, je veux qu'on lui rapporte sans cesse mes exploits, pour qu'il sache enfin que je suis digne d'être son aîné.

*

Djotchi m'avait décrit la grande armée avec tant de ferveur que je ne résistai pas au désir de l'observer depuis les hauteurs de l'Altaï. Ce fut un spectacle saisissant. Elle s'étalait depuis les pentes douces jusque sous les brumes de l'horizon, s'étirait d'est en ouest telle une frange infinie le long des forêts bleues et des pics enneigés, hérissée de lances et de bannières, boutonnée des milliers de coches de feutre gris.

Le zéphir m'apportait les mille et une odeurs de cet océan de crinières et de houppes, d'où s'échappaient les innombrables éclairs des métaux aiguisés.

J'éprouvais de la nostalgie à contempler cette multitude. Ma poitrine se souleva d'orgueil, car devant une telle armée, j'imaginais le sentiment de puissance que procurait son commandement. Son élaboration et sa discipline étaient l'œuvre du khan, reflet acharné de sa géniale clairvoyance. Elle était fondée sur le système décimal ancestral : des escouades de dix hommes formant une centaine, les centaines un millier, les milliers un tumen, soit dix mille cavaliers. Et dans chaque compagnie de dix hommes il y avait un chef, et parmi les dix chefs d'un centenier, un était choisi pour commander le centenier, et parmi les dix chefs de dix centeniers, l'un commandait un millier, généralement un seigneur, et parmi ces dix seigneurs, l'un dirigeait un tumen. Tous avançaient soudés, dépendants les uns des autres, et sur ce point le yasaq était formel : aucun soldat ne pouvait quitter son unité de dix, de cent ou de mille à laquelle il était affecté, même pour en rejoindre une autre. Quiconque enfreignait cette loi était mis à mort, et les neuf compagnons de sa dizaine également, le chef y compris. Si dix hommes d'une même unité fuyaient et que le centenier dont ils dépendaient ne les rattrapait pas, tout le centenier était passé par les armes.

Le khan appliqua cette organisation imparable dès l'instant où les troupes auxiliaires avaient menacé d'être aussi nombreuses que les rangs mongols. Ces troupes étaient composées des tribus ennemies soumises, des mercenaires, des esclaves, affranchis ou non, volontaires ou enrôlés de force. Et parmi elles, nous comptions des Tatar, des Merkit, des Khitan, Kèrèit, Naïman, Oïrat, des Khirgiz, des Ongut, des Tangout, des Kin et des Djurtchèt, et même des Sartes, ces derniers étant bien souvent utilisés comme espions aux abords du Khwazrem.

Chaque formation dépendait souvent de l'autorité d'un Mongol. Ainsi, dans un centenier, il n'était pas rare de voir dix lieutenants mongols mener quatre-vingt-dix fédérés convaincus qui, dans cette structure pyramidale, n'éprouvaient aucun problème de races. Tous étaient traités de la même façon, obéissaient pareillement, et s'entraidaient jusqu'à la mort. L'esclave kin, comme le prince de sang, était récompensé ou châtié à l'identique. Certes les commandants des milliers étaient seigneurs mongols, ceux des tumen, princes ou fidèles héros du khan, mais leurs responsabilités ne leur permettaient pas le moindre relâchement.

Si la fierté m'envahissait, mon cœur se serra bien vite, car mes yeux se plissaient en tentant d'apercevoir le camp royal, et plus particulièrement la yourte de Qoulan. Elle était là, Djotchi me l'avait confirmé.

Je l'avais longuement interrogé sur les sentiments qu'elle éprouvait pour le khan.

— Devant elle, il est tour à tour le soleil et la lune. Tantôt il rayonne, tantôt il devient pâle comme s'il absorbait toute la langueur de la belle, accablé par le moindre de ses soupirs, mais il se ressaisit bien vite pour l'égayer d'un sourire.

Était-elle sensible à ses attentions ? L'aimait-elle ?

Djotchi ne pouvait l'affirmer. Ou ne le voulait pas.

— Il s'y emploie en tout cas, et la gâte. Elle est couverte de bijoux, et chaque jour lui voit de nouvelles parures. Ses coupes, cruches et plateaux sont damassés d'or ou d'argent, et si l'ennui l'éreinte, elle peut tremper ses mains dans des vasques emplies d'émeraudes, d'améthystes et de rubis. Les perches du dôme sont en bois d'ébène incrusté de nacre. Pour la saison froide, son foyer sera recouvert de trois épaisseurs de feutre blanc, les cordages seront tressés avec les crins des chevaux bruns du khan. Les plus belles fourrures de zibeline et d'hermine au pelage d'hiver doubleront ses murs et quatre peaux de tigre étalées sur des toisons d'agneaux de Karakoul caresseront ses pieds. Mon père lui a également offert mille juments pie ainsi que neuf autres, blanches à la peau rose qui, aux premières lueurs de l'aube et dans le crépuscule, ou quand elles se baignent, paraissent des nénuphars.

Pendant l'énumération de toutes ces splendeurs, mon regard avait glissé sur les murs de ma yourte. Les feutres étaient gris, les treillis craquelés, jaunis par le suif de mouton. Au sol, la terre battue était noire de cendre. Rien ne l'enluminait, si ce n'était ma selle et les brides avec leurs cabochons d'argent, leurs quartiers doublés de peaux tachetées ou tigrées, les croupières serties de turquoises au bleu éteint. Il y avait aussi mes armes, carquois et fourreaux de cuir ciselé ; mais tout cela ne charmait pas une femme...

Devant mon air affligé, Djotchi avait dit :

— Elle ne t'a pas oublié, mon oncle.

— Tu lui as parlé ?

— Lors de la première chasse, alors que le khan piquait dans la mêlée pour tuer l'un de ces tigres qui orneront le sol de sa yourte. Profitant qu'aucune oreille ne pouvait nous entendre, c'est elle qui m'a demandé de tes nouvelles. Je lui ai dit ta peine, les battements de ton cœur et le chavirement de ta vie depuis qu'elle n'est plus à tes côtés.

— Qu'a-t-elle répondu ?

— Malgré l'amour du khan et sa position que toute femme lui envierait, il n'y a pas de jour ni de nuit sans qu'elle pense à toi, sans voir ton visage. Ta rotule ne la quitte pas. Juste avant l'aube, elle la porte à sa bouche. Tiens ! Elle m'a remis ceci pour toi.

Je pris et défis la mèche de cheveux qu'il m'avait tendue. De la largeur de trois doigts, un petit cheval en terre cuite dont la musculature semblait finement gravée à la pointe d'une aiguille pendait à son extrémité en se balançant doucement. Tressée, la mèche de cheveux figurait le panache et la crinière, avant de passer à travers une minuscule boucle fichée sur le garrot. Je la reniflai, et les fragrances laiteuses de Qoulan papillonnèrent à mes narines.

Sur les pentes de l'Altaï j'avais espéré l'apercevoir. L'armée s'étalait à perte de vue, et l'idée de l'intégrer en secret me démangea. Non pas que les combats, la vue du sang roulant telle une rivière, aient pu me divertir. Je voulais juste la voir, une fois, rien qu'une fois encore, et mourir.

CHAPITRE 51

Aux derniers jours de l'été, Djèbé la Flèche fut le premier à lancer ses troupes. Suivaient les deux tumen de Djotchi et Djaghataï, puis ceux du khan, d'Ogodèi et Toloui. Belgutèi, Qoubilaï, Djelmè et Subotèi s'ébranlèrent ensuite, formation toujours plus large, identique à celle du vol des oies. Lorsque vingt jours plus tard, l'arrière-garde leva le camp, poussant les chariots de l'intendance, les troupeaux et les chevaux de réserve, Djèbé pénétrait au pays des Sept Rivières, fief des Qarlouq et point de ralliement.

Arslan, avec le prince d'Almaliq et leur armée respective, saluèrent vivement celui qui les avait vengés de Solide le Trapu. Quelques jours plus tard, le souverain ouighour les rejoignait à la tête de dix mille hommes.

Mohammed, le sultan du Khwarezm, détenait une force supérieure à la nôtre, mais il l'avait dispersée tout au long du Syr-Darya, jusque dans la vallée du Ferghana pour prévenir une éventuelle percée de ce côté. Le doute avait dû engourdir sa lucidité car le gros de ses troupes se trouvait parmi ses places fortes : à Samarqand, Boukhara, Ourgendj, ou plus au sud, à Merv. Savait-il notre invincibilité lors des combats en terrain découvert pour emmurer ainsi la majorité de ses sabres ?

Moi, l'ancien grand palefrenier du khan, je ne connaissais qu'un moyen pour le faire reculer. Il suffisait de mettre sa cavalerie sur les jarrets en brûlant toutes les steppes entre montagnes et déserts. Mohammed, de la même façon qu'il avait pris les menaces de Gengis Khan à la légère, n'y pensa pas. Il était déjà trop tard. Un matin, les troupes mongoles se déployaient devant Otrar, la coupable.

Le gouverneur de la ville, responsable de la mort de notre ambassadeur, ne voulut pas se rendre. Il comptait sauver sa tête par les armes. Le siège dura deux lunes.

Pendant ce temps, les contingents menés par Djotchi et Djaghataï longèrent le cours du Syr-Darya et prirent les citadelles de Sighnaq et de Djend. D'autres tumen se rendirent en amont du fleuve et assiégèrent les enceintes frontalières. De son côté, le khan pénétra au cœur du royaume khwarezmien en contournant le désert des Sables Rouges. A la première lune de l'année du dragon, il se positionnait devant les hauts remparts de Boukhara. Contrairement aux autres cités de ces régions, la citadelle était en dehors de la ville, elle-même protégée par des murs.

Otrar tomba, fut totalement rasée, et son gouverneur livré pieds et mains liés à Gengis Khan. On le cloua au sol pendant que l'on faisait fondre de l'argent, puis on lui versa le métal liquide et brûlant dans chacune de ses oreilles, et sur les yeux. Il en mourut.

Mais notre ambassadeur n'était pas vengé pour autant. Mohammed avait permis ce crime, en avait commis lui-même trois autres : un sur la personne de notre ambassadeur sarte, les deux autres en portant la main sur la tonsure de nos deux envoyés. Il nous avait humiliés, et c'était là le plus grave de ses crimes. Gengis Khan avait juré devant Tengri de lui faire regretter ses actes.

— Nous accrocherons tant de têtes sartes à nos selles, après les avoir démembrées, que cet étourdi de Mohammed mourra de peur dès qu'il nous aura devant lui.

L'assaut sur Boukhara pouvait commencer.

Il dura trois jours après lesquels la garnison, forte de vingt mille hommes, profita de la nuit pour forcer nos lignes et s'enfuir. Les citadins ne combattirent pas. Le khan les obligea à démanteler leurs propres murailles pour combler les douves de la citadelle où résistaient un demi-millier de mercenaires turcs. Depuis les remparts, ceux-là tentaient d'abattre ceux qu'ils auraient dû protéger. Lorsque les travaux d'approche furent terminés, catapultes et béliers avancèrent sous l'impulsion des boukhariens, eux-mêmes activés par nos fouets. Les murs s'ébréchèrent, les lourdes portes s'éventrèrent, et si la garnison turque eut l'envie de capituler, elle n'eut pas l'occasion de le faire, car nous la massacrâmes, prenant possession de la ville, vidant les maisons, les palais, les mosquées, tuant ceux qui s'y trouvaient, retournant les coffres, emportant tapis, bijoux, grains et vins.

Le pillage dura sept jours et Boukhara s'embrasa. Alors Gengis Khan marcha sur Samarqand, en amont du Zérafchan. Rassasiés du ventre des femmes qu'ils avaient forcées et des richesses amassées, ses bataillons encadraient les longues cohortes des survivants de Boukhara.

Du nord-est, trois autres tumen rejoignirent le khan, poussant des captifs pliés par la peur et la douleur. Les Mongols les avaient rangés par dix. Si l'un d'eux fléchissait, c'est les dix qu'ils tuaient. En chemin, vingt mille d'entre eux furent éliminés.

Lorsque à la lune de la parade du coucou le khan fut devant Samarqand, tous les captifs étaient vêtus de fourrure à notre façon, et dans chaque dizaine, l'un d'eux tenait un étendard mongol.

Mohammed avait fui. La citadelle, avec cinquante mille Turcs, était tenue par son oncle. Les citadins composèrent des milices, et par milliers sortirent de la ville pour combattre. Nos troupes les attirèrent vers la rivière où les attendaient les tumen du khan, de Toloui et d'Ogodèi. Sabrer ces fantassins sans expérience fut un jeu d'enfant. En moins d'un jour, l'émeraude des jardins fut rougie de sang. Aussitôt, le khan investit le faubourg et les prisonniers furent envoyés à l'assaut de l'enceinte de la ville. L'oncle de Mohammed n'attendit pas qu'elle cède et vint se rendre avec ses mercenaires turcs qui espéraient être traités en compatriotes. C'était mal connaître Gengis Khan et le mépris qu'il témoignait aux lâches. Leurs femmes furent violées, leurs enfants égorgés, avant qu'eux-mêmes le soient. Comme celui de Boukhara, le peuple de Samarqand se retrouva orphelin de sa garnison et se résigna à abandonner les murs.

Pendant ce temps, les contingents armés de Djotchi et Djaghataï s'enlisaient sous les remparts d'Ourgendj, capitale du Khwarezm. Selon les informations qui parvenaient régulièrement au khan, cet insuccès tenait principalement à la mésentente entre ses deux aînés.

Djotchi, sachant qu'il recevrait la ville en apanage, ne voulait pas la détruire et cherchait à négocier. Un édit de son père lui attribuait tous les territoires conquis à l'ouest des Sables Rouges. Djaghataï, lui, bien entendu, était pour la raser. Ourgendj étant séparée par un fleuve, les deux frères s'accordèrent pour s'occuper chacun d'une rive. Cette division fut désastreuse. Trois mille Mongols furent emportés par le fleuve alors qu'ils avaient pris pied sur le pont qui reliait la ville.

Excédé, Gengis Khan dépêcha aussitôt Ogodèi avec des renforts. Le futur khan avait pour mission de réconcilier les deux aînés, faire tomber Ourgendj, et ramener les deux princes querelleurs devant leur père.

Contrairement à Boukhara et Samarqand, Ourgendj se défendit vaillamment. Alors, les trois frères unirent leurs efforts. La région manquant de rochers pour garnir les catapultes, on débita les mûriers des faubourgs pour en faire des projectiles. Puis les captifs, morts ou blessés, furent projetés par-dessus les chemins de ronde. Enfin, des marmites enflammées de naphte sifflèrent à l'arrière des bastions. Il ne restait plus que quelques quartiers épargnés par les flammes lorsque les habitants voulurent revenir sur la proposition de Djotchi. Mais celui-ci, furieux de voir le brasier qu'était devenue sa ville, sépara les artisans, les femmes et les enfants destinés à notre service, et tua le reste avant de rompre les digues du fleuve, détruisant Ourgendj après presque un an de siège.

*

Gengis Khan passa l'été 1220 au sud de Samarqand, dans les oasis méridionales de la Transoxiane. Djèbé et Subotèi ne connurent pas ce repos ; ils avaient pour mission de poursuivre le sultan.

— Où qu'il aille, où qu'il soit, avait rugi le khan, délogez-le. Ne lui laissez aucun répit. Exténuez-le, et dévastez tout ce qui pourrait l'abriter, car je veux qu'il soit comme une hirondelle éreintée au-dessus de l'océan, sans perchoir où se reposer.

Les deux vaillants officiers entamèrent une chevauchée extraordinaire vers les régions du couchant, le Khorassan, l'Irak-Adjémi, vastes territoires inféodés à l'empire du Khwarezm.

A chaque forteresse, chaque oasis, ils portaient le message du khan : « Le divin Tengri m'a donné pour empire les terres qui s'étendent jusqu'à l'océan. De l'Orient à l'Occident. Ceux qui se soumettront seront épargnés. Les autres périront, avec leurs femmes et leurs enfants. »

Le gouverneur de Thous ayant méprisé la

menace, les hordes mongoles pénétrèrent dans la ville et la saccagèrent. Le lendemain, ils arrivaient devant Nichapour que Mohammed venait de quitter. L'objectif était à portée de cimeterre, et pourtant, il les attira jusqu'à Recht, au bord sud-ouest de la mer Caspienne. Sur leur route, ils retournèrent et massacrèrent les villes de Damghan, Semnan, Amol, Reiy.

Djèbé et Subotèi mordaient si bien aux talons du sultan que celui-ci n'eut pas le temps d'attendre la grande armée promise par ses vassaux persans. Devant Qazwin, il rejoignit l'un de ses fils à la tête de trente mille soldats. Il voulut gagner Baghdad mais fut surpris à Qaroun, nous échappant par miracle. On perdit sa trace un moment : le fuyard avait fait brusquement demi-tour. Il fut débusqué à Reiy, traversa les montagnes du Mazendéran, perdit son cheval sous lui, pour finalement réussir à prendre pied sur l'îlot d'Abeskoun, le corps transpercé par nos flèches. C'est là qu'il mourut, après neuf lunes de traque.

*

Le khan, une fois les chevaux de nouveau engraissés, marcha sur Balkh, ancien repaire du sultan, et son immense muraille en terre battue. La ville de Termez fut détruite au passage. Puis, Balkh et Taleqan.

Il chargea son cadet, Toloui, et l'un de ses gendres, Toqoutchar, soit cent mille Mongols, auxiliaires et captifs, de vérifier les dispositions du Khorassan à se soumettre. Or, malgré les injonctions de Djèbé et Subotèi, qui parlaient au nom de Gengis Khan, fils du Ciel, les villes de Nessa, Nichapour, Sebzewar, Merv, Hérat résistèrent, ainsi que les forteresses de moindre importance dispersées aux alentours.

Le carnage fut total, méthodique, impitoyable. A Nichapour, le gendre du khan mourut. Toloui décapita tous les cadavres. Des nouveau-nés jusqu'aux vieillards, en passant par les animaux, tous furent massacrés. Puis, il édifia des pyramides avec les têtes, si hautes, qu'on pouvait les apercevoir à deux jours de cheval, et si nauséabondes, que leurs relents atteignaient le désert des Sables Noirs.

*

Lorsque Djaghataï et Ogodèi se présentèrent devant leur père, celui-ci, furieux, refusa tout d'abord de les recevoir. Non seulement ils revenaient sans Djotchi, à qui il tenait rigueur d'avoir mis si longtemps pour faire tomber Ourgendj, mais en plus, ils s'étaient partagé le butin, escamotant la part du khan.

Après trois jours de disgrâce, ils furent autorisés à poser leur front devant la tente impériale. Le khan les tança si vertement qu'ils jurèrent de ne plus jamais le décevoir, auquel cas ils tendraient leurs bras pour se les faire couper. Ils offrirent la totalité de leur butin et proposèrent de ramener Djotchi, par les armes si nécessaire. Gengis Khan leur dit qu'ils avaient mieux à faire ici pour se faire pardonner, et les voiles de sa tente s'abaissèrent.

Le lendemain, deux messagers du khan partaient vers la mer d'Aral, direction prise par les troupes de Djotchi. L'ordre était formel : retour immédiat.

Mais Djotchi, faisant fi de l'injonction paternelle, galopait comme un dément sur les plaines des Qiptchaq, au nord de la Caspienne, là où il lui semblait que la voix du khan se perdrait. Il ne fuyait pas, il s'en allait juste, tête nue, droit vers la steppe, la bannière pointée vers l'azur, soumettre les tribus nomades de cet océan d'herbes. Le khan ne lui avait-il pas promis les territoires les plus à l'ouest de l'empire ? Alors, de l'aquilon au couchant, il les prendrait tous. Ainsi, des quatre fils du khan, il posséderait le plus vaste khanat.

Pour une telle insubordination, le yasaq n'avait pas trente-six châtiments, mais un seul : la mort!

CHAPITRE 52

J'étais sur le sommet du Bec de la Tourterelle, la plus petite des Sept Collines, attendant, confiant, un magicien. Un tel homme ne pouvait passer inaperçu.

Tèmugè m'avait demandé de l'intercepter et de veiller à ce qu'il ne traîne pas trop en chemin, le cadet du khan, gardien de la Mongolie, craignant qu'il ne s'envole.

Qu'avait donc ce Kin pour que Gengis Khan, en pleine conquête, à des centaines de journées d'amble, s'impatiente de l'approcher?

Il s'appelait Tch'ang-tch'ouen et passait pour connaître les vertus qui accordent l'immortalité. Voilà pourquoi le khan désirait le recevoir à l'autre bout de la terre. C'est Ye-liu Tchou-tsai, son conseiller khitaï, qui lui avait révélé la valeur de cet homme, moine taoiste de grande réputation que l'ancienne cour des Rois d'Or avait voulu s'attacher.

Tèmugè comptait le faire voyager avec des princesses enlevées à l'ennemi et destinées aux plaisirs du khan, mais Tch'ang-tch'ouen avait refusé cette compagnie.

A mes pieds, la Kèrulèn détourait le bec arrondi de ma colline, et bientôt le convoi du sage s'y refléta. C'était un très vieil homme, sec, aussi fin qu'une liane, si léger que sa monture semblait progresser nue. Un autre Kin, beaucoup plus jeune, et qui semblait souffrir du fondement tant il se contorsionnait, l'accompagnait, ainsi qu'une vingtaine de Mongols.

Ils étaient trop loin pour que j'aperçoive leur

visage. Je portai le regard à l'est. Je vis la stèle de Tèmouloun : une ombre noire et droite parmi les herbes sèches. Au-delà, je remarquai les pierres grises qui se dressaient timidement dans cette bande de terre moussue, d'un vert éclatant malgré la canicule. Cette ébauche de ville était une folie de Börtè. Par-delà notre empire, s'était-elle exclamée un jour, les grandes épouses de roi ont des villes. Alors, moi dont le ventre a porté la progéniture du Kha Khan, il n'est pas dit que je ne ferais pas de la steppe mon palais.

Le khan avait trouvé la lubie saugrenue. Mais pouvait-il l'empêcher, lui qui sans cesse en mouvement s'apprêtait à conquérir le Khwazrem, et qui pour la première fois emmenait une de ses favorites ? Börtè ordonna les travaux. Parallèles, les rues, au nombre de trois, débutaient parmi les mousses de la source au goût de soufre, et se déroulaient vers la veine ambrée de la Kèrulèn. De chaque côté, des murets quadrilatères s'élevaient à deux coudées du sol, destinés à recevoir les yourtes. A l'angle de chaque muret, d'énormes tortues sculptées dans la pierre, lot d'un butin kin, tendaient leur gueule ouverte au-dessus de caniveaux dallés. Des piliers sculptés représentant des scènes de chasse et les emblèmes de toutes les tribus mongoles se dressaient au milieu de leur carapace. Ces piliers supporteraient des toitures et assureraient l'écoulement des eaux qui se déverseraient par la gueule des tortues. Décidément, cette ville était bien un caprice féminin. Je tournai bride pour garder le contact avec le convoi du vieux sage et néanmoins très important invité.

De sombres pressentiments pesèrent sur ma course, et tout au long, les images de la ville de Börtè contrarièrent ma cavalcade. Je n'aimais pas les cicatrices qu'elle faisait sur la terre. Hors les roches qui surgissaient naturellement de ses entrailles, j'associais les pierres à l'éloignement des âmes. Il en était ainsi de la stèle de Tèmouloun, et de celles, nombreuses, des anciens Turcs enterrés sur nos territoires. La partie visible de ces ossuaires me procurait toujours de l'angoisse, d'autant plus pénible que leurs silhouettes effilées avaient quelque chose à la fois d'inachevé et de définitif. La future ville de Börtè dégageait un identique relent d'abandon, de soudaine paralysie, une impression de morcellement, d'éboulement et de fin...

Les travaux reprendraient avec le retour de l'ordu royal, pourtant, quelque chose allait se consumer puis se détruire... je n'aurais su dire quoi.

*

Après deux jours de marche, alors que je remontais la Toula, je rencontrai une escouade qui depuis le bas Altaï venait me rejoindre avec un message de Börtè : « Fidèle compagnon, laisse sur place le plomb de ton chagrin et revêts pour moi tes ailes d'aigle doré. Toi seul peux encore sauver ce que j'ai de plus précieux, le sang de ma propre vie. Ô mon ami, fais vite ! »

Cet appel se rapportait-il au voyage du Kin, avait-il un lien tissé depuis le Khwarezm par Gengis Khan ? Je n'en avais aucune idée, mais connaissant le sang-froid légendaire de Börtè, je ne doutais plus un instant de son urgence et m'élançais à grande allure vers le couchant.

*

La silhouette de Börtè s'était arrondie avec l'âge. Ses pommettes avaient rougi comme deux figues mûres, et du coin de ses lèvres, deux sillons nervurés lui descendaient de chaque côté du menton. Sa coiffe cachait certainement quelques cheveux gris, mais ses yeux émeraude pailletés d'or conservaient tout leur éclat, atténuaient les poinçons du temps. L'anxiété n'altérait pas sa beauté.

— Bo'ortchou, mon ami, je n'ai plus que toi pour le sauver, tous nos autres compagnons sont au loin.

— Le sauver ?

— Djotchi. Il reste sourd aux sommations de l'empereur. Caravaniers et cavaliers-flèches m'ont alertée ; l'époux est furieux, il a juré de le jeter sous les feutres et de fouler son corps. Retrouve-le avant les hordes du khan. Toi, il t'écoutera...

— Lui, peut-être, mais son père ?

— Tranquillise-toi. Gengis Khan sait la valeur de ses hommes. Toi seul donnerais ton cœur pour sa vie.

— Oublierais-tu qu'il a voulu me tuer, qu'il m'a abandonné, me laissant m'en retourner comme un chien vers ses vomissures ?

— Non, et lui encore moins...

— Arrête ma reine ! Demande-moi ce que tu veux, nul besoin pour cela de me convaincre d'une chose que je ne peux croire.

— Écoute, Bo'ortchou. Parmi ses fidèles, tu es celui qui le connaît le mieux.

— Je le croyais. Ma réclusion prouve le contraire.

— Depuis que Mère Ho'éloun n'est plus, il a changé.

— Depuis qu'il est empereur.

— Moi seule connais ses tourments. Même Qoulan les ignore. Et je t'assure qu'il souffre de ce qu'il t'a fait. Il sait trop bien son injustice, sa trahison, son incapacité à être aussi inflexible pour lui-même qu'il l'est pour les autres. Mais voilà, il a trahi son yasaq, pour une femme, et perdu son meilleur compagnon... C'est sa punition. Il a trop d'orgueil pour te montrer sa peine, mais le visage de sa favorite lui rappelle sans cesse sa faiblesse.

Comme je me levais, elle ajouta :

— Qu'il ne s'avise pas de toucher à Djotchi, car alors, j'arracherai de mes mains la tête de celle qui lui fait tourner la sienne.

Cet argument supplémentaire me fit remplir avec empressement un sac de provisions et m'enfoncer dans l'occident, le moine taoiste pour compagnon.

*

Tch'ang-tch'ouen parlait peu, toujours brièvement et doucement. Il était bon, et malgré sa frêle silhouette aérienne, il dégageait une impressionnante sérénité. Avant de nous séparer dans les célèbres vergers d'Almaliq, je lui avais demandé ce qu'il attendait de sa rencontre avec le khan.

— Le modeste montagnard que je suis n'attend plus grand-chose : rester sous le grand carré qui n'a pas d'angles, écouter la voix qui ne forme pas de paroles, regarder l'apparence qui n'en a aucune et me laisser porter par le vent... Je crois que ton maître attend beaucoup plus de moi.

— Et quel avenir lui vois-tu ?

— Bref, s'il ne se ménage pas plus.

— Pourquoi ce long voyage alors ?

— On n'entre pas d'un seul pied sous la yourte.

CHAPITRE 53

Otrar la coupable n'était plus qu'un amas de terre et de briques. Je suivis le fleuve jusqu'à la mer d'Aral avec pour repères, d'un côté les forteresses abattues, de l'autre des pyramides blanches, les amoncellements de crânes, les unes comme les autres grouillantes de rats. Parfois, je rencontrais des misérables vêtus de haillons, squelettes mobiles aux orbites creusées. A mon passage ils se pressaient les uns contre les autres et s'agenouillaient, le front au sol en poussant de petits cris, attendant la mort. J'étais seul et déjà bien âgé, mais il ne faisait nul doute qu'ils voyaient mille Mongols à mes épaules.

Je contournai la mer par le nord. Pendant des jours, je ne vis rien, excepté des troupeaux d'hémiones qui filaient dans les mirages du soleil sur de grandes étendues désertiques. Je n'avais rien mangé depuis dix jours lorsque enfin, à la pleine lune du mâle de l'antilope en rut, je croisai une de nos patrouilles. Elle me guida à cinq journées de là, sur les bords d'un fleuve où se trouvait le campement de Djotchi.

Près de la tente du prince, le corps d'une femme était empalé au bout d'un chariot. La pointe acérée du timon avait traversé sa poitrine, et les lourds colliers d'argent et d'ambre en partie brisés pendaient tristement parmi ses cheveux poisseux. Perchées sur sa croupe toute bleuie, trois corneilles picoraient gaiement dans la chair.

La yourte de Djotchi portait les signes de la maladie. On m'annonça. Trois chamans sortirent et je soulevai à mon tour le feutre. Ma Petite Miette était allongé nu sur son lit, les paupières bordées de nuit, le visage en eau, un pâle sourire sur ses lèvres sèches.

Son entrecuisse était recouvert d'un pansement à base d'écorce de bouleau. Il parlait à voix basse et son souffle me parut aussi brûlant qu'une marmite sur le feu.

— J'ai été de l'autre côté de la mer Caspienne, au pays des Alains. Ce n'est pas une mer, mais un lac, immense. A côté, le lac Océan n'est qu'une goutte d'eau. J'ai combattu les Alains jusque dans les montagnes qui ferment leurs territoires.

— Une de leurs flèches t'a blessé?

— Non, c'est une de leurs femmes qui a brisé la mienne. Cette chienne empalée était une princesse que j'ai enlevée dans la montagne. Je l'ai forcée. Regarde ce qu'elle avait enfoui dans sa colonne de jade.

Il me montra un petit objet de fer, une sorte de tube dont le fond était tapissé de minuscules pointes.

— La douleur fut terrible. Un furet m'aurait mordu le gland qu'elle n'aurait pas été pire.

— C'est arrivé quand ?

— Il y a trois jours. Maintenant mon sexe ressemble à la tête d'un chameau à qui l'on aurait ôté la peau. Le pus s'écoule comme d'une source. Parmi les prisonniers, j'avais un Sarte qui connaissait la science de la médecine. Il m'a dit qu'il fallait me couper la tige et les deux oignons. Je l'ai fait égorger.

Il m'attrapa la manche et me fit promettre de tuer les trois chamans qui le soignaient si jamais il ne se relevait pas. Je le rassurai et lui demandai pourquoi il ne répondait pas aux messages de son père.

— Quand j'aurai conquis les territoires au nord et à l'ouest de la Caspienne, je lui ferai savoir. Pas avant. Mais jamais je ne retournerai auprès de lui. Il y a en amont des fleuves, de grandes étendues d'herbes comme chez nous. Je veux y installer mon ordu pour aller combattre en ce pays nommé Grande Bulgarie, et au-delà encore, parmi les peuplades montées sur des chevaux larges comme des éléphants. Ils ont beaucoup d'or, des métaux précieux, des fourrures et tant d'autres richesses. Je lui donnerai tout.

Djotchi m'apprit la mort de Mohammed. Nos troupes n'avaient donc plus de raisons de rester au Khwarezm. Pourtant, les combats se poursuivaient sur tous les fronts. Djèbé et Subotèi continuaient un raid de reconnaissance autour des terres méridionales de la Caspienne. Le gouverneur de Tauris, capitale du pays d'Azerbaïdjan, leur paya un riche tribut. Puis, ils avaient marché sur Tiflis, capitale du royaume chrétien des Géorgiens. Après avoir fait mine de fuir devant les armées du roi Georges III, épuisant leurs chevaux lourdement vêtus, ils firent soudainement demi-tour sur un terrain de steppe soigneusement choisi et les décimèrent tous. Au printemps de l'année du serpent (1221), ils étaient de retour en Perse, à l'extrémité ouest de l'ex-empire du Khwarezm. Les villes de

Maragha et de Hamadhan tombèrent, les populations, excepté quelques artisans, furent égorgées et tout ce qui n'avait pu être emporté brûla. A la lune de l'argali en rut, alors que je venais de quitter Almaliq, laissant le moine Tch'ang-tch'ouen continuer son voyage vers le khan, les deux fidèles généraux étaient de retour en Géorgie, franchissaient les montagnes du Caucase et semaient la panique parmi les Alains. Tandis que je me trouvais auprès de Djotchi, ils en étaient là, à peine à dix jours de marche.

De son côté, Gengis Khan, qui avait passé l'été dans la fraîcheur des montagnes de la Bactriane, souleva ses troupes à l'automne en direction de la haute chaîne de sommets de l'Hindou-kouch. Djelâl ed-Dîn, l'un des héritiers de Mohammed, s'était réfugié dans ces montagnes, et par d'incessants guet-apens, réussissait à surprendre nos escadrons isolés.

L'objectif était de prendre la vallée de Bâmiyan, havre de paix et de douceurs cerné d'austères falaises, et défendue par une citadelle réputée imprenable. Une flèche emporta Mutugèn, le deuxième fils de Djaghataï. Le khan aimait particulièrement ce petit-fils. Fou de colère, il ordonna l'assaut de la place forte. Les Mongols gravirent tels des serpents les roches et les murailles, et le khan, tête nue, mena en personne l'ascension. Nos pertes furent conséquentes, mais une fois dans la place, le carnage n'épargna personne. Les ruines laissées derrière nous furent baptisées la ville des Soupirs. Alors qu'on finissait de la détruire, le khan fit venir Djaghataï auprès de lui. Il lui reprocha de ne plus être aussi obéissant qu'auparavant. Djaghataï ne comprenait pas le courroux de son père. Il protesta, jura en se jetant à ses pieds qu'il préférait mourir plutôt que de lui être infidèle.

— Soit, eh bien dorénavant je te défends de pleurer, dit le khan.

— Si jamais une seule larme apparaît au coin de mon œil, tue-moi !

Gengis Khan harponna le regard de Djaghataï et quand il fut assuré qu'il ne vacillait pas, il lui révéla la mort de son fils :

— Mutugèn n'est plus. Une flèche sarte l'a emporté.

Les mâchoires de Djaghataï se contractèrent tant qu'on pouvait entendre le crissement de ses dents comme si elles se fêlaient l'une après l'autre. Il jugula cependant sa douleur.

Le lendemain, Gengis Khan marchait sur Ghazni, forteresse dressée sur un éperon rocheux, où Djelâl ed-Dîn était parvenu à rassembler soixante-dix mille guerriers, des mercenaires turcs et afghans pour la plupart. Djaghataï se trouvait à la tête de l'aile droite, Toloui commandait l'aile gauche, leurs chevaux badigeonnés du sang de l'ennemi. Mais l'avant-garde tenue par Chigi, l'un des fils adoptifs de Mère Ho'éloun, fut défaite par les mercenaires du Sarte. Pour la première fois, le retrait des Mongols se fit dans le plus grand désordre. Débordés par l'ennemi en surnombre, ils furent percés de flèches, sabrés, s'enfoncèrent dans les précipices. Ceux qui tombèrent vivants aux mains des mercenaires furent torturés : on les châtra, leur éplucha la peau de la poitrine et du dos, puis on les enterra jusqu'au cou après leur avoir ôté les paupières, les lèvres et perforé les tympans.

En arrivant, le khan se fit expliquer par Chigi le déroulement de la bataille et le tint responsable de la défaite, sans pour autant lui en tenir rigueur, disant que cela lui servirait de leçon.

Djelâl ed-Dîn n'était plus sur les lieux de sa victoire. Une grande partie de ses troupes l'avait abandonné suite à une mésentente entre Turcs et Afghans. La poursuite ne se fit pas attendre, notre armée marchant sans halte pour rattraper deux jours plus tard celle du fils de Mohammed qui s'apprêtait à traverser le fleuve Indus. Gengis Khan disposa ses pelotons et attaqua dès l'aube. Il avait donné l'ordre d'épargner le prince sarte. Les combats firent rage jusqu'au milieu du jour. Acculé au bord des falaises de l'Indus, Djelâl ed-Dîn ne disposait plus que de cinq cents hommes. Profitant d'une charge désespérée, il força, bouclier sur le dos, son cheval dans les flots jaunes et furieux du fleuve, une poignée de fidèles à sa suite. Les Mongols voulurent l'imiter, mais le khan, émerveillé par la vaillance du Sarte, ordonna qu'on le laisse. Puis il s'en retourna, non sans détruire Ghazni. Les frères de Djelâl ed-Dîn furent égorgés, sa mère déportée en Mongolie avec les milliers d'artisans.

A Hérat, à Balkh, à Merv où nos préfets, des Sartes, avaient été tués, où l'insurrection grondait, le khan envoya son armée. Ces villes furent de nouveau mises à sac. Durant toute une lune, tout fut systématiquement détruit : les digues renversées, les canaux éventrés, les vergers et les cultures brûlés, les arbres sciés. Fleuves et rivières se déversaient, rouges du sang des victimes. Puis, le vent et les sables, que plus rien n'arrêtait, recouvrirent ce qui avait été les jardins et les oasis du Khorassan et de la Bactriane.

*

A plus de quarante jours de marche de là, Djotchi se mourait. Son corps dépérissait de jour en jour, s'égouttait comme la forêt après l'orage. Mon ami délirait, pleurait de rage, plus faible qu'un nouveau-né. Chaque jour, on vidait le sang d'un cheval pour le nourrir, mais sa santé ne s'améliora pas.

Il voulut que je prenne le commandement de son armée et que je réalise pour lui la conquête de la Grande Bulgarie et des royaumes russes. Quand son teint prit la couleur d'un marais insalubre et que son esprit s'envola par sa bouche sèche et grande ouverte, je partis à la rencontre de Djèbé et Subotèi qui se trouvaient dans les steppes des Qiptchaq. Je n'eus aucun mal à les convaincre de réaliser les projets de Djotchi. Le khan devait ignorer l'état désastreux de son fils aîné.

Ils montèrent jusqu'à une ville appelée Kiev, qui en turc voulait dire la Forteresse Interdite. Là, ils envoyèrent des émissaires aux princes russes qu'ils ne revirent jamais. Le prince de Kiev, épaulé par ceux de Tchernigov et de Galitch, sortit de la ville à la tête de quatre-vingt mille soldats. Après quelques escarmouches, les Mongols se replièrent vers le sud entraînant les Russes à leur suite. La poursuite dura neuf jours. Au matin du dixième jour, les colonnes de Djèbé et Subotèi étaient arrêtées, face à l'ennemi, leurs sombres carrés disposés pour le combat sur toute la largeur de la steppe. Avec elles, se trouvaient les tumen des petits-fils de Gengis Khan qui les avaient rejoints : Guyuk, fils aîné d'Ogodèi, Batu, deuxième fils de Djotchi, Mochi, fils aîné de Djaghataï, ainsi que Orda à la tête du tumen de son père Djotchi. Le prince de Galitch, appuyé par des auxiliaires qiptchaq, n'attendit pas les princes de Kiev et de Tchemigov pour mener l'assaut. Nous les taillâmes proprement en pièces, puis nous mîmes en déroute les fantassins et la lourde cavalerie russe du prince de Tchernigov, exténués par leur chevauchée. Le prince de Kiev s'était retranché dans sa forteresse. Il proposa un important tribut pour obtenir la paix. On l'accepta et quand il fut devant nous, on l'étouffa avec ses gens pour venger la mort de nos émissaires. J'emportai avec moi des femmes, des esclaves, des chevaux, des vaches, des fourrures, de l'or, de l'argent, des coffres chargés de pierres et d'objets précieux. Je comptais mille chariots remplis de richesses, autant de femmes, dix fois plus d'esclaves, trente princesses. Tout cela était destiné à Djotchi.

En arrivant à son ordu, les feutres noirs recouvraient sa yourte. Il était mort depuis deux lunes déjà et ses os apparaissaient parmi les morceaux de chair putréfiée.

Les trois chamans responsables de sa santé furent mis à mort.

Tout autour de la tente de ma Petite Miette, des pierres furent dressées, des toiles, des feutres et des cordages de chanvre furent tendus. On lui sacrifia mille chevaux, autant de bœufs, de taureaux et de vaches, des troupeaux de chèvres et de moutons en grande quantité, des chameaux. Ils furent disposés tout comme les esclaves et les princesses dans la sépulture, avec les armes, les tentes, les trésors. Mille guerriers mongols en armure et à cheval les accompagnaient. Puis, tout fut recouvert de terre. Cent gardiens furent chargés de la protection de cette colline nue qui s'élevait au milieu des étendues herbeuses.

Lorsque le crépuscule étendit son voile pourpre, les chants funéraires s'élevèrent, et l'on put entendre les sanglots emportés sous la brise :

Je suis Djotchi,
Valeureux aîné de Gengis.
Ici-bas j'ai vécu,
Maintenant, je ne suis plus.
Tout est en ordre.

Du haut du ciel, des pélicans se laissaient glisser en spirales, et s'évaporèrent, saisis par le grand vide.

*

Des messagers nous apprirent que l'empereur se trouvait à Samarqand et qu'il ordonnait le repli de toutes ses troupes. Il prévoyait de grandes battues pour clôturer la campagne.

Au nom de Djotchi, je lui fis savoir que son fils aîné le rejoindrait en chemin. Je redoutais l'instant de nos retrouvailles et la tragique nouvelle qu'il me faudrait lui annoncer. Je verrais alors son âme, et je pressentais que cela serait quelque chose de terrible.

CHAPITRE 54

A l'horizon, le soleil irradiait sur les cimes enneigées, et cet éclat dont on ne pouvait se soustraire nous faisait ciller les yeux. Des rives septentrionales de la mer d'Aral, à celles du fleuve Oural, les vingt mille soldats du contingent de Djotchi avaient rabattu le gibier vers les steppes de la Faim. Au sud-est de cette région, entre les rivières Talas et Tchou, le khan attendait pour la curée. Ses bataillons d'élite et sa grande armée avaient déjà achevé du côté de Tchimkent, une lune plus tôt, le gibier levé par Ogodèi et Djaghataï, partis de Boukhara où ils avaient passé un hiver à chasser.

Les éclaireurs de Djotchi avaient rejoint le khan pour le prévenir que son aîné rabattait pour lui, et que les combats avec les animaux promettaient de longs plaisirs.

Après deux lunes de marche, nous aperçûmes enfin les premières tentes, avec au loin, un peu partout, des cavaliers penchés sur l'encolure de leur monture, l'ourga tendu, virevoltant aux culs des troupeaux disséminés. Puis, nous traversâmes les camps bondés de captifs turcs et sartes ramenés par Subotèi et Djèbé, où nous laissâmes nos prisonniers. Les visages étaient aussi divers que harassés. Nous apportions des Bachkir, des Qiptchaq, des Qangli et des Bulgares, mais également des Russes en grand nombre, des Géorgiens et des Orosoud, des Alains et des Sergesud, des Magyars et des Sasud.

Deux jours de marche à travers les campements furent nécessaires pour atteindre l'ordu royal. A cheval ou assis sur les talons, les milliers de soldats troquaient le bénéfice de leurs campagnes.

L'un de leurs commandants m'apprit que notre battue avait été remarquable. Les animaux étaient si nombreux et exténués, qu'il suffisait de se pencher pour les saisir à la main et que beaucoup d'entre eux furent relâchés. Il me rapporta aussi l'accident de chasse dont le khan avait été victime la veille dans les montagnes. Un ours blessé l'avait chargé, et bien que le fauve n'ait pas eu le temps de le toucher, aussitôt transpercé par des centaines de flèches et une dizaine de lances, le khan était tombé lourdement et souffrait.

Je dus laisser mon cheval et me rendre à pied jusque-là car dorénavant les montures étaient gardées en dehors de l'ordu royal.

Assis en tailleur sur un large trône doré accolé d'une marche pourpre, Gengis Khan m'attendait. A ses côtés, pâle et légère comme la colombe en pleine lumière, se tenait Qoulan.

Le fils du Ciel me salua :

— Je suis heureux de te voir, Bo'ortchou.

Presque aussi blême que sa favorite, il avait les poils des moustaches et de la barbichette totalement blancs, mais conservait dans le regard cet éclat terrible qui paralysait les plus hardis.

— J'ai su la chute de cheval de mon khan. Faut-il que je m'en inquiète ?

— Elle a davantage blessé mon orgueil que ma chair. Ce moine taoiste que tu as accompagné jusqu'à Almaliq m'a dit que c'était là un signe du Ciel pour me rappeler mon âge et qu'il valait mieux laisser les plaisirs de la chasse à d'autres.

— On peut ouvrir les yeux d'un aveugle, il ne verra pas pour autant.

— C'est exactement ce que je lui ai répondu, dit-il amusé.

Puis il me fit ce grand honneur de me présenter la coupe avant de m'inviter à ses côtés pour le partage des viandes.

Sur une table basse située à quelques pas du khan, des corbeilles de melons, d'abricots, de dattes, de pêches et d'autres fruits cultivés dans ces régions ensoleillées et parcourues de ruisseaux, attiraient des nuées de guêpes. Malgré la rapidité avec laquelle deux jeunes esclaves écrasaient les insectes dans leurs poings, ils ne parvenaient pas à décourager l'essaim. Les moutons bouillis se succédèrent sur de grands plateaux d'argent tandis que l'échanson distribuait à boire. Le khan découpa lui-même la viande et m'offrit les morceaux de choix, dont une queue grasse à souhait.

Les princes et moi mangions en silence sous le regard impassible du khan. Ni grief ni bienveillance dans ses yeux. Je risquai un œil vers Qoulan, car elle aussi, je le sentais, m'observait furtivement. Malgré la blancheur de son teint, elle m'apparut plus resplendissante que jamais, et les battements de mon cœur me laissèrent tout pantois.

Gengis Khan se leva péniblement et regagna sa yourte, imité par sa favorite. Mais juste avant qu'elle ne disparaisse, elle m'adressa un regard, dans lequel je vis, l'espace d'un éclair, le reflet ourlé d'une larme.

Lorsque le soleil eut basculé par-delà les crêtes, l'empereur demanda à me voir.

Allongé sur sa couche, le regard perdu au ciel, il me questionna :

— Pourquoi Djotchi n'est-il pas avec toi ?

— Il est mort.

— Laisse-moi !

Et dans le silence qui suivit, j'entendis le tissu de oie se déchirer sous ses doigts.

*

Je remontais la rivière Tchou, voulant atteindre le grand lac qui se trouvait non loin de sa source. Un vieillard de Balassaghoun m'avait assuré qu'en ette saison, des colonies de cygnes noirs, dont la hair avait un goût de châtaigne, venaient s'y reposer. Je n'étais pas arrivé à la passe permettant de franchir les montagnes, qu'une escouade menée par Djelmè me rejoignait.

— Ne t'éloigne pas, conseilla le fidèle guerrier, le han souhaite te revoir avant ton départ.

— Que me veut-il ?

— Je l'ignore.

— Voilà qu'il me noue l'ourga au col !

— Allons, Bo'ortchou, ne sois pas suspicieux comme le cheval qui vient d'être castré.

— Justement, les cicatrices sur le corps sont une meilleure encre que celle des parchemins. On ne peut ni les effacer, ni les oublier.

— Je sais cela mon ami, mais regarde ce rocher qui là-bas a le profil d'une femme penchée. Derrière, rapidement accessible pour celui qui va l'amble, il y a une forêt de mûriers. Et sous les fruits tantôt noirs ou dorés, se trouve la favorite du khan. Sa surprise serait grande et son espoir comblé si elle t'y rencontrait.

Le brave souriait largement, tourna bride et chanta à gorge déployée :

Si l'étourdi n'a plus sa tête,
L'amoureux, lui,
Oublie ses couilles sur la selle.

A l'endroit indiqué, la rivière se divisait et s'attardait en de nombreux ruisseaux pour la plupart camouflés sous des bosquets bruissant d'insectes. Sur la rive opposée un bois de mûriers ombrageait une herbe haute et fine. Elle était là parmi les épis bleutés, entourée de ses sujets, telle une fleur au milieu des orties.

Elle me vit et demanda son cheval. Un porteur d'ombrelle l'accompagnait, et tâchait d'accorder sa monture à son rythme pressé : il ne parvenait pas à la protéger de la lumière.

Je la dévisageai et m'émerveillai. Elle était maintenant dans la force de l'âge, époustouflante, visage à la symétrie parfaite qu'une mentonnière de soie blanche et deux tresses composées en chignon de chaque côté de son cou soulignaient avec tendresse.

— J'ai tellement attendu ce moment, dit-elle, que la tête me tourne. Marchons.

— Ne pourrions-nous être seuls ? questionnai-je en regardant le porteur d'ombrelle.

— Parle sans crainte, il est sourd.

— Est-il aussi aveugle ?

— Non, mais s'il ose lever les yeux vers moi, je peux ordonner qu'on lui tranche la tête.

— Alors, ôtons-lui sans attendre car je vois à ses yeux qu'il les a déjà portés sur toi, et qu'il ne résistera pas longtemps au supplice de ne point recommencer.

L'esclave fut renvoyé.

Nos chevaux s'enfoncèrent sous les ombrages, de l'herbe jusqu'aux épaules. Des grives s'éparpillaient devant leurs pas, puis un geai, poursuivi par un couple de fauvettes, cacarda en disparaissant dans les branchages.

— Jamais je n'ai autant pleuré que le jour où le khan nous a séparés. Mais ce n'était rien... la nuit où je fus dénudée, goûtée et possédée, devenant à tout jamais son trésor, comme il aime à me le répéter, mes sanglots redoublèrent. Mon corps est depuis fait de larmes. Il est intarissable.

Elle voulut m'entendre. Je fis non de la tête. J'en étais incapable, tétanisé, les mains moites, les tempes en feu et l'estomac noué tel le tendon autour de la flèche. Je résistais, craignant de rompre le charme... je n'avais pas de mots pour exprimer le chaos de mon cœur.

— Ô Bo'ortchou... il n'y a pas eu une colline, un sous-bois, un fleuve où je n'aie espéré t'apercevoir. Parmi les étendues les plus désolées, les déserts les plus arides, j'ai scruté les mirages trompeurs qui chaque fois dansaient à ta silhouette. J'ai eu beau te chercher, m'étourdir d'espoir et froisser ma couche dans les ténèbres, je ne t'agrippais pas. Alors, il m'a fallu modeler mes désirs pour t'imaginer sans cesse à mes côtés. Un cavalier au loin, un souffle, une présence, un nuage, une pierre, tout m'était prétexte pour obtenir ton apparence. Dans les yeux du khan, sous ses doigts, c'est ton visage qui me regardait, tes caresses qui me chaviraient, m'emportaient sous le ciel étoilé, car tel était mon rêve le plus secret. Ainsi, Bo'ortchou, par-delà toutes les délices et les maléfices, je t'ai aimé.

N'avait-elle pas également adoré Gengis Khan ? Tais-toi, tais-toi, me disais-je, lutte contre ton orgueil ; ton amour ne vient-il pas de se déclarer, toi si vieux déjà, aux cheveux blanchis, et qui malgré toute ton amertume ne peux toi-même résister au pouvoir d'attraction du khan ?

De son col, elle tira l'amulette qui renfermait ma rotule et la porta tendrement vers ses lèvres pour la baiser. A mon tour, j'entrouvris ma chemise et sortis de ma poche le bonnet de tigre blanc au gland pourpre qu'elle m'avait offert sur les rives du lac Océan, et le petit cheval empêtré dans la mèche de ses cheveux qu'elle m'avait fait porter par Djotchi.

Elle me dit encore qu'elle savait où me trouver, qu'elle avait la certitude qu'un jour nous serions ensemble pour toujours. Puis elle releva la tête de sa monture et s'en fut sous l'ombre des mûriers retrouver son porteur d'ombrelle.

Je restai là à la suivre, et derrière elle les herbes se redressaient lentement, effaçant le sentier provisoire, tandis qu'à la place qu'elle avait occupée, une araignée déroulait son fil trempé de soleil.

*

— Tes chevaux, Bo'ortchou, sont connus comme les meilleurs de l'empire.

— Je n'ai plus, ô mon khan, les grands troupeaux d'antan. Je n'ai conservé que quelques têtes, les descendants de Peur d'Ours.

— Je sais cela, tes chevaux n'en sont que plus précieux. Connais-tu celui qui a causé ma chute ?

Je l'ignorais. Depuis son lit, Gengis Khan, regard triste et teint pisseux, m'observait calmement.

— Subtil le Doré.

Par sa mère, Nez de Soie, ce cheval était un petit-fils de Nuage Blanc, donc de Peur d'Ours.

— Cette chute, continua le khan, m'a navré, mais elle m'a également ouvert les yeux. J'ai compris que j'étais fatigué, usé par tout ce chemin parcouru, ces marches nocturnes sans halte ni sommeil, ces journées sans repas ni repos. J'ai vengé nos ancêtres, assuré la grandeur de mes fils. J'ai amassé plus de richesses qu'aucun peuple n'en possédera. Tous les nôtres sont riches, et partout ils sont craints comme le plus grand fléau. Mais j'ai perdu mon fils aîné, et je m'en veux... Maintenant, je suis las. Je n'ai besoin de rien, seul m'importe de retrouver notre pays, vivre simplement dans la yourte, me nourrir de vent, marcher tranquillement, guidé par les odeurs de la steppe, m'asseoir sur quelque hauteur et suivre la course des nuages. Ce Kin que j'ai fait venir de si loin passait pour détenir le secret de l'immortalité. C'est la raison pour laquelle je l'ai voulu à mes côtés. Il m'a dit connaître des recettes de longévité, mais aucune pour empêcher le dépérissement fatal. Ce solitaire est d'une grande sagesse. Il m'a enseigné sa religion. La recherche du Tao est une pratique séduisante, et lorsqu'il s'en est retourné, j'ai promulgué un édit en sa faveur, levant toutes les réquisitions et le tribut à ceux qui comme lui invoquent le Ciel. A Boukhara, j'ai également écouté les musulmans, les nestoriens, les bouddhistes, et tant d'autres croyances, souvent complexes et contradictoires. A toutes, j'ai accordé ma protection. En contrepartie, les croyants demanderont chaque jour que j'obtienne une longévité de dix mille fois dix mille années.

— C'est à peu près le nombre d'hommes que tu as tués, fis-je remarquer.

— Celui qui a peur ne peut tendre son arc, dit-il. Ces amas de corps sans tête, ces fleuves rouges de sang, ces villes détruites, tout cela était nécessaire. Tu le sais bien, blesser alors qu'on peut tuer est un crime. Tout devient par la suite plus simple, en paix. Mais je ne t'ai pas demandé pour parler de ce qui fut. Sais-tu les dispositions de Börtè à mon égard ? Comment m'accueillera-t-elle après toutes ces années passées au loin auprès de Qoulan ? Je crains de la retrouver et de lui annoncer que Djotchi n'est plus. Aide-moi ! Va au-devant d'elle !

— A une seule condition.

Il redressa son buste et me fixa. Ses yeux étaient maintenant ceux d'un oiseau de proie.

— Jamais ! Sors ! ordonna-t-il.

Je m'exécutai non sans ajouter avant de franchir le seuil :

— Tu ferais bien de veiller sur tes petits-fils comme tu veilles sur elle, notre favorite, car ils ont déjà tendance, tels leurs pères, à se dévêtir les uns les autres.

CHAPITRE 55

Gengis Khan pouvait aller librement de la mer Jaune à la mer Noire. Il attendit pourtant que Börtè l'incite à rejoindre les rives de la Toula où se trouvaient les palais de feutres de ses épouses.

Tel fut le message de celle-ci :

« Ô conquérant, les roseaux embellissent le pourtour des lacs, plumes et becs abondent ; tes flèches n'y suffiront pas. D'autres plaisirs ont germé sur la terre des ancêtres. Les jeunes femmes savoureuses comme le lait sont si nombreuses dans les tribus qu'on ne peut les dénombrer. Selle ton coursier et viens cueillir tous ces plaisirs, récolter ton dû. »

Après un an passé dans la région de l'Irtych noir à chasser et banqueter, le khan, rassuré par l'invitation de son épouse, se remit en marche pour atteindre la Toula à l'automne de l'année du coq. Il profita mais n'abusa guère des délices que Börtè lui accordait sans condition : dès la fin de l'hiver épaulé par Ogodèi et Toloui, il repartait en campagne contre les Tangout, ces traîtres qui, au grand rassemblement précédant la conquête des Sartes, n'avaient pas tenu leur engagement. Avant de marcher sur l'empire du Khwarezm, le khan avait pris le Ciel à témoin d'exterminer les Tangout dès son retour. Maintenant, rien ne lui était plus urgent que de réaliser cette promesse.

Il dut toutefois emmener Yèsui avec lui, car la princesse tatar, furieuse d'avoir été délaissée pour Qoulan dans la campagne du Khwarezm, exigea réparation.

Au sud du Gobi, alors qu'il approchait des objectifs ennemis, le khan déploya son armée pour une grande battue. Il y avait certes quelques jeunes troupes dont on voulait tester les compétences, mais pour le reste, la puissance mongole était la plus efficace et impitoyable qui soit. Le khan désirait simplement assouvir son goût immodéré pour la chasse et clôturer ainsi une saison qu'il jugeait insuffisante.

Il précédait les porte-carquois et fauconniers impériaux lorsqu'un troupeau d'hémiones, vif comme le feu, déboucha au détour d'une dune. Trois d'entre elles percutèrent Le Rubican, sa monture, avant de disparaître dans un fracas de sabots affolés. Surpris par le choc, Le Rubican s'était cabré et renversé sur le khan qui eut grand-peine à se relever. Comme il se plaignait de douleurs internes, il fut décidé de monter le camp à cet endroit et de l'aliter.

Le lendemain, princes et seigneurs furent convoqués sous la tente impériale. La nuit du khan avait été agitée, fièvres et douleurs ne lui ayant accordé ni trêve ni repos. Inquiets, les généraux voulurent rebrousser chemin et attendre son rétablissement pour reprendre la campagne.

— Si nous nous replions, protesta Gengis Khan, les Tangout diront que nous sommes lâches.

— Envoyons-leur une sommation, reprit Ogodèi, et attendons leur réponse.

Son père accepta la proposition plus qu'il ne l'approuva. Ses vieux compagnons surent alors leurs craintes fondées : ses blessures étaient plus sérieuses qu'il ne voulait bien le dire.

Le message destiné au roi tangout n'était pas moins alarmant : « J'ai juré d'écosser tes rognons et ceux de ta famille et d'en faire des colliers pour mes chevaux si jamais tu ne tenais pas ta parole. Or, plus effrayé qu'une marmotte sur le point de mettre bas, tu n'étais pas à ma droite pour combattre les Sartes. Voici venu le moment de payer. Prépare-toi à ma colère. »

Les jours suivants, le souverain tangout fit parvenir par multiple de neuf des présents somptueux au campement royal. Tout en invoquant le pardon de l'empereur du monde, il accusa son premier ministre d'être à l'origine de sa désertion. Les fidèles soupirèrent. Ils pouvaient se retirer la tête haute, assurés de revenir une fois la convalescence du khan terminée. Or, le premier ministre tangout accablé par son roi fit également parvenir un message à Gengis Khan : « Si les Mongols veulent se mesurer à mes guerriers, qu'ils viennent sur les pentes des monts Ala-chan. »

— Puisque nous ne pouvons plus reculer, dit fou de rage le khan, donnons-leur un cauchemar de sang.

*

Les avant-gardes remontèrent le cours de l'Etzin jusqu'aux oasis des monts Nan-chan. Sanglé sur son cheval, l'Anda suivait à moins d'un jour de marche. Les verdoyants caravansérails représentés par les places de Sou-tcheou et de Kan-tcheou furent d'abord balayés. Puis, vint le tour de Leang-tcheou et de Ying-li. Comme convenu, le premier ministre tangout fut défait au pied des monts Ala-chan.

Nos troupes pillèrent, ravagèrent, violèrent et

massacrèrent à tour de bras, l'ordre impérial les y autorisant. Ne restait plus qu'Eriqaya, forteresse du souverain frileux, ultime repli de son vaste royaume.

Gengis Khan n'attendit pas sa capitulation. Il laissa les opérations du siège à de jeunes généraux et s'en alla conquérir les territoires situés entre le Koukounor, le grand lac bleu, et les affluents du Fleuve Jaune. Contrées pénibles, hauts plateaux entrecoupés de gorges infranchissables, et marches harassantes détériorèrent un peu plus son état de santé.

Au tout début de l'été de l'année du sanglier (1227), il dut dresser ses tentes non loin de la rivière Wei, sur les hauteurs des monts Lou-pan-chan. Malgré ses souffrances, son goût de vengeance vis-à-vis des Kin ne faiblissait pas. Je crois même qu'elles avivaient sa rancœur, car il entendait profiter des prochaines fraîcheurs de l'automne pour se rendre à K'ai-fong dont les murailles géantes protégeaient le sursis du Roi d'Or. En prévision de l'objectif, il avait dépêché Ogodèi à la tête de cent mille hommes pour tenter une percée.

Durant cet été d'attente, les messagers se succédèrent à son chevet pour lui faire part des avancées de son armée. Eriqaya s'effondrait pan à pan, mais résistait. Au sud-est, à près d'une lune de marche de son repaire estival, Ogodèi piétinait aux portes de T'ong-kouan, place quasi imprenable cernée d'un côté par le fleuve, et de l'autre, d'escarpements verticaux. Les meilleures unités du Roi d'Or défendaient cette place stratégique, car la vaincre ouvrait les plaines du Fleuve Jaune, offrait la clé de K'ai-fong.

Le jeune commandement chargé du siège d'Eriqaya fut menacé de sanctions s'il ne se pressait pas d'en finir.

Gengis Khan s'irritait car il savait la fin proche. La sienne.

Son corps usé ne lui laissait guère d'espoir, et s'il n'avait pas attaché d'importance à sa première chute de cheval et à la mise en garde du sage taoiste — c'est un signe du Ciel — il en allait autrement de la seconde. Ces hémiones aux grands yeux fous se jetant sur lui ; l'écume de leur robe sur son del ; les noires empreintes sur sa capeline d'hermine ; sa chair, à tout jamais meurtrie... tout cela n'était pas fortuit. Surtout, il n'ignorait pas qu'en merkit, hémione se disait Qoulan.

Il avait eu beau supprimer les Merkit de la surface de la terre, la rivalité ancestrale entre Merkit et Bordjigin n'était pas achevée. Les âmes abandonnaient leur enveloppe mutilée, s'échangeaient, s'obtenaient par le fer, mais n'en continuaient pas moins à exiger vengeance jusqu'au partage équitable. Et sur ce point-là, il était grandement débiteur. L'imminence de l'échéance ne faisait qu'aggraver son angoisse.

*

De mon côté, la solitude composait un épais coussin sur mes épaules. Les ciels lumineux défilaient tandis que j'arpentais mes terres du Trône Rouge, dénombrant le gibier, regroupant matin et soir les troupeaux vers la traite.

J'évitais de penser à ceux qui n'étaient plus : Reine des Fleurs, Tèmouloun, Djotchi... J'avais appris la disparition de Mouqali en pays kin. L'insatiable guerrier avait combattu jusqu'à son dernier souffle. Les enfants de Djotchi étaient au loin, bataillant en pays tangout. Mes vieux compagnons, Qasar, Belgutèi, Djelmè, également. Gerelma, ma première épouse, ce pou dans mon col, était morte au printemps, devant moi, emportée par la rivière en crue après que mon troupeau l'avait bousculée alors qu'elle soulevait les outres avec peine. Cela aurait dû m'ôter une épine du pied... A cheval et l'ourga en main, je l'avais vue s'enfoncer dans les flots qui en cet endroit tourbillonnaient. Je m'étais approché. L'un de ses bras avait jailli, tendu sous l'orage et tournant avec le remous. A l'instant où elle aurait pu saisir ma perche, je l'avais retirée. On ne vient pas en aide à ceux qui se noient sans risquer de fâcher les esprits. Était-ce sa bouche grande ouverte ou son regard exorbité qui me fit galoper en aval, pris de remords ? A l'un des ressauts de la rivière, j'interceptai sa cordelière et la tirai sur le rivage. Elle était morte, le visage tuméfié, sa langue violette en partie avalée. Je la rejetai en implorant la clémence des esprits des eaux pour leur avoir ôté un instant ce corps qui leur appartenait.

Un soir où je profitais des derniers rayons de soleil pour affûter mes flèches, assis sur les grandes pierres plates du Trône Rouge, alors que la solitude me pesait du haut de mes soixante-cinq printemps ; des hivers empilés, secs et sans vie, froids, aussi blancs que l'était ma tonsure, je repensai à ces jours heureux où je n'imaginais pas d'autre vieillesse qu'en selle aux côtés du khan. Les tentes de nos épouses auraient été dans le même aïl, parallèles, ouvertes au soleil. Des chiens assoupis auraient encadré nos seuils dorés, et leurs oreilles se seraient soulevées, rythmées par les rires incessants de nos petits-enfants. Cruelle harmonie qui s'était défilée... Seul et fatigué, il m'arrivait parfois d'écouter le vent. J'appréciais cette musique qui, lorsque l'insolente pureté des paysages me prenait à bras-le-corps, que la lumière basculait les ombres et que je frissonnais dans le vide, me faisait venir quelques gouttes salées au fond de la gorge. J'en étais là à les ravaler lorsque je vis vingt cavaliers traverser la clairière. Ils précédaient un groupe de femmes dont une seule bénéficiait d'un porteur d'ombrelle. Ils arrêtèrent leurs montures à cinq cents pas du mur de pierres qui faisait une enceinte au site du Trône

Rouge, puis la femme à l'ombrelle se détacha et s'approcha, seule, car elle était pour moi la plus belle création de Tengri.

Du haut de son cheval elle se jeta dans mes bras, et nous roulâmes dans les herbes, et je riais, elle pleurait, je reniflais ses cheveux, la margelle de ses lèvres roses, et ses larmes que j'aspirais avec les miennes, et mes mains qui ne s'écoutaient plus et couraient sur sa taille et ses reins, entre ses aisselles cintrées de soie, les salières de son cou, sa gorge et sa nuque, et de nouveau sa taille et les pommes de ses reins, son ventre et ses côtes, ses côtes et ses seins, ses seins et ses seins, et toujours ses yeux dans les miens.

A court de souffle, me repoussant et se raccrochant aussitôt, elle me dit :

— Allons derrière ces rochers, une chose terrible se prépare.

A l'abri du Trône Rouge que le crépuscule empourprait, je la priai de s'expliquer sans attendre.

— J'ai ordre de rejoindre le khan. Je crois qu'il se meurt.

— N'y va pas ! Si tu dis vrai, il t'emportera dans sa sépulture.

— Non, Bo'ortchou, dit-elle palpitante tout en essayant de dégager ses bras repliés tout contre ma poitrine. Il ne le fera pas, car... Ô mon doux, reste fort comme l'aigle dans le ciel, je vais le rejoindre et solliciter son accord pour vivre avec toi.

— Tu ne le connais pas, ne sais pas ce dont il est capable. Il tuerait ses frères, il l'a déjà fait, jusqu'à ses enfants pour te garder...

Elle ouvrit de si grands yeux que le ciel put s'y blottir.

— Il n'est plus celui que tu décris, protesta-t-elle.

— A moi aussi il m'a dit vouloir revenir vers la pureté. Mais comprendras-tu que même vêtu d'oripeaux, sans cheval, nourri de rien et loin du peuple, il ne renoncera jamais à toi, car tu es, Qoulan, ma gazelle, mon amour, notre merveille dont il ne peut se défaire.

— Ne pas le rejoindre, tu l'imagines, nous condamnerait. Nul endroit nous préserverait de sa colère. C'est là notre unique chance. Si j'échoue, alors je me tuerai en criant ton nom.

Et elle s'enfuit.

Dans l'ombre du Trône Rouge, le galop de son cheval qui s'éloignait se confondait avec celui de mon cœur.

Je me laissai tomber sur les genoux et jetant ma face au sol, me mis à arracher avec les dents et à pleines brassées l'herbe où nous nous étions enlacés. Et comme bientôt il n'y en eut plus, je dévorai la terre jusqu'à m'en retourner le ventre.

CHAPITRE 56

Défendues par des murailles qui faisaient appendices à l'imposante enceinte, les portes monumentales d'Eriqaya piégèrent bon nombre des nôtres. Nul bélier n'y trouva assez d'élan, et nos hommes s'y firent tailler en pièces.

Au milieu de la lune du chevreuil en rut, celle de l'ouest céda enfin. Les troupes mongoles se ruèrent dans les ruelles, les maisons et les pagodes-mausolées pour la curée. A l'autre bout de la ville, une partie de la population tenta une sortie par la porte est. On la laissa sortir pour mieux l'achever, transformant les dunes roses en un cloaque immonde.

Gengis Khan n'eut pas connaissance de la capitulation d'Eriqaya. Il avait expiré au sud des monts Lou-pan-chan, à la mi-lune du mâle du chevreuil, période la plus chaude de cette année 1227.

Le roi tangout, coiffe et ceinture ôtées, n'en fut

pas moins mené à l'ordu royal, et agenouillé à vingt pas de la tente impériale. Par l'un des pans soulevé, il pouvait voir les jambes du khan. L'intérieur de la tente était plongé dans l'obscurité. Le roi déchu se confondit en excuses, fit mille pardons, promit de l'or, des pierres précieuses, des chameaux, des femmes et des princesses. Il se dévêtirait pour le khan, dit-il en gémissant, lui servirait de piédestal, et quand il n'eut plus rien à proposer et qu'il demanda à lui baiser les pieds, sa tête roula au sol sans qu'il ait vu ou entendu le fils du Ciel. Rien de ce qui lui était cher ne fut épargné.

La mort de Gengis Khan fut tenue secrète jusqu'à son retour en Mongolie. L'ennemi devait ignorer ce grand deuil. Ce dernier voyage dura trois lunes.

Sur les terres mongoles, croiser un convoi funéraire porte chance, le cadavre faisant don de tous ses bonheurs terrestres à ceux qui le regardent passer.

Sur le chemin de l'empereur décédé les curieux furent gâtés ; ils moururent tous décapités, car c'est un grand honneur d'aller servir le khan dans l'au-delà. Même les silhouettes lointaines qui observaient les interminables colonnes de l'armée furent passées par le sabre.

Tout au long de ces trois lunes, à travers le plateau des Ordos, le désert de Gobi, tandis que les témoins étaient tués, les bardes louangeaient l'empereur et les chamans imploraient Tengri de lui accorder l'éternité. Les corps s'entassaient au rythme des chants, des suppliques et des claquements de fouet qui stimulaient, sans la moindre trêve, les vingt et un bœufs attelés au chariot du défunt. Chaque soir, les nobles bovins offraient leur front au maillet, d'autres les remplaçaient pour le lendemain, et ainsi de suite jusqu'à ce que les lourdes roues cessent leur grincement devant le palais de feutres de Börtè.

A l'instar des sujets de l'empire, j'ignorais que

l'Anda n'était plus. Pour moi aussi, la lune du chevreuil avait bien failli être la dernière. En escaladant le Trône Rouge, j'avais posé la main sur un nid de vipères. Piqué en trois endroits de l'avant-bras, et sur le visage, les morsures m'avaient arraché un juron. L'amas de roches plates grouillait de serpents. Si le khan y avait attaché ses chevaux comme je l'avais espéré jadis, jamais les reptiles ne s'y seraient établis.

Une vieille chamane hideuse à l'aspect d'immortelle me sauva, sans parvenir à chasser totalement le venin. Mes membres restèrent froids, je souffrais du dos et pissais du sang. Le moindre effort me coûtait et je ne sortais guère à plus de dix pas de la yourte.

A la lune du bouquetin, la nouvelle de la disparition du khan parcourut l'empire. Sa mise en terre était prévue avec le dégel. Durant tout l'hiver, le peuple mongol convergea vers sa couche pour un dernier hommage. La steppe frissonna sous les lamentations, puis se figea, uniforme, sans horizon. Et tous eurent ce sentiment d'être écrasés entre deux ciels blêmes et lugubres, abandonnés.

La lune suivante, Djelmè vint jusqu'à mon aïl. Puisque je ne tenais guère longtemps à cheval, il voulut dresser ma tente sur un chariot pour m'accompagner jusqu'à l'ordu funéraire.

— Gengis Khan aurait tant voulu que tu sois à ses côtés, essaya-t-il de me convaincre.

— Je l'étais... Je le suis encore, et bientôt je m'en vais le rejoindre.

— Sois serein, Bo'ortchou. Écoute le message qu'il m'a chargé de te transmettre juste avant de mourir.

Et le vieux compagnon, le vaillant guerrier au crâne dégarni, aux épaules légèrement voûtées, me dit mot à mot les paroles de l'Anda :

« Bo'ortchou, mon fidèle Bo'ortchou, tout ici-bas s'obscurcit. Mon âme s'élève par le trou à fumée, vers le Ciel, dans ce bleu identique à la chemise que tu portais ce premier jour où tu m'as aidé à récupérer mon maigre troupeau. Aujourd'hui, grâce à Qoulan, notre hémione, nous voilà réunis. Hier, elle m'a supplié, à genoux, de lui rendre sa liberté pour te retrouver... J'ai voulu la tuer, l'emporter dans mon éclipse, la garder à perpétuité. Mais sur son visage bouleversé, dans ses yeux immenses comme deux lacs constellés d'étoiles, qui sont tout pour moi, j'ai vu ton visage, ta bonté, ta grandeur, et le bleu lumineux de ta chemise qui m'éblouissait tant, qui n'a jamais cessé de le faire même si parfois, aveuglé, j'ai semblé m'en détourner. Qoulan... J'ai vu comme elle t'aimait, comme tu l'as aimée, comme je n'ai pas su vous aimer... jusqu'à hier. L'amour qu'elle m'a donné, il est pour toi, il est à toi ! A l'instant de rejoindre Tengri, moi Gengis Khan, j'en fais le serment. Puissent tes chevaux vous emporter sans fatigue selon vos désirs, cent fois cent mille saisons. Puisse notre femme adorée veiller sur nous deux, cent fois cent mille printemps. »

Cloué sur mon lit, vieux brouillards, brumes et biles se dissipèrent. Je m'envolais par-dessus les montagnes, les nuages... Je compris d'un coup que nous n'avions jamais été séparés. Les flèches de Tèmudjin n'avaient jamais voulu me toucher, ou alors ne visaient qu'à nous relier.

— Où est-elle ?

— Elle l'accompagne jusqu'à sa mise en terre et veillera, dès la sépulture fermée et les traces effacées, à ce que les fils du khan suppriment tous les témoins. C'était sa dernière condition. Ensuite, elle te rejoindra.

L'aménagement de la sépulture de l'empereur, véritable palais creusé dans le flanc d'une montagne, demanderait encore deux ou trois lunes. Nul ne devait connaître l'emplacement sacré et tous les esclaves chargés du labeur seraient tués.

— Étaient-ce ses dernières paroles ?

— Non, il a demandé à voir Ogodèi et Toloui

pour leur indiquer la stratégie à appliquer pour prendre K'ai-fong et vaincre définitivement les Kin. Une fois qu'il eut expliqué son plan, les flammes de ses yeux se sont figées, et le voile noir les a consumés.

CHAPITRE 57

— Grand-père ! Grand-père !

J'aperçus la marmaille qui courait en direction de ma tente. Ces enfants étaient ceux de Boiteux, le berger dont la famille prenait soin de moi depuis quelques saisons déjà. Ce géant à la patte plus courte que l'autre avait douze crotteux. Six d'entre eux m'appelaient, frappant dans leurs mains et sautant autour de ma yourte.

Je venais d'atteindre la crête rocheuse de la colline qui fait un petit cirque au Trône Rouge et ils ne pouvaient pas me voir.

— Grand-père ! Grand-père ! Le premier poulain est arrivé avec la nuit.

Un septième, le plus jeune de ceux qui n'étaient plus au sein, hurlait à ses frères et sœurs de l'attendre. Il venait de tomber, et cul nu, la bouille noire, les injuria en leur lançant une pierre.

De mon promontoire, ils ne m'apparaissaient pas plus hauts que des mouches, mais leur joie m'introduisait au centre de leur ronde. Le printemps pointait timidement ses douceurs, et mon premier poulain de l'année, celle du rat, était né.

J'avais assisté à sa venue avant de grimper. J'en portais encore les odeurs et le sang sur mes bras. Il était arrivé au milieu de la clairière alors que je m'apprêtais à gravir les pentes du Trône Rouge... pour la dernière fois.

Sa mère, La Blonde au Toupet Torsadé, s'était

inscrite dans l'ouverture de mon seuil marchant comme sur des braises, hochant de la nuque et fourraillant de la queue, les sabots cachés par un drap de brumes étalé sur le sol.

Elle était une arrière-petite-fille de Peur d'Ours, et me déposa dans les bras son premier poulain à demi enveloppé de sa poche de vie bleue et rouge. Je l'avais délicatement mis à terre sur ses petits sabots vernis et l'avais débarrassé de son étoffe maternelle. Il avait tressailli, écarté ses antérieurs tel le chameau se désaltérant, vacillé un instant des jarrets, puis s'était enhardi sans faillir jusqu'aux mamelles nourricières.

J'étais resté auprès d'eux jusqu'à ce que sa robe sèche en partie. Elle était d'un roux soyeux, de ce roux brûlé qui fait le plus somptueux des alezans dorés. Il était un vrai petit Peur d'Ours, le regard franc et confiant, plein de malice. En lui attachant la cordelette autour de l'encolure, je lui dis qu'il irait rejoindre le tombeau de Gengis Khan.

Du museau, le poulain roux me transmit son accord, et dans ses yeux ronds comme deux yourtes bleues, je pouvais lire son orgueil.

Il replongea sous le ventre de sa mère et je commençai ma lente ascension.

*

Les crotteux de Boiteux rebroussèrent chemin, fâchés de ne pas m'avoir trouvé sous ma yourte. Il m'avait fallu la nuit pour atteindre cette crête, alors que pour eux cela aurait été si facile.

J'avais peiné dans la pente, plié sous les grands mélèzes noircis par la foudre, et qui dans toute leur hauteur gémissaient lugubrement.

Il me fallut gravir quelques roches avant de retrouver le passage qui sillonnait parmi les blocs et menait à la terrasse au pin flamboyant. Il était là mon pin rouge, son vieux tronc foudroyé, ouvert sur le vide, une partie vive à l'ombrelle verdoyante se balançant mollement dans le bleu du ciel avec la joyeuse insouciance des survivants. Pareillement, le glaive jadis nu, qui surgissait de sa base, portait quatre jeunes rameaux, verts d'aiguilles.

Lui aussi était là, assis entre les racines qui se tordaient sur la pierre, mon loup, ma louve, mon immense loup blanc familier, au large poitrail, rond comme lune.

Sur le museau, tout du long, une marque noire zébrait le dessus de sa gueule. C'était bien lui, mon loup du Lac Bleu sur lequel je n'avais pu tirer ma flèche, ce loup retrouvé auprès du khan, lui léchant la blessure à sa gorge. Seules les couleurs de son pelage s'étaient inversées. Il devait avoir mille ans et je sus qu'il était temps d'ôter mes habits.

Je m'étendis, le bonnet de tigre blanc au gland pourpre où il convenait, et le petit cheval et sa mèche de cheveux dans la main.

Le vent sifflait parmi les roches et le ciel était bleu comme toujours.

*

L'objet fut déposé à la saillie du diaphragme, tout contre mon cœur. Nul besoin d'y porter la main pour reconnaître ma rotule. Le corps mince aux seins ronds et tièdes l'écrasa tendrement. La longue chevelure enveloppa ce baiser.

On meurt très vite quand tout est en ordre. Ensuite, le temps s'écoule à son envie.

C'était la première fois que je voyais Qoulan de dos, dévêtue, sur moi, et j'avais tout mon temps... La cascade de ses cheveux comme un linceul sur ma vieille carapace, son fessier merveilleux gorgé de soleil, et les rayons de ses jambes qui filaient comme deux couleuvres jumelles.

A nos pieds, mon loup avait les yeux mi-clos et souriait d'une grande langue pantelante. Le pin flamboyant s'était métamorphosé en femme qui, de ses bras, enserrait ses puissantes épaules.

Nue et joyeuse, elle était la fille de l'Esprit de la forêt.

Avec moi, ils veillaient tous les deux, Qoulan sanglotant sur ma dépouille, et nous formions un tout, en paix.

BIBLIOGRAPHIE

EVEN Marie-Dominique et POP Rodica, *Histoire secrète des Mongols* (Gallimard, 1994).

GROUSSET René, *Le Conquérant du monde* (Albin Michel, 1944).

HAMAYON Roberte, *La Chasse à l'âme. Esquisse d'une théorie du chamanisme sibérien* (Société d'ethnologie, Nanterre, 1990).

HEISSIG Walther, *Les Mongols, un peuple à la recherche de son histoire* (J.-C. Lattès, 1982).

HOÀNG Michel, *Gengis-Khan* (Fayard, 1988).

PELLIOT Paul, *Histoire secrète des Mongols* (Adrien Maisonneuve).

PERCHERON Maurice, *Sur les pas de Gengis Khan* (Del Duca, 1956).

PLAN CARPIN Jean de, (traduit et commenté par le P. Clément Schmitt), *Histoire des Mongols* (éd. Franciscaines, 1961).

ROUX Jean-Paul, *Histoire de l'Empire mongol* (Fayard, 1993).

— *Faune et flore sacrées dans les sociétés altaïques* (Adrien Maisonneuve).

— *La Mort chez les peuples altaïques anciens et médiévaux* (Adrien Maisonneuve).

RUBROUCK Guillaume de, (traduction et commentaire de Kappler Claude-Claire et Kappler René), *Voyage dans l'Empire mongol* (Imprimerie Nationale).

VLADIMIRTSOV B., *Gengis-Khan*, trad. de Michel Carsow (Adrien Maisonneuve).

— *Le Régime social des Mongols*, trad. de Michel Carsow (Adrien Maisonneuve).

Divers

AUBIN Françoise, *L'art du cheval en Mongolie*, dans *Production Pastorale et Société nº 19* (Maison des Sciences de l'Homme, Paris, 1986).

BOGROS Denis, *Des hommes, des chevaux, des équitations* (Favre/Caracole, 1989).

BOURBOULON Catherine de, *L'Asie cavalière* (Phébus, 1991).

FRÉDÉRIC Louis, *L'Arc et la Flèche* (éditions du Félin/Philippe Lebaud, 1995).

GERNET Jacques, *La Vie quotidienne en Chine à la veille de l'invasion mongole* (Hachette, 1978).

JAN Michel, *Le Voyage en Asie centrale et au Tibet* (Robert Laffont, 1992).

JENKINSON Anthony, *Early voyages and travels to Russia and Persia* (Hakluyt Society Publishing, 1886).

LEGRAND Jacques, *Vents d'herbe et de feutre* (éditions Findakly, 1993).

MOREAU Marcel, *La Pensée mongole* (L'Ether vague/Patrice Thierry, 1991).

SHUDUO Gong, ZHAD Yang, LINGGUI Fang, ZHANGHI ZHU ET SHOUYI Bai, *Précis d'histoire de Chine* (Éditions en langues étrangères, Beijing, 1988).

SOUKHBAATAR Tsegmidin et DESJACQUES Alain, *Contes et récits de Mongolie* (Nathan, 1991).

STOREY Robert, *Mongolia* (Lonely Planet, 1993).

TSCHINAG Galsan, *Ciel bleu* (Métailié, 1996).

TURNBULL et MCBRIDE, *The Mongols* (Osprey Publishing).

YULE Henry (trad. de Ter Sarkissian), *Cathay and the Way Thither* (Hakluyt Society Publishing, Londres, 1886).

Études Mongoles, cahiers 1, 5 et 6 (Laboratoire d'ethnologie, Université de Paris X, Nanterre), notamment les articles suivants : *Produits Laitiers* (J.-P. Accolas et F. Aubin); *Objets descendus et Pierres écrites dans le culte populaire bouriate; La Zemehen, fête prénuptiale chez les Bouriates d'Irkutsk* (S.P. Baldaev., trad. de R. Hamayon); *Adjurations, Conjurations, un des aspects du pouvoir magique de la parole* (N. Bassanoff); *Berceuses mongoles; Quelques chants bouriates; L'os distinctif et la chair indifférente* (R. Hamayon); *Arc, flèche, carquois* (N. Moaven); *La place des Üliger bouriates dans le genre épique des peuples mongols* (N.O. Saraksinova, trad. de F. Aubin); *La périodisation de l'histoire des armements des nomades des steppes* (C. Uray-Kühalmi).

GLOSSAIRE

***Aarouls* ou *Arul* :** grande variété de fromages séchés qui peuvent se conserver durant deux ans.

***Aïl* :** petit groupe de quelques yourtes appartenant à la même famille, sous l'autorité d'un responsable. Les aïls sont dispersés sur l'ulus.

***Aïrak* :** lait de jument fermenté (également appelé qoumis ou koumis, du turc qimiz). Légèrement alcoolisée, cette boisson riche en vitamines a des vertus thérapeutiques. Distillée, elle donne une eau-de-vie de plus de 30°, l'arkhi, dont le rôle est essentiel lors des rites sociaux et divins.

***Anda* :** frères jurés. Le pacte d'amitié qui unit deux amis se fait obligatoirement avec un serment et un échange de présents (très souvent avec du sang). Une fois anda, les deux alliés jurés doivent se soutenir et s'entraider mutuellement durant toute leur vie. L'union sacrée perdure généralement dans la mort à travers les descendants, clans ou tribus des deux partenaires.

***Argols* :** déjections des troupeaux. Rapidement séchées par les conditions climatiques, les argols fournissent le combustible essentiel.

***Centenier* :** centurie (voir *Tumen*).

***Del* :** robe-manteau.

***Millier* :** unité militaire de 1 000 hommes (voir *Tumen*).

***Obo* :** cairn. Cet amoncellement de pierres est situé dans un lieu sacré (source, sommet d'une montagne) ou difficile d'accès (col, surplomb). L'on ne saurait s'y arrêter sans y faire trois fois le tour, déposer autant de cailloux et offrir du tabac, un ruban, quelques gouttes d'alcool, une mèche de cheveux ou de crins, car qui dit obo dit résidence d'un esprit.

Ongon : petites idoles de feutre ou de bois, elles sont le réceptacle des âmes diverses, le support d'esprits, notamment ceux des ancêtres, et font l'objet d'un culte clanal et familial constant.

Ordu : campement impérial.

Ouiaa : corde suspendue entre deux piquets pour attacher les chevaux.

Ourga : perche-lasso pour attraper les chevaux.

Qouriltaï : assemblée plénière des seigneurs et chefs. Aucune absence n'y était tolérée.

Tengri : le Ciel bleu éternel, le Ciel-Dieu.

Tumen : formation de 10 000 hommes. L'armée de Gengis Khan était subdivisée en dizaines (*arban*), centaines (*djaghun*), milliers (*mingghan*) et myriades (*tumen*).

Ulus : pays, territoire bien déterminé et les tribus qui y vivent.

Yasaq : ordonnance ou interdit. Grand Code édicté par Gengis Khan, inspiré des croyances et des coutumes turco-mongoles. D'abord transmises de manière orale, ces lois souveraines furent par la suite notifiées sur des rouleaux en langue ouïghour.

Yourte : tente des nomades de la steppe de l'Asie centrale, du turc *yurt*, russifié en jurte puis iourte. De nos jours, les Mongols l'appellent *ger* (prononcer guer).

Remerciements

Pour leur aide, leur écoute, leur franchise, leur collaboration et leur tendresse, un immense merci à Jacky Gourlaouen, fidèle parmi les fidèles, l'Anda juré, et Anne Dion, sœur aimée.

Ma reconnaissance va également à Gordana, mon ruisseau de fleurs, qui supporta, je ne sais trop comment, cette longue chevauchée, ainsi qu'à son fils Ilan Vuk, à Lhotsé, et tous ceux qui par leurs conseils, leurs encouragements et leur aide, m'ont témoigné leur amitié : Ben et Brigitte, Michel Chemin, Jean-Louis Gouraud, Jean-Claude Fasquelle, Aline et Hubert Honoré, Huguette Lebeau, Jacques Malaterre et, tout particulièrement, Denise Loridan et Brigitte Ollier.

Je ne saurais omettre ici Patrick Sabatier qui m'a fait partager sa passion pour la Mongolie, Anne Mariage, et M. le premier secrétaire à l'ambassade de Mongolie, Aniaguin Munhbat, qui, de Boulogne-Billancourt à Oulan Bator, via Moscou, a maintenu le cap de mon périple sous une bonne étoile.

Aux nombreuses familles mongoles qui m'ont accueilli avec une hospitalité touchante et jamais démentie, représentative de la belle âme de ce peuple, ainsi qu'aux esprits de la forêt et de la steppe qui m'ont épargné bien des dangers, et qui surtout ont éclairé mon chemin de guides attentionnés. Je pense en particulier à Batbileg dit Bata, son frère Osko, mais aussi à Gansukh, Soumara B. Tsesen et MM. Damdinsuren et Khaltar, responsables du camp de Khuduu Aral, qui n'ont pas ménagé leurs efforts ni tenu le compte de leurs connaissances, généreusement offerts.

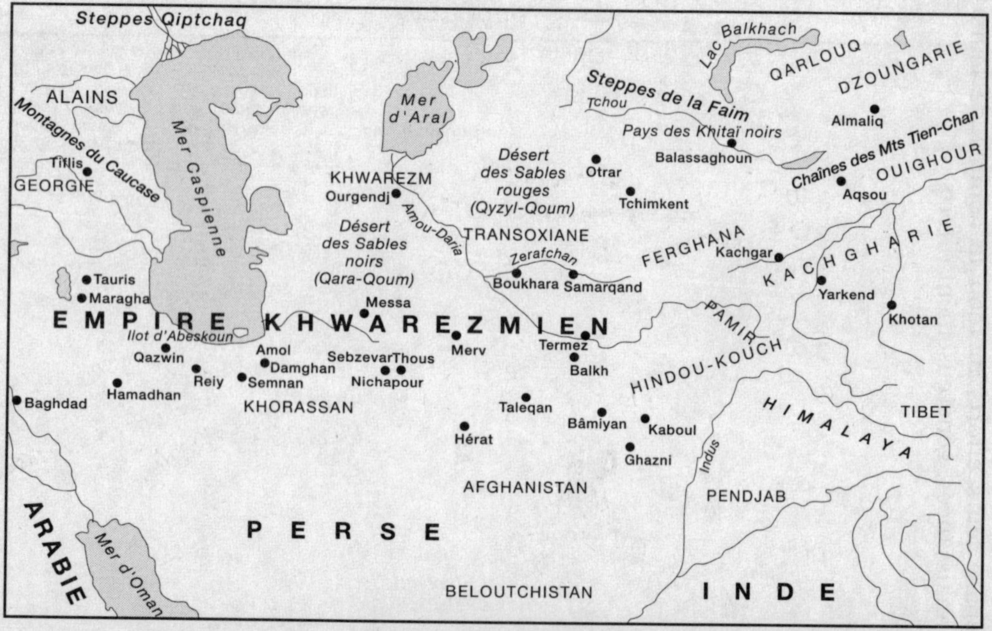

Turkestan et Iran

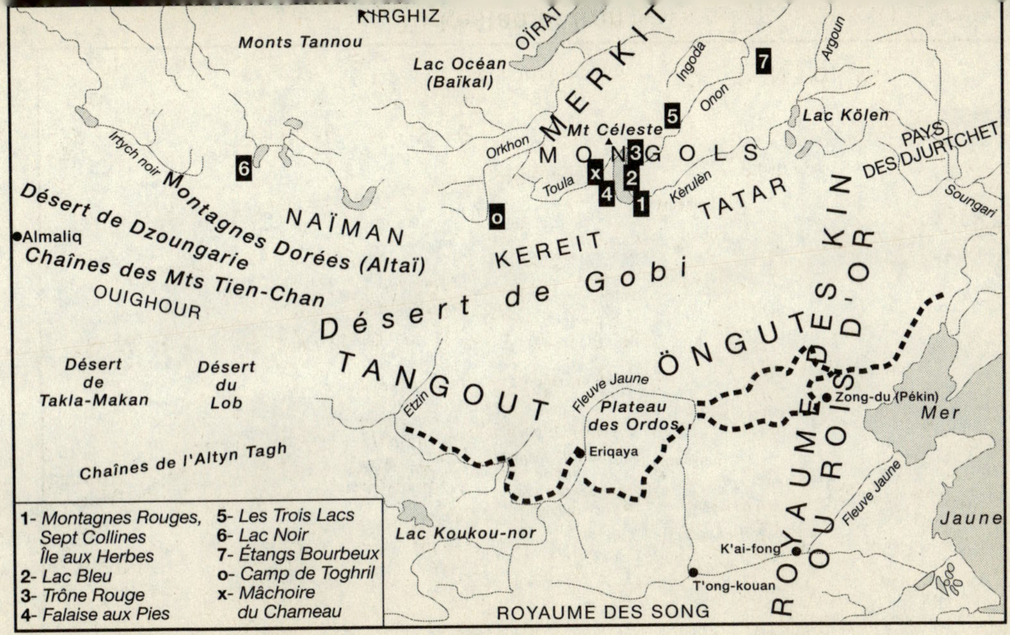
KIRGHIZ
Monts Tannou
OÏRAT
Lac Océan
(Baïkal)
MERKIT
Ingoda
Argoun
Onon
Lac Kölen
PAYS
DES DJURTCHET
Mt Céleste
Orkhon
MONGOLS
Toula
Kèrulèn
TATAR
KIN
Soungari
Irtych noir
Montagnes Dorées (Altaï)
Désert de Dzoungarie
NAÏMAN
Almaliq
Chaînes des Mts Tien-Chan
OUIGHOUR
KEREIT
Désert de Gobi
ÖNGUTES
ROYAUME DES ROIS-D'OR
Désert
de
Takla-Makan
Désert
du
Lob
TANGOUT
Etzin
Fleuve Jaune
Plateau
des Ordos
Zong-du (Pékin)
Mer
Jaune
Eriqaya
Chaînes de l'Altyn Tagh
Lac Koukou-nor
Fleuve Jaune
K'ai-fong
T'ong-kouan
ROYAUME DES SONG
1- Montagnes Rouges,
Sept Collines
Île aux Herbes
2- Lac Bleu
3- Trône Rouge
4- Falaise aux Pies
5- Les Trois Lacs
6- Lac Noir
7- Étangs Bourbeux
o- Camp de Toghril
x- Mâchoire
du Chameau

Mongolie

Du même auteur :

OURASI, LE ROI FAINÉANT, Presses de la Renaissance, 1989. Favre, 2000.

ŒDIPE DE CHEVAL, Grasset, 1992. Prix littéraire de 30 millions d'amis.

L'AVENTURE DE MAZEPPA, Calmann-Lévy, 1993.

Composition réalisée par EURONUMÉRIQUE

Imprimé en France sur Presse Offset par

BRODARD & TAUPIN

GROUPE CPI

La Flèche (Sarthe).
N° d'imprimeur : 7114 – Dépôt légal Édit. 11350-05/2001
LIBRAIRIE GÉNÉRALE FRANÇAISE - 43, quai de Grenelle - 75015 Paris.

ISBN : 2 - 253 - 15061 - 4

31/5061/2